かたばみ

Kiuchi Nobori

木内昇

角川書店

かたばみ

かたばみ✤目次

装画　伊波二郎
ブックデザイン　鈴木成一デザイン室

第一章　焼け野の雉《きぎす》

一

肩の調子が、だいぶいい。ここへきて、陽気がゆるんできたおかげだろう。今朝方まで降っていた雨はさっぱり上がり、朝日を浴びて地面から健やかな湯気が立ち上っている。

山岡悌子《やまおかていこ》は、誰もいない校庭にひとり仁王立ちし、鼻の穴を目一杯押し広げて息を吸い込んだ。さっき生まれたばかりのまっさらな空気が、体の隅々にまで行き渡る。

「よしっ」

吐き出す息にのせて言い、かたわらに立てかけてあった槍《やり》を手にする。

昭和十八年に入ってはじめての投擲《とうてき》である。昨年秋に肩を壊してからこっち、治療に専念するため競技会への参加はおろか、練習も自制していたのだ。もっとも戦争が激しくなってからは、競技会自体も減っていた。

〈不要不急の一般人の、県をまたいだ移動を禁止する〉

政府が出したお触れによって、全国から選手を集めることすらままならないからだ。のみならず、日華事変以降、競技人口も減少の一途をたどっている。悌子が指導研修生として所属する日本女子体育専門学校も、ここ数年、志願者数は右肩下がりなのだった。

槍の把手《はしゅ》を右手でつかむ。重心が前方にくるよう測って巻き付けた紐《ひも》を、親指と中指で挟み込んでしっかり支え、残り三本は柔らかく添える程度にする。あえて軽く握ることで、長い助走の間に槍が上下左右にしなってぶれるのを防ぐのだ。

肩の上に槍を持ち上げると、鎖骨あたりにかすかな痛みが走った。

「なんの、これくらい」

自らを鼓舞するように唱えてから、大きく一歩踏み出す。はじめはゆっくり歩幅をとって。そこから次第に加速をつけ、踏切線が見えてきたら、走りながら体を斜め横にひねっていく。槍を持つ、親指と中指に力を込める。そのまま横向きになって、左右左でトントントトン、とリズムを刻んでステップを踏み、槍を右後方四十五度の角度に引いたら、耳をかすめて前方に腕を振り切る。

「んぬぅやぁっ！」

張り上げた声が、鋭く朝靄《あさもや》を切り裂いた。槍は朝日を受けて煌《きら》めきながら美しい放物線を描き、やがて渡り鳥が降り立つように優雅に穂先から着地した。

ほぅっと息をついたとき、控えめな拍手が背後に立った。振り向くと、いつの間にか学生が数名、並んで見物している。

「さすが、先生。去年の故障の影響は、もうございませんのね」

ひとりが大仰に称《たた》えると、まわりもそれに続いて、

「このままお続けになったら、真保《しんぽ》正子《まさこ》さんの記録も塗り替えるんじゃないかしら」

「次のオリンピックは絶対ですね」

などと、口々に盛り立てる。彼女たちの称揚がいずれも学芸会の台詞《せりふ》よろしく大仰なのは、悌子がもうすぐ、この学校を辞めることを耳に挟んでいるからだろう。

「私は研修生としてみなさんの指導に当たっているだけで、正式な教員じゃあないんだから、先生と呼ぶのはおかしいと何度も言ってるはずですよ」

彼女たちからひしひしと伝わってくる、悌子を引き留めんとする気持ちをありがたく受け止めつつも、知らぬ素振りで返した。

「それに戦争が長引けば、次のオリンピックがどうなるかわからないですからね。さきおととし開催されるはずだった東京オリンピックも、戦争のおかげで返上されましたしね」

今後の陸上界を担う学生たちの気を挫《くじ》くようなことは言いたくなかったが、本土空襲まではじまった今、あまり楽観的なことを口にするのは、かえって殺生に思われた。

「だいいち、今の投擲を見たってわかるでしょう。真保さんには到底及ばないですよ」

肩をすくめると、学生たちは応《こた》えあぐねて、こわばった顔を見合わせた。

昭和七年、ロサンゼルスオリンピックに颯爽《さっそう》と登場し、四位に入賞した真保正子の投擲記録は、三十九メートル七センチ。彼女に憧《あこが》れ、練習に励んできた悌子の記録は、肩を壊す前でこそ三十八メートルに迫ったが、今では三十メートルにも届かない。しかも、もう二十五歳だ。年齢的にも、これ以上競技人生を続けることが難しいのは明らかだった。日本人女性初の五輪出場選手である人《ひと》見絹枝《みきぬえ》が、二十四歳で生涯を閉じたことを思えば、いかに悌子が遅咲きの選手人生だったとはいえ、長過ぎる現役生活だろう。

もう十二分にやった——そう言い切りたかった。けれどまだ、どこか諦《あきら》めきれない自分もいる。

「あの……学校をお辞めになるという噂は本当なんですの？」

学生のひとりが訊《き》いてきた。

「ええ、今学期で辞めることになりました」

悌子は素直にうなずく。

「お辞めになって、そのあとは、どうなさるんですか？」

「嫁に行く予定です」

至って一般的な理由を告げてみると、彼女たちは一斉に、

「えぇっ！」

と、素《す》っ頓狂《とんきよう》な声をあげた。まるで、この世の七不思議にでも出くわしたように目を瞠《みは》るその様に、悌子はたちまち不機嫌になる。

背丈五尺七寸、体重二十貫目。悌子の体格は、そんじょそこらの男よりはるかに立派なのだ。骨太なのは生まれつきだが、高等女学校に上がってから陸上部に入り、走ったり投げたりと日夜練習に励んだ挙げ句、みっしり筋肉まで付いてしまった。尋常小学校までは小柄なほうだった背丈が一気に伸びたのもこの頃で、関節がギシギシとうごめく痛みに、夜中、飛び起きることも再々だった。この体格のせいで、地元の岐阜で競技会に出場するたび、「男女《おとこおんな》」という野次やからかいの声が、観客や他校の生徒たちから浴びせられたものだった。

年頃になっても女性らしい体型に変ずることなく、いかり肩の上、腕も脚も丸太のごとく太い。足首にはアキレス腱《けん》を見失うほど肉が巻いており、腰から臀部《でんぶ》、腿《もも》にかけては、中に座布団を仕込

んでいるのかと疑われるほどにたくましかった。

だから、嫁に行くには薹《とう》の立った年齢であるにもかかわらず、悌子の告白に、学生たちは信じられないという顔をしたのだろう。

「冗談ですよ。結婚は当面しません」

むくれて返すや、彼女たちは安堵《あんど》したふうに胸に手を置き、そりゃそうだよね、とばかりにうなずき合った。

「なにしろ、今は御国《おくに》の大事ですからね。それに、私にはもう決まった相手があるから、急ぐこともないんですよ」

再びどよめきが起こる。十七、八の彼女たちにとって、結婚は最大の関心事なのだ。

「許婚《いいなずけ》ですか？　どんな方ですの？」

「さぁね。そら、もう授業がはじまりますよ」

これと決めた人がいるのは嘘ではない。両親もだいぶ前から、いずれふたりは一緒になるだろう、と話している。悌子の肩は、子供の頃からその人とキャッチボールをしていたおかげで鍛えられたのだし、槍投げの道に進んだのも彼が背中を押してくれたからだった。そうして、まわりの男子が、「お前、ほんとは男なんやろ」と、意地悪くからかう中で、一貫して悌子を女子として扱ってくれたのもまた、彼だけだった。

「結婚じゃないとしたら、ここをお辞めになったあと、どうなさるんですか？」

学生たちは校舎のほうを気にしながらも、もどかしげに訊いてくる。

「本当の先生になるんですよ。国民学校の代用教員。この四月からね」

悌子がさっぱり打ち明けると、彼女たちは再び驚嘆の声をかき鳴らした。

悌子が、生まれ故郷の岐阜を離れて東京に出てきたのは、地元の高等女学校を卒業し、日本女子体育専門学校に進んだ、十七歳のときだった。槍投げを極めて日本記録を出すため、というのが密《ひそ》かに抱いていた目的だったが、両親には、体育教師になるための勉強をしたい、と作り言を告げた。父は地元の中学校教師だったし、歳の離れた兄三人も教員や医者の道に進んでいたから、同じ道を目指すと言えば、まず反対はされないだろうと踏んだのだ。

それでも、男児ばかり三人続いたあとにようやく生まれた女児である悌子を、猫かわいがりしていた父は、

「なにも東京に出んでもよかろう」

と、渋った。高等女学校の五年間で優秀な成績を修めたのだから、小学校の教員試験を受けて岐阜市内で働けばいい、と。自身が箱入り娘として育った母もまた、東京なんてとんでもない、とかぶりを振り、

「しかも体育の専門学校やなんて。女の子が行くとこやないですよ」

と、追い打ちを掛けた。

「ただの学校じゃないんやよ。あの学校は、二階堂《にかいどう》トクヨ先生が創《つく》りんさった、由緒ある学校なんやよ」

日本女子体育専門学校は、かつて二階堂体操塾と称され、女子の体育教育に誠心誠意取り組んできた学校なのだ。専門学校に昇格してからも、多くの有力選手を輩出している。二階堂先生もまだ

現役で指導をしておられるし、全国から集まった選手たちと是非ともしのぎを削りたい。立派な体育教師になるためにも大舞台で自分の力を試したい。それに学校には寮もあるから安心なのだ――悌子は懸命にそう訴えたのだ。

ねばる悌子を、母はどうにか押しとどめようと身を乗り出した。

「そうまでして教員にならんでも、ええやないの。女の子はお嫁に行くんが仕事やよ。あんたの歳なら、もう縁づく娘《こ》もおるもの」

父の顔色が変わったのはそのときで、

「東京に行って、その専門学校に入りなさい」

と、唐突に許しが出たのである。

腰を据えて両親を説得するつもりだった悌子も意外な展開に驚いたが、母はさらに動じたのだろう、極限まで見開いた目を、隣で腕組みして盛んにうなずく夫に貼り付けた。

「あなた……そんな。女の子がひとりで東京に行くやなんて、無茶ですよ」

声を震わせてそう言ったと思ったら、ほろほろと涙を流しはじめたのだ。

ささいなことでよく泣く人だった。お芝居を観ては泣き、家の近くを流れる荒田川《あらた》で兄が溺《おぼ》れかけたと聞いては泣き、父の帰りが遅いと言っては泣き。そのたび家族は懸命に母をなだめ、落ち着かせるのだ。あたかも儀式のごとく繰り返されるこの一連の流れを幼い頃から見てきた悌子は、なにも解決しないのに周囲をいたずらに煩わせる「泣く」という行為を、いつしか忌み嫌うようになってしまった。これまで、競技で負けようが、指導教員からこっぴどく怒鳴られようが、近所の男どもに体格のことでからかわれようが、ひとしずくの涙もこぼす気になれなかったのは、きっとこの母のせいだろう。

「ともかく、しっかりした学校やし、東京ゆうても怖いことはあらせん。一所懸命勉強して、すぐ岐阜へ戻ってまいります」

父の気が変わらないうちに、と悌子は慌ただしくこの話を片付けた。

そそくさと自分の部屋に引き上げてから、父が急に進学を許したのは、お嫁に出すのが嫌だったからか、と思い至ったが、悌子が東京行きを決めた、もうひとつの理由は、まさにお嫁に行く下準備にあったのだった。

神代清一《じんだいせいいち》がこの前年、東京の早稲田《わせだ》大学に入学した。彼を追って東京へ行き、その活躍を近くで見守ろうと悌子は決めていたのだ。

清一は、悌子の家の三軒先に住む幼馴染《おさななじ》みだ。小さな頃から駆けっこが速く、竹馬やら石投げやら体を使うことならなんでも巧みにこなし、いつも近所の子供たちの中心にいる少年だった。「大将」とあだ名もついたが、威張ることなく穏やかで、目上目下にかかわりなく誰に対しても親切で優しかった。

清一の父親は植木職人で、悌子の家にもよく出入りしていたから、自然と家族ぐるみで親しく付き合うようになった。両家の親たちは、いずれ清一と悌子が一緒になれば親戚《しんせき》になりますな、などと、茶飲み話でしょっちゅう言い交わしていたのである。

その清一が、いつの頃からか野球にのめり込み、

「悌ちゃん、キャッチボールしん？」

放課後になると、雨の日以外は毎日欠かさず呼びにくるようになった。

とはいえ、本物の野球ボールは買えなかったから、清一自作の球である。庭木を支柱に固定するときに使う棕櫚縄《しゅろなわ》を彼は父親から拝借し、これを子供の拳《こぶし》大の石に幾重にも巻き付けて作るのだ。グラブは、軍手を重ねてつけることで代用したが、清一作のボールは重くて硬かったから、捕球のたびにジンとしぶとい痛みが、悌子の手指の骨を伝って脳天まで響いた。

「人差し指の第二関節で捕るようにしやー。それをなー、他の指で包む気持ちで握るとえーて」

清一は、手に入る限りの野球解説本を読み込んでは、その知識を悌子にも丁寧に伝えた。投球の際の足の踏ん張り方、重心の置き方、肩の鍛え方。このとき教わったいずれもが、のちに槍投げ選手となる悌子の技量を的確に下支えすることになったのだ。

ふたりでキャッチボールをしていると、女と遊んでらぁ、と冷やかす悪ガキもいたが、清一はいつも堂々として、

「だって、この村じゃ、悌ちゃんが一番ええ球を投げるでね」

と、朗らかに返していた。

ラジオで放送されるようになった野球中継も、清一はよく悌子の家で聴いていた。六大学野球に、伝統の一高対三高戦、それから毎年夏休みに甲子園で行われる全国中等学校優勝野球大会。

「僕の家、ラジオがないで、毎日お邪魔して申し訳あらせん」

盛んに恐縮する清一を、母も兄たちも快く迎え入れた。礼儀正しく素直な彼は、大人たちからもあまねく信頼されていたのだ。

「ドロップって、どんな球筋やろなぁ。カーブとどう違うんかなぁ」

彼特有ののんびりした口調で、アナウンサーの語る野球用語を反復しては、律儀に帳面に書き付

けていた。

清一は高等小学校を卒業すると、長良川《ながら》の向こうにある菅生《すごう》中学校に入学した。悌子たちの住む稲葉郡市橋村藪田《いなばぐんいちはしむらやぶた》からは歩いて一時間ほどの場所にある甲子園常連校で、清一は野球部に入部するや、朝から晩まで練習漬けの日々を送るようになった。

一年遅れて岐阜市内の高等女学校に入学した悌子は、日曜日になると、今嶺《いまみね》から鏡島《かがしま》を経て、合渡橋《ごうどばし》を渡り、菅生中野球部の練習を見に行った。

入学当初は先輩の下で球拾いばかりしていた清一だったが、すぐに頭角を現し、二年が終わる頃には次期エースとして期待されるようになっていた。

「中学五年生の先輩にも投げ負けんというから、立派やな」

清一の速球をひと目見ようと近隣から集まってきている野次馬たちが、そう言い合うのを悌子は聞いた。そのうち他校の野球部員も頻繁に偵察に訪れるようになり、清一が四年に上がる頃には、そこに黄色い歓声が交じるようになった。菅生中の投手がめっぽう美男や——女学生の間に、そんな噂が流れたからだった。

近くにいすぎたせいで、悌子はそれまで気にしたこともなかったが、言われてみれば清一は眉目《びもく》秀麗《しゅうれい》というにふさわしい顔立ちをしている。切れ長の目はくりっと大きく、眉《まゆ》はきりっと太く、鼻筋がぐいっと通っている。黙っていると凜々《りり》しいが、笑うと端整な顔がくしゃっと崩れて、途端に親しみやすさがにじみ出るのも、彼の魅力のひとつだった。

けれどその頃の悌子は、女学生たちが群がる様子を見ても、

——今日もキャーキャー言われとる。

程度にしか思わなかった。やきもきすることも、女学生たちに苛立《いらだ》つこともなく、ただ、以前のように一緒にキャッチボールができないことを残念に思っていたのだ。

悌子が、高等女学校の体育教師から、槍投げ競技の選手となることを熱心に勧められたのは、ちょうどその頃のことだった。

「君ほどの体格と肩の強さがあれば、人見絹枝のような活躍も夢じゃない。陸上部に入れ」

前のめりで語る教師の唾《つば》をよけながら、人見絹枝というのはオリンピックでメダルを取った、やけに大きな女の人か、と悌子はぼんやり思い、槍投げ選手としての資質を見出《みいだ》されたことより、がたいのよさをあげつらわれたような気がして、ひどく傷ついたのだ。

春休み、久し振りに村内で行き合った清一に、だから悌子はとっさに相談を持ちかけたのだった。

陸上部に入って槍投げに勤《いそ》しむべきか、否か——。

「今日は練習休みだで、少し川原で話そーや」

清一は明るく言って、歩き出した。

「珍しいなぁ。あの野球部が休みやなんて」

「卒業式のあとは一日だけ休みなんや。それと正月やな。他はナシや」

清一の、かつてふっくらしていた頰は鋭く尖《とが》り、色白だった肌は焦がした餅《もち》のように真っ黒だった。なにより、背が悌子より頭一つ分高くなっている。悌子は学年で一等背が高く、それを気にしていつしか猫背でいる癖がついていたくらいだったから、清一の隣を歩く安心感はまた格別だった。

「練習、えらいか？」

川原の草むらに座って訊くと、

「そりゃ、えらいわな」

清一は、いつものくしゃっとした笑みを向けた。

「春、秋はまだええ。冬もえらいが、なにより夏やな。炎天下でも水も飲めんで、授業がない日は一日十時間も投げ込むんやよ。外野に草むらがあってな、そこに水を入れたヤカンを隠しとって、部員はみな球拾いのふりして飲んどるが、僕は投手やで」

　菅生中エースの座を射止めた清一には、監督がぴったり横について指導するため、ひとときも気が抜けないのだという。

　右手の人差し指と中指は、幾度も皮がむけたのだろう、分厚く盛り上がり、肩甲骨から上腕、首までも大人の男のように厳《いか》めしかった。たった数年で、体がここまで変わる練習というのはどんなものかと、悌子は密かに怖気《おぞけ》立つ。

「槍投げ、やりとうないんか」

　悩みをひと通り打ち明けると、清一はまっすぐに訊いてきた。

「うーん、まだようわからん。ちょっと面白そうやな、とは思うわな」

「なら、やってみたらええがね」

　でも、体格がよくて推されただけだから、とまでは、いかに兄妹のように育ってきた清一にも、気恥ずかしくて口にできなかった。

「悌ちゃんの気持ちが一番大事やけど、僕は槍投げ、向いとると思うで。悌ちゃん、肩がええもの。せっかくの長所を活《い》かさんのはもったいないがね」

「……長所？」

肩がよくてもお嫁にはいけない。いい奥さんになって子供を産むことが女としてもっとも優れた道なのだと、母は常日頃、口を酸っぱくして言っている。

「長所やで。悌ちゃんほどの肩は、野球をやっとってもめったに出会えんよ。他の人は持っとらんものを活かすべきやで」

「肩か。そんなんも、長所て言うんやね」

不思議に思ってつぶやくと、清一は口を真横に大きく広げて笑った。

「そらそうや。野球やったら選手生命を決めるほど、大事なもんや。でも僕は他にも悌ちゃんの長所、山ほど知っとるでね。悌ちゃんは特別や。特別な女の子やし」

悌子が清一を、単なる幼馴染みではなく、ひとりの人間、もっと言えば異性として意識したのは、このときが最初だったかもしれない。見た目だけで判断せず、内面もすべて知った上で自分という人間を認めてくれる他者がいる——それがこれほど甘美な福音をもたらし、かほどに心強いものなのか、と驚きの中で悌子はしかと胸に留めたのである。

春休みが明け、進級するとすぐに悌子は陸上部に入部した。途中入部にもかかわらず、投擲の仕方を一、二度教わっただけでコツをつかみ、ひと月が経つ頃には他の部員の誰よりも遠くまで投げられるようになっていた。下半身をうまく使っている、肩甲骨がよく動いている、槍の回転も素晴らしい、と体育教師は絶賛したが、いずれも悌子が無意識にやっていることだった。

その秋の県大会に学校代表として出場すると、二位を大きく引き離し、県新記録で優勝してしまったから、悌子もさすがに、これは本当に自分の抜きん出た長所なのだ、と認めないわけにはいかなくなった。

清一もまた、時を同じくして甲子園で活躍し、五年生の夏が終わったところで声のかかった中から早稲田大学野球部を選び、進学を決めた。僕もとうとう六大学野球の選手になれるんや、といつも冷静な彼には似合わず、はしゃいだ様子で悌子に報告してから、

「悌ちゃんも、そのうち東京に来たらええ。体育の学校もあるでね。そしたらまた一緒にキャッチボールできるな」

彼は、悌子の手を強く握って言った。不意に触れられて泡を食い、なんと答えたものか、覚えていない。けれど悌子は、清一が自分との将来を見据えてくれていることを、このとき確かに知ったのだった。


国民学校の代用教員として初登校の日、悌子は腫《は》れたまぶたに、冷やした手拭《てぬぐ》いを載っけて階下に降りた。

「あれ、どうしたの？　どっかにぶつけた？」

店のほうから、木村朝子《きむらともこ》の威勢のいい声が飛んできた。この家の家主であり、木村惣菜《そうざい》店店主でもある朝子は、大雑把なようでいて、細かなことによく気付く。

「いえ。昨夜《ゆうべ》、緊張してよく眠れなくて。目もすっかり充血してしまいました……」

手拭いを取って見せると、朝子は弾《はじ》かれたように笑った。

「ほんとだ。見事に真っ赤だね。それじゃ、子供らが腰抜かすよ、先生」

気はいいのだが、彼女は遠慮を知らない。これに追い打ちを掛けたのが、朝子の姑《しゅうとめ》にあたるケイである。

「こりゃー、腐った鯖《さば》の目と一緒だね」

朝食の膳《ぜん》についていた彼女は、ご丁寧にも筋張った首を伸ばしてこちらを見やり、嘲笑《ちょうしょう》を放ったのだ。この婆さんは、どこでどんな目に遭ってきたらこのようにひねくれるのか、と怪しまずにはおられぬほど口が悪い。

赴任先が西東京は北多摩《きたたま》郡小金井《こがねい》町の国民学校に決まると、悌子は専門学校の寮を出て、学校近くで下宿を探した。折良く、中央本線武蔵境《むさしさかい》駅から武蔵小金井駅方面へ二十分ほど歩いたところ、梶野《かじの》新田《しんでん》に建つ惣菜店の二階が貸しに出されていると聞き、早速、東の角部屋に手付けを打った。駅から遠いし、あたりはほとんどが農家で、商店も数えるほどしかないのは不便だったが、通勤時間は十分もかからなかったし、山の手の家賃相場の半分ほどで済むことも決め手となった。

二階には三部屋あって、店子《たなこ》はまだ悌子だけである。四畳半の部屋には南と東に肘《ひじ》掛け窓があって明るく、一間《いっけん》の押し入れもついている。廊下には流しが設《しつら》えられ、コンロも置かれているから簡単な調理もできる。風呂《ふろ》は銭湯、便所は一階の大家の住まいにあるものを共同で使うのだが、今のところ不便を感じたことはない。

惣菜店を営む朝子は生まれも育ちも下町で、以前は亭主と一緒に浅草《あさくさ》で小さな食堂を営んでいたらしい。それが今年に入って、戦況悪化のため近くの遊園地や映画館が取り壊されるに至り、売り上げががっくり落ちてしまった。さらには亭主が兵隊にとられ、これを潮に思い切って下町を離れ、この郊外の店舗付き古家に移ってきたという。

「年寄りと小さい子がいるからさ、ちょっとした疎開ってつもりもあってね。それに、あたしもこんなだし」

悌子が内見に来た日、朝子は少し張り出してきた腹を指して笑っていたのだ。彼女のもんぺ穿《ば》きの脚にしがみついて、二歳になる智栄《ともえ》という女の子が、興味津々といった様子で悌子を見上げていた。

一階の半分、十坪ほどが惣菜店、もう半分が朝子たちの住まいだ。食糧難が続いてはいるが、小金井は農家が多く、野菜だけは苦労なく購《あがな》える。店先には、ごぼうのきんぴらだの竹の子の土佐煮だの蓮根《れんこん》の酢じめだの、多彩な料理が煌めいていた。

「ここんとこ、醤油《しょうゆ》や砂糖が手に入らなくなってきたから、この商売もいつまで続くか……。代用醤油じゃ味も決まらないしね」

朝子は時折不安も漏らすが、その口調は不思議とどこまでも明るい。

食堂をよして惣菜店に切り替えたのは、外食券制度が導入されたせいだった。この券を集めて米を買いに行けた頃まではよかったが、昨今その米が日に日に減っていく。

「玄米の配給じゃ米を搗《つ》くのも手間がかかるし、最近じゃ高粱《こうりやん》入りのお米も珍しくないでしょ。あれじゃ、定食なんてできないもの。それに、お義母《かあ》さんとふたりきりじゃ、食堂の客をさばくのもひと苦労だしね」

姑のケイは、腰こそいくらか曲がっているが、数え七十とは思えないほど動きが機敏だ。小柄で痩《や》せており、歩くときに両肘を横に突き出す癖があるせいか、店の中を彼女が素早く移動する様は、どこか昆虫を彷彿《ほうふつ》とさせた。顔には縦横無尽にシワが走っており、目は細いものの眼光は鋭い。

この日も、まぶたを冷やす悌子を睨《にら》んで、

「あんた、そんな図体のくせに、気が弱いと見えるね」

ケイは八卦見《はっけみ》よろしく告げたのだった。悔しいが的を射ている。ここ一番というところでいつも緊張して力が発揮できないのは、幼い頃からだ。ただ、長い競技生活のおかげで、昨今は勝負どころで持ちこたえられるようになっていたのに、教員というはじめて挑む仕事を前に体がひどくこわばっている。

「そんなこっちゃ、南方におられる兵隊さんに申し訳が立たないよ」

ひとり息子を兵隊にとられたからか、ケイは二言目にはこの台詞を持ち出すのだ。

「まことにあいすみません」

しおしおと詫《わ》びて、鞄《かばん》を左肩に掛けた。右肩はけっして重い荷物を背負わないというのが、槍投げをはじめてからの習慣になっている。

「ご飯は？　なにか食べていく？」

朝子が店から声を投げた。

米穀通帳を示して手に入る配給米は、大人ひとりにつき一日二合三勺。悌子もこれでやりくりしている。ただ、おかずをひとり分作るようだと高くつくから、近頃はごはんだけ持ち込んで、店の惣菜を月極料金で分けてもらっていた。料理が不得手の悌子には、これが大いに助かった。

「すみません。今日はあまり時間の余裕がなくて。お腹も空《す》いていないので」

作りたての惣菜をてきぱきと並べている朝子に向かって詫びると、

「あんた、すぐに謝る癖はよくないよ。そんな弱気でいちゃあ、アメ公にゃあ勝てないんだから」

ズズッと味噌汁《みそしる》をすする隙間から、ケイが鋭く言った。

国鉄武蔵境給電区を左に見て、お稲荷《いなり》さんの前を左、そこから深大寺《じんだいじ》用水を越えると、小金井中央国民学校が見えてくる。

武蔵境駅周辺は、中島《なかじま》飛行機の武蔵野製作所が近いこともあって、工場に続く引込線が走っていたり、高射砲陣地があったりと、どこかものものしい景色だが、このあたりは畑と雑木林が広がるばかりで至ってのどかな風景だった。ことにひと月ほど前、〈撃ちてし止まむ〉と大きく決戦標語の書かれた百畳敷の兵士の写真パネルが壁一面に貼られた有楽町日劇《ゆうらくちょうにちげき》に身震いしたばかりの悌子には、この穏やかさはなおさら際だって感じられた。

校門前には上級生らしき生徒がふたり、木銃を手に立っており、登校してくる生徒たちに挨拶《あいさつ》をしている。悌子の姿を見つけた彼らは「誰だろう？」と言わんばかりの戸惑った顔を見合わせはしたが、捧《ささ》げ銃《つつ》をして一礼してくれた。

広々とした校庭では、桜が満開である。悌子は立ち止まり、目線を上げて、大きく息を吸う。清らかな青空とやわらかな薄紅色に視界が覆われると、自然と力が湧いてきた。

「全力で楽しむべし」

競技に入る前にいつも胸の内で唱えていた言葉を、念じるようにつぶやいて、くすんだ緑色に塗られた木造校舎へと力強く一歩踏み出した。

昇降口で生徒を出迎えていた、小使いさんらしき初老の男性に場所を訊き、まずは一階の階段そばにある校長室で挨拶を済ませた。銀髪を隙なくなでつけた校長は、「ああ、君ですか」と微笑んだきりで、細かなことは職員室へ行って教頭に訊くように、と指示をした。

職員室は校長室とは階段を隔てた隣で、入口で名乗ると、すぐさま頭の薄い、上半分だけ緑のある両端の吊《つ》り上がった眼鏡を掛けた、前歯のかなり出っ張った人物が滑るように近づいてきて、悌子の上から下までを怪訝《けげん》な顔で眺めたのち、

「山岡先生ですな。教頭の倉橋《くらはし》です」

と、早口で名乗った。

「先に、書類に署名をお願いします」

彼は自分の机の抽斗《ひきだし》から用紙を取り出すと、部屋のもっとも下座にあたる場所に置かれた机まで悌子をいざない、机上に置いた用紙を、人差し指でとんとんと二度ほどつついた。

「ここが山岡先生の机です。筆記用具はありますね？」

まわりに座っていた教員が、悌子に向けて軽く会釈をした。それに応えて頭を下げつつ、ペンを取り出して椅子に座ると、ミシッと嫌な音が尻《しり》の下で鳴った。

「これ、ここもね、仕様を変えなければならなかったんですよ」

小金井中央国民学校、と印字された箇所を教頭は小突いた。おととし、政府の通達に従って、小学校が国民学校と名を変えた。そのためこの学校でも、門札から印鑑、書類に至るまで、すべて作り直さなければならなかった。それにかかった費用は七十円にも上ったのだ、と彼は眼鏡をせわしなく押し上げながら言うのだ。適当に相槌《あいづち》を打ちながらも悌子は、漱石《そうせき》の『坊っちゃん』に登場する赤シャツを思い浮かべている。

「山岡先生は、体育の専門学校のご出身でしたな。ここでは女子に薙刀《なぎなた》の授業がありますから、受け持っていただけそうだと期待しておるんですよ。なにせ、若い男性の教員がだいぶ減ってしまって」

教頭は、悌子の体に今一度目をやり、これなら大丈夫だ、とでも言うように深くうなずいた。

この学校の教員数は全十九名。うち半分が女性だという。男性教員が次々出征したために万年人手不足で、悌子のような代用教員を補充しながら学級数を減らし、一教室に詰め込めるだけ生徒を詰め込んで、どうにかしのいでいるのだと教頭は溜息《ためいき》に交ぜて言った。

「山岡先生には、しばらく吉川《よしかわ》先生について、五年三組を受け持っていただきます。文部省からは、男女で学級を分けるように、と通達がきておるのですが、教員不足もあって、うちは男女一緒の学級です。それと指導要綱の写しをお渡ししますから、必ず頭に叩《たた》き込むように。お願いしますよ」

口調こそ慇懃《いんぎん》だが、「叩き込むように」なんぞと険しい顔で言うあたり、曲者《くせもの》だな、と悌子は用心する。こういう権威主義者は体育関係者にもよくいる種で、保身のためなら人を平気で陥れるのだ――と、そこまで憶測してかぶりを振った。こうやって人に会うなり人品骨柄を見定めるのは、悪い癖だと自覚している。兄たちからも「他人をそんなにすぐにわかった気になるんやない。千里眼でも気取っとるのか。小賢《こざか》しいからよせ」と、再々たしなめられてきたのだ。

この日は、新一年生入学の日でもあった。とはいえ時節柄祝典はせず、通常の朝礼で済ませるという。予鈴が鳴るまでに書類をしあげ、悌子は教頭について校庭へ出た。生徒たちはきちんと列を作り、朝礼台の前に並ぶと直立不動の姿勢をとった。その間、一切私語は慎んでいる。ちょこまか動いているのは、まだ学校に慣れない一年生だけである。

校長が、おもむろに朝礼台に上がった。

「国旗掲揚」

彼が唐突に発した大声に悌子が驚くうちに、掲揚台のかたわらに控えていた教員が、するすると日の丸の旗を揚げはじめた。

と、生徒がいっせいにそちらに体を向けたのである。ここでもまごまごしているのは一年生と悌子だけである。教師が生徒らの間を縫いながら、

「そら、鼻柱をちゃんと国旗に合わせんかっ」

と、叱責《しっせき》している。どうやら国旗が揚がるのに合わせて顔を仰向《あおむ》けていくものらしい。

――いつからそんな決めごとが……。

戸惑いながらも、悌子は生徒に倣《なら》う。鼻柱がちゃんと国旗に合っているのか、自分ではよくわからない。

掲揚が終わると、校長の訓話である。

「君たちは、この皇国に生まれたことを感謝してください。常に日本国民たる光栄と責任に感激し、和と誠をもって全校一心錬成の実を挙げ、誓って心身共にすぐれたる大皇国臣民になれるよう心掛けてください」

――今や学校は、こんなことになっとるのか。

目の前の光景を悌子は呆然《ぼうぜん》と見守る。

訓話ののちに国歌斉唱が三度も繰り返され、東に向いての宮城《きゅうじょう》遥拝《ようはい》がなされた。その後、教頭が壇上に立ち、教育勅語の奉読が行われた。生徒はこれを、頭を下げて聞かなければならないらしく、長い奉読の間、九十度に身を折って耐えていた。頭に血が上ったのか、ふらつく者、青洟《あおばな》がだらりと垂れたままの者もある。それでもしゃがんだり、洟をすすったりすることさえ禁じられているらしかった。

朝礼だけですでにぐったり疲れて職員室に戻ると、「山岡先生ですな」と、朝方昇降口に立っていた小使いさんから声を掛けられた。

「私、吉川博《ひろし》と申します。五年三組の担任です。しばらく先生の指導教員となりますので、よろしくお願い致します」

「えっ、あっ、あの、すみません」

思わず詫びた悌子を不思議そうに見返した吉川は、齢《よわい》五十過ぎで、この学校では一番の古株だという。至って温厚そうな顔立ち、白髪交じりの眉毛は目を覆わんばかりに長く、痩《こ》けた頬に長い顎と相まって、どこか白ヤギを彷彿とさせた。

「山岡先生は体育がご専門だそうですな」

五年三組の教室へと廊下を並んで行く途中、吉川は言って、目尻にシワを刻んだ。

「はい。体育の専門学校に通っておりました。ただ、地元の高等女学校を出ておりますから、一通りの教科は学んでまいったつもりです」

「それは心強い」

「あ、ですが、人に教えた経験があるのは槍投げだけでして。わからないことだらけですので、どうぞご指導のほどよろしくお願い致します」

深く頭を下げると、彼はその小さな目をしょぼつかせ、そっと溜息をついた。

「実は、私もわからないことだらけなんですよ。国民学校になってから、教育方針がだいぶ変わりましてね」

吉川はそこで、いくぶん声を落とした。

「我が校でも国民科の修身に特に力を入れるようになったんです。なかなか改変についていけず、私も難渋しております」

薄くなったつむじのあたりを、彼は控えめにかいた。そうして、しばし考えるふうをしてから、案外な問いを投げかけたのだ。

「お嫌じゃないですか？　このような授業の体制は。ことに修身なぞは、御国のために命を捧げよと説く内容が主になっておりますし、体錬科もほとんど軍事教練に等しくなっておりますし」

意味を汲《く》むのに時間を要した。なにを「嫌」だと、吉川は訊いたのだろう。

「先ほどいただいた指導要綱には、国民皆兵ということを心に留め、生徒たちには少国民として銃後の守りをするよう指導することと書かれていました。そのような教育ができるよう努めてまいる所存にございます」

とりあえず模範解答と思える言葉を悌子は差し出したのだが、吉川は少しばかり落胆したような力ない笑みを浮かべただけだった。

「……私、なにか、おかしなことを申しましたでしょうか」

「いえ、立派なお答えでしたよ」

吉川はすっと目を逸《そ》らした。その顔からは最前までの笑みが消えている。

五年三組の教室に踏み入って、悌子は思わず「うっ」と肩を引いた。盥《たらい》に隙間なく浮かんだジャガイモのごとく、坊主頭とおかっぱ頭がひしめいている。一学級に五十六人も詰め込むと、教壇から眺めるだけで窒息しそうな光景ができあがるのだ。

自己紹介をするよう吉川に促され、気を取り直して黒板に自らの名を大きく書く。生徒たちに向き直り、

「山岡悌子と申します。どうぞ、よろしくお願い致します」

第一印象が大事だと思い切り胸をそらし、目一杯声を張った。生徒たちは、度肝を抜かれた様子で、こちらを見詰めている。

「山岡先生には、この学級の副担任をしていただきます。みなさん、よく言うことを聞くように」

吉川のしゃがれ声が響くと、全員速やかに起立し、「よろしくお願い致します」と声を揃えて一礼した。その折り目正しさと行儀のよさは、泥だらけで遊び回り、無謀な探検をしては、しょっちゅう近所の大人たちから雷を落とされていた悌子の小学生時分とは、だいぶ隔たりがあった。

教員としての経験がないため、悌子は翌日からしばらくの間、教壇の脇に控えて授業を見学することに終始した。

初等科高学年の授業は、修身や国史を扱う国民科、算数や理科を学ぶ理数科、体操、武道の体錬科、習字、音楽、図画、工作とその他あらゆる教育をひっくるめた芸能科の四つに大別される。国民学校がもっとも力を入れているのが国民科で、他の科の倍の時間数が割り振られていた。

授業に臨んで悌子は、注意深く生徒たちを観察し、座席表と照らしてひとりひとりの顔を頭に刻んだ。眺めているうち、それぞれの個性がうっすら透けて見えてくる気がする。

机上に帳面を広げる生徒はほんの一握りで、ほとんどの子供は石盤を用いており、カツカツと書き写す音が高く響き渡っている。このところの紙不足で、帳面も手に入りにくくなっているのだ。教科書すらも薄くなる一方なのだと、教員面接の折に聞かされた。

それにしても、五年生ともなると子供らしさが抜けてくるのか、授業での受け答えも明瞭《めいりよう》、中には大人顔負けの物言いをする子までいる。体育専門学校で全国から集まってきた十代後半の精鋭たちを指導するのと違って、年端《としは》のいかぬ子供を教えるのなら心安いだろう、と安穏《あんのん》と構えていた悌子だったが、だんだんと不安になってきた。

とりわけ、三限目の算数の授業で、吉川の教える計算法に異を唱える生徒が出たことにはまったく肝を潰《つぶ》した。

「先生、つるかめ算はXやYを使った公式に置き換えたほうが、計算しやすいと思います」

彼は、耳につけるようにしてまっすぐ手を挙げると、凛《りん》と声を張って言ったのである。慌てて確かめた座席表には、青木優一《あおきゆういち》、といかにも賢そうな名が刻まれている。

「兄さんの教科書を見たら、そんな数式が載っていたんです。つるとかめを出さなくても、もっと簡単に答えが導き出せます」

議員の演説さながらの口振りである。悌子は、つるかめ算ってなんだったっけ、と冷や汗をかきながら懸命に記憶をたどる。

「君の言う通り、そういう方法もありますね。では、その公式を前に来て説明してください」

生徒の発言以上に、吉川の対応に啞然《あぜん》となった。てっきり、「授業の邪魔をしてはいかん」と叱るものだとばかり思っていたが、案に相違して彼は青木優一を教壇に立たせたのだ。

優一は嬉々《きき》として、大きな字でXとYを用いた数式を板書し、ハキハキした口調で至極わかりやすい説明を施した。あぁそういえば、そんなことを習ったな、と情けなくも悌子はようやく思い出せたが、当然ながら生徒たちはだいぶ難解に感じたようだ。

「そんなの、かえってややこしいよ。つるとかめのほうがいい」

ひとしきり解説が終わったところで、図抜けて体の大きな生徒が口を尖らせたのだ。豊島啓太《としまけいた》、と座席表にある。

「私もつるとかめのほうが親しみやすいから、そっちに戻してください」

目鼻立ちのやけに整った女の子が、声をあげた。あれは自分が美人だってわかってるね、その自信に裏打ちされた物言いだね――米田幸子《よねださちこ》と名前を確認してから、悌子は胸裡《きょうり》で深くうなずく。

自分の提案が不評だったことにがっかりしたのだろう。優一はあからさまに肩を落とし、とぼとぼと席に戻った。最前は大人びて見えたが、泣きそうな顔でうつむいているところを見ると、まだまだ子供だ。

「山岡先生」

不意に吉川に呼びかけられ、悌子はビクリと身を震わせた。

「ただいまの、青木君の解説はいかがでしたか？」

訊かれてとっさに立ち上がる。学級中の目がこちらに集まる。

「あの……」

緊張で声が詰まった。競技を見物されることには慣れているが、発言が注目されるというのは思いがけず恐ろしいことだった。

「私、数を数えるのが苦手でして、学校の授業でも算数は大の不得手でした。ですが、ただいまの青木君の解説で、XとYの公式の意味がとってもよくわかりました」

しばし沈黙があった。変なことを言ったろうかと案じたところで、生徒たちがドッと笑い声をあげたから、ますますうろたえた。いったい、なにがおかしかったのだろう。

「先生なのに、苦手なことがあるんだって」

笑いの波間から、ささやき声が聞こえてくる。悌子はついムッとなる。別段教師は神ではない。苦手なものも、できないこともそりゃあるだろう。一方で、もしや先ほどの感想は教師の発言としてふさわしくなかったろうか、と冷や汗が流れる。

「はい、静かに。授業に戻りますよ」

吉川が手を打つと、教室はあっさり静まった。悌子は不得要領《ふとく》のまま腰掛ける。と、そのとき、こちらを見ている者があるのに気が付いた。優一だった。さっきのしおれ具合はどこへやら、彼は顔一杯に、さもうれしげな笑みを浮かべていた。

終業後、職員室に戻ってから、悌子は吉川に切り出したのだ。

「あの、先ほどの授業のことですが」

吉川は、こちらに向いて小首を傾《かし》げた。

「算数の授業で発言を求められたとき、私、おかしなことを申しましたでしょうか」

吉川は笑みを浮かべ、かぶりを振った。

「いいえ。むしろ、素晴らしいお答えでしたよ。私は感心しました」

「でも、みなさん笑っていましたので」

「苦手なことを苦手と言うのは、勇気がいります。あなたはそれを事も無げに為した。むしろ立派な発言だったと私は思いますよ」

そんなたいそうなことだろうか、と眉根が勝手に寄った。槍投げの習練は、苦手なことを克服するためのものだ。これはいずれの競技も同じで、毎日欠かさず飽くほど習練することで欠点を補い、理想の動きを体に覚え込ませる。つまり、苦手なことやできないことを、常に意識するのは当然のことなのだった。

けれど教師たるもの、生徒の模範になるべきだから、そう簡単に弱みを見せてはいけないのかもしれない。

「ご迷惑をおかけしていないのなら、いいのですが……。でも、なにか間違っていることがあれば、遠慮なくおっしゃってください。怒られるのには私、とっても慣れておりますから。かえって怒られないと不安になるくらいなんです」

真剣に頼んだつもりが、吉川はたるんだまぶたを押し上げ、ホッホッホとお上品な女学生のような笑い声をあげた。

「ここ一、二年で学校は大きく変わって、文部省から日々様々な通達が届きます。私はこっそり日替わり定食と呼んでおりますが」

吉川は、シワの深く刻まれた顔に薄く戸惑いを浮かべた。

「子供たちも、ことに高学年は、学校にあがってから諸々方針が変わりましたからね。なにがよくて、なにが悪いのか、常に様子を窺《うかが》っています」

それから、わずかに顔を引き締め、あたりをはばかるように声を潜めて言ったのだった。

「ですが、私はできるだけ、子供たちには本音で生きてほしいと願っています。せめて教室の中だけでも、思ったことを思ったように言える環境を作りたいと努めているんです」

悌子が赴任早々に座席表を暗記し、五年三組の生徒の名と顔を漏らさず一致させたことは、吉川を驚かせ、同時に生徒たちの信頼を勝ち取ることとなった。

教師の中でもっとも若いことも、生徒たちには接しやすい材料となったのだろう。ひと月が経つ頃には、悌子のまわりに、自然と子供たちの輪ができるようになったのだ。

人一倍体の大きい豊島啓太は、赤羽《あかばね》の実家をひとり出て、この近くの親戚の家に預けられている。松田賢治《まつだけんじ》は、幼い頃に患った破傷風の影響で耳の聞こえがよくないから、席替えをしても必ず一番前の席に座るよう配慮する──そんな生徒たちの抱える事情も少しずつだがわかってきた。

父さんは旋盤工で、うちは工場をしていたんですけど、金属回収がはじまってそれができなくなったので、今は家の近所の軍需工場で働いてるんです。母さんがおととし病気で亡くなって、僕は兄弟もいないから、こっちに預けられたんです。

啓太のように、休み時間にぽつぽつと身の上話をしてくれる生徒も少なくない。家庭のことや授業の質問と話題はさまざまだったが、みなが等しく口にするのが、

「どうしたら先生のように立派になれますか？」

という問いかけなのだった。

はじめて女子生徒のひとりにそう訊かれたとき、一新米教師でしかない自分のなにが立派に見えるのだろう、と首をひねりつつも心浮かれたのである。かつて槍投げで日本記録に迫ったことが生徒に知れ渡ったのかしらん、それとも心延《ば》えのよさを子供たちは感じとっているのかしらん、と楽しく想像していたのだが、なんのことはない、彼らは悌子の体格の良さに感心しているらしかった。

男子生徒までもが、

「どうしたら、先生のようにたくましくなれますか？」

と、真剣な眼差《まなざ》しを向けてくるのだ。

まったくうれしくない。

「男女《おとこおんな》」と、さんざんからかわれてきた古傷が、じくじくと膿《う》み出した。この立派な体格のおかげで一廉《ひとかど》の選手になれたことは確かだが、肩のよさというのは必ずしも体格に比例しないことを、長い選手生活の中で悌子は学んでいる。女子槍投げ競技には、長距離ランナーのように細くて華奢《きゃしゃ》な選手も多々おり、彼女たちが悌子と遜色《そんしょく》ない記録を出すこともままあった。そういうときに、周囲の男たちがささやく、

「あんなにか細いのに、よくあそこまで距離が出せるものだ」

という尊敬と憧憬《しょうけい》といたわりとが交じったような感嘆を、悌子はずっとうらやましく思ってきたのだ。おそらく、頑張った感がより強くかもし出され、けなげさも演出されるのだろう。悌子がいかに飛距離を出しても、周囲はただ「当然」とばかりにうなずくだけである。

これは日常生活においても同様で、例えば重い荷物を汗みずくで運んでいても、「手伝おうか」と声を掛けてくる者は皆無なのだった。

──女に生まれたのに、損しとる。

自分の体格をそんなふうにしか思えずにいるのに、生徒たちはキラキラした憧れの眼差しを向けてくる。

「毎日元気に登校して、体錬科の教練を一所懸命やれば、みんな立派に大きくなれますよ」

子供に八つ当たりをするのも大人げないから精一杯の笑顔で告げると、彼らは嬉々として昼休み

に校庭へ駆け出していく。ところが、たいがいすぐに遊びをやめ、木陰に入って地面に絵など描きはじめるのである。

「東京の子は、元気がないですね。外で遊ぶのが苦手なんでしょうか」

下宿に戻って夕飯の卓を囲んだ折、それで悌子はつい漏らしたのだ。

「そんなことないよ。うちの実家のほうなんて、うるさいくらいに騒いでたもん」

芋がらのきんぴらを頬張りながら、朝子は答える。

「この子だって、ちょこまか動き回って目が離せないしさ。子供ってのは、止まってることができないんだよねぇ。なんでも口に入れるしさぁ」

朝子は、かたわらで正座して粥《かゆ》をすすっている智栄を顎でしゃくった。

確かに智栄は活発だ。まだ二歳だというのに、ひとりで階段を上って悌子の部屋までやって来たことも一度や二度ではない。

「学校の教育が悪いんだろうよ。少国民だのなんだのって言ってんだろ、ただの子供をさ」

ケイが横から口を出す。

「お義母《かあ》さん、そういうの大きな声で言わないでちょうだい。どこで誰が聞いてるか、わかんないんだから」

朝子が諌《いさ》めると、ケイは鼻を鳴らしてそっぽを向いた。

日本少国民文化協会なる組織がおととし発足し、昨年には児童雑誌『少国民の友』が発行された。上級生が木銃を持つようになったのもここ一年ほどのことだし、真珠湾攻撃成功を記念して大詔奉《ほう》戴《たい》日が定まってからは、毎月八日、全校生徒は軍事教練に勤しみ、校庭に据えられた御真影奉安殿《ごしんえいほうあんでん》前に整列して、戦勝を祈ることが義務づけられるようになっていた。

「土地の違いじゃあなくて、時代の違いなんでしょうかね」

箸《はし》を置いて悌子は嘆息する。

「そうさ、大人がおっぱじめたことで、子供が割を食ってるってわけさ」

ケイが皮肉な笑みを浮かべる。朝子はうんざりしたふうに肩をすくめてから、

「そうだ。二階に新しく人が入るんだ」

と、素早く話題を変えた。

近々、西側の部屋に朝子の実母が越してくるという。二階には三部屋あるものの、下宿人はいまだ悌子だけだった。

「うちの父が三年ばかし前に亡くなってね、母さんひとりで向島《むこうじま》に置くのも心配だから、家は残して、こっちに疎開させることにしたのよ。お義母さんにも無理言って、すみません」

朝子が殊勝に頭を下げると、

「ちゃんと家賃はいただきますよ」

と、ケイはつっけんどんに返した。

「向島のご実家は、空き家にしとくんですか」

昨今、疎開して留守の家を狙う空き巣もいると聞くから、悌子が案じ顔を向けると、

「うん、まぁ住む人間はいるにはいるんだけどね……」

と、珍しく朝子の歯切れが悪い。誰が住むのか気になったが、他人の家のことを根掘り葉掘り訊くのもはしたないから、

子はゾッと身震いする。

「賑《にぎ》やかになるのは、うれしいです」

とだけ返した。その拍子に、ケイのような婆さんがふたりして諍《いさか》っている様が頭に浮かんで、悌子はゾッと身震いする。

五月の半ば、山本五十六《やまもといそろく》元帥が戦死したと大本営が発表すると、校内は騒然となった。山本大将がいる限り皇軍は負けることはない、と子供たちは頑《かたく》なに信じていたためである。

校長が、生徒の動揺を鎮めるために、

「日本は連戦連勝を続けております。みなさんも、しっかりと銃後を守るように」

と、朝礼で鼓舞したのも虚《むな》しく、月末には、アッツ島の皇軍守備隊玉砕との報がラジオから流れてきた。

さすがに不安に見舞われて、悌子は六月に入ってすぐ、清一に手紙を書いた。

彼は、早稲田大学を卒業した三年前、社会人野球チームのある東倉《とうくら》電鉄に入社し、鉄道運営の仕事をしつつ、投手として活躍を続けている。菅生中、早稲田と、彼が登板する試合を観戦してきた悌子は、東倉電鉄の試合にも足繁く通い、試合後に清一とわずかな時間、近況を語り合うことを楽しみにしてきたのだ。

悌子が教員の職を探していた折、「羽島《はしま》で国民学校の教員を募集しているから、応募したらどうだ。知り合いが校長をしているから口を利いてやる」と、岐阜県内で同じく教員をしている二番目の兄から手紙をもらっていたのだが、これを断り、東京で勤め先を探したのは他でもない、清一がこちらに残っているという理由からだった。

けれどその画策も虚しく、今年に入ってから東倉電鉄野球チームの活動はすべて中止となり、清一の投球を見ることはもちろん、会うことすらできずにいる。代用教員になったことは四月のうちに手紙で知らせたものの、返事はまだ来ない。もしかすると召集されたのではないか。大学の繰り上げ卒業までなされる中、壮健な清一に赤紙が来ないまま済まされるとも思えなかった。

この四月、文部省は非情にも、東京大学野球連盟の解散命令を出している。甲子園大会も、去年こそ特例で一部の試合を行ったが、今年の開催はさすがに無理だろうと噂されている。野球の試合が観られなくなるのとともに、子供たちがキャッチボールで遊ぶ姿も稀《まれ》になり、バットを銃に見立てた戦争ごっこに興じる様が多く目に付くようになった。月に一度、学校に軍人が来て、体錬科の時間に銃の持ち方や撃ち方を教えていれば、それは当然の成り行きなのかもしれない。

修身の教科書も、悌子が子供の頃のものとは、大きく様子を変えている。

〈大東亜戦争は、そのあらはれであります。大日本の真意を解しようとしないものをこらしめて、東亜の安定を求め、世界の平和をはからうとするものであります。私たちは、国の守りを固め、皇軍の威力をしめして、道義を貫ぬかなければなりません〉

国民科の授業は吉川が行う。悌子は生徒と一緒に吉川が読み上げた文言をなぞる。

〈御稜威《みいつ》は、今や遠く海を越えて、かがやき渡つてゐます。国のはじめ以来の精神が次々にあらはされて、東亜の世界は、日一日と安らかになつて来ました〉

悌子の主な役割は、副担任として吉川の補佐をすることだったが、女子に薙刀を教える授業は赴任当初から単独で負っていた。さらに六月に入ってからは、体錬科の授業すべてが悌子に任されるようになったのだ。吉川は運動がからきしだったし、国語や算数のように教え方もうまくはなかったから、悌子が勇んで受け持つことにしたのである。

夏休みも近い七月半ば、体錬科体操の授業では、中距離走の予定が組まれた。これまでは「国民進軍歌」に合わせての行進のみだったが、体力強化のため校庭五周の持久走をするように、と教頭から申し渡されたのだった。

小金井中央国民学校の校庭はだだっ広くはあるが、五周ならばけっしてしんどくはないだろうと悌子は諒承《りようしよう》し、ゆっくりでもいいから走り切るように、と朝礼台の前に整列した五年三組の生徒に告げた。

「じゃあここから走りますよ。位置について、よーい、ドン！」

手を叩くと、生徒たちは一斉に走り出した。夏とはいえ薄曇りの日で気温は低く、吹き抜ける風も涼やかだ。走るには絶好の環境だと悌子には思えたのだが、案外にも生徒たちは、二周ばかり走ったところで、歩き出したりしゃがみ込んだりしはじめたのである。

「どうしました？　具合でも悪いですか？」

駆け寄って訊くと、「息が苦しい」「疲れた」と口々に答えるから面食らった。いかに子供とはいえ、もう五年生だ。たった二周でここまでへばるとは、にわかに信じがたい。けれど実際、彼らの息の上がり方は尋常ではなかったし、諦めずに走り続けている生徒たちの足の運びも緩慢で、中には土気色の顔をしている者もある。

三周目が終わったところで、体の大きな豊島啓太までがしゃがみ込んでしまった。

「そら、いつもの元気はどうした」

明るく励まして背中を叩くと、彼はきまりが悪そうにささやいたのだ。

「……腹が、減って」

親戚の家だから遠慮して、飯の量が少なくても我慢しているのだ、と啓太が以前、漏らしていたことがふとよぎった。大人の悌子でも、昨今のひもじさはこたえる。育ち盛りの子供であれば、なおさらだろう。

どうしたら、たくましくなれますか――。

悌子たちの世代が、野球選手やお嫁さんになることを夢見ていた年頃に、今の子供たちは、ただ人並みに食べて大きくなることを夢見ている。それすらも見果てぬ夢なのだ。

そう悟った途端、

「はいっ、走り方やめぇー」

悌子は大声で叫んでいた。指導要綱に沿わなければ、と理性の声が頭の中を巡っていたが、体が勝手に動いて、生徒たちを一箇所に集めてしまったのだ。

「この校庭のどこでもいいですから、みなさん好きな場所に寝っ転がってください。そうして、よくよく空を見てください」

雲間から太陽が少し覗《のぞ》いている。わたる風が頬や首筋を励ますようにさすっていく。生徒たちは、悌子の言葉に顔を見合わせている。

「さ、早く寝転んで。しばらく空を眺めたら、ご自身が、戦争が終わったあとにやりたいことを大きな声で言ってみましょう。寝転んだままでいいですからね」

願いごとは、口に出すといいんだよ、と教えてくれたのは清一だった。小学生の頃、野球選手を目指すようになった彼は、よく高いところに登っては、「甲子園に行きたい」「六大学の野球部に入りたい」と空に向かって叫んでいた。そしてその言葉通り、着実に夢を実現していったのだ。

「あの、この行いには、どういう意味があるのでしょうか？」

青木優一が、しゃちほこばった質問をする。

「意味はありません。文部省からの通達でも、軍部からの命令でもありません。私が、みなさんにやってほしいのです」

悌子は、怪訝な顔の生徒たちを見渡して告げた。松田賢治が近くに寄ってくる。

「よく聞こえなかったから、もう一度」

彼は耳が聞こえにくいという不自由を、少しも負い目に思っていない。いつも堂々として、友達とも明るく接し、みなをよく笑わせている。自分の体格に劣等感を抱いてきた悌子は、そういう賢治を密かに尊敬していた。

今一度、賢治にもはっきり聞こえるよう、悌子は声を張る。

「体錬科の授業ですから、体作りを重んじます。ですが、体を育てるにはまず心を育《はぐく》む必要があります。そのためにもみなさんの本当の気持ちや願いを、言葉にしてみましょう。そうすることで、ご自身の本心がなにを思っているか、知ることができます」

「自分の思っていることくらい、口に出さなくたってわかります」

優一が即座に言い返してきた。

「そうでしょうか？　人というのは誰しも、自分をあざむくことができます。したいことを我慢するうち、もともとしたくなかったんだと思い込んでしまったり、誰かを好いた気持ちに蓋《ふた》をして、いつしかその相手を嫌いになっていたり。自分でも知らず識《し》らずのうちに、本当の思いとは異なる方向に歩き出してしまうことが、よくあるのです」

ことに今は戦時下で、子供たちは我慢を強《し》いられている。思考まで統制されている。思ったことを思ったままに口にすることさえ、慣れていないのだ。

美少女の米田幸子があっけらかんと、「走らなくていいならよかった」と言い、校庭の真ん中に横たわった。これにつられて、ひとり、またひとりと、地面に仰向けに寝転んでいく。みな、空を見詰めて深呼吸をしている。目を瞑《つむ》り、そのまま眠ってしまったかに見える生徒もある。

しばらく静かな時が流れた。やがて、最初に寝転がった幸子が、

「髪飾りをつけて、赤いスカートをはいて、銀座《ぎんざ》の街にお買い物に行きたい」

と、小さな声で発した。そこから、

「父さんと海釣りに出掛けたい」

「とびきり甘い飴《あめ》を三十個なめる」

控えめな声が連なっていく。

「もっと大きな声で。空に届きませんよ」

悌子は明るくうながした。

「父さんと母さんとまた一緒に住む」

「兄ちゃんと腹一杯文字《もんじ》焼きを食べる」

大声で叫ぶうちおかしくなってきたのか、生徒たちは空を向いたままケラケラ笑いはじめた。場が和んだところで、すかさずお調子者の賢治が、

「海中探検と宇宙旅行に行く」

と壮大な夢を打ち上げ、するとそれまで、ささやかな日常を取り戻すべく願いを唱えていた生徒までもが、

「外国で映画監督になる」

「日本舞踊の名取になる」

と、おそらく胸のずっと奥底にしまい込んでいた夢を声にしはじめたのだ。

「剣道の世界大会に出て、一等になる」

「平和を作る政治家になる」

絶叫に近い声がこだまのようにあたりに響き渡ったそのとき、校舎から血相を変えた教頭と吉川が駆け出してくるのが、悌子の目の端に映った。

放課後、悌子は職員室で二時間ほどこってり絞られることになった。御国の大事なときにあんな馬鹿げたことをさせるとはなにごとか、と怒鳴る教頭に、平身低頭詫び続けた。隣で一緒に叱責を受けている吉川に対しても、申し訳なさでいっぱいだった。

「まことにすみません。頭ではわかっているんです。指導要綱に従わなければならないことは、よくわかっているのですが」

せわしなく手刀《てがたな》を切りつつ話すのは、悌子が頭を整理するときの癖なのだが、教頭にはそれが不《ふ》遜《そん》な態度と見えたのだろう。こめかみの血管を蛇のようにうねらせ、いっそう声を荒らげた。

「彼らは、この国を支える立派な少国民ですっ。人員なんです。男子は御国のために命を捧げ、女子は銃後を守るよう教えるのが我々の役目なんですよっ。体錬科の授業は、戦地で立派な働きができるよう体を鍛えるためのものなんです」

教頭の語る理念はもっともだが、体は食物によってできている。長らく運動に勤しんできた悌子はそう実感している。昨今の食糧事情では、過度な運動をさせるほうが危険ではないか、と進言するため口を開いたとき、

「私の監督不行き届きです。まことに申し訳ございません」

悌子を制すようにして、吉川が頭を下げた。教頭が、これみよがしに嘆息する。

「頼みますよ。高等科には配属将校がおって、本格的な軍事教練もはじまっております。遊び半分でいて、上の学校に行ってからひどい目に遭うのは生徒たちなんですから」

説教が済んで職員室を出るや、ふらついた。何度も頭を下げたから、血が上ったのだろう。

「吉川先生にまでご迷惑をおかけして、申し訳ありません」

廊下を行きながら改めて詫びると、吉川はあろうことか、プッと小さく吹き出したのだ。

「あなたは、面白いことを思いつきますな」

悌子は返事をしあぐねる。

「あの、別にふざけていたわけではなく……」

「わかっております。面白い、というと語弊がありますな。よいことをなさった、と私個人は思いますよ」

「そうでしょうか。……私、なにがいいことなのか、よくないことなのか、よくわからなくて」

悌子の言葉に、吉川は笑みをしまった。

「私もです」

廊下の窓から茜《あかね》に染まりゆく空を見上げ、彼はもう一度、

「私もです」

と、空に告げるように繰り返した。

待ち望んだ清一からの返事が届いたのは、夏の終わりのことだった。だがそれは、かつてひと足先に上京した彼と文通をしていたときの、便箋《びんせん》数枚にもおよぶ手紙とは異なり、至って素っ気ない葉書一枚であった。

〈夏の間、岐阜に帰っていた。東京に戻ったから、近く会おう。また連絡する〉

岐阜に戻るのなら誘ってくれれば一緒に帰省できたのに、と不満に思ったが、簡単に切符もとれない時局とあって、清一も気軽に声を掛けることはできなかったのだろうと思い直した。

この七月に国民徴用令が改正となり、今年中に数十万人が徴用されるらしいと巷《ちまた》ではささやかれていたから、清一にもついに赤紙がきたのだろうか。それで支度のために実家に帰ったのかもしれない。そう思えば気が気でなかったが、次の連絡が来るまで悌子はひとまず待つことにした。

朝子の母親という人物が下宿に越してきたのは、そんな悶々《もんもん》とした心持ちを持て余していたさなかのことだった。

朝子はひっつめ髪で痩せぎすなせいか、二十八という年齢より老けて見える。彼女の母親となれば、きっとケイに似て骨張った婆さんに違いないと悌子は勝手に思い込んでいたのだが、中津川富《なかつがわとみ》枝《え》と名乗ったその人は、真っ白な肌に下ぶくれの頬、三日月形にたわんだ目と、若い頃はさぞや美人だったろう見目姿で、話し方まで優雅でたおやかだった。六十歳になるというが、どこか少女らしさもたたえている。気品、という言葉を人間にしたら、こんな姿形になるのだろう、と悌子はしばし見惚《みほ》れた。

「しばらくお世話になります。ご迷惑をおかけしますが、よろしくお願いします」

どこで手に入れたものか、今どきめったにお目にかかれない真っ白な砂糖をケイに手渡すと、彼女は三つ指ついて深々と頭を下げた。ケイの、顎をしゃくっただけの挨拶とは好対照である。それから富枝は、悌子へと身をよじり、同じように「ご迷惑をおかけします」と、やはり三つ指をついたのだった。

「いえっ、そんな。私はただの間借り人ですから」

かえって悌子が恐縮する羽目になった。

富枝は二階西側の部屋に入ったが、その暮らしぶりは至って静かで控えめなものだった。娘の婚家に厄介になっている、という引け目からだろうか。三度の食事も自分であつらえて、悌子のように惣菜の残り物を分けてもらいはしなかったし、洗濯や掃除といった家事も進んで引き受けていた。家賃を払っているのだから、なにもそんなに小さくなることはないのに、と悌子は気の毒に思ったが、富枝の性分なのか、それとも四六時中権高《けんだか》なケイにおびえているのか、見ているだけで気疲れするような低姿勢を崩さないのである。

「あら、そのもんぺ、お尻のところがほつれていてよ」

日曜日の朝、二階の流しで顔を洗っていると、富枝が声を掛けてきた。

「え、やだ。すみません。恥ずかしいわ」

慌ててみせたが、もんぺの尻が裂けるのは、悌子にとって茶飯事《さはんじ》である。長年の選手生活で、臀部から太ももにかけてただならぬ筋肉がついてしまい、槍投げをやめた今もいっかな肉が落ちる気配がない。もんぺも自分の寸法に合わせて縫えばいいのだが、つい横着をして、実家から送ってもらった型紙通りに作っている。ために必ず窮屈で、そのしわ寄せが尻にくる。ほつれては縫い、縫ってはほつれ、を繰り返しているのだ。

「もしよければ、ついでに繕うけれど」

裁縫がとりわけ苦手な悌子にとって、富枝の申し出はめっぽうありがたいものだったが、果たして甘えてよいものか——惑う内心を見透かしたのか、富枝は少女のように肩をすくめてから、

「この暇なお婆さんに、仕事をちょうだい」

と、首を傾《かし》げたのだった。あまりにかわいらしいその仕草に、悌子は気付けば、

「お願いしますっ！」

と、女学生に交際を申し込む青年さながらに頭を下げていた。

早速もんぺをはき替え、富枝の部屋に顔を出し、「洗ってからのほうがいいでしょうか？」とお伺いを立てたが、

「そんなこと、気にしないでいいのよ」

と、彼女は朗らかに応じた。すぐに仕上げるから入ってちょうだい、とうながされ、恐縮しつつもお邪魔する。悌子の部屋と同じく、四畳半に一間《いっけん》の押し入れがついた間取りである。ただし、本や布団が乱雑に積まれた自室とは雲泥の差で、簞笥《たんす》がひと竿《さお》と真空管ラジオ、ちゃぶ台があるきりの富枝の部屋は、隅々まで整然と片付いていた。窓辺の花瓶には、どこで摘んできたものか、桔梗《ききょう》が一輪挿してある。

勧められた座布団に座り、かしこまっていると、

「あなた、先生をしてらっしゃるんですってね」

老眼鏡越しに富枝が訊いてきた。

「ええ。今年からの新米ですけれど」

「偉いわ。ご自分の仕事を持てるなんてうらやましいわ」

悌子は返事をしあぐねた。

代用教員は、槍投げ選手としての将来がなくなって半ば仕方なく、腰掛けとして就いた仕事だった。学生時分から「オリンピックに出る」という夢はしかと胸に抱いていたが、それ以外の人生設計というものを悌子は一切することなく、

——いずれ、清一と一緒になる。

という着地点をぼんやり定めていただけで、ここまで来てしまったのだ。

「でも、きっと戦争の間だけだと思うんです。私が教師でいるのは」

「まぁ、もったいない。どうして？」

富枝は目をしばたたいた。

「世の中が落ち着いたら結婚するので」

「あら、許婚《いいなずけ》がいらっしゃるのね」

「そんな正式なものではないんですが、故郷の幼馴染みで、双方の家族も公認で」

すると富枝は針を動かす手を止めて、

「あなたは、その方のことを好きなの？」

と、まっすぐに訊いてきた。顔が一気に熱くなる。富枝は目を細め、「よほど好きなのね。なら、

よかったわ」と微笑んだ。

「でも、手に職はあったほうがいいわよ」

「女でも、ですか？」

「もちろんよ。私もそうしたかったんだけど……」

そこからぽつぽつと富枝が語ったところによれば、彼女は結婚前、いずれ詩で名を成したいと習作に励んでいたという。

「下手の横好きでね、それが仕事になるとも知らないままに本を読み漁《あさ》って。でもね、詩なら結婚しても書けるだろう、って親に丸め込まれて、お見合いをしたのよ」

嫁いだ相手は軍人で、堅苦しい暮らしの中では、詩に興じる時間など一切与えられなかった。夫の世話をし、ふたりの子を育てるだけで、歳月が過ぎていったのだ、と。

「うちは、規律だらけの家でね。朝子はそれを嫌って、商売人と一緒になるんだ、って家を出ちゃったの。私は応援したんだけど、夫はお冠でね。うちは子育てに失敗した、ふたりともダメなのはお前の育て方が悪かったからだ、ってだいぶ叱られたわね」

「お子さんは、おふたりなんですね」

本筋とは異なるところが気になって、悌子はうっかり話の腰を折ってしまう。

「ええ、あれの上に兄がね」

そのお兄さんが実家を守っているのか、と合点がいったが、富枝はそれ以上語らず、

「だから女でも、結婚しても、仕事は手放さないほうがいいと思うのよ」

話を元に戻すと、きれいにほころびを直したもんぺを、どうぞ、これで安心よ、と悌子に差し出

した。

道行く中学生たちが、元気に「月月火水木金金」を歌っている。勤労奉仕に向かう途中なのだろう、ゲートルを脛《はぎ》に巻き、軍帽を頭に載せていた。胸にはいずれも、名前と住所、血液型の書かれた札が縫い付けてある。

十月十六日。悌子は、早稲田大学が所有する戸塚《とつか》球場に向けて足を急がせていた。

〈十六日、戸塚球場にて開催の早慶戦を観にこられたし。一般観衆は入れぬと決まったから、試合開始の午後一時、球場入口で会おう〉

まるで果たし状のような葉書が清一から届いたのは、十月に入って間もない日のことだ。

六大学野球に解散命令が出たあとだったから、悌子はにわかに目を疑ったが、どうやら早稲田と慶応だけで対抗試合をするらしい。卒業生として自分も観戦に行くから、そこで少し話をしたい、と文面は続いており、きっとなにか大事な報告があるのだろうと、悌子は一も二もなく諒承の返事を出したのだ。

この日は土曜日で授業が半ドンなのは幸いだったが、生徒の下校後にも日誌付けや採点の仕事は残っている。ただでさえ教頭に睨まれている悌子である。野球を観に行くから早退します、とはとても言えない。詮方《せんかた》なく腹が痛いと仮病を使い、昼の鐘が鳴ると同時に学校を抜け出したのだった。

電車の中でも走りたいほど焦《じ》れながら、ようやく面影橋《おもかげばし》停留所に降り立ったときにはすでに午後一時を回っており、悌子は三段跳びの選手よろしく大股《おおまた》で、通い慣れた戸塚球場までの道をたどった。

こめかみをしとどに伝う汗を拭いつつ足を急がせるうち、威勢のいい掛け声と、空へ抜ける気持ちのいい打球音が聞こえてきた。球場の緑が視界に広がると、懐かしさで胸がいっぱいになった。

上京して専門学校に通いながら、暇を見つけては早稲田野球部の練習を見学した日々が、ワッと音を立てて甦《よみがえ》る。マウンドに立つ清一の勇姿や、彼が金網越しに悌子を見付けたときの安堵したような笑顔や。あの頃はまだ、戦争がはじまっていなかった。世情はきな臭く変じていたのかもしれないが、悌子の前には槍投げと清一しかなかったのだ。

球場に巡らした金網のところまでたどり着いた悌子はしかし、一変した光景に愕然《がくぜん》となる。一、三塁側にそびえていた鉄製の移動式観客席も照明灯も、取り払われていたからだ。

動揺しながらも、ひとまず得点表に目をやった。一対一の同点だ。試合は三回裏、早稲田の攻撃である。早稲田は一、二塁に走者を溜《た》めている。悌子は清一を捜すことも忘れ、慶応投手の投球を注意深く見詰めた。

――肩が、作れとらんやね。

球が伸びていない。おそらく、これがこの投手の実力というわけではなく、調整がうまくいかなかったのだろう。昨今の情勢では、十分な練習時間を確保することは難しい。

高らかに快音が響いた。ライナー性の打球は、左中間を抜けていく。長打コースだ。

「これで二点入る」

かかとを浮かせて、伸び上がった。かたわらに古い縁台が置かれているのを見付け、乗ろうかどうしようかと逡巡《しゅんじゅん》したときだった。

「野球たぁいいご身分だ。敵国の遊びに興じるなんぞ、呆《あき》れてものも言えねぇやな」

悌子の背後から野次が飛んだのだ。振り向くと、五十がらみの男がふたり、どこかで昼飯でもかき込んできたのか、楊枝《ようじ》をしーはーさせながらせせら笑っている。幸い、選手たちに声は届いていない。しかし悌子は彼らのせいで、二点入った瞬間を見逃した。適時打を打った選手は、すでに二塁に到達している。

「こんな無駄な遊びをしとらんで、若いもんは兵隊に行くのが筋だよなぁ。御国のために働けってんだ」

「まったく呑気《のんき》な輩《やから》だよ。役立たずのぼんぼんが。日本が勝つためにゃあ、こういう罰当たりを戦地に送り込まなきゃならねぇよ」

無駄な遊び——戦争がはじまってから、ほとんどのスポーツが無駄だと切り捨てられてきた。オリンピックでさえ中止になったのだから、他の試合ができなくなるのも仕方ない、と悌子も納得はしている。でも、スポーツそのものが無益であるかのような言われ方は、これを極めようと切磋《せっさ》琢《たく》磨《ま》してきた悌子には許しがたいものがあった。

十月二日に、法文科学生生徒の徴兵猶予撤廃が発表された。つまり学徒出陣がはじまるのだ。この早慶戦はきっと、卒業を繰り上げて兵隊に行く学生たちの、最後の花道なのだ。

——ここで癇癪《かんしゃく》を起こしちゃいけない。今日は清ちゃんに会うために来たんやし。

胸の内で自分に言い聞かせたところで、

「おい見ろ、えらい暴投だぜ。デッドボールだよ。お前ら戦地へ行ったら、そうやって敵の弾を食らっちまうんだぞ」

調子に乗って男がほざいたから、総身の血が一気に頭に上った。その勢いをかって、片足を力任せに縁台へ乗せる。音を立てて驚かせ、男らの口を封じてやれ、ととっさに考えたのだが、刹那《せつな》バキッとすさまじい衝撃が伝わってきて、驚いたのは悌子のほうだった。

足下を見ると、縁台が真っ二つに割れている。男らは、ゆうに数人が座るに耐えうる頑丈な縁台を瓦割《かわら》りのごとく踏み抜いた女を、声もなく見詰めている。

「あらっ、いけないっ」

自分の怪力ぶりに、悌子は身をすくめた。最前まであれほど回っていた口が一瞬で錆《さ》び付きでもしたのか、男らは恐々とした面持ちで依然押し黙っている。悌子はいたたまれなくなり、なでるような声でそっと告げた。

「デッドボール、というのは敵性語ですのよ」

富枝を真似て、できる限りお上品な口調にしたつもりだったが、男たちはますます青ざめ、逃げるようにその場を去った。

「悌ちゃん」

慣れ親しんだ声がして、はっ、と息を呑《の》む。こわごわ振り返ると、やはり清一が佇《たたず》んでいた。幼い頃から少しも変わらない、くちゃっと溶けるような笑みを浮かべ、軽く手を振っている。

今年二十八歳になった清一は、六尺の背丈に、真横に広く張り出した肩幅、日焼けした肌に真っ白な歯が浮かんで、見ているこちらの胸まですくほどに壮健だった。社会人野球に入って伸ばしていた髪を五分に刈り込んでいるせいか、菅生中で毎日投げ込んでいた頃の彼に戻ったようで、去年より若返って見える。こちらにまっすぐ向けられた目は翡翠《ひすい》のごとく輝いており、おのずと悌子の胸は高鳴った。もっとも悌子は、翡翠を実際に見たことはなかったけれど、きっと透明で穢《けが》れがなく、でも深みをたたえた様子に違いないと、清一の瞳《ひとみ》を見詰めながら確信している。

「捜したよ。入口で待っとると書いたのに、こんなところにいるんやな」

久し振りの清一に見惚れていた悌子は、そこでにわかに正気づいた。

「あの……今の、見とった？」

真っ二つに割れた縁台に視線を送らないよう気をつけながら、さりげなく訊く。清一は「なにが？」というふうに首を傾《かし》げただけで、球場へと目を移した。

「しかし、よう開催できたわな。総長は反対したそうやけど、飛田《とびた》先生が説得したんやと」

飛田穂洲《すいしゅう》のことは、悌子もよく知っている。早稲田大学野球部の初代監督にして、学生野球の父と称され、野球評論も数多く書いている。明治から大正にかけ、人気作家・押川春浪《おしかわしゅんろう》率いる天狗《てんぐ》倶《く》楽《ら》部《ぶ》の選手としても活躍したとかで、野球発展に大いに貢献した立派な人物なのだが、早稲田の選手たちは「サンマーネーブル」と陰であだ名をつけていた。酒焼けで真っ赤に色づいた団子鼻が所以《ゆえん》らしい。

「もともと一時に試合開始やったのに、おとついになって急に、一時までに試合を終わらせぇと学校側は言うてきたんやし。けど、飛田先生が、午前中から練習しとけば試合が延びたゆうことで切り抜けられる、と慶応には試合予定時刻が変わらんようにはからった。直前に試合時間変更じゃあ、遠征におんさる学校に申し訳ないからな」

慶応は塾長まで応援に来てくれとるのになぁ、と清一は口惜しそうにつぶやく。

そのとき再び、高らかな打球音が響いた。清一が、「おおっ」と歓喜の声をあげる。走者一掃。早稲田にまた二点が追加され、この回四点奪取。五対一と慶応を突き放した。

「こいつは勝てるぞぉ」

清一は、右手の拳をもう一方の手の平にぶつけて叫ぶ。懐かしい仕草だ。キャッチボールをする前、彼はよくグラブをはめた左手に拳をぶつけて革をなじませていたのだ。

「悌ちゃん、専門学校辞めたんやね」

試合に目を向けたまま、清一は言った。

「うん。どうも肩がね。悩んだんやけど、トクヨ先生もおらんし、このままいてもどうかな、て思って」

悌子が私淑していた二階堂トクヨが、二年前に亡くなったのだ。胃癌だった。病気が発覚する直前まで普段通り活動していたのに、突然血を吐き、そのまま快復せずに逝《い》ってしまった。我慢していたのか、予兆さえなかったのか、今となってはわからない。ただ、ギリギリまで命の火を燃やしていたのはいかにもトクヨ先生らしいと、悌子は喪失感に見舞われながらも誇らしく思ったものだった。

「相談に乗ってあげられんくて、ごめんやな」

目を上げるとそこに、かすかに笑んだ清一の顔があった。

「ええよ。いつまでも子供やないんやし。清ちゃんも社会人で忙しそうやし、世の中こんなやし。自分のことは自分でせなね」

「うん。これから当面、僕は悌ちゃんになんもしてあげられんくなりそうやしな」

清一は、再び試合に目を戻す。

「僕な、来週から豊橋《とよはし》の演習場に入るんよ」

首筋から血の引いていく音がした。覚悟はしていたはずなのに、胃のあたりが万力《まんりき》で締め上げられたようになる。

「召集令状、来たんか？」

「それが、なかなか来んのよ。徴兵検査にも応じて甲をもろうたのに、名簿から漏れとるんかな。仕方ないから入隊を志願したんや」

そんな……と思わずうめき声が出た。赤紙が来ないのなら、黙っていればいいのに——転げ出そうになった言葉を、すんでのところで飲み込む。けれど清一は、そんな悌子の内心などお見通しなのだろう。

「学生まで召集されて、少年兵の志願年齢まで引き下げになったのに、僕がのうのうと残るわけにもいかんよ。それに、チームにおっても、野球は選手が足りんとできんしな」

ひとりふたりと櫛《くし》の歯が欠けるように同僚が兵隊にとられる中、誰よりも頑健な体軀《たいく》を持ちながら会社に残っているのが気詰まりになったのだ、と清一は苦く笑う。

「周りの目が冷とうてな。非国民と言われとるような気がしてなぁ」

のんびりした口調が、どこか芝居がかっている。悌子は、音が出ぬようそっと溜息をつき、試合に目を逃がした。早稲田の投手は好調で、慶応の打者を小気味よく打ち取っている。

けれど清一の球はもっと速かった。もっとキレがあった。悌子の中では清一こそが日本一の投手なのだ。なぜこんな逸材が、野球を続けることを諦めなければならないのか。

秋晴れの空から、梔子色《くちなしいろ》の光が降り注いでいる。風はなく、目の前で試合が行われているのに、奇妙な静けさを感じる。

豊橋で演習を済ませたら、おそらく外地へ送られてしまう。アッツ島玉砕を伝えるラジオからの声が、耳の奥でうごめいている。それでも、「行かないでほしい」と懇願することはためらわれた。年端もいかない子供たちにすら、御国のために命を捧げるように、と学校で教えているのだ。

「甲子園球場が、八月に解体されたんを、悌ちゃんも知っとるわな？」

悌子は黙ってうなずく。金属供出のための解体だ。もちろん夏の大会は中止になった。

「去年は後楽園球場で、職業野球の選手たちが手榴弾《しゆりゆうだん》投げ競走をさせられたやろ。この戸塚も、今は『戸塚道場』と名を変えさせられとる。もう野球をやれる時代やないんや」

うん、と悌子はまた頭を落とす。目の奥が熱くなるような、奇妙な感覚に囚《とら》われていた。

「でな、今日、悌ちゃんを呼んだんはな、もうひとつ話したいことがあってな」

重苦しい空気を掃くように、清一が朗らかに話を変えた。

「結婚のことや。僕も気付いたらいい歳やし、考えんといかんと思ってな」

体に電流が走った。悌子は身動きできないままに、清一の次の言葉を待つ。

「これまで僕は野球にかまけてばっかりで、所帯を持つことを深くは考えずにきとったんや。でも、軍隊に入る前に祝言だけでも、と思うてな。それで今日、悌ちゃんにどうしても会っておきたかったんや」

唐突な申し出に、今度は鯉の滝登りさながらに頭に血が上る。

「いや、こんなとこで、そんな話せんでも」

おろおろとあたりを見回し、蠅を追うように目の前で手を振った。頬が妙に熱い。

「こんなとこて……僕の親しんだ球場やし」

「ほうやけど、いきなりやな」

「ほうか？　いきなりかな？」

清一は無邪気に首をひねる。確かに悌子も、いずれ自分たちはそうなるものだ、と信じてきたが、事を運ぶのは戦争が終わってからだと漠然と考えていただけに心構えが一切できていない。慌てて息を吸って吐いて、四股《しこ》を踏む力士さながらに両足を踏ん張った。

「この夏、岐阜に帰っとったろ？　演習場への手続きもあったんやが、結婚の話をまとめるためという目的もあったんや。親にも言わんといかんし」

「なんや。そしたら私も帰ったのに」

「いやー、そこまで悌ちゃんの世話になるわけにはいかんやろ」

「水くさいわ。挨拶といったら、一緒に行くのが筋やね」

「……幼馴染みやからか？」

不得要領な顔で、清一は腕組みをする。案外常識を知らないのだな、と淡い桃色に変じた目の前の景色を愛《め》でつつ、悌子はおかしさを嚙《か》み殺す。

「そしたら、祝言にも悌ちゃんを呼んだほうがよかったかな。けど、身内だけで済ませたから。この時局やしな。すまんな」

──ん？

清一はなにを言い出したのだろう。

「白無垢《しろむく》も着せられんで、もんぺ姿と国民服で写真撮ったわ。味気ないわな」

──誰と？

ちょっと待って、整理をさせや、と頭の中で悲鳴が渦巻きはじめる。

「えーと、清ちゃんはこの夏、祝言を挙げた、ってことやな？　これは当たっとる？」

こくり、と清一は子供のようにうなずく。

「で、どなたと？」

冷や汗が、滑降の選手顔負けの勢いで背中を滑り落ちていった。

「雪代《ゆきよ》や。水田《みずた》雪代。悌ちゃんと同級生やったろ」

みずたゆきよ。気を失いそうになりながらも、懸命に記憶をたどる。

みず田ゆき代、雪代……水田。雪……。

いたな、確かに。おぼろげに顔も浮かんできた。色が透き通るみたいに白くて、髪はよく梳《と》かしてあってサラサラで、手も足も簡単に折れてしまいそうなほど細かった。おとなしい娘《こ》で、いつも教室の隅でひとり編み物なんぞしていたっけ。尋常小学校で一緒だったけれど、高等女学校には上がってこなかったから、子供時分の記憶しかないが、しょっちゅう体育を見学していたことだけははっきり覚えている。

——あんなひ弱な娘《こ》と清ちゃんが？

にわかには信じられなかった。あの娘に、キャッチボールの相手が務まるとも思えない。

「母親同士が仲良うてな、中学に上がった頃から、雪代にはだいぶ助けてもろうてたんや」

清一の語るところによれば、中学時分、家業の手伝いで忙しかった彼の母親に代わり、ほぼ毎日清一の弁当を作っていたのが雪代だったという。彼女はもともと料理好きで、実家は乾物店だったから、清一の母親が「馬みたいに食べるから、弁当を作るのがひと苦労やし」と、店先でこぼしていたのを聞いて、ならば自分に作らせてほしい、と申し出たそうだ。

「母ちゃんはもちろん断ったんやけど、料理の練習になるからやらせてくれんか、と熱心に頭を下げてきたらしゅうてなぁ」

誇らしげに清一は語ったが、悌子は、雪代のしたたかな目論見《もくろみ》のようなものを感じて、うまく相槌が打てない。

そのうちに雪代は、野球服の洗濯まで買って出るようになった。清一の両親は、水田家に毎月弁当代としていくらか渡していたが、金では計れないほど誠心誠意、雪代は尽くしてくれたと、清一は目を細めて言うのだ。

「なにしろあれは料理上手でな。特に雪代の卵焼きは驚くほど美味《うま》くてなぁ。練習終わって、帰りに雪代の家に寄って、空《から》の弁当箱渡して、また翌朝寄って、弁当もらって学校へ行く。これを五年間続けたわい」

そんなことになっていたとは、まったく知らなかった。

「……けど、菅生中の練習場で、雪代さんを見かけたことはなかったけどな」

悌子は学校が休みのたびに、清一の投球を見に行っていたのだ。

「あれは見に来んよ。野球のことは、ようわからんのだと」

「えぇっ！」

絶叫が、あたりに響き渡る。幸い、また早稲田の攻撃になって、長打が出たところだったから、悌子の野太い悲鳴は歓声にまぎれた。

「なんや、そんなに驚いて。女の子はたいがい野球を知らんやろ」

野球を知らなくて、いや、知ろうともしないで、よく清一と一緒になる気になったな、と悌子はただただ呆れ返っていた。清一は、野球の権現のような人なのに。

「五年も支えてもろうたから、こっちに出てくるとき、いつかは嫁に迎えると約束したんやし。おばさん……あ、雪代の母親からも、嫁にもろてやってや、ってせっつかれたしな」

弁当を作って、野球服を洗う——支えるというのは、そんなことなのだろうか。

「雪代は料理もうまいし、やさしい、いい嫁や。でも線が細いから、僕が守ってやらなと思う。入隊するのも、雪代を守るためという理由もあるんやし」

「でも、守るんやったら、大事な人の近くにおったほうが」

うっかり、大事な人、と言ってしまった。よりにもよって、雪代のことを。悌子は奥歯を強く噛む。どうしてこんなことになってしまったのだろう。まだどこか、夢の中にいるようで実感は薄い。

「昨今、競技会といやぁ、国防競技ばっかりや。行軍だの銃剣だの、そんな競技をするのに神宮外《がい》苑《えん》競技場が使われとる。僕は、また前みたいに、野球のことだけ考えていたい。家族を大事にしたい。それだけなんや」

鼓膜が、彼の言葉を端から弾き返しているらしく、頭にうまく入ってこない。ただ悌子の手の内には、自分は清一の家族になれなかったのだな、という現実だけがある。

「ともかく早《は》よ戦争を終わらせな、前のように楽しい日々は来んよ。日本が勝つためにも、僕も立派な戦力にならんと」

頭ががんがん鳴って、収拾がつかない。清一に、どんな声を掛ければいいのか。結婚にも出征にも、おめでとう、とはとても言えない。清一は、なんだってこんな疎ましい話を、わざわざ呼び出して告げたのだろう。

「悌ちゃんに直接報告できてよかった。僕ら、兄と妹みたく育ってきたからな、出征も結婚も、一緒に喜んでほしかったんや」

屈託ない笑顔で彼は言う。悌子はやむなく、

「お、おぅ、おめで、とう」

と、死ぬ思いで喉《のど》から絞り出した。以前ラジオで聴いた、オットセイの声とそっくりになってしまった。

「ありがとう」

清一ばかりがすっきりした様子で、

「強いな、早稲田は。打線がよう繋《つな》がっとる」

と、試合に目を戻して手を叩いた。

「必ず無事に戻る。雪代のためにも。立派に戦って、帰ってきてまた野球をする。そしたら悌ちゃん、またキャッチボールしょうな」

西に傾いた陽を背負って、清一は笑みを咲かせた。悌子がずっと慕ってきた笑顔だった。


そこから先の記憶は、ほとんどない。どこをどう帰ってきたものか、気付けば悌子は小金井の下宿前に立っていた。

試合は、早稲田が十対一の大差で慶応を下した。けれど両チームの選手たちにとって、勝ち負けは重要ではなかったのだろう。「早慶戦ができた」「野球ができた」と、彼らはいずれも、感極まった様子で肩を叩き合い、やがて「海ゆかば」の大合唱がはじまった。その光景をぼんやり見ていた

悌子の耳に、「次に会うのは靖国《やすくに》だな」と、選手のひとりが明るく言った声が響いて、胸がしんどくなった。

清一を見つけた早稲田の選手が、「先輩、お久しぶりです」などと口々に言いながら駆け寄ってきたから、悌子はそのかたわらからそっと離れた。彼と一緒にいるところを、他人に見られてはよくないような気がしたのだ。

「『江戸ッ子』のおかみさんが、飲みに来ないか、って。先輩もいかがですか？」

真っ黒な顔の選手たちが、いかにも楽しげに、酒を飲む仕草をしてみせる。金網越しに選手たちの高揚《こうよう》した顔を眺めながら、『江戸ッ子』とはなんぞや、とうっすら思ったのは覚えている。ああ、そうだ、確か、早稲田時代に清一がよく通っていた、寮近くの居酒屋だ。

清一が振り返り、

「悌ちゃんも行くか？」

と、訊いてきたような覚えがある。でも悌子はかぶりを振って、慌ただしく戸塚球場をあとにした。「行かない」と、ちゃんと断ったような気もするし、曖昧《あいまい》にして、そのままなにも言わずに帰ってきてしまったような気もする。

ただ帰りしな、ベンチにいた飛田穂洲が犬を連れているのを見て、

――なんで球場に犬連れなんやろ。

と、怪訝に思ったことだけが鮮明だった。

「悌子さん、お帰り。どうしたの？　そんなとこに突っ立って」

店を閉めるのだろう、表に出てきた朝子の声に、悌子は我に返る。お腹の大きく張り出した朝子

の脚にからみついていた智栄が、悌子の右手を指し、

「おみやげ、おみやげ」

と、はしゃいだ。

——土産？

いつしか手にしていたものを、目の前に持ち上げてみた。確かに、小さな紙袋がそこにあった。慌てて中を検《あらた》めると、赤玉卵が三つ入っていた。そういえば、清一は背負っていた頭陀袋《ずだぶくろ》から、なにか紙袋を取り出していた。「持っていけ」と、押しつけられたような気もする。でも、どうしてまた、卵を持たされたのか、悌子にはやはり記憶がなかった。

「卵じゃないの！　とんだお宝ね」

すかさず中を覗き込んで朝子は叫び、それから用心深くあたりを見回して、

「どうしたの、これ」

と、声を落とした。

「もらった……ような気がします」

「気がする、って。まさか盗んだりはしてないよね」

「ええ、おそらくは」

すると朝子は眉根にシワを刻み、

「どうしちゃったのよ、ボーッとして。熱でもあるの？」

と、悌子の額に手を当てた。

朝子には、清一のことを話していない。富枝にほんの少しだけ、彼の存在を伝えたきりだ。まわ

りに広める前だったのが、せめてもの救いだ――。

額に当てられた朝子の手の、がさがさとした感触に、なぜだか安堵を覚えた。

「あの、これでなにか作りますね。みんなでいただきましょう」

「えっ、いいの？　お相伴《しょうばん》に与《あずか》って」

一応は遠慮をしてみせたが、朝子の目は爛々《らんらん》と光っている。

「ええ。もちろん。急いで作りますね。できたら階下《した》にお持ちしますよ」

これ以上、笑顔で話を続けるのもつらく、悌子はそそくさと二階に上がった。荷物を部屋に置き、畳の上にへたり込んだきり、しばらく動けなかった。

――そうか。清ちゃんは結婚したんやね。もう祝言も挙げたんやね。

現実を胸の内で反芻《はんすう》してみても、どうしてもこれを受け入れることは、できそうになかった。

「いけない。卵」

悌子は、のろのろと腰を上げる。押し入れの奥から雪平鍋《なべ》とお椀《わん》を取り出し、菜箸を手にして、容赦なく卵を割りほぐす。富枝からもらった貴重な砂糖を大さじ一、塩をほんのひとつまみ。これは実家にいる頃、卵焼きの基本中の基本だと母に教わった。コンロに火を入れ、鍋を熱する。そこまでは難なくできた。油はなかったけれど、まぁいいや、とほぐした卵を注ぎ込む。

ジャーッと、金盥《かなだらい》に水を流したような激しい音が立ち、黄色の火ぶくれがプクプクと浮き上がる。菜箸で、片っ端からそれを潰していく。カンカンカンと、箸の先が鍋底を突く感触とともに、「雪代の卵焼きは驚くほど美味くてなぁ」と、くしゃっと笑った清一の顔が、黄金に輝く卵の上に浮かび上がった。

――あの笑顔は、ずっと私の、私だけのものだったのに。

カンカン、カン。

力が入りすぎたのだろうか。卵に穴が開いてしまう。それでもなお、悌子の手は止まらなかった。

カン、カッカン。

――これからずっと、あの笑顔のそばで生きていけると信じてたのに。

卵焼きを作っていることも忘れ、菜箸で卵をやみくもにつつき続ける。

「ちょっと、焦げ臭いけど大丈夫？」

朝子の声がする。階段をあがってくる足音も聞こえる。

「やだ！　ぐちゃぐちゃじゃない！　あんたっ、貴重な卵に、なんて無礼を働くのよっ」

かたわらに立った朝子が叫んだが、悌子はひたすら菜箸を打ち付け続ける。

二

――こんな暗《くれ》ぇ世の中、早く終わんねぇかな。

目覚まし時計に叩《たた》き起こされ、薄く目を開けたそばから、頭の中にそんな声が渦巻く。毎朝のことだ。

中津川権蔵《ごんぞう》は宙を手でつかむようにもがいて半身を起こし、饐《す》えたにおいを放つせんべい布団を見詰めて膿《う》んだ息の塊を吐き出した。日めくりをちぎり、今日が昭和十九年六月二十五日であることを確かめ、障子窓を細く開けて表を窺《うかが》う。向かいの電機屋には、〈兵隊サンのお蔭です〉と書かれたマツダランプの広告が、相も変わらず貼られたままだ。

今日も、戦争は終わっていないらしい。

なにが兵隊のお蔭か知らないが、昨今ではコイルの原料が軍需物資に使われるようになったとかで、電球を手に入れることすら難しくなった。向かいの電機屋も、先月半ばに店を閉め、一家揃って疎開した。軒先には、役所で発行される「空家届済」の札が貼ってあるが、どうぞ空き巣に入ってください、と言わんばかりのあの札をなんだってわざわざ貼るのか、権蔵には皆目わからない。

まったく、おかしなことばかりだ。

胸の内でつぶやいてから、夏掛けを蹴《け》って流しに向かう。軽く濡《ぬ》らす程度に顔を洗い、その手で適当に寝癖をなでつけ、自分の汗をたんまり吸い込んだズボンとシャツを身につける。だいぶ暑くなってきたから、せめて十日にいっぺんは洗濯をしよう、と再々自らに言い聞かせているのだが、体がどうも言うことを聞かない。

下駄箱の上に散らばっている小銭をかき集め、ポケットに突っ込んでから、音がしないよう慎重にドアを開けた。近所の連中が道に出ていないのを確かめ、素早くドアの隙間から身を滑らせて施錠するや、体勢を低くして一散に駆けていく。

言問通《こととといどお》り沿いの待ち合わせ場所では、すでに六助《ろくすけ》が待っていた。木炭自動車にもたれ、シケモクらしきちびた煙草をふかしている。

「ソ連のスパイみたいだぜ、ったく、しようもねぇな」

周りに警戒の目を走らせつつ前進する権蔵を見て、彼は嗤《わら》った。ご丁寧にも、前歯が上下一本ずつ欠けている。

「そんなに肩身が狭いかい」

「そりゃそうですよ。まだ三十路《みそじ》だってぇのに兵隊に行ってないとくりゃ、近所から睨《にら》まれます。戦死の公報が届いた家も増えてきてるんですから」

おとといも、白木の箱を首から提げた行列が、家の前を通ったばかりだ。たぶん、商店街にある佃煮屋《つくだに》の息子だろうと、とっさに電信柱の陰に隠れて権蔵は判じたのである。

「徴兵検査は受けたんだろう?」

車に乗り込むや、六助は訊《き》いてきた。

「ええ。ちょうど肋膜《ろくまく》やってて丙種でした」

「つまり、おめぇなんぞ戦地に送ったところで使い物にならねぇって、御国が評定したってことさ。おめぇのせいじゃあるめぇよ」

「……そう出来損ないみたいに言われると、よけいに気が塞《ふさ》ぎますよ」

ふくれっ面を作ると、六助は痰《たん》が絡んだようなせせら笑いを発し、車のエンジンをかけた。ボボボッと鈍い音が立ち、車体が震えた。

――六さんは気楽でいいよな。

権蔵は恨めしく運転席を見やる。あと二年で還暦ならば、兵隊に行かずとも白い目で見られることはないだろう。一年前、はじめて六助に会ったとき、彼は、誇れる要素のひとつもない身の上を、誇らしげに語ったのだ。

俺はね、女房とはだいぶ前に別れて、子供もいない。家も財産もねぇから、戦争になっても案ずることがひとつもねぇんだ。なにせ、自分さえ守ってりゃあ済むんだもの。これまでの暮らしと、なにも変わらねぇよ。こんなに気楽なこたぁねぇさ。なんだかんだ言ってさ、人間ってなぁ身ひとつが一番強いね。特にこういうご時世にゃ、俺みてぇになーんにも持ってねぇ人間が誰より適応できるのよ。

六助がどこの産だか、実家はなにをしているのか、六助というのが本名であるのかも、定かでない。仮に戸籍があったとしても、六さんの名前は消えそうに薄い字で書かれてんだろうな、と権蔵は想像し、せり上がってきた笑いを奥歯で噛《か》み殺す。

「なんだえ、なにがおかしい？」

六助が即座に見咎《みとが》めて訊いてきたから、とっさに仕事の話に切り替えた。

「愛宕山《あたごやま》の演奏所ってのは、いつの間にか建て直してたんですね」

車の揺れに合わせて声が跳ねる。

「ああ。なんでも二、三年前らしいよ。JOAKは長らくあそこから放送されてたろう。本局は内《うち》幸町《さいわいちょう》に移転したらしいが、戦争がはじまってから、演奏所を増やすってんで旧演奏所跡に建て直したんだと。スタジオが三部屋ある、立派な建物になったようだね」

開戦直後から電波管制が施行され、ラジオ放送は大きな変化のさなかにあるのだ。

中波放送電波が敵機を誘導するとのことで、出力を低くしたため、ラジオが聴けなくなったという聴取者からの苦情が相次いだ。これに応《こた》えて各所に小電力の臨時放送所を設置し、夜間は地域ごとに定めた周波数で放送が行われるようになったのである。

権蔵が、ラジオ機材の搬送を手伝うようになったのは、浅草の立ち飲み屋で知り合った六助に引っ張られたのがきっかけだった。それまでも定職には就いておらず、日雇いで気まぐれに働くだけだったから、別段こだわりもないままに、これを飯の種にすることを決めた。空冷式や水冷式の送信管だの電力増幅管を、大森《おおもり》にある山中《やまなか》電機やら三鷹《みたか》の日本無線から引き上げては、次々に新設されている臨時放送所に届けるのだ。

小金井町の妹の家に疎開した母は、家を出る間際まで、「あんたも一緒に来て、朝子を手伝えばいいよ」と盛んに勧めていたが、妹の婚家で働くのも肩身が狭いし、なにより同居のケイという婆さんが常より権蔵をろくでなし同然に扱うのも腹立たしく思っていたから、「この家も守らなきゃいけないし、俺は残るよ」と適当にごまかして、単身、向島の実家で暮らしている。

「今日は長丁場だよ。川口《かわぐち》くんだりまで行かなきゃならねぇからな」

六助があくびに交ぜて言った。愛宕山近くの倉庫から、演奏所を建て直したときに出た古い鉄材を引き取って、埼玉は川口にある新郷《しんごう》工作所に搬入するのが本日の仕事である。

「放送機の注文ってのは増え続けてますよね。そのくせ材料が手に入らないときてる」

「そうさな。あちこちに小電力の臨時放送所ができてるし、電波管制が敷かれてからこっち、機材も造り直してるようだしなぁ」

六助の言う通り、フィラメント全交流式の音声増幅器だの五十ワット放送機だの、耳慣れぬ言葉が工作所ではしょっちゅう飛び交っている。

もっとも権蔵は日銭がもらえるから運搬屋をしているだけで、機材にはいっかな興味がない。ただ、戦争がはじまる前に好んで聴いていたジャズが放送禁止となり、それまで魅惑的な魔法の箱だったはずのラジオが、大本営発表の無味乾燥な伝達に占められていることを苦々しく思うだけだ。そんなつまらねぇ戦況ばかり流すなら、いっそ放送なんてやめちまえ、と幾度思ったかしれない。

ラジオがすっかり退屈なものになったから、家宝として大事に扱ってきた真空管ラジオは、母が小金井町に移る際、荷として託した。おかげで権蔵は、戦況を詳しく知らない。ときどき新聞にザッと目を通すのがせいぜいだ。存外その程度が、精神衛生上よろしい。

愛宕山下の倉庫に乱雑に積まれていた鉄材を、端から木炭自動車に積んで、一路川口を目指す。運転は依然、六助にゆだねている。鉄材の積み込みだけで、権蔵の乏しい体力はすでに消耗し尽くされたのだ。

「名前負けだね」

首筋に流れる汗を、雑巾《ぞうきん》臭を放つ手拭《てぬぐ》いで拭っていると、六助が言った。

「え?」

「いや、その権蔵って名前さ。山賊の長《おさ》みてぇな名前なのに、おめぇときたら骨と皮しかねぇんだもの。そうひ弱じゃあ、しょうがねぇやな」

昔からいくら食っても太れない体質で、背丈は人並みに伸びたが、贅肉《ぜいにく》も筋肉もつかない。顔も常に青白いせいか、調子のいいときですら、道ですれ違っただけの見知らぬ人から、「あなたっ、大丈夫ですかっ?」と、動揺も露《あら》わに駆け寄られることが少なくないのだ。

「父が軍人だったもので。それで勇ましい名前をつけられたんですよ」

「へえっ。よりによって軍人か」

六助はあからさまに目を見開き、それから笑いをこらえるように頰をひくつかせた。

「じゃあ、大本営にでもおられるのかい」

「いえ、四年前に亡くなりました。晩年は心臓を悪くしていたので。父が存命だったら、俺も兵役はまぬがれなかったでしょうが」

「だろうね。そうしたら今頃は、白木の箱に収まってたろう。運命ってなぁ、わからねぇもんだな」

いつになく感慨深げに六助は言う。

なんて不公平なんだろ。うちの息子は死んだってのに、あんたは兵隊にも行かずのうのうと生きてる。与太郎のあんたなんぞより、うちの息子はずっと立派な人間だった。親孝行で働き者で、ほんとにいい子だったのに。

幼馴染《おさななじ》みの葬儀で、その母親に投げつけられた言葉が、いまだ鼓膜に刺さっている。まったくの正論で、権蔵はこのとき、ひとつも言い返せなかったのだ。

どんな采配《さいはい》で、消える命と残る命が選別されているのか。真っ当な裁きがなされているとは、権蔵にはとても思えず、つい大きな溜息《ためいき》が出た。六助がちらとこちらを見やる。道が混んでやがんな、とひとりごちてから、彼は前を向いたまま言った。

「よかったな」

自分に掛けられた言葉なのだろうかと惑って、権蔵は意味もなくあたりを見回す。

「よかった、ってことにしときゃあいいんだよ。誰のせいでもあるめぇし」

六助は朗らかにうそぶいて、おーい、危ねぇだろう、馬鹿野郎、と割り込んできた自家用車に勢いよく怒鳴った。

二時間かけて川口にたどり着いたまではよかったが、新郷工作所に繋《つな》がる坂を前にして立ち往生した。木炭自動車は馬力が弱い。鉄材を大量に積んで坂道を上るには、人力で後ろから押さなければ難しいのだ。

やむなく権蔵は工作所に駆け込み、人手を募る。この工場も昨今、若い男はめっきり減って、工員はほぼ不惑《ふわく》以上で占められている。今年に入ってからは、そこに女子工員の姿もちらほら交じるようになった。

「いやはや、これは大変な荷物だ。よくまぁ、こんなに積んできたものですな」

所長の五十嵐《いがらし》という初老の男が、目を丸くする。他人事《ひとごと》然とした言い様に、権蔵のほうが驚いた。

金属が足りないから積めるだけ積んできてくれ、と発注したのはあんただろうと言い返したいのをこらえ、同じく呆然《ぼうぜん》と鉄の山を見上げている工員たちに、

「それじゃ、みなさん、後ろから押していただけますか」

と、腰を低くして頼み込む。工員十名ほどが、すみやかに荷台後方に回り込んだ。

「こういうとき、若いのがいないと困るんだよねー」

五十嵐だけが、いつまでもぼやいている。

「じゃ、行くぜっ。せーの、で押してくれよ」

運転席から六助が怒鳴った。掛け声とともに、工員たちが全体重をかけて荷台を押す。六助が力任せにアクセルを踏み込む。ドロロロロ、と縁日に出るお化け屋敷の効果音めいたエンジン音が響き渡る。

権蔵は、さりげなく荷台の横に回り、これを支えるように手を添えた。さして力を込めずに済む位置が、ここなのである。木炭自動車が、じりじりと動き出す。

「そらっ、もっと力を入れろー」

六助が再び怒鳴り、

「人使いが荒いなぁ」

五十嵐が妙に楽しげに不平を垂れた。力を込めている振りでごまかしている権蔵の背後から、工員たちの荒い息づかいが聞こえてくる。

申し訳ねぇな、とは思うものの、体が勝手に楽なほうを選んでしまうのだ。

——俺はきっと、一生この調子だな。

密《ひそ》かに自省したあたりで、なんとか工作所入口まで車は押し上がった。いっぱしに汗を拭って空を仰ぐと、夏の太陽がいい気になって照りつけている。

「ああ、しんどい。災難だ、こりゃ。そしたらね、この鉄材をすべて、そこの倉庫に運んどいてください」

五十嵐に言われ、そうだ、まだ運搬屋たる自分たちの仕事は終わっていないのだ、と権蔵は肩を落とす。工員たちが汗を拭《ふ》き拭き工場内に戻っていくのを恨めしく見やりながら、六助と共に鉄の塊を抱え、おぼつかない足取りで倉庫へ搬入していく。車から倉庫までの距離はいかほどでもないのに、二、三往復したところで、権蔵の腰は今にも砕けそうなほど、のっぴきならない状態になっていた。

この仕事をはじめた当初、運搬物は真空管がほとんどで、むろんガラスゆえに扱いには万全の注意がいったが、こりゃあ軽くていいや、と権蔵はほくほくしていたのだ。戦争がはじまってすぐにいっとき手を染めた、雑穀を三貫、四貫と詰めた大きな叺《かます》を運ぶ仕事より、ずっと楽だったからだ。

六助のおかげで、体への負担が少ない、まさに適職が見付かった、これでしばらく安泰だ、と人心地ついていたのに、戦況の悪化にともない、軍放出の放送機だの回収された金属だのを運ぶ機会が増え、荷の重量が増していったのは、まったくの誤算だった。

痛む腰をさすり、残りの鉄材を運ぶため車にとって返そうとしたとき、工作所脇の地面に大きな穴があいているのを見付けた。

——なんだ、こりゃ。

覗《のぞ》き込んだところで、

「地下にね、臨時放送所があるんですよ」

不意に耳元で声がしたから、権蔵は造作もなく悲鳴をあげた。

「や、驚かせてすまんね。しかし、そこまで驚くようなことでもないと思うがね」

所長の五十嵐が、肌つやも肉付きもいい丸顔に、天真爛漫《らんまん》な笑みを浮かべている。

——とぼけたことを言いやがって。さては俺が蚤《のみ》の心臓だってことを知らねぇな。

権蔵は苦り切ったが、五十嵐は構うふうもなく、地下に隠蔽《いんぺい》放送所が造られたんです、とどこか自慢げに繰り返したのだ。

「地下にあれば、敵機から機材を守ることもできますからね。広島から十キロワット放送機を持ち込んだんです。ここは工作所になる以前、演奏所だったでしょ。機材を造るだけじゃなく、放送の場も設けられて、私、とっても心が浮き立っておるところです」

はぁ、そうですか、と権蔵は鼻の穴から相槌《あいづち》を抜いた。このご時世に、心が浮き立つことなどあろうはずなかろう。

「多摩にも、送信所ができるようですよ。相原《あいはら》電話中継所ってのがあるでしょ。あの建物を、そのまま利用するんですと。そこの機材もうちが造ってましてね」

そいつは機密事項じゃあないのか、と権蔵は危ぶんだが、五十嵐は得意満面である。浮世離れもここまでくると、むしろ清々《すがすが》しい。

「そら、手ぇ休めるな」

六助の声が飛んできて、権蔵は再び鉄材運びに戻った。

小一時間かけてなんとか倉庫に納めてから、息も絶え絶えに水飲み場に向かい、井戸ポンプの布が漉《こ》した金気臭い水を飲む。干涸《ひか》らびた体がいくらか持ち直した。

「おにぎり、できてますから、どうぞ」

工作所入口で、女子工員が手招きをしている。これぞ地獄で仏だ。この新郷は、昼時に搬入すると、昼食の相伴《しょうばん》に与《あずか》れるのだ。運搬賃が薄謝な分を飯で補うのだが、食糧難のさなかだけにめっぽうありがたい。

工場内に踏み入ると、日射こそ遮られたが、機械が稼働しているせいか、ムッと熱気が押し寄せてきた。思わず顔をしかめたところで木の皿に行儀良く並んだ握り飯が目に入り、途端に腹の虫が大音声《だいおんじょう》で鳴いた。

「……お前、普段の声は小せぇのに」

六助が、余計なことを言う。普通ならここで笑いのひとつも起こるところだが、こちらに集まった目はいずれも、いたわるような色を帯びている。痩《や》せさらばえていると、たびたびこうして無用の同情を買う羽目になる。

「そんじゃ、ひとついただきます」

さあらぬふうを装って、握り飯に手を伸ばした。炊いた大豆に米粒がわずかにまじっただけの握り飯は、そこはかとなく糠臭《ぬか》い。その上、持つ手に少し力を入れるだけでほろほろと崩れてしまうから、権蔵は指先に全神経を集めて、慎重にそいつを口に運んだ。

すぐ横で、無線設備の説明をする五十嵐に六助が、「へぇ、そいつはとんでもねぇことで」と、別段とんでもない話でもないのに、心ここにあらずな相槌を繰り出している。

「電波の扱いをここまで制限されなきゃね、もっと実験的なこともできるんですがねぇ。戦争で需要は増えたが、開発の面からすると、いろいろ自由が利かなくて困りますよ」

上の空の六助に頓着《とんちゃく》せず、五十嵐は一方的に語り続ける。

「でもまぁ、呑気《のんき》なことも言ってられないですけどね。これから本土空襲が増えそうですし、電波が敵機を誘導するようなことがあっちゃ目も当てられませんから。内務省の疎開命令も東京と名古《なご》屋《や》が対象でしょ。工場が多い地域は気を抜けないですよ」

五十嵐の不穏なささやきも、

「そうでさぁね、浅草のあたりじゃ普通の家まで壊されてますからね。延焼を防ぐってんで」

と、六助はあくまで適当に受け流す。

政府の命令により、遊興の場は今年に入って端から閉じられている。カフェーも高級料亭も休業要請がなされ、レビューも禁止、映画も月二回の節電休館。国民は、ひたすら南方で戦っている兵隊を想って息を殺していろ、というわけだ。カフェーで酒を飲んだとて戦争に負けるわけでもあるまいに、御上《おかみ》はくだらん規則で国民を縛るばかりで、ろくな兵器開発もしていないのだから呆《あき》れる。

この六月のマリアナ沖海戦では、四百を超える日本機のうち半分以上が、アメリカ軍に撃墜されたと聞いた。

——どうせ負けるのなら、とっとと頭を下げちまったほうがよさそうだが。

戦況に接するたび権蔵は訝《いぶか》しむが、当然ながら口に出すことはできない。

「あ、君にもこれ」

ぼんやりしていたら、五十嵐がぐいと身を寄せてきて、恭しく小箱を差し出した。

「驚くなかれ。なんと、ようかんですよ」

さして驚きはしなかったが、子供のように眼を輝かせている彼を気遣い、

「うわー。そいつは珍しいな」

と、棒読みながら一応の愛想を使った。

「義理の兄がね、和菓子屋なんですよ。でもこのご時世なんで、材料は裏から仕入れててね。そういう品はおおっぴらには売れないでしょ。だから、こうして謝礼の代わりに」

あたりを窺いつつ彼は言い、それから向こうの景色が透けて見えそうなほど薄い封筒を、押しつけるようにして渡してきたのだ。

「すまないことですが、今回はこれで。機械の発注は増える一方なんだが、なにせ材料不足で、製品がなかなか造れなくってねぇ」

五十嵐は丸顔に人懐こい笑みを浮かべ、

「でもね、薄謝で運んでもらった恩は、私、忘れませんよ。戦争が終わったら、きっと、君のお力になれることもあるでしょう」

と、胸を叩いてみせた。

「お力になれること、ってのは、なんです？」

「……さぁ。それは、そのときになってのお楽しみですよ」

なんだよ、出任せか。権蔵は鼻白む。五十嵐の肩越しに六助が、えれぇ少ねぇぞ、と口の動きで示しているのが目に入った。

「それとですね、ついでと言ってはあれですが、試作した出力機をですね、北多摩郡の小平町《こだいら》まで届けていただきたいんですよ」

甘ったれた声を出した五十嵐に、

「えっ。今日の予定にはないですぜ」

すかさず六助が食ってかかる。

「発注書には書かなかったんですが、できちゃったのでね、試作品が」

「できちゃったって……。そんな妾《めかけ》の脅しみたいなことを言われても困りますよ」

すると五十嵐は弾《はじ》かれたように笑い、

「さては六助さん、これまでだいぶ女性を泣かせてきましたね」

と、場違いな冷やかしを放った。挙げ句、

「なるほど、六助さんは、男の私から見ても色気がありますからね。うらやましい限りだ」

あからさまなお世辞まで差し出したのである。六助も六助で、「いやぁ、それほどでも」なんぞと他愛なく照れている。この機を逃さじと、五十嵐は一気に畳み掛けてきた。

「小平町に、第五陸軍技術研究所という施設があるんですよ。通信兵器を主に扱うんですがね、この富岡《とみおか》さんという所員に渡していただくだけで結構ですから」

地図はこちらです、と紙片をすかさず渡し、六助が引き受けるとも言わないうちに、

「いやー、助かります」

と、五十嵐は頭を下げた。そこから工員に命じて試作品とやらを車に積み込むまで電光石火の速さであり、これが計画的犯行であることを権蔵は悟らぬわけにはいかなかった。つい鼻にシワを寄せる。と、それに気付いたのか、五十嵐はかたわらに立つや、権蔵が手にしたようかんの小箱を指し、「追加料金の代わりです」と、臆面《おくめん》もなく言ったのだった。

車に乗り込んでから、権蔵はさすがに六助に苦言を呈した。安請け合いにも程がある、呆れましたよ、と。

「そう言いなさんな。男にとってね、一番の褒め言葉はなんだと思う?」

「一番の褒め言葉、ですか?」

改めて問われると、答えに詰まる。自分はどう言われたらうれしかろうと権蔵はしばし考え、

「たくましい」という言葉に行き着いた。

六助は、質問をしておきながらこちらの答えを待たず、得々として続けるのである。

「色気がある、って言われることさ。男の価値はね、出世でも収入でも容姿でもねぇのさ。にじみ出る色気、こいつぁ得ようと思っても得られねぇよ。天性のものなんだから」

別段五十嵐所長は、本気で六さんに色気を感じたわけじゃないですよ、と言いかけたが、ここまでうれしそうな六助を見るのははじめてだったから、温情で声を呑《の》んだ。

「しかし、あの五十嵐って所長はなかなか炯眼《けいがん》だね。俺の色気を見抜いたんだから」

「他に、六さんの色気を見抜いた人はいないんですか？」

「いないね。五十嵐さんがはじめてさ」

だろうな、と権蔵は静かに首肯《しゅこう》する。

車は一路、南西へ向かう。時計を見ると二時過ぎだ。権蔵は流れる景色を見やり、六助の鼻歌をうんざりしつつ聴いている。

北多摩郡小平町の第五陸軍技術研究所には、さして迷うこともなく到着した。取り次ぎの軍人に五十嵐から預かった荷を無事渡し、さて燃料補給して向島へ帰るか、と車に乗り込んだところで、座席に置きっ放しにしていたようかんの小箱が権蔵の目に留まった。

「六さん。俺、ちょっと寄りたいとこがあって。途中で降ろしてもらってもいいですか？」

「ここらでかい？」

「ええ。小金井辺でお願いできれば」

「ああ、お袋さんのところかね」

小金井町は小平町の東隣に位置しているから、おそらく帰り道だろう。幸い六助は機嫌のよさが続いており、これを快く引き受けた。のみならず、どうせ明日は仕事も入ってねぇし、お袋さんにゆっくり甘えてきな、と仏のごとき笑みを向けることまでしたのである。これには権蔵も、五十嵐の見え透いた追従《ついしょう》に感謝するよりなかった。

中央本線の武蔵境駅と武蔵小金井駅の真ん中あたりで降ろしてもらい、そこから給電区を目印に歩を進める。工場の建て込んだ向島とは違い、このあたりはやけにのどかだ。農地が広がり、用水路が走り、藁《わら》とよもぎをまぜ込んだような健やかな香りが漂っている。

——住みやすそうな町だが、しかしこんなところで商売になるのかねぇ。

首を傾《かし》げつつも、肺腑《はいふ》一杯にきれいな空気を吸い込んだところ、あえなくむせた。激しく咳《せ》き込みつつも道なりに行くと、やがて雑木林に突き当たった。

——確か、この林を抜けたところだったよな。

権蔵は、引っ越しを手伝ったときに一度来たきりだったから、道順はうろ覚えだ。とはいえ、下町のように路地が入り組んでいるわけでもあるまいし、適当に歩けば見付かるだろう、と高を括《くく》っていたのだが、行けども行けどもそれらしき建物が見えないのだ。迷ううちに西も東もわからなくなった。なんだか、狸にでも化かされて、同じ道を行きつ戻りつしているようだ。誰かに道を訊こうにも、あたりには人っ子ひとりいない。時計の針は四時半を指している。空はまだ明るいが、このまま寥々《りょうりょう》とした林で一晩あかすことになったら、と冷や汗がにじむ。

そのときだった。木々の向こうから、かすかにラジオの音が聞こえてきたのだ。

——誰かいる。

ほっと息を吐き、音を頼りに小径《こみち》を急いだ。どうやらラジオ体操を聴いているらしい。もともとは朝の番組だったが、昨今では朝昼夕晩と一日四回に放送が増えた。戦意高揚の一環だろうか。子供向けの番組まで『少国民の時間』と名を改め、「起《た》て少国民」なぞとさかんに呼びかけているくらいだ。そのうちラジオから娯楽がきれいさっぱり消えちまうんじゃないか、と権蔵が憂鬱《ゆううつ》になったところで不意に視界が開け、幅の広い通りに出た。

首を巡らし、右手の砂利道沿いに見覚えのある建物を見付ける。煤《すす》けた二階建ての木造家屋。一階部分は間口を大きくとった店になっている。しかし、古木に墨で書かれただけの看板を打ち見た権蔵は、眉《まゆ》をひそめた。

〈小金井雑炊食堂〉

去年までは確か、惣菜《そうざい》店を営んでいたはずだが。食堂に変えたのか？　まさか一家でよそに引っ越して、店主が替わったなんてことはあるまいな——不安がぬるりと頭をもたげたが、それよりも権蔵は、店の前で、ラジオから流れる声に従い、体を動かしている女に釘付《くぎづ》けになった。

妙にでかい。

遠目にも肩幅が広く、足腰もがっしりしている。目方も権蔵の倍はありそうだ。髪は顎《あご》のあたりで切り揃えられ、体操着らしい白シャツに、今にもはち切れそうなパツパツのもんぺを身につけている。

手伝いの女でも雇ったのだろうか、と不審に思いつつ、権蔵はそろそろと店に近づき、

「あれっ？」

つい声に出してしまった。

縁台に置かれたラジオが、母親に持たせたそれと同じものだったからだ。

権蔵の声を聞き咎めたらしく、風切り音を轟《とどろ》かせながら腕を振り回していた女が動きを止めて、こちらに向いた。

「すいません……あの、ここは木村って家じゃなかったですか？」

女は、大きな顔に比して不均衡に小さい目で権蔵を見据えた。肌は浅黒く、眉は太筆で描いたように濃く、鼻筋だけはきれいに通っていたが、真一文字に引き結ばれた口は拳固《げんこ》が入りそうなほどに大きい。間近に見るとなおのこと筋骨隆々としており、このまま男にしたらさぞや戦地でいい働

きをするだろうと思われた。

「ええ、そうですよ。店主は木村朝子さんですよ。呼んでまいりましょうか？」

女は、一語一語をやけにはっきり発音した。

「いや、それならいいんです。二階に住んでる婆さんに用事があって」

「二階？　富枝さんですか」

「ええ。そのラジオの持ち主、ですよね？」

女は権蔵の上から下までなめ回すように目を這《は》わせ、なぜか、うーん、とうなってから、気を取り直したふうに咳払《せきばら》いをした。

「はい。このラジオは、富枝さんからお借りしたものです。上にいらっしゃいますから、どうぞ」

そう言って、店脇の階段へと案内する。はぁ、それじゃ、と頭を下げたところで、

「げっ、兄貴っ！」

甲高い声が飛んできた。恐る恐る店の奥へと目を流すと、菜箸《さいばし》を持った妹の朝子が、顔をひきつらせてこちらを見詰めている。権蔵は「しーっ」というように人差し指を立てて見せたが、時すでに遅し、妹の後ろからケイ婆さんが、格闘に臨む蛇のように鎌首をもたげていたのである。

「近くまで来たから顔でも見ていこうと思って」

と、階上を指さして、その場をていよく逃げおおせたまではよかったが、母が、権蔵の持参したようかんをことのほか喜び、まるで息子が敵機を撃ち落としでもしたかのように家中の者に触れ回ったものだから、当然ながらみなで分ける羽目になってしまった。たいした量もないから、母にだけこっそり食べてもらおう、との権蔵の目論見《もくろみ》は、ここでもろくも崩れたのである。

朝子は、「ようかんなんて何年ぶりかしら」と無邪気に喜び、ケイは、「くすねてきたんじゃなかろうね」と、黄色く濁った目をこちらに据えた。この正月で三つになった智栄が「ようかん、ようかん」と繰り返しながらちゃぶ台のまわりをぴょんぴょん跳ね、そのはしゃぎっぷりに感化されたのか、去年秋に生まれたばかりの茂生《しげお》が、朝子の背中でキャッキャと声をあげている。

ラジオ体操をしていた女だけが、

「私は結構です。息子さんがお母さんのために苦労して手に入れた品ですもの」

と、意外にもしおらしく遠慮した。

「いいって、いいって、悌子さん。甘い物はなかなか手に入らないんだから食べときな」

自分が手に入れたわけでもないのに朝子が出しゃばり、

「そうだよ。どうせこの男は苦労なんざしてないよ」

と、ケイが鼻を鳴らした。

婆さんは以前から、定職に就かない権蔵を一貫して見下してきたが、息子の茂樹《しげき》が兵隊にとられてから、いっそう辛辣《しんらつ》に当たるようになった。「まだ赤紙は来ないのかい」と訊かれることは再々だったし、「あんたも少しは人のためになることをしちゃどうだ」と苛立《いらだ》ちをぶつけられることも珍しくない。

この婆さんと顔を合わせるのが億劫《おっくう》で、小金井には足を向けずにきたのだが、向島にいても、「おや、足がある。英霊かと思ったけど、そういや、まだ戦争にも行ってないんだったね」なんぞと容赦ない皮肉を浴びせられるわけで、どこにいても針の筵《むしろ》に変わりはない。

「あら、今、和菓子を手に入れるのは、きっと苦労なことですよ。私の生徒に、お父さんが和菓子屋さんという子がいるんですけど、小豆《あずき》が手に入らなくてお店を閉めたって言ってましたから」

女がまた、権蔵をかばった。生徒を持っているということは、教師だろうか。見た目によらず、言葉遣いが整っているのはそのせいか。そういや店子《たなこ》がひとり入ったと、引っ越しの手伝いに来たとき朝子が言っていたような気もする。その節は会えずじまいだったが、この女のことなのだろう。

「うちも、とうとう惣菜屋が頭打ちでさ」

妹が、背中の赤ん坊をあやしながらぼやいた。茂生が生まれて、ケイは、これで跡取りができた、とひとかたならず喜んだらしいが、母は、この子が大きくなるまで戦争が続いたら兵隊にとられるのかしら、と案じている。

「ここらは農家が多いから、食糧には事欠かないだろうって安心して越してきたのに、野菜まで供出するってんだからたまらないよ。助成金が出るとなりゃ、そりゃみんなそっちに出荷するよね。食材が手に入らなきゃ、惣菜が作れるはずもなくってさ」

朝子は鼻の下に空気を押し込み、蟇《がま》のように目一杯ふくらませた。不満が最高潮に達したときの、幼い頃からの癖である。

雑炊食堂は、芋がらだの食える雑草だのを少ない米と煮込んだ粥《かゆ》を出す立ち食い屋だ。警察の推奨とかで、昨今巷《ちまた》にちらほら増えてきている。外食券なしでも食事ができるから、学生だの労働者から重宝されているが、一杯二十銭前後と安く、かなりの数売らない限り儲《もう》けにはならない。

「雑炊の碗《わん》に箸を立てて、倒れなければ二十五銭、倒れるようなら十五銭で出してんだけどさ、あたしたちが食べてくだけでギリギリの儲けしか出ないんだよね」

珍妙な値付けだな、と権蔵の頬がゆるむ。朝子は昔から堅実で現実的だが、それが行き過ぎてたまに滑稽《こっけい》なことがある。

「富枝さんはお裁縫がお得意ですから、着物をほどいてもんぺに作り直す針仕事を請け負ってくださってるんですよ」

女がまた朗らかに割って入り、権蔵はこのときはじめて母が内職仕事をしていることを知った。俺が不甲斐《ふがい》ないばっかりに、とみぞおちあたりが重苦しくなる。

——にしても、この女。

権蔵は、漫画『タンクタンクロー』を彷彿《ほうふつ》とさせる女にそっと目をやった。

——不自然なまでに、人がいい。

みながみな、どこか殺伐としている昨今なのに、場を和ませ、他者を立てることに躍起《やっき》になっているのだ。しかも、今日はじめて会った、なんら恩義も関わりもない権蔵を、だ。教師だからか？仕事柄、性善説が身に染みついてしまったのか？　いや、教師ってのは、上からむやみと抑えつけて子供の個性を徹底して潰《つぶ》すことを生業《なりわい》にしている連中だろう。それにこの女の人の好《よ》さは、とってつけたようで嘘くさい。

「それで兄貴、仕事はどうなの？　ちゃんとやってんの？」

保護者でもないのに、朝子はいつもこの調子だ。人は親になると、誰に対しても監督官や司令官のような、驕《おご》った口を利くようになるのだろう。

「忙しくしてるさ。放送事業だからね」

権蔵は背中が反るほどに胸を張り、言ってのけた。

「放送？　え？　ラジオ局ってこと？」

「まぁな。戦況を報じるのに一役買ってるさ。なにも戦地に行くだけが、御国のためってわけじゃあないのさ」

真空管や放送機材を運搬しているだけなのだが、ケイを黙らせるため、かつ母を安心させるために、目一杯の虚勢を張ったのである。

が、朝子は絵に描いたような疑心暗鬼の目を向けただけであり、ケイもまた、「どうせ嘘八百だろうよ」と、朝子の疑心をそのまま口にした。義理の間柄とはいえ母娘《ははこ》となると、かような連係をかなえられるのか、と権蔵は寒気を覚える。間に挟まれた母ばかりが、困《こう》じたふうに膝《ひざ》の上で手を揉《も》み合わせている。

すると女が、懲りずに口を挟んだのだ。

「立派なお仕事ですのね。放送事業に携われるなんて、めったなことじゃありませんわ。きっと優秀でいらっしゃるのね。だって放送局への入局試験に受かるのだって、ひどく難しいと聞きますもの。今はこんなご時世で、日雇いで職を得てしのいでいる方もたくさんいらっしゃるのに、放送局にお勤めなんて素晴らしいことですわ」

女は胸の前で手を合わせ、過剰なまでの褒め言葉を並べた。

刹那《せつな》、それまでかろうじて保っていた権蔵の外面《そとづら》用の糸が、なぜだか物騒な音を立てていきなり切れたのである。自分でも、まったく予期せぬことだった。

「おい、女っ。さっきからなんだ。歯の浮くような台詞《せりふ》ばっかり吐きやがって。俺を褒めるたぁめったなことじゃあねぇなっ。そんな奴は、全国津々浦々探したってどこにもいねぇんだ。それをお前はさっきから妙に褒めるじゃねぇか。どうせ、腹の中じゃ俺を嗤ってんだろっ。こちとら全部お見通しなんだよっ」

突如声を荒らげた権蔵に、そこにいた全員が啞然《あぜん》となって居すくんだ。

「……なに？　ぜんたい、急になんなのよ」

やがて朝子がうんざりしたふうにうめき、これに重ねてケイが、

「人間、他人から一切認められずに生きてくると、こんなふうにひねくれちまうんだねぇ」

と、蔑《さげす》みも露わに言い放った。

＊

「悌子さんさぁ、その抜け殻状態を早く脱さないといけないよ。兄貴があぁ言ったから、ってんじゃないけどさ」

夕飯も食べずに朝子の兄が席を蹴ったあと、悌子は朝子からそう耳打ちされた。いつも明るくあっけらかんとした彼女に似合わず、神妙な顔をしている。

悌子自身は、抜け殻でいるつもりはないのだ。ただ、確かに体に力がいまひとつ入らず、どうにも心棒が定まらない。誰と話してもなにを話しても、表面をなぞったような言葉しか出てこないのだ。清一と戸塚球場で会って以来、もう半年以上もこんな調子だった。

虚《うつ》ろな私生活の反動のように、仕事は遮二無二している。教師として生きるのだ、一生ひとりで生きていくのだ、と自らに言い聞かせ、指導要綱を改めて熟読し、生徒たちを立派な少国民に育てあげるべく日夜努めている。悌子にとって学校にいるときだけが生きている時間であって、下宿に

戻ると途端に、万事どうでもよくなってしまうのである。

「なにがあったか知らないけどさ、前ほど食べなくなったしさ。まぁ、食べるものもないから、それは構わないんだけどさ」

朝子が溜息交じりに言う。

「はぁ、あいすみません」

「謝らなくていいんだよ。だけど、そんなにぼんやりしてると危ないよ。敵はアメ公だけじゃないんだからね」

朝子の言いたいことは、よくわかる。

長引く戦争、食糧難、行動規制。当たり前の暮らしを営むことさえできない日々に、人々は焦《じ》れ、疲れ切っている。そのせいだろう、町中では、つまらぬ諍《いさか》いが絶えず起こっている。そこへもってきて、御国の指示でやらなければならないことは増える一方なのだ。悌子も、大日本婦人会に納める毛ボロを集める活動を任された。使い古しの毛糸は、陸軍製絨廠《せいじゅうしょう》に献納され、皇軍将兵の慰問品費となるらしい。加えて小金井の町民は、応召軍人を出した農家の草むしりをする義務も課せられていた。国民学校の生徒たちまで、この奉仕班に加わるよう命じられている。

「うちの人だって兵隊に行ってんのに、こっちは手伝ってもらえないんだからね」

朝子の夫は現在、九州の基地にいるらしい。夫から届く葉書を見ては、外地でなくてよかった、と彼女はケイと言い合っているが、九州でどんな任務についているのか知れないという。葉書はところどころ黒く塗り潰されていて、詳しいことはなにもわからないのだと、朝子はよく鼻の下をふくらましている。

清一は、もう豊橋の演習場を出たのだろうか――いまだ悌子は気付くと彼を案じてしまい、そのたび、この役目はとうに譲り渡したはずだと、自らに言い聞かせている。

学校教育に関する通達が政府から絶えず届くため、その対応に教員は常に追われているのだが、悌子にはこれも、清一とのことを考えから逃《のが》す一助となっていた。

七月、東條《とうじよう》内閣総辞職を前にして、政府は帝都学童集団疎開実施細目を発表、小金井中央国民学校は、またもや対応に追われることになったのだ。

もっとも東京の集団疎開指定地域は都区部だけで、小金井町は対象から外れていたが、生徒の中にはこれを機に、田舎の親類の家に身を寄せるという者が幾人かあった。その多くは低学年だったが、悌子が吉川と共に去年から引き続き受け持っている六年三組の生徒の中にも転校を決めた者が三名出たのである。全員女子で、長野の伊那《いな》、山梨の大月《おおつき》、静岡の興津《おきつ》にそれぞれ散っていく。この中に、学級の中でもとりわけ活発で、極めて整った顔立ちの米田幸子もいた。

彼女は疎開することを報告に来た折、唇を噛んで悌子に漏らしたのだ。

「逃げるみたいで、嫌だ」

初等科を卒業して上の学校に進んだら、男女ともに勤労動員として近くの工場に通うことが決まっているから、自分だけ楽をするように感じたのかもしれない。裏表がなく、負けん気が強い幸子らしい考え方だった。

「米田さんは逃げるわけじゃないですよ。御国へのご奉公は、どこにいてもできるんですから」

幸子と目線を合わせるために少し屈《かが》んで、悌子は力強く告げた。

「伊那に行っても、少国民としての自覚をしっかり持って、御国のために尽くしてください。日本は必ず戦争に勝ちます。その暁には、また一緒にお勉強をしましょう」

幸子はそれでも釈然としない様子だった。

「明日、あなたたちのことを学級のみなさんに伝えます。きちんとご挨拶《あいさつ》をしてください」

全校生徒そろって校庭で行われた一学期の終業式後、教室に戻った三組は学級総会の時間を設け、三人の女子生徒を教壇前に呼んだ。悌子が転校のことを全員に知らせ、

「それでは、ひと言ずつ挨拶を」

と、疎開する三人を促したとき、教室後方に声が立った。

「田舎に行ったら、たらふくうまいもんが食えるんだろうな」

豊島啓太である。思わずつぶやいたものが、思いがけず大きく響いてしまったのだろう。みなの視線が集まる中、当の本人は驚いた顔で肩をすくめている。

今年に入って、配給はますます少なくなった。親類の家に預けられている啓太の弁当もこのところ、麬《ふすま》団子やはんぺん状にこねた糠に塩を振って焼いたものを持たされるばかりで、ふかし芋さえ入っていたためしはないのだ。

「田舎に行けば、白い米や焼き魚や、具がたっぷり入った味噌汁《みそしる》を食えるなぁ」

「草餅《くさもち》や、せんべいや、汁粉も食うんだろう」

啓太につられたのか、生徒たちが口々に唱えはじめる。よだれをすする音や喉《のど》を鳴らす音が、矢継ぎ早に立ち上る。いいな、ずるいな、工場にも行かないで済むなんていいな、とざわめきの輪が、波紋のように広がっていく。

生徒たちはただうらやんでいるだけだったのだろうが、教壇前に立った三人は、責め苛《さいな》まれてで

もいるように一様にうつむき、しおれていった。

本当の気持ちや願いを言葉にしてみましょう――一年ほど前、悌子は彼らに言ってしまった。体錬科の授業のさなか、校庭に寝転がって夢を語らせたときだ。なんて馬鹿なことをしてしまったのか、と血の気が引く。今は誰もが我慢をしなければならないときなのに。それを教えなければいけない立場なのに。生徒たちがこんな子供じみた、節操のないことを大声で叫んでいるのも、きっと自分の教育が至らなかったせいなのだ。

疎開組のひとりが、泣き出してしまった。悌子は彼女の背中をさすりながら、

「みなさんはもう六年生ですよ。土浦《つちうら》海軍航空隊では、みなさんと歳の変わらない予科練生が、日々訓練に励んでいるんです。それを、食べ物のことで騒いで、恥ずかしくないんですかっ。疎開を決めたお三方は、よその土地に移っても少国民として立派にお務めをされます。みなさんとなにも変わりませんっ」

腹から声を出すと、かしましかった教室はいっぺんに静まった。

が、悌子がほっと息を吐いたところで、すぐそばから叫び声があがったのだ。

「あたしだって、行きたくないっ。お母さんと離れて、知らない村になんて行きたくないっ。ずっとこの学校にいたいのにっ」

幸子だった。キッと前を見詰め、小さな体を震わせている。彼女の家は今、母ひとり娘ひとりだ。父親は兵隊にとられ、南方に送られた。戦死の公報こそ届いていないが、どこにいるか知れず、葉書も途絶えたままだと、以前不安そうに語っていたのだ。

「お母さんはここに残って、あたしだけ行くんです。よく知らない親戚《しんせき》と住むなんて嫌なのに、ど

うしてずるいって言われないといけないの？　啓太だって、お父さんと離れてつらいって言ってたのに。小金井なんて来たくなかったって言ってたのに。今のあたしと同じはずなのに。どうしてそんなふうに言えるの？」

幸子の声に、啓太は顔を真っ赤にしてうつむいた。

「米田さん、落ち着いて。席に戻りましょう」

悌子がなだめても、彼女はこちらを見ようとすらしない。

「ご飯を食べたらずるいの？　工場で働かないとずるいの？　あたしはこんなに悲しい思いでいるのに、ずるいの？」

「ずるくなんてないですよ。米田さんたちは逃げるわけじゃないんですから」

悌子が懸命に取り繕ったそのとき、カタン、と床が鳴った。それまで窓際で黙然として一部始終を見守っていた吉川が教壇に上がり、白髪交じりの眉毛に覆われた目で教室全体を見渡した。そうして、ひとつうなずいてからはっきりと言ったのだ。

「逃げて、いいんですよ」

悌子は息を詰め、それまでうつむいていた生徒たちも一斉に怪訝《けげん》な顔をはね上げた。

「おかしいな、と自分で感じたものからは、いくらだって逃げていいんです」

「いや、あの、先生、それは……」

悌子は青ざめる。来年には上の学校に進む生徒たちに、間違った考えを植え付けるのはよくない。

「あなたがたは少国民である前に、すでにひとりの立派な人間です。これからいくらだって未来を創《つく》っていける人間なんです。人というのは、ひとりとして同じではありません。ですから、みんなと同じように考え、行動することは、必ずしもいいこととは言えないのです。本当は誰しも、自分が心から思ったこと、感じたことを大切にして、生きていく権利があるのです。他の誰にも真似できないことをして、人生を存分に楽しむ権利があるのです。なにも、大人が決めたことに、黙って従う謂《い》われはありません」

吉川は静かな、だが確かな声で告げた。

「よ、吉川先生っ」

悌子の声は、ほとんど悲鳴のようだった。吉川が、こちらに目を向ける。

「あなたもですよ、山岡先生。あなたは、せっかく個性的で面白い人だったのに……」

そこまで言って、彼は口をつぐんだ。

吉川がなにを言わんとしたか、悌子には、うっすらとしか感じられなかった。けれどなぜだかこのとき、あの日以来ずっと棲《す》んでいた深い霧の中から現実世界に引き戻されたような、奇妙な揺らぎも覚えたのだ。同時に、せっかく鎧《よろい》を着込んで平気な顔をしていたのに、それを容赦なくはぎ取られて白日のもとに晒《さら》されたような困惑と動揺もまた、湧いていた。

教室は、湖底に沈んだかのように静かだった。三人の少女は、席に着きそびれて硬く立ちすくんでいる。

「吉川先生」

そのとき、手を挙げた者があった。青木優一だった。彼は五年から六年にかけての学年考査で常に一番の成績を修め、通信簿もすべての教科で「優」をとっている。算数がことに得意で、数式を解いている時間がなにより幸せらしい。「それなのに、算数の時間が修身に侵食されてつまらない」と、去年まではよく口を尖《とが》らせていたが、今年に入って厳しい戦況が伝わってくるにつれ、その類《たぐい》のことは一切口にしなくなった。

優一はゆっくり立ち上がり、吉川をまっすぐに見て、力ない声で言った。

「そういうことをおっしゃらないでください。それは、今の僕らにとって、かえって酷です」

吉川が、ハッと息を呑む気配があった。彼はなにか言いたげに口元をうごめかしたが、やがてうなだれ、

「そうでしたね。今の発言は、私が浅はかでした」

と、心許《こころもと》ない声で詫《わ》びた。

悌子は、なにか言わなければ、この重苦しい空気を変えなければと焦ったが、ふさわしい言葉はひとつとして浮かばなかった。脂汗が額ににじんだとき、耳の悪い松田賢治が一番前の席で伸び上がり、おどけた口調で、みなに向けて声を張ったのだ。

「おーい、今までの話、僕にはまったく聞こえなかったぞー」

授業中でも彼は、当てられて答えがわからないときなど、よくそんなふうに笑いを取って切り抜けてきたのだ。

クスクスと、忍び笑いがあちこちに立った。それが小さな波となって、教室中に伝播《でんぱ》した。やがて生徒たちの顔に、至って控えめながらも笑みが戻っていく。幸子が安堵《あんど》したふうに、目尻《めじり》に溜《た》まった涙を拭った。温かな波がひたひたと寄せる中で、悌子は、自分がひどくみすぼらしい人間に思えてならなかった。

学級総会を終えてから全員で教室と廊下の浄化作業をし、そろって国歌を奉唱、東に向いて宮《きゅう》

城遥拝《じようようはい》、そののち校訓を唱えた。

〈皇国に、生まれたる幸福を感謝すること
私心をはなれて公に尽くすことを本分とすること
誠の心をもって強い皇国の力になること〉

最前まで深く悌子の体に刻み込まれていたはずの言葉なのに、このときはひどくよそよそしく、隔たったものに感じられた。

夏季休暇中、授業は休みになるものの、毎朝六時から校庭で行われるラジオ体操会と、日中の水泳錬成は、低学年を除いて生徒たちの必修となっている。体錬科を教えるなら山岡先生、といつしか教員の間で申し合わせのようになってしまい、夏の間も悌子はほとんど毎日、学校へ通う予定になっていた。

生徒たちもそれと知っているから、教室を出しな、「山岡先生、さようなら。明日からまた、よろしくお願いします」と、悌子に一礼して帰っていく。その中で、

「今まで、ありがとうございました」

と、他とは異なる挨拶をしたのは疎開組の三人である。最後に悌子の前に立った幸子は、先刻の一件をもう忘れたのか、けろっとして、「先生、あのね」と、伸び上がった。

「先生が去年、空に向かって夢を言いなさい、っておっしゃったでしょ。体操の授業のときに。実はあたし、あのとき、本当のことを言えなかったんです」

「本当のこと？」

確か彼女は、赤いスカートをはいて銀座の街にお買い物に行きたい、と唱えたはずだ。幸子は教

室を見渡し、他の生徒がみな廊下に出たのを確かめてから、そっと打ち明けた。

「本当はあたし、女優になりたいんです。それも、田中絹代《たなかきぬよ》さんみたいな本当の本物の女優よ」

端整な顔立ち、この気の強さ。間違いなく女優向きだろう。

「米田さんなら絶対になれますよ」

絶対、などと軽々しく言える時世ではないのに、悌子は強くうなずいてみせた。

「ええ。もちろんです。そしたら先生を撮影所に呼んであげてよ」

幸子はたのもしい言葉を残し、笑顔のまま跳ねるように駆けて、学校を去っていった。


職員室の浄化作業を終えて、下宿に帰る途中、深大寺用水の小径で富枝に行き合った。一方の手を智栄と繫ぎ、もう一方の手に大きな笊《ざる》を抱えている。

「お帰りなさい。ちょうど私たちも戻るところ。今まで野草を摘んでたのよ」

富枝は言って、笊の中の緑を悌子に見せた。

ほうれん草に似た風味のアカザ、シャキシャキとした歯触りのアオミズ、独特の粘り気があるスベリヒユ。近くで採れる野草を、おひたしにしたり、海藻粉にまぜ込んでパンにしたりと、富枝は調理に工夫を凝らす。もちろん、店で出す雑炊にも使われている。

「ほら、見てー。かわいいの」

智栄が、手にしていた野草を掲げて見せた。

「シロツメクサね。四つ葉はあった？」

屈んで訊くと、富枝が横から、「それ、似てるけど違うのよ」と柔らかに微笑んだ。

「カタバミ、っていってね、葉っぱが、西洋かるたのハート形なの。ちょっと酸味があって、この時季にはおいしくいただけるのよ」

　自然の多いところで育ったのに、悌子は草花に詳しくない。大根だのにんじんだのといった幼い頃から食卓に上っていた野菜はひと通り知っているし、実家には大きな仏壇があるから仏花もそれなりに知識があった。でもその他は全部ひっくるめて雑草で、食べることも愛《め》でることも、これまで縁のない存在だったのだ。

「もう少し栄養のあるものが手に入ればいいんだけど……。朝子のお乳もやっぱり出ないみたいで。この子のときには平気だったのにね」

　カタバミをまだうれしそうに眺めている智栄を見やって、富枝は肩を落とした。母乳が出ない人は、役所で証明書をもらってはじめて粉乳が買える。だが、肝心の粉乳の配給自体が滞っているのだ。朝子は、草取りに通っている農家のおかみさんからもらい乳もしていたが十分とはいえず、といって、米のとぎ汁や大豆のしぼり汁で代用すると、茂生は決まってお腹を下すのだった。

「お母さんに栄養が足りないと、子供も元気じゃなくなるんですね」

「そうね。母親っていうのは、いつでも必ず元気でいないといけないのね。一家を守っていくために。もしかしたら、それが母親という役目の、一番大変なところかもね」

「……そういうものでしょうか」

　しょっちゅうめそめそ泣いていた実家の母を思い、悌子は少し釈然としなかった。それから、いずれ自分も母になる日が来るのだろうか、とぼんやり想像した。かつては、子供ができたら絶対に野球をやらせよう、甲子園に出るような立派な選手に育て上げようと、あれこれと思い描いて楽しんでいたが、それも、心に決めた相手があったからできた空想だった。

「あの……悌子さん。こんなこと伺っていいのか、わからないけれど」

富枝はひと呼吸置いてから、思い切ったように口を開いた。

「あなたの許婚《いいなずけ》とおっしゃる方、兵隊に行かれていないんじゃないかしら」

唐突に訊かれて、悌子の総身はこわばった。

「どうして、ですか？」

「間違ってたらごめんなさいね。あなたがあまり心配しているふうがないな、って思って。うちの息子も兵隊にとられてないでしょ。当人も肩身が狭いみたいでね。ここにも来にくいようだし。茂樹さんが近く出征することもあって、ケイさんもうちの息子が顔を出すのを嫌がってるの。それはそうよね。自分の息子が危険な戦地で戦っているときに、一方では歳の変わらない若い男が今まで通り暮らしているんですもの。でも、他にも兵隊に行ってない若い方がいらっしゃるはずだから、なんとなくお仲間が欲しくなっちゃって」

いつも冷静で物静かな富枝には似ず、性急で、落ち着きのない口振りだった。

「あなたのところに戦地からの手紙が届いている様子もないし、手紙が来るのを待っているふうでもないでしょう？　ごめんなさいね。詮索《せんさく》してるわけじゃないんだけど、ひとつ屋根の下に住んでるから、つい気になってしまって」

申し訳なさそうに眉を下げた富枝から、悌子は一旦《いったん》目を逸《そ》らした。しばらく逡巡《しゅんじゅん》したのちに、

「兵隊には行きました」

地面に語りかけるようにして、干上がった喉で答えた。

「でも、私は心配しないでいいんです。心配しないでよくなったんです」

富枝が首を傾《かし》げる。悌子の手の平に、握った指の爪が食い込んでいく。

「彼には、清ちゃんには、正式に心配してくれる女人《ひと》がありますので」

声にした途端、泣きそうになった。刹那、さめざめと泣く母の姿が頭をよぎって、喉が震え出すのをぐいと押し込めた。

富枝は、悌子の言葉を咀嚼《そしやく》するように、口をつぐんでいた。やがて「そう」と、小さく応えた。詳しい事情を訊かれるかな、と身構えたが、彼女はさっぱり切り替え、

「うちの息子、他人から見ると、とってもダメな人間に見えるみたいなのよ。でもね、私には、どうしてもそうは思えないのよ」

と、話の向きをさりげなく変えた。

「かといって、堂々と誇れるものもないんだけど。ひ弱だし、仕事も長続きしないし」

「はあ……」

「こういうの、親馬鹿っていうのかしらね」

富枝は軽やかに笑って、もういい歳なのにね、と少女のように肩をすくめてみせた。

三

八月に第一次学童集団疎開がはじまったおかげで、昭和十九年の秋が深まる頃には、本所区近辺も子供の姿がすっかり消えた。

権蔵は、子供という生き物が蛭《ひる》やゴキブリより嫌いだったから、つくづく清々したのである。なにが面白いのだか、むやみと笑う暑苦しさや、わけもなく発する奇声、いたずらに走り回って体力を消耗している姿――それらすべての言動が鬱陶《うっとう》しい。目にするだけで疲労困憊《こんぱい》である。無駄の塊としか思えぬ奴らが疎開して、街はだいぶ平和を取り戻した。これで、頓狂《とんきょう》なわめき声に叩《たた》き起こされることなく、惰眠をむさぼることもできる。

「おいおい、勘弁してくれよ。職業野球の秋のリーグ戦がなくなるってよ」

新郷工作所に鉄材を搬入し、例によって大豆ばかりの握り飯を頰張っていると、六助が古新聞片手に血相を変えて飛んできた。

「応召者が増えて、チームの人数が足りなくなったからだってさ。たまんねぇな、こりゃ。春夏の成績で、阪神が優勝と決まったってことだけは救いだけどさ」

六助は無類の野球好きだ。しかも六大学や甲子園大会ではなく、職業野球を熱心に応援しているのだから変わっている。野球のような遊びで飯を食おうと企《たくら》むなぞ世の中を舐《な》めくさった連中だと、巷《ちまた》で蔑視《べっし》の対象となっているのを知らぬわけでもなかろうに。

「俺はね、大阪タイガース時代から、阪神の勝ち負けにてめぇの人生を重ねてきたのよ。勝てば、俺にも運が回ってきたと思えるし、負ければ俺ももう終《しま》いだと落ち込む。そうやって、共に人生を歩んできたってのに」

「阪神に、お知り合いでもいるんですか」

「いや、いねぇよ。いるわけねぇだろう。俺は生粋《きっすい》の江戸っ子だぜ。どうやって浪速《なにわ》の連中と知り合うのよ」

もはや、なにを言っているのかわからない。そもそも放送機を運ぶだけの仕事に、運もなにもないだろう。

「まぁ、阪神が優勝したんだからよかったじゃないですか。戦争が終わったら、再開するんでしょうし」

面倒臭いから適当に返すと、そうだな、と六助は造作もなく目尻《めじり》を下げた。

「阪神優勝の勢いに乗って、日本も戦争に勝つかもな」

国運まで阪神に託す、あまりに能天気な見立てに、権蔵はさすがに眉《まゆ》をひそめた。

「いやぁ、日本は勝てませんよ。この戦争で、そこまでの大逆転はないでしょう。ここまでもったのが、御の字ってくらいなもんで」

言い終わらないうちに、いきなり六助に頭をはたかれた。

「馬鹿っ。本当のことを言う奴があるか。特高の取り締まりが厳しくなってんのを、お前も知ってんだろう」

戦争が激化してから、いや、その前からかもしれないが、国は情報統制を行っている。ラジオからは戦勝を報じる声が頻繁に流れてくるが、一度兵隊にとられた者は行ったきり、ついには学生まで召集されるありさまに、あぁ俺たち国民は、糞《くそ》みてぇな政府と軍部に騙《だま》されてんだな、と猿でも気付くはずなのだ。それだってのに大人たちは揃って口を閉ざしている。子供たちにまで、日本は勝つと唱え続けることを強要している。

ことに、陸軍大将の小磯國昭《こいそくにあき》が首相になってから、軍部がいっそう力を持ったようだ。八月には一億国民総武装が唱えられ、子供たちにまで竹槍《たけやり》教練が推奨された。

「そういや、竹槍の記事を書いた記者は、どうなったんでしょうね」
ふと思い出して、つぶやいた。今年の、まだ春にならないうちだったが、新聞に大きく、
〈竹槍では間に合はぬ〉
と、見出しが躍ったのだ。そのあとに、
〈飛行機だ、海洋航空機だ〉
と、ひとまわり小さな見出しが置かれ、記事自体も、今が勝負どころだから国民はいっそう奮起せよ、と煽《あお》る内容だったから、一読して権蔵は、また当局に迎合するような駄文を書きやがってと鼻白んでいたのが、これが当時首相だった東條英機の逆鱗《げきりん》に触れた。「竹槍では間に合はぬ」の一文が、どうやらいけなかったらしい。記事を書いた海軍担当の記者はその後、懲罰応召になったという。

——東條ってなぁ、ろくに文章も読めねぇのか。

そのとき権蔵は暗澹《あんたん》としたものだ。

「竹槍？　記者？」

六助は、記憶にないのか、そもそも知らないのか、首をひねり、

「うちの近所の国民学校でも、毎日竹槍教練をやってるよ。女の子があれで、藁《わら》人形を突き刺してんのよ。あんなの、俺だって簡単にかわせるよ。仮に刺されたって、あの子たちの力じゃ、かすり傷にだってならねぇよ」

と、不可解な答えを放ってきた。

「なんだってまた、学校ってなぁ、あんな馬鹿げたことをやらせるのかねぇ」

最前、「本当のことを言う奴があるか」と、権蔵を叱ったばかりなのに、六助は平然と本当のことを言った。

「俺は小学校もまともに出てねぇが、今にして思えば、賢明な判断だったよ。こうして立派にやってこられたのも、下手に教育を受けてないからだと思うぜ。世の中に早く出たから、本質を見抜く目を培えたのよ、俺は」

六助が立派にやってこられたとも、世の中の本質を見抜いているとも思えなかったが、権蔵は適当にうなずいておいた。自分が大学出だということを、六助には話さずにおいてよかった、と胸をなで下ろしもした。「大学まで行かせてもらって、小学校もまともに出てない俺と同じ場所に落ち着いてんのか、その若さで」と、あげつらわれるのは目に見えている。

「竹槍教練をやるくらいならさ、野球でもしてたほうがずっといいよ。体も心も健康になるってもんさ」

しつこく野球の話をして、六助が鼻の穴を押し広げたとき、彼の背後の木陰からぬっと人影が現れたから、権蔵はキャッと女のような悲鳴をあげた。

「竹槍もいいですが、新型敵機の前じゃあ、役には立たんでしょうな」

所長の五十嵐である。相変わらず血色のいい丸顔をてらてらさせて、唐突に話に加わってくる。

「……新型の敵機ですか？」

早鐘のごとく打っている心臓を落ち着けるため胸に手を置いて、かろうじて権蔵は応《こた》えた。

「ええ。B29って飛行機が、配備されているらしくってね」

「B25じゃなくて？」

「あれより大型のようですね。爆弾もたくさん搭載できるんじゃあないでしょうか」

五十嵐は、物憂げにこめかみを揉《も》んだ。新郷工作所地下の臨時放送所経由で、内々の情報を漏れ聞くらしく、彼はそれをなんの拘泥もなく権蔵たちに伝える。

グアムとテニアン両島に送られた部隊は全滅したらしい、拉孟《らもう》の日本軍守備隊が玉砕した、などと不穏な戦況を口にするのだ。そういうときの五十嵐は、たいがい感情というものをどこかに置き忘れてしまったかのように、表情も口調もまったく抑揚を欠いているのが常だった。

「六月と八月に九州の八幡《やはた》が成都《せいと》から飛来した米機にやられたでしょ。あれがB29ですよ」

五十嵐は淡々と続ける。

「米軍は七月、マリアナ諸島を陥落させたでしょ。あそこが基地になれば、東京もB29の爆撃可能範囲になりますからね」

戦争がはじまってからこっち、向島には軍需工場が一気に増えたから狙われるかもしれんな、と権蔵は憂鬱《ゆううつ》になった。ふと、小金井町にいる母の顔が浮かんで、

「さすがに、まわりが畑ばっかりのところは空襲には遭わんでしょうね？」

と、それとなく訊《き》く。五十嵐は腕組みをして、うーんと低くうなってから答えた。

「それは勘弁願いたいですけどね。軍人同士で片を付けていただいて、これ以上、民間人を巻き込まないでほしいものですが……」

その民間人が、有無を言わさず召集されて軍人になっているのだ。権蔵が嘆息したとき、

「任俠《にんきょう》の世界でも、一流の渡世人は素人には手を出さねぇからな。それが男の中の男ってもんよ」

六助が、またわけのわからないことを言って、得意げに顎《あご》を上げた。

＊

日本上空には一機たりとも敵機を入れず、と皇軍も政府も声高に宣言している。校長もまた朝礼のたびに、「敵の空襲なぞ、たいしたことはありません。すべて皇軍が撃ち落としてくれますからね」と、生徒たちに繰り返し唱えている。

悌子は隣組の活動で、バケツリレーや火叩きでの防火訓練に精を出してはきたが、爆撃というのが実際どのような様相を呈するものか、ぼんやりと想像することしかできない。三年前に政府が改正した防空法では、空襲時の退去は禁止、消火に専念し、焼夷弾《しょういだん》は拾ってすぐに戸外に投げ出せ、との指示だったが、果たしてその対応でいいのだろうかと半信半疑なのである。

生徒たちには防空頭巾《ずきん》を用意させ、防空壕《ぼうくうごう》へと逃げ込む訓練は積んでいる。ただ、「爆弾に当たる確率は雨に当たるより低いから、慌てて逃げなくても大丈夫」との巷で言い交わされている噂を鵜呑《うの》みにしている子も多く、悌子は万が一のことを考えて、生徒にはもう少し危機感を持たせたほうがいいのではないか、と吉川に提案した。

彼はこれを受け、

「爆弾の破壊力は恐ろしいと聞きます。近くで爆発したら、命にかかわるかもしれません。ですからみなさんは、敵機が見えたらすぐ防空壕へ退避するようにしてください」

と、厳粛な面持ちで三組の生徒に告げたのである。

途端に教室は静まり返り、女子生徒の中には震え出す子も出た。怖がらせただけだったろうか、

と慌てた悌子が取りなそうとしたとき、

「敵機が来たら、一番に知らせてやるよ」

と、朗らかな声があがった。

「僕は耳が悪いからな、その分、目がいいんだ。みなの者、僕を頼ってくれたまえよ」

こわばった雰囲気を和ませるのはいつも、松田賢治の役目なのだ。

その賢治が、上空彼方《かなた》に銀色に光るものを見付けたのは、昭和十九年十一月一日のことだった。

「あの、光ってるやつ、敵機じゃないのかなぁ」

のどかに言って、彼は上空を指さした。

校庭で体錬科の授業をしているさなかだったから、生徒たちはみな賢治の指さすほうを見上げた。光の粒がひとつ、見える。やがて音がかすかに伝わってきた。飛行機のエンジン音だと思う間もなく、機体はみるみる大きくなり、こちらにまっすぐ向かってきたのである。

悌子は突然のことにおののいて息を詰め、それから我に返って、

「防空壕っ。全員、校舎の裏に回って!」

目一杯の声で叫んだ。子供たちが悲鳴を引きずりながら、一斉に駆けていく。

警報は出ていない。

零戦《ぜろせん》かもしれない。

それでもともかく避難を急がせる中、賢治がひとり、校庭の真ん中に突っ立ったまま空を見上げているのが目の端に映った。指示が聞こえなかったのだ。悌子は、総身の血が引いていく音を聞きながら急いで校庭にとって返し、賢治の手を乱暴に引っ張って校舎裏手に回った。

ゴオォー、と恐ろしい轟音《ごうおん》が頭上から降ってくる。思わず見上げた悌子の視界を、磨き立てのアルミニウムのような、まばゆい光を放つ機体が覆った。

敵機だ。しかもかなり大きい。

「きれいだなぁ」

隣で感嘆の声があがる。賢治がうっとりと機体に見とれている。こんなときに、よくそんな呑気な感想が出てくるものだ、と悌子は震えながらも賢治の肝の太さに恐れ入る。

息を詰めて見守る中、敵機は爆弾を投下することなく校庭上空を突っ切り、東の方角へ消え去った。その頃になって、ようやく警戒警報が鳴り出した。

「みなさん、怪我はないですかっ」

悌子はあがった息を整えつつ、呼びかける。

「はーい！」

防空壕から恐る恐る出てきた生徒たちが、元気に返事をした。彼らの顔には緊張が貼り付いていたが、首尾良く避難できたことへの誇らしさもまた、みなぎっている。

「爆弾に当たる確率、今日はゼロだったな」

算数が得意な青木優一が腕組みして言い、

「僕が、いの一番に見付けたんだぞ。誰よりも早く見付けたんだ」

賢治が得意げに声を張った。

「はい、はい、わかったよ。今度は、爆撃してくるときだけ教えてくれよ」

すかさず啓太がおどけて茶化す。

「今日の体錬は中止します。一旦《いったん》教室に入りましょう」

すぐにほぐれた生徒たちに比して、悌子の四肢はまだ細かに震えている。


敵機が校庭上空を横切った翌日の晩、下宿で雑炊をすすっていたとき、

「偵察飛行なんだって」

と、朝子が言った。

「東のほうに飛んでったでしょ？　下町の軍需工場を狙うんじゃないかって、隣組の人たちが噂してたのよ」

「下町？　うちのほうかしら」

富枝が箸《はし》を止め、顔を曇らせた。

このところ個々に米が炊けるほど十分な配給がなく、全員の米をかき集めてはたっぷりの水で煮込んで嵩《かさ》増しし、なんとかしのいでいる。三食作るのはもっぱら富枝の役目となり、ために彼女も一緒に食卓を囲むようになっていた。

「あたしも見たけどね、ずいぶん大きい飛行機だったたよ。てっきり、お日様が落ちてきたと思ったもの」

ケイが大仰に身震いした。

「B29とかいう飛行機らしいね。あんなので攻撃されちゃ、ひとたまりもないよ」

膝《ひざ》の上でむずかる茂生の口に、にんじんをすりつぶした離乳食を運びながら朝子は、「ほんとに疲れる。店と子育てだけでも手一杯なのに、その上アメ公にビクビクしないといけないだなんて

さ」と鼻の下を目一杯ふくらませた。

「でもさすがに、こんな田舎にゃ爆弾は落とさないだろ。家もまばらだし、狙いの定めようがないだろうからね」

ケイは言って、鼻の頭にシワを刻む。

「兄貴もやっぱりこっちへ呼んだほうがいいのかな。ね、母さん」

朝子の言葉に、富枝は一瞬ケイを窺《うかが》った。ケイの口元が見事に引きつったのは、悌子にもはっきり見て取れたほどだったから、富枝は遠慮したのだろう。至極冷ややかに、

「もう子供じゃないんだから、自分でなんとかするわよ。戦況もわかってるだろうし」と返した。それまで一心に雑炊をかき込んでいた智栄が不意に碗から顔を上げ、「戦争はいつまで続くの？」と訊いてきた。

「日本が勝って、もうすぐ終わるわよ」

朝子がこわばった笑みで答える。

「そう。そしたら、お腹いっぱいになるまで食べられるようになるね」

智栄が、目を輝かせた。朝子も富枝もケイまでも、術無《じゅつな》げな面持ちで押し黙る。

〽勝って来るぞと勇ましく──

どこで覚えたものか、智栄は拳《こぶし》を振り上げて歌ってみせた。それは微笑ましい姿だったが、悌子はうまく笑うことができなかった。

あの日以来、B29が飛んでくることはなかったし、東京の他の町が爆撃されたという話も聞かな

かった。

国民学校初等科の六年生は、上の学校へ進学したのち課せられる学徒勤労動員に備え、工場見学をする課程が組まれている。その準備に取りまぎれ、悌子の中の本土空襲への不安もいつしか薄らいでいった。

生徒たちの見学先として指定されたのは、武蔵境駅の北東に位置する、中島飛行機武蔵製作所だ。学級ごとに見学日時も割り振られ、六年三組は、十一月二十四日の午前十一時からと決まった。

当日悌子と吉川は、学級五十三名を連れて、武蔵境駅前から浄水場を左に見つつ、引込線に沿って進んでいった。久し振りに学級揃っての遠出ということもあって、生徒たちはどこか遠足気分で浮かれている。

「遊びに行くんじゃないですよ。工場で勤労しておられる方々の仕事を見せていただくんですから、騒いだりせず、礼儀正しく見学してくださいね」

学校を出る際、教師として厳しく言い渡した悌子だったが、緑地を歩くうち生徒たちと野を散策しているような楽しさを覚え、心が浮き立つのを止められなかった。銀杏《いちよう》が黄金に色づいている。

新設された高射砲陣地を望みながら進むと、やがて中島飛行機の工場正門が見えてきた。

と、先頭を歩く悌子のところへ吉川が寄ってきて、

「山岡先生。工場内での生徒たちへの指示を、お願いしてもよろしいですか？」

と、頼んできたのだ。

「私の声は通りが悪くて、機械音の中だとみなに聞こえないと思うんですよ。その点、山岡先生は腹から声が出ますでしょう」

吉川は褒めたつもりだろうが、女の大声はみっともない、と幼い頃から母に躾《しつ》けられてきた悌子は、いたたまれなさに肩をすくめる。投擲《とうてき》の際、野太い声を出す癖があって、それを続けるうちに地声まで太くなってしまったらしい。

「お任せください。そうしましたら、私が生徒に説明をしている間、松田君がはぐれないよう、近くについていていただけますか」

機械音の鳴り響く中で賢治に声を届かせるのは、仮に彼をすぐ隣に置いても難しいだろう。活発な子だから、聞こえないと見切れば勝手にあちこち動き回るに違いない。工場に迷惑を掛けるようなことがあってはいけないし、なにより怪我でもしたら大変だ。そのため事前に、悌子か吉川、どちらかが常に彼のそばにつくよう、取り決めていたのである。

吉川は、悌子の頼みにうなずいた。

「もちろんです。彼は利口な子ですから、きっと作業をよくよく観察しているだけで、説明を聞かずとも理解するでしょう」

「ええ。それに、私もあとから松田君に、これから受ける説明を詳しく伝えるようにします」

悌子は応え、しばしためらったのちに、ずっと抱いていた感慨を打ち明けた。

「実は私、松田君をとても尊敬しているんです。きっといろんな不自由があるだろうし、破傷風に罹《かか》ってしまったことを恨みそうなものなのに、そんな苦悩を少しも見せませんでしょう？」

吉川は、「まったくです」と目を細めてから言った。

「数年前、確か彼が四年生のときでしたが、私は不用意に松田君を励ましてしまったことがあるんです。いつもの癖でね」

ばつが悪そうに彼は、うなじのあたりをかいた。

吉川はそのとき、たとえ耳の聞こえが悪くても人の価値には変わりがない、と慰めるようなことを、賢治に滔々《とうとう》と説いたらしい。すると賢治は目をしばたたかせ、「当たり前です」と、平然と言い返したという。

耳が悪いと面倒なこともあるけど、ただ、それだけです。僕は足も速いし、勉強もまぁまぁできる。青木君には負けるけど、通信簿も優や良ばっかりです。父さんも母さんも優しいし、弟も妹もかわいいし、恵まれ過ぎていると思ってるくらいです。それに、破傷風に罹ったのは誰のせいでもないんだし、そのとき医者は、命は助からないだろう、って見放したらしいんだけど、両親がつきっきりで必死に看病してくれて、こうして助かったんです。それだけでも、僕はすごい幸運だと思いませんか？

そんなふうに言って、賢治は鮮やかな笑みを見せたという。吉川はこのとき、うまく言葉を継げずに沈黙してしまった。それを気にしたのか、

「でも、必ず一番前の席に座らされるから、授業中にあんまりふざけられないのは、とっても残念です」

賢治は軽口で場を和ませることまでしたのだと、吉川は続けた。

一通り聞いて、悌子は大きく息を吐いた。

「強い子ですね」

「ええ、強い子です」

それとなく後ろに続く生徒の列を見やると、中程の位置で、賢治が体を仰《の》け反らせて笑っている。

悌子は同じく後ろを振り返った吉川と顔を見合わせ、そっと微笑んだ。

木枯らしの吹く季節だというのに、中島飛行機の工場内は、むせるような熱気に満ちていた。時計塔のある東工場入口に生徒たちを立たせ、「よろしくお願いします」と揃って一礼したところで、監督官の将校が現れてその場で作業工程の説明がはじまった。

勤労学徒たちには、主に飛行機の部品製造を任せていること。作業としては、まず旋盤の扱いを訓練し、その後、製造工程での組み立てや研磨を担うようになること。ただし、高等科高学年で数学に長《た》けている者は、工場職員の給与計算など経理を任されることもある、ということ。

これを聞いて、算数の得意な優一が、「僕は、その仕事がいいな」と、つぶやいた。即座に将校が聞き咎《とが》め、険しい顔で優一を睨《にら》む。朝礼や授業中のみならず、大人が話をしているとき、子供たちは私語を慎むのが原則なのだ。

悌子は優一を救うため、とっさに、

「勤労学徒のみなさんのお働き、まことに立派ですね」

と、将校に明るく応えた。が、いきなり近くで大声を出されてよほど驚いたのだろう、将校が飛び退《の》いて腰の軍刀に手をかけたものだから、場はいっそうの緊張に包まれる羽目になった。

西工場は立ち入り禁止とのことで、この後生徒たちは、東工場内で発動機の組み立てを見学した。ボルトや座金を石油で洗浄しているのは主に女学生で、隣の部屋では男子学生が、座金の歪《ゆが》みを直すため、甲高い音を立てて金槌《かなづち》を振るっている。

三組の生徒たちは各工程をおとなしく見学していたが、施設内の地下道を防空壕へと向かうさなか、食堂前にさしかかるや、一斉に色めき立った。

食堂入口に貼り出された「本日の献立」に、全員が釘付けになったのである。
〈昼飯
大根味噌汁《みそしる》　大根菜塩漬け　里芋　ゴボウの煮付け
夕飯
ライスカレー　大根菜塩漬け〉
「ライスカレーだって。ぜいたくだなぁ」
啓太がぽつりとつぶやいた。
軍用機を製造しているだけあって、国の援助も手厚いのだろう。昨今めったにお目にかかれない豪勢な献立である。朝子が見たら、「なんで御国の機関ばっかり優遇されるのよ」と、鼻の下をふくらますに違いない。
そろそろ時分時だからか、調理場からはかぐわしい香りが漂ってくる。生徒たちはその空気を腹に貯め込むかのように、深く息を吸い込んでいる。監督官の将校が、
「食堂は工場関係者しか使えない。君らも動員されれば、ここで食えるようになるぞ」
と、相変わらず険しい顔で言うや、生徒たちの喉《のど》が大きな音を立てた。はからずも食堂を見せることになったのはかわいそうだったと悌子が心苦しく思っていると、
「腹が空《す》いたんなら、昼飯に僕の弁当分けてやるよ。脱脂大豆を炒《い》って、ボール玉にしたものだけど、うまいぞぉ」
賢治が剽《ひょう》げ、みなが溜息《ためいき》交じりの苦笑を漏らした。悌子もまた、高粱《こうりゃん》入りご飯に梅干しを載っけただけの自分の弁当を思い出し、そっと肩を落とす。

「さ、立ち止まらないで。行きますよ」

気持ちを切り替えて、号令をかけた。

防空壕をひと通り見せてもらい、地上に上がったのは十一時四十五分。ちょうど見学の終了時間だ。将校に礼を述べてから、時計塔前に整列させていた生徒たちのもとへと走る。

「それでは学校に戻ります」

悌子は大声で告げ、生徒たちの先頭に立ってすみやかに工場の敷地を出た。後方を確認すると、吉川は賢治に添うようにして歩いている。他の生徒たちも緊張がほぐれた様子で、談笑しながら従っている。悌子もまたひと仕事終えた安堵《あんど》を覚えて、前に向き直る。

駅方面へ向かって進み、高射砲陣地近くにさしかかったときだった。

空を見上げて深呼吸した悌子は、西の彼方に銀色の粒がいくつも浮かんでいるのを見付けた。キラキラしてきれいだな――と、ぼんやり思った刹那《せつな》、先だって賢治と空を見上げたときの光景が鮮明に甦《よみがえ》った。

ゾッと背筋がうなった。

B29だ。

唐突に立ち止まった悌子に、後ろにいた生徒がぶつかった。

「先生、どうしたんですか？」

警報は出ていない。悌子は震え出した体を後ろにひねり、精一杯声を張る。

「敵機ですっ。みなさん、避難をっ！」

無残にも声がかすれて、列の後ろまで届かなかったのだろう、生徒たちは怪訝《けげん》な顔を見合わせている。

急いであたりを見渡したが、防空壕の位置もわからなければ、身を隠せるような場所も見当たらない。ただ、野っ原が広がっているばかりなのだ。

ブゥゥンと不穏な音が空気を裂いて近づいてくる。列後方にいた吉川が駆け寄ってきて、叫んだ。

「ここにいては危ない。地下道に逃げ込みましょう。工場の、さっきの防空壕に続く地下道に」

悌子の内に、それは危険だ、という信号が即座に点滅する。

敵機は中島飛行機の工場を狙うのではないか、と混乱の中でかすかに予感したからだ。以前の偵察飛行も、もしかすると中島飛行機が目的だったのではないか——。

「さ、行きましょう。こんなところで立ち往生していては、敵機から丸見えですっ」

吉川に強く言われて揺らいだ。確かに防空壕なら、安全が保たれる。どのみち、今から学校へ逃げたところで間に合わない。爆弾投下位置が少しでも逸《そ》れれば、直撃を受けるかもしれない。悌子は意を決し、

「戻りますっ。工場内に避難っ！」

大声で発して、空を漕《こ》ぐように大きく手を振った。敵機は途方もない数だ。キーンと次第に甲高く変じていく飛行音が、悌子の動揺を煽る。

「早くっ！　走って！」

女子生徒たちが泣き叫んでいる。

「落ち着いて。大丈夫ですから、急いで」

支離滅裂な声掛けだと自分でも戸惑いながら、生徒を急き立《せ》てた。つまずいて転んだ子を立ち上

がらせ、震えてすくんでいる子を脇に抱えるようにして、ひたすら走る。

工場建屋が見えてくる。正門を駆け抜け、東工場入口に立ち止まって生徒が全員中に入ったのを見届けたところで、ドーンと激しい音がして地面が大きく揺れた。続けてヒューッと気管が鳴るような音とともに、爆風が吹き付けた。悲鳴があがり、激しい振動に生徒たちはその場に倒れ込んだ。これでは地下の通路まで行くのは、とても無理だ。

「みなさん、その場にしゃがんでっ」

敵機は一度遠ざかったようだったが、すぐにまた、地鳴りのような振動を轟《とどろ》かせて近づいてきた。工場奥から、勤労学徒の女学生たちが悲鳴をあげて駆け出してくる。入口近くにいた将校が、

「騒ぐなっ！　騒ぐと斬るぞっ」

と、抜き身の軍刀を振り上げて、これを制している。

目の前で起こっていることがなんなのか、まったく飲み込めないままに、

「伏せてっ！　みなさん、その場に伏せてっ」

悌子は声の限りに叫び、自らは両腕を目一杯広げて生徒たちに覆い被《かぶ》さった。開いたままの出入口に、目を向けたときだった。

パンッと甲高い破裂音とともに、高射砲らしきものが打ち上げられたのが見えた。やがてなにかの破片が、空からバラバラと降ってきた。が、敵機が撃墜された様子はない。

ガラガラガラッと雹《ひょう》がトタンに激しく当たるような音が上から降ってくる。悌子が生徒たちをかばう腕をさらに大きく広げたところで、再びドーンと建屋が大きく揺れた。

みな、もはや声すら出ないのだろう。小刻みな震えだけが、彼らに覆い被さっている悌子の体に

伝わってくる。

天井からぽろぽろとコンクリ片が落ちてくる。「消火班!」と叫ぶ声が奥から聞こえる。

——ここにいちゃ危ない。

しかしどう動けばいいのか、見当もつかない。地下に続く階段を駆け上がって、人が逃げ出してくる。地下もいけないのかもしれない。といって、外に出るのは無理だ。敵機のエンジン音がしつこく降り注いでいる。悲鳴や泣き声が、建屋内に幾重にも渦巻く。

大丈夫。大丈夫。

そう唱えたかったが、うまく声にならない。

生徒たちは、ひとかたまりに体を寄せ合っている。その向こうに、軍刀を抜いたまま、呆然《ぼうぜん》と立ちすくむ将校が見える。

再び、高射砲の発射音が空気を震わせた。悌子は喉を押さえつけられたように、息が苦しくなる。生徒たちも固く目を閉じ、耳を塞《ふさ》いで耐えている。

——どうか、生徒たちだけでもお助けください。

一心に祈った。

——生徒たちだけは、どうか。

悌子はこれまで、大事な競技の折でも願掛けや神頼みをすることは一度もなかった。そんなことをした途端、実力ではなく、見えざる力や時の運によって勝敗が決まるのを容認してしまうようで怖かったのだ。もちろん、運、というのは確実にある。競技会当日の調子の良し悪しや、怪我の有無、また天候によっても記録は変わってくる。雨が降ろうが、故障していようが、常に勝つということは不可能なのだ。けれど選手であれば、その調整もまた実力のうちなのであって、どうか力のすべてを出し切れるようにと胸の奥で願うことはあっても、どうぞ私に勝たせてください、と神仏に祈ることは悌子にはなかった。

思考が勝手に、どんどん現実から逸れていく。今は、競技会のことなど、考えているときではないのに――。

爆撃は二時間近くにわたって続いた。悌子たちは同じ場所で、ただ息をひそめていた。

やがて、静けさがあたりに満ちる。悌子はようやく顔を上げ、耳を澄ました。もう爆音もエンジン音もしない。それまで詰めていた息をそっと吸い込んだ途端、焦げ臭さが喉や鼻を焼いた。

「おーいっ、救護班を呼べっ」

表から誰かの叫び声が聞こえてくる。その声に現実へと引き戻され、悌子は、

「みなさん、無事ですかっ。怪我はないですかっ」

生徒たちに呼びかけた。彼らは真っ青な顔をこちらに向けるだけで、ひとりとして声を発する者はない。悌子は立とうとするも見事に腰が抜けていて、呆気《あっけ》なく転げた。動じながらも、すぐ脇にあった柱をつかみ、なんとか立ち上がる。

最前まで色を失って佇《たたず》んでいた将校が、

「なんだ、もう終いか。たいしたことはなかったな」

と、総身を震わせながら高笑いをしている。悌子は生徒の間を縫いながら、

「もう大丈夫ですよ。敵機はいなくなりましたからね」

と、できうる限り穏やかに語りかけた。安心したのだろう、女子生徒のひとりが泣き出した。それにつられて、周囲に嗚咽《おえつ》が広がっていく。三組の生徒のみならず、勤労学徒の女学生たちも抱き合って泣いている。

「大丈夫ですよ。もう大丈夫ですからね」

悌子は声を励まし、それからあたりを見渡して、吉川の姿を捜した。彼はすでに建屋入口に立って、上空を窺っていた。やがてこちらに振り返り、大きくうなずいた。敵機はすっかり消えているのだ。悌子の身に血が通いはじめる。それとともに、さっきまで骨抜きだった体がしゃんと力を持った。

「さ、みなさん、ここに四列に並んで」

てんでばらばらにしゃがみ込んでいる生徒を整列させたのは、点呼のためである。悌子は生徒の名を、出席番号順に諳《そら》んじていった。名前を呼ぶと、弱くはあったが確かに返事がある。「救護班っ！　まだかっ。おらんのかっ」と、切迫した叫び声が建屋の内外から聞こえてきており、生徒たちがおびえないよう、一段と大きな声で点呼を続ける。

ところが、途中で返事が途切れたのだ。

豊島啓太、と呼んだときだった。

「豊島君っ。豊島啓太君、いませんかっ」

電気のすべて消えた薄暗がりを、悌子は懸命に見澄ます。どうやっても、あの大きな体が見当たらない。

「先生っ、吉川先生っ！」

いまだ外の様子を確かめている吉川を呼び、啓太のいないことを告げると、彼はその細い首をぐいと伸ばして、

「他に、いない生徒は？」

と、鋭く訊いた。とりあえず、最後まで点呼をとるのが先だ、と悌子は生徒らに向き直る。声が震えるのを止められなかった。

啓太の他は順当に返事があったが、あとひとりで名簿が終わるというところで、再び返事が途切れた。

「松田君？　松田賢治君っ」

賢治は耳が悪い。点呼が聞こえないのかもしれない。そう思って悌子は、生徒たちの間を歩いて、その姿を捜したが、どこにも見当たらないのだ。

もしかすると「工場へ避難」の指示が届かず、途中ではぐれてしまったのではないか――氷嚢《ひょうのう》でも押しつけられたように背中や手先が凍えて、感覚を失っていく。

「私、途中まで、確かに松田君に付き添っていたのですが」

動揺をにじませ、吉川がうめいた。

「どこまで一緒でしたか？」

意識が遠のくような恐怖に耐えつつ、悌子は吉川を責め立てていると聞こえないよう、できる限り冷静に問うた。

「工場に戻れ、と命じたあたりだったか……」

記憶は、定かでないようだった。ここではぐれたときの様子を論じていても詮方《せんかた》ない、と悌子は

切り替える。

「私、外を捜してきます。吉川先生は、生徒たちを見ていていただけますか」

「私も行きます。山岡先生おひとりでは……」

「いえ。誰かが生徒を見ていないといけませんから。工員の中には怪我人も出ているようですし、すぐに退避しないほうがいいでしょう。しばらくここで待機して、頃合いを見て学校に戻ってください」

目上の吉川に指図するなどおこがましい、と遠慮する余裕などまるでなかった。悌子は一礼するや、表に飛び出す。

が、その瞬間、目の前に広がる光景に足がすくんで動けなくなってしまった。

つい二時間ほど前まで悠然と佇んでいた工場建屋の一部が崩れ、壁内部に埋まっていたはずの鉄棒が表に飛び出している。ガラス窓は粉々に砕け、そのそばには血を流した人が幾人も横たわっていた。「痛い、痛い」と、悲痛な声がほうぼうから聞こえてくる。工員たちがなにかをわめきながら、怪我人を運んでいる。

これが活動写真や小説ではなく、現実の光景とは、悌子には到底受け入れられなかった。

——いったい、これは、なんなのか。

瓦礫《がれき》の上を、啓太と賢治を捜して歩きながら、悌子の頭はなにひとつ現実を把握しようとしないのだ。

食糧が足りないことも、槍投げの競技会がなくなったことも、六大学野球が解散になったことも、学校の授業が修身中心になったことも、子供たちが本当の思いを口に出せなくなったことも、すべて戦争だ。

それでも、これまで空襲を経験していなかった悌子は、少しの間我慢すれば、きっと以前のような世の中が戻ると信じ込んでいた。私たち国民が我慢さえすれば、と。

けれど目の前の惨状は、その日が来るとは限らないという事実を、痛いほど物語っている。この戦争が明ける日まで、生きていられる保証はどこにもないという真実を、容赦なく突きつけてくる。

「松田くーん、豊島くーん」

まわりの喧噪《けんそう》に飲み込まれないように、大声で呼んだ。

「返事をしてくださいっ。豊島くーん」

いまだ、もうもうと立ち上る土埃《つちぼこり》にむせながらも呼び続ける。

工場裏手に回り込んだときだった。右足首になにかが引っかかり、転びそうになった。とっさに下を見て、悌子は思わず悲鳴をあげた。

誰かの手が、足首をつかんでいる。

崩れ落ちた壁の下から、手だけが伸びていたのだ。

急いで瓦礫を除《よ》けようとするが、悌子の力をもってしても、大きなコンクリートの塊はビクともしない。しゃがみ込んで、五寸ほどの隙間から中を覗《のぞ》き込んだ。

まだ若い男性のようだった。額から血を流している。片目はこちらを見据えていたが、もう一方の目は瓦礫に押し潰《つぶ》されて、すっかり塞がっている。

「出してくれ……ここから、出して」

うめき声に、悌子の呼吸はいたずらに走った。ともかくうなずいて見せたが、掛ける声が見付からない。

「誰かっ！　ここに人がいますっ。手伝ってください」

大声で助けを呼びながらも、啓太と賢治が同じように瓦礫の下敷きになっていたら、と四肢が震え出した。

「誰かっ！　早くっ！」

悌子の声に気付いた複数の工員が駆け寄ってきて、コンクリの隙間から中を覗く。「徳倉《とくくら》っ」と、ひとりが叫び、「頑張れ、今、出すからな」と、男四人で瓦礫に手を掛けた。悌子も加わり、「せーの」で、これを持ち上げる。わずかに隙間が広くなったところで、間髪を容《い》れずに工員のひとりが、下敷きになった男の腕をつかんで引きずり出した。

とっさに悌子は目を背ける。とても命が助かる状態とは見えなかったのだ。

「辛抱しろ、今、医者が来るからな」

男たちが代わる代わる声を掛ける中、悌子の隣に佇んでいた年嵩《としかさ》の男が、

「結婚したばっかりだってのに」

言って、唇を嚙《か》んだ。

「私も、生徒を……」

うわごとのようにつぶやき、悌子はあとを彼らに任せて、また走り出す。

脳天にまで響く動悸《どうき》をこらえ、工場敷地をくまなく見て回った。

しかし、啓太も賢治もどこにも見当たらないのだ。手当を受けている怪我人も、ひとりひとり確かめたが、ふたりの姿にはたどり着けない。

——ここに逃げ込む前に、はぐれてしまったのかもしれない。

悌子は正門を出て、来た道を引込線に沿って、駅の方角へとひた走った。このあたりには、爆撃の痕《あと》は見受けられない。

「工場に戻るべきじゃなかったんだ」

声に出すと、一気に後悔が押し寄せてきた。それは今、考えることではないとわかっているのに、時間を巻き戻したいという衝動に駆られる。

——でも啓太と賢治が途中ではぐれて、工場までたどり着いていないのだとしたら、かえって爆撃を避けられたかもしれない。

自らに言い聞かせるために胸のうちで希望を唱え、なおもふたりの名を呼びながら、高射砲陣地の近くまで来たときだった。

「先生ーっ」

かすかな声が聞こえたのだ。悌子は立ち止まり、息を詰めてあたりを見回す。

「山岡先生！　ここです！」

緑地の木立の陰から姿を現したのは、啓太だった。目を凝らしたが、怪我をしている様子はない。

——よかった。無事だった。

体の力がいっぺんに抜けていくのをなんとか奮い立たせ、彼のもとへと急ぐ。

啓太もこちらに歩み寄る。その様子が、いつになく緩慢なのを訝《いぶか》ると同時に、啓太が誰かをおぶっているのに気が付いた。両腕の脇から細い脚が二本、ぶら下がっている。

「賢治っ？」

教室では苗字《みょうじ》で呼ぶように、と教頭から再々注意されているのに、とっさに下の名が口をついて出てしまう。

「どうしたっ。なにがあったのっ？」

悌子は啓太に駆け寄って、彼の背中に回り込んだ。賢治がぐったりとその身を預けているのを見て、総毛立つ。薄目は開いているのだが、

「松田君？　賢治っ」

悌子がいくら呼びかけても反応しないのだ。

啓太の顔がみるみるくしゃくしゃになり、すぐに大声をあげて泣き出した。

「塊が降ってきて、賢ちゃんに当たった。それでひっくり返って、動かなくなった」

悌子は「病院」とつぶやき、啓太の背中からそっと賢治を引きはがして自ら彼を背負い直した。

「啓太っ、ついてきて」

一声叫んで、学校近くの四方木《よもぎ》病院目指してひた走る。

どうか大丈夫であるように。賢治が必ず助かるように――ひたすらそう祈り続けることしかできなかった。


この日の空襲は、Ｂ29による東京へのはじめての攻撃だったと、後日新聞が伝えた。十一月一日に銀色の飛行機が校庭上空を通り過ぎたが、あれはやはり、中島飛行機武蔵製作所を偵察するためだったのだ。

あのとき、いの一番にＢ29を見付けた賢治なのに、二十四日に限って、敵機に気付くのが他の生

徒より遅れた。みなが異変を感じて空を見上げていたとき、子猫を追って列を離れたらしい。悌子も吉川も他の生徒たちも上空に目をやっていたから、それに気付けなかった。啓太だけが「賢ちゃん」と、その腕をつかもうとしたが、賢治はそれより早く、子猫の遊ぶ草むらに入ってしまった。「工場へ避難」の声が掛かり、みなが一斉に駆け出しても、賢治はまだ草むらにいた。啓太がようやく追いついて、

「工場へ行くんだ」

と、その腕を引っ張ってはじめて、生徒の列が消えていることに賢治は気付いた。

そのときにはすでに、B29のギュイーンと差し込むような激しい音と振動とが、ふたりの体を震わせていた。もう同級生も先生も見えなかった。啓太は列を追うことを諦《あきら》め、賢治を押さえつけるようにして、木陰に身を隠す。

やがて、工場に爆弾が落とされたのが見えた。

「あっちに落ちた。みんな工場に行ったのに。やられた。工場に逃げたから、みんなやられた」

工場への避難指示を聞いていた啓太は、真っ青になってうめいた。賢治が、

「工場に行ったの？　みんな工場に行ったの？」

と、ひどく動揺して訊いた。啓太がうなずくと、賢治はすぐさま「助けに行かなきゃ」と、立ち上がった。

「馬鹿！　まだ上にアメ公がいるんだぞ」

「でも、みんなを見殺しにはできないよ」

「大丈夫だ。先生だってついてるんだから。それにまた爆弾を落とされるかもしれない。今は動い

ちゃダメだ」

押し問答をしているさなか、聞いたこともないような破裂音が響いて、啓太は思わず尻餅《しりもち》をついた。それは、高射砲を撃った砲声だったのだが、啓太はてっきり雷が落ちたものと錯覚した。幼い頃からの習慣で、とっさに目を瞑《つむ》り、臍《へそ》を押さえた。

バタバタと、なにかが落ちてくる気配があった。ガンと鈍い音が、すぐ近くでした。恐る恐る薄目を開けた。

賢治が、倒れているのが見えた。

破片だった。高射砲の破片が、賢治に当たったのだ。

倒れた場所には大きな石があり、賢治はそれで頭を強く打ったようだった。啓太がいくら声を掛けても、揺すっても、賢治は返事をすることも、起き上がることもなかった。

病院に運び込んだとき、賢治はすでに息を引き取っていた。

悌子は取り乱し、蘇生《そせい》してくれ、まだあたたかいから生き返るはずだ、と医者につかみかからんばかりにして頼んだが、初老の医者は首を横に振るばかりだった。

賢治の顔に白い布をかぶせた看護婦が、「まだ、子供なのに」と悔しそうにうめくのを、悌子は呆然と見守っていた。

啓太が「僕のせいだ」と泣きじゃくるのを見て、なんとか気持ちを奮い立たせ、「違う。君は松田君を守りました。なにも間違ってはいません」と強く言い、そっと頭をなでた。

「これは全部、先生の落ち度です」

学校に事の次第を報告して、賢治の母親を呼んでもらうよう頼んだ。家族の到着を待つ間、悌子

の頭の中には、

——僕はすごい幸運だと思いませんか？

賢治がかつて語ったという言葉が渦巻いていた。

小金井中央国民学校の生徒から犠牲者が出たことは、教師、生徒ともに、大きな衝撃を与えることとなった。きっとみなどこかで、戦争で命を落とすのは兵隊さんだけだと思い込んでいたのだ。

吉川はあの日以来ずっと、自らを責め続けている。松田君を見ているように言われたのに、うっかりそばを離れてしまった。中島飛行機の工場を狙った爆撃だったのに、よりによって工場に逃げ込むように指示してしまった、と。

「私が殺したようなものです」

幾度となくそう口にする吉川を、悌子は慰めることもできなかった。あの場にいた自分も同罪だからだ。

ひとつの指示が、取り返しのつかない過《あやま》ちに繋《つな》がる——それは戦時下でなくとも、教師であれば常に肝に銘じていなければならないことで、いかなる場合も、自分の出した指示への言い訳は許されるものではない。

——それなのに。

生徒たちに顔向けできないと思った。一方で、少しでも彼らの動揺を鎮めなければ、とその気持ちだけで、悌子は学校へ通い続けている。それに、賢治の家に弔問に行くという重要な仕事がまだ残っているのだ。

賢治の母親とは、空襲の日に病院で会ったきりだ。当日は話のできる状態ではなく、賢治の遺体を引き取ると、親戚《しんせき》らしき人たちに抱えられるようにして帰っていった。

後日、賢治の母親のきょうだいだという男性から学校に連絡があり、母親の実家で葬儀を営むことになった、と素っ気ない口調で報告がなされたという。その実家がどこにあるのか、応対した教師がいくら訊いても、男性は教えてくれなかったそうだ。

「学校関係者には来てほしくないんでしょう」

教頭の言葉に、悌子はうつむくよりなかった。賢治の家は父親が出征しているから、母親は実家に頼ることにしたのだろう。

「学校を代表して、校長と私で、いずれお宅に伺いますから」

と言う教頭に、悌子は、どうか自分も行かせてほしい、と願い出た。詫《わ》びて済む話ではないが、「学校を代表して校長と教頭が弔問に行く」という、ひどく形式的で単なる気休めに過ぎないようなやり方で済ませていいことにも思えなかったのだ。だから悌子は、「あなた方の弔問は、ご遺族の感情を逆なでするだけでしょう」と眉根を寄せる教頭に幾度も頭を下げて頼み込んだのだ。

吉川からも教頭を説得してもらい、ようよう悌子たちに賢治の家を訪ねる許可が出たのは、十二月も半ばのことだった。

賢治の家族は、十二月頭には亀久保《かめくぼ》の家に戻っていたらしく、校長たちの弔問を受け入れた。その際、悌子たちも伺って構わないかと訊くと、母親は表情をこわばらせながらもうなずいたという。

十二月三日には再び中島飛行機が爆撃され、待避壕に避難した勤労学徒が大勢犠牲となった。校内がいっそう暗い緊迫に包まれる中、放課後悌子は、吉川とともに亀久保へと向かったのである。

農作地の隅に小作の家屋が並んでおり、そのうちの一軒、「忌中」と貼ってある玄関の前で足を止めた。膝が震えているのは、寒さのせいばかりではないだろう。

「行きましょう。私がお話ししますから」

吉川に促されて、覚束《おぼつか》なく足を踏み出した。

呼び鈴を鳴らして待っていると、やがて引き戸が開いて、賢治の母親が姿を現した。病院で見たときよりもずいぶん痩《や》せて、薄暮れの光の中で見るせいか、顔も青白い。彼女は悌子たちを見て、一瞬頬を引きつらせたが、気持ちを整えるふうに瞑目《めいもく》したのち、

「わざわざすみません」

と、深々と頭を下げた。

「どうぞ、お上がりになって」

細い声でいざなわれ、悌子は吉川と目でうなずき合ったのちに靴を脱ぐ。通された座敷で仏壇に手を合わせていると、本当に賢治はいなくなってしまったのだろうか、と怪しむような気持ちが湧いた。

「このたびは、まことに申し訳ありませんでした。私の落ち度で、大事なご子息をお守りすることができませんでした」

吉川が、声をしぼり出した。「申し訳ない」なんぞという言葉で償えることではないのに、と悌子は身を切られる思いだった。

「……ラジオを、聴いておりましたらね」

長い沈黙の後、不意に母親が口を開いた。目を上げると、彼女は宙の一点を見詰めていた。

「特攻隊がレイテに突入したと伝えておりまして。なんですか、護国隊というようですが」

悌子はうなずく代わりに、うつむいた。今、彼女の顔を見てはいけない気がしたのだ。

「特攻隊は、若い兵隊さんがほとんどなのだと聞きました。そうやって息子を送り出す親御さんもたくさんおられるんですね」

彼女は、そこでしばし言葉を呑んだ。座敷の入口から、おそらく賢治のきょうだいだろう、小さな男の子と女の子がまん丸な目でこちらを覗いている。

「賢治は、少国民として立派な最期を遂げました。学校でもみなさんによくしていただいて。まことにお世話になりました」

まったく感情を排した声で母親はひと息に言い切り、畳に手をついた。悌子も吉川も、こちらの謝罪をはねつけるようなその姿に、なにも応えることができなかった。

結局ほとんど話もできないままに、悌子たちは賢治の家を辞すことになった。通り一遍の詫びも慰めもお悔やみも、かえってこの母親を傷つけるだけだと判じたのだ。

改めて頭を下げて、吉川と廊下に出たところで、最前から部屋の中を窺っていた小さな女の子が、

「兄ちゃんを守ってくれなかった人？」

と、無邪気に訊いてきた声が、悌子の身を深く刺し抜いた。

三和土《たたき》で靴を履き、見送りに出た母親に、

「あの、賢治君と同級の子供たちが、一度お線香をあげに来たいと申しているんですが」

生徒たちから頼まれていたことを思い切って告げると、彼女は途端に表情を険しくした。

「それは……今は」

うめいて、口を引き結んでいたが、やがてひどく弱い声で漏らしたのだ。

「なんで……なんで、他の子たちが無事なのに……そう思ってしまいそうですから」

悌子は、なにも言えなかった。自分の無神経さを責めながら、

「申し訳ありません」

と、貧しい言葉を繰り返すしかなかった。

賢治の家を出て、無言のまま吉川と並んで歩く。寒風が、悌子の頬を叩くように吹き付けてくる。

「今年は、いつにも増して冬が来るのが早かったですな」

吉川が、虚《うつ》ろにつぶやく。季節の話など今はどうでもよく、悌子は相槌《あいづち》もうまく打てないままに、外套《がいとう》の襟に顔を埋《うず》める。

「山岡先生は、もう前を向いてください。松田君のことは私が背負うことです」

そんなことができるはずもない。賢治のことは、一生かたわらにあり続けるだろう。

「先生はこれから長く、教師を続けていく方です。ですから囚《とら》われてはいけません」

吉川はしわがれた声で、悌子には非情としか思えないことを告げたのだった。


さまざまなことが腑《ふ》に落ちないまま下宿に帰ると、朝子が、

「夕飯できてるよー。相変わらず、箸の立たない雑炊だけど」

と、むやみと明るい声を放ってきた。

賢治のことがあってから、すっかり落ち込んでいる悌子を気遣って、彼女はことさら朗らかに接してくれる。その気遣いにうまく応えられない申し訳なさが、悌子の中で日に日にふくらんでいた。

「今日は外で食べてきましたので」

すっかり消え失せてしまった食欲をごまかすために、見えすいた嘘をつく。

「あんた、米をこっちに預けてるんだから、ここで食べないと損だよ」

ケイが筋張った首を伸ばした。住人すべての配給米をかき集めても、昨今は毎食、雑炊とは名ばかり、野菜屑《くず》の汁物といったほうが正しいような代物しか口にできない。

「本当にもう、お腹いっぱいですので。どうぞ、私の分もみなさんで」

頭を下げると、茂生をあやしていた智栄が、

「お腹いっぱいになると、どんなふうになるの？」

と訊いてきて、悌子は言葉に詰まった。腹くちくなる感覚を、悌子ももう覚えていない。智栄はもしかすると、生まれてこのかた、味わったことのない感覚かもしれない。

「えーと、眠くなるのよ。だから今日は早く寝るね」

適当に言い繕い、ケイの鋭い視線を避けるようにして、そそくさと二階に上がった。

四畳半の座敷にへたり込むと、賢治の母親の真っ青な顔が闇の中に浮かんできた。それから、いつもおどけて、よく笑っていた賢治の姿も。

――破傷風に罹ったのは誰のせいでもないんだし、両親がつきっきりで必死に看病してくれて、こうして助かったんです。それだけでも、僕はすごい幸運だと思いませんか？

「せっかく助かった命なのに」

壁に向けてひとりごちる。

「親御さんが必死で助けた命なのに」

唇を嚙んだとき、

「悌子さん、ちょっといいかしら」

と、廊下から呼ばれた。悌子は慌てて洟《はな》をすすり上げ、声の潤みを取り去るために咳払《せきばら》いをしてから、戸口に向いた。

「ええ。どうぞ」

襖《ふすま》が細く開いて、盆を手にした富枝が、隙間から体を滑り込ませるようにして部屋に入る。

「あら、電気もつけないで」

肩をすくめて、手にした盆を畳に置くと、

「一緒に食べてくれない？」

少女らしい仕草で小首を傾《かし》げてみせた。

「階下《した》だと子供たちがまとわりつくから、落ち着いて食べられないのよ」

もちろんそれは方便で、悌子が夕食を抜くのを案じて、碗をふたつ持ってきたのは明らかだった。

「でも、私……」

「ひとりで食べるの、私は嫌よ」

食べなきゃ体に悪いわよ、とか、あなたを思ってのことなのよ、といった押し付けがましい言い方を、富枝はけっしてしない。自分のわがままに付き合わせる形をとって、相手を思いやるのだ。

「熱いうちに、ね」

富枝は言って、布の覆いをかぶせた電灯のつまみをひねった。部屋がぼんやり明るくなる。碗から立ち上る湯気を見て、こんなときだというのに、悌子の喉ははしたなく鳴ってしまう。

「さ、いただきましょ」

富枝に促されるまま箸をとり、碗を持ち上げた。漂う香りに空腹を覚えたはずなのに、ひと口すすった途端、罪悪感でいっぱいになった。

「なんでこんなことになっちゃったのかな。本当にいい子だったのに」

ついつぶやくと、富枝は箸を置いた。

「おかしいわよね。御国のために、どうして命を捧《ささ》げないといけないのかしら」

静かだけれど、奥底に強い憤りをはらんだ声だった。

「本当はみんな、自分の大事な人には生きてほしいと願ってるのに。そんな当たり前のことさえ、口にできない世の中なんて」

富枝がこんなふうに、はっきり世の中を批難するのははじめてのことだった。

「あなたは、『焼け野の雉《きぎす》　夜の鶴』っていうことわざをご存じ?」

悌子は黙って首を横に振る。

「雉というのは、自分の巣がある野原が燃えているさなかでも、子供を救うため巣に戻るんですって。鶴もね、凍えそうな夜に羽で覆って雛《ひな》を守るというの。子供のためなら身を挺《てい》す、っていう親心を喩《たと》えた言葉なのよ」

腿《もも》の上に置いた手を、富枝は強く握り合わせてから続けた。

「亡くなったお子さんの親御さんは、自分があの日の空襲の中へ飛び込んでいってでも、お子さんを救い出したかったと思うのよ。あの日に戻って子供を助ける空想を、きっと繰り返し、繰り返ししていると思うのよ。かなわないことだとわかっていても、そうせずにはいられないのよ。そういう空想をすることは、とっても苦しいことなのに」

現実を頑《かたく》なに拒むような、賢治の母親の顔が浮かぶ。彼女は今、空想の世界の中だけで生きているのだろうか。

「ケイさんもああして明るくしているけど、茂樹さんを兵隊にとられて、本当はいてもたってもいられない気持ちだと思うの。他の、たくさんの親御さんたちが、同じように苦しんで、煩っている。これはいったい、誰のせいなのかしら」

賢治のように、「誰のせいでもない」と、鮮やかに言うことはとてもできなかった。

そういえば、この戦争は誰がどんな目的ではじめたものなんだっけ？　と悌子はぼんやり思う。なんのために戦っているんだっけ。どんな経緯《いきさつ》で、こんなひどいことになっているんだっけ。これだけの犠牲を払う理由は、どこにあるんだったっけ――。

「私の夫は軍人だったから、戦争がはじまってから、ずっと考えているの。夫が生きていたら、やっぱり勇んで戦争をしたのかな、って。将来のある若い人たちを、たくさん戦地に送り込んで平気でいたのかな、って。自分の役目に熱心な人だったから、きっとなんの疑いもなく、そうしたと思えてね。それでだいぶ、思い煩ったのよ」

富枝はそこで肩を落とし、

「うまく誰かに責任をなすりつけられれば、少しは楽になるのにね」

そうつぶやいてから、首を横に振った。

「でも、きっとこの戦争は、私たち大人全員のせいなのよね」

彼女は大きく息を吐き、気を取り直したふうに、

「冷めちゃうわ。いただきましょう」
と、碗を取り上げ、悌子にも箸をとるよう勧めた。ひと口すすると、野菜の出汁《だし》が染み渡った雑炊の滋味が、じんわり口に広がった。その、励ますような温かな味わいに、悌子は再び、自分だけがのうのうと生き延びているという罪の意識に押し潰されそうになる。

逃げ出したい、と毎日思う。朝起きた瞬間も、学校に行く支度をしているときも、生徒たちに接しているときでさえも。

でも、今、学校を辞めて逃げ出すことは、悌子にとってもっとも楽な選択になる。

――練習がえらいと、たまに逃げ出しとうなるんや。野球がいくら好きでも、うまくいかんときもあるしな。

清一が菅生中エースだった頃、打ち明けてきたことが、ふと耳の奥に聞こえてきた。

――楽な道を選べば、いっときは救われるんや。けどな、努め続けておったらたどり着けたはずの場所から、永遠に切り離される。そっちのほうが、僕は耐えられんやな。

代用教員を続けて、どこにたどり着けるのか、悌子にはわからない。その場所に広がる景色を見たいのかすら定かでない。それでも、同じように心に傷を負った生徒たちを置き去りにして、自分だけ新天地でやり直すことなどできるはずもなかった。

「今日の竹槍教練なんですがね、山岡先生」

職員室で授業の支度をしていると、教頭に呼ばれた。

「四年から六年までの女子合同でお願いしたいんですが、お任せしてよろしいですか？」

「そんなに大勢を、私ひとりで、ですか？」

「もちろん支度は他の教員にも手伝ってもらいます。でもとにかく手が足りなくて」

近頃では四十代の教員にも赤紙が来るのだ。女性教員は入れ替わりが激しく、悌子が赴任してから半数近くが出産やら疎開やらで学校を辞めていった。随時教員は補充されたが、最近は高齢の男性ばかりで、一旦退職したのちに復職した者も多い。激しい教練を任せられるはずもなく、結果悌子の比重が大きくなる。

教頭の指図に背くわけにもいかず、この日の午後、悌子は竹槍教練の指導役である将校を校門で出迎えた。校庭にはすでに、「ルーズベルト」や「チャーチル」と紙の貼られた藁人形が立てられている。集まった生徒たちもきちんと横八列に並び、前から二列目までには竹槍もわたっていた。

二学期に入ってから繰り返し行われてきた教練だから、みな手慣れたものだ。

指導役の将校が、これまで耳が膿《う》むほど聞かされてきた注意点を再び生徒たちに告げる。

「槍は脇につけるようにして強く握り、走った勢いのまま下から突き上げること。その際、両足はしっかり踏ん張るように」

全然違うな、と胸の内で唱える。悌子と共にあった槍は、しなやかで優雅で、美しい放物線を描く、尊い存在だったのだ。

「やあーっ！」

甲高い声が校庭いっぱいに響く。女子生徒たちが次々に駆け出しては、藁人形を竹槍で力一杯に突き刺している。気合いのわりには、パスッと間の抜けた音が人形から漏れるだけで、一連の教練を見守りながら悌子は、茶番に付き合っているような虚しさを覚える。

ことに、賢治を奪ったあの恐ろしい空襲を経た今、女子の操る竹槍が、相手を攻撃するどころか、身を守る役にも立たないのはわかりきったことなのだ。

「もっと強く突け！　敵は倒れんぞっ」

将校が怒号を発している。寒風が吹きつける中、半袖《そで》の体操着姿、霜焼けの手で竹槍を強く握り、彼女たちは走り、突く。

校庭の半分が食糧補給のための馬鈴薯《ばれいしょ》畑になっているせいで、狭い中で三学年がひしめき合うこともあって、竹槍の受け渡しもぶつからないよう慎重に行わなければならない。

カラン、と近くで音が立ち、見ると生徒のひとりが、取り落とした竹槍を急いで拾い上げようとしているところだった。手助けしようと悌子が手を伸ばしたとき、将校が大股《おおまた》で近づいてきて、いきなりその生徒の頬を張った。ビンタの勢いで、彼女は派手に倒れ込む。

悌子も息を呑んだが、生徒はよほど驚いたのだろう、目を瞠《みは》って将校を見上げている。

「この罰当たりが！　武器を大事に扱わんとはなにごとかっ。たるんどるっ」

将校の怒声が響き渡り、校庭はシンと静まる。叩かれた生徒の顔が崩れ、今にも泣き出しそうだ。ここで泣いたら、また叩かれる。

悌子はとっさに生徒の前に立ちはだかり、

「本当は違います。みなさん、槍というのは、人を突くための道具ではありません」

女子生徒全員に向けて声を張った。

「よろしいですか。槍というのは、本来は投げるためにあるものなのですっ」

叫びながら、ほんとは突き刺すほうが本職なんだったたっけ？　と疑問が頭をかすめたが、素早く

竹槍を拾い上げると唖然《あぜん》とする将校に構わず、

「槍の真ん中あたりを、中指と親指でしっかり握ります。そうしてから助走をつけて、思いっ切り遠くに投げます。いいですか、見本を見せますから、よーく見ててください」

悌子は、芋畑のほうへゆっくり走り出す。

すべてを元に戻したかった。戦争で奪われた、大切な人も、当たり前の日常も。

トントントトン。

ステップを踏む。

グイと後方に引いた槍を、思い切り前方へ。

「んぬぅやぁっ！」

四

ラジオから、毎日のようにB29の爆音が流れてくる。愛宕山予備演奏所への搬入作業のたび、この試験放送を聞かされる羽目になって、権蔵はつくづくうんざりしている。

「敵機の音が聞き分けられるように放送してるらしいけどさ、飛行機が飛んでくりゃ、どの機でも、今じゃみんな防空壕《ぼうくうごう》に入るって」

六助が疎ましげに言う通りで、武蔵野町の中島飛行機が爆撃されて死者が八十人近く出たと伝えられてのち、神田《かんだ》や本所《ほんじょ》、日本橋《にほんばし》と立て続けにB29の攻撃を受けた。浅草も、この十二月十日に初の被害を出している。

「新郷の五十嵐所長の予想が当たったね。こないだは名古屋にB29が八十機も飛んできて、街を焼き尽くしたんだってさ」

演奏所入口にある守衛室でひと休みしているときでも、六助の口はよく回る。

「しかし、小金井にまで爆弾が落ちるとはな。お袋さんとこは大事なくてよかったな」

「ええ、おかげさまで。中島飛行機を襲った逸《そ》れ弾みたいですけどね」

北多摩郡は十二月に入ってからも、空襲が続いている。幸い朝子の家は被災こそまぬがれているが、あんな田舎まで狙われるとなると、もはや安全な土地などどこにもないように思えてくる。

「工場を狙うだけならともかく、市街を無差別に焼きはじめたからな。アメ公は、仁義を欠いてるのよ。人の道を知らねぇ奴は道理が通らねぇから、向後なにすっかわかんねぇよ」

六助は鼻の穴を押し広げて毒づいてから、

「道理が通らないといやぁ」

と、椅子の上に片膝《ひざ》を立て、身を乗り出した。

守衛室はどういうものか休憩室のような役割を担っていて、守衛の他にも放送人らしき男らが出入りしているのだが、六助はまわりにいっかな構うふうがない。

「うちの近所で、御国に二百円も罰金をとられた家があります。さて、なにをしでかしたでしょうか？」

唐突にナゾナゾを出して、年甲斐《がい》もなくウキウキと答えを待っている。

「罰金で二百円ってのは、かなりの額ですね。徴兵拒否とか、そのあたりですか？」

権蔵は、おざなりに答える。

「そんなありきたりなことなら問答のネタにしねぇよ。光が漏れたからだってさ。灯火管制してるのに、電灯に覆いをかけてなかったのか、明るかったからってんだよ」

これには、常々世のすべてを他人事《ひとごと》としか感じられない権蔵も色めき立った。

「冗談でしょ」

「冗談なもんか。いや、日本はもしかすると国を挙げて冗談を演じてるのかもしれねぇが、ともかくさ、検挙したのが検事局なんだってよ。防空法違反だってんだから、俺はたまげたね。灯《あか》りが漏れただけだぜ」

「そいつぁまた……。検事局ってのは、よっぽど暇なんでしょうか」

権蔵は大学時代、法学を専攻していたのだ。検事がそこまで暇で楽な仕事なら、なにも運搬屋などやらず、六法でも読み込んで検事になっときゃよかった、と密《ひそ》かに臍《ほぞ》を嚙《か》む。

「ああ。暇なんだろうね。やることがねぇから、仕方なくやることをでっちあげてんだろうよ。結局さ、暇ってのは人間にとって一番罪なことなのよ。悪いほう悪いほうへ物事考える癖がついちまうからね。役人なんて、たいがいそういう奴らの寄せ集めだろ？」

「いや、それにしたって、いくらなんでも他にやるべきことはあるでしょう」

「馬鹿だね、お前は。役人がちゃんとやるべきことをやってたら、こんなひでぇ世の中になるもんかっ」

六助が一喝したとき、部屋の奥に笑い声が立った。見れば、ひとり煙草をくゆらしていた男が、肩を揺すっている。

歳は四十がらみだろう。黒髪をポマードでなで付け、こんな時局なのに、羊毛で織ったらしい千鳥格子の背広を着込んでいる。薄手のジャンパーの下に、家中のシャツやらランニングやらをかき集めて重ね着し、どうにかこうにか寒さをしのいでいる権蔵は、男の服装を恨めしく眺める。

「そういう暇な奴らがね、世の中の『遊び』の部分を潰《つぶ》していくんですよ。暇な奴ほど声が大きいでしょ。ついでに言うこともストレートでしょ。だから、粋《いき》な『遊び』のほうが、負けちゃうんだよねぇ」

おっと「ストレート」ってのも敵性語だったね、と男は欧米人のような仕草で肩をそびやかした。敵性語だから英語を使っちゃいけないってのもおかしな話だよね、と顎《あご》をひねった男に、

「そうでさ。旦那《だんな》のおっしゃる通りだ。野球にしたってストライクもアウトも使えなくなってんですから、たまりませんよ。いい球投げて、球審が『よし！』って言ったところで、投手もやる気が出ないでしょうよ」

野球好きの六助が、嬉《き》々《き》として手を打った。権蔵は、ふたりのやりとりを黙って聞きながら、この灰色に染まった世界から浮き上がって見える男の、これまでお目にかかったことのない雰囲気に魅入られている。

「敵が英語圏の国なんだったら、むしろみんな英語を学んだほうがいいよね。相手のことがわかるじゃない。どんな思想か、どんな歴史か、そういうことわかっといたほうが、戦うには有利だと思うんだよね。相手になにか言われても、簡単な言葉すら理解できない状態で戦うって無茶だよね」

独り言のような男の長広舌《ちようこうぜつ》に、六助はししおどしのごとく首を振る。

「御上の命令で、ビアホールが国民酒場と名を変えましたけど、あれだってなんの意味があるんだか、ちっともわかりませんからね」

「まったくだね。だいたいネーミングセンスもひどいんだよね。誰が決めるんだろうね。言葉って本当に大事だよね。僕は普段、ラジオの仕事をしているから、よけいにそう思う。統制でどんどん言葉が貧しくなって、つくづくやんなっちまってるんだよね」

飄々《ひょうひょう》とぼやき続ける男に、

「あのぅ」

と、権蔵は思い切って話しかけてみる。

「ラジオの仕事というと、どんなお仕事をされてるんですか?」

男の特異な雰囲気が、なにによって育《はぐく》まれたものなのか、珍しく興味が湧いたのである。

「僕はねぇ、喜劇作家ですよ。ラジオドラマの作家をやってるの。以前は舞台の脚本家だったんだけど、それだけじゃ食えなくってね。小遣い稼ぎでラジオに手を出すうちに、そっちが本業になっちゃった」

えへへーと、なにが面白いのかおどけて笑い、といっても喜劇作りの才能はロッパやエノケンみたいな天才の足下にも及ばないんだけどね、と首をすくめた。

「面白いことこそが、人が生きていく上でもっとも大事だってのは、僕の信条でね。でもそういう『遊び』の部分がさ、今の世の中じゃ無駄だと切り捨てられてんだけどね」

世情に対して憤っているのだろうが、男の口振りは講談のような名調子で、至って軽快なのだ。一歩街中に出れば、尖《とが》った物言いの洪水に巻き込まれる昨今なのに、避暑地で鳥の声でも聞いているような優雅さをまとった男の様子は、やはり希有《けう》で貴重なものに感じられる。

「だけど、御国も笑いにゃ頼ってますよ。北支や中支にはわらわし隊が行ってたでしょう」

六助が、男に応《こた》えた。日華事変の折、花菱《はなびし》アチャコやミスワカナはじめ人気の漫才師が兵隊慰問と称し、戦地に赴いたのだ。日々生き死にのやりとりをしている兵隊をいっときでも和ませんとする新聞社の企画だったが、戦地を移動する中、戦闘に巻き込まれる形で命を落とす芸人も出たという。

「わらわし隊ね……。ミスワカナはさ、戦地から戻ってヒロポンを覚えちまったんだよね。きっと忘れたいことがあったんだろうね」

ふたりが語らうのを聞きながら、俺には忘れたいことも、覚えていたいことも、取り立ててないな、と権蔵はうっすら思う。

「いけねぇ。そろそろ、新郷に行く頃合いだ」

六助がやにわに立ち上がり、男に向かって、

「お名残惜しいですが、お暇《いとま》いたします。あっしら、もう行かなきゃあなりませんで」

と、旅烏《たびがらす》の台詞《せりふ》よろしく言って一礼した。男はそんな六助に頓着《とんちゃく》するふうもなく、今度は守衛を相手に、生きていく上でいかに面白いことが大切かという話を続けていた。

浅草の昭和十九年は空襲に終わり、二十年は空襲にはじまった。

大晦日《みそか》と元日に律儀に爆弾を落としにくるとは、どこまで陰険な奴らだと権蔵は奥歯をギリギリ鳴らす。

日々激しくなる空襲に呼応するように、運搬屋の仕事は前にも増して煩雑になっていた。ことに、年度末は目が回るほどで、その日も、大森の山中電機で部品を受け取り、新郷工作所へこれを運び

込み、またしても所長の五十嵐に、「ついでにこれ、例の小平町の研究所に届けてくれないかな」と猫なで声で頼まれ、請け負う羽目になったのだ。今回は牛肉大和《やまと》煮の缶詰五缶で、権蔵と六助は買収された。

三月九日の発注書に「小平町」と渋々書き込み、その足で第五陸軍技術研究所に納品を済ませた。ところが、さて向島に戻るかと発車して間もなく、木炭自動車の調子がおかしくなったのだ。少し走ってはプピーとすかしそこねた屁《へ》のような音を発して止まることを繰り返し、やがて動かなくなってしまった。

「困るぜ、相棒。臍《へそ》を曲げねぇでくれよ」

六助は涙声を出したが、木炭自動車はうんともすんとも言わない。時計を見ると夕方六時を過ぎている。あたりは真っ暗で、修理工場も見当たらない。万事休すだ。車中で一晩明かして、朝から工場を探すか、と権蔵が溜息《ためいき》をついたとき、

「仕方ねぇ。こうなったら、お前のお袋さんのとこに一泊させてもらおう」

六助が厚かましくも言い出したのである。

「仕方ねぇって……勝手に決められても」

権蔵は口ごもる。泊めてくれなぞと頼めばケイ婆さんになんて言われるか。だいいち家族には、自分の仕事を放送事業と偽っているのに、六助と共に木炭自動車で乗り付ければ嘘がバレる。妹やケイの軽侮の眼差《まなざ》しが生々しく頭に浮かんで、権蔵は身震いした。

「さ、行こうぜ。案内してくれ。車は、そこまで押していけばいいやな」

「いや、六さん、ここで夜明かししたほうが」

「馬鹿言うなよ。三月とはいえ、まだまだ寒い日が続いております」

六助は、天気予報の常套句《じょうとうく》めかして言うや、車を降りて車窓越しにハンドルを握った。

「俺はこっちで押すから、お前はそっち側から押せ。右とか左とか言ってくれりゃあ、俺がハンドルを操作すっから」

六助は、一度決めたらけっして譲らない性分である。それは強固な意志からくるものではなく、極端な横着に起因するものだ。のみならず、相手の都合で自分が決めたことを変更するのは業腹だという、手前勝手な論理も加勢している。

「せーのっ。そら押すぜ」

無駄に威勢のいい掛け声を聞きつつ、こうなったら六助に事情を打ち明けて、放送局員を演じてもらうよりないと腹を括《くく》り、権蔵はすべてを語った上で、どうか自分に話を合わせてくれ、母を安心させたいのだ、と平身低頭頼み込んだ。

「お前も大変だね。そんなつまらねぇ見栄を張らなきゃならねぇなんて」

六助は溜息と一緒に吐き出した。

「そもそもさ、放送事業者と運搬屋、天秤《てんびん》にかけるなんざ、なんて貧しい発想だよ。どっちが上でも下でもねぇのによ。それともなにか？　おめぇの家の者は、放送事業者を神として崇《あが》めてでもいるのかね？　そういう宗教でもやってんのかい」

六助は片眉《まゆ》を上げ、そこから延々、だから家族なんてのは持つもんじゃねぇんだ、家族がいることで人は自分に正直に生きられなくなるのよ、妻子を養うのに金もかかるしさ、と能書きを垂れ続けたが、一宿一飯の恩恵に与《あずか》らねばならないこともあって、おとなしく権蔵の依頼を呑《の》むことにしたらしかった。

食堂はすでにのれんを下ろしており、奥の居室で一家は夕飯の卓を囲んでいるさなかだった。母に妹にふたりの子供、ケイ婆さんに、例のがたいのいい女も加わって、重湯より薄そうな粥《かゆ》をすすっている。突然の闖入者《ちんにゅうしゃ》に一同目を丸くしたが、権蔵が経緯を話すや朝子が、「それなら泊まっていきなよ。一部屋空いてるし」と、物わかりのいいことを言った。

「狭苦しいところなんで、上司の方には申し訳ないですけど」

と、続けて朝子が恐縮したのは、番組制作のための取材で小平町に来たのであって、六助は放送局員で自分の上司である、と到着するやいなや権蔵がみなに説いたからだった。

「急にお邪魔して不躾《ぶしつけ》なことで。明朝にはお暇しますので。これ、心ばかりですが」

六助は気取った口調で言い、牛肉大和煮を二缶だけちゃぶ台に置いた。あとの三缶は、本日の演技料としてせしめる気だろう。

「お肉だー」

智栄がぴょんぴょん跳ねた。もう字が読めるらしい。密かに感心していると朝子が気付いて、「肉、って漢字だけは読めるのよ」と権蔵の耳元でささやいた。

「それにしても、空襲ばかりでうんざりですね」

世間話のつもりか、母が言う。

北多摩郡では武蔵野町や調布《ちょうふ》町が攻撃され、中島飛行機に至っては二月までに五回もの爆撃を受けたという。空襲の規模は各所で大きくなり、被災者も増えている。向島も二月半ばに爆弾が落ちて、多くが命を落とした。

「八丈島《はちじょうじま》や新島《にいじま》にまで空襲があるんだから、見境なしだよ、アメ公は」

ケイが口を尖らせる。

みなが語らいながら食事をする間も、例の女はえらく物静かで、粥をすすり終えるや「私、仕事が残っていますので」と、そそくさと部屋へ引き揚げてしまった。前より少し痩《や》せた気もする。しかしこれだけ配給が減れば、頑健な者でも精気を失うのは致し方ないだろう。

「焼夷弾《しょういだん》ってのがまた厄介でね。今日みたいに風の強い日は火事が大きくなりますから、特に建て込んでるとこは大変です。もっともうちの近所じゃ、不発の焼夷弾を拾ってきて、風呂《ふろ》を沸かしてる猛者《もさ》もいますがね」

六助は言い、母がよそった粥を拝むしぐさで受け取ってから、ズズズと盛大な音を立ててすすった。権蔵も、ケイの刺すような視線に気付かぬふりで碗《わん》を手にとる。

「いつまで続くのかな、これ。戦争やるならさ、期限を決めてほしいのよ。終わりが見えないってのが一番気持ち悪いよね」

どんなときでも元気なだけが取り柄の妹だが、夫の安否も知れぬでは気も休まらないのだろうと、権蔵はふと憐《あわ》れみの目を向けた。すると、その視線の意味を察したのか、

「でも、隣町の工場に勤める人たちがよく食べに来てくれんのよ。警察は節米第一で、雑炊食堂もうどんか馬鈴薯《ばれいしょ》に切り替えろってんだけど、なるべく雑炊を出してるから人気なの」

朝子は急に声を張った。六助が虚を衝《つ》かれたふうに、目をしばたたいている。

「それに二階の家賃収入もあるし。悌子さんがね、多めに払ってくれるようになったんだ。先生だ

から、お給金が安定してるのよ」

呵々《かか》と笑ってみせることまでした。こうして虚勢を張るところ、さすがにきょうだいだけあって俺とよく似ている――そう感じ入ったところで六助が身も蓋《ふた》もないことを言った。

「お嬢さんのように、どんな窮地でも光を見出《みいだ》せるというのは人間の美徳でしょう。しかしね、阪神の試合がない今、私にとってこの世は闇です。野球ごときにうつつを抜かして、さだめしくだらない男だと思し召《おぼ》しかもしれませんが、人にはそれぞれ大事にしているものがあるのです。それを奪われる世の中は、どう考えてもおかしいのです」

放送局の上司という役柄を演じるあまり、六助の言葉遣いは、とってつけたように堅苦しく、ひたすら珍妙だった。

その晩、権蔵は六助と共に二階真ん中の空き部屋に泊まることとなった。敷き布団の余分はないため、富枝が行李《こうり》から引っ張り出した毛布にくるまり、どうにか寒さをしのぐ。

「こんな古い毛布じゃ、上司の方に失礼じゃないかしら」

富枝がさかんに案じるそばで、

「ねぇ、あの人、ほんとに放送局の人なの？」

と、朝子は訝《いぶか》しげにささやいていた。

他人の家だと権蔵はなかなか寝付けないのだが、六助は横になるなり鼾《いびき》をかきはじめた。地鳴りのようなその音に歯ぎしりまで加わって、とても眠るどころではない。詮方《せんかた》なく夜更けてからそっと部屋を抜け出し、一服しようと外に出た。

今夜はやたらと風が強い。なかなかシケモクに火がつかず、難渋する。煙草の配給は、今や一日両切り六本、刻み六グラムとわずかだ。ために足りない分を、拾い集めたシケモクで補っているのだった。

「代用ばっかりの暮らしだな」

漆黒の景色に向かい、権蔵はひとりごちる。きっとこうして代わりのものでしのいでいるうちに、なにが本物なのか、わからなくなってしまうのだろう。

そのとき、カタッと背後で物音がした。ビクッと肩を放り上げ、おそるおそる振り向くと、暗がりに大きな人影がうっそり浮かんでいる。目をこらしてよくよく見れば、槍《やり》らしきものまで手にしている。身がすくんだ。物資不足のさなかだ、スリや強盗はもはや珍しくない。奴が、こちらに体を向ける。恐怖で身動きできずにいる権蔵のほうへ、ぐいと大きく踏み出した。耐えきれずに悲鳴をあげた。

「え、あの……」

戸惑いも露《あら》わな声が立つ。意外にも、女の声だ。淡い月明かりにうっすら顔が浮かび上がる。二階に住んでいる女か、と察した途端、権蔵の総身から一気に力が抜けた。

「驚かせてすみません。竹槍を取り込んでまして。冬竹が一番丈夫だというので、農家の方に分けていただいたんです。それを私が削って乾かしていたんですが、取り込み忘れて。夜露に濡《ぬ》れたら元も子もないのに」

沈黙が気詰まりなのか、女はこちらが訊《き》きもしないのに、やみくもに言葉を継ぐ。

「私、去年の竹槍教練のときにとんでもない失態を演じてしまって。それから教練補佐の役ははずされたんですが、代わりに竹槍補充の役を仰せつかりまして、こうして」

六助が言っていた、小さな女の子たちが藁《わら》人形を突くというあれか。

「夏の竹は弱くて、すぐ割れてしまうんです。それで、新しいのを調達しないといけなくて」

「そんなに簡単に割れる竹で、自分の何倍も大きい米兵を討ち取ろうってわけですか」

まだ早鐘を打ち続けている心臓を押さえながら、かろうじて言う。つい皮肉っぽい口調になってしまった。女は一瞬、目を見開き、それから居心地悪そうに肩をすくめた。

「いや、責めてるわけじゃなくて、そういうのを信じ込ませるのはどうかな、って思って。まぁ子供ってのは大人が思うほど純粋でも素直でもないから、嘘はわかると思うけど」

「嘘……」

「竹槍で米兵をやっつけられる、とか、日本は必ず戦争に勝つ、とか、そういうのですよ」

反論を食らうかな、と身構えたが、女は口を真一文字に引き結び、ひっそりうなだれた。

「息子さんにお目にかかるとき、私、しょぼくれてることが多くてすみません」

息子さんというのは俺のことか？　と権蔵は訝りつつも、唐突に詫《わ》びられて面食らう。そもそもこの女がしょぼくれているかどうかさえ、一切気付いていなかったのだ。

「前回いらしたときも、息子さんがお帰りになったあと朝子さんに叱られました。抜け殻だ、って。でも戦争がはじまってから、いえ、教師になってからでしょうか、私、ずっと歯車が狂っているというか……」

生まれてこのかた、一度も人生の歯車が正しく嚙み合ったためしのない権蔵には、どうとも応えようがない。

「教師としての自信もなくしておりまして。私は教師には向かないのではないか、と」

なら辞めたらどうですか、と言いかけるも、この女が多めに家賃を払ってくれるので助かっている、という最前の朝子の言葉を思い出して踏みとどまる。

「このご時世じゃあ、うまくいくことのほうが珍しいでしょう。みな同じですよ」

適当に慰めたときだった。

東の空がほんのり白んでいくのが目に入ったのだ。さっき日をまたいだばかりだと思ったが、もう夜が明けたのかとうろたえ、左手にはめたままの時計を見ると、まだ一時を回ったところである。

「あら、なにかしら」

女も気付いて東の空を凝視している。地面から立ち上りはじめた赤い光が、夜空に浮かぶ雲を照らしている。

——焚火《たきび》みてぇだな。

思った刹那《せつな》、ぞっと背筋が震えた。

「まさか、空襲か。下町がやられてんのか」

遠くで警報が鳴り出した。権蔵は、とっさに二階へ駆け上がる。真ん中の部屋に飛び込み、高鼾の六助をまたいで、窓から身を乗り出した。

はっきりとは見えない。だが、あの明るさは、確実に燃えている。浅草や向島の方角だ。こんなに遠くから見えるということは、かなりの広範囲で町が焼かれているのか。

「おい、六さんっ。起きろよ。うちのほうがやられてるっ」

揺り起こすと六助は、寝ぼけ眼《まなこ》をこすりながら窓辺まで這《は》い進み、東の空を見るや、「なんだ、ありゃ」とうめいた。警報で起きたのだろう、富枝の部屋の窓が開く気配があり、階下の朝子とケイも外に出てきて、教師の女と一緒に東の方角を見詰めている。

「こいつは……とんでもねぇことになった」

六助は、それきり声を失った。窓の下では朝子が、

「ふざけんな、アメ公っ！　毎日毎日、しつこいんだよっ！　どんだけ痛めつけたら気が済むんだよっ！」

と、ヒステリーを起こしている。その隣で取り込みかけの竹槍を手にしている女が、妙にみじめで滑稽《こっけい》に見えた。下町を焼き尽くすほどの兵力に、竹槍で立ち向かおうとしているなんざ、笑い話にもならない。

隣の窓に目をやると、寝間着姿の母が、やはり呆然《ぼうぜん》と火を見ていた。ほつれ毛が、強く吹き付ける風に躍っている。ふと、かつて母が語ったことが耳の奥に甦《よみがえ》った。

結婚してから、なかなか子供を授かれないで苦労したのよ。向こうのご両親に孫の顔を見せられないのが申し訳なくてね。私が嫁いだことで、この家の人たちは不幸になったんじゃないかしら、って心苦しくて。だから、あなたが生まれてきてくれて、本当にうれしかったのよ。しかも跡取りの男の子でしょ。大役を果たせた、って心底ホッとしたの。あなたはね、私を救ってくれた恩人なのよ。だから、いつも感謝してるのよ——こんな不出来な息子に、母は折々にそう言い聞かせてきたのだ。

母が大切に暮らしを営み、懸命に守ってきたあの家も、猛《たけ》り狂う火に飲み込まれているのだろうか——。

その晩はまんじりともせずに過ごした。

夜が明けてから母が、

「また敵機がくるかもしれないから、しばらくはここにいなさい」

と言うに従い、権蔵たちは小金井にとどまったのだが、三日ほど経ったところで六助が、仕事のこともあるし一旦《いったん》向島へ戻ろう、と言い出した。家が焼けても土地は残ってるんだから、早いところ縄でも渡して、中津川家所有と明記しておかないと人手に渡っちまうぞ、と脅かされ、権蔵も実家の状態を確かめに戻ることを承知したのである。

「もしかしたら焼け残ってるかもしれないし、荷物を持ち出せるだけ持ち出してくるさ」

母には明るく断って、車に乗り込んだ。

九日の夕方にはピクリとも動かなかった木炭自動車は、エンジンをかけるや、突如として全快した病人よろしく障りなく始動した。

「不思議なことがあるもんだな。虫の知らせってやつかな。な、相棒」

車体をなでて、六助が感慨深げにつぶやいた。

＊

一旦向島へ帰るという権蔵とその上司を、悌子たちは揃って店先に出て見送った。

「ご家族がご心配ですね。お宅も、あちらのほうっておっしゃってましたよね」

富枝は権蔵の上司に心配そうに尋ねたが、

「いやぁ、私は独り身ですし、適当に宿を渡り歩いてるだけで、家も家財もないですから」

彼は至って爽《さわ》やかに返し、これを聞いた朝子とケイが、不審をみなぎらせた顔を見合わせていた。

下町の被害状況は、今のところ詳しくは伝わってこない。

〈盲爆により都内各所に火災を生じたるも、宮内省主馬寮《しゅめ》は二時三十五分、その他は八時頃までに鎮火せり〉

と大本営発表が伝えられたきりである。けれどあの晩、東の空を赤く焦がした光景を思うだに、下町に甚大な被害がもたらされたのは明らかで、主馬寮以外が「その他」のひと言で片付けられたことに悌子は薄気味悪さを覚えた。

六年三組の生徒たちで今回の大空襲に巻き込まれた者はいない。ただ豊島啓太が、赤羽の工場で働く父親と連絡がつかずにいた。

「家は焼けてしまったかもしれないけど、父さんはきっと無事です」

これを報告に来たとき、啓太は自らに言い聞かせるようにして唱えつつも、その大きな体を小刻みに震わせていたのだ。悌子は、連絡先として聞いている父親の工場に幾度となく電話をかけたが繫《つな》がらず、四日経っても消息が知れないままだった。

賢治のことがあってから、自分のせいで友達を亡くしたと啓太が思い込まないよう、悌子は常に気に掛けてきた。教師としての自信をなくし、学校から逃げ出したい衝動に駆られながらも踏みとどまったのは、ひとえに啓太を卒業まで見守るためだ。彼はこの四月から、赤羽で旋盤工として働くことになっている。父親の口利きで、すでに勤め先も決まっており、あとは引っ越すばかりだったのだ。

「早く自分で稼げるようになりたくて。それに正直言うと、親戚《しんせき》の家にいるのもつらくて」

進路相談の折、啓太はこめかみを掻《か》きながら、そう打ち明けたのだった。たぶん食事がまともに与えられていないのだろう、と悌子は感じている。文部省からの通達で、昨年末から初等科は午前中のみの短縮授業になったのだが、「今帰ると、親戚が昼ご飯を食べてるから」と、教室で時間を潰している啓太を見るたび、悌子は胸を痛めてきた。

幸い岐阜の実家から送られてきたメリケン粉があったから、これに雑草を練り込んで団子にしたものを、悌子は毎日多めに用意し、

「これ、食べ切れなくて。片付けてくれない？」

と、啓太に渡してきた。あからさまにならないよう気をつけていたが、生来の不器用だから、富枝のようにさりげなく親切にすることができない。啓太はそのたび、つらそうに顔を歪《ゆが》め、けれど空腹に屈して、「すみません」と目を合わさぬままにつぶやいてから、ほとんど味のしない団子を頰張るのだった。

もし彼の父親になにかあったら、啓太はどうなるのだろう。母親はもう亡い。しかも一人っ子だ。親戚が今後も面倒を見てくれるとも思えない。しかしその不安は、悌子以上に啓太に重くのしかかっているはずだった。

向島に戻っていた権蔵が再び姿を現したのは、小金井を出てから五日後のことで、煤《すす》けた顔で朝子の店に踏み入るなり彼は、

「全部焼けた」

と、焦点の定まらない目で告げたらしかった。子細を尋ねた富枝に、一応地面に囲いはして名前の札を立ててきた、とは答えたものの、被害状況については一切口にせず、

「ひとまず休ませてくれ」

言うなり、二階の真ん中の部屋に籠《こ》もって出てこなくなったという。

——きっと、よっぽどひどかったんだ。

学校から帰ってこれを聞いた悌子は、居ても立ってもいられず、権蔵が使っている部屋の襖《ふすま》を声も掛けずに引き開けたのである。

「やっ、なんだよっ、いきなり」

だらりと寝そべっていた権蔵は、甲高い声をあげて飛び起きた。

「あのっ、下町がどんな様子だったか、詳しくお伺いしたいのですが」

構わず悌子が詰め寄ると、彼は左胸のあたりを押さえてうずくまった。

「勘弁してくれよ。俺は、急な激しい動きが苦手なんだよ」

「すみません。生徒の親御さんが向こうにいらして、連絡が取れないんです。赤羽なんですが」

「……赤羽までは見てないが」

権蔵は低くうめいて、宙に視線をさまよわせると、大きく身震いした。

「あの光景は、俺の走馬燈《そうまとう》の一場面に必ず登場するだろうってことだけはわかる」

意味が汲《く》めずに、悌子は首を突き出す。権蔵は、体がしぼんでしまうのではないか、と心配になるほど長い息を吐いた。

「俺がこれから何年生きるか知れねぇが、どんなにいい日でも楽しい日でも、焼き尽くされた下町の光景が甦って邪魔されるね、絶対。あんなに建て込んでたのに、はるか彼方《かなた》まで見渡せるんだもんな」

権蔵は、畳に語りかけるようにつぶやく。

「あれは、人間がすることじゃない。あんなことをする奴らに、俺は人生変えられたくないよ。たいした人生じゃないけどさ」

権蔵は戦地に送られたわけでも、命をとられたわけでもない。きっと今の台詞をケイが耳にしたら、「なに、甘えたこと言ってんだっ」と、目をむくことだろう。ただ悌子には、彼の言わんとしていることが痛いほどわかる。自ら大事に育んできた世界が、一方的に外からの力でねじ伏せられてしまうのは、とてつもなく怖いことだ。戦争がはじまってから、幾度となくその苦汁をなめてきた悌子は、胸の奥底に巣くう澱《おり》のような不可解を、権蔵も抱いているらしいことにほんの少しだけ安堵《あんど》する。

「ともかく今はとてもじゃないが、人捜しなぞできる状態じゃなかったですよ。だいぶ広範囲でやられてたから。ひとまず連絡を待つしかないと思いますよ」

権蔵から状況を聞いた悌子は、一度啓太の親戚とも当面のことについて話したほうがいいだろうと、翌日の午後、彼の暮らす親戚の家に足を向けた。

住所を頼りに訪ねるとそこは、広大な耕作地を持った農家で、畑には長ネギやほうれん草が元気に育っていた。これなら啓太を食べさせても困らなそうだけれど、と悌子は訝しむ。畑では中年の男女が鍬《くわ》を振るっており、そのそばで啓太が肥をまいていた。おそらく彼らが、啓太を預かっている親戚夫婦なのだろう。挨拶《あいさつ》をしようと畑道をまっすぐ近づいていくと、先に啓太が気付いて、

「学校に、なにか連絡ありましたか？」

と、緊張した面持ちで訊いてきた。中年の男女も顔を上げた。悌子は会釈をしたのち、

「いえ。こちらになにか連絡があったかと思って、伺ったのよ」

返すと、啓太は大きく肩を落とした。改めて親戚に向けて名乗ろうとしたときだ。男のほうが鍬を杖《つえ》にして腰を伸ばすと、言ったのだ。

「もう九日になるよね。啓治《けいじ》さん、ダメだったのかね。しかし、このままこっちで預かるようになったら困るねぇ。この子は体が大きいでしょう。人一倍食べるんですよ」

こちらにひと言の挨拶もないままに、男が大声で言ってきたから悌子は息を吞んだ。

親戚の礼儀知らずな様に驚いたのではなく、あまりに無慈悲な言い様に愕然《がくぜん》としたのだ。安否の知れぬ父親を案じる啓太にも聞こえるように「ダメだったのかね」と言い、食事も満足に与えていないのに、「人一倍食べる」と、まるで啓太を食い意地の張った子のように語った。啓太はずっと、こんな扱いを受けてきたのだろうか。

握った拳《こぶし》が震え出したのを、懸命に落ち着かせ、悌子は啓太に手招きして命じる。

「豊島君。その肥桶《こえおけ》を置いて、こちらへ」

戸惑いながらも近くまで来た啓太に、「荷物をまとめてきて」と耳打ちした。

「え？　どうしてですか？」

「いいから、すぐに戻ってきてください」

彼を追い立てると、鞄《かばん》から帳面を取り出し、下宿の住所を走り書きして男に手渡した。

「豊島君のお父様から連絡が入ったら、こちらに来ていただくようお伝えください」

一息に言い切った。

「いきなり、なんなんだ、あんた……」

赤ら顔を歪めた男に構わず、あんぐり口を開けて後ろに控える女に告げた。

「私、豊島君の担任の山岡悌子と申します。しばらく豊島君はうちで預かります」

荷物を背負って戻ってきた啓太が、

「え、そうなんですか？」

と、声を裏返す。悌子は素早く一礼し、啓太の手を引くと、ずんずんと大股《おおまた》で畑道を引き返していった。

「先生、あの、どうして僕、先生のお宅に行くことになったんですか？」

啓太から問われたが、悌子は答えない。

「あの……先生、怒ってますか？」

困惑したような心許《こころもと》ない声が、再び聞こえた。

「ええ、怒ってます。とっても怒ってます。でも豊島君に怒ってるんじゃないですよ」

なにに対して自分はこんなにも腹を立てているのだろう。誰に向けてのものなのだろう。あの親戚夫婦にも、きっと事情があるはずだった。育てている農作物も国に回収されて、手元にはわずかしか残らないのかもしれない。そのため夫婦は、気持ちに余裕がなくなっているのかもしれない。親戚の子を食べさせる分を、自分の子に与えたいと思うのも親ならば当然かもしれない。

それでも、「冗談じゃあない、啓太がなにをしたっていうんだ」と頭の中に怒りの声がしぶとく渦巻いている。

「先生、ごめんなさい」

「なんで豊島君が謝るんですかっ！」

「……でも、僕、迷惑掛けて」

「迷惑なんか掛けてませんっ。豊島君はなにひとつ悪いことをしてないでしょっ」

怒鳴った途端、泣きたくなった。悌子は空を仰いで、いっそう大股で進んでいった。


啓太を連れて下宿に戻り、みなに経緯《いきさつ》を話すと、朝子は子供の手前だからか、

「がってん承知の助。今日からよろしく」

と明るく答えただけだった。その上、

「肥臭くてすみません」

と縮こまる啓太を、子供たちと銭湯に行くから一緒に行こう、と連れ出してくれたのだ。ホッと一息ついて、朝子の代わりに火なしコンロの雑炊をかき回していたところ、ケイがかたわらに寄ってきて、

「あんたは浅はかだね。あのね、人情ってのは、半端にかけちゃいけないんだよ」

と、早速剣突《けんつく》を喰《く》わせてきた。

「あんたがした行いは、自己満足ってやつだよ。一時でもやさしくすれば、あんたの気は済むだろうさ。でも親が見付からなかったらどうすんだい。一生あの子を背負うわけじゃないんだろ？　そりゃ殺生だよ」

まったくもってケイの言う通りである。悌子はひと言も返せず、背をこごめる。怒りにまかせて啓太を連れてきたのは、確かに早計だった。このまま父親が戻らなかった場合のことも、なにひとつ考えていないのだ。親戚にあんな態度をとってしまった今、啓太をあの家に戻せば、彼への風当

たりがさらに強くなるだろうことは容易に想像がつく。

「そもそもね、うちにはもうすでに、役立たずの居候《いそうろう》が一匹いるんだ。これ以上余計なものは背負い込めないんだよ」

ケイは、二階を顎でしゃくった。権蔵は、当面仕事がなくなったから、と二階の真ん中の部屋に居続けている。ケイにせっつかれてひと月分の家賃は払ったようだが、食費に関してはうやむやにしているらしかった。

「啓太の分の食費は私が出しますので。事前に相談もしないで申し訳ありません」

ひたすら詫びてその場はどうにか収まったが、銭湯から帰った智栄が啓太になついているのを見るや、ケイは再び仏頂面になった。このまま居つかれる、と警戒したらしく、食事の最中も彼に険しい目を向けている。

悌子は、啓太がケイの毒牙《どくが》にかからないよう用心しつつ雑炊をすすっていたが、意外にも啓太を救ったのは権蔵だった。

「お前、いい体格だね。その体格を見込んでちょいと頼みてぇことがあるんだ」

啓太の碗が空になるやそう言って、彼を二階にいざなったのだ。悌子も残りの雑炊を急いでかき込み、階段を上がる。権蔵の部屋の前に立つと、中からぼそぼそと話し声が漏れてきた。

てっきり啓太を慰めているものと思ったが、豈図《あにはか》らんや、襖に耳を寄せた悌子に聞こえてきたのは、権蔵の愚痴であった。

自分がどれほどケイに疎まれているか、食事の折にいかに肩身の狭い思いをしているか。愚痴というより単なる悪口を垂れ流しているのだ。さすがに教育に悪い、と悌子がこれを止めようと襖に

手を掛けたとき、

「僕だけじゃないんですね。そういう思いをしてるのは」

と、啓太の声が聞こえてきた。

「学級のみんなは親元から通ってるから、僕ばっかりつらい目に遭ってると思ってたけど」

「そりゃそうさ。身近に同じ境遇の者がいなくても、この世のどっかにゃいるんだよ、自分と同じ目に遭ってる奴が。世の中ってのは、そういうもんだ」

「そうなんですか？　大人でも？」

「そうさ。お前には学校と家くらいしか世界がねぇだろうが、俺はいろんな業界や人間を見てきたからね。どんなつらいことでも、自分だけに起こってるってこたぁまずない。大人も子供も、その道理は同じだよ」

あの、と啓太が言いかけ、言い淀《よど》む。

「僕、友達も亡くしたんです。山岡先生は、あなたのせいじゃない、って何度も励ましてくれて、自分のせいだとおっしゃって」

ふうん、と権蔵はひどく軽く受け止めた。

「詳しくはわからんが、自分のせいだと言い切るのも傲慢《ごうまん》だけどな。人ひとりが引き受けられることなんて、ちょっぴりなのにさ」

どういうものかこの言葉は、打ち身のような太い痛みと、湯たんぽに似た温《ぬく》みを伴って、悌子の胸に深くとどまった。

権蔵の愚痴、もといケイの悪口は、そこから小一時間も続いた。途中、幾度か口を挟んだほうがいいだろうか、と迷ったが、徐々に啓太の声が和らいでいき、時折笑い声があがるに至って、悌子は自室に引き揚げたのだ。

啓太が悌子の部屋の襖を遠慮がちに開けたのは、八時を過ぎた頃だった。

「お布団敷いてあるから、もう寝なさい」

告げると、はい、と彼は素直にうなずいた。

「権蔵さんとお話しして、気が軽くなりました。他人から弱音を聞いたのは久し振りで。絶対口にしちゃいけないことだと思ってたから」

「そう。それで、なにを頼まれたの?」

「いや、なにも。あれ? そういえば、頼みたいことがあるって、おっしゃってましたよね。僕、話を聞いただけでした。僕の体格とは関係ないですね」

啓太は首を傾《かし》げて、屈託ない笑顔を見せた。


空襲による混乱のため、六年生の卒業式は行われないことが決まった。修了証書を配っただけで、彼らはそれぞれ巣立っていく。

悌子にとっては教員になってはじめて受け持った生徒たちで、思い入れもひとしおだったが、賢治のことがあり、さらに啓太の父親とまだ連絡がとれない中で、感傷に浸る余裕はとても持てなかった。生徒たちを送り出すときでさえ、「みなさん、くれぐれもお元気で」という形式的な挨拶にとどめたのは、教頭から命じられた「こののちは立派な一国民として、御国のためにいつでも命を差し出すように」という激励の言葉を掛けることを密かに拒んだためだった。

女子生徒たちは、「先生、薙刀《なぎなた》や竹槍を教えてくださってありがとうございました」と、わざわざ挨拶に来てくれた。級長として学級をまとめ続けた青木優一も、

「先生のおかげで算数がもっと好きになりました」

と、笑顔を向けた。

「私、算数は教えてないですよ。吉川先生に任せっきりで」

戸惑って返すと、彼は、

「いえ。つるかめ算の授業のとき、僕の説明がわかりやすいとおっしゃいました。僕はあのとき、自分の考えを人にわかってもらえることが、こんなにうれしいんだ、ってはじめて知ったんです」

高揚《こうよう》を隠さず語っていたが、ふと神妙な面持ちになってささやいた。

「それから、ひとつの問題を解くにはいろんなやり方があっていいんだ、ってことも」

悌子は、そっとうなずく。

「これからは、いろんなやり方が認められる世の中になるといいですね」

そう応えながらも、指導要綱に則《のっと》って一方向から抑えつけるような教育しかできなかった自分の無力さに肩を落とす。

「僕、数学の道に進みます。それで、いろんな解き方を見付けられる人になります」

最後に優一が満面の笑みで夢を語ってくれたことが、せめてもの救いになった。

啓太は卒業後もしばらく下宿にとどまり、父親からの連絡を待つことになった。すっかり権蔵と馴染《なじ》んで、今では彼の部屋で寝起きしている。けれど、ずっとこのままというわけにもいかない。一度、赤羽まで啓太の父親を捜しにいこうと悌子が算段をはじめた矢先のことだった。

啓太と一緒に店の掃除を手伝っていたとき、ひとりの男性が店先に立ったのだ。

「あのぅ、山岡先生のお宅はこちらでしょうか？」

男性の声を聞くや、店の奥にいて入口に背を向けていた啓太が跳ねるように振り返り、

「父ちゃん！」

と叫んで、すっ飛んでいった。

「啓太っ」

胸に飛び込んだ啓太を、男性はギュッと抱きしめた。

啓太の父親だ。生きていたのだ。

悌子は急いで駆け寄り、自らを名乗ってから無事を言祝《ことほ》ぐと、父親は啓太とよく似た大きな体を深々と折り曲げた。

「このたびはご心配をおかけして、大変申し訳ありませんでした。親戚からここだと聞いて、慌てて駆けつけたような具合で。うちの坊主がご迷惑をおかけしませんでしたでしょうか？」

「迷惑だなんて、とんでもない。こちらこそ、勝手な真似をして申し訳ありません。ともかく、ご無事でよかった。安心しました」

父親にしがみついて離れない啓太の頭をなでて、悌子は目尻《めじり》に浮かんだ涙を拭《ぬぐ》った。

「なにしろ、下町のほうは大変な混乱でして」

食堂の椅子を勧めると、啓太の父親はベルトに差した手拭いを座面に敷き、「汚れてるもので、すみません」と幾度も頭を下げてから腰掛けた。きっと十日からずっと駆けずり回っていたのだろう、服も顔も煤と泥で真っ黒だった。

勤めていた赤羽の工場は罹災《りさい》をまぬがれたが、仲間をだいぶ失った、と彼は語った。怪我人や行方不明者の救出に動いていたため、小金井まで来るのが遅くなってしまったのだという。

「連絡しようにも、どこにも電話がなくて。焼け残った家で借りようとしたんですが、電話機が供出されたあとでして」

啓太が運んできた水をひと息に飲み干して、父親は「ああ、生き返る」とつぶやいた。本当に、地獄から這い出て現世に甦ったかのような、しみじみとした声だった。

「あの……これからどうなさるんですか？」

あの親戚の家に戻るのだろうか、と不安に駆られつつ悌子は訊いた。

「青梅《おうめ》に移ることにしました。啓太とふたりで。しばらく知人の農家に住み込んで働くことにしたんです」

これを聞いた啓太の顔が、見る間に晴れた。

「工員が減って私の働いていた工場は規模を縮小しまして、啓太が勤める予定だった工場も当面は再開が難しくなったんです。困っていたところ、工場仲間から、実家の農作業を手伝ってくれないか、と誘われまして。とりあえず状況が落ち着くまでは、そこで世話になろうか、と」

「伯父《おじ》ちゃんたちの家に戻らなくていいの？」

啓太が恐る恐るといった顔で訊いた。父親は啓太に向いて、その頭をぐりぐりなでると、

「今までつらい思いをさせて、悪かったな」

と、ささやいた。この日親戚を訪ねて、彼は啓太があの家でどう扱われていたか、気付いたのかもしれない。

啓太の目がみるみる潤んでいく。涙があふれるのを我慢するように歯を食いしばったが、喉がしゃくり上げるように波打った。

「もう我慢せんでいいんだぞ、啓太。父ちゃんがいるんだから」

父親の言葉に、啓太はこれまでのすべての我慢を吐き出すように、大声をあげて泣いた。調理場にいた朝子やケイが手を止めてこちらに目を向け、表の通りを行く人までも驚いて立ち止まるほどの、大きな泣き声だった。

これから親戚の家に寄って挨拶をし、その足で青梅に向かうという親子を、悌子は通りまで出て見送った。

「権蔵さん、今、出掛けてて、直接さよならは言えないけど、お礼をお伝えください。お話しできて気持ちがとっても楽になった、って」

啓太はぺこりと頭を下げ、しばらくためらったのち、「それから、もうひとつ大事なお願いがあります」と、こちらを強く見詰めて言った。まぶたは泣き腫《は》らしていたけれど、瞳《ひとみ》は淀みなく輝いている。

「山岡先生、先生を絶対辞めないでください」

悌子の体が、おのずとこわばった。

「賢ちゃんのこととかあったけど、先生は、どうかずっと先生でいてください」

うん、と返すのが精一杯だった。教師を続けていける自信はまだ持てない。でも迷いを見せれば啓太を悲しませると感じたのだ。

「僕、先生に守ってもらえて、ほんとにうれしかったんです。父さんの他に、自分のことを守ってくれる大人がいるんだ、ってわかって、本当にうれしかったんです。だから先生は、ずっと先生でいてください」

うん、ともう一度悌子はうなずいた。

啓太と固く握手をし、去って行くふたりの後ろ姿を見えなくなるまで見送った。雑木林の小径《こみち》を曲がるところで、父親が振り返って会釈し、啓太が大きく手を振った。宙に弧を描くたくましい腕の残像が、悌子の迷いを掃き清めたようだった。

第二章　似合い似合いの釜の蓋《ふた》

一

四月から悌子が受け持つことになったのは、三年一組である。昨年度までの担任に赤紙が来たため、急遽《きゅうきょ》任されたのだ。

吉川と離れて単独で一学級を見ることになり、緊張で硬くなった悌子に教頭は、

「代用教員は本来、担任を持てない規則ですが、教員不足ですからやむを得ません。しかし四十過ぎの者まで召集されるとはねぇ」

不承不承といった態《てい》で告げ、

「ただ幸運なことに、三年生は入学時から国民学校の教育を受けておりますから、少国民としての構えがしっかりできています。あなたが三月まで受け持っていた六年生に比べれば、ずっと扱いやすいはずですよ。あなたももう、問題行動を起こさないように、くれぐれも頼みますよ」

と、鼻を鳴らしたのだった。

授業は相変わらず修身が主で、国語の教科書も、東郷《とうごう》元帥や日露戦争で活躍した広瀬《ひろせ》中佐を称《たた》え

る例文ばかりである。

〈光は空から　若葉から、
明かるい、明かるい　若葉から。

天長節は　うれしいな。〉

近隣の武蔵野町や国分寺《こくぶんじ》町、小平町も連日のように空襲を受け、五月二十四、二十五日には山の手から北多摩郡、南多摩郡まで広範囲にわたって東京の町が焼かれ、東京駅まで破壊された。そのさなかに、こんな文章を復唱させるのは心苦しい。けれど、一年時から教育勅語の奉読を聞かされ、宮城遥拝《きゅうじようようはい》に国歌斉唱を繰り返し行ってきた三年生は、教頭の言う通り、皇軍勝利を信じて疑わない。純真な彼らに接するたび、「子供も嘘はわかる」と言った権蔵の声が、再々悌子の脳裏をよぎった。

その権蔵は七月になってもなお、下宿二階の真ん中の部屋に住んでいる。向島の実家も焼けたし、放送局の仕事もしばらく休みになったから、と雑草摘みなどを手伝い、ケイの刺し殺さんばかりの視線を避けながら小さくなって暮らしている。外地に出た茂樹からの手紙が途絶えて久しく、ためにケイはこのところ、前にも増してささくれ立っているのだ。

一学期の終わりが近づいた日、授業を終えて職員室に戻ったところ、

「これ、先生宛《あ》てです。軍事郵便みたいですよ」

悌子は事務員から葉書を渡された。ひと目見て、誰からの手紙かすぐにわかった。懐かしい筆跡が紙からはみ出さんばかりに躍っている。なかば引ったくるようにして葉書を受け取り、慌ただしく自席に戻る。胸に手を置き、息を整えてから、一文字一文字丁寧に目を通していく。

〈悌ちゃん、元気にしとるか？　空襲には遭ってへんか？　僕は元気で戦っとります。こちらに渡って一年以上が経った。今頃そちらは桜が見頃だろうか。皆を懐かしく思います。帰ったら、また野球しょうな〉

桜とあるから、少し前に書かれたものだろう。敵性語の「キャッチボール」を避けて、「野球」とした周到さも清一らしかった。送り元は「マライ派遣岡二八三三部隊」。外地にいることに悄然《しょうぜん》となるも、でも無事に生きているのだ。それにこうして、戦地から手紙をくれたのだ。

夢見心地で下宿に戻ったところ、店の前にいた権蔵が不意に話しかけてきた。片手には、雑草のたんまり入った笊《ざる》を抱えている。

「確かあんた、岐阜の産でしたよね」

「ええ、そうですが」

「大丈夫なの？　実家は」

「大丈夫、とおっしゃいますと？」

「えらい空襲があったたって聞きましたよ」

「……いつですか？」

「九日だか十日だか。岐阜駅とか稲葉郡だっけな、そのあたりが大々的にやられたって」

総身の血が引いた。悌子の家は稲葉郡市橋村なのだ。

父と母の逃げ惑う姿が、頭の中で鮮明に像を結ぶ。

悌子は権蔵に一礼するや、脇目も振らず学校へとって返した。閑散とした校庭を突っ切り、職員室にもんどり打って転げ込んで電話を手に取ると、居残りの教員が瞠目《どうもく》するのも構わず、交換手に実家の番号を告げた。だが、待てど暮らせど電話は繋《つな》がらないのだ。

「どうしたんです、血相変えて」

案じ顔を向ける教員たちに理由《わけ》を話すと、

「電話局の建物が罹災《りさい》したのかもしれません」

「帰省されたほうが早いですよ」

彼らは口々に言った。吉川が、

「もう夏休みに入りますから、山岡先生はすぐに帰省なさい」

と、いつもの静かな口調で言うに至って、悌子も幾分冷静さを取り戻した。

「ありがとうございます。そうさせていただきます。ただ、すぐに切符はとれないでしょうから、それまで授業はいたします」

かろうじて言い、深々と頭を下げた。

旅行制限があるからと言い訳して、長らく実家から遠ざかっていたことを悔いた。本当は、清一の結婚が知れ渡ったあの村に戻るのが気ぶっせいだったのだ。帰省して、腫《は》れ物に触るように家族が接してきたら、と想像するだけで気が塞《ふさ》いだからだ。おまけに見合いでも勧められようものなら、感情が大きく爆《は》ぜてしまいそうで恐ろしかったのだ。

下宿に戻り、店の敷居をまたぐや、そこにいた富枝が、

「聞いたわよ。切符のことだけど、今、権蔵に手配させているから少し待ってね」

と、まだ悌子が帰省するともなんとも告げないうちに、そう言うから面食らった。権蔵から子細を聞いたのだろう。

「いえ、あの……」

「あなたの性分じゃ、その目で確かめないと気が済まないでしょ。あさってから夏休みだし平気よね？　権蔵は存外顔が広いから、任せておきなさい」

実際、翌日の夕方になって家に戻った権蔵は、どこでどう手に入れたものか、岐阜までの切符を「ほい」と悌子に差し出したのだ。

驚く悌子に、富枝はさらに意外な提案をした。

「切符、二枚あるでしょ。権蔵も岐阜までお供させるからね」

「とんでもない。ひとりで大丈夫です」

「なに言ってるの。女ひとりでは危ないわ。ただでさえ物騒な世の中なんだから」

心遣いはありがたかったが、どう見ても、権蔵より自分のほうが腕っ節は強い。が、富枝はいつになく強引だった。

「ね、そうしなさいな。私もそのほうが安心だもの。あなたをひとりで行かせてなにかあったら、親御さんに申し訳が立たないわ」

それから、かたわらで耳をほじっている権蔵に、「ね」と、厳しい顔で念を押した。権蔵は、「ああ」とも「いや」ともつかない、「あや」という不可解な返事を発したが、富枝には逆らえないらしく黙ってうなずいた。

妙なことになったとうろたえたが、家族の安否が知れず、気もそぞろな悌子はもはや権蔵ごときに拘泥する余裕もなく、学校に連絡を入れてラジオ体操会の代行をお願いすると、翌朝早く、彼を伴い下宿を出たのである。

「悌子さんをしっかり守るのよ」

富枝が権蔵に言うのを聞いたケイが、

「まぁまぁ、頼りない用心棒だこと」

と、ほくそ笑んだ。

「これ、おむすび。楠公飯《なんこうめし》で申し訳ないけど」

朝子は言って、竹皮に包んだ弁当を悌子に手渡した。気持ちが弱っているせいか、彼女たちの心遣いがことさら沁《し》みた。

「ご迷惑をおかけして……お詫《わ》びのご奉公は必ずいたします」

頭を下げると、そばで聞いていた智栄が、

「『ごんぎつね』みたいだねー」

とはしゃぎ、すかさず朝子が、

「やだ。あれは鉄砲で撃たれちゃうのよ」

と、縁起でもないことを言った。


東海道本線は、徐行と停止を繰り返しながら進んだ。ところどころ断線もしており、そのたび列車を乗り換えなければならなかった。車中はすし詰めで蒸し暑く、汗がとめどなく顎《あご》からしたたり落ちる。あいにく席がとれず、何時間も立ったまま列車に揺られて悌子は疲れ果てたが、いかにも体力が乏しそうな権蔵は、人と人との隙間にすっぽり収まり、器用に仮眠までとっていた。幼い頃、荒田川に竹筒を仕込んで鰻《うなぎ》を捕まえたことが思い出された。車中の権蔵は、その罠《わな》にかかった鰻とよく似ている。

名古屋でしばらく停車するとのことで、一旦《いったん》列車を降りた。もう夕方六時近い。朝からなにも口に入れられずにいた悌子は、空腹が極に達して額に脂汗までにじんできた。

「朝子さんのおむすび、いただきましょうか」

弾痕《だんこん》も生々しい名古屋駅のホームを、凝然と眺めている権蔵に声を掛ける。

「よかった。早くあんたが言い出さないかと念じてたところですよ」

彼は安堵《あんど》したふうに顔をほころばせた。

「え……言ってくだされぱよかったのに」

「いや、あんたの家族の安否を確かめるための帰省なのに、飯食おうぜ、なんて、おいそれとは言い出せないでしょう」

この人にも、他人をおもんぱかったり、遠慮したりすることがあるのか、と悌子は新鮮な驚きに見舞われながら弁当を取り出した。

「人目に付かないとこで食いましょう。いかにも旅行者だと、物盗《と》りに狙われやすいからさ」

権蔵は言い、改札を出るや、勝手知ったる街を行くようにひなびた路地へと分け入った。

「名古屋は、はじめてなんですよね?」

「そう。でも俺、存外鼻が利くんですよ。いろんな仕事をしてきたから、裏みたいなとこ、見付けるのが得意になって。この切符も闇で手に入れましたからね」

富枝はとうとう切符の代金を受け取らなかった。いつも家賃を多めに払って私たちを助けてくれているからお返しよ、と悌子がいくら言っても首を横に振ったのだ。闇で仕入れた切符なら高額に違いない、と申し訳なさが募る。

権蔵は、路地の一角、植木鉢の並んだ家の前に積まれた木箱に尻《しり》を引っかけるようにして座ると、「ここで食いましょう」と隣の木箱を指さした。悌子はためらう。野犬こそいないが、それこそ物盗りが出そうな暗い場所なのだ。

「ここは危ないいんじゃないかしら」

「いや、安全ですよ。そら、こんなふうに植木を丹精してる家に、悪人は住んでないでしょう。それにね、真の悪党ってのは存外、裏にはいないんですよ。しれっと表にいるもんなの。今ならさしずめ、大本営とかさ」

詮方《せんかた》なく悌子も木箱に腰掛け、竹皮の包みを開いた。楠公飯の焦げ臭さが鼻腔《びこう》を突く。権蔵にひとつ渡し、自分も早速頬張った。炒《い》った玄米を一晩水に浸《つ》け、ふくらむだけふくらませたものを炊きあげるわけで、嵩《かさ》は増えるが、ともかく苦い。おまけに、硬くてぼそぼそしている。

「二、三年前にこんな飯を出されたら、犬にでもやっちまったろうが、今やこんな代物でもありがたいんだものなぁ」

権蔵が嘆息した。遠出する悌子たちに、芋や高粱《こうりゃん》、大豆の混じっていないご飯を、と朝子はきっと気を利かせてくれたのだ。

「うちの親父は軍人でさ、苦しくてつらい経験こそが人を成長させるって常々言ってたんですよ。実際、そうなんだろうな、とは思う。あんたがやってたっていう、槍投《やりな》げだってそうでしょう。あ、お袋から聞いたんだけど」

悌子はうなずく。スポーツはことに、苦しい努力を重ねてこそ花開くのだ。

「でもそれは、すべてに当てはまるわけじゃないんですよ。今、俺たちが国から強《し》いられてることなんてさ、なんの足しにもなんないよ、これ。後世の奴らに笑われるだけだろうって思うと、恥ずかしくなるよね」

悌子は思わずまわりを見回した。こんなことを聞かれたら、一も二もなくお縄になる。ただ一方で、誰もが本音を胸の奥底にしまっているこの時世に、この人はいつも本当のことを言うな、と嘆じてもいた。「りつぱな戦死とゑがほの老母」や「強く育てよ　召される子ども」や、そんな標語が当たり前に言い交わされる中で、世相に惑わされず独立独歩で生きている。

——全員がこんなふうだったら、戦争にはならなかったかもしれないな。

指についた飯粒をさらいながら思い、

——でも、それはそれで日本は立ちゆかなくなったかもしれないな。

と、痩《や》せて青白く、まったく生気の見えない権蔵の風貌《ふうぼう》を見やって思い直す。

「列車が出るまで十五分か。少し急ぎますか」

握り飯を食べ終わった権蔵が腰を上げた。悌子は慌てて竹皮を肩掛け鞄《かばん》にしまい、小走りに権蔵のあとに従う。

予定の列車には間に合ったが、岐阜駅が罹災しているとのことで、だいぶ手前で降ろされた。そこから線路伝いに市橋村目指して歩いていく中、様変わりした景色に、悌子の総身は真夏にもかかわらず、洞窟《どうくつ》深くに潜ったように冷たくなった。

灯《あか》りがなくとも、建物が破壊し尽くされていることは見て取れる。灰になった家の前でぼんやり焚火《たきび》を見詰めている家族、黒焦げの遺骸《いがい》にすがって泣いている者。右手に見える長良川が、常と変わらず悠然と流れる様が、このときはひどく非情に思えた。

権蔵は先刻から押し黙っている。空襲を受けた下町も、こんな様子だったのだろうか。それとももっと酷《ひど》かったのだろうか。

——覚悟しておかなければいけない。

悌子は自らに言い聞かせる。最悪の事態を想像などしたくなかったが、そうしておかないと、どうかなってしまいそうだった。

東京の専門学校に行く、と告げたときの、寂しげな父と母の顔が浮かんだ。自分のことだけでいつも手一杯で、親孝行のひとつもしなかった。このまま逝《い》かれたら償うこともできないのだ。わめき出したい衝動に駆られたが、懸命に平静を保って家路を急ぐ。

懐かしい荒田川が見えてくる。鼓動がむやみと高まっていく。暗がりに目を凝らす。どうか、どうか、と唱え続ける。

「あっ！」

悌子は思わず叫んだ。

「なんだっ？　どうしたっ？」

身構える権蔵には答えず、一散に駆け出した。

家が、実家が、変わらず残っていたのだ。門をくぐり、信じられない気持ちで玄関戸を引き開けた。

「父さん、母さん、悌子ですっ！」

大声で呼ぶと、やがて奥から、ろうそく片手に父が現れた。

「悌子か？　来たんか。あぁ、よう来たっ」

父の声を聞き、全身の力が抜けた。あとからおそるおそる出てきた母も、

「悌子！　来てくれたんやね」

と、喉《のど》を震わせたが、次の瞬間、悌子の背後に目を向けるなり、

「いっ、きぃやぁぁぁぁー！」

夜闇《やあん》をつんざく悲鳴をあげ、腰を抜かしたのだ。父もまた、凝然として悌子の背後を見詰めている。

「悌子、う、うしろ。れ、霊が、後ろにおる。お前、どこかで憑《つ》かれたんやないか」

おののく父の視線をなぞって振り向き、悌子はそこに、走ったせいで息も絶え絶えの上、髪振り乱した権蔵の姿を見付けたのだった。


「ごめんなさいね。悌子をここまでお連れくださった恩人やのに。いえね、昔、お寺の本堂でろうそくを灯《とも》して百物語ゆうのをしたんですけど、最後に幽霊が出るゆう噂で。お父さんがろうそく持ってたもんやから、つい」

座敷に落ち着いたところで、権蔵にくどくどと言い訳をはじめた母を、「よさんか」と父は遮り、早く茶を出せ、備蓄の餅《もち》を焼け、と気忙《きぜわ》しく指図した。母が台所へ入るのを見届けてから、父は権蔵に改めて向き直った。

「切符をとるのも難儀なときに、また、いつ敵機が来るか知れない折に、このような遠方までご足

労いただいたこと、なんとお礼を申し上げればよろしいか」

長年教師をしているからか、家族以外と話すときは定型文をそのまま読み上げたような物言いになることが、父にはよくある。

「いえ、いえ。私もちょうど焼け出されて、暇を持て余してましたから」

権蔵は飄々《ひょうひょう》と返したが、

「そんな大変なときに、申し訳ありません」

父はいっそう恐縮した。ふたりの会話がいっかな嚙《か》み合わないのを見かねて、

「それにしても、兄さんたちも無事でよかった。家も焼けんかったんやね」

と、悌子はさりげなく話題を変えた。

「ああ、幸い大事なかったね。市内はだいぶ焼けたが、このあたりは奇跡的にまぬがれてな。神代さんとこも無事やし」

父が応えるや、盆を手にして戻った母が「あなた」と小声で制し、案じ顔で悌子を窺《うかが》った。

「清ちゃん、結婚したんやね。入営前に東京で会って聞いたんやよ」

悌子はさっぱりと返すことで、清一には恋情などないのだ、ただの幼馴染《おさななじ》みなのにまわりが勝手に盛り上がっていただけだ、と精一杯訴えたつもりだった。が、そのそばから途方もない喪失感がぶり返し、頰が小魚の躍るように痙攣《けいれん》した。ろうそくの灯りだけで互いの顔がよく見えないのは幸いだった。

「そうか。清一君も出征したきりでな。嫁さんも、乾物屋のご実家が焼かれて、ご両親も亡くしたようなことを聞いたんやが……」

「え。そしたら今はひとりでおるの？」

「いや、所帯を持ってすぐに神代さんの家で暮らしとるからな」

父が言うのに、母もうなずく。

「乳呑《の》み児抱《ど》えてひとりは無理やしな」

これを聞いた悌子の身が、ギュッと軋《きし》んだ。

「清ちゃんの……赤ちゃんがおるんや」

「去年生まれてな。清一君は会っとらんが」

清一の子供。清ちゃんの。頭の中に、黒みがかった紫の渦が巻いて、悌子を飲み込んでいく。かつての清廉な清一がいなくなってしまったような、悌子と清一の絆《きずな》が今度こそ本当に斧《おの》で断ち切られてしまったような絶望に襲われる。肩掛け鞄の中には、清一からの葉書が入っている。今も自分たちには家族同然の結びつきがあるとどこかで信じたかったが、それは、本当の家族の前ではひどく細い糸でしかないのだと言われた気がした。

「しかし、まさか餅にありつけるとは思いませんでした。岐阜まで来た甲斐《かい》があった」

唐突に権蔵が言った。

「うちじゃこのところ国策炊きだの大豆入りの飯だのばっかり食わされてましたから。大豆ってのは、食うとやけに屁《へ》が出るもので難渋していたんですよ」

母は目を瞠《みは》り、父は動じながらも、

「東京は物資が特に乏しいと聞いて、私どもも悌子を案じておったんです。ただこのあたりも去年の師走《しわす》の大地震に続いて今回の空襲で、備蓄もなかなかできませんでね」

そうこぼしたから、悌子は「えっ？」と、声をはね上げた。

「大地震？　そんなんあったんや」

「知らんのか。東海地方で震度六だか、えらい地震でな。海の近くは津波でだいぶやられたようや。ここいらもえろう揺れたんやし」

ラジオでも新聞でも、悌子が知りうる限りそんな報道はなされていない。

「おおかた大本営が伏せることにしたんでしょう。連合国軍に秘すためか、国民の動揺を防ぐためかわかりませんが」

権蔵が餅を頬張りながら言い添える。この国では、なにがどのくらい隠されているのだろう。仮に地震で実家が倒壊し、父や母が犠牲になっていたとしても、東京にいる悌子は知る術《すべ》もないということなのか。

「離れとると、なんも伝わらんのやね」

つぶやいた悌子に、

「そうやよ。だから悌子も、もうこっちに帰ってらっしゃい。東京も空襲があるやろ」

母が涙声で言う。「空襲がある」どころではない。だが、下町を焼き尽くした凄惨《せいさん》な空襲も、きっとここには正確に伝わってはいないのだろう。

この夜は、権蔵ともども実家に泊まった。かつての自室でひとり布団にくるまった悌子は、夜が明けたら村を見に行こうと思い決める。別段、変わり果てた村の様子を見たいわけではない。美しい思い出が、きな臭く塗り替えられるのは耐えがたいものだ。

ただ、清一の家を遠くからでも見たかった。正確には、そこに住む現在の水田雪代を。

翌朝早く起き出して、玄関で靴を履いていると、

「散歩ですか。俺も行こうかな」

背後から声が掛かった。寝癖もはなはだしい権蔵が、こちらを覗《のぞ》き込むようにして佇《たたず》んでいる。ひとりで清一の家を見に行きたかったのだが、彼は悌子の返事を待たず靴を突っかけた。仕方なく荒田川沿いを、さもそぞろ歩きをしているふうを装って進む。権蔵は少し後ろからついてくる。

まっすぐ清一の家に向かわなかったのは、気持ちを落ち着けるためでもあった。けれど、景色の至る所に清一との思い出が息づいていて、歩を進めるごとに胸がしんどくなった。

「いいとこだねぇ、ここいらは。山がすぐそこにあると、妙に安心しますよ」

後ろから、呑気《のんき》な声が聞こえてくる。

「でも冬は底冷えするし、夏はうだりますよ」

川沿いを離れて、悌子は狭い路地に入る。しばらく北へ向けて歩き、畑手前の道を左に曲がる。そのあたりから、いっそうゆっくり歩いた。

清一の家が見えてくる。

庭先で誰かが洗濯物を干している。悌子は足を止めた。

「散歩はもう終《しま》いですか？」

隣で立ち止まった権蔵に、「しっ」と人差し指を立て、悌子は庭を見詰める。

若い女だった。白い開襟シャツに、着物をほどいて縫い直したものらしいもんぺを身につけている。髪は後ろでお団子に束ね、細くて白いうなじには、後《おく》れ毛《げ》が汗をまとって張り付いていた。

水田雪代だ。

悌子のいる場所から、彼女の横顔を望むことができたが、小学生のときと印象は変わっていない。華奢《きゃしゃ》で儚《はかな》げ、真っ白な肌に長いまつげ。長じて、その美しさに磨きがかかったようだった。

「お、美人がいるな」

権蔵は伸び上がるも、ややあって「うーん」と低くうなり、首を横に振った。

「でも俺には無理だな。ああいう感じは」

別段、雪代から交際を申し込まれたわけでもないのに、権蔵はそう切り捨てた。

「あれはね、きっと蔓《つる》植物みてぇに誰かに巻き付いて生きる種族ですよ。一見守りたくなるような女ほど、実は厄介なんですよ。こいつは六さん、あ、いや、放送局の上司の受け売りなんだけどね」

ここからちらっと見ただけで、そんなことまでわかるのだろうか、と悌子は訝《いぶか》り、「一見しただけで他人をわかったような気になるな。小賢《こざか》しい」と、兄たちからさんざんたしなめられてきた自身を顧みた。

「権蔵さんは、他人をわかった気になるな、って叱られたことはありませんか?」

思わず訊《き》くと、彼はたちまち顔を歪《ゆが》め、

「それ、親父からしょっちゅう言われてた」

と、口をへの字にした。

そのとき、清一の家の母屋から誰かが雪代を呼び、縁側に寄った彼女になにかを託した。雪代が抱きかかえたのは、火がついたように泣いている赤子で、

「やっぱりお母さんやないといけんね」

と、窓辺に現れた清一の母親が言うのが聞こえた。雪代の腕の中に収まるや泣き止んだ赤子を、彼女は愛《いと》おしそうにあやしている。

——清ちゃんの子だ。

悌子は、目を開けていられないほどの痛みに襲われ、すかさず踵《きびす》を返した。

「え、戻るの？　この先があんたの家でしょ」

得体の知れない動揺が、悌子の体を覆っている。

「もしかしてあれが、昨夜《ゆうべ》話してた知り合いの家？」

権蔵の途切れ途切れの声が、追いかけてくる。悌子は歩みを止めずにうなずいた。

「清ちゃんっていって、小さい頃からよくキャッチボールをしてたんです。早稲田のエースで、六大学野球で活躍したんです」

ふーん、と興味なさそうな相槌《あいづち》を打った権蔵だったが、ややあって「えっ」と、声を裏返した。

「確か、神代って言ってたよな、その苗字《みようじ》」

「ええ、そうですよ」

「まさか、神代清一？」

「えっ、ご存じなんですか？」

今度は悌子が驚く番だった。

「ご存じもなにも。知らない奴なんていないだろう。おいおい、神代神と幼馴染みかよ」

「じんだいがみ？」

立ち止まって振り向くと、権蔵は、その蜉蝣《かげろう》然とした体を、海中の昆布のようにうねらせている。

大学が一緒なのだ、と彼は言った。権蔵は意外にも早稲田の法科を出ているらしい。頭の回転の速さは感じていたが、まさか大学教育まで受けているとは思わなかった。

権蔵が語るところによれば、彼の在学中、一学年下にいた清一は、入学当初からスターであり、甲子園を沸かせた有名選手の投球をひと目見ようと戸塚球場は常に観客であふれていたという。近隣の学校や商店からも見物に来る者が絶えず、二枚目ということも手伝って、女学生からの付け文が山ほど届いていたらしい。

——菅生中のときと一緒やな。

悌子は内心密《ひそ》かにうなずく。

それほどもてはやされていたにもかかわらず、少しも驕《おご》ったところがなく、誰にでも親切に接する好人物で、いつの間にか学生たちの間で「神代神」との異名が広まった。

「逸話には事欠かなかったよ。万年補欠の練習に夜遅くまで付き合ってやった、とか、エースなのに率先して球拾いもする、とか」

「清ちゃんらしいな」

ついつぶやくと、

「じゃあ、子供の頃からあんな聖人君子だったのか」

と、権蔵は身をわななかせた。

「聖人君子かどうかはわかりませんが、今、伺ったお話は、まさに清ちゃんそのものです」

すると権蔵は顎を揉《も》み、うなった。

「現実にいるんだね。そんなお伽噺《とぎばなし》の主人公みたいな奴が。俺は、なにか裏があるんじゃねぇかと睨《にら》んでたんだが」

名選手でも驕らず、まわりに優しく接する、という程度で、裏があると勘繰る権蔵の歪んだ人間観に、悌子は眉《まゆ》をひそめる。

「それに、騒ぐ女どもに一切目もくれず、故郷に決まった人がいるからと言い続けたんだと。それが、さっきの美人ってわけか」

権蔵の言葉に、悌子の胸がまた疼《うず》き出す。

「きっともう、朝ご飯の支度ができてます。戻りましょう」

清一の話題を早々に打ち切り、悌子は逃げるように回り道をたどった。


その晩のことだ。鰯《いわし》の丸干しに筑前煮《ちくぜんに》、麦飯という豪勢な夕飯を済ませたところで、父がおもむろに切り出したのだ。

「今日、学校の帰りに孝一《こういち》の家に寄ったんや」

孝一は、悌子の一番上の兄だ。三人の兄とは歳がだいぶ離れており、孝一兄は今年四十三になったはずだった。

「お前に、いい人がおると言うんや。孝一の勤める病院の医者で、歳はそれなりにいっとるようやが、えろう真面目な男らしい」

父がなにを言い出したのか、悌子は察することができず、ぼんやり首を傾《かし》げた。

「若い男が戦争でおらんようになったから仕方ない。多少のことには目を瞑《つぶ》って、ここらで身を固めてはどうや」

悌子を嫁に出すのは気が進まぬといった態度を一貫してとり続けた父であるのに、急に見合いを勧めてきたことに動顚《どうてん》する。

「あんたももう二十七や。そんな歳まで独りでおる娘は、ここらにはおらんよ」

母も畳み掛けてきた。

「こんな時世やしな、連れ合《お》うたら安心や」

「でも、御国大事なときに結婚やなんて」

悌子は焦って、反駁《はんばく》する。

「御国大事のときやからこそ、独りで生きてはならんのや。わしらになにかあってからでは遅いんやし」

父が険しい顔を向ける。今回の空襲で、いつまでも子供の面倒を見てやれるわけではないと思い知ったのだろうか。

「一度、会うだけ会《お》うてみたらどうや。それでこっちに戻ってきたらええ。女の身で、教員を続けても仕方ないでね」

母が言い募る。刹那《せつな》、どういうものか、雪代の姿がよぎった。赤ん坊を抱えて、幸せそうに微笑む彼女の顔が。するとなぜか悌子の内に、教師を辞めたくないという本心が、泥中の蓮《はす》のごとく燦《さん》然《ぜん》と立ち現れたのだ。

——そうか、私は教師でいたいのか。

結婚して家庭に入って子供を産むのが女の幸せだとさんざん母に説かれてきたが、悌子はこのとき、独りで立ちたいと痛切に願った。女でも、結婚しても、仕事は手放さないほうがいいと思うのよ、という富枝の言葉も甦《よみがえ》り、ぐいと背筋を伸ばす。

「わ、私、お付き合いしとる人がおるんや。その人と一緒になろうと話しとるんや。だからお見合いはできません」

とっさに出任せが口を突く。教員を続けたいという本心をつまびらかにすれば、母は猛然と怒り出すだろうと察したからだった。

「そうやの？　どんな方やの？」

両親ともに華やいだ声をあげたから、後に引けなくなった。どんな方、と訊かれても、浮かぶのは清一ばかりである。なにか具体的なことを言わなければ、と慌てふためき、悌子は混乱のままに、隣にいながら我関せずという顔をして、楊枝《ようじ》で歯をせせっている権蔵の腕をとるや、それをねじり上げるようにして持ち上げた。

「この人です！」

「おいっ、なにすんだよ。痛《いて》ぇな。なんてぇ馬鹿力だよ」

権蔵が顔を歪める。

「いや、でも君は今、まるで他人事《ひとごと》のように聞いとったが……本当に承知しとるんかね」

父が泡を食って権蔵に訊く。

「え、なにがです？」

権蔵は目を白黒させていたが、悌子が「話を合わせて」と渾身《こんしん》の念を込めて睨んだところ、それがうまく通じたのか、

「ええ、まぁ。いずれ一緒に楽しい家庭を作りたいね、なんぞと語ったり、語らなかったりしてお

ります」

と、歯切れの悪い答えを差し出した。

父も母も権蔵を改めて見詰めてから、不安に覆われた顔を見合わせた。

二

戦争が終わった。まったく唐突に。

昭和二十年八月十五日に重大放送があると聞き、権蔵はこの日の正午、ラジオのつまみをひねったのだ。中津川家の真空管ラジオは、食堂入口脇の机の上に置かれている。母が小金井に越して間もなく、お客さんも聴けるようにと気遣って、提供したのだという。

どうせまた戦意を煽《あお》る惹句《じゃっく》でも聴かされるのだろう、とおざなりに構えていたところ、天皇陛下による大詔というから動顚した。

「天皇陛下がお話しになるってこと？」

君が代が流れる中、朝子が緊張をみなぎらせる。母もケイも直立の姿勢をとって、ラジオから流れてきた声に耳を傾けている。電波状況が悪いのか、音声はブツブツと途切れたが、要は日本の敗戦を伝えているらしい。

「終わったの、戦争。終わったってこと？」

朝子が、前のめりに訊《き》く。

「そうらしいな。日本は負けたけどな」

権蔵が答えると、声が出ないよう下唇を噛《か》んで、バンザイ、というふうに両手を高く挙げた。母は、喜んでいいのか、悲しむべきか、迷っているような複雑な面持ちで佇《たたず》んでいる。ケイが面《おもて》を明るくし、

「これで茂樹が帰ってくるね」

と、祈るように手を合わせた。山岡悌子はラジオ体操会とかで朝早く学校へ行ったから、勤務先でこの放送を聴いているだろう。

ごめんなさい、勝手なことを言って――岐阜から東京に戻る列車の中で、悌子は権蔵にしつこく詫《わ》びたのだ。

「権蔵さんが隣にいらしたので、つい……」

見合いを断る口実なら仕方ない。結婚すると明言したわけでなし、少し経ったら「付き合っていたが別れた」とでも言えば済む話だと権蔵は意に介さずにいる。自分は今後岐阜に行く予定もなければ、あの両親に会うこともなかろうから気楽なものだった。

悌子はしかし反省しきりといった様子で、小金井に戻ってから一部始終を母に打ち明け、まことにあいすみません、と頭を下げたのだ。

「そう、そんなことがあったの」

悌子からの報告を受けた母が、驚くでもいたわるでもなく、なにか確信を得たように小さくうなずいたのが権蔵には引っかかったが、それも日本が負けて、巷《ちまた》に不吉な流言が飛び交いはじめると、岐阜の一件ともどもまたたく間に彼方《かなた》に霞《かす》んでしまった。

「男は皆殺し、女は陵辱《りょうじょく》されるって噂だよ。なにしろ戦争に負けちまったんだから」

新郷工作所へ向けて木炭自動車を走らせながら、六助が言う。下町の大空襲のあと、運搬の仕事もしばらく滞ったが、七月以降はぼちぼち注文が入るようになった。罹災《りさい》した工場が、一部稼働をはじめたからだ。

六助は、借りていた向島の宿が焼けたため、七月頭から三鷹に居を移している。日本無線が近いから搬出も楽になろうし、電話もついた宿だから注文も受けやすかろうと決めたはいいが、向島が懐かしい、あのごちゃついた街並みが好きだったのに焼け野原にされちまった、と四六時中泣き言を垂れ流している。

三鷹と小金井は車で十分ほどの距離だが、いまだ下宿で自らの身分を放送局勤務と偽っている権蔵は、毎度木炭自動車で迎えにきてもらうのをよしとせず、六助とは武蔵境駅前で合流するのを常としている。

「もうすぐ占領軍がやって来るっていうだろ。神奈川あたりじゃ、女をみんな疎開させて山間《やまあい》の村に隠したんだと。そら、海から上陸するとしたらあの辺だからさ」

六助は珍しく浮かない顔だ。日本はこのままアメリカになっちまうんじゃないか、とさかんに案じているのである。

「広島と長崎に新型爆弾が投下されたってぇだろ。ひでぇ被害が出たっていうじゃねぇか」

これは先だって、新郷工作所の五十嵐所長が小声で告げた話だった。

たった一発で街が広範囲に破壊されたそうですよ。日本も開発を急いでいた爆弾のようなんですが、米軍のほうが早かった——。

地下の隠蔽《いんぺい》放送所経由で得た非公開情報とのことだが、権蔵はどうにも信じがたかった。いかに新型とはいえ、一発で街を破壊し尽くしたというのは、誇張しすぎだろう。ピカッと光ったと思ったら次の瞬間、すべてが灰になったらしい、と五十嵐は深刻な顔で語っていたが、そんなことが現実にあるとも思えなかった。

「占領軍が入ってきたらよ、アメリカ国日本郡みたくなっちまうだろう。そしたら職業野球も、日米混合になるのかね」

六助の憂慮は、常に見当を違《たが》えている。

雨が降り出したから、車の窓を閉めつつ権蔵は話を変えた。

「雑炊食堂のお客には工員が多いんですが、小金井辺の工場もだいぶやられて、仲間もずいぶん失ったって聞きますよ。そう考えると、新郷が攻撃されなかったのは奇跡ですね」

空襲で被災して生産中止に追い込まれた工場は数多くある。下宿近くの中島飛行機武蔵製作所なんぞは都合九回も空襲を受け、今や廃墟《はいきょ》同然になっている。多数の犠牲者が出て、いまだに近隣の畑や雑木林では、爆撃で飛ばされた遺骸《いがい》の一部が見付かることが珍しくないのだ。

そんな中、新郷工作所は一貫して休みなく稼働しており、今年に入って五百ワット放送機を多数製造していた。

「新郷は戦闘機を造ってるわけじゃねぇから、お目こぼしになったのかもなぁ」

「でもこのあと連合国軍が来たら、放送所も接収されちまうんですかね」

「そりゃそうさ。ラジオ放送も大きく変わるよ。嘘だらけの大本営発表ともおさらばさ」

新郷工作所に差し掛かる坂が見えてくる。六助は、アクセルを目一杯踏み込んだ。

「またジャズが聴けるようになりますかね」

「男が皆殺しにされなきゃな」

坂の中ほどまで登ったときだ。雨の中、工員が多数、外に佇んでいるのが見えた。今日は荷が軽いから車を押してもらう必要はないし、そもそも工員たちが車の音に気付いて出迎えることも今まではないことだった。権蔵は怪訝《けげん》に思い、よくよく目を凝らす。

「あれは……工員じゃあないな」

工作所を取り囲んでいる連中は、一様に軍服姿で銃剣まで手にしているのだ。

「なんだえ、ありゃ。占領軍か？」

六助も異変に気付いたらしい。

「いや、あの軍服は皇軍のようですよ。ああ、そういや軍の命令でローラン用受信機を造ったって五十嵐所長が言ってましたから、引き取りにきたのかもしれませんね。俺たちが運搬する手間が省けましたよ」

春以降はローラン用受信機の開発にも力を入れていたが、軍に納める三十台の製造を終えたところで終戦になった、と所長の五十嵐は肩を落としていたのだ。権蔵が答えて、車窓から伸び上がったときだった。

ダンッと太い音が響き、工場内から複数の悲鳴があがったのである。

「銃声か？　今の」

六助がうめき、権蔵も身をこわばらせる。

「……どうやら、そのようですね」

戦争は、確か、終わったんだよな――。

「なんだかわからねぇが、引き返すか」

六助の声は、うわずっている。

「そうですね。今はやめときましょう」

権蔵は素早く同意する。長い戦争のせいで、危うきに近寄らず、との思考回路が染みついているのだ。細い坂道だから、このまま後退するよりなかったが、木炭自動車は馬力が弱いから坂道でのギアの切り替えが難しい。まごまごしていたところ、軍人たちが気付いたらしい。ひとりが大股《おおまた》で近づいてきて、

「おいっ、貴様ら、なんの用だっ」

と、鋭く吠《ほ》えた。

「いや、あの搬入に……」

権蔵が正直に答えかけるや、すかさず六助が、「馬鹿っ」と小声で制し、

「すみません、道を間違えたようでして」

頭を掻《か》いて、素早くギアに手を伸ばした。刹那《せつな》、軍人が銃口を運転席に向けたのだ。

「勝手に立ち去ることはならんっ。このまま車を工場前につけろ」

居丈高に命ぜられ、六助は渋々アクセルを踏む。「負けたくせに威張ってやがる」と、エンジン音にまぎれ込ませて小声で毒づいている。

工場前で車を降りると、隠蔽放送所の入口付近で五十嵐が、軍人と神妙な顔で話をしていた。彼は権蔵たちを見付けるや、

「あれぇ、君たちも間《ま》が悪かったねぇ」

と、相変わらず他人事《ひとごと》のように言った。

「余計な口を利くな。一刻も早く放送をはじめねばならんのだっ」

痩《や》せぎすの軍人が甲走った声をあげる。

「ですからね、先程から申し上げているように、今は電力を止められておるようなんですよ、どういうわけだか存じませんが。電気が流れませんと機器が動きません。今、マイクロフォンの前でお話しいただいても、電波には乗らないということでして」

五十嵐の陳弁に軍人たちがいきり立つ中で、髭《ひげ》を蓄えた年嵩《としかさ》の軍人が、落ち着いた口振りで訊《き》いた。

「川口放送所は、妨害電波を出すだけだから放送はできん。あとは鳩ヶ谷《はとがや》に電波塔があるが、あすこなら放送できるか？」

「一応、放送はしておりましたが……あの、大本営の放送でしたら内幸町のＪＯＡＫで」

言いかけた五十嵐を、軍人は怒鳴りつけた。

「我々は、戦争を続けよ、とラジオで広く訴えんがために、夜通し歩いて川口放送所に入ったのだ。大本営とは意向を違《たが》えとるっ」

冗談だろう、と思わず声が出た。このしょうもない戦争を、まだ続けたい奴がいるとは驚き呆《あき》れて声も出ない。

盧溝橋《ろこうきょう》事件から数えて八年、真珠湾攻撃から四年。うんざりするほど長い時間を、国民は戦争に奪われた。命を落とした者も大勢いる。そもそも連合国軍に兵力で敵《かな》わないということは、とうの昔にわかっていたはずだ。それなのにこの上、戦争を続けよとラジオで訴えて、これに賛同する者がいると、彼らは本気で信じているのだろうか。

「我々は、このたびの陛下のご決断をはなはだ遺憾に思っておる。なぜ最後まで戦わんのか、と。それを全国民に訴えんがための放送だ。どうかご協力いただきたい」

髭の軍人が鷹揚《おうよう》に命じたとき、不意に、父の口癖が権蔵の内耳に聞こえてきた。その厳《いか》めしい軍服姿まで浮かんでくる。

——男が一度決めたら最後までやり通せ。

権蔵にはしかし、「最後」というのがなにを指すのか、三十路《みそじ》を過ぎた今に至るまでわからずにいる。芸道にせよ、放送事業にせよ、運搬業にせよ、ここが最後だと誰もが一様に納得できる到達点などあるのだろうか。

「最後って、なんなんですかね」

不可解に思ううち、つい声が出てしまった。もう亡い父と対話をしている感覚であった。

「例えばこの戦争は、どこまでやれば最後にたどり着けるんですかね。まさか日本人が全滅するまでやれってことじゃないですよね」

六助が「おい」と袖《そで》を引くのと、軍人たちが「なんだとっ」と声を荒らげるのが同時だった。数人が、腰に差した軍刀に手を掛けたのを見て、権蔵は我に返って蒼《あお》くなる。

「いや、あの今のは違って……あなた方に言ったわけじゃなくって」

しどろもどろで言い訳をはじめたとき、

「鳩ヶ谷だっ。鳩ヶ谷で放送できる！」

坂を駆け上がってきた軍人が叫んだ。髭の男がそちらに目をやり、

「よし、全員鳩ヶ谷へっ」

鋭く号令を掛ける。一斉に走り出した軍人たちの内ひとりが、権蔵に近づくや、いきなり横っ面を力任せに殴った。拳《こぶし》に放り上げられる格好で権蔵は盛大に吹っ飛び、額をしたたか工場の外壁に打ち付けた。

「いっ、痛《いて》ぇっ」

軍人どもが去ってから額に手をやると、べったり血が付いた。権蔵はこれを見るなり、

「うあっ！」

と、悲鳴をあげて卒倒した。


話し声を聞いて、目が覚めた。権蔵はいつの間にか布団に寝かされており、そっとあたりを窺《うかが》うと、電灯もつけていない薄暗い部屋の窓辺で、風にあたりながら誰かが話をしているのが目に入った。射し込む月明かりで、母と悌子だと知れる。

「昔からそういう子なの。間が悪いのね。戦争が終わった途端、こんな大怪我するなんて」

母が嘆息し、

「でも、権蔵さんの上司の方がおっしゃるには、軍人の方々に意見をしたから殴られた、って。それ自体、立派なことです」

悌子がむやみと称《たた》えた。上司の方、とは六助のことだろう。放送局の上司役を引き続き演じてくれたらしいことに胸をなで下ろす。

「私、権蔵さんは正直な方だと思うんです。先月、岐阜まで帰る中で改めてそう思いました。戦争

の間、みんな本音を口にすることができませんでしたでしょう？　私たち教師も、生徒たちにまで少国民として生きることを強《し》いて……。でも権蔵さんは風潮に流されずに、ご自分の意思に素直に従っていたように見えるんです」

　相変わらず他人のことを妙に持ち上げる、と権蔵は眉根《まゆね》を寄せ、その拍子に額に激痛が走って危うく声をあげかけた。

「あなたは、人のいいところを見付ける力があるのね。先生に向いてるわね」

　母が褒めると、悌子はかぶりを振った。

「私の教師生活は失敗と後悔ばかりです。取り返しのつかないこともしました。私の落ち度で大事な生徒を失って……」

　しばし、重い沈黙になった。

「あのね、悌子さん」

　母はどう慰めるのだろう——耳をそばだてていると、

「あなた、権蔵と一緒になる気はない？」

　とんでもない変化球が投げ込まれたものだから、権蔵は息を詰めた。

「ご両親に、権蔵とお付き合いしている、って報告したのよね？」

「ええ。でもあれは以前お詫《わ》びしたように、とっさに出た嘘なんです。権蔵さんを巻き込んで、申し訳ないことをしました」

「その嘘から、まことを出してみない？」

　権蔵は布団の中で打ち震える。母は基本、控えめでものわかりがよく、人の生き方にとやかく口を出すことはないのだが、時に驚くような強引さを見せる。それはたいがい権蔵にまつわる事柄が多く、「兄貴のことになると箍《たが》が外れるのよ、母さん」とは朝子の弁だ。

「嘘からまことを出すといっても、相手のあることですし。権蔵さんがお嫌だと思います。男の人は華奢《きゃしゃ》で可憐《かれん》な女性が好きですもの」

悌子もまた、突然の申し入れに及び腰だ。

「大丈夫。権蔵は凡百の男とは違うわよ」

いやいや、勝手に決めないでくれ、と喉元《のどもと》まで出かかったが、ここで口を出すとよけいにこんがらがりそうだったから寝たふりで耐えた。悌子が首を横に振れば済む話なのだ。

「あの……でも私、独りで生きていくつもりでいるんです。ずっと教師を続けて」

「そう。それも素敵な生き方ね」

母の反応に、悌子は「えっ？」と声を跳ね上げた。自分で言い出したことを肯定されて動揺するとは、異なことだ。

「うちの両親にこんなことを打ち明けたら、驚きすぎてひっくり返っちゃいます。結婚するのは当然のことだと思ってるから」

「悌子さんのご両親だけじゃないわ。どのご家庭でも、それが常識だもの。でも、誰もが必ず結婚することもないのよね」

言ってることが支離滅裂だ。権蔵は、知らなかった母の一面に触れた気になる。

「あのね、私、結婚は物語だと思うのよ」

母はそこで言葉を引っ込め、「やだ、変なこと言ってるわね」と照れ臭そうに笑った。

「でもね、ふたりでいることで、いい物語が紡げそうな組み合わせってあるのよ。好いた同士の結婚とかお見合い結婚とか、成立の過程とは関わりなくね。私、あなたと権蔵は、そういう組み合わせのような気がするの」

とんだ見立てだな、と権蔵は胸裡《きょうり》でうめく。

「富枝さんは詩を書いてらしたから、おっしゃることが文学的ですね」

悌子も困っているのだろう、適当なお世辞で逃げようとするが、母は退《ひ》かない。

「あなたと権蔵は、まったく違うほうを向いてるでしょ。でも根っこに、とっても似ているものを持ってる気がするの。ひと言では言えないんだけど……そうね、なんていうか、自分をごまかさないところかしら」

「私、だいぶ自分をごまかしてます。学校でも、文部省の指導にただ従って、腑《ふ》に落ちない教育をしてきたんです」

「そう思えることが、ごまかしていない証拠じゃないかしら。ごまかせる人なら、自分にとっての不都合をなかったことにして、もっと楽に生きていけるでしょ。苦しんでるってことは、ちゃんと受け止めてるってことよ」

悌子が応《こた》えずにいると、母は静かに続けた。

「権蔵はね、ずっとつまらなそうなの、生きてることが。絶望ってほどじゃないんだけど、どこにボールを投げていいのかわからずに、同じ場所で佇んでいるように私には見えるの。あなたはでも、まずは投げてみるでしょ」

「槍投《やりな》げを、ずっとしてましたから」

悌子の頓珍漢《とんちんかん》な返答にも、母は笑うことなく柔らかにうなずいている。

「あなたみたいなお嬢さんと一緒になったら、あの子も、まずは投げようって思える気がしてたの。そうしたら岐阜でのことがあったでしょ。これは運命だわ、って感じたのよ。だからつい、けしかけちゃってごめんなさい」

「いえ、そんな」

「でも一度考えてみてほしいの。今はまだ茂樹さんの安否も知れないから、すぐにどうこうということじゃないんだけど」

母の言葉に悌子が小さくうなずくのが見えた。権蔵は急ぎ否やを唱えんと、身を起こしかける。

「それにしても放送局勤務じゃなかったなんてね。なんとなくそんな気はしてたけど」

母が溜息《ためいき》と一緒に吐き出したから、権蔵は起こしかけた半身を再び布団に沈めた。

「運搬も立派なお仕事です。上司の方もそうおっしゃってたじゃないですか」

どうやら六助は、運搬屋である事実は打ち明けながらも、上司という役柄だけは演じ続けたらしい。

「そういうところは正直じゃないのよね」

母と悌子は顔を見合わせて笑っている。権蔵は固く目を瞑《つむ》り、動揺のあまり気絶するように再び眠りに落ちた。

新郷にいた軍人たちは、あのあと鳩ヶ谷放送所を占拠したそうだが、一報を受けた東部憲兵隊司令部の説得により矛を収めたと聞いて、権蔵は苦い溜息をついた。

ダグラス・マッカーサーとかいう米国人が厚木《あつぎ》飛行場に降り立ったのは、この騒動から一週間ほどが経った日のことだ。彼を最高司令官とするGHQが、こののち日本の大改造を担うというのがもっぱらの噂だった。

そのGHQが、九月に入って早々に出した指令第一号に「軍需生産の禁止」が含まれており、運搬屋の仕事もこれで頭打ちになるだろうと権蔵は憂鬱《ゆううつ》になったが、六助は、

「案ずるこたぁねぇさ。放送機は軍需生産とは言えねぇし、放送機がダメなら他のものを運べば済むことだ。臨機応変ってやつよ」

と、依然として平気の平左である。

新郷での一件以来、六助は堂々と小金井の下宿に権蔵を迎えにくるようになった。怪我が治るまでは特別待遇だ、とこちらを気遣うふうを装っているが、朝子の店の雑炊が目当てなのは傍目《はため》にも明らかだった。

「兄貴を運んできてくれたとき、雑炊一杯おまけしちゃったから、今更お代もいただけないし」

朝子は蟇《がま》のように鼻の下をふくらまし、

「放送局員って騙《かた》ってたくらいだからね、たかりもお手のものなのさ」

と、ケイ婆さんは権蔵に辛辣《しんらつ》な嫌みを放る。

六助は、朝子たちの迷惑顔に気付かぬわけでもなかろうが、少しも悪びれず、

「ここの雑炊は、格段に味がいいですよ」

と、この日も調子のいいことを言って、ちゃっかり一杯すすり終えるや、車で待っていた権蔵に「さて行くか」と声を掛けた。

十月も半ばを過ぎて、だいぶ肌寒くなった。スフの上っ張りを引っかけてはきたが、車窓から吹き込む風が骨身に沁《し》みる。

「戦争が終わっても、外套《がいとう》一枚買えないってんだから、嫌になりますね」

つい愚痴も漏れる。衣料はいまだ切符制、食糧も日用品も、ひどい不足が続いているのだ。下手すると食糧不足は戦中よりも深刻で、配給米も今年に入ってひとり二合一勺《しゃく》に減ったきり、増える気配はない。下宿の飯も朝晩の二回に減り、小麦の殻をふやかしたものを練った麩《ふ》団子《すま》だけしか食えない日もある。

智栄は、「戦争が終わったら、お腹いっぱい食べられるって、お母さん言ったのに」と、毎日駄々をこねている。純真な子供たちはこうした裏切り行為を経て、他人の言葉を疑う大人へと羽化するものだ、と権蔵は姪《めい》の成長を日々好ましく眺めている。

「首相は東久邇宮《ひがしくにのみや》から幣原喜重郎《しではらきじゅうろう》に代わったらしいが、世の中よくなる気配はないね。俺も向島に戻りてぇが、住むとこがないものな」

六助もハンドルを切りながらぼやく。本所区も依然焼け野原のままなのだ。住居を再建しようにも、材木が手に入らないのである。罹災《りさい》した者はバラックで雨風をしのいでいるが、これから来る冬をどう越すのか。

「俺も引っ越したいですよ。婆さんの当たりがここんとこますます強くて」

「ああ。食堂にいるほうの婆さんか。あれはなかなか手ごわそうだね」

九月の終わり、復員第一船の高砂丸《たかさごまる》が九州の大分に着岸したと報じられた。だが、茂樹からの音信は去年から途絶えたままなのだ。

「せっかちねぇ、お義母《かあ》さんは。外地の兵隊さんは順々に船に乗ってるんだから、あの人もそのうち帰ってくるわよ」

夫の生死も知れぬでは腹の中は不安でいっぱいだろうに、ケイの前で朝子はおおらかに笑っている。それでもケイは気が揉《も》めるのだろう。その苛立《いらだ》ちの矛先は、寸分違《たが》わず権蔵に向けられるのだった。下宿にいれば、木偶《でく》の坊、穀潰《ごくつぶ》し、役立たず、と思いつく限りの罵詈《ばり》雑言を所構わず投げつけられる。一応は家賃を払っているのだから、そこまで言われる筋合いはない。反駁《はんばく》を試みるも、すっかり痩せて小さくなった婆さんの姿を目の当たりにして、俺に八つ当たりすることで少しでも恐れから逃れられるなら、それもまぁ悪かねぇか、と言葉を呑《の》むことを繰り返している。

「こんだけひでぇ目に遭ってんのに、国民はみな懺悔《ざんげ》せよって東久邇宮が言い出したときは、俺もさすがに向かっ腹が立ったぜ」

六助が口を尖《とが》らす。終戦早々首相になった東久邇宮稔彦王《なるひこおう》は「全国民総懺悔をすることがわが国再建の第一歩であり、わが国内団結の第一歩であると信ずる」と声明を出したのである。

「政府としても、守りたい存在があるってことなんでしょうが」

「そうだとしても、俺たちに責任転嫁することたぁねぇやな。家もねぇ、腹っぺらしなのに」

六助は言いさし、ふと考えるふうに目玉を上に向けたと思ったら、

「まともな家にも食い物にも恵まれねぇのは、俺の場合、戦争とはかかわりなかったよ。うっかり戦争のせいにしちまった」

と、けたたましく笑い出した。それを聞くうち、先だっての母の言葉がふと甦《よみがえ》ってきたのだ。

権蔵はね、ずっとつまらなそうなの——。

自分が苦労して産み育てた子供が世を倦《う》んでいるとしたら、母親にとってこれほど残酷なことはないのではないか。

「六さんは、生きてて楽しいですか？」

思わず訊くと、急になんだね、と六助は眉をひそめたが、やがて揚々と答えた。

「楽しいもなにも、生まれてきたんだから生きるんだよ。それが生命ってもんだよ。あのね、よくあるだろ、『人は、なぜ生きるのか』ってな問答が。不毛だよー、ありゃ。ごちゃごちゃ考えてねぇで、どんどん生きりゃいいんだよ。七面倒くせぇ」

戦争で多くが失われた今だからか、いつもは洟《はな》も引っ掛けない六助の言葉が妙に沁みた。

新郷に着くや、五十嵐が出迎えて、

「この間は悪かったね、怪我させて」

と、権蔵に片手拝みをしてみせた。

「いえ。傷もたいしたことはなかったんで」

「なら、よかった。終戦の玉音放送を止めようと宮城《きゆうじよう》を占拠した一味の残党なんだって」

ほんの数ヶ月前まで、もっとも尊崇されるべき存在だった軍人が、「一味」だの「残党」だのと鼠賊《そぞく》よろしく語られていることに、権蔵は奇妙な虚しさを覚える。

「この工場は当面稼働しますから、これからもよろしく頼みます。電波管制が解かれて同一周波数になったはいいが、今の機材じゃ電波の届く範囲が狭いらしくて、臨時放送所ともどもしばらく中継役を担うみたいでね」

「これからは放送もGHQが仕切るって小耳に挟みましたけど、工場の指導にも奴ら、出張ってくるんですかね」

軍払い下げの真空管を運びつつ六助が訊く。

「いや、番組内容に口を出すということじゃないでしょうか。CIEと称される民間情報教育局にはラジオ課もあって、そこが主になって改編をしているそうですよ。ただまぁ戦中より番組がつまらなくなることはないでしょう」

GHQ差配のラジオならジャズが流れるだろう、と権蔵が人知れず心浮かれていると、

「だいぶいいものができてますね」

背後に声が立った。振り向いて見れば、工場から出てきた男ふたりのうち若いほうが五十嵐に寄って、さかんに放送機の出来を褒めている。

「五百ワットなら広域に届きますよ。新たな放送がはじまっても、これなら十分に活用できる。開発の手をゆるめずにきた甲斐《かい》がありましたね」

嬉々《きき》として若いのが言い、

「いやぁ富岡さんのおかげですよ」

と、五十嵐が謙遜《けんそん》しつつも得意顔を覗《のぞ》かせる。そのかたわらで退屈そうに伸びをしているもうひとりの男に、権蔵は目を留めた。

——どっかで見た顔だな。

ぴっちりなで付けられた髪、仕立ての良さそうなシャツ、世間から浮き上がって見える優雅な佇まい——無遠慮に見詰めるうち、愛宕山予備演奏所守衛室の光景が浮かんできた。

僕はねぇ、喜劇作家ですよ。

あのとき守衛室にいた、千鳥格子の背広を着ていた男だ。

「あの人、前に会ったラジオ作家ですよ」と、とっさに六助に耳打ちしたが、守衛室であれほど意気投合していたにもかかわらず、六助は覚えていないのか、訝《いぶか》しげに首を傾《かし》げるだけなのだ。

五十嵐が権蔵たちのほうへ向き直り、

「こちら、富岡さん。小平町の第五陸軍技術研究所にいつも機器を届けてくれたでしょ。そのご担当だった技術者ですよ」

にこやかに紹介すると、若いのが頭を下げた。そういや、富岡宛《あ》てに幾度も発注書にない荷を運ばされた。いつも取り次ぎの軍人に渡すだけだったが、この男だったのか。

「それでこちらが、富岡さんの義理のお兄様で、鶏田《とりた》耀一《よういち》さん。ラジオの作家をなすってるんですよ。今日は義弟《おとうと》さんに付き合って、工場《ここ》の見学にいらしたんです」

権蔵はふたりに会釈を送り、それからおそるおそる鶏田に話しかける。

「あの、以前、愛宕山演奏所の守衛室でお目にかかりましたよね？」

男が、少し藍《あい》がかった瞳《ひとみ》をこちらに据えた。むろん、覚えてなぞいないだろう。あのときも話はほとんど六助としていたし、仕事柄多くの人間に会うだろうから、束の間同席した運搬屋を記憶しているはずもない。

「君か。僕に職業を訊いてきたよね」

男が微塵《みじん》の躊躇《ちゅうちょ》も見せずにさらっと返したから、権蔵はかえってうろたえた。あれはもう、一年近く前のことなのだ。男はしかし、それ以上話をふくらませることも、権蔵について尋ねることも

なく、

「いつも放送機材にはお世話になってるからさ、義弟《こいつ》に誘われるまま工場に来てみたはいいが、僕にはちょっと退屈だったな。やっぱり僕は、機械よりも番組制作が好きだね」

滔々《とうとう》と自分語りをはじめたのだ。あのときと一緒だ。自分にしか興味がなさそうなのに、袖振り合った程度の接点しかない他人をしっかり記憶しているのだから恐れ入る。

「これからは軍部の代わりにGHQの検閲を受けることになるけど、放送はきっと、今までとは打って変わって楽しいものになるはずだよ。ラジオ本来の役目を取り戻すんだ」

遠くを見詰め、歌うように語る鶏田を見るうちに、権蔵の腹の奥がなぜだかじんわり熱くなった。戦争は終わって、GHQの命令で大本営も廃止になった。もう父の幻影から逃げなくてもいいんじゃないか——そんな仄《ほの》明るい解放感が唐突に訪れたのだ。

「あの、どんなふうにラジオの番組を作っているのか、今度ご教授願えませんか？」

気付くと、鶏田に向かって願い出ていた。自分の中に好奇心の欠片《かけら》が残っていたことが意外だった。そうして、一歩踏み出した途端、つまらないはずの世の中がにわかに色づいて見えたことに、権蔵は静かに驚いていた。

＊

占領軍がやってきて民主化を唱えてからというもの、国民学校はてんてこまいだった。

九月半ばには文部省から、「終戦ニ伴フ教科用図書取扱方ニ関スル件」として、教科書の中で戦意高揚や皇軍称揚をうたった箇所をすべて塗り潰すように、との通達が届いたのだ。戦争が終わってもなお、文部省からの指示は「日替わり定食」だった。これを教員内で確認し、精査したのちの十月半ば、三年一組の教壇に立って悌子は、国語の教科書を広げるように、と生徒たちに指示した。

「いいですか。これから先生の読み上げる箇所を、墨で塗り潰してください」

たちまち生徒の間から動揺の声があがる。

「教科書は汚しちゃいけないって教わってます。墨で塗ったら読めなくなります」

早速、級長の向山平造《むこうやまへいぞう》が異を唱える。おとなしい子だが人一倍真面目で、浄化作業など面倒なことは率先して引き受けてくれる。

「向山君の言う通り、本来、教科書は汚してはいけないものです。でも今回は特別に、これからの世の中にふさわしくないところを消していくことになりました」

こんな簡易な説明でいいのだろうか、と惑う。彼らが入学時から受けてきた教えを覆《くつがえ》されるという理不尽を、世の中が変わった、というひと言で済ませていいものか。御国に言われるがまま教育方針を変える教師を、いずれ生徒たちは軽蔑《けいべつ》するのではないか。

「さ、筆を執って。はじめますよ」

煩悶《はんもん》に蓋《ふた》をして、悌子は半ば強引に推し進める。生徒たちはおとなしく従ったが、「皇軍」や「兵士」といった言葉を黒く塗り潰していくうち、すすり泣きが教室に漂いはじめた。これまで信じてきたものを否定されるつらさばかりではないだろう。兵士として御国に尽くした父親を、裏切っていると感じる子もいるはずだ。

「泣かないでください。これから新しい世の中になるんですよ。明るい世の中に」

悌子は声を励ましたが、これから世の中がどうなるのか、今後どのような教育をすることになるのか、ようとして知れないのだ。戦争がはじまってから教員になった悌子は、三年一組の生徒と同じく、国民学校令が敷かれてからの授業しか行っていないだけに、ひどく心許《こころもと》なかった。

どうにか墨塗作業を終えて職員室に戻るや、教頭から呼び止められた。

「近く我が校で、子供たちの身体検査を施行します。つきましては山岡先生、全校生徒の体を鍛えていただけますか、期日までに」

「……体を、鍛えるんですか？　体錬の授業をするということでしょうか？」

悌子が訊くと、教頭は突き出した人差し指をメトロノームのように左右に振った。

「体錬という言葉は、近く使えなくなるようですよ。錬成も教練もダメ。戦争を想起させる言葉は消えていきますから。体錬なんぞと軽々しく口にしてはいけません」

開いた口が塞《ふさ》がらなかった。ついこの間まで、少国民として国に奉仕せよ、竹槍教練に力を入れよ、と目を吊《つ》り上げて命じていた教頭と同じ人物とは思えない。

「子供の体位低下が問題になっておりますでしょう。先だって厚生省研究所の調査結果が出ましたが、子供たちの体重の平均値が去年は大幅に落ち込んだそうです。おととしまでは毎年大差なかったのに。今年に入っても低下の一途をたどっているというんですから」

驚きの新事実、とでも言わんばかりの教頭の口振りに、悌子は顔を歪める。食べるものがないのだから、子供たちの体格や体力が以前より劣るのは当然のことだろう。

「これではいかん、と国は健康復興を目指すようでしてね、各校の生徒の身体検査を行うことにしたのです。その際、是非とも我が校はよい数字をあげたい。そこで計測日までに先生に、生徒たちの体を鍛えていただきたいというお願いです。名案でしょう」

誇らしげに顎を上げる教頭の横っ面を、悌子は思うさま叩《はた》きたい衝動に駆られる。誰が子供たちから健康を奪ったのか、省みることもしないで、「よい数字」を欲しがるとは、なんとさもしいことかと怖気《おぞけ》立った。

「お断りします」

言下に切って捨てると、教頭は目を丸くして、「え？」と、うめいた。

「体は食べ物によって作られます。この食糧難のさなか、激しい運動をさせることは危険です。もしよい数字をおとりになりたいのなら、まずは給食の実施を。体を鍛えるのは、栄養のあるものが生徒に行き渡ってからです」

憤然と言い放ち、とっとと踵《きびす》を返して自席に戻る。教頭に盾突いたことへの後悔はなかった。むしろ、かつて体錬の授業で五年三組の生徒たちの中距離走を止めたときに言えなかったことが言えて、悌子は清々していた。

「立派なご意見でした」

椅子に腰を下ろすや、隣の席の吉川が、いたわるような笑みを向けてきた。

「恐縮です。つい頭に血が上りました。でも、二転三転する教育方針の犠牲になるのは生徒たちです。本当なら、今までの教育は間違っていた、と教員が生徒に対してきちんとお詫びするところからはじめないといけないのに、そこはうやむやにしたままというのも、私には納得がいきません」

吉川は悌子の言葉にうなずき、暴動が起こった学校もあるようですね、と目をしょぼつかせた。

一部の高等学校や中学校では軍国主義下の教育を批難し、教師を断罪する動きが生徒の間で持ち上がったという。

「私の学生時分は、個人主義という言葉が大変流行したときでしてね」

吉川は、懐かしむように語り出した。

「自我を第一に重んじる向きが主流でした。私の通っていた高等学校は、協調性を育《はぐく》むため寮に入る規則があったのですが、籠城《ろうじょう》主義反対の声が学生の間からあがりまして。集団に与《くみ》せず、自らの思うところに従って個を生きるのが正しいと私も信じておりました。もちろん今も、その思いに変わりはありません」

それで去年、縁故疎開をする女子生徒たちを送り出すとき、吉川は「誰しも、自分が心から思ったことを大切にして、生きていく権利がある」と訴えたのか。あのときの彼の言葉は、悌子の胸にとりわけ深く響いたのだ。

「時代によって『正しいこと』は変わっていきます。ただ、いつの時代も子供たちは、身近な大人たちがどんなふうに生きているか、とてもよく見ているものです。これを手本にすることもあれば、こうはなりたくないと遠ざけることもある。その選択は常に子供ひとりひとりの感性にゆだねられています。自由に選んでいいものなのです」

悌子は、自らの学生時分を振り返る。真保正子のような槍投げ選手を目指し、始終めそめそしている母を反面教師としていた頃を。

「教師も親も、子供の手本になろうとする。でもそれは間違いだと思うのです。人は、どこまでいっても未熟で不完全です。ですから、ただ一所懸命生きている正直な姿を、子供たちに見せるほかないように思うのです」

吉川はそこでふと遠くに目をやり、「もうすぐ一周忌ですな」と、つぶやいた。賢治の笑顔が目の前に浮かんで、悌子は唇を噛む。

「これからＧＨＱがどんな教育方針を示すかわかりませんが、いずれにしても山岡先生はそのままで、ずっと教師を続けてください」

悌子は素直にうなずく。そうしながらも、まるで餞別《せんべつ》の言葉のようだ、と頭の片隅で思う。

三

十一月に入ると、日暮れがすっかり早くなった。学校から下宿へ帰る時分には真っ暗で、雑木林を抜けるのも足がすくんだ。少し前までは敵機を恐れるあまり他のことは万事平板に感じられたのに、戦争が終わるや日常の些細《ささい》なことも刺激をもって飛び込んでくる。長らく蓋《ふた》をしていた感覚や感情が、水に浸した干ししいたけよろしく、少しずつ本来の姿を取り戻しているようだった。

「悌子さん、郵便が来てたよ」

下宿に帰ると朝子が、店のラジオ置き場になっている机の上を指した。嫌な予感がしたが、手に取って見ると案の定、差出人は母である。またか、と悌子はうんざりし、文字の右肩がいびつに跳ね上がった母の筆跡を恨めしく睨《にら》む。

権蔵といつ結婚する予定か。相手の親御さんとの顔合わせの日取りを決めたい。結納の儀式や祝いの餅《もち》投げは食糧難のため無理そうだが、どうしたらいいか。式は岐阜で行うのか、それとも東京か。どの程度の規模で行うのか——矢継ぎ早に書いて寄越《よこ》すのだ。

もはや、あれは出任せです、と言える状態ではなくなっている。きっと親戚《しんせき》や近所にも触れ回っているだろう。ここで反故《ほご》にすれば、母は取り乱すに違いないと思えば、とても返事を出す気にはなれなかった。

当初は権蔵を怪しんでいた両親も、彼が大学出の放送局勤務だと聞くや態度を変えた。父は「立派な経歴」をなにより重んじ、母は「近所に自慢できる」と喜んだ。両親揃って世間体第一であることが、悌子はひどく恥ずかしかった。

富枝の提案に言葉は濁したものの、権蔵と夫婦になることは、どうにも想像に難《かた》い。彼をはじめて見たとき、それまで思い描いていた「富枝の息子」像とあまりにかけ離れていて、少々落胆した。一方で、彼を知るにつれ、常に正直に物事に対する姿勢に感じ入ることも少なくなかった。

——正直……。

悌子は、手紙を手にしたまま佇《たたず》む。自分がまだつかめないものを、権蔵はすでに手にしているような気もする。吉川が言っていた、「一所懸命生きている正直な姿」の、「一所懸命」な部分はともかく、「正直」な部分を彼は確かに持っている。悌子は常に一所懸命ではあったが、自らの芯《しん》が定まっていない。長い物に巻かれたり、人前で取り繕ったりしてしまうことが、よくあるのだ。

——富枝さんの言う、物語が紡げそうな組み合わせ、ってそういうことなのかな。

思案にこもったきり店先でぼんやり突っ立っていると、朝子が、もうすぐご飯だよ、とこちらに呼びかけた。

「今日はね、ご馳走《ちそう》なんだ。ね、智栄」

朝子の言葉に、調理場をうろちょろしていた智栄が大きくうなずき、「ザリガニ、ザリガニ」と、節をつけて繰り返した。

「昼間ね、そこの用水路で智栄と獲《と》ったザリガニを茹《ゆ》でたのよ。そろそろ冬眠する時季だけど、今日は暖かいから出てきたのね」

富枝が、茂生をあやしながら付け足した。悌子は智栄の前にかがんで、

「ありがとう。智栄ちゃんのおかげで、ご馳走ね。楽しみだなぁ」

言うと、彼女はますます顔を上気させて飛び跳ねた。一旦鞄《いったんかばん》と手紙を部屋に置き、階下に下りて給仕を手伝おうと前掛けをしめたところで、悌子は店の前に誰かが立っているのを見付けた。

権蔵が帰ってきたのだろうか、と思ったが、どうやら違うようだ。漏れた灯《あか》りにうっすら照らされた影は、権蔵のようにひょろ長くはなく、どちらかといえば、ずんぐりむっくりの体型である。たぶん、お客だろう。店の戸口には「支度中」の札をさげているが、ガラス戸を開け放したままにしているから、営業中だと勘違いしたのかもしれない。

悌子は、横で粥《かゆ》をよそっている朝子に、

「お客さんみたい。私、お断りしてきましょうか」

と、耳打ちする。朝子は、悌子の目線をなぞるようにして表を見やり、そのままの格好で動かなくなってしまった。

「……どうなすったんですか？」

人影が一歩こちらに寄る。電灯の灯りに、その姿が浮かび上がった。一見して復員兵だということが知れた。ゲートルに軍帽、大きな背嚢《はいのう》を背負っている。

「……あんた……あんたっ！」

朝子が、うめくように叫んだ。

だが、先に駆け出していったのは、それまで店の奥にいたケイだった。曲がった腰で両肘《ひじ》を横に突き出し、恐ろしい速さで復員兵の胸元に飛び込むや、「茂樹っ」と叫んで、大声で泣きはじめたのだ。悌子も富枝も朝子までも、呆然《ぼうぜん》とその様を見詰めている。

「ただいま。遅くなったね」

そう微笑んだ茂樹には、右腕がなかった。

「えらい迷ったよ。ここの住所は葉書でもらってたけど、浅草とはだいぶ勝手が違ってさ。畑と林ばっかりで目印がないんだから」

はっはっは、と茂樹は漫画の吹き出しのごとき明快な笑い声を立てた。悌子はそれを見ながら、日本女子体育専門学校の学生だった時分にさんざん習練した、「腹式呼吸による息の吐き方」を懐かしく思い出す。

背嚢を置いてゲートルを解くや、茂樹は、

「智栄、大きくなったなぁ」

と、おびえる智栄に頬ずりし、

「茂生、お父ちゃんだぞー」

と、茂生を抱きかかえた。火が付いたように泣き出した茂生を朝子が引き受け、

「ちょうどご飯ができたとこだから」

そう促して一家が食卓を囲むまで、ケイは痩《や》せて小さな体を震わせ、泣き続けた。「よかった。

茂樹が生きてた」と、嗚咽《おえつ》の下から言い、

「でも腕が……そんな酷《むご》いことってあるかい。あたしは五体満足に産んだんだよ」

と、わめいては泣き伏すのだ。

「母ちゃん、そんなに泣くなよ」

茂樹がケイの背中をさすり、

「そうよ、お義母《かあ》さん。たかが腕の一本じゃないのよ。まったく大袈裟《おおげさ》なんだから」

と、朝子が呵々《かか》と笑う。

「いやさ、前方の敵に向かって匍匐《ほふく》前進してたのよ。前にね伍長《ごちょう》がいてさ、少し離れた場所から『来いっ』っていう合図で片腕をあげたわけ。で、俺も、後ろにいる仲間にこれを伝えるために同じく片腕あげた途端、ババババッて銃声がしてさ、見たら右腕が肘の上から吹っ飛んじまったんだからたまげたね」

茂樹は漫談のような調子で語り、また、はっはっは、と豪快に笑った。

「うしろにいた奴がさ、木村さんの腕、って持ってきやがったのよ。混乱してたんだろうね。だから俺は言ってやったのよ。『俺の体を嫌って出て行ったような腕にゃあ用はねぇ。おめぇにくれてやる』ってね」

「そりゃ、落語の『三方一両損』じゃないの」

朝子は合いの手を入れ、喉《のど》の奥まで見えるほど大口を開けて笑った。子供たちには意味がわからなかったろうが、母親が楽しそうなのを見て、一緒にケラケラと笑い声を立てた。ケイは相変わらず泣いており、富枝はどんな顔をしていいものかと惑っているふうに居すくんでいる。悌子もまた、子供たちが食べやすいようザリガニの殻をむきながら、うまく笑うこともできずにいる。

夕飯の後片付けを終えてから、悌子は表に出て夜空を見上げた。望月《もちづき》が浮かんでいる。秋が深まったせいか、星がきれいだ。

――B29が飛んでくることはないんやね。

空はもう、怖い場所ではなくなったのだ。

「悌子さんもお月見？」

後ろに声が立って、振り向くと朝子が前掛けを取りつつ、やはり空を仰いでいる。

「きれいなお月様ね。戦中は、こうして月を見ることなんてなかったよね」

きっと、朝子も同じことを思っているのだろう。いまだにラジオをつければ、敵機襲来を報《しら》せる臨時ニュースが聞こえるのではないか、と胃が締め付けられ、飛行機の音を聞けばとっさに近くの防空壕《ぼうくうごう》を探してしまう。こんな習慣から解かれて、普通に暮らしを営める日はいつになったら来るのだろう。

「茂樹さんは？」

「さっき、子供たちとお義母さんと一緒に布団に入ったよ。すぐに高鼾《たかいびき》よ」

朝子は言って、弱く笑った。

「なんかさ、お義母さんにあんなふうに泣かれちゃうと、こっちは泣けなくなるよね。でも、お義母さんにはあの人がすべてだから」

ケイが茂樹を身ごもって間もなく、彼女の夫は別の女の人を作って出て行ったのだ、と朝子は言った。茂樹の上には男の子と女の子がいて、三人の子を食べさせるためにケイは浅草の食堂で朝から晩まで身を粉にして働いた。それなのに長男は十五になるかならないかのうちに肺を病んで亡くなり、長女は十八のとき男と駆け落ちして、以来行方が知れない。茂樹だけがケイのもとに残り、調理の道へと進んだ。彼は小学校を出るとケイの勤める食堂に弟子入りし、十八のときにのれん分けで店を一軒任された。そのとき茂樹が「今度は俺が母ちゃんを食わせる番だよ」と言ったのだと、朝子はケイから繰り返し聞かされた。

「なんて言えばいいのかな、自分が頑張って生きてきた、その結晶があの人なのよ。だからあたしと所帯を持つことになったとき、はじめはずいぶん風当たりが強かったのよ。息子をとられたって思うんだろうね」

朝子は小声で打ち明けた。

「あの、もしよろしければ、茂樹さんと朝子さんのなれそめを教えていただけませんか」

軍人のもとで育った娘と調理人となれば、お見合いではなさそうだ。自由恋愛で所帯を持つのは珍しいから、興味が湧いたのである。

「急にやぁね。でもね、実は、あたしの一目惚《ぼ》れなの」

女学校の通学路に茂樹の店があったのだ、と朝子は懐かしそうに目を細める。

「間口が広くとられた店でね、入って左っ側にある調理場が外からもよく見えたの。そこで料理をしてる男の人の手際が異様によくってさ。包丁さばきなんて、そりゃもう芸術的だったのよ。カツレツとか洋食も出してたから、キャベツの千切りをするんだけど、それが速くてきれいでね。オーケストラの指揮者みたいに、優雅に見えたのよ」

朝子は、うっとりと微笑んだ。

「こうやって腕を磨いて仕事してる人もいるんだな。権威や地位や名誉にすがらなくっても、技術を極めて生きていってるんだな、って。なんて素敵なんだろ、って思ったの」

女学校の卒業間近、朝子は友達を誘って茂樹の店に入った。ポークソテーを注文して、そのおいしさに腰を抜かした。大袈裟じゃなくてほんとに驚いたのよ、と彼女は気恥ずかしそうに付け足した。その感動を長い手紙にしたため、茂樹に渡した。

「そこからは、あっという間に話がまとまったの。なにしろ母さんが応援してくれたからね。父さんとはますます険悪になったけど」

結婚当初、ケイの意地悪に悩んだこともあったそうだが、茂樹と毎日一緒にいられて、その技を間近に見られることがただただ幸せだったのだ、と朝子は言った。それから、ふと顔を曇らせ、つぶやいた。

「もう、あの包丁さばきは見られないんだな」

でも生きて帰ったんですから、と慰めることは、悌子にはできなかった。人には、命と同等に大事にしているものがある。その人格の一端を担っているようなものが。茂樹の場合、それはきっと、長年の修業で極めた調理の腕なのではないか。彼はそれを、この戦争で永遠に失ってしまったのだ。

「『三方一両損』って落語はさ、財布を落とした吉五郎《きちごろう》が、それを届けた金太郎《きんたろう》に言うのよ。俺の懐を嫌って出てった金に用はねぇ、くれてやる、って。ったく、江戸っ子だよねぇ」

朝子は明るく言ってから、またうなだれた。

「……びっくりしたろうな。痛かったろうな。悔しかったろうな」

つぶやくうち、声が潤んでいく。

「あの、私、お月様を見てますから」

悌子は言って、朝子に背を向けた。ありがと、と短く応《こた》え、朝子ははじめて声をあげて泣いた。泣き声はいつまでもやまず、月も星もどこまでもきれいに輝いていた。


お菓子を頬張っている夢を見た。目が覚めてもまだ、甘い香りが漂っている。悌子が着替えて店に下りると、富枝と権蔵が机に置かれた木箱を覗《のぞ》き込んでいる。権蔵は昨晩遅くに帰ったらしい。

「茂樹さんが復員したお祝いに、パンを焼いてるの。ほんとはお赤飯でも炊きたいとこだけど。麩《ふすま》と海藻粉に重曹をまぜて、生地を作ってみたのよ。この四角い箱はね、電気パン焼き器っていうんですって。権蔵が昨日、もらってきたのよ」

富枝が、朝子たちの部屋を気にしながら小声で告げた。日曜日で店も休みとあって、一家はまだ起き出していない。

――清ちゃんもきっと今頃は、岐阜に戻って、あの家でのんびりしとるやろね。

かすかに痛みを覚えたが、それよりも安堵《あんど》のほうが大きかった。戦地から手紙をもらって程なく終戦になったのだ。きっと無事に市橋村の実家に戻って、家族との時間を味わっていることだろう。

「電気パン焼き器ですか。はじめて見ました。面白い機械があるんですね」

電力計がついた長方形の木箱に顔を近づけ、素直に感心すると、

「陸軍が開発した品だとさ」

と、権蔵が説いた。木箱にはチタンの極板がはめ込まれており、パン生地に電流を通してふくらませる仕組みだという。

「軍もさ、こんなもんを作ってねぇで、もうちょっと兵器開発に力を入れてればな」

憎まれ口を叩《たた》いた権蔵を、

「せっかくいただいたものに、そんなことを言うんじゃありません」

と、富枝がたしなめる。

「軍の研究所に勤めてた知り合いがいてさ、よければ使ってみてくれって渡されたんだ」

権蔵は、悌子に向けてそう補足した。

運搬屋の仕事がめっきり少なくなったとかで、六助は時折しか顔を出さなくなったが、権蔵は毎日のように出掛けては、深夜に帰ってくる。ここから仕事に通うのは骨だとぼやきながらも以前より楽しそうにしているが、富枝は、また仕事を変えたのかしら、と陰で不安げに漏らしている。

パンがふくらむのを見詰めるうち、朝子とケイが起きてきた。ふたりとも泣くだけ泣いたからだろう、まぶたが見事に腫《は》れている。

「茂樹はまだ寝てるんだから、静かにしてちょうだいよ」

ケイがすかさず、全員に睨みをきかせた。朝子が、「なにこれ？」とパン焼き器に寄り、「いいにおいねぇ」と、声を弾ませる。一晩にして角がとれたように雰囲気がやわらかい。反してケイは「余計なことをして」とばかりの疎ましげな表情で権蔵を睨むや、

「あんた、いつ出て行くんだい」

唐突に投げかけて、周囲を凍り付かせた。

「出て行く予定は今のところないですが……」

戸惑う権蔵に、ケイは容赦なく言葉を継いだ。

「茂樹も帰ってきて、一階は手狭になったろ。茂樹も一家水入らずで暮らしたいだろうから、あたしは二階に移ろうかと思ってさ」

「お義母さんが二階に行くことないわよ。一階で一緒に寝ればいいじゃない」

朝子が慌てて口を挟む。

「ダメだよ。そもそもこの男は、空襲が落ち着くまで住まわせてくれって言ってたんだよ。戦争も終わったのに、いつまで居座る気だね」

「俺も早く向島に戻りたいけど、空き家のひとつもないですし、今は材木不足で家を建てるったって材がないし……」

東京都は十月末に住宅冬越し案として、都の有地に一万戸以上の簡易貸家を造り、壕舎の修理も請け負うと発表した。とはいえ、冬はすぐそこまで迫っており、この冬越し案が間に合うとも思えなかった。

権蔵が困《こう》じてうなじを叩くそのかたわらで、復員祝いのパンが順調にふくらんでいる。悌子は、少しばかり彼が気の毒になった。

「そしたら権蔵は、悌子さんの部屋に住まわせてもらったらどうかしら」

静まり返ったところで富枝がとんでもないことを言い出したから、悌子は「えっ」と声を裏返し、権蔵は瞠目《どうもく》して動きを止めた。

「ね。ちょうどいい機会じゃないの」

人が変わったかのような富枝の強引さに、悌子はおののく。この胆力で、軍人の夫の手綱を巧みに操っていたのだろうか。

「兄貴と悌子さんて、そういうことなの？」

「まさかっ」

悌子は連獅子《れんじし》のごとくかぶりを振ったが、

「いいじゃない、大賛成！　兄貴ひとりじゃ心配だもの。悌子さんなら守ってくれそう」

朝子もまた、強引に後押しする。

「あたしは、部屋が空けば、それでいいんだよ」

ケイも反対はしない。富枝が「ね。多数決よ」と、胸の前で手を合わせる。結婚は、周囲の多数決で決めるものではない気もするが、富枝に抗弁することははばかられ、悌子は雰囲気に圧《お》されてうなずいてしまう。

＊

「所帯を持つ？　お前が？　ろくに稼ぎもねぇのに？　その上、俺に後足で砂かけて、鶏田とかいうおかしな作家のとこに弟子入りした、不義理を地で行くお前が？」

木炭自動車のハンドルを切りながら、六助は執拗《しつよう》に言い募る。ＪＯＡＫが内幸町に演奏所をまとめたため、愛宕山演奏所の片付けに駆り出されて、これを済ませた帰りである。

「後足で砂かけちゃいないですよ。こっちの仕事も続けます。ただせっかく戦争が終わって、軍国主義者の追放もはじまることだし」

ＧＨＱが進めている日本大改革が自分の人生にそこまで影響するはずもないのだが、軍部の力が消えゆくにつれ、それまで権蔵を縛っていた鋼の鎖が解けたかのように身が軽くなった。もう父の亡霊に惑わされず、中津川権蔵というどこにも属さないひとりの人間として歩んでいける、という光明が一筋射し込んだようにすら感じたのである。

「まぁ早々に、財閥も解体されたしなぁ」

六助の相槌《あいづち》は相変わらずよくわからないが、占領軍は今のところ、まあまあいい仕事をしている。婦人の解放、教育の自由主義化、労働者団結権、経済民主化に専制政治からの解放と五大改革を指令し、特高警察も治安維持法も廃止した。長らく公演を中止していた歌舞伎が上演され、十一月には相撲の本場所も開幕した。六助は早速、神宮で開催された職業野球の東西対抗戦を観に行ったらしい。占領軍に接収されて「ステートサイド・パーク」という妙な名に変わっていた、とその点お冠だったが、バットやボールを米軍から借りて行ったという試合に、「アメ公も存外懐が深いんだね」と、感心もしていたのだ。

「しかしお前に、これがいたとはね」

六助は、小指を立ててみせる。

「いや、そういうわけじゃないんで。母が強引に進めてる話なんですよ」

「その歳で母ちゃんに頭が上がらないのかね」

否定したかったが、その通りなのだ。母にはどうも、逆らえない。悌子の部屋に移るのは岐阜の実家に挨拶《あいさつ》を済ませてから、ということでどうにか日延べにできたが、ケイは急《せ》かすし、朝子は諸《もろ》手《て》を挙げて賛成するしで、結婚の外堀は着実に埋まりつつある。

「で、誰と一緒になるのよ」

詮方《せんかた》なく悌子の名を出すと、「家族なんざ厄介なだけ」が持論の六助は小さくうなり、

「お前のお袋さんは、目の付け所がいいね」

と、急に宗旨替えをしたのだ。

「お前みたいな表六玉《ひょうろくだま》には、案外ああいう女がついてたほうがいいかもしれねぇよ」

若い男が惹《ひ》かれる女には二種類ある、と六助は鼻の穴をふくらませて語りはじめた。ひとつは儚《はかな》げで守りたくなるような女。もう一方は小生意気な跳ねっ返り。だがその実、このふたつは、西洋かるたでいうババだから引いちゃいけねぇのよ、と彼は言う。

「若い頃はいいかもしれねぇ。勝ち気な美人なんざ、たまんねぇもの。ただな、年を経ると双方、おぞましい変貌《へんぼう》を遂げるよ。儚げなほうは蔓《つる》植物みてぇに旦那《だんな》に巻き付いて締め上げてくる。跳ねっ返りは、まごうことなき鬼になるよ。いずれにしても、男は命をおびやかされるってわけだ」

耳にタコができるほど何度も聞かされた偏見はなはだしい持論だが、仮にも人生の先輩だから、権蔵はおとなしく聞いている。

「その点、あの先生はどっちでもねぇだろう。どっしりして、独特の威風がある。俺にはね、あの先生の後ろに、風林火山ってぇ幟《のぼり》がはためいてるのが見えることとさえあるよ。お前のようなひ弱な野郎にゃ、格好の相手だよ」

「ただ俺としちゃ、惚れた相手でもないのに、一緒になるってのがどうも……。向こうも同じだと思いますが」

すると六助は、これ見よがしに嘆息した。

「馬鹿だね、お前は。結婚なんて惚れた腫れたでするもんじゃねぇよ。暮らしってのはさ、相手の

足の裏や屁《へ》のにおいまで嗅《か》ぐってことだ。外面にほだされて、屁をこかれてガックリくるような相手を選ぶのは素人《しろうと》よ」

結婚に素人も玄人《くろうと》もなかろうが、六助に言われるとそんな気もしてくる。そもそも権蔵にはこれまで惚れた女もいなかったし、結婚に理想を抱いているわけでもない。ずっと独りでも構わなかったのだ。ただ、自分の仕事を持っている悌子なら、夫として大黒柱の役を担わずとも済むのではないか、という甘えた算段も腹の底に湧きつつある。

「いずれにせよ、ほとんど決まったことなんだろ？　だったら一度結婚してみたらいいさ」

「一度って……そんな気軽にゃいきませんよ」

「そんなことよりさ、もうちょっと世の中が治まったら、俺、球場近くに越そうと思ってんのよ。阪神の試合を観るためにさ」

呆気《あっけ》なく話の腰を折られた。六助には、権蔵の結婚より阪神のほうが遥《はる》かに大事なのだ。

「沢村栄治《さわむらえいじ》が戦死したって聞いてさ。巨人の選手だから俺にとっちゃ敵だが、惜しいよ。終《しま》いのほうは振るわなかったが、大投手だぜ。沢村栄治だけじゃねぇよ。名だたる選手が戦争で逝《い》っちまった。だからね、これまで楽しませてもらったせめてもの恩返しとして、俺は職業野球の復興を応援してぇのよ。六大学野球や甲子園大会くらい人気を博すものになるまで」

いや、さすがにそこまで大衆に浸透はしないでしょう、と言いかけたが、話が長くなりそうだったから我慢する。

「で、霞町《かすみちょう》駅のあたりでいいのかね」

六助はまた、ころっと話を変えた。

「すいません。お手数かけます」

「まぁなんにせよ、熱を入れられるものが見付かってよかったじゃねぇの」

車を降りるとき六助が掛けてくれた言葉に背を押され、権蔵は麻布笄町《あざぶこうがいちょう》への道を急いだ。

鶏田耀一は、この町の焼け残ったアパートの一室を事務所としている。

新郷で、「番組制作をご教授願いたい」と申し出た権蔵に、「まぁ気が向いたら訪ねてきなさいよ」と、鶏田は曖昧《あいまい》に返しつつも、事務所の場所を教えてくれたのだ。ところが、早速訪ねて行くと彼は目を瞠《みは》り、

「え？　本当に来たんだ。君は社交辞令にあんまり触れないまま育ってきた感じ？」

と、あからさまな迷惑顔を作った。

「今のとこ、君にお願いできそうな仕事はないな。僕の仕事もどうなるかわかんないし」

鶏田はそのとき牽制《けんせい》してから、例のごとく一方的に語り出したのである。

終戦間際にさ、坪内逍遥《つぼうちしょうよう》の「桐一葉」のレコード放送があったのを、君、知ってる？　敗戦を日本人が受け入れられるように、連合国軍が先んじて流したんだってさ。向こうの中尉だかなんだかが、日本で手に入れたレコードを電波に乗せたんだ。「桐一葉」は、大坂落城を描いた話だからね。あいつら、民衆の心を操作する術《すべ》を身につけてんだろうね。

放送は現在、GHQ配下にあるCIEとCCDと称される民間検閲局との、ふたつの機関によって内容が検閲されている。九月に入って「実用英語会話」が復活し、十月には「英語会話」も放送された。ほんの数ヶ月前まで敵性語だった英語が、ラジオから堂々と流れてくるのだ。

十一月一日から全日放送がはじまって、今やラジオのつまみをひねれば、いつでも放送を楽しめ

る。朝子や母も「婦人の時間」を熱心に聴き、いなごの食べ方や冠水芋の利用法といった食糧難を乗り切る知恵を得ていた。

事務所のドアを叩くと、中から寝ぼけたような返事があり、やがて鶏田が顔を出した。

「よお、来たね。待ち合わせの時間には少し早いが、銀座までゆっくり歩いていくか」

英国紳士が着るようなふかふかの外套《がいとう》を羽織り、彼は先に立って歩き出す。

数日前、権蔵はようやく鶏田から仕事らしきものをもらうことができたのだ。とはいえ、街頭で通行人に声を掛けるという使いっ走りである。人手が足りないから手伝いの人を紹介してほしいと、鶏田が局の人間から頼まれたらしい。初日の今日だけは彼も現場に付き合ってくれるのだが、権蔵を紹介して、しばらく見学したら、原稿書きのために事務所に戻るという。

「君はさ、なにか書きたいものがあるの？」

内幸町を過ぎたあたりで、鶏田に訊《き》かれた。

「いえ、具体的にはまだなにも。でも、これまでラジオにはだいぶ救われてきたもので、仕事で携わりたいと思いまして」

権蔵にとっては、興味を抱けたことそれ自体が奇跡に近い大事件なのだが、鶏田は眉根《まゆね》を寄せた。

「それじゃ弱いね。漠然としすぎてる」

新橋《しんばし》に差し掛かる。人の流れが激しくなり、時折、占領軍のジープが通り過ぎた。

「今日、君に手伝ってもらうのはさ、『街頭にて』って番組でさ、街行く人に意見を語ってもらう内容なんだ。不特定多数の声を聞けるいい機会だ。きっとその中から、君の本当に書きたいものが浮かんでくるんじゃないかな」

権蔵は答えあぐねる。職を頻繁に変えたから、相応にさまざまな経験をし、多彩な人間に出会ってきたつもりだ。だが、別段これといって書きたいものは浮かんでこない。

「ふた月前に『建設の声』もはじまったじゃない？　国への意見を市民が述べる番組。これからは街頭録音が放送の主になるかもよ」

ラジオに、アナウンサーや芸人、歌手以外の、発声練習も受けていない市民の声が乗るのは画期的なことだ。

「ただ、今まで思ったことを言っちゃいけない世の中だったから、マイクロフォンの前に人が集まらなくって、苦労してるんだって。君は人に警戒心を与えないから、きっと人集め、声集めは、うまくいくはずだよ」

戦争が終わってから初めて足を踏み入れた銀座は、様変わりしていた。ビルの多くが焼けた中、書店の教文館《きょうぶんかん》とともに形をとどめている服部《はっとり》時計店のシャッターには、白字で堂々と「ＴＯＫＹＯ　ＰＸ」と書かれている。道端には露店が建ち並び、使いかけの石鹼《せっけん》や片方だけの靴を売っていた。そのかたわらでは、靴磨きの子供たちがずらりと並んで、必死に客を呼び込んでいる。

「街頭にて」の収録は、放送局の車に積んだ録音機からマイク線を延ばし、街の声を録《と》るという大掛かりな仕組みで行われていた。録音機を隠すのは、人々が警戒して話さなくなるのを避けるためだという。

「じゃ、あとは制作部の指示に従ってね」

鶏田は現場に着くや、それだけ言い残し、知り合いらしき局員と談笑をはじめた。

「本日、収録するテーマは『新たな暮らし』です。あとで編集をしますから、街頭で声を掛けた市民の方々には自由に話していただいて結構です。お名前を伏せても構いません」

制作者から説明を受け、権蔵はすぐさまあたりを歩き回って、話をしてくれそうな人物を物色する。だが、いかにもとっつきやすい雰囲気の者をつかまえては番組の趣旨を説明するも、たいがいは「意見を言って、当局に目を付けられるのは御免だから」と、すでに特高も廃止になったのに、おびえた顔で逃げていくのだ。

それでも根気よく声掛けを続けていると、勇躍マイクの前に立つ者も現れた。しかしその主張のほとんどは時局への不満なのだった。

「食糧だけでなく、石炭もないから汽車が動かない。そうなると物資が送られてこないからよけいに食糧が足りなくなり、困ります」

「この不況で失業した人を救うために、国が、仕事を持つ女子に家庭復帰を促して、代わりに男性を雇うように働きかけをしているのはおかしい」

「千葉まで行って野菜を仕入れたのに、警察に没収された。やり口があまりに無慈悲だ」

聞き手のアナウンサーは藤倉修一《ふじくらしゅういち》。柔和で滑らかな語り口、洗練された仕草と、まだ若いにもかかわらず他者を包み込むような安心感がある。まるで彼に陳情するかのように、人々はやるかたない怒りを次々と吐き出す。かたわらでインタビューを聞いていた権蔵は、せき止められていたダムから一気に水が放出されるのを見ているような気になった。

こんなふうに、ちゃんと他人の声を聞いたことはなかったな、と改めて思う。

他人のことはどうでもいい。それ以上に、自分のことがどうでもよかったこれまでを顧みる。無関心はたぶん権蔵にとって、相容《あいい》れない世の中から完璧《かんぺき》に防禦《ぼうぎょ》してくれる最強の盾だったのだ。

「来年早々、『のど自慢素人音楽会』も放送するって。ラジオはもっと広がりが出るだろうね。放送劇も前より充実するかもな」

一足先に帰る際、鶏田は軽やかに告げた。

「だから君がなにか企画を考えれば、形になる日がくるかもしれないよ」


夜遅く小金井に戻ると、のれんを下ろした店の調理場で、茂樹がなにか作業をしている。

「やぁ、おかえり。もう夕飯は済ませちまったよ。権蔵君の部屋に、うどん飯を置いといたから食いなよ」

茂樹は権蔵の義弟にあたるのだが歳が四つ上だからか、兄のように接してくる。

「茂樹さんが作ったの？　うどん飯」

「うん。切るのは朝子で、炒めたのが俺。少しずつ左手をならしていかないとね」

世の中の米が完全に尽きたとしか思えぬほど、米不足が続いている。代わりにうどんはそれなりに出回っており、茂樹はこれを細かく刻んで野菜屑《くず》と合わせ、代用醬油《しょうゆ》で炒めた焼飯もどきを編み出した。加減が巧みなのか、これが不思議なほどうまい。

「それは？　また料理の考案？」

「そう。権蔵君がもらってきた電気パン焼き器で、なんかできないかな、って思ってさ。悌子さんの実家がメリケン粉を送ってくるだろ。あれで店の目玉商品を生み出すつもり」

嬉々《きき》として生地をこねる茂樹を見て、

「ほんとに料理が好きなんだな」

権蔵はしみじみつぶやく。すると茂樹は動きを止めて、自分の左手に目を落としたのだ。

「俺ね、今さ、料理があってよかったな、って生まれてはじめて心から思ってんの」

「生まれてはじめて？　今までだって、好きでやってたんだろ？　子供時分から料理人目指してたって聞いたよ」

茂樹は幼かった頃からちゃんと目標をもって、それを叶《かな》えたんだ——ケイ婆さんは折に触れ、権蔵の前で息子を誇ってきたのだ。

「まさか。だって俺、修業に出たの、十三のときだよ。小学校出たばっかりだよ。将来のこととか、どんな仕事に就きたいかなんて、まだはっきりとは考えられなかったよ」

茂樹は、はっはっは、と歯切れよく笑った。

女手ひとつで自分を育ててくれたケイに楽をさせたいと、なんでもいいから手に職をつけることにしたのだ、と彼は言う。当初は調理に思い入れもなかったが、やりはじめると俄然《がぜん》面白くなった。大将の手つきを見ているだけで、包丁の扱い方や煮炊きの手順がすんなり身についたから修業でつらいこともなかった。自分には調理の才能がある、きっと一流の料理人になれる、そう信じることもできた。

「まさか、右腕がなくなる日が来るとは、あの頃は思いもしなかったからね」

茂樹は眉の端を下げ、苦く笑った。

「でもね、やっぱり当時の楽しさが染みついてんだろうね。調理場に立つと自然と気持ちがなごんで、料理に没頭できるんだ。戦地でのこと、思い出さなくて済むっていうか」

傷病死は恥だ、と怒鳴る少尉の声がいまだに聞こえてくる、と茂樹は権蔵に打ち明けた。テントを張っただけの野戦病院で、肉から飛び出た骨を麻酔無しで断ったとき、あまりの痛さに気絶した。目を覚ますと、少尉が言った。最後まで戦うのが軍人だ――。

「蠅《はえ》ってのはすごくてね、命が尽きそうな兵士のまわりにサーッと集まるんだよ。戦争が終わっても、戦地で見た光景って、なかなか頭から離れなくてさ。それに国立の療養所には、いまだに両足をなくした人や失明した人がたくさん入ってる。いろいろ思うとやり切れないっていうか、怖くなってさ。でも、唯一料理をしてると、忘れられるんだよね。あ、朝子には言わないでね。心配させるから」

権蔵は黙って聞いている。兵隊に行かなかった者に、言えることはなにもない。

「俺にはそういうものが、まだないな。茂樹さんにとっての料理みたいなもんが」

「なら権蔵君はさ、これからなんにでもなれるってことだね。好きに選んではじめられるし、それを極められるってことじゃない」

「いや、俺、もう三十一だよ」

言うと茂樹は心底驚いた顔をした。

「変なこと気にするね。歳は関係ないよ。なんでも、いつでも、やってみたほうがいいんだよ。行動してみてはじめて、きっかけとか手応えとかをつかむんだから。戦地でわけもわからず命を落とすことに比べたら、やりたいことをやって失敗したところで、屁でもないはずだよ」

茂樹の言葉に励まされたわけでもないが、権蔵は以来、欠かさず「街頭にて」の現場を手伝うようになった。銀座のみならず日比谷《ひびや》や内幸町で人々の声を集めた。熱心な態度を制作責任者も認めてくれたのか、年が明けたら編集にも参加するか、と声を掛けてくれた。一も二もなくうなずき、揚々と下宿に戻った年の瀬、店の前で悌子に呼び止められた。

「私、冬休みに入りましたでしょう？　それで岐阜に挨拶に行こうって、富枝さんが」

彼女の話は、常に単刀直入である。

「挨拶って、結婚の挨拶ですよね。ずっと気になってたんだけど、あんたはほんとにいいんですか？　こんな感じで結婚を決めて」

うやむやなまま当人不在で話だけが進んでいるこの状況について、権蔵は悌子とまだなにひとつ語らっていないのだ。悌子は一旦うつむき、それから意を決したように言った。

「私、独りで立とうと思ってました。ずっと独りでいて、教師という仕事を続けていこう、って。二階堂トクヨ先生のように生きようと、決めていたんです」

「にかいどう？　誰よ、それ」

「ですが私の場合、仕事をちゃんと続けていくには、本当のことを言ってくれる人が必要だと気付いたんです。トクヨ先生のように自分を律することができれば問題ありません。ただ、私はまだその域には達しておりません。それに私はおそらく、独りの世界にこもってしまうと、どうしても自分にとって都合のいい解釈しかしなくなる気がするんです」

なにを言っているのか、さっぱりわからない。「にかいどうとくよ」が誰なのかさえわからないままに、権蔵はぼんやり佇むよりない。

「人生は物語だと富枝さんはおっしゃいました。でも私は、人生は競技だと思うんです。いかに有望選手でも、よい監督につかなければ花開きません。監督の指摘を受けて、自らの足りない部分に気付き、修正していくことが必要なんです。そうやって客観的な視点を得て、力をつけていくんです。つまり、私が教師としてやっていくには、権蔵さんのような真っ正直な人がそばにいたほうがいいと思うんです」

俺が監督ってことか？　ろくに自分の頭の上の蠅も追えない俺が？

「本当は朝子さんのように一番好きな人と一緒になるのが理想でしょう。でも私は必ずしも妥協や惰性ではなく、権蔵さんと同志にならんと考えました。そういうわけで、岐阜に行くお時間を作ってください。よろしくお願い致します」

悌子は一方的に語り、体を九十度に折って辞儀をすると、権蔵の答えも聞かず、行軍よろしく大きく手を振って下宿に入っていった。

あとに残された権蔵の内耳《ないじ》に、「妥協や惰性」という言葉が渦巻いている。なぜだか、好きでもない女に振られたような、ただならぬ敗北感に苛《さいな》まれた。

昭和二十一年の元日、天皇陛下は現人神《あらひとがみ》にあらず、との詔書が出された。その三日後にはGHQが、軍国主義指導者の公職追放令を発した。小金井周辺の神社では、内務省からの通達に従って戦争終熄《しゅうそく》奉告祭が秋から随時行われていたが、正月の配給はひとりにつき糯米《もちごめ》三百グラムとこんにゃく一丁、かまぼこ十五匁《もんめ》と、祝い膳の支度には程遠い粗末なものだった。

そんな正月五日、権蔵はついに、悌子と富枝と共に岐阜へ向かったのである。

悌子の実家では、すでに祝いの膳が調えられていた。両親に加え、彼女の兄が三人打ち揃い、さらには親戚なのか近所の者なのか、わさわさと人が出入りして息苦しいほどである。両家の顔合わせに過ぎないのに、このまま祝言を挙げようとでもいう勢いに権蔵は及び腰になり、広間中央に据えられた黒檀《こくたん》らしき座卓で悌子の兄たちと差し向かいながら、密《ひそ》かに逃げ出す機会を窺《うかが》っている。

母は、権蔵の隣で悌子の両親を相手に世間話に興じており、主役であるはずの悌子はといえば、台所を手伝うと告げて早々に席を立ってしまった。

「支度は叔母《おば》さんたちに頼んであるから、あんたはここに座っときんさい」

悌子の母親は厳しい口調で命じたが、

「挨拶がてら、少し手伝うだけやし」

と返したきり、悌子は戻ってこない。おおかた、連れ添う両人で居並ぶのが気恥ずかしいのだろう、と権蔵は見当をつける。

「放送局にお勤めやとは、ご立派ですなぁ」

三人の兄は、権蔵の仕事にばかり関心を示す。具体的な仕事内容のみならず、勤務時間や局員数、はては給金まで訊かれるに至って、権蔵はすっかり辟易《へきえき》した。運搬稼業はひと月に数回、六助に手を貸す程度となり、今は番組制作の末席を汚す役目が主になったから、放送局勤務というのもあながち嘘ではない。だが、局内部の機構についてはほとんど知らないし、知ろうと思ったこともなかった。

「やはり組織というのは人員数が大事ですからな。病院なんぞも、小規模施設やと治療体制が整わなかったりするでしょう」

一番上の兄が言い、

「学校やと少数精鋭のところもありますよ」

と、次男と三男が口を揃えた。

「そりゃそうやが……」

長兄が口をへの字に折り曲げ、

「しかし、なんだ。結局一流どころにおることが肝要やね。確かな学びが叶うからな」

速やかに話の流れを切り替えると、三人揃って高らかに笑ったのだ。権蔵には、なにが面白いのか、さっぱりわからない。

「しかし悌子もいいお相手を見付けたもんや。早稲田を出とるとなれば、安泰ですよ」

しつこく感心する長兄に作り笑いでうなずきながらも権蔵は、大学はかろうじて卒業できたものの、その後は一度として定職に就くことなく、兵役も逃れた上に、今は日雇いの番組制作手伝いとして街頭で声掛けをしている、と打ち明けてしまいたい衝動に駆られる。彼らはどんな顔をするだろうと興味も湧いたが、事を荒立てるのも面倒だから、「ええ、まぁ」なぞと、適当な受け答えに終始した。

——それにしても、悌子はこの家に生まれて、よくあそこまで独特に育ったもんだね。

世間体を重んじる物堅い両親、人柄よりも社会的地位を気にする兄たち。世の中に通用する「幸せな家族、幸せな人生」という雛形《ひながた》に則《のっと》って、彼らは日夜励んできたのだろう。悌子はけれど、世間の物差しをさして当てにしていないふうがある。

——まぁもっとも俺も、親父の教えにはなにひとつ従ってねぇが。

自嘲《じちょう》がこぼれ出そうになったから、咳《せき》をするふりでそいつを抑え込んだ。

「悌子は小学生の時分から、勉強はようできる子でして、それで高等女学校へやったんですよ。いい花嫁修業になると思いましてね。それなのに槍投《やりな》げなんてはじめまして、どうなることかと心配の種でねぇ」

隣では悌子の母親が富枝相手に、愚痴だか自慢だかわからないことをくどくどと並べ立てている。

「なにしろ、子供時分から野球の真似事なんてしとってね。女の子やのに。そんなことしとる暇があったら、料理のひとつでも覚えてくれればよかったんやけど。近所に、野球の得意な男の子がおりましてね、その子とボール遊びばっかりしとって」

彼女は、恥じ入るように肩をすくめた。「野球の得意な男の子」とは、神代神のことだろう。全国でも屈指の投手とキャッチボールをしていたとなれば、自慢にはなっても恥じることではない。

「悌子さんは小さい頃から、運動能力が高かったんですのね。学校でも、体育の授業を中心になって任されていると伺ってますよ」

富枝がさりげなく悌子を称《たた》えるも、悌子の母親は不服面のままだ。

「運動ができてもねぇ。女の子やし。体育の学校へ行くと言い出したときも、私は反対したんやよ。でもお父さんが許してしまって。挙げ句に、東京で教師になるやなんて……」

「いい加減にせんか。お相手に娘の悪口を聞かせることはないやろ」

悌子の母親の粘ついた愚痴を父親は一太刀で断ち切り、権蔵たちに向き直って朗らかに言った。

「紆余曲折《うよきょくせつ》ありましたが、これで悌子も早晩学校を辞めて、ようやく家庭人として落ち着けましょう。私どもも子供たちが全員片付いて、ほっとしておるところなんですよ」

これを聞いた母が、素早く権蔵に目配せをした。悌子は、結婚しても教師を続ける。その意志を家族には絶対言わないでくれ、と岐阜までの道中、権蔵と母は悌子からくどいほど釘《くぎ》を刺されていたのだ。

会話が不自然に淀《よど》んだところで、

「あら、神代さん」

と、悌子の母親が不意に腰を浮かした。振り向くと、広間の入口で初老の男女がこちらに会釈を送っている。

――あれが、神代神の両親か。

権蔵は察して、無遠慮に見詰めた。父親は背が高くがっしりとして精悍《せいかん》で、母親は小柄で色白、至極整った顔立ちをしている。

――神代神は両親のいいところを、見事に選《よ》って受け継いだんだね。

密かに感心していると、神代神の父親が手にしていた風呂敷《ふろしき》をといて一升瓶を取り出したから、権蔵は思わず「やっ」とうめいた。

東京では、まともな酒なぞめったにお目にかかれない。禁酒に耐えきれず、メチルアルコールで代用して失明した奴が結構いるらしいよ、と六助も言っていたのだ。

――しかし、あるところにはあるんだね。

東京は配給も遅配続きだ。いつになったら、闇以外で品物が手に入るようになるのか。

「悌子っ。神代さんがおんさったよっ」

悌子の母親が、奥に向かって大声で呼んだ。程なくして前掛けで手を拭《ふ》き拭き広間に戻った悌子に、神代神の両親は目を細めた。

「やぁ悌ちゃん、久し振りやね」

「まぁまぁ大きゅうなったねぇ」

今の体格になってから、おそらく十年は経っているだろうに、子供に対するような挨拶をする。

悌子はパッと頬を紅潮させ、権蔵が見たことのない爛漫《らんまん》たる笑みを咲かせた。

「おじさん、おばさん。お元気そうでなによりです。あ、立ち話じゃ失礼やね」

悌子は彼らに慌ただしく座布団を勧め、あたふたと茶を支度し、自分も座に落ち着いてから、伸び上がって入口のほうを窺った。しばらく、誰かを待ってでもいるように首を伸ばしていたが、やがて神代神の両親に向き直って、

「だいぶご無沙汰《ぶさた》してしまって。あの、清ちゃんは、お元気ですか？　お怪我などなかったですか？」

と、遠慮がちに訊いた。直後、なぜだか身をすくめて、権蔵を気にするふうに見やった。

「……それがなぁ」

神代神の父親が言い淀み、横から悌子の母親が素早く割って入る。

「ごめんなさいね。この娘《こ》、帰ってきたばっかりで、まだご近所のことをなんも伝えてないんや」

刹那《せつな》、悌子の顔色が変わったのが、権蔵にもはっきり見てとれた。

「実はな、清一はまだ帰ってこんのや。便りも途絶えたままやし、どうなったんか、わからんでな。うちでも案じとるんやが」

神代神の父親が唇を嚙《か》む。

「そんな……けど私のところには、終戦の少し前に便りが届きましたけど」

「えっ。清一からか？」

悌子はうなずき、一旦奥に下がると葉書を一枚手にして戻った。権蔵の位置からは軍事郵便とい

う判子しか見えない。神代神の母親が引ったくるようにして葉書を受け取り、

「ほんまや。清一の字や」

と、うめく。

「うちには、もう一年近くも手紙が来んのよ。外地に出たのはわかっとるんやけど」

母親が言い、

「様子を訊こうにも、どこに問い合わせればええか。軍部に代わって復員省ゆうのができたと聞いたが、どう連絡をとればええんか、ようわからんでな」

父親はそう重ねて、手を揉《も》み合わせる。

「この葉書が来てすぐ終戦になったから、私、てっきり清ちゃんは帰っとると思って……」

波立つ悌子の声に飲み込まれるようにして、場が不穏に静まった。ややあって、

「公報は届いとらんのでしょ？」

悌子の次兄が鷹揚《おうよう》に言い、沈黙を払う。

「そのうち戻ってきますよ。順々に引き揚げ船を出しとると聞きますから」

清一の両親を励ますというより、おめでたい席が沈むような話をするなと暗に牽制《けんせい》しているふうに権蔵には聞こえた。神代神は悌子の大事な幼馴染《おさななじ》みだが、この一家にとっては、単に「近所の野球が得意な男の子」なのだ。

他の部屋でラジオをつけた者があるのか、並木《なみき》路子《みちこ》の「リンゴの唄《うた》」が聞こえてくる。悌子の長兄がこれを受けて話題を転じた。

「そういや去年の暮れの、『紅白音楽試合』は素晴らしかったですな。並木路子や霧島昇《きりしまのぼる》、高峰秀《たかみねひで》

子《こ》まで勢揃いして豪華でしたよ」

古川《ふるかわ》ロッパと水《みず》の江《え》滝子《たきこ》が司会をした番組だ。鶏田が、ロッパ人気は戦争を越えても続くんだねえ、と羨望《せんぼう》と嫉妬《しっと》が入り交じったような口振りでぼやいていたのを思い出す。

「権蔵さんも、制作に関わりんさったんですか？」

「いえ、私はこの番組には……」

「じゃあ、有名人に会ったことありますか？　演奏所には、歌手や芸人がおるんでしょ？」

場を明るく盛り上げようとしているのだろう。兄たちの質問は矢継ぎ早で、しかし権蔵にとっては至って退屈なものだった。先に悌子が、

「私、お台所を手伝ってきますね」

と、席を立った。

「あの娘《こ》ったら、また。落ち着きがなくてごめんなさいね。両家の顔合わせやのにねぇ」

申し訳なさそうに言う悌子の母親に、権蔵は愛想笑いを返し、富枝をこの場にひとり残すのはしのびなかったが、

「ちょいと御不浄へ」

と断って、そそくさと逃げ出した。廊下を慌ただしく往き来する割烹着《かっぽうぎ》姿の女たちの間を目立たぬようにすり抜け、玄関までたどり着くや靴を突っかけて表に出る。ひと気のない母屋裏手に回り、背広のポケットから、最近ようよう出回るようになった煙草を一本取り出してくわえる。

紺の背広は茂樹から借りた。修業時代に大将から「一着は持っていたほうがいい」と言われて誂《あつら》えたものらしい。朝子は自分の着物を農家へ持ち込んでは食材と交換しているが、茂樹の持ち物に

は一切手を付けずにきた。

「お義母さんには内緒なの。だから、向こうに着いてから着替えてくれる？」

風呂敷に包んだ背広を権蔵に渡すとき、朝子はそうささやいた。茂樹は、「どんどん使ってよ。俺、着る機会ないから」と二つ返事だったが、大事な息子の一張羅を権蔵が着るとなれば、なるほどケイは黙っていないだろう。ズボンはつんつるてんで、上着は肩が落ちているものの、背広なぞ闇でも手に入らない昨今だから、焼け出されて持ち物のすべてを失った権蔵にはただただありがたかった。

マッチを擦ろうとしたときだ。裏庭の木戸近くに悌子が佇んでいるのが目に留まった。

あんたも台所仕事を抜け出したのか、と話しかけようと一歩踏み出して、権蔵は動きを止めた。悌子はなにをするでもなくぼんやり立っているだけだったが、その背中が外界をはね付けんばかりに硬く張り詰めているのだ。

一族郎党集まるような席は苦手なのか、自分が主役になるのがこそばゆいのか、宴《うたげ》がはじまるなり台所に逃げ込んでいた悌子だが、最前までは今のような重苦しい気配をまとってはいなかった。悌子は依然、野仏のごとく微動だにしない。権蔵はくわえた煙草を再び背広のポケットに戻し、音を立てないようにそっとその場から離れた。

——神代神のことを聞いたからか？

玄関まで来たところで、原因に思い至る。神代神には恋女房がいるが、もしや悌子の想いは、単なる幼馴染みというだけではないのだろうか。そうとなれば、これから暮らしていく中で、自分は常に神代神と比べられることになる。そこまで考えて、権蔵は怖気《おぞけ》立った。

──勘弁してくれ。俺ぁ逆立ちしても、神には勝てんぞ。

広間に戻ると悌子の家族が、村の重鎮が公職追放の対象になるかもしれない、と難しい顔つきで話し合っており、その輪に入れず母がひっそり茶をすすっていた。宴は人の出入りを重ねながら夜遅くまで続いたが、悌子はたまに酒や肴《さかな》を運んでくるだけで、落ち着いて座に着くことはついぞなかった。

翌日、悌子の父親から、今はろくな支度もできないし、白無垢《しろむく》も仕立てられないから祝言を先送りにする代わりに写真を撮ってはどうかと提案があり、駅近くの写真屋に赴いて、権蔵は悌子と並んで写真に収まった。

「餅投げもできんしねぇ。ここらではお祝いのときは餅を投げるんやよ」

悌子の母親は申し訳なさそうに付け加えたが、目立つことも大勢で騒ぐことも苦手な権蔵は、むしろ胸をなで下ろした。

結局、岐阜には丸二日間逗留《とうりゅう》し、悌子の学校がはじまるのに合わせて帰途についた。駅まで送りにきた悌子の母親が、

「夏にはきっと、餅もようけ入るでね」

執拗に餅にこだわるのを受け流し、列車の箱席に落ち着くとようよう肩の力が抜けた。

「お疲れになったでしょう。遠くまでご足労いただいて、申し訳ありません。荷物は私が見てますから、どうぞお休みになって」

権蔵と母をそうねぎらった悌子だが、発車から三十分も経たないうちに船を漕《こ》ぎはじめた。

「きっと、おとといの晩からほとんど眠れなかったのね、悌子さん」

母が声を潜めて言う。宴の開かれた晩も昨晩も、夜通し寝返りを打っていた気配を、悌子と同室だった母は感じていたという。

「私を起こしてはいけないと気遣ってか、部屋を出入りするようなことはなかったけど」

結婚のうれしさで興奮して眠れない、ということでは、むろんないだろう。

「あのさ、神代清一のこと、母さん、なにか聞いていたりする？」

それとなく権蔵は訊いた。母は一旦目線を車窓から外に逃がし、それから、

「いいえ、なにも」

と、さっぱり返した。

「そうか。いや、前に岐阜に来たとき、幼馴染みとは聞いてたんだが、ただの幼馴染みってわけじゃないんだろうな、って気がしてさ」

そう感じた理由を続けて語ろうとした権蔵を、「それにしても、どのお料理もおいしかったわねぇ」と、母は唐突に遮った。

「長良川も見られたし、私は大満足。本当にどこを見ても美しい土地だったわね」

調子外れな話運びに戸惑い、権蔵は言葉を呑《の》んだ。詮方《せんかた》なく窓の外に目をやり、遠ざかっていく山々の清々《すがすが》しい青さを惜しむ。

「全部引き受けるってことなのよ」

しばらく経って、母がぽつりと言った。権蔵は母へと目を戻す。

「その人が背負ってきたどんなことでも、それから、その人がこれから経るだろうあらゆることも、

全部ひっくるめて引き受けるってことなのよ。一緒になるっていうのは、そういうことよ」

母はとても厳しい顔をしていた。覚悟を決めなさい、と暗に言われている気がして、だから権蔵はそれ以上なにも訊けなかった。

「わかった」

とだけ答えて、悌子をちらと見やる。列車の揺れに器用に身を任せ、ぐっすり寝入っている。

神代神に権蔵は、これといった思い入れはなかったが、このときは戦地から無事に戻ってきてくれるとありがたい、と心底願った。そうでなければ、彼は悌子の中に強く存在したままになってしまう。権蔵はどうあがいても負け続ける。別段勝つこともないし、悌子の中での自分の位置づけなどどうでもいいのだが、それでもやはり生きて帰ってくれないと、青年だった美しい神代神だけが残り続ける。それはどうにも口惜しい気がした。

四

新生活、といっても隣の部屋に移っただけで、目新しいことはなにもない。向島の家を焼かれたせいで、権蔵の私物は数枚の服と毛布だけだったし、食事も今まで同様、階下でみな揃ってとっている。ケイ婆さんは権蔵が使っていた部屋に一応は入ったが、ほとんどの時間を一階で過ごしていたから、おおかた茂樹が戻ったのを機に、この家から権蔵を追い出したかっただけなのだろう。

四畳半にふたり、しかもこれまでうっすらとしか関わってこなかった悌子との暮らしとなれば窮屈に違いないと権蔵は構えていたが、意外にもはじめから気の置けない心地よい日常が待っていた。

唐突に話をはじめる彼女の癖は相変わらずながら、おかげで気詰まりな沈黙になることなく、部屋に控えめなラジオ放送が常に漂っているような具合で、権蔵には落ち着けた。

話題は職場のことが中心だ。受け持ちの学級の子供たちのこと、忌み嫌っている教頭との衝突、同僚に女性が増えてきたことなど。権蔵にはさして興味もない話だったが、人々の声を聞く番組に携わっているためか、傾聴にも慣れた。適当に相槌《あいづち》を打つと、

「権蔵さんは聞き上手ですね」

と、悌子は一日の疲れを洗い流せたような清々した顔をするのだ。

生活費についても、二月末に方針が決まった。毎月晦日《みそか》に互いの給金を空き缶に入れ、そこから家賃と食費を支払い、必要な金は帳面に書き入れたのちに缶から取り出す、という単純な仕組みを悌子が作ったのである。

権蔵は固定給ではなく、働いた分だけ日割りで月末にもらう仕組みになっている。その額も悌子の給金の半分以下だ。政府は一世帯ひと月五百円で暮らせと言うが、配給も不安定な今、少なく見積もって八百円はかかる。が、権蔵の稼ぎは三百円もあればいいほうで、男としてさすがにこれでは不甲斐《ふがい》なかろうと、

「俺、六さんをもう少し手伝うことにするよ」

悌子に提案するも、彼女は眉《まゆ》をひそめ、

「生活費が足りているのに？」

と、首を傾《かし》げた。ふたりで食べていくには十分なのに、無理に仕事を増やして本職がおろそかになっては本末転倒だ、と言うのである。

「お金はその都度、あるほうが出せばいいことじゃないかしら。新円切り替えで銀行に預けていたお金が引き出せなくなった、なんて話も聞きますでしょう？　あんまり貯め込んでもしょうがないですよ」

金はあるほうが出せばいい——悌子がそう提案したのは、てっきり亭主を立てる優しさだと思っていたが、ふた月ほど一緒に居る中で彼女が万事にどんぶり勘定であることに気付かないわけにはいかなかった。別段金遣いが荒いわけではない。ただ、計算ができない。食費は日割りで支払っていたが、このかけ算が合っていたためしはなく、買い物に出ても釣り銭をごまかされることはしょっちゅうなのだ。以前朝子が「悌子さんが家賃を多く払ってくれている」と、ほくほく語っていたが、あれも勘定を違《たが》えていただけなのではないか、と疑うほどにいい加減である。

——この調子で、算数を教えられれんのかね。

怪しみつつ、さすがにこれではいかんと、

「お悌、ちょっといいか」

夕飯後に部屋へ戻ってから、権蔵は切り出したのだ。

夫婦になったものの、世間一般の亭主のように「おい」と呼ぶのは、「おい、コラ」が常套句《じょうとうく》の警官のようで抵抗がある。「悌子」と呼ぶのも生々しい気がして性に合わない。ために、いつしか「お悌」と呼ぶようになり、悌子もこれを気にすることなく受け止めている。

「家計の管理のことなんだが、今のようにざっくり使ってると、いざというとき貯《たくわ》えがなくて困るという事態が発生する。俺は日雇いでここまで来てるから、その怖さは重々身に染みているのだ」

自慢にもならないことを、説教めかして告げている自分が情けない。しかし女房より稼ぎが悪い身で金の管理について嘴《くちばし》を挟むのは、かなり勇気のいる所業ではある。

「細かく帳簿をつけるなりして、計画的にやりくりしていったほうがいいと思うんだが、それをどちらかがやらなきゃならんだろ？」

「権蔵さん、お願いしていいですか？」

権蔵がすべて言い終わらないうちに、悌子は素早く丸投げしてきた。

「え、いいの？　俺で」

「ええ。私、学校がはじまってしまうと、生徒たちのことで頭がいっぱいになってしまって、他のことがぼんやりしてしまうんです。まだ一学級に大勢詰め込まれてて、ひとりひとり個性も違いますでしょう？　指導方針もいまだに日替わりですし。それに、四月から私、ちゃんとひとりでなんでもできるようにしないといけなくなって……」

相変わらず性急に仕事の話をはじめた悌子だったが、一旦《いったん》言葉を呑《の》むとうつむいた。着任当初から指導をしてもらっていた教師が、この三月で退職するのだという。

「吉川先生とおっしゃって、私の恩人なんです。その先生のおかげで、国民学校の教育に疑問を抱き続けることができたんです。いっときは、少国民としての心構えを生徒たちに叩《たた》き込まなきゃって、私も思い込んでしまったんですけど」

「お悌は存外、他人の言うことを鵜呑《うの》みにするところがあるからな」

戦争が終わっても、国民学校はまだ国民学校のままだ。ＧＨＱも教育改革に手をつけてはいるが、差し迫った食糧難とインフレを解決することが先決なのだろう。新円切り替えで預金は封鎖され、旧券も使えなくなった。金がないのだから、ものは買えない。商店街はむろん、闇市ですら閑古鳥《かんこどり》が鳴いている。

茂樹が帰ってきてから「木村食堂」と名を変えた一階の店も、戦中より客が減ってしまった。以前は雑炊というだけでありがたがられたが、今は茂樹がいかに味付けに工夫を凝らしても、人々にとっては質より量で、腹に溜《た》まるものが優先されるのだ。

嫌ンなるよ、うちの店で食うなら残飯シチューに金を使うってんだぜ。

数日前も茂樹はそう言って、口を尖《とが》らせていた。占領軍の食べ残しを煮込んだものが、残飯シチューだ。茂樹の作る料理とは比べものにならないひどい味だが、たまに肉の切れ端がまじっていて、確かに腹は満たされる。

世の中が落ち着かないと、なににつけても正当な評価や判断が下されることはないのだろう。

「吉川先生は、教員になられて三十余年、いろんな学校で教えてこられたんです。子供たちと接するのがなにしろ好きで、毎日学校に行くのが楽しかったんですって」

「へえ……。子供好きとは、ずいぶん奇特な奴がいるもんだね」

権蔵が肩をそびやかしても構わず、悌子は話を続ける。

「でも教師生活の最後に、国民学校の教育を施さなければならなかったのが、とても悔しかったっておっしゃってて」

悌子はしばし考えるふうをしてから、

「正しい教育って、なんなんでしょうね」

ぽつりと漏らして、大きく息をついた。

「それは、現場の教師が決めればいいことなんじゃねぇの?」

「……私たちが？　文部省じゃなくて？」

悌子は、細い目を目一杯見開いた。

「だって、生徒の近くにいるのは教師だろ？　そこで感じることが大事なんじゃねぇの？」

学校の内情はよくわからないし、権蔵には恩師もいなかったが、「街頭にて」に携わるうち、現場で生の声に接することでいかに多くを得られるか、日々実感しているのである。

「そうか、そうですよね」

悌子は面《おもて》を明るくする。

「上から言われるがまま、やることはないですよね。言われるままに従ってたのが、戦中の教育なんですもんね。権蔵さん、ありがとうございます」

彼女は目を輝かせ、胸の前で手を合わせたが、感謝されるほどたいそうなことを言った覚えもない権蔵はかえって戸惑う。

「吉川先生への餞別《せんべつ》の品を、私、手作りしようと思ってるんです。なにがいいかしら」

え？　と権蔵は思わず首をすくめた。悌子の不器用さは尋常ではない。パッパッなのを無理してはいているせいで、もんぺの尻《しり》がしょっちゅう綻《ほころ》ぶのだが、繕うことすらままならず、富枝に頼んできたくらいだ。料理もからきしだったから、朝子と茂樹、母とケイ婆さんが持ち回りで担っている食事当番からも外されている。結婚当初は、これで食事が世帯別になったら毎食権蔵が支度しないとならないだろうとおののいたが、これを察した朝子が、煮炊きは一緒にしたほうが経済的だから、と誘ってくれて、窮地を脱したのである。

「あたしたち夫婦だけじゃなくて、母さんもお義母《かあ》さんも料理上手だもん。悌子さんにまで加わってもらわなくても回るわよ」

朝子の温情に悌子は感謝かつ恐縮し、代わりに食後の皿洗いを一手に請け負っている。

――しかし、料理も裁縫も苦手で、よく嫁のもらい手があったもんだね。

他人事《ひとごと》のように感心する。ただ、悌子は家の中にいるより、外に出て仕事をしているほうが生き生きしているのは確かなのだ。幸いこの家の者は女が家計を支えることに理解があって、亭主が女房に半ば食わせてもらっている現状を批難されることがないのは救いだった。

――でも俺も、早く企画を考えなきゃな。

思いついたらなんでも持ってきなよ、と鶏田にせっつかれてはいるが、いまだにこれといって書きたいものが浮かばないのだ。

「そいじゃ、家計の管理は俺がするけど、それで異論はないな」

「もちろんです。とりあえず、お給金はすべて権蔵さんに渡します。あー、よかった。肩の荷が下りました」

悌子は、心底安堵《あんど》したような笑みを浮かべた。

＊

吉川への餞別になにを贈ろうかとさんざん悩んで、悌子は肩掛け鞄《かばん》を作ることにした。彼愛用の革鞄はだいぶくたびれている上に重そうだったし、これから吉川が勤める先では動き回ることも多そうだから、両手が空く肩掛け鞄は重宝するはずだと考えたのだ。帆布は手に入らなかったが、厚手の麻布が武蔵小金井駅近くの商店街で購《あがな》えたから、富枝に教わりつつ毎晩針を運んだ。

「悌子さん、肩に力が入りすぎよ。親の仇《かたき》を討ってるんじゃないんだから、もっと姿勢を正して、針じゃなくて布を動かすのよ」

家族になってから富枝は、これまであった薄い求肥《ぎゅうひ》のような隔てを取り去った。とはいえ極端に遠慮がなくなったわけではなく、今までと変わらない富枝のまま、ただ距離がぐっと近くなったような塩梅《あんばい》で、それが悌子にはひたすらうれしかった。権蔵と夫婦になったことよりも、富枝と母娘になれたことのほうが、時に大きく感じられるほどなのだ。

吉川は四月から、孤児院で働くことにしたのだという。はじめてそう打ち明けられたとき、悌子は驚き、動じるとともに、吉川らしいな、と得心もしたのだった。

「去年から考えておったんです。これから復員も進んで、教員には若いなり手が多くおられるでしょう。老兵は去るのみです」

そう謙遜《けんそん》していたが、戦争で家族を亡くした子供たちが独り立ちするための支援をする、という道を選んだ背景には、中島飛行機の空襲で亡くなった松田賢治のことが関わっているように悌子には思えてならなかった。

「上野《うえの》の地下道などで暮らす、『駅の子』と呼ばれる子供たちがおるでしょう。彼らが安心して暮らせるよう施設員として勤めることが私の第二の人生だと決めたのです」

上野駅周辺や日比谷公園にはたくさんの浮浪児が寝起きしていて、飢えや寒さに耐えきれず命を落とす子も少なくないと権蔵から聞き、悌子も長らく胸を痛めていたのである。

「吉川先生が施設にいらしたら、子供たちはとても安心するでしょうね」

新たな門出を言祝《ことほ》ぎながらも、吉川が退くのに自分は安穏《あんのん》と教師を続けていいのだろうか、と悌子は再び揺れた。けれど、「教師を辞めない」という豊島啓太との約束を思い出し、迷いは腹の奥底に沈めた。

「私は、長い教員生活で子供たちに救われてきました。ですから恩返しをしたいのです」

子供たちを教え導いてきたのは吉川であるのに、救われたとはどういうことか。戸惑う悌子に、彼は小声で打ち明けた。

「実は、そもそも私は、希望して小学校の教員になったわけではありませんでね。はじめは半ば自《や》棄《け》でこの職に就いたのですよ」

幼い頃はこれでも神童と周りからもてはやされたんですよ、と彼はかつての自分を茶化すような口振りで続けた。中学まで成績は常に一番で、難なく名門の高等学校に進んだ。いずれ官員になろうと意気込んでいたが、全国から集まった英才に交じるや、たちまち高かった鼻をへし折られた。そんなはずはないと焦り、毎日深夜まで机に向かったが、成績は下から数えたほうが早かった。自分は特別ではなく凡庸なのだと思い知らされた。

「世の中には頭のいい人間がこんなにいるのか、と愕然《がくぜん》としましてね。生まれてはじめて、大きな挫折《ざせつ》を味わったのです」

入学より卒業が難しいと言われる学校で下位の成績を取り続ければ、当然放校になる。絶望の中でとりあえず就いたのが、小学校教員の職だった。当初はやる気もなく、長く続ける気なぞさらさらなかったが、子供たちに接するうち、さまざまな個性や可能性の扉が鮮やかに開くのを日々目の当たりにしているような充足感で満たされていった。同時に、自分はこの職に出会うために在ったたのだ、と確信できたと彼は語った。

「挫折は忌み事と捉《とら》えがちですが、もしかすると『お前はそっちじゃないよ』という天からの差配かもしれない、と今になると思うのです。挫折とはきっと、正しい扉を開くための尊いきっかけなんでしょうね」

吉川の声を聞きながら、槍投《やりな》げ選手として挫折し、清一と一緒になる夢にも破れた自分が今、手にしているものを悌子は思った。どちらも自分に似合っているような気がした。

「私、来期に教員検定を受けて、正式教員になります。それでいつの日か、吉川先生のような素晴らしい教師になれるよう精進します」

おこがましい気もしたが思い切って伝えると、吉川は目を細めて力強く顎《あご》を引いた。

「あなたは教師に向いていますよ。すでに子供たちに慕われ、信頼されておる。私なぞすぐに越えていかれるでしょう。あなたは教員としても人としても、素晴らしい資質をお持ちです。自信を持って進んでください」

鞄を渡すと吉川は早速それを肩に掛け、その場でくるりと軽やかに回ってみせた。


吉川が去り、四月の新学期を迎えた。悌子は四年生に上がった一組を引き続き受け持つことになった。文部省指定の暫定教科書はどの教科も二十ページに満たない折りたたみ式で、しかも人数分なかった。紙不足は依然続いており、製本まで至らないというのである。

「これで、なにを教えればいいんでしょう。去年までの教科書は墨塗で真っ黒だし」

教師の間からも不満の声があがる。

戦争が終わって、再び出版物が書店の店頭に並ぶや、活字に飢えていた人々が長蛇の列をなした。ところが、出せば売れる状況に便乗して、校閲もろくに通さない不良図書が多数出回り、出版物への信用が一気に失墜した。ために昨今、出版も右肩下がりだと権蔵が話していたのだ。金儲《かねもう》けのために紙の奪い合いになった挙げ句、教科書が作れないということであれば、なんともやるせない。

「えー、近く我が校でも生徒たちにＤＤＴをまくことになりました。本日、校長が薬を仕入れる手続きに役場に赴いております」

五月に入って間もなく、教頭が教員を集め、両端の吊《つ》り上がった眼鏡を押し上げつつ宣した。

教頭は、今年度の目標に、子供たちの体位向上を馬鹿のひとつ覚えよろしく掲げている。けれど全国的な凶作と民間貿易の制限による食糧難は深刻で、生徒の多くは栄養失調に陥っており、青洟《あおばな》や耳垂れに悩まされる子も少なくない。その上、どの子もシラミを持っているせいで、教壇に立つと、彼らがもぞもぞと体を掻《か》く動作ばかりが目につく。

「シラミは、発疹《ほっしん》チフス、赤痢など伝染病を媒介します。巷《ちまた》で流行しているのを、ご存じでしょう。死者も多く出ておりますからね。ＤＤＴという薬品は、このシラミを退治するためＧＨＱが支度してくださったものです」

戦中は皇軍の僕《しもべ》のようだった教頭は、今やＧＨＱの信奉者に変じている。

「すみません、質問なのですが、そのＤＤＴという薬品は、安全なんでしょうか？」

悌子が訊《き》くと、教頭は顔を歪《ゆが》めた。

「ＧＨＱが推奨していますから、安全です」

そう返して顎を高く上げたが、もともと動物用の殺虫剤だという噂もある。

「でも、かなり強い薬だと聞きますが」

「では山岡……今は中津川先生でしたな、先生は、悪疫が蔓延《まんえん》してもよろしいので？」

「まさか。そういうことではございません」

単なる質問なのに自分を否定されたと感じるのか、教頭はきまって頑《かたく》なになり、攻撃に転じる。

確かに毎日シラミと格闘する生徒たちを見るのは、かわいそうでならない。銭湯は燃料不足で三日に一度開けばいいほうだし、入浴料も高いから、そうそう洗髪もできない。下宿でも智栄がさかんに痒《かゆ》がるため、朝子はこまめに智栄のおかっぱ頭を梳《くしけず》っている。櫛《くし》の歯の間には、シラミがみっしり挟まっており、

「まったく頭の中から湧いてるみたいに、とってもとっても出てくるねぇ」

ケイが言ったのを聞いて、智栄は怖くなったのだろう。朝子にしがみついては、

「この虫は、あたしの頭の中に住んでるの？　いっぱいいるの？　気持ち悪いよぅ」

と、よく泣いている。

「とにもかくにも御上からの命令は絶対なのです。私たち教員には、それを行う義務があります」

相も変わらぬ日和見を貫く教頭によって、ＤＤＴをまく日取りはあえなく決まった。

東京裁判もはじまって間もない六月の晴れた日、教師たちは手分けして、供出されずに済んだ洗面器やバケツに、白い粉薬を分けていった。支度が調ったのち六年生から順に列を作らせ、次々と彼らの頭にＤＤＴをまぶしていく。柄杓《ひしやく》が人数分なかったから、悌子は素手で粉をすくっては生徒たちにかけていった。適量がどの程度なのか特に指示はなく、頭や体が白くなればよし、という至っていい加減な目分量のみが伝えられている。ＤＤＴをかけると子供たちは違《たが》わずむせて、中には

これを払い落とそうとする子もあった。

「払ってはいけませんよ。シラミをやっつける薬ですからね。しばらくそのまま、白いままでいるようにっ」

教師の間から、再々指示が飛んでいる。

それでも高学年はまだよかったが、低学年の番になるや、体調不良を訴える子が続出したのには参った。くらくらする、頭が痛い、息が苦しい。そううめくや、しゃがみ込んでしまう生徒まで出て悌子は慌てたが、

「我慢しろっ。それでも少国民か」

と、戦争は終わったのに、代わり映えしない叱責《しっせき》を放る教師もあって暗澹《あんたん》たる心持ちになる。

教育の民主化と言われても、民主の本質が悌子自身も判然としないのだ。ラジオ番組「婦人の時間」でも民主主義が説かれ、この四月には婦人がはじめて参政権を行使して女性の国会議員も誕生した。今後いろんな垣根が取り払われていくのかな、と期待する反面、長らく軍に組み敷かれていた日々が染みついているだけに、占領軍が撤退したら元の木阿弥《もくあみ》になるのではないか、と悌子は「新しい世の中」には懐疑的だった。

生徒にＤＤＴをかけ終えたのち、教員たちもそれぞれ自分の頭に白い粉をまぶして、ようやくこの日の作業を終えた。すっかり日が長くなったおかげで、帰宅の道々、強い西日に焼かれた。それが薬と反応したのか、頭皮がひりひりしはじめ、下宿に着く頃には頭ががんがん鳴り出した。

「やだ！　どうしたの、その頭！」

悌子の真っ白な髪に、店にいた朝子が目を瞠《みは》る。理由《わけ》を話すと、隣で炒め物をしていた茂樹が、

はっはっは、と相変わらず歯切れのいい笑い声をあげた。

「俺も昔、店にあった片栗粉をひっくり返して、そうなったことがあるよ」

「そんなこともあったねぇ。あの頃は片栗粉なんて簡単に手に入ったのにねぇ」

茂樹の言葉に朝子が応《こた》え、ふたり揃って当時を振り返るように遠くへ目をやる。あうんの呼吸とはこういうものかと、この夫婦を見ていると悌子は心楽しくなる。

食堂は食材不足とインフレによる客離れで苦戦が続いてはいたが、朝子が戦中、雑草抜きの奉仕に出ていた農家の厚意で安く仕入れられる野菜を使って、茂樹が他にはない献立を根気強く編み出している。なにしろ味は天下一品だから、最近はお得意さんも少しずつ戻ってきたが、それでも食堂だけでは立ちゆかないと、佃煮《つくだに》やきんぴらといった惣菜《そうざい》を並べて闇よりぐんと安い値段で提供していた。しばらくは薄利多売よ、と朝子は細かに帳簿をつけながらよく溜息《ためいき》をついている。

「智栄もいずれＤＤＴのお世話にならないと。お義母《かあ》さんが変なこと言うから、シラミを怖がっちゃってさ。銭湯も燃料不足で休業が続いてるから、そんなに連れていけないし」

朝子は言うが、低学年でもあれほど苦しがっていたことを思うと、数え五歳の智栄が耐えられるだろうか、と不安が勝った。

「あ、そうだ、手紙。そこに悌子さん宛《あ》ての」

ラジオの置かれた机を指さされ、差出人を見ると、やはり岐阜の母からである。祝言を日延べにしたままだから、その件だろうと面倒に思いつつ封を切った。たいてい葉書なのに、珍しく封書にしたんだな、と便箋《びんせん》を広げる。

〈神代さんから悌子に報《しら》せてほしいとお願いされたので、手紙を書きます〉

母の右肩上がりの文字が、いつも以上に険しく歪んで悌子には見えた。

〈清一さんは御国のために立派にお務めを果たし、英霊となられました〉

閃光《せんこう》を浴びたように、目の前が真っ白になった。悌子は、しばし英霊という文字を見詰めて佇《たたず》んだ。視界がぐらついていたが、どうにか気力を振り絞り、続く文字に目を向ける。

神代清一戦死の公報は、この二月に神代家に届いたようだ、と手紙には続けて書かれてあった。遺骨はなく、白木の箱には「神代清一」と名前の書かれた紙だけが入っていた。清一の両親は頑として、なにかの間違いだとこれを受け入れずにいたのだが、先月、清一と戦地で一緒だったという復員兵が、神代家を訪ねてきたのだという。

塹壕《ざんごう》から顔を出したところ、敵の弾が鉄帽を貫通して即死だった、とその人物は語った。遺品の中に書きかけの葉書が一枚あって、これを軍事郵便に託した。亡くなったことを書き添えようとしたが、自分に転戦の命令が下り、時間がなかった。ともかく彼の最後の言葉を失うことがあってはいけないと出すだけ出した。宛名《あてな》は書かれていたが、住所は空欄のままだった。もしかしたら住所の控えをなくすか、忘れるかして出しそびれたのかもしれない。内容から、いつも話をしていた東京の小金井で国民学校の先生をしている幼馴染みへのものだろうと「東京小金井国民学校」と書き添えて出したが、正式な校名も定かでなかったし、届いているかわからない——。

そういえば、いつもは下宿宛てに来ていた手紙が、あのときだけ学校に届いた。しかもだいぶ時季のずれた内容だった。夏に届いたのに、桜が見頃と書かれていたのだ。母の手紙を持つ悌子の手指が冷たくこわばっていく。

戦友だというその人は、戦地で清一に何度も助けてもらった、と頭を下げたという。生まれつき運動が苦手で、もたついては上官から殴られる自分をかばってくれたばかりか、時にはこちらの失敗をかぶってくれていた。誰もが自分のことで精一杯のときに他人を常に気遣っていた。迷惑をかけるのが申し訳なくて謝るたび、俺が困ったときは助けてくれよ、と笑って返されたが、その機会もないままに自分のほうが生き残ってしまった、と清一の両親の前で声をあげて泣いたのだと手紙には続けて書かれてあった。

「清ちゃんらしいな」

そう唱えることで、悌子は混濁した意識を落ち着けようとした。ひどい目眩《めまい》がするのは、DDTのせいばかりではないだろう。

「悌子さん、そろそろご飯だよ」

朝子が手元の鍋《なべ》に目を落としたまま言った。

「あの、私、ふらふらするので、今日は先に休ませていただきます。ご飯は結構です」

かろうじて応え、読みかけの手紙を鞄《かばん》に押し込むと、重い足を引きずり二階へ逃れた。

権蔵は今日、放送局で編集作業を手伝うと言っていた。局での仕事のときは、そのまま徹夜するのが通例らしく、帰ってこない。四畳半の部屋にぺたりと座って悌子は、権蔵が帰ってこない日でよかった、とそっと思う。読みさしの手紙を開こうと思うも気力が湧かず、布団を敷くと着替えもせずに薬まみれの頭のまま潜り込んだ。

ぎゅっと目を瞑《つむ》る。途端に清一の顔が浮かびそうになって慌てた。

「考えない、考えない」

呪文を喉《のど》の奥で唱える。頭の中を空白にしたかった。今まで歩んできた道筋をすっかり忘れてもいいから、清一と出会う前に時を戻してほしかった。清一とさえ出会わなければ、こんなつらい思いをしないで済んだのだ。

いっそうきつく目を瞑る。

これから自分は清一のいない世界を生きていかなければならない、というおぞましい現実がのしかかってくる。清一が自分以外の人と一緒になって、子供が産まれて、遠くの存在になってしまっても、彼は生きてこの世に存在していた。それがどれほど自分を強く支えていたか、皮肉にも悌子は、このときはっきり知ったのだった。

マウンドに立った清一の、美しい投球フォームが浮かんでくる。悌ちゃん、と呼び掛けて、手を振るときの笑顔も。

混乱がいっそう激しくなる。きっとなにかの間違いだ、母さんがまたなにか勘違いしただけなんだ——そう思い込もうとする。

「悌子さん、具合どう？　しんどいようだったら、我慢しないで言うのよ」

襖《ふすま》の向こうから、富枝が声を掛けてきた。

「ありがとうございます。だいぶたくさん薬をまいたので……。でも寝てれば大丈夫です」

「そう？　ご飯、とっておくから、よくなったら階下《した》で食べなさいね」

優しい声音が、かえってつらかった。清一は布団もお風呂《ふろ》も、まともなご飯もない戦地で戦い続けた。そうして今もその体は、異国の地に置き去りにされている。あの健やかでたくましくて大きくて、誰より速い球を投げた清一は、もう二度と戻ってはこない。

涙の一粒も出なかった。めそめそ泣く母への抗《あらが》いからではなく、体中の水分が干上がってしまったかのように、なにも出てこないのだ。頭の中が、どんどん白くなっていく。なにも見えないし、なにも聞こえない。感覚を失ったまま、悌子は布団の中で蛹《さなぎ》になる。

翌日は日曜だったから、悌子は昼まで布団にいた。早朝に一度目が覚め、すべては夢だったのではないか、と飛び起きて鞄をまさぐり、昨日しまった場所に母の手紙を見付けて、再び力なく布団に潜り込んだのだ。昼の日差しをしばし眺め、重い体を持ち上げるようにして起きた。粉だらけの枕をはたいてから、手拭《てぬぐ》いを手に階下に下りた。

「お風呂に行ってきます」

店で、新たな献立の試作をしているらしい茂樹に声を掛けると、彼は一瞬、案じ顔を作って注意深くこちらを見詰めた。が、やがて、

「行っといで。今日は銭湯、昼からやってるからな。ゆっくり浸《つ》かるといいよ」

と、朗らかに応えた。奥からケイが、

「まったく、なんて頭だね」

と、呆《あき》れ声を放ってきた。

芋洗い状態の銭湯でひとっ風呂《ぷろ》浴びて、少しはさっぱりし、そのまま近くの雑木林を散歩した。その間、悌子は考えるということを、なにひとつしなかった。

横倒しになった太い丸太を見付けて、腰を下ろす。木漏れ日がきれいだった。鳥が、その黄金の光の中を自在に行き交っている。

――この世の中には、こんなにきれいなものがたくさんあるのに。

清一が最期に見たものは、なんだったのだろう。ずっと白球を追ってきた、その目に映ったもの

は、なんだったのだろう。撃たれて倒れる瞬間、空が見えたろうか。その日は晴れていたろうか。きれいな青空だったろうか。

「お、こんなとこにいた」

背後に声が立ち、悌子は虚《うつ》ろなまま振り向いた。権蔵が、ひょろひょろと歩いてくる。

「さっき帰ったらお袋がさ、お悌の帰りが遅いから見てこいっていうからさ」

「おかえりなさい。お疲れ様でした」

悌子は、首だけで会釈する。

「放送時間が延びたから編集作業に時間がかかるようになってさ、昨日は徹夜だったよ」

上の空でうなずくと、権蔵は眉《まゆ》をひそめた。

「なんか、あったか?」

清一のことを権蔵に言うのはお門違いな気がして、悌子は首を横に振る。

「DDTがしんどかったか?」

「はい」

権蔵は少し危ぶむような顔をみせたが、

「……そうか。じゃあ、帰るか」

ややあって踵《きびす》を返した。悌子はゆっくり立ち上がり、夫の細長い後ろ姿についていく。

六助が久し振りに訪ねてきたのは、もうすぐ八月になろうという日曜日だった。大空襲後に住んでいた三鷹を離れて後楽園《こうらくえん》の近くに引っ越すと、権蔵に報告に来たらしい。

「新郷はまだ稼働しててさ、五十嵐所長も新製品の開発に張り切ってんだが、寄る年波で俺のほうがしんどくなってね。なにせ一日中運転してるような具合だろ。お前もラジオにかかりっきりだしな。この恩知らずが」

一階の食堂で、権蔵のおごるうどん飯を頰張りながらも、六助の口はよく回る。悌子は、六助から結婚祝いに魚肉缶二缶をいただいていたから妻として挨拶《あいさつ》に出て、そのまま朝子の隣で昼ご飯の支度を手伝った。

なにかしていないと、身が持たなかった。清一のことを必死で考えないようにしていた。そうするうちに、どうか清一のことが記憶から消えてしまいますように、と願ってもいた。非情だけれど、そうでもしなければとても日々をやっていけそうになかったのだ。

「俺がもっと手伝えればいいんですが」

権蔵が、六助に頭を下げる。

「まぁでも、お前がいたところでたいした力にゃならなかったからね。重いもんはろくに持てねぇし、運転もできねぇ。これからはひとりで受けられる分だけのんびりやるさ」

六助が言うや、朝子が、

「ひどい言われようだよ、兄貴。悌子さん、黙っていいの？」

と、ささやいてきたが、実際一緒になってから家庭内の力仕事はほとんど悌子が負っているだけに、苦笑いを返すしかない。

「それにしても、お前はいいときにいい場所に河岸《かし》を変えたね。『街頭にて』だっけ？　えらい評判じゃねぇの」

「『街頭録音』です。この五月に番組名が変わったんですよ。相変わらずマイクロフォンの前に立ってくれる人を見付けるのはそれなりに苦労しますが、番組自体の評判はすこぶるいいんですよ」

権蔵の頰が上気している。よほどラジオの仕事が性に合っているのだろう。番組制作の話をするとき、彼の全身から七色の湯気が立ち上っているように悌子には見えることがある。以前の、生気のない権蔵とは別人だった。

「街頭録音」は、「街頭にて」と同じく、藤倉アナウンサーが街の声を聞く番組だ。昨今は、ひとりひとりに話を聞くだけでなく、マイクの周りに集まった者同士で時に討論になるほど白熱することもあるという。六月三日に放送された、「貴方《あなた》はどうして食べていますか」とのお題を掲げた回はことに大変な反響を呼んだと、先日も権蔵は誇らしげに語っていたのである。

「それにしても、どうしてまた後楽園の近くに越したんです？　向島はまだ家が建てられる状態じゃないですけど」

権蔵が白湯《さゆ》をすすりながら、六助に訊く。

「そりゃお前、野球のためよ。アメリカさんが野球を奨励してるだろ。職業野球も前より活況なのよ。本当は甲子園の近くに住みたいんだけどさ、俺は生粋《きっすい》の江戸っ子だからね、東京を離れるわけにもいかねぇし」

六助は悩ましげに言い、神宮は接収されたままだが後楽園は一週間ほどで接収を解かれたから、今後職業野球の試合はそっちが主になりそうだしな、と鼻の穴をふくらませた。

「球場近くに住んでなくとも、試合の日にふらっと行けば野球は観られるでしょう」

軽く応えた権蔵を、六助は「馬鹿だね、お前は」と貶《けな》し、今や観戦切符は徹夜しないと手に入らないのだ、と目を三角にした。

「この間の早慶戦なんざすごかったぜ。三年半ぶりの開催って触れ込みでさ、徹夜組が何百人も球場前にズラーッと列を作ったのよ」

悌子の体がぴくりと跳ねて、おたまを取り落としそうになる。

――そうか、あれから三年近く経ったのか。

学徒出陣がはじまった年、戸塚球場で行われた早慶戦を観に行った日のことが、おのずと思い出された。早稲田が大勝した試合だ。両チームの選手たちは試合が終わると抱き合って、「海ゆかば」を歌っていた。あの場にいた選手の多くは戦地に向かったのだ。果たして、何人が生き残ったのだろう。

必ず無事に戻る、と清一はあのとき言った。悌ちゃん、またキャッチボールしような、と言ったのだ。

「俺も早慶戦は観ておきたいからね、早朝に後楽園へ行ったのよ。そしたら大行列でさ、入れるかどうか、やきもきしたわけよ。でも運良く入れてさ。こりゃあうかうかしてられねぇ。近所に引っ越すか、って決めたわけ」

「しかし、六さんが職業野球以外を観戦するのは珍しいですね」

「なにしろ戦中、野球という野球が観られなくなったからね。禁断症状が出てるのよ。今や行けるときにゃ片っ端から観戦してるよ」

六助が得々として語るのに、悌子は手を止めて聞き入っている。

「大観衆だったよ、早慶戦。客席はもちろん、立ち見の客が通路も埋め尽くして、身動きとれないほどの活況だったさ。みんな食うもんも、住む家だってろくにないのにさ、球場に駆けつけて試合に歓声あげてんだからね。ほんとにうれしそうな顔してさ。今までのつらいこと、全部忘れるみたいにしてさ。試合の流れに一喜一憂して、夢中になって観てんのよ」

マウンドに立った清一の姿が、悌子の目の前に浮かんだ。白地に臙脂《えんじ》で「ＷＡＳＥＤＡ」と書かれた野球服に身を包み、グラブを二、三度右手の拳《こぶし》で叩《たた》いてならす動作まではっきり見える。捕手のサインにうなずいて、大きく振りかぶってから、ぐっと低く踏み込んで思うさま腕を振り抜く。びゅんと風切り音が響き渡り、ほとんど同時に捕手のミットが高い音を立てる。観客の間から「おお」と感嘆のどよめきが起こる。打者を打ち取っても清一は表情を変えない。まだ勝ったわけではないし、凡退した打者を嘲笑《あざわら》っているように見えたら悪いから、とよく言っていた。

ただほんのたまに、スリーアウトをとってベンチに戻るとき、金網越しに悌子を見付けて、そっと微笑んでくれることがあった。

「俺ぁさ、球場にいて、観客の様子を見ててさ、ああ戦争は終わったんだな、ってはじめて思えたんだよね。まだまだ暮らしは厳しいけど、平和な時代が来たんだなって」

——野球のことだけ考えていたい。家族を大事にしたい。それだけなんや。

清一の声が、遠くから聞こえてくる。本当に清ちゃんはいなくなってしまったのだろうか。もう二度と会えないのだろうか。

「悌子さん、どうしたの？　ぼんやりして」

朝子がこちらを覗《のぞ》き込んだ。すみません、と答えて気を取り直そうとしたとき、冷たいものが頬を伝っていった。視界が水中に沈んだときのように潤んでいく。息がうまくできない。このまま溺《おぼ》れるのかもしれない。恐怖を覚えるが、自分ではどうにもできない。

「えっ。なんで泣くの？　どうしたのよ」

朝子が慌てふためき、権蔵がこちらに向くのが見えた。人前で泣くなんて母さんみたいだ、と嫌悪感でいっぱいなのに、涙は止まらない。それどころか、赤子のような泣き声が腹の底から突き上がってくるのだ。

「俺、なんか悪いこと言ったか？」

六助が権蔵にささやいている。いや、と答えて権蔵は、悌子が泣くのを見守っている。


悌子はその晩、権蔵にだけは、清一が戦死したらしいことを打ち明けた。彼は根掘り葉掘り訊くことなく、「そうか」と、ひと言で受け止めるにとどめてくれた。

あんなに泣いたのは、物心ついてからはじめてだった。みなの前で泣いてしまったあと、恥ずかしさよりも、自分も泣けるんだという驚きに悌子は覆われた。そうして、やはり泣いたところでなにひとつ解決しないということも、同時に思い知った。

朝子もはじめこそ驚いていたが、特に理由を訊くことなく放っておいてくれている。きっと富枝や茂樹、ケイの耳にも、この騒動は入っているだろうに、知らんぷりを通してくれているのがことさらありがたかった。

「昨日お役所からの回覧があったんだけどさ、今度かぼちゃの種の配給があるんだって。各家庭に十粒よ」

八月に入り、みなが揃った夕飯の席で朝子はそう告げて、鼻の下をふくらませた。

「種を食べろっていうのかね」

ケイが箸《はし》を止め、眉根を寄せる。

「違うのよ。各自栽培しろっていうのよ。カボチャがなるまで、どんだけかかると思ってんのよ。今食べるもんがないってのに」

「そうケンケン言うもんじゃないよ。子供たちにも農作の勉強になるからいいじゃないか。智栄や茂生ならうまく育てられるよな」

茂樹が言うと、はーい、と智栄が勢いよく手を挙げた。数え四つになった茂生も姉にならって、はい、と答える。お転婆な智栄と対照的におとなしい茂生だが、体が弱いのかしょっちゅう熱を出すし、相変わらずお腹もよく下している。母乳で育てられなかったからかしら、私のせいね、と朝子はそのたびしょげて、それを富枝が「小さい頃は男の子のほうが弱いのよ。権蔵だってそうだったわよ」と慰めるのだが、

「母さん、ああ言うけどさ、兄貴は今も弱いままなんだから複雑よ」

と、朝子は陰で案じ顔を見せている。

「アメリカから食糧がどんどん入ってるようだから、近いうちに飯も十分食えるようになるよ。向こうの米も入ってきてるだろ。カリフォルニア米だっけな。どんな味かな」

茂樹は一貫して、希望的なことしか言わない。右手の指先がさ、たまに痒《かゆ》くなるんだ、もう手がないのに妙だよな、と冗談めかしてこぼすこともあるが、一度たりとも愚痴や泣き言を口にしたことはなかった。

「食堂のためにもお米を仕入れたいのよね。兄貴なら、なにか融通が利くかもしれないから、今度

帰ってきたら訊いてみようかな。いい？　悌子さん」

自分の兄にものを頼むときでも、朝子は必ず悌子の諒承《りようしよう》をとる。そのたび悌子は、権蔵の妻という立場を自分の丹田に落とし込む。

「街頭録音」が好評なこともあって、権蔵はこのところほとんど家を空けていた。悌子が休みの日曜には極力帰ってくるのだが、互いの職場が離れているから中間地点に越したほうがいいだろうか、とそんな話もちらほら出ている。いずれ子供でもできれば、四畳半では手狭だろう。とはいえ、富枝や朝子たちと離れて住むようになるのは寂しく、悌子はいまひとつ踏み切れずにいる。

学校が夏休みに入って二週目のその日も権蔵はおらず、天気がいいからと朝のうちに布団を干し、部屋の掃除に精を出していると、

「悌子さん、お客さんだよー」

階下から朝子の呼び声がした。人が訪ねてくる予定はなかったから、学校関係の客人だろうかと訝《いぶか》りながら階段を下りて、悌子は素早く店内を見渡す。

客は三組。二組は、近くの横河《よこかわ》電機の工員らしく揃いの菜っ葉服を着ている。あとひと組は、初老の男性と子連れの若い母親……と、そこで悌子は「えっ」と、声をはね上げて棒立ちになった。

男性は悌子に気付くと立ち上がり、「やあ」と手を挙げた。

「おじさん……どうして？」

清一の父親の突然の訪問に驚き、しかしそれよりも、一緒にいる水田雪代に悌子は動じた。彼女のかたわらに、ちょこなんと座っている男の子にも。

「悌ちゃんのお袋さんから手紙がいっとらんかね。夏休みに入った頃合いを見て、わしらが伺うゆ

うことを伝えてもらったんやけどな」

清一の戦死を伝えてきた、あの手紙か。悌子はしんどくなって、途中で読むのをやめてしまっていたのだ。

「山岡さんがな、悌ちゃんから返事がないとは言うてたんや。近々教員を辞めるから、引き継ぎで忙しいんやろてお袋さんが言うんでな、学校に電話するのもあれやし、押しかけさせてもろたんや。驚かせてすまんな」

「いえ、こちらこそ、よく手紙も読まんで、気を揉《も》ませました。すみません」

悌子は、清一の父親に椅子を勧め、自らもその向かいに座った。

「お故郷《さと》の人？　お茶でも淹《い》れようか？」

朝子が気を利かせてくれ、お茶請けにと、茂樹が電気パン焼き器で作ったパンを一切れずつつけてくれた。

「清一のことは、聞いたやろ？」

お茶をひと口すすってから、清一の父親は切り出した。ご愁傷様です、と応えるべきなのだろうが、悌子はどうしてもその言葉を口にできず、黙ってうなずく。

「あれは、うちの跡継ぎやった。唯一の男の子やったからな。上の娘たちは他家に嫁いで、相手はみんな勤め人でな、うちを継いでもらうのは無理や。わしの代で終わらせてもいいんやが、この家業は江戸の昔から続いとるもんで、簡単にはいかん」

彼はひと息に言い、再び茶をすすった。それから、隣でうなだれている雪代に目をやり、

「悌ちゃん、これのことは知っとるやろ？　小学校が一緒やったと聞いとるが」

言うや雪代が、慌てて遮った。

「きっと私のことなんか覚えとらんと思います。山岡さんは、友達も多くて目立ってて、私なんかと違って活発でしたから」

「私なんか」と繰り返しながら、彼女はこちらを見ようともしない。長いまつげがその目の表情を覆い隠している。

「清ちゃんの奥さんやね。清ちゃんから聞いています」

小学校時分の雪代のことは、彼女が言う通りほとんど印象にないため、悌子はそう取り繕った。

清一の父親が顎を引く。

「それでな、家業のためといってはあれやが、これに婿をとることにしたんや」

雪代を顎でしゃくって父親が言ったから、悌子は唖然《あぜん》となった。婿？　清ちゃんの代わりということか？　蜂が一斉に飛び立ったように、頭の中がうなりをあげている。

「親戚《しんせき》に植木屋をやっとる家があってな、そこの三男が筋がええそうなんやが、家は長男が継ぐから他所《よそ》で独り立ちせんといかん。その男を、これの婿に迎えることが決まったんや」

「あの、急に言われても整理ができないんですが、えーと、雪代さんはそれでいいんですか？」

雪代は、清一が好きで好きでたまらなかったのではないのか。だから毎日弁当を作って、野球服を洗っていたのではないか。

雪代は、やはりこちらを見ることもない。

「せっかく夫婦になったのに、お子さんまで授かったのに。……清ちゃんが置き去りになるということですか？」

言いたいことは山ほどあったけれど、それを表す言葉が見付からない。清一の代わりなんて、この世のどこを探してもいるはずはないのに、戦死のことが伝わってから半年も経たないうちに他の人と縁づくなんて、そんな馬鹿げた話があるのだろうか。

「その、子供のことで悌ちゃんに相談があって来たんやし。先方がな、どうしてもこの子と暮らすのは嫌や、言うんや」

きょろきょろと物珍しげにまわりを見回している男の子を指して、清一の父親は言った。

「清一は野球で活躍しよったろ。地元では知らん者がおらん有名人やった。だから引け目がある、言うんや。雪代と一緒になるなら、清一のことは忘れて、やっていきたい言うんや」

悌子はとっさに立ち上がり、子供を抱き上げると、黙って奥へ連れて行った。座敷では、買い物に出ているケイの代わりに、富枝が智栄と茂生の子守をしている。

「すみません、ちょっとの間、この子を見ていてもらっていいですか？」

驚く富枝に構わず、清一の子を託す。男の子は泣きもせず、きょとんとした顔であたりを見回している。悌子は急いで席に戻り、

「ちょっと今の話を聞かせるのはよくないので、奥で遊んどってもらいますね」

と、両人に断った。

「まだ三つや。なんもわからんやろ」

おじさんは、こんな乱暴な物言いをする人だったろうか、と悌子は心悲《うらがな》しくなる。きっと、清一の帰還をひたすら待って張り詰めていた糸が無慈悲に断ち切られて、投げやりになっているのだ。

「でな、悌ちゃんに相談ゆうのはな」

彼はそこで一旦雪代に目をやり、彼女がうなずくのを確かめてから、悌子に向き直った。

「あの子……清太《せいた》といううんやが、清太を養子にもらってくれんか、ゆうことなんや」

あまりのことに、悌子は声を失った。

「悌ちゃんは、大学出の立派な方と一緒になった。それに悌ちゃん自身も教師の経験があって、これから家庭に入るんやろ？　子供にとっては恵まれた環境や。わしは悌ちゃんが小さい頃からよう知っとる。その頃から、真っ直ぐないい娘《こ》やった。安心して託せる相手や」

「ちょっと待ってください。あの子は、清太君は、清ちゃんの忘れ形見なんですよ。そんな大事な子を、手放していいんですか？」

到底信じられる話ではなかった。大事なひとり息子の生きた証《あかし》を、家業を続けるために養子に出すというのか。雪代は母親として、こんな暴挙を認めたのだろうか。

「あの、雪代さん、あなたは本当にそれでいいんですか？　大事なお子さんを、取り上げられることになるんですよ」

雪代は膝《ひざ》に置いた手をジッと見ている。ややあって「はい」とかすれ声が聞こえてきた。

「悌子さんに、お願いできれば心強いです」

長いまつげをしばたたいてはいたが、口振りは至極冷静で、まるで他人事《ひとごと》のようだった。後れ毛《おくげ》が汗でまとわりつくのが鬱陶《うっとう》しいのか、机の上に置いた巾着《きんちゃく》から手拭いを取り出して首筋を拭うと、やはりこちらを見ることもなく、また自分の膝に目を落とした。

――こんなときに、よく汗なんか気にしてられるな。

腹の奥底が煮えていく。清一はきっと、子供の誕生を葉書で知らされたろう。我が子を抱き上げる日を楽しみにしていたはずだ。そして清太はこれから、清一の面影を宿して成長していく。その子をどうして、母親として守ろうとしないのか。

「しつこいようですが、雪代さん」

言いかけたとき、

「あんたさぁっ」

横から飛んできた人影が、伝法に怒鳴った。

「あんた、それでも母親なのっ？　自分の子供だろ？　手放す馬鹿がどこにいるよ」

朝子だった。調理場で話を聞いていて、たまらず首を突っ込んだのだろう。日頃から遠慮はないが、けっして出しゃばる質《たち》ではない彼女がここまで言うのは、よっぽど腹に据えかねたのだ。

「あの子は正真正銘あんたの子なんだろ？　再婚するにしたって、あの子の母親はあんたしかいないんだよ。あたしだって亭主が生きてるか死んでるか、わからなかった。その間、本当に不安だったの。子供ふたりと年寄りを抱えて、これからどうしていこうって、何度も弱気になったよ」

「朝子……」と、調理場の茂樹がつぶやいた。他の客たちもシンと静まって聞いている。

「だけどね、なにがあっても、子供たちは自分が守ろうと奮い立ってきたんだ。手放すなんて一遍たりとも考えなかった。亭主の分まで立派に育てようって、そう誓ったんだ。だって子供たちは我が身より大事だもの。それに、亭主の血が流れてる子なんだもの。もし亭主が帰ってこなかったら、そこだけが繋《つな》がりになるんだ。手放せるはずもないよ」

茂樹の帰還を待っていた日々のことが思い出されたのか、朝子はしゃくり上げるような息づかいになった。清一の父親はなにか言いかけたが、ごつごつした手で顔を覆い、黙り込んでしまった。

場が重く沈む。

悌子が、改めて雪代の本音を訊こうと身を乗り出したときだった。雪代がおもむろに顔を上げ、これまでのしおらしさを捨て去った険しい目付きで朝子を睨《にら》み上げるや、

「でもあなたの夫は帰ってきたんですよね」

挑むように言って、調理場の茂樹を顎で指したのだ。

「帰ってきたから、そんなきれい事が言えるんです。それに、年寄りを抱えとるってことは親御さんもおんさるんでしょ。他に頼る人がおるやないですか。そんなんで、よく私のこと責められますね。なにも知らんくせにっ」

雪代の舌鋒《ぜっぽう》の鋭さに悌子も驚いたが、清一の父親も顔を上げ、豹変《ひょうへん》した嫁の横顔を凝然として見詰めている。

「私は、両親もきょうだいも空襲で亡くしたんです。親戚とも疎遠やったから、頼れる人が誰もおらんのです。清一さんの家に置いてもらうよりないんですっ」

色白の顔を真っ赤にして、雪代は甲走った声をあげる。しかし朝子も負けていない。

「だからって、子供を手放せなんて言う非情な男と再婚するわけ？　働けばいいじゃない。あんたが働いて、子供を育てればいいじゃない。うちのお義母《かあ》さんだってそうやって、この人をここまで大きくしたんだよ」

朝子が茂樹を指さし、「朝子、言い過ぎだよ。他所様《よそさま》のことに」と、茂樹が小声で制す。

「だって……」

と、朝子が甘え声を出したとき、雪代の頰がこの世の者とは思われぬほど醜く歪んだ。

「私は、家のことしかできません。私を働かせてくれるようなところもありません。神代家で、やっていくしかないんですっ」

雪代の頑迷さに、悌子の肌は粟立《あわ》った。この人は、清ちゃんが一途に想って一緒になった大事な人なんや、と頭では理解しているのに、怪しむ気持ちが湧いてしまう。

「それともなんですか？　私に子供を連れて、野垂れ死ねっていうんですかっ！」

雪代が金切り声をあげたとき、悌子は反射的に立ち上がってしまった。ふくらはぎにはね飛ばされる格好で椅子が真後ろに吹っ飛んで倒れたが構わず、雪代をしっかり見詰めて言った。

「わかりました。あの子は私が育てます。うちの子として育てます。清太君を、清ちゃんに負けん立派な人にしますっ」

雪代も、清一の父親も、虚を衝《つ》かれたふうにこちらを見上げている。

「ちょ、ちょっと悌子さん、そんな簡単に決めていいの？　兄貴にも相談しないと。養子ってのは、一時預かりじゃないのよ。これからずっと育てるってことなのよ」

朝子が泡を食って袖《そで》を引いた。わかっている。そんな簡単に引き受けられることではないのは、頭では重々承知なのだ。でも、あの子を、清一の子を、雪代と一緒に市橋村に帰すことは絶対にしてはならない。このとき悌子の直感が強く疼《うず》いたのだ。

「私が引き受けなくとも、清太君はどこかへ養子に出されますよね。もう神代家では、あの子を育てへんと決めたんですよね？」

悌子は、雪代にではなく清一の父親に確かめた。雪代の顔は、見るのも苦痛だった。

「うちの奴は、泣いて嫌がっとったんやけどな」

清一の母親は、溺愛《できあい》した息子の忘れ形見を手放すなら自分もこの家を出る、とまで言ったらしい。養子に出す先が悌子なら、ということでようよう承服したが、別れがつらいからと、こちらに来るのは拒んだ――彼は苦しげにそんな経緯《いきさつ》を打ち明けた。

「わしらにもこれからの暮らしがある。老いて体が思うように動かんようになったとき、一緒に働いてくれる若い者がおるのは心強い。息子が死んだのに、この年寄りが暮らし向きの心配をしとるやなんてな……。情けないと思うやろが、それが本音や」

朝子が、店中に響き渡るような大きな溜息をついた。雪代が再び朝子を睨《ね》め付けたのが、視界の端に映る。

「あの、ひとつ伺いますが、うちの両親はこのこと、承知しとるんでしょうか？」

「先に話をさせてもろたわ。はじめは困っとりんさったが、だいぶ頼み込んでな。悌ちゃんの気持ちがすべてやから、じかに話してくれ、と許しをいただいてな」

あの両親がそんなにものわかりがよかろうかと怪しんだが、清一を慕っていた娘の想いを汲《く》んでの計らいなのかもしれない。

「わかりました。さっき申し上げた通り、清太君は私が引き受けます」

悌子さん……と、うめいた朝子を小さくうなずいて制し、なるたけ冷静に続けた。

「ただし、ひとつお願いがあります。清太君をうちの養子にするからには、実子として育てたいと思っております。ですから、清太君にも私が本当の母親だと申します。里帰りしても神代家にお連れすることは今後一切ありませんし、雪代さんに会わせることも致しません。よろしいですね？」

断腸の思いで告げた。実の母子の縁を完全に断ち切るなんて、あまりにも殺生だ。が、そこまで言うことで、雪代が思い直してくれるのではないか、という賭《か》けに出たのだ。最前の発言は、清太の母親である雪代の本音ではないとどこかで信じたかった。

清一の父親は戸惑った様子で手を揉み合わせ、瞳《ひとみ》をさまよわせている。

「ええ。それで結構です」

先に明言したのは、雪代だった。丹頂鶴のように首を伸ばし、至極すっきりした顔で、

「万事、悌子さんにお任せしますよ」

と一切の躊躇《ちゅうちょ》も見せず、頭を下げたのだ。まるで、食堂の客が注文を確かめた店員に、間違いはないと告げるような軽やかさで。

「あんたねぇっ」

朝子が再び食ってかかろうとするのを、悌子は素早く遮り、

「では、清太君は今からうちの子になります。どうぞ、このままお引き取りください」

と、厳然と言い放った。

「ちょっと、悌子さん」

再び朝子が腕をつかんだが、悌子は仁王立ちで、ふたりが席を立つのを見据えた。

清太の衣類とおしめ一式だという風呂敷包みを受け取り、押しつけられたいくらか入った封筒を押し返し、彼らが景色から消えるまで悌子は門口で睨み続けた。

朝子が店から出てきて、砂利道の砂をかき集めるや、相撲取りよろしく店の前にまく。

「ほんとは塩をまきたいんだけど、次の配給までもたせないといけないからさ」

口惜しそうに言ってから、

いる。

「でも、どうすんのよ、悌子さん。ほんとにいいの？　頭にくるのはわかるけど」

朝子に言われるまでもなく、雪代の姿が見えなくなった途端、悌子はすさまじい動揺に襲われている。

――大変なことをしてしまった……。

総身の血が、音を立てて引いていく。

「あの、私、ちょっと確かめておきたいことがあるので、清太君をもう少し富枝さんに見ていただくようお願いしていいですか？」

せわしなく朝子に頼むと、悌子は一段抜かしで階段を駆け上がっていった。ドスドスとひどい音が鳴り響き、古い一軒家が大きく揺れる。店のお客さんに申し訳ないとの思いはかすめたが、それどころではない。部屋に飛び込むなり押し入れを引き開け、奥に押し込んだ行李《こうり》の、そのまた一番下にしまい込んだ母からの手紙を乱暴に引っ張り出した。

清一の戦死を伝えた手紙だ。読みさしてそのままになっていた。おそるおそる便箋を開き、続きに目を通していく。

〈神代さんが先日見えて、悌子に頼みがあると改まっておっしゃいました。お孫さんを悌子の養子にできないか、というのです〉

母の筆跡は、このあたりからさらに歪みが激しくなっている。

清一の父親は、清太を悌子の養子にしてほしいと藪《やぶ》から棒に頼んできたらしい。もちろん悌子の両親は反対で、まだ実子もいない娘に養子は困ると即座に断った。が、その日から三日にあげず清一の父親が頼みにくるに至って、両親もついに音《ね》を上げた。

「悌子の気持ちが一番だから、当人に直接頼んでみてほしい」

と、やんわり訪問を拒んだのだ。

〈神代さんとはご近所だし、うちの庭もやってもらっているから、角が立つようなことはしたくなかったのです〉

そう言い訳しているが、要は諸々《もろもろ》面倒になってこちらに下駄《げた》を預けたのだろう。そのくせ、

〈このご時世、養子なんてとんでもないから、悌子から丁重にお断りしてください。あなたが断れば、神代さんも諦《あきら》めるはずです〉

と、高圧的に命じる文章が続いている。

悌子は頭を抱えた。あの両親、とりわけ母が養子をとることを認めるはずもないのだ。きっと、清一の父親は岐阜に戻って、両親に顚末《てんまつ》を告げるだろう。そのときの母の般若《はんにゃ》顔が容易に浮かんで、思わず身震いする。

いや、それよりも権蔵だ。勢いで子供を引き取ってしまったことを、どう告げればいいのか。権蔵には縁もゆかりもない人物の子である。これから夫婦で育てていかなければならないのに、相談もせずに決めてしまった。

悌子は「嗚呼《ああ》」とうめき声をあげ、自分の頭を両の拳固《げんこ》で叩きはじめる。

＊

三日ぶりに小金井に戻ったら、自分たち夫婦に子供ができていた——。

この奇々怪々な現象に呆然《ぼうぜん》としたまま権蔵は、朝子に促されて一階奥の座敷に落ち着く。店を閉めた宵《よい》ということもあり、部屋には朝子夫婦とケイ婆さん、悌子まで揃い踏みだ。子供たちは二階で母の富枝がお守りをしているとかで、キャッキャと遊ぶ声が間断なく降り注いできている。忽然《こつぜん》と立ち現れた「我が子」も、中に交じっているのだろう。

「まことにあいすみません。一存で重大なことを決めてしまいまして」

悌子は権蔵を出迎え、ひと通り経緯を説いたのちに、額を畳に擦《こす》りつけて詫《わ》びた。権蔵はしかし、怒るどころか、なにがどうしてこうなったのか把握することも覚束《おぼつか》ない。ただ、神代神の忘れ形見を我が子として育てていくことがほぼ決定したらしい、という超現実だけがのしかかってきている。

「前から思ってたんだけど、悌子さんって普段は落ち着いてて控えめなのに、たまに突拍子もないことをするのよね」

朝子が言うや、ケイが顔中のシワというシワをうごめかして追い打ちを掛ける。

「去年も教え子だかなんだかを、いきなり連れてきたからね。この人は、後先考えないんだよ。あのとき、あたしは言ったはずだよ。情けは半端にかけるな、って」

悌子は「おっしゃる通りです」と、か細い声で応え、しおれている。かわいそうにも思ったが、ここで安易に悌子の味方をするわけにはいかない。肩を持てば、子を引き取ると権蔵も承知したことになりかねないからだ。

——神代神とあの美人の子か……。

遺伝子について書かれた本を、権蔵は読んだことがある。清太とやらは言ってみれば、英雄と美女の掛け合わせだ。当然、優れた資質を秘めているに違いない。その父親が自分というのは、設定として無理がないか？　きっと長ずる中であっさり自分を追い抜き、彼は胸の内に疑問を生ずるだろう。本当にこんなのが俺の父親なのか、と。戦争さえなければ清太は、あの聖人君子、神代神を父として育つことができたのに。早くも申し訳なさでいっぱいになる。

——これは早々に断ったほうが得策だ。自分のためにも、子のためにも。受け入れれば、俺は一生劣等感から逃れられんだろう。

権蔵の内心は千々に乱れた。朝子たちに軽挙をたしなめられ、悌子は大きな体を極限まで小さく丸めている。

「私の不徳の致すところで申し訳ございません。つい、頭に血が上ってしまいました」

詫びを重ねる悌子を、茂樹が憐《あわ》れみを顔中にみなぎらせて見詰めている。

「まぁ、その気持ちはわかるけどね。あたしだって腸《はらわた》煮えくり返ったもん、あの女には。自分の子を手放すってのに、澄ました顔してさ。こんなして、後れ毛かき上げてんのよ」

朝子が、体をくねらせながら髪をいじる仕草をしてみせる。言い過ぎだよ、と茂樹がたしなめたが、朝子の口は止まらない。

「あの女、自分が働けるとこはない、なんて言ってたけどさ、どうせ仕事だって探してないのよ。お姫様みたいに家の中だけにいたいのよ。楽したいだけよ」

「この食糧難のさなかに、いいご身分だね」

ケイがすかさず鼻を鳴らす。今日は朝から農家を回って着物を売っては野菜を仕入れてきたよ、タケノコ生活だよ、とついさっき忌々しげに彼女は語っていたのだ。

「それで、権蔵君はいいのかい？　あの子を養子にするってことで問題はないのかな？」

女たちのかしましい悪口を遮るふうに、茂樹が権蔵に水を向けた。

いや、自分の稼ぎではとても養子をとるまでの余裕はないから、理由《わけ》を話してあの子を親元に返してはどうか——悌子には悪いが、みなが納得しそうな返答を胸の内で支度した。早稲田の絶対的エースにして人徳もあった神代神の子を育てるのは自分にはあまりに荷が重いという本音は、ひた隠しにする。

「俺としては、さすがに今、養子ってのは」

そう言いかけたとき、朝子がなにか思い出したらしく、乱暴に膝を叩いて、

「だいたいさ、あの女の再婚相手、ろくな男じゃないよ、あれ。あの女と一緒になるってんならさ、子供のことも全部ひっくるめて面倒見るのが人情ってもんでしょ。それなのに、あの子の父親、清一さんだっけ？　それが地元の英雄だからって怖《お》じ気づいてさ、あの子とは暮らせないってどういう道理よ。きっと劣等感まみれなのよ、そいつ」

鼻息荒く言ったのだ。権蔵は思わず「うっ」と、矢で射られたような声を発したきり、胸に手を当て押し黙る。

「清ちゃんは甲子園に出場した学校のエースでしたので、腰が引けたのかもしれません」

悌子が控えめに取り繕った。

「だからさ、そんなことで腰が引けるなんて、どうせたいした男じゃないのよ」

朝子が一刀両断したから、権蔵は再び「むぅっ」と、おくびのようなうめき声を漏らす。

「そりゃ甲子園に出たってのは、偉業に違いないわよ。地元の英雄にもなるでしょうよ。でもさ、その再婚相手には、これから先の時間があるじゃない。そこで清一さんとやらを上回る仕事をして

いけばいいのよ。あの子の父親として恥ずかしくない人生を送れば、それで十分なのよ。それだってのに勝負すらしないでさ、清一さんに男として勝てそうもないから、子供を他所《よそ》へやってくれだなんて、どんだけケツの穴の小さい男なのよ。あたしだったら、そんなしみったれた男、こっちから願い下げだけどね。ね、兄貴」

唐突に同意を求められるも、きっとそのケツの穴の小さな男は、自分と同じ思考回路をたどって結論に至ったのだろうと思えば、権蔵は左胸を押さえたままの格好で、かろうじてうなずくことしかできない。

「で、どうすんの？　兄貴。本当に引き取るの？」

茂樹と同じ質問ではあるが、朝子が口にすると詰問にしか聞こえない。悌子が心細げな面持ちで、こちらを見やる。全員の目が権蔵に集まった。

――ともかくダメだ。ろくな稼ぎもないのに、他人様《ひとさま》の子まで養えるか。

頭の中の火の見櫓《やぐら》では、半鐘がけたたましく打ち鳴らされている。断らねばなるまい。権蔵は口中の唾《つば》を飲み込んでから言った。

「もっ、もちろんさ。お悌がそう返事しちまったんだから、うちの子にするよりないだろ。なぁに、子のひとりやふたり養うくれぇ、どうってことねぇやな」

自分の発した言葉に、権蔵自身が愕然となった。声にする寸前まで確かに断る気でいたのだ。それが、どうしてこうなった？

悌子が目を潤ませて、頭を下げる。

「そうだよね。そうこなくっちゃ。よかった、兄貴があの女の再婚相手みたいな器の小さい男じゃなくって」

朝子は顔を上気させ、茂樹も満面の笑みでうなずいたが、ケイは、「あんたごときに父親が務まるかね」と、鼻の頭にシワを寄せ、「ま、せいぜい逃げ出さないようにやんな」と、せせら笑った。

「ありがとうございます、権蔵さん」

悌子の声は、感激に揺れている。混乱の中で、そういや母の意見を訊いてないな、と気付いたが、もはや後には引けない。常より権蔵の意思を尊重してくれる母だから問題なかろう、とこれを脇に置き、まずは先々のやりくりへと権蔵は考えを集めた。

「あの、それで、みなさんに改めてお願いがあります。先程もお伝えしましたが、清太君は我が子として育てますので、実の親のことはあの子にけっして言わないでほしいんです。実の親が他にいるというのは、小さな子でもきっと混乱するでしょうし、私たちに遠慮をしかねないと思うんです」

悌子の意図するところはわかるが、いかに幼児とはいえ、岐阜でのことや実の母の感触は覚えているのではないかと権蔵は怪しむ。数え三つということは、この世に生まれ落ちて二年程だ。権蔵は自らの記憶をたどっていく。もっとも古い思い出となると、七五三で訪れた靖国神社だから、おそらく数えで五歳。となると、満で四つのときだろうか。それも記憶は断片的で、母や父の様子はひとつも思い出せない。唯一鮮明なのは、神社近くに出ていたおでんの屋台くらいだ。

「もちろん悌子さんの子育て方針を尊重するよ。智栄と茂生にも、養子だってことは伏せるから」

朝子の言葉に、茂生はともかく智栄は不審に思うのではないか、と権蔵は眉根を寄せ、これを察したらしい朝子が付け加える。

「智栄には、コウノトリさんが運んでくる途中で寄り道したから子供が届くのが遅くなったとでも言っておくよ」
道理を無理ではね飛ばした出任せが、乱雑に積み重なっていく。ぜんたい、物心が付くのは、どのあたりの年齢なのか——。
「ちょっと俺、とりあえず、子供の顔を見てこようかな。まだ挨拶もしてねぇし」
こんがらがった頭を一旦冷やすため、権蔵は腰を上げる。
「話の途中だよ」
ケイが鋭く言ったが、
「まぁ母ちゃん、そう言うなよ。権蔵君だって、支度もなしに親になったんだから、まずは子供と接して気持ちを整理しないとさ」
茂樹が速やかに、権蔵の本音を代弁してくれた。悌子がまた、「すみません」とうなだれたのを、
「子供を見たいってだけさ。深い意味はないよ」と、強がりで濁し、階段を上りはじめたはいいが、現実的な不安に押し潰《つぶ》されそうになる。金はどうするのだ。家計についても一から見直さねばならないだろう。せっかく赤字を出さずうまく回してきたのに、と権蔵は歯嚙《はが》みする。
〽物もない　カネもない
　暇もないとは情ない
味気ない　やり切れない
みんな戦争が悪いのよ
アー悪いのよ
今年一月末からはじまって、好評を博している番組「歌の新聞」のコントで流れる曲が、頭の中

を巡っている。

いやぁ、とんでもない才能が出てきたよ。自分で作った歌をさ、局に売り込んだんだってさ。「南の風が消えちゃった」っての。それが評価されて、その月のうちに番組持たせてもらったってんだから驚きだよ。「歌の新聞」。風刺が利いてるのが受けてんだよね。そいつ、繁田裕司《しげたひろし》ってんだけどさ、最近は三木鶏郎《みきとりろう》って名乗ってんだ。僕と名前が似てるから、まぎらわしいんだよね。

鶏田が、口を尖らせて語っていたのだ。

放送作家でもない者が売り込んで番組を持たせてもらえるなら、俺もなんとかなるかもしれないと、ほんのり思っていたところへ、金銭的になんとかしないとならない事態が発生してしまった。これから子供を養っていくとなれば「街頭録音」の助手だけでは立ちゆかないだろう。できればラジオの仕事を増やしたいが、どう動けばいいものか――。

二階の廊下で一度深呼吸して気持ちを整え、母の部屋の襖を開けた。最前まで騒いでいた子供たちは、いつの間にか川の字になって寝息を立てており、そのかたわらでは母が団扇《うちわ》で彼らに風を送っている。

「寝かしつけてたら、こっちまで眠くなってきちゃったわ」

顔を出した権蔵に小声で言って、肩をすくめた。電気スタンドのぼんやりした明るさの中で、権蔵はしげしげと、子供らの寝顔を見詰める。活発な智栄の腕や足には、かさぶたがいくつも貼り付いていた。茂生は痩《や》せっぽちな体に比例して寝息までか細い。

意を決して、一番奥で寝ている神代神の子、清太に目を向ける。

ふっくらして赤々とした頰、長いまつげ、ふわふわの髪、小さな手の甲にできた四つのえくぼがなんともいとけない。お伽噺《とぎばなし》から抜け出てきたような幼子の姿を前に、権蔵は改めて震え上がった。やはり、自分が父親役を務めるにはあまりに不釣り合いな相手だ。

「それで、どうすることにしたの？」

母が、子供たちに目を落としたまま訊く。

「どうするもこうするも、もう子供を置いてかれちまったんだから、引き取るよりないだろう。お悌はさかんに詫びてるけど」

すると母は、見知らぬ土地にひとり取り残されたような、ひどく心許《こころもと》なげな顔をこちらに向けたのである。

「それは……どうなのかしら」

えっ。と、権蔵は声を裏返した。あなたたちがそう決めたならそれでいいわよ、と母はあっさり諒承《りょうしょう》するものだと決めつけていたからだ。

「だって、引き取ったらこの子があなたたち夫婦の長男になるのよ。もし子供ができたらどうするの？　それが男の子だったら？」

神代神とあの美人の子。俺とお悌の子。

──……勝てるとは思えねぇ。

思わず頭を抱えると、

「その場合、どちらが中津川の家を継ぐことになるのかしら」

母が言ったから、なんだ子供の出来の話じゃないのか、と権蔵はほっと息をつく。

「血筋を重んじて、あなたたちの子が家を継げば、いずれこの子はかわいそうな思いをすることになるでしょ」

母が長男である自分を授かるまでだいぶ苦労したことを、権蔵は折に触れ聞かされてきた。きっと父方の祖父母から跡継ぎを産めと、かなりの重圧を掛けられたのだろう。

「それに、自分の子と他所様《よそさま》の子を分け隔てなく育てていかないといけないのよ。そうしないと、子供はひねくれちゃうわよ。あなたに、その覚悟はあるの？」

……覚悟。そんなものは小指の先ほどもない。自分の子ができたとして、同等に育てる自信はおろか、そもそも子育てについて具体的に思いを致したことすらないのだ。それに権蔵自身、軍人だった父と良好な関係を築けなかっただけに、父と息子とはどうあるべきか、見当もつかなかった。

「親になるには覚悟がいるのよ。そのための十月十日《とつきとおか》なの。おしめや前掛けやおくるみを支度しながら、親としての心構えも調えていく期間なの」

母がこれほど執拗《しつよう》なのは珍しく、権蔵は違和感を覚える。父も亡い今、かほどに家にこだわる理由はない気もするが……。

唐突に、すさまじい勢いで襖が引き開けられたのは、そのときだった。

驚いて叫びそうになった喉を、権蔵は寝ている子供たちの手前、すんでのところで抑え込んだ。

襖を引き開けた当の悌子はしかし、そんな権蔵の配慮などお構いなしに足音も高く母の前まで進み出るや、くずおれるようにして正座し、

「まことに、あいすみませんっ」

と、芝居によく登場する、お白洲《しらす》に引き出された下手人さながらに頭を下げたのだ。

「おふたりのお話を、今そこで聞いておりまして、私はなんて勝手なことをしてしまったんだろう

と、ますます申し訳なく……。私は中津川家の嫁なのに、その自覚もなく子供を引き取ってしまいました。まったく、お詫びのしようもございません」

まるで切腹でもしかねない勢いに、権蔵はかえってきまりが悪くなる。中津川家は源平の頃から続く由緒正しい家柄でもないのだ。しかし母は、変わらず厳しい顔のままだ。

「そうね。これは家族のことよ。悌子さんひとりで決めていいことじゃなかったわね」

常に悌子の味方でいた母だけに、その容赦ない物言いは、権蔵には意外だった。

「おっしゃる通りです。権蔵さんにも富枝さんにも前もってご相談すべきことでした」

「私、それも嫌なのよ」

「え？」

「いつまでも、私のこと、富枝さんって呼んでるでしょ？　もう身内なのに」

手を揉み合わせながら母は言う。とんだ脇道に話が逸《そ》れて権蔵は目をしばたたいたが、悌子はハッとした様子で「ごめんなさいっ」と、再び頭を下げた。

「今までずっと、富枝さんって呼んでいたので、ついそのままで。お義母さんって、お呼びしないといけないのに」

呼び名なぞ、この際どうでもよかろう、と権蔵が肩をすくめたところで、母がもじもじしながら悌子に言ったのだ。

「あのね、もう一度、言ってくれる？」

「はい。あ、えーと、お義母さん」

悌子が少しはにかんで言うや、母はやにわに両手の平で顔を覆った。権蔵は、なんだ、どうした、と慌て、さらに母の指の隙間からすすり泣きが漏れるに至って、「やっ」と腰を浮かして、うろたえた。

「え？　泣いて……なんで？　今の会話のどこに泣く要素があるんだよ」

見れば悌子もまた、目を潤ませている。

「私ね、強引にふたりの結婚をまとめちゃったでしょ。だから悌子さんは、どこか腑《ふ》に落ちないでいるんじゃないかしら、ってずっと心配だったの。私のことも、いつまでも『富枝さん』だし、その上、勝手に子供を引き取っちゃうし。すごく心細かったのよ」

涙を拭いつつ、母が言う。

「そんなこと……。私、いいご縁をいただいて、とても感謝してるんです。夫婦というのがどういうものかまだよくわからないんですが、富枝さ……いえ、お義母さんと家族になれたことは掛け値なしにうれしいんです」

むむ、と権蔵の喉が鳴った。自分と夫婦になれたことより、母と家族になれたことのほうが重畳だとでも言わんばかりではないか。

「本当？」

「はい。心からそう思っています」

「よかった……後悔してないのね」

「ええ、ええ。もちろんです」

母は悌子の手をとり、その手を悌子がむんずと握り返した。

「私もあなたみたいな娘ができて心強いわ」

「私こそ、果報者です」

俺はぜんたい、なんの茶番劇を見せられているのだ、と権蔵は鼻白む。義母娘の絆《きずな》はめでたく深まったようだが、夫である自分は完全に蚊帳《かや》の外なのだ。

まわりで騒がしくしたからだろう、清太が目を覚ました。むくりと起き上がると、きょろきょろあたりを見回してから、

「おかぁ」

と、ひと声、呼んだ。悌子より先に母が近づいて、清太を抱き上げる。「おっきしちゃったねぇ。さ、またねんねしようね」と、額の汗を手拭いで拭いながらあやす。

「おかぁ、おかぁー」

しかし清太は母の手を振り払わんばかりに頭を振って、懸命に母親を呼んでいる。

「あ、お義母さん、私が」

と、悌子が代わって清太を抱いた途端、子供は引きつけでも起こしたように体を仰《の》け反らせ、声をあげて泣きはじめた。抱かれ心地が、あの華奢《きゃしゃ》な美人とは相当違うのだろうと権蔵は子の心中を察する。

「おかぁっ、おかぁっ！」

悲痛な叫び声と共に、パチンコ玉のような大粒の涙がこぼれ落ちていく。大人が泣いてもここまできれいな球状にはならない気がするが、どういう仕組みなのだろうと、権蔵は清太の泣くさまを興味深く見詰める。

「お母ちゃんは、ここだよー」

いっこうに泣き止まない清太に、悌子が強引な母親宣言を発した。清太は束の間キョトンと目を見開いたが、すぐにむずかってますます泣き声を高くする。智栄と茂生は常日頃、騒がしいところで寝起きしているから耐性があるのか、平気の平左で気持ちよさそうに寝息を立てていた。

この夜、清太は一時間ほども泣き通した。外へ出てあやしても、おしめをとり替えても、ミルクを与えようとしても泣き続けたから疲れ果てたのだろう。突如、ゼンマイ仕掛けのおもちゃが動きを止めるようにして、コトリと寝入ってしまった。

自分たち夫婦を親と認めさせるのはやはり不可能ではないか、と権蔵は早々に匙《さじ》を投げかけたが、悌子はけっして諦めず、翌日もその翌日も、清太が「おかぁ、おかぁ」と泣くたびに「お母ちゃんはここだよー」と、しつこく唱え続けた。

母は本音をぶつけて吹っ切れたのか、はじめての子育てに奮闘する悌子に、細かに教えを施している。おしめの替え方から夜泣きのあやし方まで、付きっきりで指南するのだ。

「遅くとも夜八時までには寝かさないとね。それから、天気のいい日はお散歩するのよ。日に当たらないと骨が丈夫にならないから」

子育てのいろはをかたわらで聞いているだけで、権蔵は疲労困憊《こんぱい》する。途方もなく面倒くさい。なにしろ、やらなければならないことが、次から次へと出てくるのだ。馬は産まれてすぐに自力で立ち、親の並走で程なく走るようにもなる。それに比べて、人間はどうしてこうも手が掛かるのか。

それでも清太は幾分成長が早いらしく、歩くことも話すことも茂生と同程度にはできる。とはいえ「あー」や「うー」が多く、意思疎通は速やかとはいえない。その上、よちよち歩きのせいか、なんでもないようなところで突然すっ転んだりもする。まったく目が離せないのだ。

権蔵は子供とどう接したものかわからずに戸惑うばかりで、そうなるとだんだんと下宿にいるのが息苦しくなり、早々に遁走《とんそう》を決めた。仕事を理由に、家に帰らなくなったのだ。昼間は番組制作のため局に詰め、仕事の手が空いたときには鶏田の事務所に顔を出して原稿の清書作業などを手伝い、夜になると後楽園近くの六助の下宿を訪ねて泊めてもらう、という日を続けたのである。

「え？　お前に子供？　やるこた早《はえ》ぇな」

六助は最初、権蔵の報告に呵々《かか》と笑ったが、詳しい事情を聞くうちに、神妙な面持ちで顎をさすり出した。

「やっぱり引き取ったのは、無謀ですよね。下宿には、その養子も入れて子供が三人いるんですが、どうにか人がましいのは五歳になった女の子くらいで、あとは会話も成り立たねぇし、ちょっとしたことでピーギャー泣くし。しかも茂生って四つの子なんざ、いきなり吐いたりしますからね。こっちが食事中でもお構いなしですよ」

「そりゃおめぇ、子供ってのは泣いたり吐いたり漏らしたりするのが仕事だから仕方ねぇやな。お前だってそうだったろう」

「いやぁ、俺の記憶にはないですけどね」

首を横に振ったところで、六助は痰《たん》が絡んだ咳払《せきばら》いをしてから続けた。

「まぁ養子だとしても、育ててやったってな気でいちゃならねぇよ。こいつは実子でも同じさ。年取ってから面倒見てもらおうなんてのも期待するなよ。人間ってのはどういうものか、自分の親より子供のほうが大事なのよ。だからお前が爺《じい》さんになった頃にゃ、そのガキは自分の作った家庭で手一杯になってる。手塩に掛けたところで、子ってのはいずれ親から離れていくもんだしな」

清太の、実の祖父が悌子に語ったらしいことを権蔵は思った。年老いたとき、婿として迎えた男に植木屋を手伝ってもらうため、彼は清太を手放したのだ。しかし子供を追い出すことを婿入りの条件とするような男が、実の親でもない老人を親身になって助けるだろうか、と他人事《ひとごと》ながら案じられた。

「体が利かなくなったらよ、金払って施設にでも面倒見てもらうのが一番よ。割り切ってさ。家族だと情が絡むし、遠慮がなくなるから、いらぬ諍《いさか》いも生むのさ」

六助は家族もない天涯孤独の身だ。今の言葉が強がりに聞こえ、権蔵は胸が詰まった。

「六さんは、俺を家族と思ってください」

こみ上げるものがあって、勢いそう伝えると、六助は訝《いぶか》しげに肩を引いた。

「え？　なんで？」

「今後なにかあれば力になりますから」

「いや、そんときゃ養老院にでも入るさ。だいたい嫌だよ、お前が家族なんて。なんの役にも立たねぇし、厄介ごとに巻き込まれそうだし。俺の心配より、お前は子供から逃げてねぇで嫁さんを助けてやんな」

六助は言って、おぞましげに身震いした。


「街頭録音」はこのところ、収録場所を銀座資生堂《しせいどう》前にほぼ固定している。ラジオで話したいことがある者は収録日をはかってここで待ち構えていることが多く、以前のようにほうぼう駆けずり回って人を集める手間はなくなった。

ラジオは第二放送も再開し、米軍部放送組織ＡＦＲＳの放送も聴けるようになった。軽快なジャズをよく流しているから、権蔵はこれを愛聴している。一方で、空襲で離ればなれになった者や兵隊に行ったきりの者に電波を通して呼びかける番組「尋ね人」がこの七月からはじまった。いまだ四百万人以上の兵士が復員していないと噂に聞く。市民の戦争はまだまだ終わりが見えないのだ。

収録場所に集まった聴取者を整理していると、ぽんと肩を叩かれた。いつの間にか、かたわらに鶏田が立っている。

「あのさ、来月、僕のラジオドラマの収録があるわけなんだけどさ」

わけなんだけどさ、と言われたところで、初耳である。しかも挨拶もなしに話を切り出され、参加者に一列に並ぶよう声を掛けていた権蔵は、やまびこを呼んでいるような格好のまま動きを止めざるを得なかった。

「君、手伝いたいって言ってたでしょ。それでね、効果音を一緒に収録するんだけど、手が足りなくてさ。お願いできるかな」

「はぁ、効果音ですか」

「うん。例えばチャンバラのときグサッとやられる音はさ、マイクの前でキャベツを切ったりするんだよ。そういうのを演奏所で、君にやってほしいわけよ」

演奏所の一室に役者もすべて揃えて一斉に録音するため、どうにも手が足りないのだと鶏田は付け足した。

「『はたちの青春』で、接吻《せっぷん》シーンがあったでしょ。話題になったから君も知ってるよね」

権蔵は黙ってうなずく。五月に封切りになった映画だ。口と口で接吻する場面が大写しになって、観客に大きな衝撃を与えた。あの演出は、GHQの提案だという。日本人は街中で堂々と接吻もできない。それではいかんから、接吻に慣れるよう映画にもシーンを入れるように、とのことらしい。幾野《いくの》道子《みちこ》の相手役・大坂志郎《おおさかしろう》は役得だが、オキシドールに浸したガーゼを唇に挟んでの撮影だったとかで、そこまでして接吻を日本人に植え付けてなにになるのだと権蔵は不可解だった。

「ラジオドラマも映画にゃ負けてらんないからね。話題になるものを作らないとね。それとね、『歌の新聞』が打ち切りになったってさ」

以前、鶏田が、「とんでもない才能が出てきた」と褒めそやしていた三木鶏郎の風刺番組だ。

「え？　人気があるんですよね？」

「それがさ、放送予定のコントの脚本がCIEで問題になったんだって」

古いチラシの裏に新たな標語を書いた、というネタだという。

〈「民主主義！　と書いてある裏にだね」

「何て書いてあった？」

「八紘一宇《はつこういちう》って書いてあったよ」〉

戦争が終わってからたった一年で、こんなコントがラジオで流れることに、日本人の変わり身の早さを覚えて権蔵はぞっとしないでもなかったが、CIEで脚本検閲をしているハギンスだかヒギンスだかいう少佐は、意外にもこれを危険思想だと牽制《けんせい》したのだ。

民主主義の裏に八紘一宇、という脚本を、「日本人は民主主義を受け入れているように見せかけながら、八紘一宇の精神をいまだ隠し持っている」と、解釈したらしい。

「そいつぁ驚きですね。ついこの間まで八紘一宇と唱えていたのに、とっとと民主主義に切り替えた日本の現状を皮肉ってるものなのに。なんでしょう、アメリカさんは洒落《しゃれ》が通じないんですかね」

権蔵が眉根を寄せると、鶏田は、

「アメリカンジョークってのはあるけどね。ほら、ＡＦＲＳの番組でもたまに音楽の間に米軍の連中が、さも面白いことを言ってるふうに話してるじゃない。ただ僕が聴く限り、そこまで笑いのセンスはないんだよね。僕の英語力不足でちゃんと聞き取れてないだけかもしれないけどさ」

鶏田は首をすくめる。

「それにしても、たった一回の脚本が引っ掛かっただけで、あんな人気番組を打ち切りにするってのは、ずいぶんな制裁ですね」

映画もラジオもアメリカさんの言う通りじゃ嫌になるよね、と鶏田は肩をそびやかし、

「で、ここからが本題だ。『歌の新聞』の枠があくだろう？　新番組の企画を募ってるんだって。まだなにも決まってないんだが」

言って、こちらの顔を覗き込んだ。

「せっかくだから、君、なにか企画を出せよ。いつまでも行列の整理じゃ仕方ないだろ」

まわりに人がいるのに、彼は平気でそんなことを言う。

「鶏田さんは？　その枠、いいんですか？」

「僕はどんどん仕事が入ってるからさ、そこまで手が回らんよ」

鶏田は涼しい顔で言い、胸ポケットからピースを取り出して火をつけた。

その日から権蔵は、昼となく夜となく企画案を練り続けたが、頭の中は浅いぬかるみのような具合で、踏んでも踏んでも泥がはねるばかりでなにも出てこない。そうこうするうち六助から、「これ以上居座るようなら、宿代もらうぞ」と脅かされ、詮方《せんかた》なく環境を変えることにしたのだった。八月の終わり、久方ぶりに中央本線に乗り、小金井に向かった。下宿に帰るのは、およそ三週間ぶりである。ここまで長く戻らなかったのははじめてのことだ。

車窓に流れる景色が畑ばかりになるにつれ、権蔵の胃は鉛玉でも飲み込んだように重く沈んだ。帰ったらいよいよ清太と対峙《たいじ》しなければならない。父親たるものの振る舞いもわからなければ、今後子供とよい関係を築けるとも思えない。軍人だった父のように威張り散らすのは論外だが、といって茂樹のように子供と一緒になって驚いたり喜んだりする無邪気さも持ち合わせていないのだ。「お父ちゃんだよー」と、悌子のように子に語りかけることすらまともにできそうになく、権蔵はひたすら憂鬱《ゆううつ》になる。

——お悌は怒ってるだろうね。清太の世話を一切押しつけちまってんだから。

武蔵境駅で降りて、またひとつ溜息をつく。駅前に珍しく飴《あめ》売りの屋台が出ているのを見付け、権蔵はなけなしの金をはたいて、これを家族のご機嫌取り用の土産にと買い求めた。

「旦那《だんな》、運がいいですよ。今日だけ私、上総《かずさ》から行商に来たんですよ。戦中は菓子製造も禁止でしたから、お子さん、喜びますよ」

そういや向島の家の近くの駄菓子屋も店を閉めていた。以前は子供たちの溜まり場で、権蔵は当時、奴らのうるささにうんざりしていたのだが、あそこにいた子供らのほとんどは家を焼かれ、家族を失い、もしかしたら命を落とした子もいるかもしれないと思えば、柄にもなく憂いに囚《とら》われた。

畑道をゆるゆる歩く。第一次農地改革案はＧＨＱに拒否されたが、農林省が今後提出する案が通れば、ここらの景色も変わるのだろうか、と世相のことなんぞに思いを馳《は》せたのも、差し迫った現実からの逃避だろう。

木村食堂はのれんが出ており、店には数名客もいる。ケイ婆さんに見付かって嫌みのひとつも放られればなおさら逃げ出したくなりそうだから、権蔵は脇の階段からそそくさと二階に上がった。と、子供の笑い声が聞こえてきたのだ。智栄でも茂生でもない、耳慣れない笑い声だ。どうやら、自分たちの部屋から聞こえてくるらしい。

――いる。奴だ。

権蔵は一度身震いし、息を整えてから、「南無三」と唱えて襖を開けた。

「あらっ、おかえりなさいっ」

悌子は目を瞠りはしたが怒っているふうはなく、いつもと変わらない調子で、

「お疲れ様でした。ご飯は？」

と、真っ先に訊いてきた。何日留守にしてもまったく心配や不満を表さない悌子だが、こちらの腹の減り具合に関しては執拗に気に掛ける。悌子自身が空腹だと万事に身が入らなくなるらしく、きっと他人も同様だと思い込んでいるのだ。お腹が減ると脂汗が出て、気が遠くなりますでしょう？　と、以前それがさも万人の常識のごとく語っていたが、権蔵はこれまで一度としてそんな経験はなかった。

「腹は減ってないよ」

答えて、戸口近くにあぐらをかく。清太は素早く悌子の後ろに身を隠し、彼女の腋《わき》の下から用心

深くこちらを窺《うかが》っている。

「いやぁ、べらぼうに忙しくってさ。すまないね。なかなか帰れなくって」

「そんなことだろうと思ってました。戦中でしたら心配ですけど、今は便りがないのはよい便りです」

悌子はあっけらかんと笑って、手にしていた団扇で、ばさばさと権蔵に風を送った。もともと仕事一辺倒で細やかな暮らしぶりとは程遠い女だったが、ほんの数週間で輪を掛けて所作が雑になった気がする。彼女はやにわに清太の体を権蔵に向け、

「ほら、お父ちゃんだよ」

と、ためらいもなく言い放った。権蔵も息を呑んだが、清太もまた、疑わしげな眼差《まなざ》しをこちらに向ける。悌子はすでに、自らを母だと清太に信じ込ませることができたのだろうか。神代神に会ったことのない清太にとって、はじめて見る父親は権蔵になるわけだが、彼は果たしてそれを受け入れるのか。

「そら、清太。お父ちゃんのとこに行きな」

悌子が清太を促したから、権蔵は居すくんだ。来られたってどうすりゃいいか、俺はわからんぞ。うろたえていると、清太は一度悌子を見上げ、彼女がうなずくのを確かめてから、テコテコとこちらへ向かって歩いてきたのだ。

「いや、ちょっと来られても、困るぜ」

慌てた権蔵に反して、清太は迷いなくまっすぐ向かってくる。体の動きに合わせて、ひよこを思わせる髪がふわふわ揺れ、頬が赤みを増していく。やがて権蔵の目の前まで来ると、清太はなにを

思ったかくるりと背を向け、そのまま後ろに倒れ込むような格好で、あぐらをかいた権蔵の股《また》ぐらに座ったのだ。背中はすっかり権蔵の腹に預けている。

不意に、名状しがたい感情が吹き荒れた。生まれてこの方、得たことのない気持ちだ。胸がしぼられたようになり、総身に電気が走り、息が上がっていく。清太の頭から漂う、乳のような甘い香りにくらくらする。

「よかった。清太はお父ちゃんとも仲良くできるね。すごいねぇ」

悌子が褒めると、清太は「なかよくできゆ」と、いとけない声で答えたのである。

——なんだ、なんなんだ、この生き物はっ。

権蔵は清太を抱き上げたい衝動に駆られるが、下手なことをして傷つけてはいかんと、両の拳を握って必死に耐える。と、悌子が足音を鳴らして近づき、ボールを拾い上げでもするようにやにわに清太を抱えるや、権蔵の胸にぐいと押しつけたのだ。

「おいっ、お悌っ。そんな乱暴に扱うんじゃねぇ。まだ幼児だぜっ」

仰天して怒鳴ると、清太のほうがびっくりしたのだろう、目をまん丸に見開いたと思ったら、顔をくしゃくしゃにした。まずい、泣かれる、と焦った刹那《せつな》、悌子が素早くとんとんと清太の背を叩き、

「大丈夫だよー。お父ちゃんは優しい人だよ。清太のことが大好きだって」

と、柔らかにささやいた。それが魔法となって清太を落ち着かせたのか、彼は泣かずに権蔵の腕の中からこちらを見上げた。つぶらな瞳をまっすぐ向けられ、権蔵は打ち震える。

「権蔵さん、なにかお話ししてあげてください」

そう言われても、なにを話せばいいのか。気まずい沈黙が、至近距離の清太との間に挟まる。なにか言わなければと猛烈に焦り、

「手前は中津川権蔵と申します。当年とって三十二歳。悌子の夫で、ラジオの仕事をしております」

語りはじめたところで悌子に止められた。

「お父ちゃんだよ、ってちゃんと言ってください。権蔵さんの年齢とか、清太にはどうでもいいことですから」

容易に父と名乗れないから自己紹介でお茶を濁したのに、悌子はまったく容赦ない。

誰かが階段を上がってくる音が聞こえる。子供の声が交じっているから、智栄や茂生だろう。やがて部屋の襖が開いて、銭湯帰りの子供たちと母が姿を現した。

「あ、おじちゃんがいる」

智栄がやや迷惑そうに顔をしかめ、母は清太を抱いた権蔵を見て、少し驚いたふうに眉を上げてから幾分顔を険しくし、

「あなた、三週間ぶりよ。いくら仕事が忙しいからってダメよ。まだ新婚なんだから」

そう、たしなめた。

「いいんです、お義母さん。おかげで食費も浮いていますし。今は、権蔵さんも仕事の踏ん張り時ですから」

悌子は拘泥《こうでい》するふうがない。

「でも、悌子さんの学校がはじまったら、権蔵も少しは育児に協力してちょうだいよ」

新学期のはじまる九月は目前に迫っている。悌子は日中留守にする。その間、権蔵が清太を見られればいいが、局に詰めなければならない日が最低でも週に三日はある。といって、母や朝子に一切合切世話を押しつけるのは、さすがに無責任だ。

──それに。

と、権蔵は、腕の中の清太に目を落とす。

──この子をもっと間近で見ていたい。

正直な希求が、我ながらおぞましかった。ついさっきまで子供は大の苦手だったはずなのに、清太に接しただけでそれが百八十度覆《くつがえ》るとは。よもや自分が、かように平々凡々で面白みもない父性を内包していたとは。動じると共に軽い失望も覚える。これから他に類を見ない企画を考えんと意気込んでいたところで、己の凡庸さを突きつけられた気になったのだ。

「そうだ。飴があるんだ」

土産のことを思い出し、清太を一旦悌子に預けると、鞄から飴玉の入った袋を取り出した。べっこう飴より一回り大きく、周りに粗目《ざらめ》がまぶしてある。これを見せると子供らはいっせいに、「わーっ」と歓声をあげた。早速手を伸ばした智栄に母が、

「そのまま舐《な》めたら、危ないよ。喉にでも詰まったら」

慌てて制し、トンカチを持ってきて小さく割ろうと提案した。これを聞いた悌子が、

「あ、それなら私が」

と、おもむろに飴を手拭いで覆うや、「やっ！」と気合いを入れ、あたかも瓦《かわら》割りのごとく拳で見事に砕いたのである。

「わ！　おばちゃん、すごーい。魔法みたい」

智栄は大喜びし、清太に向くや言った。

「清太のお母ちゃんは、すごいねぇ」

権蔵が留守にしていた間に、清太はしっかり悌子の子として姪《めい》たちにまで認識されている。以前朝子が口にした「コウノトリさんが運んでくる途中で寄り道した」という出任せを、子供らは愚直に信じたのだろうか。智栄や茂生はともかく、清太も悌子が母であることに、もはや疑いはないのだろうか。数え三つの子の記憶というのは、そんな簡単に塗り替えられるものなのだろうか。

権蔵は怪しみながら、注意深く清太の様子を見守っている。彼は、悌子が砕いた飴のかけらをひとつつまんで口に入れ、

「おいしねー」

と、たどたどしい言葉で告げて微笑んだ。のみならず、かけらをふたつ手に取り、ひとつを悌子に渡し、それから権蔵のほうへちょこちょこと近づいてくると、

「おとちゃんも、はい、どうぞ」

と、もうひとつを差し出したのである。

総身がわなないた。かつて自分に、このような親切を働いてくれた者がいただろうか。母はともかく、他にここまで自分をいたわってくれた者が在ったろうか。黒目がちの瞳が、やや不安げにこちらに向けられている。ありがとう、と言いたいが、長らくこの語句を発さずに生きてきた権蔵は声が出ず、飴のかけらを手の平に載せたまま、こんにゃくよろしく揺れるしかない。

「お父ちゃん、うれしくて震えてるよ、清太」

悌子が見事に権蔵の内心を通訳する。

「うれしいと震えるの？」

食べ物の件でさんざん裏切られ、他者の発言を疑うことをすっかり身につけた智栄が、すかさず悌子に訊いた。

「うちのお父ちゃんはね、本当にうれしいときはそうなるのよ。清太、ありがとね」

うちのお父ちゃん……その言葉を胸の奥で反芻《はんすう》しながら、権蔵は得も言われぬ温《ぬく》みに触れた気になる。ああ、俺と悌子は本当に家族になったのだな、と妙な感慨まで湧いてきた。

清太がそれでも心配そうに見ているから、飴のかけらを口に放り込んで、

「う、うまい」

と、権蔵はどうにかそれだけを絞り出した。途端に清太の顔がふにゃりと溶けて、笑みが咲くように満ちていく。その顔を見て、権蔵もまた、とろけそうになる。この小さな生き物を思うさま抱きしめて、頬ずりでもしたい衝動にかられるが、悌子と母の手前、かろうじて自制している。

清太の行いを見たからか、茂生がかけらのひとつを「お祖母《ばあ》ちゃんも食べて」と、母に手渡した。

「あらあら、いいのかしら」と、母は目を丸くしてから、口に含む振りだけして、子供たちの見ていないところでかけらをそっと手拭いの上に戻した。

「いっぺんに食べたらもったいないから、明日のお楽しみにとっときたい」

智栄が言い、かけらを三等分して、茂生と清太に分けた。清太の分は悌子が手拭いに包み、智栄たちは「お母ちゃんに預かってもらう」と、階段を下りていった。つられて清太も廊下に駆け出し、そのあとを悌子が追っていく。権蔵も清太についていきたかったが、さあらぬふうを装い、部屋に

残った母に、

「しかし、えらい溶け込みようだね」

と、小声で言った。母は肩をすくめ、

「あなたが仕事に逃げてる間、けっこう大変だったのよ」

こちらの肚《はら》の内なぞお見通しだ、といった調子でキュッと睨んでみせた。

清太が「おかぁ」と泣くのは一旦収まったかに見えたが、なにかの拍子に実の母を呼ぶことは続いた。悌子はそれでも辛抱強く「お母ちゃんはここだよ」と唱え続けた。泣き声に辟易《へきえき》したケイが、

「さすがに無理があるよ。返しておいでよ」と言っても諦めず、母として清太に接し続けた。そうこうするうち、ある日憑《つ》き物が落ちたように、清太は突然悌子を「おかちゃん」と呼んだらしい。

「私はね、それを近くで見ていてもらい泣きしそうになったのよ。ようやく悌子さんの子になってくれたって思って。悌子さんもきっと同じ気持ちだったと思うのよ。やっと自分を母と認めてもらえたんだもの」

ところが、悌子は泣くことはおろか、感動を顔に出すことすらなく、恬《てん》として「はいはい、お母ちゃんですよー」と返したという。驚いた母は、あとでこっそり、「あなた、よく泣かなかったわね」と訊いたらしい。

「そしたら悌子さん、本当の母親は呼ばれていちいち泣きませんから、って言ったのよ」

悌子が、清太を実の子として育てたいと願ったのは、清太に遠慮してほしくないという思いと共に、自分も遠慮したくない、という強い意志があるからだと、彼女はそのとき語ったという。

私は学校で他所《よそ》のお子さんを預かっています。養子という気持ちで育てると、生徒に接するのと

区別がつかなくなりそうですから。

「悌子さん、そう言ったけど、実はあなたにも気を遣ってるんじゃないかしら」

母に言われ、権蔵は眉根を寄せた。

「俺？　……とは関係ない気もするけど」

「幼馴染みの子を、お客さん扱いで育てていくのは、夫であるあなたに失礼だと思ったのよ。しっかりふたりの子にしたいのよ。あなたをちゃんと、清太の父親にしたいのよ。だから岐阜に戻っても、幼馴染みのご実家には連れて行かないと決めたんじゃないかしら」

悌子は母として振る舞うだけでなく、家を空けている権蔵の話を、根気強く清太に聞かせていたらしい。

あなたのお父ちゃんはラジオから流れてくる番組を作っているのよ、立派な人なのよ、帰ってきたらたくさん遊んでもらおうね。

「朝子やケイさんにも子育てのコツを訊いてね、熱心なのよ、悌子さん。はじめは力加減でだいぶ苦労したんだけど」

「力加減？」

「そう。清太をあやすとき、背中をトントンするんだけど、だいぶ力が強かったみたいで、一度吐いちゃったのよ、あの子」

常日頃、悌子の怪力を目の当たりにしている権蔵には、その様が容易に想像できた。

「ケイさんがね、布団叩きじゃないんだよ、って言ってね、特訓してくれたの。悌子さんは槍投げ選手だったからか、しごかれるのが苦じゃないみたいで、小さな子の扱いをいろいろ教えてもらってたわよ」

「それ、母さんが教えたほうがいいんじゃないの？」

ケイ婆さんのいかにも雑そうな子育てより、母のほうが丁寧で信頼できそうである。権蔵自身も、幼い頃こそ覚えてはいないが、大事に育ててもらった印象が強く、そのためいまだに母には頭が上がらない。

「子育てって不思議でね、同じように育てても子供によってまったく結果が違うのよ。あなたと朝子だって、正反対みたいに違うでしょ。ふたりとも自分のお腹から出てきたのに、どうしてこうも性格や行動が違うんだろうって不思議なのよね」

それを言われると肩身が狭い。常に活発で行動的、決めたことには猪突猛進《ちょとつもうしん》の朝子を見ては、よく父が、「こいつが男だったらな」とぼやいていたのだ。

「子育てって、こうすれば正しい、ってことはないんだと思うの。だから悌子さんもいろんな人の話を聞いて、しっくりくるやり方を見付ければいいんじゃないかしら。ケイさんも自分の流を頑《かたく》なに譲らないような野暮じゃないしね」


子供の泣き声で目が覚めた。時計を見ると、まだ朝の七時だ。久しぶりの休みだが、権蔵は体を起こして清太の姿を探す。悌子とふたり、とっくに起き出したようで、布団は畳んで部屋の隅に重ねられていた。泣き声はますます大きく、悲愴《ひそう》の度合いを増していく。

「楽しっ、みにしてっ、たのにーっ」

しゃくり上げつつ訴える声から察するに、泣いているのは智栄らしい。権蔵はランニングにステテコ姿のまま階下に下り、小皿を手にして泣いている智栄を見付ける。

「溶けちゃったものはしょうがないわよ。そのまま皿ごと舐めても同じよ」

調理場で下ごしらえをしながら、朝子がぞんざいになだめている。そのまわりでは、悌子と清太、富枝が困ったふうに立ちすくんでいた。

――飴か。

この暑さだ。一晩経つうちに小皿の上でドロドロに溶けてしまったのだろう。茂樹がいればうまくあやしたろうが、買い出しかなにかに出たのか姿が見えない。

「だから茂生みたいに昨日のうちに食べちゃえばよかったのよ。お母さん、言ったわよ。早く食べないと溶けちゃうよ、って」

せわしなく包丁を使いながら、朝子の言いぐさはどんどん素っ気なくなり、智栄の泣き声はますます高くなる。よかれと思って買ってきたが、いらぬ波乱を巻き起こしてしまった。朝子の奥で作業しているケイから元凶呼ばわりされそうだ、と身構えたときだ。

「おかちゃん、行く」

清太が小さな指で二階を指した。

「え？　なんで？　これからご飯だよ」

「いいの。上行く」

なんだなんだと思ううち、悌子は清太を二階に連れて行ったが、すぐにまた下りてきた。清太の手には手拭いが握られている。彼は、ててて、と早足で智栄に近づくと、

「どうじょ」

と、それを差し出した。小さな手の平に載った手拭いから、飴のかけらがいくつも出てきた。

「北側の流しのそばに置いといたから、無事だったんです」

悌子が権蔵に、そっと耳打ちする。

智栄は、清太の手に目を落とし、泣くのをやめた。「くれるの?」と、戸惑いを浮かべて訊く。清太がこくりとうなずいた。朝子がなにか言いかけたのを、母が口元に人差し指を当てて素早く止めた。智栄は、清太の手元に目を落として、しばらく考えるふうに息を詰めていた。その頰の赤みが次第に増していく。やがて、おでこを引っ張っていた糸を断ち切るようにして、反動をつけて顔を上げると、

「あたしの飴はここにあるから、それは清太が食べていいよ」

と、手にした小皿を持ち上げてみせた。すかさず朝子が、

「えらい、智栄。小さい子の分をとっちゃったらかわいそうだもんね。智栄は、弱きを助け、強きを挫《くじ》くのよね」

なぜか任俠《にんきょう》の気風を持ち出し、大仰に褒めた。母やケイも、感心したふうにうなずいている。清太だけが、宙ぶらりんなまま佇んでいるのに真っ先に気付いたのは悌子で、

「ありがとう、清太。やさしいねぇ」

と頭をなでると、清太はやっと大仕事を果たしたかのようににっこり笑った。「清太もえらかったねぇ」と母が重ねるや、今度は少し恥ずかしそうに小首を傾《かし》げた。

——なんてこった。

権蔵は頭を抱える。ひとつひとつの仕草がとんでもなく愛《いと》おしく、総身が締め付けられる。子供

というのは、こんなだったか？　ただうるさいだけの存在ではないのか？

「権蔵さん、朝ご飯を食べたら、少し打ち合わせをお願いしてもよろしいですか？」

感動のあまり目を潤ませていたのに、悌子が急に味も素っ気もない声を発したから、権蔵はお伽《とぎ》の国から現実へと呆気《あつけ》なく引き戻された。

早々に飯を済ませ、散歩に出るという母に清太を託して悌子と四畳半で向き合う。

「あと数日で学校がはじまります。二学期から国史の教科書が新しくなりますし、他にもさまざまな方針の変更があるようなんです。それを把握するのに忙しくなるのと、来年早々に私、正教員になるための検定試験を受けるので準備もしないといけません」

相変わらず、矢継ぎ早に話を進める。

「つまり、清太の面倒を俺も見ないと収まらねぇってことだね」

権蔵はとっとと結論を促す。望むところなのだ。なんだったら、悌子に代わってずっと家にいて、清太と遊んでいたいくらいだ。「街頭録音」の収録や編集で週三日はとられるが、帰れないこともないし、他の日はここで企画を考えれば済むことだ。

「週四日は俺が面倒を見る。あと三日の昼間は、母さんに頼むしかねぇな」

＊

悌子は、意表を突かれて押し黙る。よもや権蔵が育児分担を呑むとは、しかも、こちらが言い出す前に進んで提案してくれるとは、思いもよらなかったのである。

育児は女の仕事だ、と父は事あるごとに言っていた。男は外で働いてくるんやから、家のことはお前がしっかりやるんや、と母に言い、言われた母も、押しつけられたと不満を抱くというよりは夫から信頼されているとどこか誇らしげだったのを思い出す。多くの家庭で、父親は気まぐれに子を構うことはあっても、面倒を見るのは母親と相場が決まっている。だから悌子はこれを切り出すまで、頭から煙が出るほど悩んだのだ。

富枝に日中の世話を頼むことも考えたが、相談もなしに引き取った子だけに気が引け、できるだけ夫婦でなんとかしたかった。とはいえ権蔵は、明らかに清太を避けて家に帰らなくなったから渋るに違いないと覚悟していたのだが、あっさりうなずかれ、悌子は拍子抜けして夫を見詰める。

「なんだよ、四日じゃ不満か？」

黙り込んだ悌子を覗き込んで、権蔵は眉根を寄せた。

「いえっ。逆です。四日も面倒を見ていただけることに驚いてしまって」

「お悌は、自分で言い出したことを相手が受け入れるとよく驚くけど、あんたの言ってることは別段、非常識でも突拍子もないことでもないんだぜ」

権蔵は肩をすくめて笑ったが、実家でこんなことを口にしたら両親は卒倒するだろう。

「局に詰めないとならねぇときより他は、家で仕事をするようにすればいいことさ」

「お仕事中に、清太がまわりをうろちょろしても大丈夫ですか？」

「うん。企画を考えるだけだからな」

なにを想像しているのか、目尻を下げた権蔵だが、不意に真顔になって訊いてきた。

「仮にさ、仮にだよ、俺がラジオの番組を書くとしたら、どんなのがいいと思う？」

「権蔵さんが番組を？　すごい！」

「いや、まだなにも決まってない、仮の話さ。ただ、俺が書くとすればなんだろうってのが、浮かばなくてさ」

自分でも書きたいものがわからないのに、ラジオに不案内な悌子がわかるはずもない。それでも夫の役に立たねば、と悌子は腕組みして思案にふける。

勉強になるもの、暮らしに役立つもの、純粋に楽しめるもの――ラジオ番組を大別するとそんなところだろうか。権蔵が書くならば「勉強」や「暮らし」は非現実的だから、楽しいものがいいだろう。聴取者はもちろん、書いている本人も楽しめるものが。となると得意なことだ。自分にとっての体育のような。悌子は、権蔵の特技に思いを巡らす。が、これといって思い当たらない。こめかみを揉んで、必死に絞り出そうと試みる。

「おい、お悌。顔が閻魔《えんま》みてぇだぜ」

権蔵が不安げにつぶやいたとき、

「あっ、そういえば」

と、悌子は蚊をとるように手を叩いた。

「権蔵さんはよく弱音を吐きますでしょう？　誰彼構わず、所も構わず。そんなふうに、泣き言をのべつ幕無しに言える人って、特に男性ではとっても珍しいと思うんです」

「……わ、悪かったな」

権蔵の顔がこわばった。

「いえ、責めてるんじゃなくて、それが権蔵さんの得意なことなんじゃないかしら。前にここにしばらく住んだ、啓太君っていう体の大きな男の子を覚えてますか？」

「俺と一緒に寝起きしてた子だろ」

悌子はうなずく。

「彼が言ってたんです。弱音を聞けて、気が軽くなったって。戦中は、状況を前向きに捉えなければならなかったし、本音も言えなくて、常に辛抱を強《し》いられましたでしょ」

悌子が勤《いそ》しんだ競技生活でも、弱音を吐くのは禁忌だった。けれど、泣き言や愚痴をあえて誰かに聞いてもらうことで、苦しみが薄まることもある。溜めて溜めて、壊れるまで辛抱するより、小出しに澱《おり》を流すほうがずっと健全なのかもしれないと、悌子はあのとき啓太の言葉を聞いて感じたのだ。

「たぶん、権蔵さんは弱音を吐く能力が、他の方より優れていると思うんです。長年の鍛錬の賜《たまもの》、一朝一夕では出せない味があります。はじめての番組でしたら、得意なことで勝負したほうがいいんじゃないかしら」

名案だと自負しつつ嬉々《きき》として伝えたのだが、

「褒められてる気がしねぇな……」

権蔵は苦り切っていた。

悌子の助言が役に立ったかどうかは知れないが、翌日から権蔵は部屋にこもって、一心に書き物をするようになった。そのかたわらで清太はおとなしく遊んでおり、この調子なら学校がはじまっても大丈夫かもしれないと、悌子の目の前はほのかに明るくなった。

五

九月の新学期がはじまってからの日々もまた、学校は怒濤《どとう》の変革に見舞われた。戦中、授業時間の多くを占めていた修身は公民科に取って代わられ、地理の教科書も大幅に改められて七月に暫定教科書として配られたものが使われるようになった。五、六年生は、新たな国史の教科書「くにのあゆみ」に沿って授業を行うこと、との指示も下った。

「GHQが許可した国史ですからね。みなさん、しっかり頭に叩《たた》き込むように」

教頭がまたもや時《とき》を得顔《えがお》で言うのを冷ややかに眺めながら悌子は、この国の歴史までGHQの許可を得るのかと複雑だった。

十月に入ると、教育勅語奉読を廃止するよう文部省から通達があり、年明けには学制改革が実施されるのではないか、との噂もちらほら聞こえてくるようになった。

仕事に没頭すると、悌子は家のことが留守になってしまうのだが、権蔵は意外にも清太の面倒を見ることを少しも厭《いと》わなかったし、清太もまた権蔵にすっかりなついたようで、夜寝るときも悌子ではなく権蔵の布団に潜り込むのだ。

「兄貴にあんな一面があったなんて。うちの子たちには一切興味がなさそうだったのに」

朝子はさかんに首をひねっていた。

十一月三日に日本国憲法が公布されると、「街頭録音」では「新憲法について」と題して全国各所で収録が行われたらしく、権蔵はその編集に忙しそうだったが、夜遅くなっても必ず家に帰り、清太に添い寝する。

「新憲法が、これからの時勢を穏やかで安心に運んでいくものになるといいけどな」

清太相手にそんな話までしているのだ。

「あ、時任《ときとう》先生。これ、今度決まった当用漢字表です」

十一月の終わり、かつて吉川が座っていた隣席に腰を下ろした時任加恵《かえ》に、悌子は配られた漢字表の写しを渡した。彼女はちらと用紙に目を落とすと、「どうも」とつっけんどんに返して、顎《あご》を突き出すような会釈をした。

時任加恵はこの十月から代用教員で入った、まだ二十一歳と若い女性だ。中途半端な時期の採用となったのは、校長の縁故だからだとささやかれているが、当人がなにも言わないため真偽の程は定かでない。垢抜《あかぬ》けた美人で、頭の回転も速いのだが、まったく愛想がない。周囲と馴染《なじ》もうとせず、会話も必要最低限しか交わさなかった。

ところがこのとき、当用漢字表を手にした加恵が、珍しく訊《き》いてきたのである。

「中津川先生はお子さんがいらっしゃいますよね。日中はどこかに預けてるんですか？」

養子をとったことは、新学期早々、学校に報告した。いずれ清太がこの学校に入学することも見越して、実子として育てるのでご協力お願いします、と早々に布石も打っていた。

「うちは夫が家で仕事をすることが多いんで、子供を見ててもらえるんです」

「へぇー、旦那《だんな》さん、進歩的ですね」

加恵がこんなふうに個人的なことに踏み込んでくるのが新鮮で、悌子は饒舌《じょうぜつ》になる。

「意外だったんですけど、案外、子供好きなのかもしれません。子供も、私より夫といるほうが居心地いいみたいで」

清太が来て間もない頃、権蔵が家に寄りつかなくなった時期があった。悌子は落胆したが、その間も清太の前では権蔵を称《たた》え続けた。それというのも、茂樹があるとき、記憶にはない自分の父親を誇らしげに語るのを聞いたからだった。

俺の父ちゃんはね、えらい美男で頭もよくて優しい人だったんだよ。俺が生まれてすぐいなくなっちまったけど、仕事がらみでやむにやまれぬ事情があったんだろうって、母ちゃん言ってたからね。俺のこともほんとに大事に想ってくれてたみたいだね。

朝子から聞いていた話とまったく違うから、悌子はそのとき「えっ？」と声に出してしまったのだ。すかさず朝子が、なにも言うな、というふうに首を横に振ったのを見て、とっさに口をつぐんだ。あとから朝子に理由を聞かされ、悌子はいたく感心したのである。

あたしが前に話した、うちの人の父親は女と逃げたってのがほんとのことなの。でもお義母《かあ》さん、それを息子には言わずに育てたのよ。夫のいいところだけを繰り返し話して聞かせたってわけ。なにがあっても子供に夫の悪口は言わないってのが信条なんだって。自分と血の繋《つな》がった人間の悪口を聞かされて育つなんて、あまりにもかわいそうだから、っていうのよ。子供がその人生で挫《くじ》けそうになったときに、どうせ自分はしょうもない人間の子なんだから、ってあっさり崩れていきそうだし、そもそも自分が選んだ伴侶《はんりょ》の悪口を言うなんてただの野暮天だからね、って。お義母さん、ひねくれ者だけど、そういうとこが真っ当なのよね。だから憎めないの。

悌子はこれを見習おうと決めたのだった。

「ここの女性教員は、結婚したりお子さんが産まれたりすると、みなさん辞めていかれるでしょ？

先生は珍しいなって思ったんです」

加恵は、奥二重の切れ長の目をまっすぐこちらに据えている。

「うちは義理の母も、女性は職業を持っていたほうがいいという考え方なので。実家はまた違うんですけどね」

答えた途端、実家の母から清太のことで詰問の手紙が再三再四届いていることを思い出し、一気に憂鬱《ゆううつ》になった。正月に帰って説明する、とこれまでごまかしてきたが、帰省するのはできれば避けたい。

「私も仕事は生涯続けたいんですけど、女性に対する間口はちっとも広がらないでしょう？　今までの教育制度では女が大学に入るのも難しいですわ。大学に行くには高等学校に進むのが近道ですのに、そこが男子だけなんですもの。不公平ですわ」

そんなことを考えている人なのか――これまであまり個人的な話をする機会がなかった加恵を、悌子は興味深く見詰める。

「時任先生も、今度の教員検定をお受けになりますか？　もし受けるなら一緒に」

しかし悌子が言い終わらぬうちに、

「いえ、受けません」

意外にも加恵は言下に切って捨てた。仕事を生涯続けたいと聞いたばかりだったから、不思議に思っていると、

「私、教員は腰掛けなんですよ。他に目指す職業があるんです」

と、彼女はあたりもはばからずに言ってのけた。いくつかの目が加恵に集まる。

「そう。なにを目指してらっしゃるの？」

するとと加恵は目をしばたたいた。

「先生は不機嫌になりませんのね。私が今までなにか言うと、まわりの方はたいてい機嫌を損ねるんです。親にも、あまりはっきり物を言うんじゃない、って叱られますのよ」

確かに、教員という職を貶《けな》されたと捉《とら》える向きもあるかもしれない。ただ、「神州不滅の聖戦」と正当化しては、教師が強権的に生徒を束ねていた戦中の学校を見てきただけに、この職を過剰に仰ぐような教育現場にはしないほうがいいと悌子は感じているのだ。狭い世界にしがみついていると、教頭のように右向け右の判断しかできなくなってしまう。

「だって、いろんな考えの人がいないと世の中面白くないでしょ？　それに私も最初、教員は腰掛けのつもりでしたから」

悌子の言葉に、加恵は目を丸くした。

「私、てっきり先生は望んで教員になられたものだとばかり思ってました」

「いえ。専門学校の指導員を辞めてから結婚するまでの間だけ勤めるつもりだったんです。でも今は、生涯続けたい仕事になりました」

希望して就いた仕事でもないのに不思議だな、と自分でも常々思っている。権蔵のように、長らく惹《ひ》かれていた世界に飛び込めればなにより幸せだが、たまたま就いた仕事がかけがえのないものになることもまた、幸運なのかもしれない。

「つまり先生は、お勤めになる前からご結婚が決まってらしたんですのね」

いや、それはまた別の話で、と訂正しかけたとき、背後から名を呼ばれた。振り向くと、職員室の入口で四年一組の女子生徒がふたり、もどかしげに足踏みをしている。

「大変です。先生、来てください」

彼女らは口々に叫んだ。

「喧嘩《けんか》っ、喧嘩になっちゃって」

悌子はすぐさま立ち上がり、ふたりを伴って教室へ向かった。そこで、男子生徒数人が取っ組み合いをしているのを見付け、彼らの間に慌てて割り込んだ。

「よしなさいっ！　なにしてるのっ」

団子になって床に転げている生徒たちを引き離した悌子は、中に級長の向山平造がいるのを見て、「え？」と思わず喉《のど》を鳴らした。おとなしくて穏やか、品行方正な優等生で、喧嘩とはこれまで縁のなかった子だからだ。

悌子はまず、取っ組み合っていた五人を横一列に並ばせ、彼らの怪我の具合を確かめた。引っかき傷や擦り傷は見受けられたが、大きな怪我はない。それから全員の埃《ほこり》を払い、

「さ、理由を聞かせてちょうだい」

と、仁王立ちして告げた。ところが誰も口を開かない。まわりを取り囲んだ生徒のひとりが、

「小山《こやま》が喧嘩を吹っかけたんだ」

と低い声で言うと、他の生徒たちが一斉にうなずいた。小山文雄《ふみお》は、顔を真っ赤にしてうつむいている。悌子は腕組みをして、首を傾《かし》げる。小山文雄もまた、簡単に手が出るような気性の荒い子ではないからだ。

「では、小山君、説明してください」

文雄が観念したふうに顔を上げ、かたわらの四人を指して、

「こいつらが、泥棒だからです」

と言い放った。たちまち四人が気色ばむ。

「事情はこれから詳しく聞きますが、他人のことを簡単に泥棒呼ばわりしてはいけません。小山君はなにか盗《と》られたんですか？　もしそうなら、先生に報告するのが先ですよ」

「僕ら、なにも盗ってません」

平造が拳《こぶし》を握りしめて言うや、

「盗ったろうっ。俺は父ちゃんからそう聞いた。うちの畑を盗ったんだ。小作のくせに」

文雄が吐き捨てたのだ。

——なるほど、そういうことか。

農地改革が制定されてから、農家の間で諍《いさか》いが起こっていることは、朝子から聞いていた。仕入れに行くたび、関係ないあたしが仲裁に入ってるわよ、と。GHQ主導の第二次農地改革により、地主は所有する土地を、国を介して小作に分割するよう強いられ、まさに手続きが進められているさなかなのだ。

文雄の家はあたり一帯の大地主である。この町はほとんどうちの土地なんだ、と三年のときから事あるごとに吹聴しており、平造たち小作の子を手下のように扱うこともあったから、悌子はこれまで幾度か、その態度をたしなめてもいた。

しかし、これをどう収めたものか。眉間《みけん》を人差し指でつつくうち、二年前に弔問で訪れた松田賢治の家の様子が目に浮かんだ。彼の家もまた小作だった。あのあと母親の実家に身を寄せるとのこ

とで一家は小金井を去ってしまったが、今頃どうしているだろう。父親は無事に戦地から戻ったのだろうか。

「本当に、振り回されますね」

つい本音が転げ出た。毎日を新鮮に楽しく享受できるはずの貴重な子供時分に、彼らは御国に命を捧《ささ》げるようにと教えられ、たくさん怖い思いをさせられて、大事な人を失って、ひもじさに耐えてきた。それなのに戦争が終わるや、今までのことは幻だとでもいうように、すべてがあっさり塗り替えられたのだ。

「うちの畑は、ご先祖様が苦労して耕して、何年も掛けて野菜ができるようにしたものなんです」

弱々しい声が、文雄の口からこぼれ出た。

「長い間守ってきた畑が、たったひとつのお触れで人手に渡ってしまうって、父ちゃん、泣いてたんです」

文雄の言葉に、平造たち四人は居心地悪そうにうつむく。

「小山君が悔しい思いをするのはわかります。ただ、向山君たちの家も、代々その土地を精魂込めて耕してきたはずです。これからもきっと、それは変わらないですよね？」

四人が小さくうなずく。

「みなが力を合わせたからこそ、あれほど広い畑に豊かな作物を実らせることができたはずです。立場の違いに囚《とら》われず、これからみんなで手を携えてよい社会を作りましょう」

そう説きながらも悌子の脳裏に、なにか違う、という信号が点滅している。そんな歯の浮くようなきれい事で丸め込んでどうする、と。とはいえ、あなたたちは時代に翻弄《ほんろう》されてばかりでかわいそうだ、と伝えることはしたくなかった。自分がつらい目に遭ったとき、他人から「かわいそう」などと同情されたら、さらに深く傷つくだろうからだ。

彼らは素直に「先生、ごめんなさい」と頭を下げて矛を収めたが、体《てい》のいいお為ごかしで子供たちを煙《けむ》に巻いたような後ろめたさが、悌子の身の内に残った。

――どう伝えればよかったんだろう。

自問しながら家路につく。吉川だったらきっと、心に響く言葉を即座に授けられたろう。自分の無力さに打ちのめされつつ下宿の部屋の襖《ふすま》を開けると、権蔵と清太が無邪気に相撲ごっこをして遊んでいる。

「おう、お帰り」

権蔵が手を挙げ、清太が真似して、

「おう、おかえりなしゃい」

と、両手を挙げて駆け寄ってきた。悌子は清太を抱き上げ、目一杯頬ずりをする。

「俺、明日から鶏田さんの仕事で三日ばかし家を空けるよ。母さんには諸々《もろもろ》頼んどいた」

「はい。あさっては日曜ですから、お義母《かあ》さんにはあまりご負担掛けないようにします」

権蔵は「あいよ」と受けて、「すもー、やろ」とせがむ清太と再び取り組みをはじめる。

「明日からしばらく会えないから、今日はたっぷり清太と遊ぶんだ」

目を細める権蔵に笑みを返し、悌子は外套《がいとう》を脱いで長押《なげし》に掛ける。その拍子に、うっかり溜息《ためいき》が漏れた。

「なんだ、元気がねぇな」

背中を、権蔵の声がさすった。悌子は、権蔵の向かいに膝《ひざ》を突き、

「ここぞというときに、生徒たちが納得するような、心に響く格言のようなことを言いたいんですが、私、いつも中途半端になっちゃうんです」

胸の内のわだかまりをそのまま吐き出した。権蔵は清太を抱きかかえると顎をひねり、

「俺、格言って心に響いたことないけどな」

と、案外なことを言い出したのである。

「気の利いたこと言ってるな、とは思うよ。でもたいがい、そうは問屋が卸さねぇのが現実よ、って言い返したくなることが多くねぇか？　『義を見てせざるは勇なきなり』って言われてもさ、状況的にやめといたほうがいいことも山ほどあるだろ」

「……そう、かもしれませんが」

「それに十把《じっぱ》一絡《ひとから》げに生徒っていっても、いろんな個性があるって、前にお悌は言ってたよな。ひとつの言葉で全員が納得するってのが、そもそも無理なんじゃねぇの？」

権蔵は首をすくめ、それこそ「撃ちてし止まむ」てな命令になるぜ、と付け足した。

「万人受けする芸が実はたいして面白くないのと同じで、全員に響く言葉ってのは中庸なのよ。それより、『街頭録音』で銘々勝手に話すようなことのほうが頭に残ったりするぜ。たいがい泣き言なんだけどさ」

「権蔵さんの得意な泣き言ですね」

悌子がからかうと、

「そのことだけど、お悌がヒントをくれたおかげで、なかなかいい企画案が浮かんだんだ」

権蔵は子供のように顔を上気させ、満面の笑みを浮かべた。

「ヒント……ですか？」

「うん。うまいことといったら教えるよ」

権蔵の腕の中で清太が身をよじり、

「つぎ、うわてなげ、やる」

と言ったから、悌子は目を瞠《みは》る。

「もう上手投げなんて言葉、知ってるの？」

清太は言葉が早い。たぶん権蔵が清太に幼児言葉で話さず、大人と会話するのと同じ語彙《ごい》を用いるのが功を奏しているのだろう。権蔵の言葉を真似るうち、多彩な言い回しを清太はぐんぐん吸収しているようなのだ。

「あ、でも俺、いいな、と思った格言がひとつあったんだ。シェイクスピアの言葉でさ、『期待はあらゆる苦悩のもと』っての」

権蔵が急に話を戻すや、清太がすかさず、「きたいは、くのう」と、なぞりはじめたから悌子は慌てて、「今日のご飯はなんだろね」と重ね、今の言葉をかき消した。

昭和二十二年もまた、乏しい配給でどうにか調えた、ささやかな正月の膳《ぜん》を囲むことからはじまった。岐阜の実家からは相変わらず、「とにかくいっぺん帰ってこい」と矢継ぎ早に葉書が送られてきているが、「こちらは問題なく過ごしているから安心してほしい」とだけ送り返し、悌子は帰省しなかった。

「一度、清太のこと、説明に行ったほうが親御さんは安心するわよ。私も付き添うから」

富枝からは幾度となく言われたが、両親は「安心する」どころか、大荒れに荒れるだろうことが容易に想像できて、

「もうすぐ検定試験がありますから」

と、悌子はお茶を濁している。もっとも正教員検定は悌子の場合、無試験になるだろうから事前準備はさほど必要ない。検定方法は最終学歴によって定められており、悌子のような専門学校卒業者で一年以上教職に就いた者は、履歴書と身体検査書、戸籍抄本、専門学校の合格証明書を提出すれば筆記試験を受ける必要はなかった。小金井町役場を通して戸籍抄本を手に入れるのは手間がかかったが、揃えた書類を校長に提出し、出願してもらえば、あとは結果を待つだけなのだ。

校長は「正教員が増えるのはありがたい。あなたの履歴調書を作りますから、二月の検定に出しましょう」と、すんなり請け合ってくれたのだが、それから十日もしないうちに、悌子は教頭から呼ばれたのである。

「教員検定の書類を出されたそうですね」

職員室の教頭の机の前に立つや、単刀直入に訊かれた。眼鏡の奥の目が薄気味悪い光を宿している。悌子は嫌な予感を覚え、喉の奥で「はい」と答えるにとどめた。

「無試験検定の対象には、復員軍人も加えられております。将校、下士官にかかわりなく、戦地でご苦労された中学校以上の学歴を有した方々は、履歴調書の提出で国民学校に関しては正教員の免状が与えられます。多くの軍人が戦地から戻っておられることは、中津川先生もご存じでしょう？」

悌子はうなずくのも億劫《おっくう》で、黙して次の言葉を待つ。

「優秀な男性教員が今後、増員されることは間違いないでしょう。反して先生は、ご家庭がある。お子さんまでおられる。お宅でも家事をはじめ、やらなければならないことがたくさんあるはずです。その上に、教員を続けるのは困難じゃありませんか？」

教頭は眼鏡を押し上げた。

「それは、どういう……意味でしょう？」

訊いた悌子に、教頭は薄笑いを浮かべた。

「ご家庭に入られる道もあるのではないでしょうか。来年度から学制も変わります。かつ、教員を目指す、若く有能な男性も多く出てきましょう。なにも、あなたのような子持ちの女性が無理をすることはありません」

ちっとも無理なんてしていません。教員を続けるのは私の希望であり、吉川先生や豊島啓太君との約束でもあるのです。

そう返したかったが、あからさまな厄介払いに、悌子は憤怒《ふんぬ》と失望で声すら出ない。震え出した身をどうにか収めようと、深呼吸をしたとき、

「すみませーん。教頭先生」

職員室後方に、やけに大きな声が立ったのだ。

なにごとかと振り向くと、加恵が自席にふんぞり返ったまま手を挙げている。話があれば教頭の机の前に立つのが習いだから、その大胆さに悌子は肝を潰《つぶ》した。他の教員たちも、唖然《あぜん》として彼女を見ている。

「あのー、ひとつ質問、いいですかぁー。この学校では、子供がいる女性は、男性に席を譲らない

といけないんですかぁ？」

悌子が同じことをすれば、教頭は顔を真っ赤にして叱責《しっせき》するだろう。が、このとき彼は注意するどころか、へどもどしてうつむいたのだ。

「お答えくださーい。教頭。後学のために伺っておきたいんです。結婚して子供を産むと教師を続けられないということでしたら、私、早々に他の職を探さなければなりませんもの」

ね、みなさん、とばかりに加恵は声を張っているが、もともと彼女が腰掛けだと知っている悌子には空々しい芝居としか見えない。

「いや、まぁ、そういうことでは……」

これまでさんざん教頭の権高な態度の餌食《えじき》になってきた悌子は、縮こまる彼の姿に目を瞠る。

「教頭がお答えになれないんなら、校長に伺ってこようかしら。学校の方針なら、きっと校長も同じお考えですものね」

すると教頭はひどく慌てて、

「いえ、あの、中津川先生のご負担にならないのでしたら、もちろん検定に出願されることは、私も大歓迎なのです」

と、明らかな空言を吐き、

「では、手続きを進めますね」

そう告げて、悌子に微笑むことまでしたのである。

教頭の笑顔に鳥肌を立てつつ自席に戻り、ともかくも加恵に礼を言うと、彼女は、

「私、ああやって上にだけ媚《こ》びて、下には横柄な連中が、ウジ虫くらい大嫌いですの」

と、上品な口調で辛辣《しんらつ》なことをささやいた。

それにつけても教頭の萎縮《いしゅく》しきった様はどうだろう。不可解に思っていたところ、

「ここだけの話、私、校長の姪《めい》なんですの」

加恵がそっと打ち明けたから、教頭がこれまでずっと彼女にだけは親切に接してきたことに悌子は合点がいった。噂は本当だったのだ。

「上にへつらうばかりで強いことが言えない人間ほど、下には尊大なんだわ。信念がないから日和見だし、実は気が弱いから他人に反論されるとムキになって攻撃し返すのよ」

確かに教頭はこれまで、悌子が簡単な質問をするだけでも盾突かれたと思うのか、猿のように歯を剝《む》いてきたのだ。

「それから、自分が背負うべき問題を他人のせいにして平気でいる人も大嫌い。そういう人って、なにを言っても無反応なのよ」

言葉つきが次第に熱を帯びてくる。教頭の席まで声が届いているのか、彼はそそくさと職員室から逃げ出した。まわりの教師たちの好奇の目がいまだ彼女に貼り付いているのを悌子は気にして、

「そうね。でも助かったわ。時任先生のおかげで、私、検定を受けられます」

頭を下げて、ひとまず加恵を落ち着かせることにした。

「いけない、ムキになってしまって。すぐに頭に血が上るのは私の悪い癖なんです。でもね、私、恨みがあるんですの」

「恨み？」

「ええ。戦中に私のまわりにいた大人は、みんなそんな感じでしたもの。学校の先生方も近所の人

たちもね。私の意見を威圧的に潰してくるか、無反応か。戦争ってこういうことなんだな、って思ったんです。軍人ばかりが戦争をしたわけじゃなくて、こういう人たちが軍人に戦争をすることを許したんだってわかったんです。戦争を指揮した人が戦犯なら、まわりでそれに黙って従ってた人も戦犯なのよ。しかも学校では、銃後を守れって私たち、さんざん言われてきましたのよ」

加恵は、ちょうど十六歳から二十歳の時を、戦争の中で過ごさなければならなかった。祖母から譲り受けた振《ふ》り袖《そで》や、三越《みつこし》で購《あがな》ったワンピースを着て、存分にお洒落《しゃれ》を楽しみたかったのに、質素にしなければ周囲から冷ややかな目で見られた。

「『鬼も十八番茶も出花』って言いますでしょ。私、幼い頃から自分がその歳になるのを本当に楽しみにしてたんです。それなのに、十八の私は毎日もんぺをはいてましたのよ」

悌子は十八の頃、ほぼ毎日体操着で過ごしていたし、お洒落にも興味がなかったから、日常着がもんぺになったところで、尻《しり》が頻繁に裂けること以外はなんの不満もなかったが、加恵の話を聞いて、そういう失望もあるのかとしんみりした。さきおととし疎開で小金井を去った米田幸子が、赤いスカートをはいて銀座の街にお買い物に行きたい、と語っていたことを思い出す。自分もまた、戦争に生徒を従わせた教師のひとりなのだと思えば胸が軋《きし》んだ。

「女性としての一番いい時を奪われたのに、今度は人として平等に与えられるはずの権利が、女性だからという理由で与えられないんじゃ、あんまりやりきれないですもの」

かすかに頰を赤らめて、自分の発した手厳しい言葉をそんなふうに取り繕った加恵が、悌子には妙にかわいらしく見えた。

「私はこの体格だから、学生時代『男女《おとこおんな》』ってからかわれてきたんです。だから、こんなことでも女性扱いされると新鮮なんですよ」

冗談めかして言うと、加恵は目を見開き、

「まぁ、ひどい。そんなこと言うなんて」

かぶりを振ったが、やがてプッと吹き出し、コロコロと笑いはじめた。

「すみません。私、笑うつもりじゃないんですのよ。やだ、どうしたのかしら」

そう言いながらも笑いが止まらない加恵につられ、悌子も一緒になって笑った。


ＧＨＱが主導した学制改革が建議され、国民学校は六年制の小学校となり、高等科の廃止が決まった。代わりに三年制の中学校までが義務教育の範囲となった。以前は成績優秀で家庭の経済状況に余裕のある生徒しか進めなかった中学に、誰でも入れて教育を受けられるようになったのだ。

小金井中央国民学校もこれを機に、梶野《かじの》小学校と名称が変わることとなった。

「また看板や印鑑を作り替えなければならん。手間も金もかかる」

と、教頭はカリカリしていたが、梶野小学校は恵まれているほうなのだ。校舎が焼けて青空教室を余儀なくされている学校や、焼け出された人たちの仮設住宅が校庭に建ち並んでいるために体育ができない学校、備品が揃わずに生徒が床に正座して授業を受けている学校など、まだまだ数多くあるからだ。

年度末、悌子は検定に無事通り、四月から梶野小学校の正教員として改めて採用された。

刷新された教科書を手に、まっさらな気持ちで五年一組の教室の戸を引き開けたのだ。

＊

「旦那、そりゃ濡《ぬ》れ衣《ぎぬ》ってもんさ」

「なに言いやがる。たいがいにしねぇか。おめぇの仕業だってこたぁてんからわかってるのだ。神妙にしねぇと痛《いて》ぇ目を見るぜ」

鶏田がこちらに目で合図を送る。権蔵はマイクの近くで竹刀を振り回して風切り音を作り、さらにかたわらに置いたキャベツに勢いよく包丁を入れた。ザクッと重苦しい音が演奏室に響き渡る。役者が「うぅ」とうめき声をあげ、床にどうっと倒れた。

「はい、ＯＫ！」

間を置いて、鶏田の声が響く。権蔵は詰めていた呼吸を再開する。何度経験しても、ラジオドラマの収録は気骨《きぼね》が折れる。

「あの、キャベツはもう使いませんか？」

権蔵が訊くと、

「うん。もう御役御免、出る幕無しだよ」

鶏田が答えたから、切れ端まで丹念にかき集めて手持ちの頭陀袋《ずだぶくろ》に押し込んでいった。朝子から「借りた」キャベツなのだ。演奏所で効果音として使うからひと玉もらえないか、と頼み込んだときの妹の鬼の形相を思い浮かべて、権蔵は身震いする。

貴重な食料で遊ぶなんて、罰当たりよ。苦労して手に入れたキャベツなのにっ。

権蔵は平身低頭頼み込み、使用後は余さず持ち帰ることを条件にどうにか借り受けることができたのである。

「ＧＨＱは剣道も禁止したくらいだからね、創作でもちゃんばらはダメっていうけどさ、松田定次《まつださだつぐ》監督が阪妻《ばんつま》で『国定忠治』を撮ったからね。僕らも挑戦しないとね」

しなびたキャベツを見やりつつ、鶏田が言った。彼は収録時のこだわりも強く、役者は役柄通りの扮装《ふんそう》で臨み、簡易なセットまで組む。映画でもないのにそこまで作り込むのは、「例えば洋服と着物じゃ動きが違うよね。動きが違えば、台詞《せりふ》の間《ま》もおのずと変わってくるよね。見えないからこそ、そういう間が物を言うと僕は思うんだよね。神は細部に宿るからさ」という理由かららしい。

「キャベツのことよりさ、中津川君」

鶏田は目尻にシワを刻んで続けた。

「あれ、なかなかよくできてたから、制作担当の局員に回しといたよ」

権蔵はキャベツを入れた頭陀袋を、動揺のあまり取り落とす。企画原稿を鶏田に渡してから長らく音沙汰《おとさた》がなかったから、てっきりボツになったものと諦《あきら》めていたのだ。

「君のさ、『泣き言読本』だっけ、日々の憂さを独白するあのスタイル、案外受けると思うよ。これまで、男は強くあれ、国のために命を差し出せ、って唱えられてきたからね。改めて口にすると馬鹿らしい理念だけど」

鶏田は肩をすくめ、戦争を忘れてひたすら前に進もう、っていう今の風潮に抗《あらが》うものがあってもいいじゃない、と付け足した。

「戦争が終わって、もうすぐ二年だよ。暮らしがちっともよくなってないのに、主権在民の新憲法とか言っちゃってさ。政府の連中は紙の上で憲法を書き換えれば、魔法みたいに新しい世の中になると思ってんだろうね」

アメリカからのララ物資は順調に届いていると政府はさかんに喧伝《けんでん》しているが、配給の遅配は一向に改善されない。仮設住宅やバラックで暮らす者は減ることなく、上野駅地下道では、寒さに持ちこたえられずに命を落とした者がこの冬も数多く出た。

ともかく制作部から返答があったらすぐに報《しら》せるから、それまではこっちの手伝いもよろしく頼むよ、と鶏田は飄々《ひょうひょう》と告げて、「さて、もう一場面録《と》りますよ、みなさん」と、明るい口調で役者たちに呼びかけた。

その日の収録は夕方に終わり、権蔵はキャベツを抱えて下宿に戻った。五月の風が爽《さわ》やかに頬や髪をなでていく。清太が来てから、帰れる日は無理しても帰るようになり、六助からは「すっかりお見限りだね」と、ほんのたまに泊めてもらう際にきまって鼻を鳴らされる。

年が明けて数え四つになった清太は、近頃相撲から野球へと関心が移っており、バットに見立てた棒きれを茂生と一緒に振り回して遊んでいる。近所の子供たちの間では戦争ごっこがすっかり下火となり、たいがい野球に夢中になっているから、清太たちもこれを真似しているのだろう。

子供は身近な大人をよく見て、自身を培っていくと吉川先生がおっしゃってましたから、私たちが楽しく生きる姿を見せましょう——悌子はいとも簡単に言う。しかし暮らしていくには金を稼がねばならない。嫌な仕事相手とも関わらなければならない。楽より苦の要素が多いから、そうそう楽しい姿ばかり見せられないのが、最近の権蔵の懊悩《おうのう》だった。

この四月、「街頭録音」では、「ガード下の娘たち」と題して、街娼《がいしょう》に話を聞くという大胆な収録を行った。有楽町一帯の街娼を仕切る「ラクチョウのお時《とき》」の異名を持つ人物が、そのとき語っていたのだ。

生き延びるには、こうするよりなかった。シャバで勤めようにも、この前歴で後ろ指さされるかららここに暮らすよりないんだよ。

薄暗い森の奥から響いてくるようなお時の声に、権蔵は密《ひそ》かに共感したのだ。我が身に照らしても、選び取ったというより、「こうするよりなかった」の連続で人生が構成されている。清太に楽しそうな姿を見せるどころか、清太と接することで浮き世の憂さを忘れさせてもらっているような具合なのだ。

のれんを下ろした店の後片付けをしている朝子に、グサグサに切り刻まれたキャベツを、「すまん」と「おかげで助かった」を交互に繰り返しつつ戻し、「なにこれ、ひどい切り方じゃないよ」との癇癪《かんしゃく》も静かに受け止め、ついでにケイ婆さんの「道楽者の集まりなんだろうよ」との冷笑もさりげなく受け流し、権蔵は夕食のために一階奥の座敷へ上がる。すでに悌子と智栄が、揃《そろ》ってちゃぶ台に茶碗《ちゃわん》を並べていた。

「おかえりなしゃい」

清太が駆け寄ってきて権蔵に飛びついた。

「今日のご飯、豪勢なんですよ。鯨肉《くじらにく》の塩漬けが手に入ったんですって」

悌子が声を躍らせる。相変わらず米の飯はなかったが、芋の粉だんごに茹《ゆ》でた馬鈴薯《ばれいしょ》と芋づくしの皿の中央に、燦然《さんぜん》と鯨肉が輝いている。量はわずかだが、長らく肉にご無沙汰だった権蔵の喉は高らかに鳴った。

「悌子おばちゃん、学校に行ったら給食あるの？　おいしいの食べられる？」

箸《はし》を並べる手伝いをしながら智栄が訊いた。この一月から一部の学校で給食がはじまったと、権蔵もラジオで聞いている。

「もう給食を出してる学校もあるみたいだけど、小金井はまだなのよ。調理場をもうすぐ造るみたいだから、来年くらいからはじまるかもしれないわね。智栄ちゃんが入学する頃には、きっと給食があるはずよ」

悌子が答えると智栄は面《おもて》を明るくした。が、すぐに、「ほんとにはじまるかなぁ」と疑いの目で悌子を見上げる。期待は苦悩のもとだぞ、と権蔵は姪に向けて念を送る。

「必ずはじまるわよ。これからの時代は、たくさん食べられるようになるんだから」

悌子が朗らかに答えたが、智栄は眉唾《まゆつば》だとでもいうように、「ふーん」と冷ややかに受け流し、店へ朝子を呼びに行った。

「食べ物の不安って本当に根深いですね」

悌子がぽつりと漏らす。

「給食ったって、脱脂粉乳くれぇだろ？」

多くの学校は粉乳かシチューだけの補助給食で、中でも脱脂粉乳は鼻をつままないと飲めないほど臭いらしい。

「ええ。それでも一食は一食です。子供たちにとっては貴重で、今年の六年生には留年させてくれ、って申し出る子もいるんです」

「え？　留年？　なんで？」

「来年も小学校に残れば給食が食べられるから、って。中学では給食が出ないので」

腕の中の清太が、権蔵の無精髭《ぶしょうひげ》を引っ張って遊びはじめた。親として我が子に十分な食事を与えられないことがどれほどつらく苦しいか、今ならよくわかる。

「俺、宮城《きゆうじよう》のお濠《ほり》で釣りでもしようかな」

ふとつぶやくと、悌子は恐々としてこちらを見やった。

「そんな、罰当たりなことっ」

「いや、今やお濠端は釣り人で埋まってんだぜ。食材の足しにするために。もっとも配給遅配への抗議の意味もあるんだけど」

あら、帰ってたのね、と声が掛かり、見ると、茂生を抱いた母が店から座敷に上がってくるところだった。

「なに？　また熱？」

訊いた権蔵に、

「遊び疲れて寝てただけよ。清太とボール投げをしてたんだけど、茂生が先にへばっちゃってね」

母は茂生の背中を軽くさすりながら言った。清太はやはり神代神の子だけあって体力的な資質が違うのだろう、とふと思ってしまい、権蔵は慌ててかぶりを振る。

ボール投げといっても、使い古しの手拭《てぬぐ》いを丸めて球状にしたものをやりとりする遊びだ。幼児だから投げるというより、目の前に放り出すような具合で、はたからは到底キャッチボールには見えない。

「そういや昨日、向島の土地も見てきたよ。縄の囲いも立て札も無事だった」

母を安心させるために言ったところ、

「そうそう、そのことなんだけど」

と、母がクイと背筋を伸ばした。

「少し前から考えてたんだけどね、もう家は焼けてしまってないんだし、あの土地、手放すというのはどうかしら。不景気が続いてるから、買い手がつくかわからないけど」

案外な提案に、権蔵はとっさに返事ができない。母には思い出深い地だろうからと、これまでこまめに見に行っていたのだ。

「悌子さんの学校もこっちだし、朝子もいるし。権蔵は少し通うのが大変だけど、まだまだ家を建てられるまでには年数がかかりそうだし。どうかしら？」

母はこちらを気遣うふうに言ったが、権蔵はむしろ、母こそあの土地を手放して悔いはないのだろうか、と案じた。

「私の仕事なら気にしないでください。もし、権蔵さんが向島のほうがよければ、そこから通うこともできますから」

悌子は恐縮しきりといった様子で身を折ったが、毎日始業に合わせて向島から小金井に通うのは物理的に無理だろう。といって、正教員として再雇用されたばかりの悌子が、向島近くの他校に移るのも現実的ではない。

「母さんが構わないなら、俺はいいけど」

「じゃ、売りましょ。それで権蔵たちがこの近所に家を建てる足しにすればいいわ」

「いやっ、親の金で家を建てるわけにゃいかないよ、いくらなんでも」

「そうですよ。自分の家くらい自分でなんとかします。それに、まだ二階のひと間で十分ですし」

勢い込んでこの家でいいのだと訴える悌子の真意は知れないが、権蔵は、朝子たちと別に住んで、飯の支度を自分が担う羽目になるのをなにより恐れている。悌子は今なお料理ができず、このままでは清太にとっての母の味は、朝子や茂樹の料理となってしまうのではないかと心配しているくらいなのだ。

「そう……あなたたちがここでいいなら、当面はそれでもいいけれど、いずれ手狭になるだろうから、そのときのためにとっておくわね」

母はさっぱり告げて、話を終《しま》いにした。

店を閉めた朝子たちが座敷に上がってきた。「今日はご馳走《ちそう》だぞぉ」と茂樹が言い、智栄が「ご馳走だ」と反復する。みな揃ったところで「いただきます」と合掌し、一斉に箸を伸ばす。芋に次ぐ芋、時折鯨。久々の肉をしみじみと咀嚼《そしゃく》する。貧しい食材を風味豊かに仕上げる茂樹の料理に舌鼓を打ちながら、この家を離れてはならぬ、と御瓦解《ごがかい》後も薩長《さっちょう》に江戸を明け渡さじと戦った彰義隊《しょうぎたい》のごとき心境で、権蔵は拳を握る。悌子はといえば、

「本当においしいです。普通のお芋なのに。茂樹さん、魔法使いみたいですね」

と、顔をとろけさせている。彼女も内心、この家を出て自分が炊事を引き受けなければならなくなる恐怖におののいているのが、権蔵には確かに伝わってきた。

学校教育法が施行されたこの春から、新たな学習指導要領が随時通達されるらしく、悌子はこのところ、帰宅後も夜遅くまで机に向かっている。国語の教科書も現代かなづかいに変更になったと

かで、

「一年生は今期から、カタカナじゃなくてひらがな先習になったんです。内容も戦争色が一掃されました」

と、そのときはうれしそうにしていたが、小学四年生以上に年間四十時間以上の授業を行わなければならなくなったローマ字教育には、苦戦しているようだった。

「敵性語が禁止になってから、アルファベットをほとんど目にしていなかったので、思い出すのに苦労してまして」

生徒の中には、日本語をローマ字で書けば、英米人に意味が通じると勘違いしている子もいるらしく、英語とローマ字は違うのだと教えるも、「同じ文字を使っているのにどう違うのか」と問い返されては答えあぐね、授業を進めるのも思うに任せないのだ、と悌子は心許《こころもと》なげに語っている。

そのため平日の夜などに、同僚の女性教員を家に呼んでは食堂の机を借りて、授業内容をわかりやすく伝えられるよう資料や教材を作る努力も悌子は重ねていた。

時任加恵という、学生かと見まごう若い教員で、六助の好きそうな「勝ち気な美人」である。山の手言葉で気取ってやがる、と権蔵は当初色眼鏡で見ていたが、実際、文京区《ぶんきようく》は大塚《おおつか》に育ち、二十年五月の空襲で焼け出されて小金井に移ってきたらしい。

「お邪魔してます。こちらがご主人ね」

はじめて会った折も彼女は高慢ちきな口振りで言い、権蔵の上から下までを値踏みするように眺めた。それから意外そうに、というか、少々落胆したふうに「そうなのね……」と、つぶやいた。おおかた、悌子の夫となれば、たくましく雄々しい男に違いないと見当を付けていたのだろう。

梅雨の晴れ間のその日曜日も、原稿書きに一区切りつけた権蔵が昼下がり階下に行くと、定休日の木村食堂で、悌子と加恵がアルファベットカードを作っていた。

子供たちは朝子夫婦に連れられて、近くの小川にザリガニ釣りに行っている。母もケイも部屋にこもっている。そのせいか妙に静かで、食堂にはペンの音だけが響いていた。

「休日返上とは、ずいぶん熱心ですね」

権蔵は、適当な挨拶《あいさつ》を放った。加恵は権蔵に会釈をし、

「別段熱心じゃありませんわ。教師として当然の義務を果たしているだけです」

と、毅然《きぜん》として言い返した。彼女は少しでも意に染まぬことを言われると、それがどんなに些細《ささい》なことでも訂正してくる。非常に面倒くさい。権蔵にとっては単なる社交辞令で、どっちでもいいことなのだ。

「時任先生は、今は教師として頑張ってるんですけど、本当は女性の活躍を促すような婦人雑誌の編集者になりたいんですって」

悌子が言うと、加恵は「まぁっ」と声を跳ね上げ、泡を食ってかぶりを振った。

「それは内緒にしてくださいって、お願いしたはずよ、中津川先生。夢は叶《かな》えるまで心に秘めておくものですわ。ご主人も、今、聞いたこと、他の人に言わないでくださいね」

ぜんたい誰に言うというのだ。相手にするのも疲れるから、権蔵はそそくさと調理場に入って湯飲みに水を注ぐ。

「今年度から高等学校を女性も受験できるようになりますけど、まだまだ女性の権利は認められていませんもの。女性が社会で羽ばたけるような雑誌を作るのが夢ですの」

あれほど口外するなと言いながら、加恵は自ら「夢」とやらの具体的な述懐をはじめる。

「そいつぁ立派ですね」

棒読みで応えて権蔵は、女がどんどん社会進出してくれれば、男は日がな一日雲の数でも数えて暮らせるのに、とうっとり夢見る。ただ一方で、金の心配はなくなったとしてもラジオの仕事は続けるだろうな、とも思う。

「あら、いらっしゃい。また仕事？」

外から戻った朝子が加恵に声を掛けた。

「あれ、子供たちは？」

「もうすぐ帰るよ。夕飯の支度があるから、あたしだけひと足先に戻ったの」

そうこうするうち表から、賑《にぎ》やかな声が聞こえてきた。

「私、先生のご子息にお目にかかるの、今日がはじめてだわ」

加恵が言い、

「そうね。いつも清太が寝たあとにいらしてたものね」

悌子がうなずいたところで、茂樹と三人の子が店に入ってきた。加恵は立ち上がってまず茂樹に挨拶し、それからまっすぐ茂生に近づくと、

「あなたが清太君ね」

生徒の出欠をとるような調子で言ったのだ。茂生が目をまん丸くして加恵を見上げる。

大人たちはしばし、ぎこちない笑みを貼り付けたまま押し黙る。加恵はしかし、氷像のごとく固まった周囲に気付く様子もなく、

「清太君はお父さん似なのね。繊細な雰囲気がそっくりですわ」

と、「痩《や》せ細っている」を「繊細」と言い換えて、自らの炯眼《けいがん》を誇るように顎を上げた。

「違うよ、おばちゃん。この子はあたしの弟で茂生。清太はこっちだよ」

屈託なく訂正した智栄に、「ちっとも似てないわね」と加恵が言い返すことを権蔵は恐れたが、彼女の反応は意外なものだった。

「今、あなた、私のことを『おばちゃん』って言ったわね。悪いけど私、まだ二十二歳なのよ。三十や四十じゃないのよ。本当だったら、もっとお洒落な服を着て、髪にもパーマをあてて る年齢なのよ」

子供から見れば、二十二も三十もおばさんだろう、と権蔵は呆《あき》れたが、智栄は面と向かってすごまれたのがよほど怖かったのだろう。朝子の割烹着《かっぽうぎ》にしがみついて泣き出した。

「いけない、また、私ったら」

加恵は朝子のもとへ駆け寄って何度も頭を下げ、朝子は、

「いいんですよ。ほら智栄、泣くんじゃないよ。これからは大人の女の人を見たら誰でも、お姉さんって呼んどきゃ無難だから」

と、ひどく大雑把な忠告をほどこした。

その晩、清太を寝かしつけたあと、

「やっぱり、うちの子には見えないのかしら」

と、悌子がつぶやいた。部屋にはスタンドの灯《あか》りだけで、表情はよく見えない。

「俺も、親父にもお袋にもまったく似てないって言われたよ、小さい頃」

幼少期に限らず大人になっても、顔つき、体格、性格とも、両親どちらとも似ていない。父は恰幅《かっぷく》がよかったし、母も丸顔。いずれも権蔵は受け継いでいない。朝子は顔つきが父親とよく似ているが――。

「実の親子でも似てない親子は山ほどいるさ。隔世遺伝とかさ、いろいろあるし」

「そうですよね。私も家族の中でひとりだけ妙に大きくて。他はみんな標準なんですが」

そう言われれば、悌子の両親も兄たちも至って普通の体格だった。

「まぁ、生まれちまえばそっから個人なんだからさ、誰の血とかあんまり関係ないよ。俺も普段忘れてるもん、清太の親のこと」

権蔵が言うと、悌子は救われたといった様子で肩に込めていた力を抜いた。

民間貿易が再開されることになって、あちこちで祝賀祭が開かれる中、権蔵は鶏田から、近く事務所に顔を出すよう告げられた。日時の指定はあったが、理由は知れないままだ。

不可解に思いつつも当日、時間通りに顔を出すと、事務所には鶏田ともうひとり、ひょろりと痩せた公家《くげ》顔の男が待ち構えていた。年の頃は、鶏田と同じく四十を少し越えたあたりだろうか。彼は、細い目をますます細めて、権蔵を注意深く見澄ましてから言ったのだ。

「君が中津川権蔵氏ですか。君の書いた原稿をね、僕は鶏田氏から渡されて拝読しましたよ。『泣き言読本』だったね」

鶏田が声を掛けたという局の制作部の人間か、とようやくそこで権蔵は悟る。顔つきに似合わぬ太い声と、能面のごときシンとした表情に接して、おのずと身が硬くなった。

「君の原稿ですけどね、昨今すっかり流行《はや》りになった風刺漫談のように世相に斬り込んだものでもなければ、かつてのエンタツ・アチャコの漫才みたいに笑いの渦を巻き起こすものでもない。ただただ連綿と、日々の鬱憤、鬱悶《うつもん》が並んでいる。この生産性のなさはどうだろう！」

男はいきなり声高に唱えた。

「す、すみません」

不本意ながら権蔵は謝罪する。

「今、エノケンとロッパが一緒に公演をやってて、それが大入り満員なのを君は知ってますか？ 戦争という大きな出来事を越えても、大衆が欲する芸はさして変わらないんだってことが証明されたよね。それだってのに、この『泣き言読本』はどうだろうっ！」

しつこい野郎だね、と権蔵は男の話に付き合うのに嫌気が差してきた。ダメならダメと鶏田に言《こと》伝《づ》てればいい話だ。人をわざわざ呼び出して、自らも貴重な時間を割いて、貶すこともないだろう。それともなにか、そうやって鬱憤晴らしをするのが趣味なのか。

「僕はしかし、エノケン、ロッパのようないかにも大衆受けするものより、『東京五人男』の斎藤《さいとう》寅次郎《とらじろう》みたいな、少しひねったものが好きなんですよ。あとからクスッとくるようなものがね」

「はぁ、そうですか」

権蔵は、おざなりな相槌《あいづち》を打つ。

「それでね、君の原稿だ。前進あるのみ、国民が一致団結して生産力を上げよ、と言われているこの時代に、この生産性のなさ」

しぶとく繰り返してから、男は告げた。

「僕は大変痺《しび》れました」

「……え？」

権蔵は声を裏返す。褒められているのだろうか。いや、そこはかとなく馬鹿にされているような気がする。

「妻より非力な男や、定職に就かない男の日常のぼやきって設定がいい。ま、こういう男は現実にはなかなかいないでしょうが」

ここにいる。そう言いたいのをこらえて、形ばかりの辞儀を男に送る。横から鶏田が、

「ぼやきの〆《しめ》が毎回『期待はあらゆる苦悩のもと』ってのもいいよね。シェイクスピアの名言だ。インテリジェンスを感じるよね」

と、満面の笑みで言った。これはどうやら、褒めているらしい。男が話を続ける。

「今まで『男たるもの』という価値観の中で、僕らは生きなければならなかったですよね。男は強くて、一家を養って、危急のときには銃を持って戦わないといけない。それが当たり前だったわけです。僕はね、生まれつき体が弱いんですよ。お見受けしたところ、君も同類だと思うが」

地の果てで同胞に出会いでもしたように、男は目を潤ませて権蔵を見詰めた。

「男が全員、体力に自信があって、戦闘能力に長《た》けてるわけでもないのに、有無を言わさず戦争に駆り出されて、復員したらしたで今度は経済をよくするために馬車馬のように働けって言われてるんです。僕は四十過ぎだから兵隊にとられなくて済んだが」

「私は兵隊に行くのが当然の年齢でしたが、病気をしまして徴兵をまぬがれたんです。でも、それはそれで針の筵《むしろ》でした」

戦中、息を殺して暮らしていた日々が思い出されて、権蔵の涙腺《るいせん》も弛《ゆる》む。男は大きくうなずいた。

「僕はね、そういうつまらん固定観念を芸術の力で打ち破りたいと常々思ってきたんです。中津川氏の企画は、まさにそういうものではないですか。弱くたっていい。男だろうが女だろうが関係ない。それが人間なんです。君の企画はすべての男に希望を与えますよ」

そうだ、時任加恵のように社会的な権利を獲得したい女もいれば、社会的義務を返納したい男もいるのだ。

「中津川氏の企画は僕が責任持って通します。共に作りましょう。これまで強くあらねばならなかった世の男たちを救う番組を！」

「はいっ！　共に闘いましょう！　男たちの権利のために！」

公家顔の男の名も知れないままに、権蔵は勢い込んで、そう返事をしていた。


あとから鶏田に聞いたところによれば、男は長浜吉之介《ながはまきちのすけ》という歴《れっき》とした放送局員であり、生え抜きの制作部員とのことだった。

「彼はなかなか優秀だよ。なにより、常に新しいもの、他にはないものを企画してる。安直な二番煎《せん》じに逃げないから、ああ見えて根は勇ましいんだよ」

鶏田がそう説明した通り、長浜はすぐに局内で企画を通したらしく、なんと九月の頭から「泣き言読本」は毎週土曜夜の五分番組としてスタートすることが決まったのだ。あまりにトントン拍子で、権蔵はペテンにかけられたのではないかとしばらく疑っていたが、原稿を朗読する役に俳優の森口努《もりぐちつとむ》が決まったと長浜から聞かされると、これを信じないわけにはいかなかった。

森口努は長らく映画界で活躍してきた五十代のベテランで、女性局員と見るや挨拶代わりにその胸や尻を軽く触る迷惑な人ではあったが、彼が原稿を読み上げると滑稽《こっけい》さや悲哀が何十倍にもふくらむようなのは、さすがというよりなかった。反面、原稿の出来に関しては長浜より厳しくて、

「これは僕、読みたくないなぁ。だって、とんでもなくつまらないんだもん」

と、明るい口調で辛辣なダメ出しをしてくることも再々だった。打たれ弱い権蔵はそのたび挫けそうになるのだが、長浜から、

「忘れたのか。この番組で救われる男が山ほどいることを！」

と叱咤《しった》激励を受けては再び立ち上がることを繰り返している。

権蔵初の番組が決まると、悌子は飛び上がって喜んだ。「飛び上がらんばかりに」ではなく、本当に二階の部屋で飛び跳ねたから、店にいた朝子がなにごとかと駆け上がってきたものだ。

「清太のお父ちゃんは、自分の力で自分のしたい仕事をしてるよ。かっこいいねぇ」

清太を抱きかかえて悌子は言い、清太はキョトンとしながらも、「おとちゃん、かっこいいねぇ」と、悌子を真似て言った。

初回放送日には家中の者が店のラジオの前に集まった。さすがに家族と一緒に自分の原稿が読み上げられるのを聴くのは恥ずかしいから権蔵は部屋にこもっていたのだが、悌子が「一緒に聴きたい」と執拗で、詮方《せんかた》なく階下に行って、ラジオから離れた食堂の隅に座ったのだ。子供たちも寝かしつけた夜更け、大人がみな揃ってラジオ前で固唾《かたず》を呑《の》んで待っている様は、一種異様な光景である。

〈泣き言読本。土曜の夜、みなさんいかがお過ごしでしょうか。

これはN君のお話。今日日《きょうび》、材木不足が続いておりますな。家を建てようにも材がございません。仕方なく廃材を集めてバラックを建てます。幸いN君夫婦はノミの夫婦、妻君のほうが力も強い。建て前は怪力妻に任せ、N君は子供のおしめを洗ってお茶を濁しております〉

茂樹はぷっと吹き出したが、母は「まぁ……」と眉をひそめ、ケイ婆さんは「男のくせに情けないねぇ」と首を横に振り、朝子は、「ねぇ、この怪力妻って悌子さんのことなんじゃないの？」と、悌子をつついた。悌子はそういうまわりの反応が一切耳に入っていない様子で聴き入っており、

〈なにはともあれ、期待はあらゆる苦悩のもと。今週はこのあたりで失礼致します〉

と、〆の言葉で放送が終わってもなお、ラジオの前に棒立ちになったままなのだ。

——つまんなかったんだろうか。がっかりさせちまったかな。

こめかみをかきつつうろたえていると、

「お、おもしろい」

悌子はつぶやくなり、腹を抱えて笑い出したのである。みなが啞然とする中、

「泣き言なのに面白いって、どういうことでしょう。私、てっきりしんみりしたお話になるんだと思ってました。それなのに、こんなに滑稽だったなんて」

お腹が痛いともだえながら悌子は笑い続けたが、ハッと息を吞むと笑いを収め、

「そういう解釈で合ってますか？」

と、神妙な顔を権蔵に向けた。

「まぁ、どう解釈してもらっても俺は問題ないよ。楽しんでもらえたなら十分だ」

そう返すと、再び体を折って大きく笑ったのだ。朝子が、「ねぇ、怪力妻って悌子さんのことな

んじゃないの？　いいの？」と、しつこく確かめるのを受け流し、悌子は言った。

「権蔵さん、すばらしいわ。本当にすごい才能です。啓太君が前に言った通りです。苦労があってもこうして、自分のことを少し離れたところから観察すると、案外楽しいものに感じるんですね。ああ、戦中にこんな番組があったら、みんなどれほど救われたかしら」

胸の前で手を合わせ、うっとりしている。

「あたしには、そんな高尚な内容には聞こえなかったけどね」

ケイ婆さんがすかさず言い、権蔵もまた、深読みとも言える悌子の過褒《かほう》な評価に戸惑っている。


「泣き言読本」の評判は上々とまではいかなかったが、悪くもないらしい。半月が過ぎた頃には、「毎週土曜日が楽しみになりました」などという聴取者からの葉書もちらほら届くようになった。長浜が折に触れ、

「爆発的なヒットにならなくてもいいんだよ、この手の番組は。細く長く続けるんだ。その代わり、絶対質は落とさないようにね」

そう声を掛けてくれるのも救いになった。冷静で理知的な一方で熱い信念を内に抱いている長浜は、鶏田の言う通り、制作における最上の伴走者には違いなかった。

とはいえ、「泣き言読本」の原稿料だけではやっていけないから、「街頭録音」の制作手伝いや鶏田のラジオドラマの音響役も引き続きこなしている。ひとり机に向かっているより、多くの事柄に出会うことで新たな発想が湧いてくるから、辞める理由もなかったのだ。

「そういや、十月から例の三木鶏郎が、新番組をやるってさ。『日曜娯楽版』っての」

ラジオドラマ収録の合間に鶏田が言った。

「ＣＩＥのほとぼりが冷めたのを見計らって、局は彼を引っ張り出したってわけ。そりゃそうだよね。あんだけ『歌の新聞』が人気だったんだもん。次のは三十分番組だってさ。局も力を入れてるから、評判になると思うよ」

権蔵はたちまち青ざめる。自分の番組が土曜。三木鶏郎は日曜。当然ながら比べられるのではないかと思えば、肝も縮む。

「そう構えることはないさ。君の番組とは趣旨も毛色も違うだろうしさ」

「いや、でも向こうが華々しいだけに、『泣き言読本』はよけい地味だと思われそうで」

「地味でなにが悪い。だいたい派手な泣き言なんざ聞きたくないよ。政治家が失言を詫《わ》びるんじゃないんだからさ。ま、吉田茂《よしだしげる》みたいに排撃一方で謝らないのも困るけどね」

鶏田は肩をすくめる。吉田茂は今年の頭、ストを行った者たちを「不逞《ふてい》の輩《やから》」呼ばわりし、労働者から総スカンを食らったのだ。

「戦中はさ、映画もラジオも戦意高揚を目的に作られてさ、自由な表現が阻害されたろ？　今は好きなように制作できるんだから、まわりなんてお構いなしに、自分がやりたいことを曲げずにやればいいんだよ」

鶏田はこちらに笑みを向けた。

「ものを作ることを諦めちゃダメだ。面白がって高みを目指すことだ。個人が得た実感を素直に表すこと。政治的統制を許さないためにも、そこは手を抜いちゃいけないんだ」

鶏田の言葉に一旦《いったん》は平静になれた権蔵だが、十月に新番組「日曜娯楽版」がはじまると焦燥にまみれた。これが、絶望的に面白かったからだ。もっといいものを書かなければ、と常に気が急《せ》いて、下宿でも明け方近くまで机に向から日が続いている。

「権蔵さん、たまには三人で散歩に行きませんか？　清太もお父ちゃんと行きたいって」

日曜の昼に起き出した権蔵を悌子が誘った。明け方まで机に向かっていたせいで、頭の中にはまだ霞《かすみ》が掛かっている。いや、でも今日も仕事をしねぇと、と断りかけたが、「いこ。いきたい」と清太に袖を引っ張られ、権蔵は抗えずに重い腰を上げる。

清太が歩くのに合わせて近所の雑木林をのんびり進みながらも、悌子は淀《よど》みなく話を続けた。この九月から社会科という科目ができたこと。その六年生用の教科書が「土地と人間」という題名で、教員たちの間ではあまり評判がよくないこと。民間貿易再開記念に女子野球大会が開催されて超満員だったらしいこと。教員の団体があれば出場したのに、とも。ひとしきり四方山話《よもやまばなし》をしたあと、

「権蔵さんは、子育ての方針を立てたほうがいいと思いますか？　学校ではなにかと方針を立てるので、気になってしまって」

と、悌子はおもむろに切り出した。方針など考えたこともない。ただただ清太がかわいい、というだけである。

「私は、ありがとうとごめんなさい、その他各種挨拶だけしっかり教えれば、あとは清太に任せたいと考えているのですが」

悌子は緊張した面持ちでこちらを窺《うかが》う。権蔵はそれに笑みで応えて、

「形は生めども心は生まぬ、っていうからな。そもそも、俺もお悌も親の希望と期待を裏切って生きてきたのに、子供には親の理想を押しつけちゃ、さすがに罰が当たるよ。それに、この子はちゃ

んとまわりから学んでいけるよ」

そう返すと、彼女は顔をほころばせた。

「そうですね。私たちも一所懸命生きて、いい親じゃなくて、いい人間でいましょう」

清太が悌子の手から離れて、おもむろに野草を摘んだ。黄色の小さな花が咲いている。

「カタバミね。かわいいわね」

悌子が言うと清太はうなずき、小さな手でハート形の葉っぱを指して「いち、に、さん」と数えた。それから得意げに顔を上げ、

「おかちゃんとおとちゃんとせいた」

と、うれしそうに言った。

第三章　瓜《うり》の蔓《つる》に茄子《なすび》

一

早く帰って野球をしたいのに、茂生は今日もまたぐずぐずしている。

「急いでよ、茂生。空き地に集まって遊ぶって、さっきみんなと約束したろ？」

清太が急《せ》かしても、

「そうなんだけど、今日のテーマはなかなか難しいんだよ」

茂生は真剣な顔で地面を見詰めるのだ。

毎日テーマをひとつ決めては、茂生はこれを守るのに必死になっている。父ちゃんが、「ラジオ番組はテーマが命だ。みんなに楽しんでもらうためにはな」と話すのを聞いてから、茂生はなぜかこの変な習わしをはじめたのだった。本日のテーマは、学校への行き帰りに直径二寸より大きな石を踏まないようにする、というものらしく、砂利道を行きながらも水たまりをよけるようにして、横に跳んだりケンケンしたりしている茂生に、清太はもういっぺん声を掛ける。

「茂生も行くんだろ、野球しに」

「……うん。まぁ、そうだね」

気乗りしない返事が聞こえてくる。本当はひとり遊びをしたいのだろう。でも、朝子叔母《おば》ちゃんから、「茂生は気弱でなかなか友達も作れないから、清太、できればそばにいてやって。清太のほうが年下なのに面倒見てもらうのは悪いんだけど」と頼まれているから、遊びにも誘うし、帰りも校門前で待ち合わせて一緒に下校している。

茂生はお腹が弱い。そのせいで梶野小学校に入学してすぐの授業中、粗相をしてしまった。清太は一学年下だから、このときの騒動は知らない。ただ三年生になった今も茂生は、いじめっ子から「お漏らし野郎」とか「回虫」と呼ばれることがあったから、こういうことでしくじると何年も言われ続けるんだな、と清太は気の毒に思っている。

幸い五年生に、男子よりも喧嘩《けんか》が強いと評判の智栄がいるから、いじめっ子たちも用心して、たまにからかうくらいにとどめている。父ちゃんも、茂生が泣いて帰るたび、

「気にすんな、茂生。言わせときゃいいんだよ。小学校の一時、たまたま一緒の学校だったってだけの奴らさ。一生付き合うわけでもねぇんだ。茂生の人生にゃたいした関わりもないって。俺なんざ、学生時代の友達で今も付き合ってる奴なんてひとりもいねぇよ」

なぜか自慢げに語って聞かせている。

母ちゃんは今、一年生の担任だし、「学校では、『母ちゃん』や『伯母《おば》ちゃん』じゃなく、先生と呼ぶのよ」と、清太や茂生、智栄はきつく言われていたから、学校でなにか嫌なことがあっても簡単に泣きつくことはできない。家で話を聞いてもらうにしても、「先生」への告げ口になりそうだから、清太はよしている。

茂生を待って清太は道端に立ち止まり、魚屋の店先に貼られた大きな紙を見上げる。

〈もうすぐヘルシンキオリンピック！　魚を食べて日本選手を応援しよう！〉

母ちゃんもこのところ、毎晩夕飯時にオリンピックの話をする。

「戦後初の日本選手団派遣なんですよ。昭和二十七年になってやっと。十五年の東京オリンピックが中止になって、私、本当に悔しかったんです。だから一所懸命応援したいわ」

母ちゃんはよく「一所懸命」と言う。清太も幼い頃から、遊びにいくときでさえ、「一所懸命遊んでおいで」と送り出された。

「魚勝《うおかつ》さんにも、オリンピックの貼り紙があったな」

茂樹叔父《おじ》ちゃんが母ちゃんに応《こた》えて言い、

「魚勝さんってさ、なんでも魚を食べることに繋《つな》げるのよ。去年もさ、『プロ野球初のオールスター戦を、魚を食べて応援しよう』って貼り紙してたわよ。見境なしなのよ」

朝子叔母ちゃんが口を尖《とが》らせた。するとケイ婆さんが、

「魚の統制はいの一番に撤廃になったからね、ここが勝負時だって張り切ってんだろ」

と、意地悪な顔で嗤《わら》っていた。

のろのろ歩くうち、木村食堂の看板が見えてきた。まだ石をよけて、カエルみたいにあっちに飛んだりこっちに跳ねたりしている茂生を諦《あきら》めて、清太は店に駆け込むと、

「ただいま！」

と、奥の調理場に大きな声で言う。

「おかえりー。今日もいい日だったかな？」

笑顔の茂樹叔父ちゃんに清太はうなずき、

「茂生もすぐに帰ってくるよ」

告げると、朝子叔母ちゃんが、

「どうせまた、テーマとやらをやってんだろ。やんなっちゃうね。兄貴も妙なこと教えて」

鼻の下をカエルみたいにふくらませた。清太は、そう、とも、違う、とも言わずに笑みだけ返して二階へ駆け上がる。

今日は父ちゃんが、家で仕事をしている日なのだ。

「おうっ、おかえり。そこに最中《もなか》があるぜ。手ぇ洗ってから食いな」

机に向かった父ちゃんは顔だけこちらにひねって、ちゃぶ台の上を指した。ラジオ局の仕事に出ると二、三日は帰ってこないのだけれど、必ず銀座や有楽町でお土産を買ってきてくれる。チョコレートや和菓子といった甘いものがほとんどで、それというのも、「はじめて清太に土産を買って帰ったとき、飴玉《あめだま》のかけらを呼ばれたからそのお返しだよ」と言うのだが、清太はそのときのことをまったく覚えていない。

「これ、茂生たちの分もある？」

訊《き》くと、

「ああ。もう朝子叔母ちゃんに渡してあるよ。母ちゃんの分もあるから安心しな」

答えが返ってきたから、清太は急いで手を洗い、「いただきます」と最中に一礼してかぶりついた。甘くて、顎《あご》がキュンとなる。同時に、おいしいなぁ、とうっとりする。

父ちゃんは家にいるとき、昼も夜も机に向かっている。部屋には、カリカリというペンの音がずっと響いている。

民放のラジオ局ができたから、お父ちゃん、ますますお仕事が忙しくなったのよ。「泣き言読本」だけじゃなくて、いろんな番組から声が掛かったんですって。

去年、母ちゃんがうれしそうに言っていた。父ちゃんが作っている番組を清太も毎週聴いているのだけれど、本当のことを言えば、なにが面白いのかまったくわからない。どうせなら、紙芝居の「黄金バット」みたいなものを書いてくれれば、友達にも自慢できるのにな、とときどき残念に思ったりもする。

「ごちそうさま。おいしかった。僕、空き地に行くね。友達と約束してるから」

立ち上がると、父ちゃんはやっぱり顔だけこちらに向けて言った。

「おう。かっ飛ばしてこいよ」

富枝お祖母《ばあ》ちゃんが縫ってくれたグラブと、六助おじさんからもらった軟式球を持って、階段を駆け下りる。革のグラブは手に入らないから、はじめは母ちゃんに布で作ってもらったのだけれど、グラブとは程遠いものができあがったから、富枝お祖母ちゃんに作り直してもらった。六助おじさんには、「いいか少年。貴重な軟式球をお前にくれてやる代わり、野球選手以外は目指すんじゃねぇぞ」とすごまれて、清太の将来の夢は今のところ野球選手ということになっている。

用水路脇の空き地では、もうみんな揃ってキャッチボールをはじめていた。清太と茂生を見付けると、

「遅いぞ。今日は試合やるんだからな」

口々に言った。大人数が集まるときは、二手に分かれて試合をするのが決まりなのだ。六助おじさんの軟式球は、この試合の日だけ持参する。なくしたら困るから、普段の遊びのときは、ゴムボールや小石に晒《さらし》を巻き付けた代用ボールで我慢していた。

「じゃ、グーとパーでチームを分けるぞ」

茂生と同級生の熊田《くまだ》孝二郎《こうじろう》が、みんなを集めて言った。仲間の中心人物で、いつもてきぱき指示を出してくれる。でもあいつ、勉強はできないんだよ、先生に指されて答えられたことがないんだから、と茂生はご飯のときに言っていたけれど、清太にとっては優しくて頼れる兄のような存在だった。

「グーとパーで分かれましょ」

一斉に手を出すと、一発できれいに二チームに分かれた。

「あー、清太と離れた」

「やった、清太と一緒だ」

チーム分けをすると、毎回この二種類の声があがる。他の友達は内野をやったり外野をやったりと日によってポジションが替わる。ただ清太だけは、決まってピッチャーを任された。仲間内では一番歳下だけれど体が大きいためか、一等速い球を投げられるからだ。

一回表のマウンドに立つ。マウンドといっても、地面に棒で引いた線をプレートに見立てただけのものだ。キャッチャーは孝二郎。茂生は相手チームになった。

「さあ、清太。思いっ切り来いっ」

孝二郎が自分のグラブを叩《たた》いてから、大きく構える。彼は、この中でただひとり革製のグラブを持っていた。中学校で野球をしていた兄さんの使い古しなのだという。

「プレイボール！」

主審役の四年生が右手を挙げた。清太は大きく振りかぶり、思い切り腕を振り抜いた。まずい、ど真ん中だ、とひやりとしたが、バッターは、ボールが通り過ぎて一拍置いてからバットを振った。

「ストライック」

主審の声に、「速《はえ》ぇなぁ、今日も」と孝二郎が言い、相手チームから一斉に、

「それじゃあ試合にならないよ！」

と、不満の声があがる。毎回、清太が投げたチームが勝つという流れには、清太自身も近頃つまらなさを感じていた。

野球遊びに夢中になったのは、茂生のほうが先だった。清太は覚えていないけれど、三歳くらいの頃、棒きれをバット代わりに遊ぶ茂生を真似したのが最初だったらしい。

キャッチボールの基本を教えてくれたのは、母ちゃんだ。他の家では父親が教えてくれるみたいだけれど、父ちゃんは一度キャッチボールをしたときに肩や腰がひどく痛くなって翌日寝込んでしまったから、清太は以来、怖くて頼めなくなってしまった。反対に母ちゃんは、暇を見つけては投げる動作を手取り足取り丁寧に説明してくれたのだ。

手だけで投げちゃダメだよ。みんな肩を強くしようとして上半身ばかり鍛えるけど、投球に一番大事なのは足腰なんだよ。しっかり足を踏ん張れば、あとは上半身を勢いよくひねるだけで十分速い球を投げられるからね。

母ちゃんは昔、槍《やり》投《な》げ選手だった。戦争がなけりゃオリンピックに出てたんだよな、と父ちゃん

が真面目な顔で言うたび、母ちゃんは、その前に代表から外れてましたよ、と困ったように返す。それだって全国で一、二を争う選手だったんだよ、すげぇなぁ清太、と父ちゃんが笑顔になるまでが、何度も繰り返し聞かされてきたやりとりだった。

清太が野球、得意なのはさ、きっと悌子伯母ちゃんに似たからだな。

茂生はよくそんなふうに言う。小学校三年に上がる頃には、茂生はもう野球から関心が逸《そ》れていて、清太相手にバットを振ったり、キャッチボールをしたりすることも少なくなっていた。

人には向き不向きがあるって、権蔵伯父《おじ》ちゃんが言ってたからな。不得手なことをわざわざ時間を掛けてやることないもんな。

確かに茂生は、走るのも遅かったし、キャッチボールをしても清太のところまで届かないことのほうが多かった。清太からすると、どうしてこんなおかしな動きになるのかと不思議に思うほど、守備も打撃も下手だった。その代わり勉強はよくできて、清太もたびたび教えてもらっていたから十分すごいのだけれど、野球ができないと友達の間ではなかなか認められないこと、それから例のお漏らしの件が尾を引いていて、学校は好きになれない、早く大人になりたいと言っている。

試合は、八対〇で清太のチームが勝った。日が暮れてきたから七回で打ち切りになって、朱色から薄紫に塗り替わっていく空の下を家に帰る途中、

「清太、わざと遅い球投げたろ」

と、後ろをついてくる茂生に言われた。

「なんのこと？」

とっさにとぼけたけれど、茂生の打席だけ山なりの球を投げたのは本当のことだった。茂生はバ

ットにボールを当てることすらできない。それは投手が清太のときに限らず、誰が投げても一緒だった。大根切りに近いようなおかしな動作で、みんなは「わざとふざけてるんだろ」とそのたび茂生を責めるのだけれど、清太は、彼が真剣にやってもまっすぐバットを出すことができないのを知っている。これまで幾度となく清太が教えても、まったくできるようにならなかったからだ。

「手加減したんだろ。僕が下手だから」

「違うよ。みんなと同じに投げたよ」

「嘘つくなよ。そういうの、すごく嫌な気分だよ」

そうだよな、と清太は思う。もし自分が目に見える形で手加減されたら、馬鹿にされたと思うだろうな、と。反省はしたけれど、ここで謝れば手加減したのを認めるみたいで、だから清太は答えあぐねる。

しばらく、ふたりして黙って歩いた。茂生は二寸より大きい石をよけるという本日のテーマを、今は忘れているみたいだった。

「僕は誰に似たんだろうな。母ちゃんはいつも元気で動きも速いだろ。父ちゃんも、右腕がないからキャッチボールはできないけど、がっしりしててかっこいいだろ。なんで僕だけ、こんな瘦《や》せっぽちで運動もできなくて、すぐ熱を出したり、お腹が痛くなったりするのかな。姉ちゃんのほうがずっと丈夫で、力も強いし、足だって速いんだぜ」

茂生の言う通りで、智栄はおしとやかではないけれど、木登りがうまかったし、運動会の徒競走でも必ず一等をとっている。

「……僕、このまま行くと、権蔵伯父ちゃんみたいな大人になっちゃうんじゃないかな」

ちょっと嫌そうな顔で、茂生は言った。自分の父親を馬鹿にされたみたいで、清太はひどく不愉快だった。

「父ちゃんみたいになるなら、いいじゃないか。ラジオでみんなを楽しませる話を一所懸命書いてるんだよ。立派な仕事だ、父ちゃんはすごい、って母ちゃんいつも言ってるもの」


梅雨に入ったせいで、外で遊べない日が続いていた。給食の片付けが終わると、男子はたいがいドロケイをはじめる。泥棒と警察に分かれての、追いかけっことかくれんぼを合わせたような遊びで、校舎中を駆け回るのだ。屋内遊びではあるけれど、廊下の板が一部浮き上がっていたり、長く使われて黒光りした階段はツルツルで滑りやすかったりで、スリルは満点だった。

組分けで泥棒になった清太が、校舎二階の三年生の教室近くまで逃げたときだ。

「謝れよっ！」

と、怒鳴り声がして、見ると男子生徒数名が誰かを取り囲んでいる。みんな背が大きいから、五年生か六年生だろう。

「うるさかったら、お前が他のとこに行けばいいだろっ。男のくせに休み時間に本なんか読んで、気持ち悪い奴だなっ」

ひとりが言って、相手を小突いた。その拍子に、取り囲まれている生徒の顔が見えた。

茂生だった。

「男が本を読むと、なんで気持ち悪いんだ」

声を震わせながらも、茂生は反撃に出る。いけない。喧嘩なんかできないのに。

「屁理屈《へりくつ》言うなっ。この、回虫」

他のひとりが言うと、まわりにドッと嗤《わら》い声が立った。その真ん中で、茂生が真っ赤な顔をして、体を震わせている。

――助けなきゃ。

清太はとっさに上級生たちをかき分けて、茂生を守るように立ちはだかった。

ひとりが言って、小突いてきた。

「弱い者いじめは、やめてください」

「なんだ、こいつ」

怖かったけれど、なんとか言い返すと、後ろから茂生が、

「僕は、弱い者じゃないぞ」

と、なぜか清太に嚙《か》みついてきた。

「今は、そういうのはいいよ」

焦って清太は背後にささやく。

「いや、よくない。いじめられてるからって、弱い者とは限らないだろ」

どうして茂生はこんなに面倒くさいんだろう。清太がうんざりしていると、上級生のひとりがこちらを指さして言った。

「こいつ、中津川先生の息子だぜ」

「えっ、ダイダラボッチの？」

まわりが一斉にどよめいて、何人かがおびえた顔で後ずさった。彼らの反応に、清太は悪いこと

でもしたような気分になる。

母ちゃんが、「ダイダラボッチ」とあだ名をつけられているのは、清太も知っている。山より大きな妖怪《ようかい》の名前だ。生徒のひとりが、日本の民話を集めた本に載っていた妖怪図で見付けて、陰でそう呼んだのがはじめらしい。清太は気になって、こっそり貸本屋で例の民話集を開き見た。山の頂《いただき》から顔を出した大男の絵を見て、母ちゃんとは似ても似つかない恐ろしいその姿に、唇をきつく嚙んで本を棚に戻した。自分だけの母親が、よく知らない人たちの手で歪《ゆが》められ、別の人間に仕立てあげられていくようで、そのときひどく悲しい気持ちになったのだ。

「もとは、こいつが悪いんだぞっ。俺たちが遊んでたとこに文句を言ってきたんだ」

清太が、「中津川先生」の息子という立場を利用して告げ口するとでも思ったのか、上級生のひとりが茂生を指さして言った。

「僕、文句なんて言っていません。ただ、うるさいなぁ、とひとりごとを言っただけです。それを勝手に聞いて怒ってるんでしょ。人がなにを思おうと自由なはずなのに」

茂生が律儀に訂正する。これが上級生たちの怒りの火に油を注ぐ羽目になった。

「こいつ、屁理屈ばっかりこねやがって！」

ひとりが清太を押しのけ、茂生の胸ぐらをつかんだときだ。廊下をすさまじい速さで走ってきた者が、その勢いのままに上級生のひとりに跳《と》び蹴《げ》りを食らわしたのだ。どうっとその生徒が倒れるのを呆然《ぼうぜん》と見詰め、それから清太はおそるおそる、蹴りを入れた人物に目を移した。

智栄だった。騒ぎを聞いて駆けつけたのか、息がだいぶ上がっている。

「なっ、なにすんだよっ」

蹴られた生徒は怒っているというより、泣きそうな顔で智栄を見上げた。他の上級生たちもなにが起こったのかわからない様子で、口をあんぐり開けて棒立ちになっている。

「自分より小さい子を相手に、こんな大勢で取り囲んでさっ。あんたたち、恥ずかしくないのっ？」

智栄が一喝すると、上級生たちは揃ってひるんだようになったが、ひとりが、

「うるせぇ、木村。口出しすんな」

言い返すや、

「そうだっ、お前は関係ねぇだろうっ」

「出しゃばるな、おかちめんこ」

「お前はいっつもうっとうしいんだよ」

みんな口々にののしりはじめたのだ。智栄のことを知っているようだから、同じ学年なのかもしれない。ひどい言われように清太の胸は痛んだけれど、智栄はなにを言われても少しも気にならないといった顔で、

「関係あるね。その子はあたしの弟なんだ。手出ししたら承知しないからね」

と、活劇のような台詞《せりふ》で決めて、腕を振り上げた。智栄姉ちゃん、かっこいい、といつものように叫びそうになる。清太はひとりっ子だから、強い姉さんがいる茂生がうらやましくてしかたなかった。

「え？　このガリ、お前の弟かよ」

ひとりが意外そうに茂生を見て言うと、まわりに馬鹿にしたような嗤い声が立った。

茂生はその隙を突いて走って逃げ、智栄の後ろに隠れる。清太は置いてけぼりを食って、上級生

の輪の中に取り残された。

「こいつん家《ち》さぁ、食堂やってんの知ってる？　木村食堂っての」

蹴られた生徒が、おおげさな仕草でズボンを叩《はた》きながら言う。

「用水路の向こうの、雑木林の砂利道んとこ。あそこがこいつん家なんだけどさ」

「あぁ、俺、前を通ったことあるな。あの汚《きた》ったねぇ食堂だろ」

いがぐり頭の生徒がそれに応えた。

清太たちの家はだいぶ古くはあるけれど、けっして汚くはない。毎日毎日、叔父ちゃんと叔母ちゃんが、食堂の隅々まで丁寧に掃除をしているのだ。よく綿埃《わたぼこり》が溜《た》まっている清太の暮らす部屋と違って、智栄たちが住んでいる部屋も塵《ちり》ひとつ落ちていなかった。

「そうそう。あの汚ったない食堂。あれな、もぐりの食堂なんだって、うちの父ちゃん言ってたぜ。外食券もなしに客を呼んでたって。戦中もお客に雑草食わしてたんだぜ」

「おえー、雑草なんて食わせるのかよ」

わざとらしく生徒たちが声をあげ、智栄の顔が次第に赤らんでいく。

「うちの畑にも、物乞《ものご》いみたいに野菜をもらいに来てたな。それを雑草とまぜた雑炊で、金とってたんだな」

「よせよ。食堂は関係ないだろ」

清太は勇気を振り絞って、上級生たちに嚙みついた。けれど彼らは鼻で嗤って、

「だって本当のことだもんなー」

と、声を揃えるのだ。

「だいたいさ、お前の父ちゃん、お客に出すような飯、作れんの？」

蹴られた生徒が言うと、

「そうだよなぁ。片腕しかないのに、料理なんかできるはずないよなー」

他の生徒が大声で続いて、包丁を片手で振り回す動きをしてみせる。もうひとりが食べる仕草をし、「まずい、まずい」と吠《ほ》えると、まわりがまたドッと嗤った。

智栄が拳《こぶし》を握って、上級生たちを睨《にら》み付けている。体が小刻みに震えているのが、清太の位置からでもはっきり見えた。

「食堂なんてしてないで、傷痍《しょうい》軍人の楽隊にでも入りゃあいいんだよ」

調子に乗ってひとりが言ったとき、智栄の目にみるみる涙がふくらんでいくのが見えた。清太はとっさに、上級生の背中を思いっ切り蹴った。なにすんだよ、と向かってきた奴を今度は遮二無二殴った。悲鳴があがる。誰の悲鳴かわからない。

「先生！　先生呼んできて！」

見物していた生徒たちが叫んでいたけれど、清太はなおも、やみくもに腕を振り回した。智栄が泣くのを見たくなかった。いつでも、かっこよくって頼もしい姉ちゃんでいてほしかった。

「やめなさーい！　なにしてるんですかっ」

母ちゃんの声だ。もみくちゃになりながらも、清太はうっすら感じ取る。

「まずい、ダイダラボッチだっ」

慌てて離れた上級生たちの頭を、母ちゃんは片っ端から叩《はた》いていった。最後に、清太の頭も、上級生たちより強く叩いた。

「さ、みんなここに一列に並んで」

母ちゃんはひとりひとり怪我を確かめてから、鼻から大きく息を吐き出して言った。

「こうなった理由を聞かせてちょうだい」

上級生たちは、うつむいてなにも言わない。

「こいつらが茂生をいじめてたんだ」

智栄が真っ赤な顔で怒鳴った。

「お前が蹴ってきたからだろっ」

上級生が怒鳴り返す。母ちゃんが言い合いを止めるのを見ながら、そんな簡単なことじゃなく、もっと大きくて暗くて苦いものがそこに挟まっていたのを、清太は感じていた。


下校のとき、校門で茂生を待っていたら智栄の姿も見えたから、一緒に帰った。

「清太、さっきはありがとね」

智栄はそう言ったきり、黙って歩いていく。その後ろ姿はいつもと違って、萎《しお》れた花みたいに見える。茂生はさっきから、念仏でも唱えるような調子で電信柱の数を数えている。今日のテーマらしい。行きと帰りで電信柱が消えたり現れたりするはずもないのに、しつこく確かめているのだ。

「僕、茂樹叔父ちゃんの作るご飯、本当においしいと思う」

こういうことを言うのは照れ臭いし、今言うのが正しいのかどうかもよくわからなかったけれど、清太はどうしても智栄にそれを伝えたくなったのだ。

智栄は顔を半分だけ後ろに流したけれど、なにも言わずにまた前を向いてしまった。

「うちの母ちゃんは、あんまり料理が得意じゃないだろ。たまに作ってくれるけど、違う世界に連れていかれそうな味だから、叔父ちゃんはすごいっていつも思うんだ」

智栄はやっぱり応えない。宙ぶらりんになった自分の言葉を、どう引き取ったものか清太は困ってしまって、仕方なく口をつぐむ。

「五、六、先に見えるのが七だけど、あの角には向かいにも電信柱があるから、あれを勘定に入れるか入れないか、だ」

喧嘩の原因を作った張本人は、すっかり自分の世界にこもっている。

木村食堂の看板が見えてくると、智栄は、

「先、行くね」

と、小声で言って、駆け足で店に入っていった。清太と茂生が「ただいま」と店の調理場に声を掛けたときにはもう、智栄の姿はどこにも見えなかった。きっとすぐに、奥の部屋にこもってしまったのだろう。

「おかえり。今日もいい日だったかな?」

茂樹叔父ちゃんが笑顔を向けてきたけれど答えられずにいたら、それまで自分はなにも関係ないという顔をしていた茂生が、

「入学以来一、二を争う最悪な日だった」

と、正直に答えてしまった。朝子叔母ちゃんとケイ婆さんが手を止めて、

「なにがあったの?」

と、心配そうな顔をする。今日あったことは絶対に茂樹叔父ちゃんに知られてはいけない気がし

て、清太はとっさにごまかした。

「なんもないよ。それよりお腹すいた」

心臓が変な音を立てている。

学校で困ったことが起きたとき、母ちゃんに話せば告げ口になりそうだから、いつもは父ちゃんに相談する。ただ、父ちゃんは答えを教えてくれることはなくて、

「清太はどう思う？」

と、たいがい反対に質問をしてくる。考えがまとまらないから訊《き》いているのに、考えを訊かれるからまどろっこしい。どう言えばいいのかわからないよ、と降参すると必ず、

「辞書を引きな。きっとぴったりの言葉が見付かるぜ」

と、楔《くさび》本棚を指す。おととしの誕生日に贈ってくれた廣辞《こうじ》林《りん》がそこにある。

今年っから人の歳を、数えじゃあなく満で勘定するようになったろう。その記念だ——そのとき父ちゃんは言ったのだ。

学校の先生は優しい言葉で話してくれるけれど、父ちゃんは大人同士で話すのと同じ言葉を使う。だから知らない言葉がよく出てくる。その意味を訊くたび、「辞書を引きな」と言われるのだけれど、廣辞林は重くて本棚から降ろすのもひと苦労なのだ。もっと簡便な辞書もあったでしょうに、と呆《あき》れた母ちゃんに、言葉をたくさん知ることで困難に打ち勝てることもあるんだからこれでいいんだよ、と父ちゃんは言い返していた。

この日の出来事はけれど、到底自分の中から答えを導き出せそうになく、清太は結局、富枝お祖母ちゃんにこっそり打ち明けたのだ。でも話すうちに、お祖母ちゃんの顔がみるみる白くなってい

くようだったから清太は慌てた。大丈夫？　と訊くと短く息をついて、

「そんなこと言う子がいるの……」

と、しょんぼりしてしまった。

「五年生なら、戦争のことを覚えてるだろうにね。きっとその子のご家族は、誰も傷を負わなかったんだろうね。だから平気で、そんなことを言えるのかもしれないね」

戦争みたいな大きなことを経ても、みんなが同じように感じるわけじゃないんだね、とお祖母ちゃんは小さな声で付け足した。

「このこと、お祖母ちゃん、お母さんに言ってもいい？」

「うーん……告げ口にならないかな？」

「これは家族のことだもの。みんなで智栄を元気にしないといけないでしょ？」

清太が惑いながらもうなずくと、お祖母ちゃんはいくらか表情《かお》を和らげた。

「清太は、想像することを手放しちゃいけないよ。人の奥にあるものまで見る力を、大事にしてちょうだいね」

祈るように、そう言った。


智栄はあれ以来ずっと塞《ふさ》ぎの虫にとりつかれていて、ご飯のときもひと言も話さないし、学校には行っているけれど、給食後の昼休み、校庭の花壇のところでひとりぽつんとしゃがみ込んでいるのを幾度も見た。いつもは同級生と校庭を駆け回っていたから、あの件がよっぽど苦しいのだろう。どうしたら、もとの元気でかっこいい智栄姉ちゃんに戻ってくれるだろうと、放課後に野球をした

帰り、清太は茂生にも相談を持ちかけたのだった。

「姉ちゃん？　そういや母ちゃんも、姉ちゃんが元気がないって心配してたな」

茂生はまったく他人事《ひとごと》のように答えた。

「僕が思うに、一人部屋が欲しくてあんな態度をとってるんだと思うよ。前からね、僕たちと一緒に着替えるのが嫌だって言ってたから」

絶対に違うだろう。この間の件を気にしているに決まっている。

「茂生は、嫌じゃなかった？　その……茂樹叔父ちゃんのこと、あんなふうに言われて」

訊きづらかったけれど、茂生があまりに平気でいるものだから、つい本音を知りたくなったのだ。

「腕のこと？　そりゃ、嫌だよ。母ちゃんが野菜を仕入れに行ってたことを、物乞いみたいって言われたのも嫌だったし。おかしいよね、農家は野菜を作って売るのが仕事なんだから、それを買いにきた客を馬鹿にするなんて、意味がわからないよ」

茂生は、ほんの少しだけ口を尖らせた。

「ただ、父ちゃんの腕は戦争のせいっていうか、連合国軍のせいだよね。父ちゃんが悪いわけじゃない。それに料理は片腕でできてる。あいつらの言ってきたことで、気にすることはひとつもないと僕は思う。理由や原因がわからないことのほうがつらいよ」

確かにそういうふうに考えることもできるかもしれないけれど、家族をひどく言われて、こんなに落ち着いていられる気持ちは、清太にはやっぱりわからなかった。

この日の夕飯どきだった。茂生が唐突に、

「僕の生まれたときのこと、教えて」

と、朝子叔母ちゃんに訊いたのだ。

「なによ、急に」

味噌汁《みそしる》をすすっていた叔母ちゃんが、詰まったご飯を飲み下すように胸を叩きながら言った。

「なにが原因か、知りたくなったんだ」

「原因？　なんの原因よ」

「僕がひ弱な原因だよ」

茂生の言葉に、食卓を囲んだ大人たちは箸《はし》を止めた。

「茂生は少しお腹が弱いだけで、ひ弱じゃないよ。それに、お前を産んだ、お母さんのせいでもないんだよ」

富枝お祖母ちゃんが優しく茂生に言って、朝子叔母ちゃんは悲しそうにうつむいた。

「でも、僕ははっきりした理由がほしい。なんで友達と違うのか。身長も体重も清太より低い数字なんだよ。年上なのに」

「成長の途中だから、これから変わっていくさ。お父ちゃんだって、小さい頃は痩せっぽちだったんだぜ」

茂樹叔父ちゃんが笑い飛ばしたのに、

「そりゃお前、遺伝ってもんにゃあ抗《あらが》えないよ。茂樹さんの血筋じゃねぇな。うちのほうの血に、妙に痩せの遺伝子が混じってんのよ。俺もそいつを受け継いじまってる。すまねぇな、茂生」

と、父ちゃんが真面目に拝んでみせた。

「ちょっと、権蔵さんっ」

母ちゃんは慌てた様子でささやいたけれど、「いでん……」と、茂生は難しい顔でつぶやいた。

「そ。遺伝ってのは複雑怪奇でさ、どっからどうその要素が飛んでくるかわかんねぇのよ。だから朝子がどうこうしたわけでもない。理由があったほうが釈然とするかもしれねぇが、お前は生物の神秘を体現してるわけさ」

しんぴ、と茂生はまた繰り返し、なぜかうっとりと顔をとろけさせた。よくわからないけど、茂生の悩みを父ちゃんが解決したようなのがうれしくて、清太も真似して訊いた。

「僕が生まれたときはどんなだった？　僕は母ちゃんの血筋かなぁ」

座が一瞬、さっきより静まった。まるで、雪女に息を吹きかけられて凍ってしまったみたいに、大人たちは動かない。不思議に思って母ちゃんを見ると、「えーと」と言ったきり、おでこから流れる汗を拭《ぬぐ》っている。

そういえば、自分が赤ちゃんだった頃の話を聞いたことがないな、と清太は気付く。智栄や茂生には朝子叔母ちゃんが、「あんたは赤ん坊のときからうるさく泣いて」とか、「生まれたてのときは猿みたいだったわよ」とかよくふざけて言っているけれど、清太は一度もそんなふうに言われたことがなかった。よっぽど世話の焼ける赤ん坊だったのかもしれないな、とだんだん気になってきた。

と、不意にケイ婆さんが口を開いたのだ。

「誰に似たとか、どうでもいいことだよ。茂樹は誰に似たかなんて考えたことないだろ」

訊かれた茂樹叔父ちゃんは「そういや、ないね」と目玉を上に向けた。

「そらごらん。それなのに、こんな立派な大人になったよ、茂樹は。原因っていうともっともらしいけどね、茂生、あんたは自分がひ弱なのを誰かのせいにしたいだけだろ」

茂生はなにか言い返そうとしたが、ケイ婆さんに睨まれて、しおしおとうなだれた。

「弱いのが嫌なら、強くなる工夫をおし」

座がシンとなったところで父ちゃんが、

「一緒に頑張るか」

と、茂生の頭をくしゃくしゃとなでた。

夕飯を終えて部屋に戻ると、布団を敷いていた母ちゃんが、

「あの喧嘩、茂生を守るためだったんだってね。偉かったね」

そう言って、抱きしめてくれた。

「これは、中津川先生としてじゃなくて、お母ちゃんとしての言葉だからね」

続けて言うと、父ちゃんがすかさず、

「ややこしいなぁ、まったく」

と、笑った。

「喧嘩のときに智栄ちゃんが言われたこと、お祖母ちゃんから聞いたよ。あの娘《こ》はそれで元気がないんだね。お母ちゃん、朝子叔母ちゃんにそのこと伝えようかと思うんだけど、清太はどう思う？叔母ちゃん、智栄ちゃんが元気ないのを気にしてたから」

清太はしばらく考えてから、顔を上げた。

「茂樹叔父ちゃんに知られないなら、いいと思うよ。智栄姉ちゃんが、あいつらに言われたこと黙ってるんなら、叔父ちゃんに知られたくないからだと思うんだ」

母ちゃんは大きくうなずいてから、

「そうだね。そしたらこっそり朝子叔母ちゃんには言ってみるね。原因がわかったほうが、叔母ちゃん、安心すると思うから」

清太のほっぺを両手で包み込んだ。すると父ちゃんが、

「原因っていうともっともらしいけどね、あんたは誰かのせいにしたいだけだろっ」

と、ケイ婆さんの口調を真似してふざけた。

「もう、権蔵さんは。真面目な話ですよ」

母ちゃんが父ちゃんを睨んでみせる。

「いや、ありゃなかなかの名言だよ」

そう返すなり、机に向き直って、

「なんかに使えそうな台詞だな」

と、せかせかと帳面を開いた。

＊

「なんなの、そいつ。なんて名前？」

悌子が喧嘩の一部始終を伝えると、当然ながら朝子は頭から湯気を出した。木村食堂や茂樹をくさした生徒の名前を教えろと、彼女は鼻息も荒く言うが、教えれば必ずその子の家に怒鳴り込むだろうから、悌子はこれを懸命に押しとどめた。

「ここで親同士の喧嘩になれば、智栄ちゃん、いっそう苦しむような気がするの。悲しいけど、目

に見える違いを攻撃する子も多いのよ。それを食い止められない私たち教師の責任でもあるんだけど」

朝子は喧嘩っ早《ぱや》いが、頑迷ではない。猛《たけ》っていた気持ちを落ち着けるように深呼吸をしてから、食堂の椅子に力なく座った。

「大人でもそういう奴はいるからわかるよ。でも、食堂を貶《けな》されるのはともかく、あの人のこと言われるのは、やり切れないよ」

目の縁にうっすら涙を浮かべた朝子を見て、悌子は自分の不甲斐《ふがい》なさに悄然《しょうぜん》となる。

「御国のためにって、銃なんて持ったこともないのに戦場に送られてさ、挙げ句終戦になったら戦争は間違いだったって声が大きくなって、復員兵まで悪者みたいに言われてさ」

家族が寝静まった夜更けの食堂で、朝子は溜まりに溜まっていたものを吐き出す。

東京裁判が終わると、戦犯のみならず徴兵された軍属までも、戦争に荷担したと非難する向きが出てきたのだ。食堂の客の中にも、たまに茂樹に対して「徴兵なんて拒否すればよかったろう」と、あまりに無知なことを悪気なく口にする者があって、そのたび朝子は奥歯を噛んで耐えてきた。終戦から七年も経つと、被害に遭わなかった者は簡単にこれを過去にできる。だが一方で、大きな傷を負った者は生涯戦争を背負っていくことになる。そう思えば、悌子もまたやり切れなかった。

今年四月に、戦傷病者戦没者遺族等援護法が施行されて、国から金銭的な補償がなされることとなった。茂樹は報に接して、

「補償金が下りたら、調理場の流しを人研《じんと》ぎに換える足しにできるかな」

と、楽しげに語っていたが、朝子は、

「あの人の右腕と戦地での苦労と、あたしたち家族があの人と一緒にいることができなかった三年間って時間はさ、お金になんか換えられないのよ」

と、茂樹のいないところで腹立たしげに漏らしていたのだ。

「私、智栄ちゃんと話してみるね。学校の先生としてではなく、伯母として。朝子さんも一緒に聞いてもらえる？」

「もちろんよ。あの子、あたしの話は素直に聞かないから、そうしてもらえると助かる」


次の日曜日、昼ご飯の片付けが終わったところで、悌子は智栄を食堂に呼んだ。ちょうど茂樹が清太と茂生を外遊びに連れ出したあとで、今がその機会だと踏んだのだった。

定休日の食堂では権蔵がラジオから流れる美空《みそら》ひばりの曲に聴き入り、「やっぱりひばりは別格だな。歌詞の意味をしっかり汲《く》んで歌ってるよ」と、呑気《のんき》に感心している。

権蔵が手掛ける「泣き言読本」は今も番組が続いている。地味な内容なのに長寿番組になってきたな、と本人は不思議そうにしているが、開始当初から飛び抜けて面白かったし、この番組に救われる人は多いと信じている悌子には、少しも意外ではなかった。

ケイと富枝が二階の部屋に引き揚げたのを見届け、

「あのね、智栄ちゃん。今日は先生としてではなく、伯母ちゃんとして少し話をしたいんだけど、いいかな？」

と、悌子は切り出した。智栄は、こちらを見上げて首を傾《かし》げる。まぁ座って、と彼女を椅子に腰掛けさせ、悌子は朝子の隣に立つ。

「人というのは、ひとりとして同じじゃないでしょ？　性格も違えば、体格も違うよね。でもそれはけっして、どっちがいいとか悪いとかいうことじゃないのよ」

話しはじめるも、智栄は仏頂面のままだ。

「例えば、私と朝子さんは歳も近いし、同じ女性です。でも体の特徴はまるっきり違うでしょ。では、それぞれの特徴を比べて、智栄ちゃん、答えてください」

悌子が言うと、智栄はやっと笑顔を見せ、

「先生の話し方になってるよ」

と、返した。それから悌子と朝子を見比べ、

「一番の違いは、お母ちゃんは痩せてる。悌子伯母ちゃんは肥《ふと》ってる」

そう言い切ったのだ。悌子は、続けて説くはずだった言葉が吹っ飛ぶほどの衝撃に見舞われた。

——……肥ってる。

よもや自分がそんな形容をされる日が来るとは、夢にも思わなかったのである。槍投げ選手だった頃、「男女《おとこおんな》」と揶揄《やゆ》されたのも嫌だったが、肥っているという形容は、かつての運動選手としての矜持《きょうじ》が許さなかった。

悌子は、とっさに権蔵を窺《うかが》う。夫にもそう見えているのだろうかと思えば、恥ずかしさと申し訳なさが間欠泉のごとく噴き上がる。幸い彼はラジオに聴き入っており、こちらの会話に注意を向けているふうはない。

「あのね、智栄ちゃん。伯母ちゃんは肥ってはいません。これは筋肉なんです。肥ってるっていうのはぶよぶよしてることでしょ。伯母ちゃんは引き締まってるでしょ？」

そうは言ってみたが、昨今は仕事と子育てに手一杯で本格的な運動から遠ざかっているのは事実だ。いつしか筋肉が贅肉《ぜいにく》に変わってしまったのかもしれない。加えて、三十半ばにもなれば中年太りもはじまる頃だ。

――いやいや、今は自分のことにかまけている場合じゃあない。

すぐに自省して動揺を抑え、智栄になにを言い聞かせるつもりだったか思い出そうとする。そうだ、茂樹は確かに右腕を失ったけれど、それは自分と朝子の体格の違いと同様、単なる「違い」なのであって、他人から非難されるべきものではない。もしそれを馬鹿にする者がいたら、「世の中にはいろんな人がいて当たり前だし、いろんな人がいていいのよ」と言い返しなさい――そんなふうに筋道立てて話をするつもりだったのだ。

気を取り直したところで、

「きんにく、っていうのは、よくわかんないけど、伯母ちゃんは肥ってると思うよ。体重だって重いでしょう?」

智栄は子供の無邪気さで追い打ちを掛けてきた。目眩《めまい》を覚え、悌子は机に手をついて体を支える。

「ちょっと、大丈夫? 悌子さん。智栄も言い過ぎだよ」

朝子が叱るや智栄は口をへの字にして、

「訊かれたから見たままを言っただけ。それなのに、なんで叱られなきゃいけないの? お母ちゃんはいっつも、あたしの言うことに文句ばっかりだよねっ」

と、がなり立てた。智栄は基本素直な子だが、朝子に対してはこのところ、たびたび反抗的な態度をとる。

「あのね、肥ってるって言われたら、嫌な気持ちになるんだよ。女の人は特に」

朝子が重ねてたしなめたとき、

「茂樹さんのことも、それと同じだよ」

それまで門外漢を決め込んでいた権蔵が、不意に割って入ったのだ。悌子も朝子も智栄までも、怪訝《けげん》な顔を権蔵に向ける。

「お悌はさ、がっしりしてるのはいいけど、肥ってるのは理想じゃないわけ。でも『恰幅《かっぷく》がいい』って言葉がある通り、実業家なんざはやっぱり肥ってたほうが格好がついたりもするだろ？　それを嫌がりはしないさ」

高身長を望む者もあれば、小さいのがかわいいと思う者もある。目の大きさや鼻の高さにも銘々理想がある、と権蔵は続けた。

「誰でも多かれ少なかれ、そうやって区別をしてるんだよ。お悌は今、肥ってるって言われて嫌がったけど、本当に肥った奴からすりゃ、ひどい差別に感じるかもしれねぇよ」

確かに権蔵の言う通りだ。自分では意図せずに、体型に善し悪しの線引きをしたのだ。

「それと、お父ちゃんのことは関係ないよ」

智栄が口を尖らせる。

「いや、同じだよ。つまり馬鹿にしてきた奴らは、片腕ってのが理想じゃないだけだ」

権蔵さん、と悌子は諌《いさ》めた。

「お父ちゃんだって、好きで片腕になったわけじゃないもん」

智栄の声が湿気を帯びていく。

「そうさ。茂樹さんの理想でもなかった。でも、たいていの奴が理想の容姿は手に入れられねぇんだから同じなんだよ。俺だって、こんなひょろひょろの体型、嫌でしょうがないさ。この体型や体力のなさのせいで諦めたことも山とあるんだ」

権蔵は、眉間《みけん》を揉《も》んだ。

「でも茂樹さんはさ、利き腕をなくしたのに以前と同じように調理場に立ってる。俺みてぇに諦めてないんだよ。なにひとつ諦めてないの。それで、うまい料理を次々に編み出して客を喜ばせてるだろ。それって、とんでもなくすごいことだと思わねぇか？」

智栄がなにか言い掛けて、口をつぐんだ。

「お前はさ、学校で茂樹さんのこと言われてしょげてる場合じゃねぇよ。それこそ茂樹さんに失礼だよ。お前らにうちの父ちゃんと同じことができるか、って胸張るとこだよ、そこは」

権蔵が話し終えるや、座が静まり返った。

〽リンゴの花びらが　風に散ったよな

　月夜に月夜に　そっと　えーーー

　つがる娘は　ないたとさ

美空ひばりの「リンゴ追分」ばかりが、店内に響き渡っている。

かたん、と音を立て、智栄が椅子から立ち上がる。権蔵を強く見据えたから、なにか言い返すのではないかと悌子は身構える。智栄はしかし、一旦《いったん》目を瞑《つむ》ったのちに、

「わかった」

とだけ言って、戸口に向かったのだ。

「どこ行くの？」

朝子が掛けた声に、

「野球見に行く。茂生たちが用水路脇の空き地でお父ちゃんと野球するって言ってたから」

大声で返して、砂利道を駆けていった。

「どうなんだろう。納得したのかしら」

朝子が前掛けを手で揉みながら訊く。悌子は答えあぐねて権蔵を見やったが、彼はもう今の会話など忘れたかのように、

「しっかし、ひばりの歌声は絶品だな」

と、ラジオに相槌《あいづち》を求めるように語り掛けていた。


夕方、子供たちと茂樹が野球遊びから戻り、みな揃って夕飯の食卓を囲む頃には、智栄はいつも通りの智栄に戻っていた。よくしゃべり、大口を開けて笑い、食事が終わるや「階段競走をしよう」と茂生と清太を誘った。階段競走とは、よーいドンで階段を上って誰が一番早く二階に着くかを競う、騒音面と建物への負荷の面に鑑《かんが》みると大変迷惑な遊びである。いつもなら朝子が、「うるさいよっ、外行きなっ」と一喝するところだが、今日に限っては黙認していた。

「床が抜けるよ、あんなことさせとくと」

鼻の頭にシワを寄せたケイに、

「今日は特別。大目に見るわ」

と、朝子は答えていた。

悌子が食後の片付けを終わらせ、食堂の片隅に座って渋茶でひと息ついていると、

「いろいろありがと。おかげでなんとか元に戻ったみたい」

と、朝子が寄ってきてささやいた。子供たちは、二階の富枝の部屋に集まってトランプ遊びをはじめている。権蔵や茂樹、ケイはそれぞれの部屋に戻った。

「兄貴があんな話をするなんてね。ずっと頼りないばっかりの兄貴だったけど」

朝子の言葉に、悌子は力強くうなずいた。

「権蔵さんは相手が子供でも大人でも、言葉遣いも態度もほとんど変えないの」

それから少し声を落として続けた。

「私は子を授かっていないでしょ。だから清太への接し方で迷うこともあるんだけど、権蔵さんは一貫して清太を一個人として扱ってる。それでいいんだな、って。私にとってはいいお手本なの。学校でも、生徒ひとりひとりに個性があると思い出せるしね」

昨年の五月、児童憲章が制定されて、

〈児童は、人として尊ばれる。

児童は、社会の一員として重んぜられる。

児童は、よい環境の中で育てられる。〉

との三つを柱に、子供たちが守られる社会を目指すよう十二条が定められた。中に、「すべての児童は、個性と能力に応じて教育され、」といった一節もあり、悌子はこれを理想としてはいるが、今なお全生徒が健やかな環境に身を置くことは難しいのが実状だった。学校には給食だけ食べに来る子もいたし、せっかく義務教育になった中学校に進まずに働きに出る子も少なくないのだ。

「子供にとってなにが一番いいのかなんて、自分の子でもわかんないからね。生徒たちのことなら、なおさらだろうね」

朝子が言って、二階を仰ぐ。

「智栄はともかく、茂生なんてさ、ほんとにあたしの子？　って不思議でたまんないもん。あの子の考えてることはさっぱりわかんないし、気性だって、あたしとも旦那《だんな》とも重なるとこがちょっともないんだから」

確かに茂生は独特だ。明朗快活な茂樹とも、元気でちゃきちゃきしている朝子とも違う。しいて言えばケイの気質といくぶん重なるところがあるくらいだろうか。

「でもさ、智栄は智栄で厄介なのよ。あたしにそっくりでしょ。しかも奇妙なもんで、自分でも持て余してるような嫌な部分が似てるのよ。喧嘩っ早《ぱや》いとことか、口の悪いとことかさ。人の振り見て、じゃないけど、智栄のそういう振る舞いを見るたび、あぁ、あたしのダメなとこがあの子に伝《う》染《つ》っちゃったって、嫌ーな気持ちになるのよ」

「似てても似てなくても厄介なのね」

そう返すと、悌子は可笑《おか》しさがこみ上げてきた。朝子もまた、プッと小さく吹き出して、「面白いもんだね」と肩をすくめる。

清太は素直でいい子に育っている。友達も多く、運動神経がいいせいか、まわりから一目置かれている。少し優しすぎるのが玉に瑕《きず》だが、手の掛からない子だ。悌子はときどきそこに、清一の面影を見てしまう。もちろんそんなことは誰にも言えない。それに今では、清太が健やかに育っているのは、権蔵をはじめとする、ここに住む家族のおかげだと思いたい自分もいる。

トトトトッと階段を下りてくる足音がして、

「お母ちゃん、もう寝るから、おむすび」

と、智栄が店に顔を出して言った。朝子は、

「はい、はい」

と、腰を上げ、調理場のお櫃《ひつ》の蓋《ふた》をとって、小さな塩むすびを作る。智栄が水屋から小皿を出し、朝子が塩むすびをちょんと載せる。

「ありがとう。おやすみなさい」

そう言って、また二階に駆け上がる。

このところ智栄は、富枝の部屋で寝起きしているのだ。父親や弟と同じ部屋で着替えるのが恥ずかしいからだという。本当はひとり部屋が欲しいらしく、そのたび悌子は、自分たち一家がそろそろこの家を出ていく頃合いなのだろうと感ずる。

「これもいつまで続くのかね。朝ご飯で食べてくれるから無駄にはならないけど」

階段を上っていく智栄を見送って、朝子が溜息《ためいき》交じりにつぶやいた。智栄は、なにか食べ物を枕元に置かないと怖い夢を見るのだという。小学校に上がる頃から、そうなってしまった。戦争が終わってもひもじい日が続いたせいで、今でも、朝目覚めたら食べるものがない世界に逆戻りしているのではないか、という恐怖に囚《とら》われているのだ。小さなおむすびは、そんな智栄の御守りだった。

生徒の中にも同じように食への執着を見せる子が多く、彼らはきまって給食の容器を隠すようにして、せかせかと食べる。小さな頃に少ないおかずをきょうだいと取り合った記憶がこびりついていて、気を許すと誰かに盗《と》られると思い込んでいるのだ。

今年の四月末に対日講和条約が発効され、日本は七年近くにわたる占領から解放された。あちこちで独立記念式典が催されたが、それできれいさっぱり戦争の傷跡が消えることはもちろんなく、いまだ戦争はいろんな形で、人々の暮らしに濃い影を落としている。

「智栄ちゃん、ほんとは私たちの部屋を使いたいわよね。ひとり部屋になったら、気分も変わるだろうし」

それとなく言うと朝子はかぶりを振った。

「まだ早いよ。母さんの部屋で十分だし、それに子育てはさ、あたしたち夫婦だけじゃないほうがいいのよ。悌子さんや兄貴や、違った目を持った人がいたほうが偏らないもの。自分の子は大事だから、つい近づいて見ようとするでしょ。近くで見ると焦点がぼやけるから、見逃しちゃうことも多いんだよね。さっきの兄貴の話聞いてて、そう思ったよ」

朝子は静かに語ってから、「兄貴なんかに気付かされるなんてね」と、舌を出した。

二

権蔵は恐々としている。日本橋の髙島屋《たかしまや》には、日本コロムビアによるカラーテレビの公開実験放送をひと目見ようと、大勢の見物人が押しかけていた。

「ついこの間、テレビ放送がはじまったと思ったら、もうカラーの試作ってんだから、嫌になっちゃうよね」

隣に佇《たたず》む鶏田が言い、

「なに、大衆は、そうたやすくテレビには流れんでしょう。なにしろ一台二十万円前後するんですから、とても手が出ませんよ」

長浜が肩をそびやかしてみせた。

昭和二十八年が明け、二月一日にＮＨＫのテレビ放送がはじまったばかりだというのに、夏には民放初となる日本テレビが開局するという。今のところ画面は白黒だが、そう遠くない将来カラーになるとの噂を聞きつけ、五月のすがすがしい昼下がり、権蔵たちはこぞって実験放送の偵察に来たのである。

「しかしどうでしょう。民放となると商売っ気を出してきますからね。どんな手を使って、大衆に広めてくるか……」

権蔵は打ち震えつつ告げる。

「そりゃ、最初は珍しいから注目されるだろうが、といってラジオを聴く層は減らんよ。ラジオのいいところはさ、想像の余白があるところだ。登場人物の様子や景色を、聴取者が銘々思い描ける妙味があるんだから」

鶏田が答える。彼のラジオドラマは根強い人気を誇っていて、今や映画界からも脚本の依頼がひっきりなしに舞い込んでいる。鶏田はそれを片っ端から蹴《け》り、ラジオドラマ一本に絞っているのだ。

「映画はさ、制作時の人数がやたら多いじゃない。キャメラだって入るしさ、当然監督もいる。僕の脚本が採用されたところで、あちこちねじ曲げられちゃう気がするんだよね。大人数が集まれば、当然そういうことが起こるから仕方ないんだけどさ、それに逐一文句言ったり、ダメ出しするのは面倒でしょ。

鶏田は、その理由を語っていた。彼は人一倍こだわりが強い割に、極端に諍《いさか》いを嫌う。話してわかんない相手に、懇々と説くのは苦痛だもん、時間の無駄だよ。

そう言って、合わないなと感じるやさっさと撤退してしまう点では、執着というものがまったく見えなかった。仕事がないことより、変なものを作っちゃうことのほうが、僕には恐怖だからね、とそのたび口にしている。

「それでは公開実験放送をはじめます」

日本コロムビアの社員らしき背広の男が恭《うやうや》しく言い、高い位置に置かれたテレビのつまみをひねる。ジワーッと画面が青っぽくなり、やがて人影が浮かび上がった。カラーには違いないが、全体的に淡く、像も判然としない。それでも集まった人々は感嘆の声をあげた。

「目に見えるものってのは、強いんですね」

権蔵はつい、心の声を漏らしてしまう。

「それは早計だよ、中津川氏。今のどよめきはカラー化という技術に対するもので、内容に関してのものじゃあないさ」

すかさず長浜が打ち消した。しかし、こうして想像の余白がどんどん埋められていったら、「泣き言読本」のような地味な番組は、あっという間に淘汰《とうた》されてしまうのではないか。

「でも華やかなものに人は惹《ひ》かれますから」

権蔵が気弱にぼやいたからだろう、

「バカヤロー！」

と、長浜が珍しく声を荒らげた。とはいえ公家《くげ》顔なので、迫力は薄い。

「やめてよ、吉田茂じゃないんだから」

鶏田がかたわらで嘆息している。

吉田茂は首相をしていたこの春、社会党の追及に「バカヤロー」と発言したことが引き金となって、懲罰動議に追い込まれたのだ。

「そういや吉田氏は、また首相に任命されたそうですな」

権蔵を叱責《しっせき》したばかりだというのに、長浜は飄々《ひょうひょう》と鶏田に応《こた》える。

「そうらしいね。彼くらい厚顔だと、生きるのも楽だろうね。うらやましいよ」

鶏田は一貫して政治家を毛嫌いしている。話が逸《そ》れて権蔵はホッとするも、

「ともかく、弱気になっちゃいかんよ、中津川氏」

長浜が再び公家顔を向けてきたのだ。この男ははじめて会ったときから一貫してしつこい。

「ラジオというのはね、心の隙間を埋める放送媒体なんだ。君の番組だってそうだ。なんの学びもないのに、そこそこ好評で息が長いのはどうしてだと思う？　それは、心の拠《よ》り所にしている聴取者がいるからだ。大きな声をあげずとも、あの番組をこっそり聴いて救われている者がいるからなんだ。派手に押し出すばかりが能じゃない。逃げ道や避難場所を作るのも放送媒体の役目だよ」

褒められているのか貶《けな》されているのか、よくわからなかったが、権蔵はとりあえず、「はあ、それはよかったです」と答えておく。

人気を博した三木鶏郎の「日曜娯楽版」は、昨年終了となった。よもや「泣き言読本」のほうが長く続くとは権蔵自身予想しなかったし、目指してさえいなかったのだ。

「去年あたりから『恐妻家』なんて言葉も流行《はや》ってるしさ、中津川君の番組は先駆けだよね。あれ

はラジオだからできた企画だよ」

鶏田が励ますように言い、

「単に世の流れに乗じたものではなく、人々の生きる糧になるような番組を、しかもけっして妥協のない質の高い番組を、これからも粛々《しゅくしゅく》と作っていけばいいんですよ」

長浜が自らを鼓舞するように応えた。五十の声を聞いたというのに、彼はいまだ、熱いものを飽かずに抱いている。


実験放送の偵察を終え、ふたりと別れて権蔵は文京区に向かった。民放のラジオ局からも小さな仕事が入るようになり、急ぎで原稿を仕上げないとならないときは、六助の下宿を借りて書き、局に持ち込むのが習いになっている。部屋の使用料は一回三十円。喫茶店で書くより安上がりだし、六助がいなければ執筆にふさわしい静かな環境が得られる。

が、この日はあいにく六助が在宅しており、権蔵の顔を見るなり、

「昨日、久々に五十嵐所長に会ったよ」

と、唾《つば》を飛ばしてきたのだった。六助は、「一刻も早く隠居したい」と言いながらも、還暦を過ぎた今も週に三日は運搬の仕事をしている。貯《たくわ》えはそれなりにあるんだけどよ、人ってのはいつまで生きるかわからねぇだろ、長生きしちまったときの用心に、動けるうちは金稼がないとさ、とよく口にしている。

「懐かしいな。今、どうしてるんです？」

新郷工作所は、おととし閉鎖された。長らく五百ワット放送機の製造を行いつつ、中継所として

の役割を果たしてきたが、電波管制が解かれて以降、広域に電波を飛ばせる体制が整い、役目を終えたのだった。

「東京通信工業って会社で製品開発をしてるってさ。トランジスタラジオを造るって、張り切ってたぜ。そいつができたら、運転中も野球中継が聴けるよなぁ」

六助は、乙女よろしくうっとり宙を見つめる。真空管の代わりにトランジスタを使った小型ラジオは、アメリカが開発を発表していた。日本でも流通するようになれば、ひとり一台になってラジオ聴取者が増えるかもしれないと想像し、カラーテレビを見てきたばかりの権蔵の目の前はほのかに明るくなる。

六助の話に相槌《あいづち》を打ちながらも、権蔵は原稿用紙をちゃぶ台に広げた。

「また泣き言書くのか？」

「いや、今日は『なになぜどうして』です」

民放から頼まれた企画だった。子供が日常で感じる不思議を解き明かす内容で、権蔵は主に「不思議」部分の構成を担っている。小学生の男の子がいるなら、そこから拾えるだろ、と制作部の人間に依頼されたのだ。

清太は、わがままを言ったり駄々をこねたりすることもなければ、粗暴な一面もない。至って手が掛からない代わり、物心ついた頃からあれこれ質問をしてくる子だった。

雲はなんで形を変えるの？　バッタはどうやって飛んでるの？　石の形はなんでひとつも同じじゃないの？

悌子は「なんでだろーね」と適当に受け流していたが、権蔵は訊《き》かれれば気になり、逐一調べては事典を読み上げる形で回答を告げていた。難解な単語もそのまま伝えた。それが災いしたのか、清太は近頃あまり「不思議」を唱えなくなった。権蔵さんのせいじゃないですよ、と悌子は言う。もう三年生ですから友達付き合いの中で学ぶ時期に入ったんでしょう、と。そうなると、清太が自分から離れてしまうようで寂しさに押し潰《つぶ》されていたところ、子供向けの企画が舞い込んだのだ。

「お前が子供向けの番組を書くなんてな」

かつて子供を毛嫌いしていた権蔵を知っている六助は、そう言って肩をすくめた。

「自分でも意外ですよ。子供ってのは、大人の出来損ないくらいにしか思ってませんでしたからね。清太が来てからは、あの子に喜んでもらうにはどうしたらいいだろうって、ついそんなことばっかり考えちまって」

「あんまり甘やかしちゃならねぇぞ」

「はあ。女房にもお袋にも言われます」

それでも、広い世界を知りつつある清太をなんとか自分のもとに繫《つな》ぎ止めておきたいと、あれこれ工夫を重ねてしまうのだ。

「甘ちゃんに育っちゃ、いざ世に出たとき苦労するからな。なにしろ並の根性じゃプロでは通用しねぇからよ。特に清太は、今から精神を鍛えとかねぇとな」

六助がなにを言い出したのかわからず、権蔵は目をしばたたく。

「あいつはね、野球の道に進むと決まってんだよ。鍛錬して、いずれ阪神に入るのよ。戦争で散った景浦将《かげうらまさる》の跡を継いで、名選手になるって俺と約束したんだから」

「えっ、そんな約束、いつの間にしたんです？　清太は承知したんですか？」

泡を食って権蔵は聞き返す。反して六助は恬《てん》として、軟式球を贈呈したときに男と男の約束を交わしたのよ、と鼻の穴を押し広げた。

「俺の夢なのよ。プロ野球選手の知り合いができるってのはさ。こっちは応援一方で、選手のほうは俺の存在さえ知らねぇだろ。ひとりくれぇ俺のこと知ってる選手がいてもいいんじゃねぇかと思ってさ」

「他人の子供で夢を叶《かな》えないでくださいよ。清太の道は、清太が決めますから」

三年生になって清太は、地元の少年野球チームに入った。よく一緒に遊んでいた熊田孝二郎という上級生に誘われたらしい。五年生より速い球を投げられるようで、このままいけば本当にプロ野球選手になれるかもしれない——想像したら、なぜか胸の内に霧が立ちこめた。

「他人の子だから勝手な夢を託せるのよ。無責任にさ」

六助は平然と答えて煙草に火をつける。

「俺、常々不思議に思ってんだけどさ、世の親ってのは、自分の子は普通が一番、ってよく言うだろ。特別でなくとも普通に育ってくれればいい、ってさ。あれ、なんだろうね。普通って結構難しいのにな。そもそもなにをもって普通っていうんだろうね。そんな曖昧《あいまい》なもん目指せるのかね」

そういや朝子もよく言っている。ことに茂生を語るとき、「どうしてもうちょっと普通にできないのかしら」と、苛立《いらだ》っている。

「自分の子がさ、世の中から浮くのが嫌なんだろうね。そのことで自分たち親が後ろ指さされるのも嫌なんだろう。あれはあれで、利己的ってやつかもしれねぇな」

六助は煙を輪っかにして吐き出した。浮き輪のようにぷかぷかさまよう煙を目で追いながら、自分は清太にどうなってほしいのだろう、と権蔵ははじめて子の将来に思いを馳《は》せた。これまで、ただその存在を愛《め》でてきただけだったが、親として道を示すべき局面が今後次々と出てくるのかもしれない。

「家族を持つと考えないとならないことが、山と出ますね。ひとりでいた頃は、自分だけ食わしていければよかったですけど」

「そうだよ。だから家族は厄介なのよ。俺みてぇに適当に恩を売っては他人の子を手懐《てなず》けて言うこと聞かせるのが、一番手っ取り早くて楽な方法だよ。実際、育てるのと違って、手間も金もかからねぇしな」

六助はしたり顔で言って呵々《かか》と笑った。

時任加恵が久し振りに下宿を訪ねてきたのは、八月の暑いさなかだった。権蔵が仕事から帰ると、食堂で悌子と向き合っていたのだ。スカートの上にナイロンらしいすけすけの布を巻いた、その珍妙な出《い》で立ちに思わず釘付《くぎづ》けになると、

「ご存じない？　これ、流行《はや》りのナイロンドレスですのよ」

と、加恵は自慢げに顎《あご》を上げた。智栄がそれを聞きつけて、

「ドレス？　すてき。きれいな布ですね」

と、朝子にはけっして見せない従順さを前面に出して感心したが、権蔵は、よくそんなおかしな格好で電車に乗れたもんだね、と別の意味で感心している。

「今日はね、加恵さん、取材でいらしたのよ。もうすぐ学校図書館法が施行されるでしょ。小学生

が読むにはどんな本がいいか、現場の教員に取材してるんですって」

悌子が権蔵に説きはじめるや、加恵は素早く話を引き取った。

「そうなんですの。小学校は五年計画で最低でも三百冊入れることになりそうなんです。それに先駆けて取材を。元教員ということで、私がこの特集、任されてるんですのよ」

加恵は二年ほど前に教員を辞し、婦人雑誌の編集者に転職した。婦人雑誌といっても、洋服や化粧品を扱う類《たぐい》ではない。女性の社会進出や文化についての読み物を載せている、そこそこ硬派な内容だった。

「本を買う費用は国庫である程度補助してくれるみたいだけど、あとは学校が持つのよね。教頭先生が、また金がかかる、って最近機嫌が悪いのよ」

「あの教頭、まだいるんですか。しぶといわね。伯父《おじ》は定年で校長を辞めたのに」

「今度は五十前の若い方が、校長先生としていらしたの。教員数もだいぶ増えたわ」

生徒の数はここへきて増えてきており、来年はベビーブームの子たちが一気に入学してくるため学級数も増やす予定なのだと、悌子は最近よくそんな話をしている。

「私が教員を辞めて、ほんの二年半ですのに、だいぶ変わってしまったのね」

加恵が、遠い目をした。

「ええ。去年GHQが廃止されたでしょ。だから今後教科書は文部省の検定になるかもしれないって。PTAも盛んになってきたし」

悌子が応えると、加恵は身を乗り出した。

「親御さんたち、結構注文が多いって伺ってますけど、実際そうなんですか？」

「そうね。全国規模のＰＴＡ結成大会が開かれて、様子が変わったかもしれないわね」

悌子は曖昧に濁した。ＰＴＡは、ＧＨＱに促され、戦後間もなく発足した生徒の父母と教員による組織で、学校への意見や要望を語らう懇談の機会を折々に設けている。当初は教員と父母の親交を深めるような和やかな会だったようだが、昨今では教育現場に対するさまざまな注文が飛び交い、教師たちは対応に四苦八苦しているらしい。

「ねぇ先生、雑誌のお仕事、楽しい？」

大人の話を遮って、智栄が甘え声で加恵に訊いた。智栄の入学時、加恵はまだ梶野小学校で教員をしており、二年時の副担任だったらしく、智栄にとってはいまだ「先生」なのだ。幼い頃、加恵を「おばちゃん」呼ばわりしてすごまれ、大泣きしたことは覚えていないのか、憧《あこが》れの眼差《まなざ》しを向けている。

「とっても楽しいわよ。カメラマンと撮影したり、デザイナーとページの組み方を考えたり、いろんな才能と一緒に仕事ができるから、毎日刺激にあふれてるのよ」

揚々と加恵が言うと、智栄はたちまち頬を上気させた。

「智栄さんは、将来なにになりたいの？」

「まだ決めてません。でも先生みたいに」

そこまで言い掛けて、智栄は両親が近くにいないのを確かめるように、まわりをぐるりと見渡してから、

「お洒落《しゃれ》で楽しそうな大人になりたい」

小さな声で恥ずかしそうに告げた。

「ありがとう。うれしいわ。でもね、智栄さん、お洒落には我慢が必要なのよ」

今の今まで穏やかだった加恵の顔が、急に厳しさを帯びる。なにが導火線になるのか、さっぱりわからない女である。

「このナイロンドレスだって流行だから頑張って着てるけど、肌触りは悪いし、汗は吸わないし、衣服にはふさわしくないのよ」

ならば、そんなものを着なければよかろう。権蔵は胸の内に呆《あき》れ声を漏らす。

「それにね、私は理想としていた仕事に就けたけど、それはそれで苦しいものよ。ヘマをして編集長に叱られるたび、能力がないのねってひどく落ち込むの。教師のときは誰になにを言われても気にならなかったのに」

加恵の話を聞くうち智栄の顔が暗くなる。

「そうなんですね……。いつになったら楽しくなるのかな。戦争が終わったら楽しくなると思ったのに、お米もお腹いっぱい食べられないんだもん」

東北での大霜害に加え西日本大水害まで発生し、今年は米不足だろうと伝えられている。最近は茂樹の作る食事も、主食が芋に逆戻りしていた。清太や茂生は気にせず食べているが、智栄は戦中、飢えに苦しんだ恐怖が身に染みついているらしく、もうお米は食べられないの？　と真っ青になっている。

「お米がないのは、今だけよ。もう二度と戦中のようなことはないわよ」

悌子が、すかさず智栄をなだめた。

「私はお米よりパンのほうが好きよ。表参道《おもてさんどう》にね、おいしいパン屋さんができたの」

加恵が、マリー・アントワネットのようなことを呑気《のんき》にほざいた。

「あ、父ちゃんが帰ってる」

清太が、茂生と連れ立って二階から下りてきた。加恵を見付けると、

「こんにちは。いらっしゃい」

と、きちんと頭を下げた。幼い頃から悌子が挨拶《あいさつ》だけは徹底して教えただけあって、清太は礼儀正しい。近所の人に対しても律儀に声掛けするおかげで、大人たちの評判は上々だ。挨拶ができる、ということが、子供の人生をここまで健やかにするとは意外だったが、権蔵自身、清太の「おかえりなさい」に仕事の疲れを癒《い》やされているのは事実だった。

――俺も小さい頃から挨拶を習慣づけときゃ、もっと明るい人生が拓《ひら》けたかもな。

人見知りが激しく、物陰に隠れるようにして過ごした幼少期を振り返りつつ、権蔵は歯噛《はが》みする。

「今、階上《うえ》で、茂生に宿題教えてもらってたんです」

清太は、茂生を立てて加恵に説いたのに、

「清太は三年生にもなって、九九を覚えてないんだよ。ちょっとどうかと思うよ」

茂生がすかさず告げ口した。そのひねくれ方にかつての自分を見るようで、権蔵は思わず首をすくめる。茂生にも、朝子がしっかり挨拶や礼儀の基本を教えたはずだが、ひとかけらの健やかさも育《はぐく》まれていない。

「うっかり間違えただけだよ」

清太が頬をふくらませる。

「間違いっていうのは、ほとんどがうっかりしているから起こるんだ。それが起こらないようにす

るために勉強をするんだろ？」

ごもっともである。しかしこうして逐一揚げ足をとるから、周囲とうまく馴染《なじ》めないのだろう。我が子でもないのに、茂生を見ていると、自分の社会性のなさをまざまざと突きつけられる気になるのが厄介だった。

ケイ婆さんが調理場から「晩ご飯できたから、食べちゃいな」と、子供らを呼んだ。

「加恵さんも食べてく？」

朝子の声に、

「いいえ。私はそろそろ社に戻らないといけないので、残念ですけどご遠慮しますわ」

と、加恵が筆記用具をしまいながら答えた。

「えっ、これからまだ仕事なの？」

悌子が目を瞠《みは》ると、

「ええ。毎日十時くらいまでは社におりますのよ。仕事がなかなか終わらなくて」

加恵は誇らしげにうなずく。朝子が調理場から出てきて、

「加恵さん、これ、ちょっとだけど、お夜食に持っていって。うちの人が作った芋餅《いももち》」

手にした経木の包みを開いて見せた。甘辛に味付けされた芋餅が三つ載っている。

「うまいよぉ。元気が出るよぉ」

茂樹が調理場で片腕をあげて微笑んだ。

「わぁ、うれしい。遠慮なくいただきます」

加恵が顔をほころばせて受け取るや、

「こういうの、先生には似合わないよ」

智栄が、ぽつりと漏らしたのだ。朝子が聞き咎《とが》めて、尖《とが》った声を出す。

「こういうのって、なに？」

「……芋とか。恥ずかしいよ」

朝子の顔が激しくひきつった。いけねぇ、また癇癪《かんしゃく》が起きると権蔵が慌てたところで、

「あら、私、お芋大好きよ。アメリカではね、ポテトフライが大好評なんですって。お菓子で売り出されているようなのよ。ご主人、ご存じ？　ラジオ局には外国の方も出入りしてますでしょう？どんな味なのかしら」

流行を追うことに命を懸けている加恵が、いつものごとく見当違いな受け答えをしてくれたおかげで、場に漂った不穏な気配はカオスの中へと吸い込まれていった。


その晩、清太が寝てから、悌子がひどく申し訳なさそうな顔で切り出した。

「あのね、言いにくいんですけど、清太が野球を観に行きたいっていうんですよ」

「プロ野球か。球場に行きたいって？」

これだけ野球にのめり込んでいたら、いつかは言い出すだろうと覚悟していたから、権蔵は驚かなかった。六助でも誘って、一度行くのもいいかもしれない。

「それが……街頭テレビで観てみたいんですって。チームのお友達に誘われたみたいで。今月末に試合があるとかなんとか」

悌子は、ますます恐縮している。

八月二十八日、ついに民放のテレビ放送がはじまるのだ。翌日から「スイート・ナイター」と題して巨人―大阪戦の中継を行うと発表があったのは、権蔵も聞いている。清太は、これを観たいというのだろう。

「球場は切符代がかかるでしょ。でもテレビなら無料で観られるからって。お友達のお父さんも一緒に行ってくれるみたいで」

「そうか。だったら俺も一緒に行くよ」

清太がなにかをねだるのはめったにないことだったし、学校が夏休みの間も権蔵は仕事に追われてどこにも連れて行ってやれなかったから、二つ返事で承知したのだが、悌子は煮え切らない様子である。てっきり人の多いところに子供連れで行くのは危ないと案じているのだろうと勘繰ったが、

「どうなんでしょう。テレビの普及に力を貸すことにならないでしょうか」

と、意外な懸念を口にしたのだ。

「テレビはラジオの宿敵ですよね。清太にも、野球ならラジオで聴けるでしょって叱ったんですが」

「なにも叱ることはないだろう。俺がラジオの仕事をしてるからって、清太までラジオに操《みさお》を立てることもねぇさ。友達に誘われてのことだし」

「そうかもしれませんけど、私、権蔵さんの書く番組が好きなので、ラジオがなくなったらと思うと、それだけで悲しくて」

「そんな簡単に、ラジオはなくならないさ。そもそも、清太がテレビの野球中継を観たいってのは、また別の話だ」

私は権蔵さんの番組の一番のファンです、と悌子は折に触れ言ってくれる。が、だからといって、

子供にまでラジオ一義を強要するのはさすがに度が過ぎている。

それに権蔵には、父親としての負い目もあった。子供には好きなことをさせて、自分で道を選ばせたい、親はそのための手助けをしよう、と清太を育てるようになってから腹に決めたのだ。だから清太が野球に興味を持ったのなら、せめてキャッチボールの相手くらいはしようと張り切ったのだが、一度投げ合っただけで関節という関節が悲鳴をあげ、翌日は体中が痛んで起き上がれなかった。それ以来、清太に野球を教えるのは悌子に一任している。せめて野球中継くらいは観に連れて行ってやらねば、父親として立つ瀬が無い。

「あの、前から気になってたんですが、権蔵さん、少し清太に甘くないですか?」

しかし悌子は、いかにも不服といった顔でこちらを睨《にら》むのだ。権蔵もまた眉《まゆ》をひそめる。

「別に甘かぁねぇだろ」

「でも、出掛けるたびにお菓子を買ってきたり、清太の言うことはなんでも聞いたり」

「なんでも聞いたりはしてねぇよ」

「そんなふうだと、自分が希望すればまわりがなんでも叶《かな》えてくれると勘違いします」

「清太はそんな子じゃないだろ」

悌子のいつになく厳しい言い方に、権蔵は次第に腹が立ってきた。子供を上から抑えつけないようにしたい、と教師としての心構えをしょっちゅう唱えているくせに、自分の子にはなんやかやと注文をつける。

「清太は、無理難題だのわがままだのを言ってるわけじゃねぇよ。野球を観たいってだけさ。六さんだってこないだ同じこと言ってたからな。野球好きならみんな思うことだよ」

「六助さんとはまた違います」

「同じだよ。単なる野球好きさ」

すると悌子は少しばかり神妙な顔で黙り込んだ。部屋が静かになり、清太の健やかな寝息ばかりが響いている。

「遠慮……権蔵さんは遠慮をしてるんじゃないですか？　清太に」

目を伏せたまま、悌子がつぶやく。権蔵は一瞬、喉頸《のどくび》を絞め上げられたように苦しくなり、次に頭に血が上った。

「馬鹿言っちゃいけねぇよ。まだ十にもなってない自分の子になにを遠慮するんだよ」

声が上ずってしまい、動揺に拍車が掛かる。悌子がそっと目を上げ、こちらを用心深く窺《うかが》っている。はじめて清太とキャッチボールをして節々の痛みに寝込んだときに、ふと湧いた思いが再び脳裏をかすめる。

——神代神が生きていれば、清太は野球の英才教育を受けられたろうに。

普段は産みの親のことなぞすっかり忘れているのだが、してあげられなかったことが生じたときに限って神代神が顔を出すのだ。

「遠慮してないのなら、いいんです。ただ私は、清太が権蔵さんを父親としてとっても慕っていて、尊敬もしていることを、けっして忘れないでほしいと思ってるんです」

悌子は、権蔵の胸の内をとうに見透かしているのかもしれない。

「そんなこたぁ、てんから承知だ。俺、仕事が残ってっから、お悌は先に寝な」

権蔵はぞんざいに言って、話が複雑になる前に終《しま》いにした。悌子もそれ以上、執拗《しつよう》に夫を追及することはしなかった。

悌子が布団に入ってしばらくしてから、権蔵はペンを執る手を休めて、開け放してある窓の外へと目をやった。月が雲間から半分だけ顔を出している。生ぬるい風が忍び込んでくる。

父親たるもの、どうあるべきなのか。確かに権蔵は清太を猫っかわいがりしてしまう。智栄や茂生については、その言動を客観的に判じられるのだ。茂生が学校でいじめられたと聞いても、淡々と対処する自信がある。が、同じことが清太に起こったら、とても冷静ではいられないだろう。それが、悌子の訴えるところの「甘やかす」ということなのだろうか。「遠慮」なのだろうか。

権蔵は頭をかきむしった。父親となってまだ七年。風来坊として生きていた期間のほうがはるかに長いだけに、とんでもなく見当違いな接し方をしている可能性はある。

そうと思えば焦燥にさいなまれて原稿を進める気にもなれず、水でも飲もうと一階に下りた。と、折良く茂樹が調理場にいる。また料理の試作でもしているのだろう。権蔵は地獄で仏とばかりに茂樹のもとに走った。

「父親ってさ、どんなふうに子供に接すればいいのかな？　父としての構えっていうか」

前置きもなく率直に問うと、

「また？　権蔵君、何度もそれ訊くよね」

茂樹は呑気に返して、はっはっは、と歯切れよく笑った。

「仕方ないよ、何度もわからなくなるんだからさ。茂樹さんにしか訊けねぇし」

「俺に訊いても、模範解答は得られないと思うよ。理想的な父親像なんてわかんないもん。よく朝子に怒られるしね。子供を叱るのがあたしばっかだ、あんたがバシッと言わないから憎まれ役を引き受けてるんだ、って」

朝子は特に小うるさい。子供たちの一挙一動に目くじらを立てるし、自分が忙しいときにはそのイライラを子供にぶつけもする。当然ながら智栄も茂生も、父ちゃんは優しくて母ちゃんは怖い、という認識になる。

「俺ね、うまく叱れないの。腹が立つってことも正直ないんだよね。智栄は最近かわいげがなくなったな、とか、茂生はなに考えてんだかわかんないな、ってことはあるよ。でも、それだけで叱る気にはなんないし」

左手で顎をさすりながら、「困っちゃったねぇ」と、他人事《ひとごと》のように漏らす。確かに茂樹は怒らない。戦争で利き腕を奪われても、国に対しても時局に対しても文句のひとつも口にしないのだ。

「権蔵君と朝子のお父さんは威厳があったろ？　だからよけい頼りなく見えるのかな」

「あれがいいとは思わねぇけどな」

思い出して権蔵は、怖気《おぞけ》を震う。

「ただ、うちの場合、茂樹さんと違うのはさ、清太が、ほら……」

言い掛けたところで、それを制すように茂樹は左手の平を大きく広げて突き出した。

「もう立派な権蔵君の子だよ。こんなに長く一緒にいるんだから。いつまでもそこで引っかかってちゃ、清太がかわいそうだよ」

わかっている。それはわかっているのだが、今ひとつ自信が持てない。

「いい子に育ってるよ、清太。茂生のことも守ってくれるし。俺、清太には感謝してるんだ。権蔵君も悌子さんも頑張って仕事してて、そういう背中を見てるんだと思う。うちの母ちゃんがよく言ってるもん。暮らしってのは、余裕がないほうがいいんだって」

またケイ婆さんの偏見か、と権蔵は構える。ひねくれているだけに、婆さんはよく不可思議な理念を口にするのだ。

「まったく立ちゆかないのは困るけど、時間もお金もギリギリでやってるくらいがいいって。そうすると毎日必死に生きるから、余計なこと考える暇がないだろ。変に金持ってると暇ができるから、他人と比べて落ち込んだりするって。目の前のことに集中して、ひとつずつ片付けていくのが一番なんだよね」

子供に対しても、構い過ぎも構わな過ぎもダメなのかもな、とふと思ったが、やっぱりその塩梅《あんばい》が権蔵にはよくわからなかった。

「俺、小さい頃、母ちゃんに甘えた記憶、ひとつもないよ。いつも忙しそうだったからさ。でも母ちゃんが、俺を大事に想ってくれてるのはちゃんと伝わってきてた。なにをしてくれなくても、それだけで十分なんだよね」

そうなのかな、と権蔵は口中でつぶやく。

「親は神じゃないよ。人だからね」

茂樹は言って、はっはっは、と笑った。


悌子は依然としてどこか腑《ふ》に落ちないふうだったが、清太の希望通りナイター中継を観に行くことにした。二十九日午後四時、熊田孝二郎とその父親と武蔵境駅で待ち合わせ、新宿《しんじゅく》の街頭テレビを目指す。熊田父はその名の通り六尺はあろうかという偉丈夫で、清太たちの野球チームの監督を務めているという。

「新宿なんて三年ぶりです。うちは農家なもんで、町からめったに出ませんでね」

熊田父は照れ臭そうに語った。子供たちは、巨人は誰が出るだろう、どっちが勝つのかな、と車中でもはしゃいで話し続けている。

清太が電車で遠出するのも、悌子の両親を東京駅に迎えにいったとき以来だから一年ぶりだ。悌子が頑《かたく》なに帰省しようとしないため、二年に一度ほどの割合で義理の両親は小金井を訪れることにしたらしかった。母はさかんに恐縮しているが、彼らは「ついでに東京観光もできるし」と、昨今ではむしろ上京を楽しみにしている。

清太は、一度お祖父《じい》ちゃん家《ち》に行ってみたい、と常々せがんでいるが、悌子は決して首を縦に振らない。おそらく、神代神の家が近いから警戒しているのだと権蔵は感じている。

街頭テレビは、新橋と同じく新宿駅前に設置されており、すでに黒山の人だかりができていた。全日放送しているラジオと違って今のところ長くとも半日ほどの放送だからか、どうしてもその時間帯に人が集中してしまう。おまけに初の民放開局、しかも野球中継となれば、この人混みは至当だろう。

「あ、あった。あれがテレビ?」

ぴょんぴょん飛び跳ねては、人の頭の隙間から前方を見ていた清太が言う。

「うん。そうだ。しかし小せぇな。あれじゃよっぽど近くに行かなきゃ見えねぇだろ」

あたりを黄金に染めている西日が、画面に反射してよけい見づらい。

「人が多くて、背伸びしても見えないや」

孝二郎が、不服面《ふふくづら》を父親に向けた。

「おし。なら父ちゃんが肩車をしてやる」

熊田父は言うなり、軽々と息子を持ち上げ、肩車をした。

「やった！　よく見える。選手が出てきたよ。清太も早く肩車してもらいなよ！」

孝二郎は興奮しきった様子で、無情な声を掛けた。清太が上目遣いでこちらを窺う。

「……大丈夫？」

「そっ、そのくれぇ平気さ。お前ひとりくらい、なんてことないさ」

そうだ、確か清太が一年生のとき、カブトムシを採るのに肩車をしてやった。あのときは楽々と担ぐことができたのだ。

権蔵は清太の後ろにしゃがみ、

「そら、肩に乗れ」

と、頭を下げた。清太はしばし逡巡《しゅんじゅん》していたが、やがて意を決した様子で、そうっと権蔵の頭をまたいで座る。

「立ち上がるぞ、せーのっ」

＊

「いっ、痛《いて》ぇっ」

父ちゃんがうめいた途端、体がぐらりと傾いた。そのまま清太もろとも、後ろにひっくり返った。

背中から地面に落ちる格好になって痛かったけれど、清太のことはまわりの大人たちがすぐに助け起こしてくれた。でも父ちゃんは、地べたに転がったきり、足を抱えて苦しそうな顔をしている。

「どうしました、中津川さん」

孝二郎の父親が、息子を肩車したまま大股《おおまた》で近づいてきた。清太にとっては野球チームの監督でもある、頼りになる大人だ。

「いやぁ、面目ない。立ち上がろうとしたら、腿《もも》の後ろに激痛が走りましてね」

か細い声で父ちゃんが答えると、まわりの大人たちがクスクス笑った。

「急に力を掛けたからでしょう。私もよくやりますよ。腰じゃなくてよかった」

監督が大きな声で言い、笑った人たちをギロリと睨んで黙らせた。

「おい、清太、怪我はねぇか？」

父ちゃんがそろそろと体を起こしながら、目だけをこっちに向けて訊いた。

「うん、大丈夫」

「悪かったな、痛かったろう」

「ううん、平気」

清太はなぜか、急に泣きたくなった。肩車から落ちて体を痛くしたからでも、孝二郎のように肩車で野球を観られないことにがっかりしたからでもない。ただ、大人が失敗する姿を目の当たりにして、びっくりしてしまったのだ。父ちゃんは体が頑丈とはいえないけれど、大人というものは転んだりするような失敗はしないと信じていたからだ。

父ちゃんも母ちゃんも清太にとってはいつでも正しくて強くて、誰よりも自分を大切に想ってくれて、いざというときは守ってくれる――これまで一度もそれを疑ったことはなかっただけに、どうしていいかわからなくなったのだ。胸が絞られたように痛くなって、そうするうちに涙がこみ上げてきた。

父ちゃんがズボンの土埃《つちぼこり》を払いながら、立ち上がる。照れ臭そうに頭をかいている。

「僕、あの煉瓦《れんが》の囲いに登って観るね」

とっさに清太は、街灯脇に作られた花壇の囲いに飛び乗った。乗ったところで、テレビ前に群がった大人たちの背丈は超えられなくて、画面は見えなかったけれど、父ちゃんに涙を見られずに済んで少しだけホッとした。

「清太、そこで見える？」

孝二郎が心配そうにこちらに呼びかける。

「うん、よく見えるよ」

嘘をついた。ワッと歓声があがり、誰かがヒットを打ったみたいだった。

「やった、打った」

と、孝二郎は今さっき起きたことなど忘れたように、腕をくるくる回している。監督は、孝二郎に肩の上で激しく動かれてもビクともしない。そのそばにいる父ちゃんは、肩をすぼめるようにしてうなだれている。

また、胸の奥が軋《きし》んだ。孝二郎をうらやましいとは思わなかった。父ちゃんにもっと強くなってほしいとも思わなかった。失敗しても父ちゃんは絶対で、他の父親とは比べものにならないほど大好きだった。それを伝えたかったけれど、清太にはうまい言葉が浮かばない。父ちゃんがくれた廣辞林には、ぴったりくる言葉が載っているだろうか。

それから二時間ほどテレビ中継を観たところで、あまり遅くなるといけないからそろそろ帰ろう、と監督が言った。まだ観たい、と孝二郎は駄々をこねたが、

「いつも八時半には寝てるだろ。あんまり遅くならないようにって、お母さんと約束したじゃないか。約束は守らないといけないよ」

監督は言って、上半身を前に倒すと孝二郎を小脇に抱えるようにして降ろした。そのしなやかな動きに、清太は目を瞠《みは》る。

「肩が痛くて、もうこれ以上は無理ですよ。清太君はうちの子より大きいですから、肩車だって簡単じゃありませんよね」

監督はそう言って、父ちゃんに笑いかけた。清太のところまで聞こえる大きな声だった。

帰りの電車の中で、父ちゃんはずっと監督と話していた。孝二郎はまだ興奮が冷めないようで、巨人の選手たちの活躍を語っている。うまく話を合わせることができずに、清太は聞くばかりになってしまった。武蔵境駅で降り、孝二郎たちと別れて雑木林の間の小径《こみち》を抜けていくとき、父ちゃんが小さな声で言った。

「ごめんな。友達の前で恥ずかしかったろ」

父ちゃんは、片足を引きずっている。清太は、大急ぎで首を横に振った。

「そんなことない。まったく、全然、そんなことないよ」

父ちゃんは、ラジオの番組を書いている。その仕事が、多くの人を楽しませている。苦しみを抱えた人の気持ちを楽にしている。父ちゃんは誰よりも立派な人なのだ。

「僕、三年生で一番大きいんだ。上級生でも僕より小さかったりするんだよ」

「そうだな。清太がたくましく育ってくれて、父ちゃん、うれしいし自慢だよ」

声に元気がない。なんとかしなきゃ、と清太は焦ったけれど、やっぱりどうやって自分の気持ちを伝えたらいいかわからなかった。

「テレビ、よく見えなかったろ」

「そんなことないよ、見えたよ」

「明日も野球中継があるっていうから、ふたりで観に行くか？」

一瞬迷ったけれど、清太は言った。

「今日たくさん観たから、もう十分だよ」

「……そうか。じゃあ、今度、六さんでも誘って、中継じゃなくて球場で観ような」

父ちゃんが気を遣っている。それがわかって、清太はよけいに苦しくなった。

「今日も楽しかったよ、とっても」

だから、ありがとう、と言おうとしたところで、父ちゃんが、

「ありがとな、清太」

と、先に言ってしまった。月明かりが、木々の葉を青白く照らしている。

「……僕、なにもしてないよ」

返すと父ちゃんは、清太の頭をくしゃくしゃとなでた。

「こんなに優しい子に育ったのは、きっと母ちゃんのおかげだな」

さっきまでの悲しそうな顔が、少しだけ晴れたように見えた。湿った風がするすると吹き抜ける。

「夏が終わるなぁ」

風をたんまり吸い込んで、父ちゃんが言った。

翌日父ちゃんは、「鶏田さんの事務所に行かなきゃならなくなった」と言って、朝早くに出掛けてしまった。

「急なお仕事なのね。珍しいわね」

と、母ちゃんは不思議そうにしていたけれど、もしかしたら昨夜《ゆうべ》のことと関わりあるのかな、と清太は少し気に掛かった。

父ちゃんはそのまま、新学期がはじまっても、帰ってこなかったのだ。


「父ちゃん、いつ帰ってくるのかな」

部屋で書きものをしている母ちゃんに、清太は訊いた。新学期がはじまって、もう二週間が経とうとしている。

「きっとお仕事が立て込んでるのよ。東京に行くと、いつもなかなか帰らないでしょ」

小金井も東京都なのだけれど、この辺の人たちは、都心部に行くことを、なぜか「東京に行く」と言う。

「心配じゃないの？」

「うん。だって、お母ちゃんはお父ちゃんのこと、信頼しているからね」

変な理由だな、と思った。信頼していても、大事な人なら帰ってこないと心配になるんじゃないかな、と清太は首をひねる。

「図書室がね、来年にはできるって。楽しみね。お父ちゃんからも、本棚に入れたらいい本を挙げてもらっちゃった」

母ちゃんは言って、ニッと笑った。

「でもね、小学生には難しい本ばっかり。それと、原爆関連の本とかね」

清太は「あぁ」と苦く笑う。前に、父ちゃんと母ちゃんが大喧嘩《おおげんか》した写真雑誌だろう。

戦争が終わって七年後にはじめて出版された、原爆被害の様子を写したものだ。それまで詳しい被害は伏せられていたから、人々は大きな衝撃を受けた。父ちゃんは、放送局の知り合いからその雑誌を借りたといって持ち帰ったのだけれど、これを見た清太はその日からひと月ばかり怖い夢を見てうなされ続けた。母ちゃんが、なんで子供に見せるんだ、と鬼みたいな真っ赤な顔で怒って、父ちゃんは、子供にこそ見せなきゃいけないんだよ、と言い返していた。

「これは実際あったことなんだ。清太と同じくらいの子供も被害に遭ってる。もう二度とこんなことを繰り返さないためにも、隠しちゃいけねぇんだ。ここで蓋《ふた》をしてなかったことにすりゃ、忘れた頃に繰り返すんだよ」

父ちゃんと母ちゃんは仲がいいから、清太が知っている大きな喧嘩は、この一度きりだ。間に入った富枝お祖母《ばあ》ちゃんが、「どっちが正しいとも言えないよ」と困っていたから、父ちゃんの行いは、よくないことというわけではなさそうだった。

「権蔵さんの正直なところを私は尊敬しています。だけど、今回のようなことは、事前にひと言相談してほしかったです」

そのとき母ちゃんが震えながら言っていた姿を、清太は覚えている。

晩ご飯だと呼ばれて清太が一階に下りると、食卓には、魚の煮付けと味噌汁《みそしる》、それと電気パン焼き器で焼いたパンが並んでいた。

「味噌汁にパンなの？　合わないよ」

智栄が口を尖《とが》らせる。

「ぜいたく言わないの。凶作でお米が手に入らないんだから、がまんしてちょうだい」

朝子叔母《おば》ちゃんが、味噌汁をよそいながら返した。

「食堂ではお米炊いて出してるのに？」

「あれだって外米なのよ。お客さんにもがまんしてもらってるの」

「なら、お客さんにパンを出せばいいのに」

智栄は言って、箸《はし》で乱暴にパンを刺した。

「これっ、お行儀悪いっ。食べ物を箸で刺すんじゃないよ。罰当たりだろ」

ケイ婆さんが、ぺしっと智栄の手を叩《たた》くや、彼女は箸を放り出し、「もう、いらない」と席を立とうとした。

「短気を起こさないのよ。今年は凶作だけど、来年はきっと大丈夫よ。たくさんお米が食べられるようになるはずよ」

母ちゃんがなだめると、智栄はひどい剣幕で言い返したのだ。

「伯母《おば》ちゃんはいっつも、『きっと大丈夫。たくさん食べられる』って言うけど、全然そうならないよね。大人はみんな嘘ばっか」

なんでここまで機嫌が悪いのだろうと、さすがに清太は不思議に思う。

「さっきさ、母ちゃんと言い合いしてたんだよね、姉ちゃん。自分の部屋がほしい、来年から中学なのに、って」

隣に座った茂生が耳打ちしてきた。

「だからああやって、因縁《いんねん》つけてんだよ」

茂生は、この「因縁をつける」という言い回しを父ちゃんに教わってからというもの、気に入ってよく使っている。特にいじめられそうになったとき、「そうやって他人に因縁つけるのは、自分に不満があるからだ」とキザったらしく言っては相手を煙《けむ》に巻いている。

茂樹叔父《おじ》ちゃんが店から上がってきて、

「今日もよく働いたなー」

と、伸びをしてから食卓につき、ピリピリした雰囲気を嗅《か》ぎ取ったのか、

「おや？」

と、みんなを見渡した。

「姉ちゃんが、夕飯に不満があるみたいだよ」

すかさず茂生が告げ口する。

「やっぱりパンと煮付けは合わないかな」

叔父ちゃんは、ニコニコ笑っている。

「さ、揃ったね。いただきます」

朝子叔母ちゃんが智栄に構わず言い、みんな「いただきます」と声を揃えた。箸をとる音、食器の音が、賑《にぎ》やかに立ちはじめる。けれど智栄は、ふくれっ面《つら》のまま食べようとしない。

「智栄、食べなさい」

富枝お祖母ちゃんが小声でたしなめた。

「ほっといていいわよ、母さん。わがまま娘にあげるご飯はありません」

朝子叔母ちゃんが言うと、智栄がキッと目を上げて噛みついた。

「友達はみんな、自分の部屋があるんだよ」

「みんなって誰？　その子たちを全員ここへ連れてきたら考えてあげるよ」

なかなかうまい切り返しだね、と茂生がまた茶化すみたいにささやいた。

「なんだ、それで臍《へそ》を曲げてんのか。お義母《かあ》さんの部屋を使わせてもらってるんだから、それで十分だろ？」

茂樹叔父ちゃんが言い、

「そうよ。私、智栄と一緒で楽しいわよ」

富枝お祖母ちゃんが微笑みかける。それなのに智栄は、かぶりを振るのだ。

「でも勉強机も置けないし、それにあの部屋、西日が当たって暑いから嫌だ」

「西日って……。あんた、日が暮れるまで遊びに出てるじゃないのよ」

朝子叔母ちゃんが、肩をすくめる。

「そしたらさ、真ん中の、母ちゃんの部屋に引っ越せばいいよ、あの部屋は南にしか窓がないから過ごしやすいはずだよ」

茂樹叔父ちゃんは取りなし、ケイ婆さんにも「頼むよ、母ちゃん」と、頭を下げた。ケイ婆さんはいいとも嫌だとも言わなかったけれど、それで智栄の不服が収まるなら仕方ない、といった顔でうなずいた。ケイ婆さんは茂樹叔父ちゃんには唯一優しいのだ。

「それは、やだ」

智栄が、さっきケイ婆さんに叩かれた手の甲をさすりながら言った。

「ケイお祖母ちゃんと一緒はやだ」

「なんでだ。あの部屋は居心地いいぞ」

「だってケイお祖母ちゃん、臭いんだもん」

その瞬間、茂樹叔父ちゃんの顔から、サーッと音を立てて笑みが消えた。

「智栄っ、なんてこと言うのっ！」

朝子叔母ちゃんが怒鳴りつけ、ほとんど同時に茂樹叔父ちゃんが立ち上がった。大股で智栄に寄ると、叔父ちゃんは左手を振り上げた。パシッという乾いた音が響き渡る。

智栄が右の頰を押さえて、目を大きく見開いている。大人たちはみんな、今、目の前で起こったことが信じられない、といった顔で茂樹叔父ちゃんを見詰めている。

「撲《ぶ》った？　父ちゃん、今、撲ったよな」

茂生だけが興奮した様子で伸び上がる。その声で正気付いたのか、呆然《ぼうぜん》としていた智栄の顔がくしゃくしゃに歪《ゆが》んだ。あ、泣くかもしれない、と清太が恐れる間もなく、ワーッと声をあげて、隣に座っていた富枝お祖母ちゃんにしがみついた。

茂樹叔父ちゃんは、自分の左手を不思議そうに見詰めて佇《たたず》んでいる。

「今のは仕方ないよ、智栄がよくない」

朝子叔母ちゃんが冷たい声で言い、智栄の泣き声はますます高くなった。富枝お祖母ちゃんも、智栄を抱き寄せてはいたけれど、慰めるようなことは言わなかった。母ちゃんも黙っている。茂生はちょっと楽しそうに見物している。清太は、こんなときどうしたらいいのかな、と惑い、頭の中が、講和条約発効のお祭りのときのように騒がしくなった。食べ続けるわけにもいかなくて箸を置いたとき、ケイ婆さんの姿が目に入った。

最近は、疲れるから、と調理場に立つ時間は減っていたけれど、毎朝早く起きて、店の前を掃いたり買い物に出たりして、てきぱき働いている。いつも誰よりも厳しいことを言うから、富枝お祖母ちゃんとは違って、だいぶ近寄りがたい。ただ、孫ではない清太にも、智栄や茂生と同じように接してくれる。

そのケイ婆さんが、今は背中を丸めて小さくなって、うなだれているのだ。普段見せる、元気でちょっと怖い雰囲気はすっかり消えてしまっている。清太は、見てはいけないものを見たような気になって、うつむいた。

智栄が立ち上がった。しゃくり上げながら、部屋を出て行こうとする。

「どこ行くの?」

富枝お祖母ちゃんの声に、「二階」と放り出すように答えた。

「ご飯、食べなさい」

もう一度呼び止めた富枝お祖母ちゃんを、

「いいよ。ほっとこう」

と、やっぱりひどく冷たい声で朝子叔母ちゃんが止めた。茂樹叔父ちゃんは自分の席に戻ったけれど、まだぼんやりしている。

「弟としては、姉を慰めに行くべきかな」

茂生は顎をひねりながらも、誰よりも先に食事を再開した。


二週間ばかり家を空けていた父ちゃんが帰ってきたのは、この一件があった翌日だった。智栄はその朝、ご飯も食べたし、学校にも行った。でも叔父ちゃんとも叔母ちゃんとも口を利かなかった。

「なんだか、妙に静かだな」

夕飯のうどんをすすりながら、父ちゃんはみんなを見渡す。誰も応えない中、

「権蔵さん、あとで話があります」

母ちゃんが真面目な顔で言ったから、

「え？　俺？　俺が原因？」

と、父ちゃんはひどく慌てていた。

帰って来はしたけれど、父ちゃんはどこかぎこちなくて、いつものように「清太、帰ったぞー」と頭をくしゃくしゃなでてくれることもない。もしかして母ちゃんもそういう父ちゃんの変化に気付いたのかな、と思ったけれど、夕飯後に部屋に戻ってからふたりが話し合ったのは、まったく違うことだった。

「私たち一家は、この家を出たほうがいいように思うんです。部屋を空けるために」

母ちゃんが切り出し、

「なによ、いきなり」

と、父ちゃんは不安そうに正座した。

「いきなりじゃないんです。前から思ってたんです。智栄ちゃんはすぐ中学生でしょ。父親や弟に着替えを見られるのが恥ずかしい、というのは当然のことだと思うんです」

「まぁ確かに、うちもだんだん手狭になってはきたから、頃合いかもしれねぇが」

父ちゃんはあまり気が進まないふうだ。

「少しは貯えもできましたし、この近くでしたら土地も安いでしょう。借家だっていいと思うんです。もし権蔵さんがもっと局に近い場所がいいなら、それでも」

「いや、清太が転校するのはかわいそうだし、お悌も学校に近いほうが楽だろ。それに、朝子たちのそばにいたほうが、なにかといいような気がするからさ」

母ちゃんはうなずき、それからこちらに向いて訊いた。

「清太はどう思う?」

引っ越したら、みんなでご飯が食べられなくなるのかな、と心配になる。智栄や茂生と一緒に学校に行けなくなるのも寂しかった。

「……すごく近くにならいいと思う」

どうにか、それだけ答えた。すると、父ちゃんが眉を八の字にして言ったのだ。

「清太、遠慮するなよ。親子なんだから、思ったことをなんでも言っていいんだぞ」

別に遠慮したつもりはなかったから、清太は答えあぐねた。そうするうちに、

「そうしたら引っ越し先を私のほうで探してもいいですか? 学校に詳しい先生がおられるので」

母ちゃんが話を戻し、

「うん。頼んだ。日当たりと風通しがよくて、値段が安ければ、俺はなんでもいいからさ」

父ちゃんがうなずいて、その話は終わりになった。

その晩、布団に入ってからも、清太はさっきの父ちゃんの言葉が妙に引っ掛かっていた。

——どうして僕が遠慮しているように感じたのかな。

考え出すともやもやして眠れなくなったから、諦《あきら》めて起き上がる。父ちゃんは煙草を吸いに外に出ていて、母ちゃんは電気スタンドを灯《とも》した机に向かってまだ仕事をしている。

「お手洗い？」

母ちゃんが、こちらを見ずに訊いた。

「喉《のど》が渇いたから、階下《した》でお水飲んでくる」

断ってから、音を立てないよう階段を下りていく。と、誰かが話している声が聞こえてきた。父ちゃんと茂樹叔父ちゃんらしい。

「茂樹さんも、子供を叱ったりするんだね」

清太は、階段の途中で足を止める。きっと、智栄を撲った件を話しているのだろう。

「いや、叱ったんじゃないよ。俺ね、怒っちゃったの。頭に血が上ったんだよ。母ちゃんのこと臭いってさ、あんまりだからさ」

父ちゃんが、うなずくのが見えた。

「あとね、びっくりしちゃったの。自分の娘がさ、年寄りに向かってそんなこと言う人間だってことに、驚いちゃったんだよね」

「智栄も本気で言ったわけじゃないと思うよ。売り言葉に買い言葉っていうかさ」

「でもね、相手を傷つけるってわかって言ってたよ。あれは攻撃なんだよ。だから朝子も、智栄には一切味方しなかった」

叔父ちゃんの言葉に、そうなのか、と思ったら、清太はお腹の奥が冷たくなった。

「それでもさ、怒っちゃダメなんだよね。父親失格。情けないよ」

「俺なんてもっと情けないよ。この間さ、清太を肩車しようとして転んじゃったの。公衆の面前でだよ」

あっ、と声をあげそうになる。やっぱり父ちゃんは、あのことを気にしているのだ。

「清太の友達は肩車してもらってんのに、恥かかせてさ。俺、泣きそうになったよ」

「泣くって、清太じゃなくて、権蔵君が？」

ふたりは顔を見合わせて、少し笑った。

「俺さ、自分の親父が大嫌いだったわけ。威張っててさ。でももしかしたら、威厳を保とうと必死だったのかもしれねぇな、って。成長していく息子に負けられないって焦りもあったろうし。けど清太には父親の情けない姿ばっかり見せてるようで、かわいそうでさ」

そんなことはない、と言いたかったけれど、清太は漬物石でも載っけられたように、ひどい息苦しさを感じるばかりなのだ。

――父ちゃんには、僕が遠慮して見えるのかな。遠慮して、父ちゃんのことを情けないと思っても我慢して黙ってると感じているのかな。

清太は食堂に下りることはよして、二階の部屋に戻った。母ちゃんは「おかえり」と、やっぱり机に向かったまま言った。しばらくためらってから清太は勇気を出して、母ちゃんの背中に告げる。

「あのね、母ちゃん。僕も父ちゃんのこと信頼してるよ。すごいと思って尊敬してるんだよ」

母ちゃんが手を止めて振り向いた。

「どうしたの？　急に」

「ずっとそう思ってるから言っただけ。おやすみなさい」

清太は急いで寝っ転がり、頭から布団をかぶった。母ちゃんがまだこっちに顔を向けている気配を、なんとなく感じた。でもなにか言うことはなくて、しばらくするとまた、鉛筆の走る音が聞こえてきた。


日曜日は毎週、朝七時から午前中いっぱい野球の練習がある。このところ、清太は孝二郎を相手に投球練習に専念している。

「まだ軸がぶれとるな。下半身を鍛えるためにも、毎日走り込みをするといいぞ」

監督に言われ、「はい。走ります」と応えるや、近くにいた茂生が、「拷問だ」とつぶやいた。幸い、監督には聞こえなかったらしい。

茂生も一応チームの一員だ。清太と一緒に参加すれば友達もできるわよ、と朝子叔母ちゃんに追い立てられて練習には出てくるのだけれど、トンボや蝶《ちょう》を追いかけるばっかりで、野球に真剣に取り組む気はないようだった。

お昼に練習が終わり、用具を片付けていると、智栄が大きな手提げ籠《かご》を抱えて、こちらに向かってくるのが見えた。

まさか家出？　と清太はとっさに危ぶんだけれど、智栄は監督に挨拶してから、

「清太のお母さんからの差し入れです。もう切ってあるから、そのまま食べてって」

と、籠から梨の盛られたアルミ皿を取り出した。チームのみんなは歓声をあげて、一斉に手を伸ばす。おととい、岐阜のお祖父ちゃんから届いた梨だ。清太もひとつ頰張る。シャクッといい音がして、じわっと甘みが広がった。「うちの分はとってあるのかな」と、茂生が梨を手に不安そうにつぶやいた。智栄は食べないのかな、と窺ったとき、

「清太、ちょっといい？」

と、手招きをされ、空き地の隅に清太はいざなわれた。

「清太たち、引っ越しちゃうの？」

「そうみたい。近くで家を探すって」

「あたしのせいだよね。自分の部屋が欲しいって言ったから」

清太は、曖昧に首を傾《かし》げた。

「あたし、ひどいこと言っちゃった。ケイお祖母ちゃんに。ほんとはあんなこと言うつもりなかったんだけど、あのとき手を叩かれて、頭にきてたの」

智栄はそれから、あたしね家族がくすんで見えちゃうの、と小声で打ち明けた。一番大切なのは変わらないのに、一緒にいるのが嫌なの。恥ずかしいの。時任先生みたいに素敵でかっこいい人を見ると、うちのお母ちゃんはちっともお洒落じゃないな、とか、ケイお祖母ちゃんみたいに手をガサガサにして働きづめに働くのは嫌だな、とか、お父ちゃんは簡単な漢字も読めないな、とか頭の中が棘《とげ》みたいなものでいっぱいになるの、と続けた。

「お祖母ちゃんやお父ちゃんやお母ちゃんのおかげで、ご飯が食べられることもわかってるの。なのに、なんでこんなに嫌な気持ちがぐるぐるするのか、自分でもわからないの」

智栄の告白に、清太は応えあぐねた。そんな感情を家族に持ったことがないからだ。

「ひとり部屋が欲しいのは本当の気持ち？」

しばらく考えて、ようやくそれだけ訊いた。智栄が、少しためらいながらもうなずく。

「だったら母ちゃんが言うように、僕らが引っ越すのもいいと思うよ。僕もたまに、今の部屋を狭く思うときあるし。父ちゃんの寝相が悪くて、夜中に起こされたときとか」

清太は精一杯面白く話したつもりだったけれど、智栄は困り顔でうつむいている。

「あたしがお父ちゃんに撲たれたのは、当然なんだよね。まだ謝れないでいるけど。お母ちゃんがね、大事だから撲ったんだよ、って。どうでもいい人には気持ちが動かないから、なにを言われても気にならないんだ、って」

自分は母ちゃんに叩かれたことはあるけど、父ちゃんには撲たれたことがないな、とふと思ったところで、

「僕は撲たれたことないけどね」

と、いつからそばにいたのか、茂生が会話に加わってきた。

「盗み聞きしないでよっ！」

「別に盗み聞きじゃないよ。姉ちゃんも梨を食べるだろうと思って、持ってきたのに」

茂生は、鼻の下をふくらませた。

三

引っ越し先が決まったのは結局、智栄のことがあった翌年、昭和二十九年の三月だった。下宿から歩いて五分もかからない里芋畑脇の路地に、ちょうど中古の物件が売りに出て、これが破格値だったため、悌子は家族と相談して買うことを決めたのだった。

「お金は出すわよ。前に話した、向島の土地を売った虎の子があるから」

富枝の申し出を悌子は辞退したが、

「あのね、あなたたちがここを出るってことは、私も一緒に行くってことじゃない？」

彼女は呆《あき》れ顔で告げたのだ。そうか、権蔵が中津川家の当主なのだから、富枝は朝子のもとではなく権蔵と住むのが至当なのだ。

「すみませんっ、そんな当たり前のことにも気付きませんで。お義母《かあ》さんさえよければ、是非一緒に暮らしてください」

言いながら、悌子は胸の内で快哉《かいさい》を叫んでいる。悌子も権蔵も仕事で家を空けることが多いから、富枝が一緒に住んでくれれば清太に寂しい思いをさせないで済むし、なによりご飯の支度を手伝ってもらえるかもしれない——そんな甘い考えが滾々《こんこん》と湧き出してくる。

「ただ、お金はいただけません。これからは、私たちがお義母さんをお世話する番です」

あなたも頑固ね、と富枝は首をすくめ、

「お世話する、だなんて、私はまだ面倒を見てもらわなくたって大丈夫ですよ。年寄り扱いしちゃ嫌よ」

と、不満そうに付け足した。

「すみません。そういう意味じゃなくて」

富枝は「冗談よ」と笑い、

「年寄りって厄介でしょ。いたわってもらってありがたいとは思うの。でも一方でね、いたわられちゃった、ってちょっとしょんぼりするの。なんだか思春期みたいよね」

そう言って、少女のように微笑んだ。

「歳をとったらその分、知恵も経験もつくから揺らぐことがなくなると思ってたけど、年寄りには年寄りの揺らぎがあるのよ。だって、自分がはじめて体験する年齢なんですもの、当然よね。だけどまわりに対しては、年長者だから自制もしないとならないでしょ。結構しんどいのよ。若い人は、智栄みたいに感情を爆発させても格好がつくんだけどね」

智栄は、ケイに憎まれ口を叩《たた》いてからひと月後にようやく謝った。「ひどいこと言ったけど本心じゃなかったです。ごめんなさい」と簡潔な言葉にとどめたのも、「お詫《わ》びはくどくどしいと、よけい相手を傷つけるからね」と、富枝が事前に諭したからだった。ケイは心中穏やかではなかったはずだが、智栄の謝罪を、「なにが?」のひと言で片付けたと聞いて、悌子は感じ入ったのだ。

「ケイさん、言ってたわよ。こちとら八十年も生きてんだ、智栄ごときになに言われても、痛くも痒《かゆ》くもないさ、ってね」

富枝は、目をたわめて語る。

「強がりもあるかしら。歳とると体力もなくなるから、前はできていたことができなくなったりするでしょ。気落ちもするわよ。ただね、嫌なことがあると『なにくそっ』って発憤して、それが活力になったりするのよ」

「つまり、いたわられると元気がなくなって、嫌なことがあると元気になるんですね」

頭の中を整理して言葉に置き換えると、富枝は「あら、ほんとだ、やぁね」と破顔した。

新居は三十坪ほどの平屋で、玄関からまっすぐ通った廊下を挟んで、南側に部屋が三つ、北側は台所と洗面所と御不浄、四畳半に小さな納戸という間取りである。

「広いなー。部屋がこんなにある」

智栄や茂生と離れて住むのは寂しいとしょげていた清太なのに、大はしゃぎで家のあちこちを見て回った。東南の角部屋は富枝に、南側のあと二部屋は、茶の間と三人の寝室になった。北側の一室は、権蔵が仕事をするのに使う。

本当は智栄が中学に上がる前に越したかったのだが、悌子が仕事に忙殺され、引っ越しの荷造りをする暇がとれずに、詮方《せんかた》なく落ち着くまで待ってもらうことになったのだ。なにしろ去年から、ベビーブームで誕生した子たちが入学してきており、今年も飛躍的に新入生が多い。全国では昨年よりさらに五十万人以上増えるとも言われており、梶野小学校も、それまで一学年五、六組だった学級を、一年生に限って十組に増やさねばならなかった。

加えて、教員の政治的活動を制限する教育二法案が国会で可決されたことも、教育現場にさまざまな影響を及ぼしていた。教員の思想調査が各所で行われ、文部省は偏向教育を行った学校として二十四もの事例を示したのだ。これに異を唱える運動が、今年に入って激化したのである。

悌子は特に政治思想がなかったから安穏《あんのん》と構えていたのだが、

「それってＭＳＡ四協定と関わりあるんじゃねぇか？　国民に、愛国心と自衛の心を育《はぐく》めとか、アメリカとの間で取り決めてるらしいからさ」

権蔵に言われ、背筋が冷えたのだ。ＭＳＡ協定は、日米相互防衛援助協定の略称である。簡単に言えば、有事のときは互いに手を取り合って戦おう、という約束だった。

「つまり戦争に反対するような思想的偏向なしに、教員は政府の決めたことに従ってね、っていう布石じゃねぇのか？」

「それじゃ、戦中みたいじゃないですか」

有事になれば、まっ先に犠牲になるのは子供たちだ。悌子の額に脂汗がにじむ。あんな苦い思いは二度としたくなかった。

学校でも教頭がこのところ、神経質に注意を促している。

「偏向教育で挙げられないよう、授業ではくれぐれも発言に気をつけてくださいね。壁に耳あり障子に目ありですから。六月には我が校でもＰＴＡの会合を開きます。くれぐれも落ち度のないようお願いします」

憲兵にでも見張られているような落ち着かない気分が続く中、結局引っ越しは、五月半ばの日曜日に行われた。

衣類や本は、権蔵が暇を見つけて少しずつ運んでおり、この日は、本棚や布団、机といった大物を、六助の車で運んでもらった。とはいえ、それほど荷物もないから、作業は二時間ほどで終わってしまった。六助は、車を珍しがって寄ってくる近所の子供たちに、

「将来プロ野球選手になって、この六助おじさんを球場に招待するって約束できるなら、運転席に

座らしてやってもいいぞー」

と、大声で呼び掛けている。それを横目に悌子は掃除を済ませたのち、権蔵と一緒に荷ほどきをはじめた。

「おい、お悌。ちょっと来てみな」

仕事部屋から権蔵が呼んでいる。

「机に向かうと眺めがいいんだ」

机の前の窓から、雑木林が望めるのだ。

「お仕事がはかどりそうですね」

「うん。でも、三年後には清太の部屋だな。中学になったら清太も部屋がなきゃさ」

あと三年で清太は中学生――わかりきったことなのに悌子は驚愕《きょうがく》した。よちよち歩きだったのは、ついこの間のことなのだ。

生徒たちが立派に学校を巣立っていくのはうれしく誇らしいが、清太に限っては、成長を楽しみにする心と、ずっと子供のままでいてほしいという不可能な願いが混在してしまう。

「清太もいずれ、就職してお嫁さんをもらって、ここから巣立っていくのかしら」

声にしたら無性に寂しくなった。権蔵は手を止めて、「そりゃそうさ」と笑う。

悌子は、権蔵の子を授かれずにいることを、ずっと負い目に感じている。一度検査に行こうかと思い詰めもしたが、富枝は、「私は跡継ぎを産むよう言われて本当につらかったから、あなたにはそういう思いをしてほしくないのよ。それに清太が、もういるじゃない」と、本心かどうかはわからないが、悌子が気に病まないよう励ましてくれる。権蔵も、「なんでお悌が詫びるのよ」とカラカラ笑って、それで終《しま》いだった。

ようやく、この件が気にならなくなってきたところなのに、今度は清太が自分のもとを離れていくのを恐れている。子育ては、その時々をただ楽しめばいいと信じながらも、将来のことやまわりとの比較に心煩わされてばかりなのが、自分でも厄介だった。

――こんなことじゃいけない。

悌子は両の頬を、土俵入りする相撲取りよろしく勢いよく叩いた。

「清太が巣立つまで一所懸命楽しまなきゃ」

自分に言い聞かせるように言うと、

「うん。俺も、俺なりの父親でいるさ」

と、権蔵は机を拭《ふ》きながら応《こた》えた。

部屋がおおかた片付いたお昼過ぎ、茂樹が支度してくれた引っ越し蕎麦《そば》を、新居に集った二家族と六助とですすった。これじゃ前と変わらないね、と茂生が言い、近いんだからご飯はなるべく一緒に食べようよ、と朝子が応え、六助が、俺もたまには呼ばれようかな、と言ってケイに睨《にら》まれた。

「そういやさ、俺、帰りにちょっくら寄りたいとこがあるんだよね」

ケイの視線から逃れるように、六助はおおげさな仕草で手を叩く。

「武蔵野グリーンパーク野球場っての。さきおととしにできてさ、国鉄スワローズの使ってた球場でね、プロだけじゃなくて、六大学野球の試合もしたんだよね。ただ、土が悪いとかで開業初年しか使われなかったんだけど」

悌子は、箸《はし》を手にしたまま息を詰めた。

「それ、チームの友達も言ってた！　歩いて行けるところにあるって」

清太が目を輝かせる。

「あー、あれか。中島飛行機の工場跡にできたって触れ込みの球場？」

茂樹が朗らかに言った。悌子は自分の心臓の音が激しくなるのに耐えている。茂樹は兵隊にとられていたから、あのときの空襲を知らないのだ。朝子が茂樹の袖《そで》を引き、権蔵と富枝がそっとこちらを窺《うかが》う気配があった。

「そうそう、それだ。中島飛行機武蔵製作所の跡地にできたやつですよ。どんなもんか、見ておきたかったんだよね」

六助が呑気《のんき》に言うや、

「僕も見に行きたいっ」

と、清太がぴょんと跳ねて両手を挙げた。

「一緒に行くか、少年」

六助がこれに応えたとき、

「行かないでっ！」

悌子の喉《のど》が叫んでいた。清太がビクッと体を震わせ、六助も目を見開いた。悌子自身も、あまりに鋭い自分の声に動じた。座が水を打ったように静まり返る。長い沈黙が流れた。ヒバリの鳴き声ばかりが茶の間を横切る。

「清太は明日、学校でしょ。宿題やったの？」

やがて富枝が、重い気配を掃くように柔らかに清太に訊《き》いた。

「あ……やってない」

「お母さんは学校の先生だから、宿題やんないで遊びに行っちゃダメって言ったのよ」

まだ動揺している悌子を気遣って、富枝はとっさに話を作ってくれた。

「そうだよ。清太はもうちょっと勉強頑張ったほうがいいと思うよ。野球ができても勉強がからきしじゃ、意味がないぜ」

茂生が言い、

「あんたはよけいなこと言わないの」

と、朝子がたしなめた。

話はそれきりになって、お昼を食べたあと六助が「じゃ、俺ひとりで球場見に行くかな」とつぶやいて帰り、夕方まで掃除を手伝ってくれた朝子たちも引き揚げてしまうと、家の中は一気に静かになった。地虫の鳴く、ジーッという声ばかりが響いている。下宿は賑《にぎ》やかだったから、どうも調子が狂う。

「あら、ラジオ、店に忘れてきちゃったわね」

繕い物をしていた富枝が言った。

「あれは置いてきたんだよ。客が聴くだろうし、長く世話になったお礼。まぁもともと親父の持ち物だしな。うちはうちで買うよ」

権蔵は答え、腕や首を回した。きっと明日は筋肉痛で寝込むだろうと悌子は覚悟する。

「静かだけど、家族水入らずだね」

清太が、悌子たちを見回して言った。

「よくそんな言葉知ってるわね」

悌子は目を瞠《みは》り、富枝も、「大人みたいなこと言うねぇ」と笑った。

「うん。僕、父ちゃんの子だから、言葉はたくさん知ってるよ」

誇らしげに応えた清太の頭を、権蔵がくしゃくしゃとなでた。心なし目が潤んでいる。


新入生がどうにか学校に慣れはじめた六月第二土曜日の午後、予定通りＰＴＡの会合が開かれた。参加者が去年までの倍ほどにふくれあがったのは、生徒数の急激な増加の影響だろう。校舎一階の大教室に隙なく椅子を並べ、保護者と向き合う形で席に着くと、悌子の身はおのずと硬くなった。

おととし赴任した、崎田均《さきたひとし》という今年五十になったばかりの校長が、

「活発に意見交換をいたしましょう」

と、明るく呼びかけたためか、はじめは遠慮がちだった保護者も、次第に忌憚《きたん》ない要望を口にしはじめる。

「今はひらがな先習だが、カタカナ先習に戻したほうが学習効率は上がるのではないか」

「教育勅語の奉読がなくなったせいか、全体的に学力が低下しているように感じるが」

「学校でももっとしつけを厳しくしてほしい。修身を復活させてはどうか」

まるで戦中の教育に戻せというような意見が多数出て、悌子は面食らった。確かに、ＧＨＱが推し進めた学校教育は、生徒の自主性を尊重することに重きが置かれており、ために子供たちは、国民学校の時代よりも奔放ではある。礼儀を欠いた子も、思いがけない問題を起こす子も出る。でも、だからといって、すべての個性を同じ鋳型《いがた》に押し込めるような戦中の教育が正しいとは思えない。

「ご意見痛み入ります。しかし我々は文部省の指導要領に従って、皆様の大切なお子さんを教え導いておるわけでして」

教頭は今日も、事勿《ことなか》れ主義を貫いている。

「そうおっしゃいますが、先だっての教育二法は文部省の提案と聞いています。教師間でもだいぶ反対運動があったそうですが」

ひとりの保護者が、立ち上がって言った。

「教員の政治的偏向がないようにするというと表向き聞こえがいいですが、仮に軍事防衛に子供たちも参加させよ、と御上からお達しがあったら、それを教師が止めるのは政治的偏向になるということですよね」

会場が一気にざわつく。「また戦争になるんですか？」とまわりに訊く母親もいる。

ビキニ環礁近海で第五福竜丸がアメリカの水爆実験の犠牲になったのは、今年の三月だ。戦後復興はようやく進みつつあるが、次に戦争が起こったらさらに酷《むご》いことになると、誰もが恐れているのだ。

「それにこの学校では、戦中の課外授業で、生徒に犠牲を出したと伺ってますが」

保護者たちはいっそうざわめいた。悌子は息を詰める。校長は、中島飛行機の見学過程で松田賢治が命を落としたことを聞いていないのだろう。教頭になにか耳打ちし、教頭はすぐさま悌子を睨んだ。手の平にじっとり汗がにじむ。悌子は一旦《いったん》うつむき、それから意を決して立ち上がった。

「三年四組の担任をしておりますす中津川と申します。その工場見学の引率は私がいたしました。途中空襲に遭い、生徒を亡くしました」

途切れ途切れにどうにか言った。保護者たちの不安げな目がこちらに注がれる。

先日、清太が中島飛行機の跡地にできた球場に行きたいと言い出したとき、悌子は一気に恐怖がぶり返したのだ。今あの場所に行ったところで、B29に襲われることはないというのに。親というのはそれほどまでに子の身を案じるのだと知り、賢治の母親の苦悶《くもん》を、当時の自分はかけらもわかっていなかったと、はじめて気付いたのだった。

「取り返しのつかない、大変なことをいたしました。まことに申し訳ありません」

悌子が身を九十度に折ったとき、

「中津川先生はよく生徒を叩くって、うちの子から聞いてますが、本当ですか？」

ひとりの母親が不意に声をあげた。

「うちの上の子、もう卒業したんですけれど、先生に叩かれたって言ってましたけど」

「よく生徒を叩く」ということはない。以前、喧嘩《けんか》を止めたときくらいだ。もしかしたら、智栄とやり合った子の親だろうか。

「いかに教師とはいえ、暴力はいかんですな。もう戦中じゃないんですから」

「そうですよ、相手は子供ですよ」

さっきは、もっと厳しくしつけてくれ、と要望を出した保護者たちが一斉に言い募る。教頭が、ふん、と鼻を鳴らすのが見えた。

「そういう乱暴さが、生徒を死に至らしめたんじゃないんですか？」

教育二法の件を持ち出した保護者が、鋭い言葉を投げつけた。教頭が立ち上がり、

「私どもの監督不行き届きで申し訳ありません。私からもよくよく言い聞かせます」

頭を下げるや、他の教員たちの間から、

「中津川先生は、よくやってますよ」

と鼻息も荒い反論が起きる。

悌子は槍玉《やりだま》に挙げられて逃げ出したくなる気持ちを、背筋を伸ばすことでどうにか保つ。嫌なことがあると活力になったりするのよ、という富枝の言葉がかろうじて支柱になっている。一旦瞑目《めいもく》して気持ちを落ち着けてから、ゆっくりと保護者を見渡して口を開いた。

「戦中に生徒を失ったのは、私が判断を違《たが》えたためです。この罪は一生消えることはありません。でも、だからこそ二度と子供たちを戦争に巻き込まないよう、また、子供たちが大人になったとき安易に戦争に荷担しないよう、私は生徒を大事に指導したいんです」

「大事なら叩いたりしないでしょう」

件《くだん》の母親が金切り声をあげる。

「いえ。生徒が、他の誰かに怪我をさせたり、ひどい言葉で傷つけたりしたら、私は叱ります」

悌子は、前を向いて毅然《きぜん》として告げた。

「撲《ぶ》たれたら痛いんです。石を投げれば怪我をします。そのことを感覚的に知らない子が増えるのも、また危ういと思うんです。共同生活の中で加減というものを学ぶことも、私は必要だと考えています」

そう訴えたとき、それまで黙って聞いていた崎田校長が立ち上がった。

「もちろん、過剰な折檻《せっかん》はいけません。ただ中津川先生が申しましたように、痛みを知らないと、加減ができない子になる。それがどんな恐ろしいことを引き起こすか、殺伐《さつばつ》とした世の中を作るか。

その点も、私たち教員は考えていかなければなりません」

ひとりの母親が遠慮がちに手を挙げた。

「うちの子、中津川先生に担任をしていただいてますが、安心だと申してます。依怙贔屓《えこひいき》しないし、公平で、優しいって」

その声に促されるように、「うちの子も」といういくつかの声が続いた。悌子はどう応えたものかわからずに唇を噛《か》む。

「教員への苦情はいつでも賜ります。教育現場をよくするためにも、常に風通しのよい環境を作るつもりです。ただ、私どもに任せていただく部分も頂戴《ちょうだい》したいのです。大事なのは、子供に健やかな環境を与えること。それから、中津川先生が申しましたように、二度と子供たちを戦争の犠牲にしないことです」

校長が締め括《くく》り、議題は別のことへと移っていった。悌子は力なく椅子に腰を下ろす。隣に座っていた同僚が、慰めるように悌子の肩をぽんと叩いた。

代用教員の頃から数えて十年以上この仕事に勤《いそ》しんできているのに、いまだになにが正しい教育かわからない自分が情けなくなる。

悌子はその晩、新任時に教えを受けた吉川に手紙を書いた。どんなふうに生徒を指導していけばいいのか考えるうち、迷路に迷い込んでしまったのだ。吉川とは年賀状のやりとりこそしていたが、悩みを綴《つづ》った手紙を出したのは、これがはじめてのことだった。


週明けの月曜日、悌子が三年四組の教室に入ると、数人の生徒が新聞紙にくるんだ切り花を手に寄ってきた。

「これ、うちの庭に咲いてたお花です。お母さんが学校に持って行けって」

紫陽花《あじさい》にバラ、矢車菊。

「まぁ、たくさんね。これはなに？」

「金糸梅っていうんですって。うちのお祖父《じい》ちゃんが育ててるんです」

庭の切り花を学校に持ってきて飾る習慣が、戦後間もなくしてできたのだが、こんなにたくさんの花が集まることは珍しかった。

「お母さんが、元気出してって言ってました。なんのことか、教えてくれなかったけど」

ひとりの女子生徒に言われ、悌子は、花があふれた理由《わけ》を悟る。ＰＴＡ会合に出席していた保護者が気に掛けてくれたのだろう。

「ありがとう。今日帰ったら、みんなのお母さんに伝えてくれる？　先生は、本当にいい生徒さんたちに恵まれて幸せです、って」

「いい生徒さんって私たちのこと？」

「そうよ。大事な大事な生徒さんよ」

するとは彼らは顔を見合わせ、もじもじと照れたように笑い合った。

「花瓶に活《い》けないとね」

教室後ろの棚に置かれた花瓶を手に、悌子は水を汲《く》みに行く。蛇口をひねり、水飲み場の窓から外を眺めた。今年は梅雨に入るのが遅いのか、碧瑠璃《へきるり》の空に風が渡っている。悌子は思うさま息を吸い込んで、「なにくそっ」と自分に声を掛けた。

吉川からは半月後に葉書が一枚届いた。

〈お元気そうでなによりです。あなたなら大丈夫。またお目に掛かりましょう〉

書かれてあったのは、たったそれだけだった。その素っ気なさに悌子は落胆し、それから、もう吉川は同僚ではないのだから当然だと思い直した。送った手紙には、中島飛行機の一件がPTAで話題に上ったことは書かなかったから、彼はあずかり知らぬことで安易に助言するのを控えたのかもしれない。きっと愚痴を書き連ねた一方的な手紙に困惑もしたのだろうと、悌子は自分の幼稚な行いを恥じた。

「なぁ、清太。なにか不思議に思うことはないか？　日常の疑問とかさ」

権蔵はこのところ、日に幾度も同じ問い掛けを清太にしている。構成に携わっている「なになぜどうして」という子供向けの番組が、夏休み期間だけ三十分延長の特別番組になるとかで、ネタ集めに頭を悩ませているのだ。

清太はちゃぶ台で宿題をしながら、

「うーん。特にないな」

と、おざなりに答える。

「なんでもいいんだよ。友達のことでもさ、食べ物のことでも、なんでも」

「そしたらカーブのうまい投げ方かな」

「野球のフォームはさ、音声だけで解説するのが難しいから却下だな」

「権蔵さん、清太は宿題やってますからね」

ネタ出しを頼んでおいて勝手な却下をする権蔵を、悌子はさりげなく諫《いさ》める。と、清太が不意に物憂げな面持ちでつぶやいたのだ。

「じゃあさ、『人間としての深みは、どうやったら出ますか?』っていうのはどう?」

権蔵が、目をしばたたく。

「どうしたの、そんなこと訊いて」

悌子も、夕飯用にサヤエンドウの筋をとっていた手を止めた。

「僕、深みがないみたいなんだよね」

悌子は権蔵と顔を見合わせ、同時にプッと吹き出した。

「また茂生に言われたんだろ」

権蔵が訊き、清太はこくりとうなずく。

「それ、野球のときに言われたでしょ」

「えっ、なんでわかるの?」

茂生は五年生になった今も、朝子に言われて渋々野球は続けている。が、一向に上達しないようで、清太に三振に打ち取られるたび哲学的な毒を吐くのだ。

「僕はね、挫折《ざせつ》も悩みもないから、深みのない、つまらない人間なんだって」

そんなことないわよ、と悌子が言うより先に、権蔵が飄々《ひょうひょう》と告げた。

「これから山ほど挫折もするだろうし、悩みもするさ。楽しみにしてな」

清太はたちまち複雑な顔になる。

「それもちょっと嫌だな。挫折って努力してたことが途中でダメになることでしょ。父ちゃんからもらった辞書にそう載ってたよ」

「まぁそうだな」

「僕の場合なら、野球だよ。それは絶対続けていきたいもん。甲子園に出たいんだ」

清太がそんな夢を持っていたのを、悌子はこのときはじめて知った。清一との思い出がぶり返しそうになって、とっさに頭を振る。

「六さんに、軟式球をやる代わりにプロ目指せって言われたからじゃないだろうな」

権蔵が、悌子も以前聞いた六助の願いを持ち出すと、清太は笑って首を横に振った。

「違うよ。僕、ほんとに野球が好きなんだ」

練習が嫌だと思ったこともないし、投球練習をすればするだけ球が速くなるのも楽しい、と清太は続けた。その感覚は悌子もよくわかる。女学生の頃、教師に勧められて半信半疑ではじめた槍投《やりな》げだったが、やればやるだけ遠くに投げられるのが、初めの頃はなにしろ面白かったのだ。もちろん競技生活を続けていけば、数々の挫折も経験するのだが。

「好きなもんがあって、清太は幸せだな」

権蔵が目を細めた。

「しかも、好きなものが得意なものと一緒だ。多少の挫折があっても乗り越えられるよ」

悌子は、「清太はこれからも、挫折なんてしないわよ」と言ってしまうところだった。以前智栄を「きっと大丈夫よ」と安易に励まして、傷つけたことがあるのに。権蔵はけっして、そういう言い方をしない。生きていれば誰にでも望まないことは起こるけど、乗り越えられるはずだよ、という言い方を常にする。

「うん。僕、絶対甲子園に行くね。そしたら応援に来てくれる？」

「もちろんだよ。六さんも連れてくさ。きっと泣いて喜ぶよ。阪神ファンだしな」

権蔵は、楽しみだな、と遠い目をした。


その年の夏休みも清太は野球三昧《ざんまい》で、権蔵はラジオの特別番組制作に忙しく、悌子は悌子で生徒指導の研究に明け暮れ、またたく間に秋風が吹く頃になった。

三日ほど局に詰めていた権蔵が、玄関の敷居をまたぐなり、

「お悌、お客さんだよ」

と言ったのは、もう十月になろうという日曜日の昼過ぎだ。書き物の手を止めて、急いで玄関へ向かう。そこに吉川の姿を見付けて、悌子はしゃっくりのような声をあげた。

「ちょうど雑木林のとこでさ、道を訊かれたんだ。お悌の手紙の住所でさ」

権蔵がさも楽しげに言う。

「ご主人とは存じませんで。迷っておりましたところ、助かりました」

吉川はだいぶ白髪が増えて、眉毛《まゆげ》もますます長くなっていたが、その善良な雰囲気は微塵《みじん》も変わっていなかった。

「お手紙をいただいて、すぐにこちらに伺うつもりでおったのですが、なかなか都合がつかず申し訳ありません」

すぐに会うつもりで、とりあえず簡易な葉書だけ送ったのか——。吉川の肩掛け鞄《かばん》は、悌子が餞《せん》別《べつ》にと縫ったものだった。彼は以前と同じでいてくれたのだと思ったら、悌子は体の力が抜けるほ

ど安堵《あんど》した。

吉川を茶の間に通し、お茶を淹《い》れる。清太は野球に行っており、富枝は買い物に出掛けている。

権蔵も、「ちょっと出てくるよ」と、鞄を置くなり下駄を突っかけた。

「いいご主人ですな」

権蔵の後ろ姿を見送って、吉川が言った。

「はい。とっても正直に生きている人で、私にはもったいないくらいです」

吉川は顔をほころばせてうなずく。

「今日は国分寺で施設関連の会合がありましてね。この機会に、と思い立ちまして、連絡も差し上げず突然伺ってすみません」

「とんでもない、お忙しいのに、ご足労いただいてありがとうございます」

吉川は教員を辞めてから、戦災孤児を保護する施設で働いている。

「今はこの手の施設もかなり増えたのですが、そのせいで、いろいろ問題もありましてね。今日はそれを是正する会議でした」

彼が施設員になったのちすぐに、上野の地下道に暮らす「駅の子」などを警察が収容して、食料と寝床を与えるようになったという。

「これでひと安心と思っておったのですが、そうした施設で子供たちが日常的に虐待されておったようでして」

「虐待、ですか……」

「ええ。貧しい食事しか与えられず、言うことを聞かないと棒で殴られるというんです」

孤児たちは警察による強制収容を「狩り込み」といって恐れ、施設に入れられても脱走する子があとを絶たなかった。吉川はそういう子たちを保護し、匿《かくま》ってきたという。

「あなたの手紙に、生徒を叩いたことが問題になった、と書かれてありましたね」

施設での虐待から繋《つな》げて語られたことに、悌子は肩を落とす。

「暴力はいけません。力を使って、相手を服従させることは特にいけない。うちの施設にいる孤児の中には、いまだに大人を一切信用しない子もおります。いかに親身に接しても、けっして心を開いてくれません。理由もなく虐待を受けてきたからでしょう」

吉川は、嚙んで含めるように言った。施設の子たちが孤児になったことには、もちろん彼らの責任はひとかけらもないのだ。にもかかわらず、ひどい扱いを受けている。その理不尽を、彼らはどう消化していくのか。

「ただし服従させるためのものか、愛情のある叱責《しっせき》かは、不思議と子供には伝わるものです。私は、あなたをよく知っています。ですから、この件に関しては懸念はしておりません」

「でも私は、生徒や保護者を納得させるだけの理由を持っておりませんでした」

悌子は、膝《ひざ》の上で手を組み合わせる。吉川がお茶をひと口すすり、

「私の学生時分、面白い先生がおりました」

不意に、くつろいだ調子で話を変えた。

「悪さをした生徒のうなじの毛を、罰としてキュッと引っ張るんです。うなじの毛というのはしっかり生えているのか、これが痛い。みんな怖がるんですが、どこか滑稽《こっけい》でね。よく教室に笑いが起きておりました」

悌子は試しにうなじの毛を引っ張ってみる。なるほど、格別に痛い。

「戦中のように一方向から抑えつける指導であれば、指導者は楽です。ですが、それは教育とは言えません。といって、子供たちや保護者に遠慮するばかりでは、心を通じ合わせるような指導はできませんでしょう」

吉川の言葉に悌子は深くうなずいた。本当に難しいです、と思わず弱音も漏れる。

「私はこれまでの仕事を通じて、ひとつだけコツを得ました。これは誰にとっても正しいとは言えませんから、参考程度に聞いてほしいのですが」

これだけ充実した経歴を持ちながら、いまだ吉川は、指南の折に謙遜《けんそん》をする。

「本気で叱らねばならないときは、けっして手を出さずに、とことん言葉を尽くして向き合う。反対に悪さをたしなめるときは、罰の中にほんの一滴、面白みを加える。そんな工夫を凝らすことで、子供は、今自分に向き合っている大人がどんな思いでいるかを、より感ずることができるのではないでしょうか」

悌子はふと、ＰＴＡ会合の折に、「小刀で鉛筆を削らせたら危ない」という意見が保護者から出たことを思い出した。けれど刃物の怖さを知り、うっかり手を切ったときの痛みを知ることは、その正しい扱いを身につけるために必要な過程だと悌子は感じている。

「私も先生のように工夫してみます。生徒たちの個性をよく見て、彼らに通じるやり方を考えていきます。臭いものに蓋《ふた》をしていくだけじゃ、ただの逃げですものね」

「ええ。大変ですが、個性を発揮できるというのは、幸せな世の中ということなんですよ」

吉川がしみじみと語ったところで、

「ただいまー。お腹すいたー」

と、玄関で大きな声がした。野球帰りの泥だらけの格好で、清太が茶の間に入ってきた。彼は吉川を見付けると、少し驚いたふうに目を見開いて、かしこまった。誰なんだろう、と戸惑っているようだったが、視線をさまよわせながらも、

「こんにちは」

と、きちんと頭を下げた。

「息子です。清太といいます」

吉川は清太をしばらく見詰めてから、

「はじめまして。お母さんと一緒に働いていた吉川と申します」

と、丁寧に頭を下げた。吉川には、養子をとったことを以前手紙で伝えていた。それを清太には告げず、実子として育てることも。

「この子、地元の野球チームに入っていて、日曜日は毎週練習なんです」

悌子が言うと、吉川は目尻《めじり》にシワを刻み、

「野球は楽しいですか？」

と、清太に訊いた。

「はい。とっても」

「それはよかった。君は、自分が心底楽しいと思えるもの、好きなものに、もう出会えたんですね。とっても幸運なことですよ」

「はい。父ちゃんにもそう言われました」

ふたりが話すのを聞きながら、戦中の子供たちは、好きなものや得意なものを、時にひた隠しにしなければならなかったんだな、と悌子は改めて思う。

「好きなことなら、挫折しても乗り越えられるって、父ちゃん言ってました」

清太の言葉に、吉川は目を丸くする。挫折という言葉を、小学生が使ったことに驚いたのかもしれない。

「そうですね。私もかつて挫折によって、すばらしい未来が拓《ひら》けたんですよ」

だから挫折を怖がることはないのだ、と吉川は微笑んで付け足した。清太は、よくわからなかったようだが、しっかりうなずいた。

「清太、帰ったか。ちょうどよかった」

権蔵が、茶の間の掃き出し窓の前に現れた。冷麦と焼き茄子《なす》を載せた盆を手にしている。

「これ、吉川先生に。清太の分もあるぞ」

彼はそれを悌子に託し、

「茂樹さんにゆがいてもらったんだ。うまいですよ。一流の料理人が作りましたから」

と、吉川に勧める。客人になにか振る舞おうと食堂に頼みにいってくれたのかと気付いて、悌子は胸奥《きようおう》が温かくなる。

「ご厚意ですから遠慮なく。清太君、一緒にいただきましょう」

吉川がそう声を掛けると、「はい！」と清太は元気に答えた。

四

清太は車窓にへばりついて、流れる山並みを一心に見詰めている。正月過ぎのせいか、岐阜へ向かう列車は空《す》いていて、両親と離れ、ひとりで箱席を占領したのだ。

岐阜の祖父《じい》ちゃんが急逝したのは、昭和三十三年が明けて間もない、一月半ばのことだった。報《しら》せを受けてすぐに母さんは支度をはじめ、父さんも一緒に行くと喪服を取り出した。富枝祖母《ばあ》ちゃんはひどい神経痛が出ていたから家で待つことにして、お香典だけ託した。清太も当然行くものと思っていたのに、

「いいわよ、学校があるでしょ」

と、母さんは最初、止めたのだ。

「祖父ちゃんの葬式だよ。行くよ。それに僕、一度も岐阜に行ったことないんだぜ」

清太はこの春、中学二年になる。それなのに、今まで母さんの実家に行ったことがないのを不自然に感じていた。岐阜の祖父母は小金井まで遊びに来てくれていたし、こちらから行くには切符代もかかるから難しいのかな、と小学生の頃までは思っていたのだ。

けれど四年前に神武景気になって、「もはや戦後ではない」という文句があちこちで飛び交って、木村食堂で冷蔵庫を買ったり、友達にもテレビのある家がちらほら出てきたりすると、岐阜に行くくらいできるんじゃないかな、と清太の不審はいや増したのだ。

だから祖父ちゃんとのお別れくらい、きちんとしたいと、今回は粘ったのである。

「清太も連れていこうよ。清太の祖父ちゃんなんだからさ」

父さんが説得して、母さんは嫌そうだったけれど、最後には承知した。

学校に提出する欠席届を茂生に託すと、彼は、

「うちの祖母ちゃんより、お若いだろうに」

と、不思議な言い回しで清太を慰めた。

ケイ婆さんは八十半ばだが、ぴんぴんしている。ずっと働いてきたからね、頭も体もしゃっきりしてるんだよ、と、相変わらず店の買い物や掃除を手伝っている。木村食堂は、茂樹叔父《おじ》さんの料理が好評で、ひっきりなしにお客さんが来るようになった。

智栄は都立小金井高校に受かって、髪をヘップバーンカットにした。母さんの元同僚「時任先生」に教えてもらったらしい。念願通り、智栄はかつての富枝祖母ちゃんの部屋をひとりで使っており、清太たちがかつて暮らした部屋は今や茂生の部屋になっている。そして彼もまた、中学にあがって大きく変わったのだ。

茂生は、小学六年の秋に、朝子叔母《おば》さんに言われていやいや続けていた野球をついにやめた。この前年あたりから、立教三羽烏《りつきょうさんばがらす》の長嶋茂雄《ながしましげお》という名選手の話題がチームでしょっちゅう出たことが引き金になった。

「お前も、『しげお』なのに、なんでこんなに野球が下手なんだよっ」

という仲間からの声に逐一、

「僕と長嶋選手は字が違うよ。僕は『茂』に『生』って書くんだ」

と抗弁していたのだが、嘲笑《ちょうしょう》の的であることに変わりはないし、そもそも野球には興味も才能も

ないから足を洗うことに決めた、とまるで悪事から手を引くような調子で清太に告げたのだった。

「僕単体で見て、下手だと言われる分には堪えられた。ただ、比較されて貶《けな》されるのは堪えられないよ。長嶋選手は確かに名選手だろうさ。野球少年の憧《あこが》れの的だろうさ。でも僕に限って言えば、あんなふうになりたいとは思ってないんだ。目指してないものと比べられて貶されるのは、御免だからね」

茂生は野球をやめてから洋楽に傾倒し、中学一年の夏に念願のギターを手に入れた。「ギターを弾いてみたい、僕は少なくともあと六年学生生活が続く。この六年を逆転できないまま送るのは苦痛だ」と叔父さんと叔母さんにしつこく訴えて、ついに音《ね》を上げた朝子叔母さんが父さんに相談したのだ。

父さんもジャズが好きだし、ラジオ関係者には音楽通が多いから、ツテをたどって中古のギターを安く手に入れた。これを茂生は、野球のときには見せなかった情熱で毎日欠かさず練習し、今ではポール・アンカの「ダイアナ」が弾けるまでに上達した。中学でギターを弾ける生徒はめったにいなかったし、茂生のひょろりと細い体型と、中学になって伸ばしはじめた髪がいかにも歌手っぽいこともあって、今では木村食堂に彼の演奏を聴きに来る女子生徒までいる。

「まったくやぁね、色気づいちゃって」

智栄は、虫下しを飲んだときのような顔で言うけれど、茂生はもういじめられることはなかったし、やっと自分の道を見出《みいだ》せたと毎日楽しそうである。

そして清太は、中学でも野球を続けている。小学校のときに同じ野球チームで練習した熊田孝二郎が野球部の一年先輩にいたから、当然のように清太も入部し、一年の二学期にはエースナンバーをもらうまでになった。

野球部では毎日日が暮れるまで、走り込みと投げ込みをしている。そのせいか、この一年で背が八センチも伸びた。寝ているときに関節という関節がギシギシ痛むのがつらいけれど、体が大きくなった分、球威が増したのはうれしかった。

入学時に買った詰襟はもうきつくて、ズボンもつんつるてんだ。葬式に出るのにみっともない、と出がけに富枝祖母ちゃんが詰めていたズボン丈を出してくれた。

「これ、清太のか？　難しいの読んでんな」

列車の隣の箱席から、父さんが訊《き》いてきた。着替えを詰めた荷物の中に入れておいた本を、取り出して掲げている。島崎藤村《しまざきとうそん》の「破戒」だ。国語の宿題で、感想文を出すよう言われているのだ。

「私、専門学校生の頃読んだわ。最後、黙ってたらわからないのに、って思ったのよ」

母さんが言い、父さんがすかさず返した。

「俺は、打ち明けたほうがすっきりすると思ったよ。だって、出自と個人は別物だぜ。気に病むようなことでもないからな」

「権蔵さんにはそうかもしれないですけど」

清太は三分の一も読んでいないから、両親がなんの話をしているのか、さっぱりわからなかった。

岐阜駅に着いたのはお昼過ぎで、歩いて母さんの実家に向かう。本当は祖父ちゃんのことを悲しまないといけないのに、清太は物珍しさで忙《せわ》しなく景色に目を移してしまう。

「清太、向こうに着いたら、家からあまり出ないようにね」

早足で行きながら、母さんが言った。

「うん。でも、なんで？」

「なんでって……お葬式だからよ」

そうか、葬儀場に行くのではなく、家に祭壇を設《しつら》えると言っていたから、和尚さんが来たりして、その手伝いがあるんだろうな、と清太は理解した。

「気にしすぎだぞ、お悌。弔問は遠慮してもらうように、義兄《にい》さんたちから先方には伝えてあるんだろ？」

父さんが、母さんにささやいた。

「そうですけど……」

母さんも小さな声で答えて、ちらとこちらを見た。なんの話だろう、と清太が首を傾《かし》げると、母さんは少し慌てた様子で、

「親戚《しんせき》の人がたくさんいるから、ご挨拶《あいさつ》してね。退屈したら、部屋でさっきの本を読んでいたらいいわよ」

と、いつもの明るい顔に戻って言った。


母さんの育った家は、とても大きかった。うちの茶の間の三倍くらいある広間がいくつもあって、家の中で迷子になりそうだった。親族の人がわんさかいて、母さんはみんなに「悌ちゃん」と呼ばれていた。

「悌ちゃん、久し振り。元気そうやね」

「まだ先生続けとるんやってな。結婚したら辞めるゆうとったのにな」

「お父さん、悌ちゃんがこっちに帰ってこんて寂しがっとったんよ。一番かわいがっとったからね」

母さんは教師を辞めようと思った時期があったのか、もしかしたら挫折《ざせつ》したのだろうか、と清太は、自分が産まれる前の母さんのことを心配した。

両親の後ろについて、親戚に紹介されるたびに挨拶をし、それから祭壇の前に行って手を合わせた。祖母ちゃんはだいぶ泣いたようで目が真っ赤で、母さんが近くに寄ると、抱きついてまた、さめざめと泣いた。

「お父さん無しで、私はこれからどうやって生きていったらいいやろ」

と、肩を震わす姿を見て、富枝祖母ちゃんも軍人だった祖父ちゃんを亡くしたときはこんなふうに泣いたのかな、と想像したら、苦しい気分になった。

清太は、通夜に出るのははじめてのことで、和尚さんが来てお経を読み上げる間も、そのあと通夜振る舞いの仕出しを食べているときも身の置き所がわからず、お焼香もまわりの人の真似をするのに精一杯で、ただただそわそわし続けた。すべてがあまりに目まぐるしくて、祖父ちゃんが亡くなったということを忘れそうなほどだった。

今日は夜通しお祖父ちゃんとお別れするから、あんたは先に寝なさい、と母さんに言われ、大人たちに挨拶してから母さんと一緒に座敷を出た。

「父さんもまだ寝ないの？」

廊下を渡りながら訊く。

「兄さんたち……あ、伯父《おじ》さんたちの相手をしてくれているのよ。ラジオの話、みんな聞きたがるからね」

「そっか。人気者だね、父さん」

母さんが昔使っていたという六畳間には、もう布団が三組敷いてあった。

「今日のお宿よ」

母さんがふざけた口調で言って、ガラス窓を少しだけ開けた。それから、詰めていた息を解き放つように、大きく深呼吸した。窓から冷たい風が忍び込んでくる。このあたりは、小金井より寒い。でも意地悪く刺すような寒さと違って、しゃきっと背筋が伸びるような清々《すがすが》しい寒さだ。そうして、香ばしくて心地よいにおいに満ちている。

清太は新鮮な空気を思うさま吸って、

「なんだか懐かしいにおいだなー」

と、つぶやいた。

「えっ」

母さんが声を跳ねあげて、こちらに振り向く。ひどく険しい顔をしている。

「懐かしいって、なにを懐かしく感じたの？」

「……いや、別になにをってことはないけど、なんとなく、空気の感じとかかな」

「空気の感じだけ？　景色じゃなくて？」

「うん。そうだね」

小学生の頃、野球チームの冬場の練習中、近くの農家で焚火《たきび》をしていると、こんなにおいがしていた。それで懐かしいと思ったのかもしれないけれど、深い意味はなかったから、母さんが深刻な表情《かお》で追及してきた理由《わけ》をつかみあぐねた。

清太は少し居心地が悪くなって、用心深い顔でこちらを窺《うかが》う母さんから目を逸《そ》らし、着替えの入った鞄《かばん》を開ける。「破戒」の横に、父さんのラジオを包んだ風呂敷《ふろしき》が見えた。

「これ、聴きながら寝ようかな」

父さんの昔の知り合いが、ソニーでトランジスタラジオの開発に長年携わっている。さきおとしTR－55という日本初のトランジスタラジオが完成して、去年の三月には、さらに小型のTR－63が発売された。手の平に収まる大きさのそれを、父さんはいつも持ち歩いている。

「あまり夜更かししないのよ。明日は朝からお葬式だから、忙しいわよ」

母さんはそう言うと窓を閉め、部屋を出て行った。清太は着替えて布団に潜り込む。ラジオのダイヤルを回すと、ロカビリーが流れてきた。音量を小さくして、耳を傾けながら、さっきの母さんの顔を思い出す。

岐阜に着いたあたりから、ずっと変な感じだな、と思った。でも、たぶん祖父ちゃんが亡くなって、いつもの明るい母さんではいられないんだろうな、と自分の中で結論づけた。きっと大事な人がいなくなると、誰でも気持ちがふらふらして、いつもの自分ではいられなくなっちゃうんだろうな、と。

腹ばいのまま顔を上げると、窓の向こうに見事な天の川が流れていた。

翌日は朝早くから、たくさんの弔問客があった。近くの寺の和尚さんがお経をあげて野辺送りが済むまで、清太は右往左往するばかりだった。母さんの実家に戻ったのは午後三時過ぎで、さすがにぐったりしてしまい、御斎《おとき》の席をこっそり抜け出した。

母さんは台所にいるのか、姿が見えなかったし、父さんは伯父さんたちの相手をしている。あまり外に出るなと言われたけれど、おおかたの儀式は済んだようだから構わないだろうと、特に断らずに靴を突っかけ、近くを流れる川沿いを気まぐれに散歩した。

風が頰に痛い。でも、こうして間近に山を望める環境は贅沢《ぜいたく》だな、と清太は目一杯きれいな空気を吸い込んだ。肺の中が、やっぱり懐かしいにおいで満たされていく。

葬儀の間中、嗚咽《おえつ》し続けた祖母ちゃんと、その横で口を真一文字に引き結んでいた母さんの様子を思い出していた。清太はこれまで、母さんの泣いた姿を一度も見たことがない。こんなときでも泣かないんだな、と密《ひそ》かに驚き、それでも誰よりも母さんが悲しんでいるように見えたことを不思議に思った。

だいぶ川沿いを行ったところで、左に抜ける小径《こみち》を見付けて、清太は土手を上った。木々の間を縫っていくと、少し幅の広い道に出た。今来た方角に目をやる。案外近くに母さんの実家が見えた。

——なんだ。ずいぶん歩いてきたような気がしてたけどな。

清太は首を傾《かし》げ、家へ戻る道をのんびり歩いていく。途中、門口に立派な松がそびえる屋敷があったから、足を止めた。

表札には「神代」とある。かみしろさんか、じんだいさんかな、としばらくこれを見詰め、門の奥へと目を移した。きれいに手入れされた庭が広がっていて、切り揃えた竹や大きな庭石が隅のほうに積まれている。

「植木屋さんかな」

ひとりごちて再び歩き出そうとしたとき、刺すような視線を感じた。母屋に目を転じると、縁側から女の人が、ジッとこちらを窺っているのが見えた。

母さんと同い年くらいだろうか。色が抜けるように白くて、ひどく痩《や》せている。無遠慮に庭を覗《のぞ》き込んでいたから不審者と思われたのだと、清太は急いで一礼した。

女の人はけれど、それに応《こた》えることなく、裸足《はだし》のまま庭に下りるや、豆腐の上でも歩くように慎重に近づいてきたのだ。大きな目が、まばたきもせずこちらを射ている。

清太は怖くなって、立ち去ろうとした。そのとき、女の人が確かに言ったのだ。

「清太？」

いきなり名を呼ばれ、驚いて振り向いた。

「やっぱ、清太なんやね」

女の人は声を震わせるや駆け寄り、遮二無二しがみついてきた。

「あの、誰？　えーと……どなたですか？」

知らない女の人に抱きつかれ、清太は混乱と恥ずかしさに声が裏返った。逃げたいけれど、女の人の腕は、蔓《つる》が巻き付くように強く清太を締め上げてくる。こんなに細いのにどこからこの力が出るのだろう、と清太の動揺はますますふくらんでいく。

「やっと会えた。ずっと会いたかったんよ」

女の人はそれから顔を上げ、

「すんとわかったわ。ほんまに、清一さんにそっくり。生き写しやて。よう顔を見せて」

と、大粒の涙まで流した。

――せいいちさん？

聞いたことのない名前だった。もしかすると、親戚の誰かと間違えているのだろうか。

「あの、たぶん人違いだと思うんですが」

清太は言って、一旦《いったん》女の人の手を振りほどいたが、彼女は再びしがみついてきた。

「清太、清太、清太。会いたかった。こんなに大きゅうなって。立派んなって」

泣きながら、清太の胸に顔を埋《うず》めてくる。困り果てていたとき、

「清太っ！」

あたりを裂くような悲鳴が、遠くから聞こえてきた。見ると、母さんが鬼みたいな形相で、こちらに走ってくる。あんなに恐ろしい母さんの顔を、清太はこれまで目にしたことはなかった。猛然と近くまで来るや、母さんは女の人を、なにも言わず乱暴に突き飛ばしたのだ。女の人は派手に転んで、清太も、彼女に引っ張られる格好でよろけた。母さんが、素早く清太の腕をつかんで、自分のほうへと引き戻す。そうして、清太を隠すようにして、女の人の前に立ちはだかった。

いったい、なにがどうして、こんなことになったのか――。

啞然《あぜん》とする清太をよそに、母さんが破鐘《われがね》みたいな声で、女の人に怒鳴った。

「触るなっ！　うちの子に触るなっ！」

「……ちょっと母さん、どうしたの？」

まるで違う人間が乗り移ったみたいだ。普段の母さんからは想像もできない姿だった。女の人は唇を嚙《か》んで、母さんを睨《にら》み上げている。

「うちの子に手を出すなっ！　触るなっ！」

それでもなお叫び続ける母さんをなんとかなだめようと、清太はその腕をとって、

「ねぇ、どうしちゃったの？　もう行こう、母さん。家に戻ろうよ」

と、懸命に訴えた。刹那《せつな》、女の人がこちらを見上げ、「母さん……」とつぶやくや、ワーッと声をあげて地面に突っ伏したのだ。清太は打ち震えた。こんな悲痛な泣き声を、これまで聞いたことがなかったからだ。

「お悌っ、なにしてんだっ」

父さんの声だ。血相を変えて走ってきて、母さんと女の人の間に割って入った。

「俺が話すから、お悌と清太は戻ってな」

近所の人が、垣根越しに騒動を見守っていたことに、清太はそのときはじめて気付いた。いたたまれず顔を伏せる。母さんは黙って清太の腕を引き、家のほうへずんずんと大股《おおまた》で歩いていく。

「ねぇ、あの人、誰なの？」

訊いても、母さんは黙ったままだ。痛いほどに清太の手を握りしめ、顔は燃えているみたいに真っ赤だった。後ろを見ると、父さんが倒れた女の人を助け起こしていた。

「あの人に、なにか言われた？」

「ううん、いきなり抱きつかれただけ」

せいいち、という人に生き写しと言われたことは、母さんの鬼気迫る様子を前にして、伝えるのを控えてしまった。強く嚙んだ唇に、うっすら血まで滲《にじ》んでいるのだ。清太は、ただならぬものを感じて怖くなり、それ以上なにも訊けなくなった。

「清太は母さんの子だからね。大事な大事な、誰よりも大事な息子だからね」

母さんの頬が濡《ぬ》れていた。清太はこのときはじめて、母さんが泣く姿を見たのだ。けれど、泣くほどのなにがあったのか、まるで見当がつかなかった。

予定では翌日の夕方東京に戻るはずだった清太たち一家は、急遽《きゅうきょ》その日のうちに発《た》つこととなった。母さんが、どうしてもそうすると言って、譲らなかったのだ。


東京に戻ってからも、母さんと父さんはどこか様子が変だった。深刻な顔でなにかを話し合っているかと思えば、清太が近づくと申し合わせたように口をつぐむのだ。あの女の人が清太の名を知っていた理由を訊いても、空々しく話を逸らす。今まで常に開いていた門に閂《かんぬき》を掛けられて閉め出されたような疎外感を、清太は覚えずにはいられなかった。

富枝祖母ちゃんに相談しても、普段なら真剣に耳を傾けてくれるのに、

「そう、岐阜でそんなことがあったの」

と軽く受け流されてしまう。

「母さんたち、様子が変だと思わない？」

「そうかしら。いつもと同じよ」

大人たちが口裏を合わせて、なにか隠し事をしているのは明らかだった。

野球部の練習が休みになる三月の期末考査中、下校時に茂生と偶然一緒になったとき、だから清太は岐阜での一件を話してみたのだ。茂生はひと通り聞き終えると、

「僕が引っかかるのは、その生き写しだっていう『せいいち』って人の名前が、清太と似てることだよね。どんな字を書くのかな」

左手の指をいろんな形に動かしながら訊いた。ギターを弾いていないときでも、指をコードの形にする練習を欠かさないのが、昨今の彼のテーマだ。こうでもしないとFコードの壁は越えられないからね、僕は指が短いから苦労するよ、とよく言っている。

「どんな字を書くのかも知らないし、その女の人が母さんと知り合いなのかもわからない。いくら訊いても教えてくれないんだ」

「でも、いきなり突き飛ばすってのは、穏やかじゃないね。悌子伯母《おば》さんの因縁《いんねん》のライバルとかかな？　槍投《やりな》げ時代の」

「いやぁ、すごく痩せた人だったから、槍は投げそうにないけどな」

木村食堂まで来たところで、セーラー服姿の智栄とその友達らしい人と行き合った。こんにちは、と挨拶すると、友達のほうが、

「君、中津川君でしょ。梶野中のエースの」

と確かめてから、智栄に耳打ちした。

「ほんとに、かわいい顔してるのね」

それが聞こえたから清太は恥ずかしくて、「行こう」と茂生を忙《せわ》しなく促す。

「きっと、今のと同じだよ。その岐阜のおばさんも、清太がかわいくて、つい抱きついちゃったんだよ。うらやましくはあるが、僕にはもうギターがあるからね」

茂生は嘯《うそぶ》き、鼻の穴を押し広げた。

＊

悌子があんなふうに取り乱す姿を見たのははじめてで、権蔵はいまだ動揺の中にいる。いきなり清太に抱きつくなんて、と小金井に戻ってから悌子は、清太のいないところで号泣したのだ。実子として育てるという、彼女が一心に守り続けた想いが突然歪《ゆが》められて、憤りを抑えかねている様子だった。

ただ、清太の産みの親である雪代の気持ちも、権蔵はわからなくはない。神代神そっくりに成長した我が子を見て、十数年前の日々が一気に甦《よみがえ》ったのだろう。悌子に突き飛ばされた雪代を助け起こしたとき、彼女は土下座せんばかりにして詫《わ》びたのだ。

「本当にごめんなさい。自分でもわけがわからないまま声を掛けてしまったんです」

それから幾分冷静な口調で、こうも言った。

「一目でも、清太の成長した姿を見られて私は幸せです。立派に育ててくださって、本当にありがとうございます」

ずいぶん前に、市橋村でちらと目にした折の色白美人だった面影は褪《あ》せ、頰骨が飛び出すほどに痩せて、目の下に隈《くま》を作ったその面立ちに、これまでの苦労が察せられ、権蔵は彼女を責める気にはなれなかった。

悌子も、神代神の実家の様子は、母親や兄たちから折々に聞いていたらしい。

当主である神代神の父親は四年前に亡くなり、婿に入った男が家業を継いだ。が、植木職人としての腕はいまひとつで、経営は左前であること。しかも外に妾《めかけ》を囲っていて、家にはあまり寄りつかないこと。子供はあるようだが二人とも女の子で、跡継ぎをどうするかと頭を悩ませているらしいこと——。だからよけいに悌子は、いつか清太を返せと言ってくるのではないか、と恐れていた。そんなさなかに岐阜での一件があって、すっかり動顚《どうてん》してしまったのだ。いかに権蔵が、雪代も悪気はなかったのだとなだめても、悌子は頑《かたく》なに聞き入れようとしない。

「あの人のしたことは絶対許せません」

その一点張りなのだった。

清太は、家の中の異様な雰囲気を察している。内心困惑しているだろうと思えばかわいそうで、このまま岐阜でのことをなかったことにしていいのかと悶々《もんもん》としつつ仕事で局に向かっていたとき、日比谷公園そばで、

「あら、ご主人。ご無沙汰《ぶさた》してます」

と、呼び止められた。時任加恵が、こちらに向けて手を振っている。膝《ひざ》上のタイトスカートに目が覚めるような青いブラウス、首には多色のスカーフを巻き、やたら目張りの濃い化粧をしている。

思わず凝視した権蔵に、

「これ、カリプソ・スタイルですのよ。浜村美智子《はまむらみちこ》さんの。ご存じない？」

と、彼女は得意げに顎《あご》を上げた。

加恵は雑誌編集の仕事を続けており、今や副編集長を任されている。仕事が楽し過ぎて、結婚している暇がないと常々言っている。

「でも親がうるさくて。三十過ぎで独身の娘は知り合いにいない、とこうですのよ。むしろ、これ

だけ有能なBGの娘は知り合いにいない、と誇るところですのに」

この日も会うなり、権蔵が訊きもしないのに愚痴だか自慢だかわからぬことを告げた。

「今も取材帰りですの。空襲に遭ったことで記憶喪失になった方が、戦後十年経って自分の名前や親兄弟を突然思い出したというので、お話を伺ってきたんです」

その人は空襲当時六歳だった、と加恵は続けた。三月の東京大空襲で、逃げているさなか家族とはぐれ、命は助かったものの恐怖のあまりすべての記憶を失ってしまった。以来、施設で暮らしてきたが、中学を出て勤めた工場で唐突に記憶が戻ったらしい。

「その方、印刷工場に勤めてるんですけど、実家も小さな印刷工場だったんですって。インクの独特なにおいで記憶が甦ったみたいなんです。そんなこともあるんですね」

彼の両親は戦争を生き残り、無事再会を果たした。「これでようやく自分の足場が定まりました」と、彼は加恵に語ったという。

「自分を産んでくれた人の存在って大きいんですのね。自分のルーツを知っているのと知らないのとでは、安定感が違うのかしら」

加恵の話を、権蔵は黙然と聞く。

――もし清太に、岐阜の頃の記憶が少しでも残っていたら……。

いや、養子になったのは二歳のときだ。鮮明な記憶があるはずもない。

「近くお宅にも伺いますね。悌子先生にお目にかかりたいわ。よろしくお伝えください」

話すだけ話して加恵が早足で去ったのちも、権蔵はその場にしばらく佇《たたず》んだ。やがて、

「そうだよな、神代神の存在をまったくなかったことにするのも、殺生《せっしょう》なんだよな」

と、つぶやいた。だいいち、いずれ清太が大人になって戸籍を見れば、簡単に明らかになることなのだ。

局での仕事が終わったのは十一時過ぎで、終電に間に合いそうもないと、権蔵は後楽園そばの六助の下宿を訪ねた。すでに彼は布団に潜り込んでいたが、権蔵が土産にと買い求めた酒とスルメを掲げて見せるや跳ね起きて、隅に寄せてあったちゃぶ台を部屋の真ん中にそそくさと引き出した。

六助にも、清太のことで意見を聞きたいという気持ちがどこかにあったのかもしれない。だから、始発まで局で仮眠することもできたのに、こうしてわざわざ下宿を訪ねる気になったのだ。

「どうだね、仕事は順調かい」

早速スルメを裂いて、六助が訊いた。権蔵は、今抱えている仕事をざっと説いたが、六助は酒に舌鼓を打つばかりで見事に聞き流している。

「ああ、酒ってのはどうしてこうも人を幸せにするのかねぇ。戦中はめったに飲めなかったからよ、ありがたさが余計に身に染みるよ。メチルアルコールだのカストリ焼酎《しょうちゅう》だのってぇ偽物は百害あって一利なしだが、本物は百薬の長だからな」

六助はほくほくと語ったが、自分たち親子もまた偽物で、そんな関係には一利もないのだと言われた気がして権蔵は肩を落とす。

「どうした、元気がねぇな。いつも覇気はねぇけど」

権蔵もひと口酒を含み、少しためらってから岐阜での一件を話した。六助は黙ってひと通り聞いたのち、問い掛けた。

「清太、いくつになった？」

「もうすぐ十四になります」

「あちゃー」

彼は自分の額を撲《う》って、

「一番厄介な年頃じゃねぇか。もうちょい遅いか、物心ついたばっかりのときか、どっちかにズレれば悩むこともそうねぇだろうが。この俺だって、十四、十五の頃は千々に心が乱れてたぜ」

神妙な面持ちで言う。

「六さんが……ですか？　思春期にいったいなにを悩んでたんです？」

六助は小学校も出ていないということまでは知っているが、こんなに付き合いが長いにもかかわらず、彼の来歴について権蔵はまったくと言っていいほど知らなかった。生まれた土地も家族の話も聞いたことはないのだ。

「俺が、なにを悩んでいたか？」

六助はつぶやくや、記憶を探るように目玉を上に向けた。よほど、つらい過去があるのだろうか、と権蔵は身構えて耳を傾ける。しかし六助は「んー」と顎をひねったのち、

「あれ、俺ぁその頃、なにしてたっけな」

と、こめかみをつつき出したのである。

どっかで小遣い稼ぎをしてたんだよ、確か運搬みてぇな仕事を手伝ってたんだよな、ありゃ、今と同じだよ、やってることが、俺ぁ職を転々としてきた気がしてたが、ずっとなにかを運んで飯を食ってたんだな——自分の世界にこもってブツブツとひとり言を言っていたが、権蔵が凝視しているのに気付いて、「へへへ」と、バツが悪そうにこめかみを掻《か》いた。

「いやぁ、確かに思い悩んでた気がするんだよなぁ、その当時。気分が晴れなかった覚えは、はっきりあるからさ。ただ、なにを悩んでたか、その詳細は覚えてねぇなぁ。唯一心当たりがあるとすれば、大阪タイガースがらみのことだが……。巨人に負け続けたとか、そんなことかもしれねぇな。いや待て、あの頃、職業野球があったかね。発足前だったかね」

そのあたりで権蔵は、六助に相談を持ちかけたことを後悔しはじめる。こちらの呆《あき》れを気取《けど》ったのか、六助は痰《たん》が盛大に絡んだような咳払《せきばら》いをしてから言った。

「つまり、だ。悩みってなぁ、そんなもんさ。どんな大きな悩みでもさ、歳月が薄めてくれるんだよ。そら、鍋《なべ》に作った味噌汁《みそしる》をさ、次の日水を足してまた火に掛けて飲むだろ。それを繰り返していくと、だんだん味が薄くなるだろ。具もなくなって、最後はほとんど白湯《さゆ》と変わらなくなる。あれと一緒だよ」

「そんな乱暴なまとめ方をされても……。そもそも、秘伝のタレじゃないんですから、毎日水を注ぎ足して味噌汁を飲むようなことはしませんよ」

「そりゃあお前は家族で住んでるから味噌汁も一晩で飲み切れるだろうが、俺はひとりだからね、そうやって涙ぐましい努力をしてんのよ」

話が、味噌汁の消費法に逸れていっている。このまま迷宮に入りそうだったから、権蔵は慌てて話を立て直す。

「ただ清太の件は、自分という存在の根幹にかかわります。ですから、時が経っても薄まることはない気がするんです」

「……お前、書き物ばっかりしてるから、『こんかん』だなんぞと難しい言葉を使って目くらましをするつもりだね。お言葉だけどな、仮に解決を見なくても、悩みってのはどんなものでもいつかは薄まるってのは真理だぜ。生きてれば自分の立ち位置や考え方が変わるだろ。立ち位置が変われば、前の位置で悩んでいたことに意味がなくなるだろ。例えば俺が五十嵐所長と馬が合わねぇで悩んでいたとする。でも新郷がなくなった今、その悩み自体に意味がなくなる。馬が合わねぇっていう事実は解消されないままでもさ」

六助お得意の屁理屈《へりくつ》だ。煙《けむ》に巻かれないようにしなければならない。

「いや、出生に関することですから、立ち位置が変わらないと思うんです。だから、清太が事実を知って負う傷は立ち消えることはないんじゃないか、と。それで打ち明けるべきか否か、悩んでるんじゃないですか」

権蔵の反駁《はんばく》にも、六助は鷹揚《おうよう》に顎を引いて平然と返したのだ。

「まぁな、一生ついて回る悩みってのもあるさ。そいつは誰しも、大なり小なり抱えてると思うぜ。拭《ぬぐ》いたくても拭いきれねぇような悩みをさ」

さすがに六助は「俺にだってあるよ」とは言わなかった。七十も過ぎると悩んでる時間すらもったいなく思えてな、なるようになるさって開き直ってんのよ、と彼は常々言っているのだ。

「そういう、自分とずっと併走してくるような悩みってのはね、抱えた当初はショックも受けるし、重い気分にもなるだろう。なにしろ、解決しようがないからな。清太が過去に戻って、お前たちの実子として生まれ直すこたぁできねぇからね。ただね、人ってのはえれぇもんで、慣れていくんだよ、そういう状況にも。それでいつしか、その悩みと一番の親友みてぇになっていくもんだ。それも含めてその人間ができあがって、いい味が出るんだから、そう嫌がることたぁねぇやな」

六助はとっとと結論づけて、再び酒をすすった。

この日、加恵と六助と話したことは、権蔵の動揺を少しだけ取り除くことになった。別段ふたりの話、ことに六助の話には感化されたわけでもなかったが、いずれどこかで明らかになることを、こうなった今、下手に隠せば、これまで育《はぐく》んできた家族としての形がかえって歪《いびつ》になってしまう。そのほうが、危うく感じられたのだ。

だから権蔵は、清太が朝から野球の試合に出掛けた五月の日曜日、昼食後に悌子と改めて話し合いの場を持ったのである。母にも同席してもらい、思い切って告げた。

「清太に、本当のことを言っちゃどうかな」

途端に、悌子の顔が大きく歪んだ。

「なんで……そんな必要ありませんっ！」

「お悌の気持ちもわかるよ。でもさ、自分の信じてる両親が重大な隠し事をしてるらしいってことのほうが、清太はつらいと思うぜ」

権蔵は、なるたけ柔らかに諭す。

「なにもかも正直に言えばいいというものではないでしょう。清太は多感な年齢ですし」

悌子はやはり、頑なに否やを唱える。母は、どちらの気持ちもわかるといった様子で、黙って話し合いを見守っている。

「俺さ、清太の父親になれて、人生捨てたもんじゃないなって思ってるんだよね。ほんとに大好きなの、清太が。もうね、養子とかどうでもいいくらいに自分の子なんだよ」

清太への愛《いと》おしさがこみ上げてきて、権蔵は思わず声を詰まらせた。
「でもさ、そう思えば思うほど、神代神がかわいそうになっちゃってさ。清太に会えないまま逝《い》っ
たんだよ。清太を抱くことはおろか、遠くから見ることすら叶《かな》わなかった。その上さ、自分の存在
が清太に知られないままだなんて……。実の親なのにさ」
神代神はおそらく、悌子の想い人だった。別段そこに嫉妬《しっと》の感情はない。自分たち夫婦にも、他
には代えがたい結びつきがあると信じている。ただ、神代神の存在を消し去ることは、悌子にとっ
てもつらいのではないかと、権蔵は折々に気に掛かってはいたのだ。
「権蔵さんの正直さを、私は尊敬しています。でも、今、打ち明けたところで、清太は混乱するだ
けです」
「いや、清太は勘付いてるよ。俺たちがなにか隠してることをさ。この秘密を守ることに躍起《やっき》にな
って、遠慮なく接してたはずの親子関係が変わっちまうほうが、俺は怖い」
「でも」と言いさし、悌子はうつむいた。
「あの雪代って人が悪いわけでも、神代神の父親のせいでも、もちろん神代神のせいでもないんだ
よ。みんな巻き込まれちまっただけだ、戦争ってやつにさ」
権蔵の言葉に、母は小さくうなずいた。
「清太が他から漏れ聞く前に、俺たちからちゃんと伝えたほうがいいんじゃないかな」
悌子はまだ煮え切らない顔をしている。彼女の返事を辛抱強く待っていると、だいぶ経ってから、
ささめき声が返ってきた。
「少し時間をください」

権蔵は、母と顔を見合わせてうなずく。

「うん。ゆっくり考えるといいよ。あの雪代って人が取り返しにくるようなことは絶対ないから、安心して、清太のことだけを考えて決めたらいいよ」

悌子は「はい」と小声で応えた。

日が傾いてきた頃、玄関から「ただいま」と声が聞こえた。物憂げにちゃぶ台にもたれていた悌子はハッと背筋を伸ばし、両手で勢いよく自分の頰を叩《たた》くと笑顔を作った。

「おかえり、清太。試合どうだった？」

「勝ったよ」

清太の顔は、なぜか曇っている。

「どうしたの？　試合内容に納得いかなかった？」

悌子が案じ顔を向ける。

清太が登板すれば、まず負け知らずなのだ。投手としての評判は広く聞こえているようで、都内のみならず、埼玉や神奈川からも梶野中野球部への試合申し込みがある。そのほとんどが、清太がどんな球を投げるか実際に見てみたい、という関心からであるらしく、まるで清太目当てに「頼もう！」と道場破りが次々とやってくるようだな、と部員たちは呆れているらしい。

こうした挑戦者たちを清太はこれまで、たやすく封じ込めてきた。勝つのは当然なだけに、むしろ自分が納得いく投球ができたかどうかが、清太にとっての「試合結果」なのだ。

「もしかして、点をとられた？」

完封を目指している清太は、一点とられるだけでも、しょげることがよくある。

「ううん。零点に抑えた」

「すごいわね、よかったじゃない」

悌子が華やいだ声をあげても、やはり清太は浮かぬ顔だ。

「お腹すいたでしょ。手を洗ってらっしゃい。ふかしたお芋があるから」

母がそう声を掛けて腰を上げたとき、清太がひどく心許《こころもと》なげにつぶやいたのだ。

「あのさ、神代清一って人、知ってる？」

息が止まった。

もしや、ここで話していたことを聞かれたのだろうかと権蔵は一瞬動じたが、それはもう二時間ばかり前のことだし、話の中では「神代神」で通していたから、清一の名は出していない。

「その人、僕となにか関わりがあるの？」

＊

視界が真っ白になって、悌子の前からすべてのものが消え失《う》せた。

清太が、「神代清一」の名を口にしたのだ。

――きっと雪代が、直接なにか言って寄越《よこ》したんだ。

膝に置いた手が激しく震えはじめる。その手に、そっと自分の手を重ねてから権蔵は、

「どうして、そんなこと訊くんだ？」

清太に柔らかに聞き返した。

「監督に言われたんだ。あ、今の野球部の顧問の先生じゃなくて、孝二郎の親父さん。今日、試合を観にきてたんだよ」

小学生の頃、世話になった野球チームの監督で熊田孝二郎の父親のことだろう。彼は、この日の試合後、清太に言ったらしい。

——最近の清太を見てると、昔、早稲田にいた名投手の神代清一を思い出すよ。

監督は戦前、六大学野球を観に行っていたという。そこで活躍していた清一の顔立ちまではっきり覚えていて、清太に「神代清一は南方で亡くなったそうだが、清太と同じ剛腕で、体格も顔も似てるから思い出すよ」と語った。もちろん彼は清太が清一の子だと知るよしもないから、単に清太の投球を往年の名投手になぞらえて称《たた》えたのだろう。

ただこのひと言が、清太の内に燻《くすぶ》っていた疑問を解く鍵《かぎ》となってしまった。

「神代清一は岐阜の出身だって。菅生中で甲子園に出たって。祖父ちゃん家《ち》の近くの、あの女の人の住んでる家も、神代って……」

清太の声が湿り気を帯びていく。真っ黒に日焼けして、ところどころ泥のついた顔が歪んでいく。ここで嘘を重ねたら、もっと清太を傷つけることになるような気がした。それなのに、

「清太、あのな」

権蔵が切り出したのを、悌子はとっさに、

「他人の空似ってあるのよ。さ、晩ご飯の支度しなきゃ。清太も着替えておいで。そんな泥だらけじゃ、畳が汚れちゃうよ」

早口で制してしまった。富枝が、驚きと戸惑いの入り交じった顔をこちらに向ける。権蔵は頭を

かき、小さく息を吐いた。清太は明らかに不服そうに眉《まゆ》をひそめた。

悌子は勢いをつけて立ち上がり、台所へと逃げ込む。すぐに富枝が入ってきて、黙って笊《ざる》を取り出し、米櫃《こめびつ》の蓋《ふた》を開けた。

「私……清太がいなくなっちゃうようで、怖くて」

ひっそり告げると、富枝はなにも言わずに、そっと悌子の背中をさすった。


一週間が経っても、悌子は気持ちが決まらずにいた。日ごとに考えが変わる自分を持て余し、学校の帰りに木村食堂に立ち寄ったのだ。土曜日のせいか、三時過ぎという半端な時間のせいか、食堂は空《す》いていて、

「朝子さん、ちょっといいかな」

声を掛けると彼女は、

「あがってお茶でも飲んでけば？」

と、奥の座敷へ悌子を誘ってくれた。部屋ではケイ婆さんが、並べた座布団の上に横たわっている。「お休みのところ、お邪魔してすみません」と悌子が挨拶すると、「少し疲れたから休憩。あたしのことは気にしないどくれ」と、枯れ枝のような手を振った。

「これ、新商品のコロッケ。食べてみて」

朝子に勧められて頬張ると、サクッと小気味よい歯触りと共に香ばしさが鼻に抜けた。

「学生さんでも買い食いできるように、値段も安くして、店頭売りしようと思ってさ」

生き生き語る朝子が、この日の悌子にはやけにまぶしく見えて、「朝子さんは、いいわね」と思

わずつぶやいてしまった。

「どうしたの？　なんかあった？」

怪訝《けげん》な顔を向けられ、妬《ねた》みのようなものが滲んでしまったろうか、と悌子は慌てる。

「あのね、清太のこと。本人が気付きはじめてるの。このままうやむやにはできないから、言わなくちゃとは思うんだけど……」

思い切って打ち明けたのに朝子は微塵《みじん》も驚かず、意外なことを口にしたのだ。

「実はあたしも悌子さんとその話、したほうがいいかな、って思ってたんだ」

清太は、岐阜での雪代の一件と、両親がなにか隠しているのではないかという疑念を、茂生に語ったらしい。もっとも茂生は、「突っ立ってるだけで清太はモテるから、うらやましいよ。僕は必死にギターを習得して、どうにか人並みなのにさ」と、見知らぬ女性に抱きつかれたことを食事時に話題にしただけだというが――。

「あの女にさ、清太、言われたらしいよ。清一さんに生き写しだ、ってさ」

悌子は血の気が引いた。

「……ひどい。なんで……そんなこと」

清太はそれを、自分たちには話さなかった。なぜ言わなかったのだろう。自分の出生に関わることだと、勘付いたからだろうか。

「兄貴はなんて？」

「隠し通すのはよくない、って」

声が震えるのを、どうしようもできない。

「でも私は怖い。実の母親と暮らしたい、って清太が言い出したらどうしよう」

清一に生き写しだと、熊田監督だけでなく雪代にも言われていたなら、もうやむやにはできないだろうと悌子は唇を嚙む。

「厳しいこと言うようだけどさ」

朝子が控えめに言葉を差し出した。

「実の母親と暮らしたいと言われたらどうしよう、というのは悌子さんの気持ちだよね。でもこの件は、清太の気持ちを最優先に判断したほうがいいんじゃないかな」

ぐうの音《ね》も出なかった。朝子の言う通りだ。清太を手放したくない一心で、子供の疑問にむりやり蓋をしようとしているのだ。

「それに、本当のことを言ったところで、悌子さんたち親子は壊れるような関係じゃないでしょ。悌子さんも兄貴も、清太のこと、本当に大切に育ててきたじゃない。あたしはむしろ、打ち明けることでいっそう強い結びつきができる気がするけどな」

悌子は実子がいないこともあって、自分たちの子育てがどこか作り物めいているのではないか、と折々に不安を覚えてきた。事実を打ち明けても清太が離れずにいてくれるという確信は、とても持てないのだ。

「私、親として未熟だから、ちゃんと子育てできてるか、自信ないもの」

思わず本音を漏らすと、

「そんなの、あたしだってそうよ。実子だろうが養子だろうが同じ。あのね、自分の子育てが正しい、完璧《かんぺき》だ、って胸張ってられるのは、頭が空っぽな、おめでたい人だけだよ」

それまで黙っていたケイが、さもおかしそうに笑い、「口が悪いねぇ」とつぶやいた。

「権蔵さんは、清太に存在さえ知られない実の父親がかわいそうだ、とも言ってる」

告げると、朝子は深くうなずいた。

悌子はこれまで、清一の存在を頭から消すことに努めてきた。でも権蔵の言葉を聞いて、青年のままの清一の、逞《たくま》しい体軀《たいく》と健やかな笑顔が鮮やかに甦ったのだ。同時に、今も南の島に取り残されている彼が、暗がりの中でひとりぽつんと佇んでいる様が見えるような気がした。その手に抱く日を心待ちにしていたはずの清太にさえ、清一の存在を伏せていることが、ひどく残酷に思えたのだ。

「大丈夫だよ、悌子さん。あの清太だよ。必ず受け止めてくれるよ。茂生なんてさ、手塚治虫《てづかおさむ》の子に生まれてれば、雑誌が出る前に漫画の続きが読めるのに、とか平気で言うからね。あたしたちの子でいても、なにひとつ特典がないんだってさ」

朝子は軽口で、重く沈んだ空気を払った。

家に戻って悌子は、今は清太の部屋となった北側の四畳半に入った。野球部の練習が最近遅くまであって、まだ帰っていない。ふと目に付いた本棚の「破戒」を手に取る。感想文の宿題のため図書室から借りたはいいが、最後まで読み切れないうちに返却日になってしまい、結局権蔵が清太に買い与えた本だった。権蔵はこの小説の結末について、出自と個人は別物だと語っていた。だから打ち明けたほうがすっきりする、と。それが正しい選択なのか、悌子にはわからない。ただ、清太が自分たちの子であることは、誰にも動かすことのできない真実だと信じたかった。

悌子と権蔵は、この後も幾度となく話し合いを重ね、六月の半ば、清太に本当のことを告げると決めた。富枝は、清太の顔を見るのがつらいから、とその席には加わらなかった。

茶の間で向かい合った段にはすでに、清太はなにを語られるか察しがついていたのだろう。表情を動かすこともなく、自分が養子に出された経緯《いきさつ》をおとなしく聞いていた。

清一は悌子の幼馴染《おさななじ》みだったこと。実の母親は清太を捨てたわけではなく、致し方ない事情で泣く泣く、清一と親しかった悌子に子供を託したということ——権蔵の話を、

「そうなんだね。了解」

と、清太は意外にも軽やかに受け入れた。

「清太の実の父親は、すごい投手だったんだぜ。俺も何度か試合を観たけど、目が覚めるような速球でさ。な、お悌」

権蔵が励ますように言う。悌子はうなずきつつも、清太の様子を注意深く見澄ます。

「その上、好人物で人望もあったから大人気でさ、神代神って呼ばれてたんだ。俺なんかより、ずっと立派な男だったんだよ」

権蔵がそう言ったとき、はじめて清太の表情が大きく歪んだ。でもそれは一瞬のことで、すぐにいつもの様子に戻り、

「知らない人の話だから、ピンとこないや」

と、権蔵が清一のことをそれ以上語るのを、さりげなく阻んだ。

「本当のこと隠しててごめんね。でも母さんも父さんも、清太が誰より大事だから。これからも親子のままだからね」

悌子は懸命に訴えたが、

「ムキにならなくても、わかってるよ」

と、清太は笑っただけだった。

「さ、宿題、やっちゃわないと」

清太はやにわに立ち上がり、悌子たちを置き去りにして、北側の自室へ駆け込んだ。

それから数日は、清太の様子に変わったところは見られなかった。富枝も、「あの子はちゃんと、悌子さんたちの愛情を肌身で感じてるもの」と、胸をなで下ろしていた。

悌子も清太の前で、極力態度を変えないよう努めた。出自なんてたいしたことはないのだ、と胸に定めて、平気なふりをし続けた。きっとこの山を越えて、自分たちはいっそう確かな家族になれる——。

清太と同じ野球部にいる熊田孝二郎が梶野小学校を訪ねてきたのは、六月も終わろうという朝から雨の激しく降る日だった。放課後、職員室に残って作業をしていたところ、

「中津川先生」

と、入口から呼ばれたのである。担任ではなかったが、孝二郎もこの小学校の卒業生だから互いに顔は見知っている。

「相談があって来たんですが、少しお時間いただけますか？」

すっかり大人びた彼の口調に、流れた歳月を悌子は思った。職員室だと話しづらいだろうと、空いている教室で向かい合うと、「清太のことです」と彼はまっすぐ切り出した。

「あいつ、野球をやめるって言い出して」

思いもよらないことに、声を失った。

「先生は、聞いてませんか？」

悌子はかぶりを振った。必ず甲子園に行く、とずっと夢見てきた清太なのだ。

「どうして？　部でなにかあったの？」

野球での挫折なら乗り越えられる、と言っていたのに。

「理由は言わないんです。でも、この間の試合のあと、うちの父ちゃんが、昔の名投手に似てるって清太に言ったときからおかしいんです。僕、捕手だから投手の様子には人一倍敏感で。……父ちゃんのせいなのかも」

まさか、清一と親子だったことが影響しているのだろうか。でも、それがどうして野球をやめることに繋《つな》がるのか――。

「清太ほどの投手はいません。だから、僕は続けてほしいんです。部のためにも、それから清太自身のためにも。あいつ、すごく野球が好きだから。先生に理由を訊ければと、今日雨で練習が休みになったから来ました」

思い詰めた様子で言う孝二郎に、

「わかった。知らせてくれてありがとう。先生、清太とよく話し合ってみるから」

そう返すのが精一杯だった。清太は納得して受け入れてくれた――安易に考えて、万事済んだ気になっていた自分を呪った。

仕事を早めに切り上げて家に帰ると、清太はすでに、権蔵と茶の間でくつろいでいた。台所で夕飯の支度にかかっている富枝に、すぐ手伝います、と声を掛け、悌子は茶の間に入る。ちゃぶ台を拭《ふ》きながら、それとなく清太を窺った。特に変わった様子はない。孝二郎から聞いたことを、どう確かめればいいだろう、と言葉を選んでいると、

「清太、なんかネタないか？　『なになぜどうして』の質問。これも長寿番組になってきたからさ、あらかた質問出尽くしちゃってさ」

権蔵が帳面を指でつつきながら言った。

「うーん。そうだなぁ」

清太は生返事を放る。景気がよくなるとともに「泣き言読本」は役目を終え、権蔵はこれに代わる新たな企画を提案しつつ、民放で三つの番組の構成に携わっている。

「すぐにご飯ですよ。片付けてくださいな」

悌子がちゃぶ台を空けるようせっつくと、権蔵は帳面を畳に置いて腹ばいになり、

「なぁ清太、子供の疑問。なんかあるだろ」

と、しつこく訊いた。権蔵なりのやり方で、清太との間のわだかまりを解こうとしているのかもしれない。

ややあって清太が、「じゃあ、ひとつ質問」と、なぜか泣きそうな顔を権蔵に向けた。

「……家族に挫折したら、どうすればいいんですか？」

悌子も、また権蔵も、動きを止めた。

「野球なら努力すれば乗り越えられる。今まで以上に練習すればいいんだ。僕が頑張れば、きっと乗り越えられる。でも、僕が父さんと母さんの本当の子じゃないというのは、どうやったら乗り越えられるの？」

「清太……」

悌子の心臓が激しく打ちはじめる。

「父さん、前に遺伝の話してたよね、茂生に。僕が肩が強いのは、母さんからもらったものだと思ってた。身長が学年で一番高いのは、父さんから受け継いだものと思ってた。そのふたつの力のおかげで、僕は野球が得意なんだと思ってた。でも、そうじゃないんだよね」

清太の目から、ツッと一筋涙が流れた。

「ほんとの父親が、名投手って言われてもわかんないよ。その人から受け継いで、野球が得意なんだと思ったら、どうしていいかわかんなくなって。父さんや母さんを裏切ってるみたいな気になって」

権蔵が体を起こし、慎重に唱える。

「清太、それは違うよ。人は、遺伝だけで成り立ってるわけじゃないんだよ」

しかし最後まで言い終わらないうちに清太は立ち上がり、玄関を飛び出していったのだ。

＊

家出といっても、清太が身を寄せられるところは限られている。木村食堂脇の階段を駆け上がり、東側の部屋の襖《ふすま》を開けると、ギターを抱えていた茂生は目を瞠《みは》った。

「どうした。久々に階段競走か？」

すぐに階下が騒がしくなった。母さんの声がする。追ってきたらしかった。

「ここに匿《かくま》って。もう家には帰りたくない」

茂生に頼んだ途端、馬鹿みたいに涙が溢《あふ》れ、清太は恥ずかしくなって畳に突っ伏した。もとは自分たち一家が使っていた部屋だ。茂生の部屋になって四年も経つのに、畳は当時のままのにおいがしていた。自分たちが本当の家族だと信じて疑わなかった頃のにおいだ。

「珍しいな。喧嘩《けんか》でもしたか？」

茂生が言い終わらないうちに、

「清太、二階にいるの？　少し話そう」

母さんの声が響いてきた。

「ほら、伯母《おば》さん、呼んでるぜ。なにごとも話し合いを避けては通れないんだよ」

「僕、父さんと母さんの子じゃなかった」

茂生の呑気《のんき》な声に重ねるように、清太はひと息に言った。なにかの勢いに乗じなければ、兄弟同然に育った茂生にさえ、とても打ち明けられることではなかった。

茂生は、「え」と声をはね上げたきり、沈黙した。母さんだろうか、階段を上がってくる足音が聞こえる。同時に、茂生が部屋を出て行った気配を感じた。やがて廊下から話し声が聞こえてきた。

「清太はしばらく、僕の部屋にいるのもいいんじゃないかな。時には気分転換も大事でしょ。学校には一緒に行くから、あとで清太の制服や教科書、取りに行くよ」

廊下から聞こえる茂生の声に、畳に突っ伏していた清太は顔を上げた。母さんが、小声でなにか言って、茂生がやはり小声でそれに答えている。やがて話が止むと、階段を下りていく音が立って、部屋の襖が開いた。

「伯母さん、あとで学校の道具、持ってきてくれるってさ。しばらくここから通いなよ」

清太はうなずいた。感謝を伝えたかったけれど、しゃくり上げるような息づかいがおさまらず、うまく声にできない。

「……伯母さん、泣いてたよ」

母さんも父さんも悪くない。大事に育ててもらったのも知っている。岐阜の女の人も、自分が憎くて手放したわけじゃないんだろう。だからこそ清太は、なにをどう責めたらいいのかわからずに苦しいのだ。

「入るよ」と、廊下から智栄の声がして、控えめに襖を開ける音が立った。清太は慌てて頬を拭い、呼吸を整えた。

「清太、夕飯まででしょ？　もうすぐできるから階下《した》で一緒に食べなさいって、母さんが」

「うん、ありがとう」

智栄は少しためらってから、

「茂生が産まれてからしばらくさ、あたし、自分だけのものだった母さんがとられちゃうって不安だったのか、毎晩怖い夢見たんだよね」

唐突に語りはじめた。「小金井の女傑にもそんな過去があったんだ」と茂生が茶化す。

「家族でご飯食べてるとね、二階からお化けが下りてきて、あたしだけ連れてくの。泣き叫ぶんだけど家族の誰にも聞こえないみたいで、みんな平気で食事を続けるのよ」

智栄がそんな話をするのは、階下で事の次第を聞いたからだろうと清太は居すくむ。

「あたし、清太が産まれたときのことはよく覚えてないんだ。きっと少し経ってから伯母さんたちのとこに来たんだね。でもね、伯母さんも伯父さんも、清太をほんとにかわいがってたのは覚えてる。この人たちなら、我が子がお化けに連れて行かれそうになっても、助けてくれるだろうって思ってたよ」

「うちの両親だって助けに行くよ。さっきのは、姉ちゃんの夢の中での設定だろ」

茂生が、不服そうに鼻の下をふくらませた。

「僕、野球やめようと思って」

清太が打ち明けると、智栄は目を丸くした。

「なんでよ。すごい選手って評判よ」

「それが嫌なんだ。父さんの……今の父さんから受け継いでないから。母さんからもらった力だと思ってたけど、それも違ったし」

「でも清太、ずっと甲子園に出たいって言ってたじゃない。今だって、野球が嫌いになったわけじゃないでしょ。それに、清太は清太じゃない。伯母さんたちから受け継いだものじゃなくとも、野球が好きでしょ？」

智栄の言う通りでもあるが、違うような気もする。ともかく清太は混乱していて、自分の気持ちがうまくつかめないのだ。

「誰から受け継いだとか、考えたことないけどな。僕のギターだって両親は関係ないぜ」

茂生はギターを手にして、つま弾いた。

「そうだ、野球やめたらさ、一緒に音楽やろうよ。清太が歌を歌って、僕がギターを奏でる。すごい人気が出そうだな」

茂生がうっとり宙を見詰めるや、「馬鹿言わないで」と智栄がたしなめた。茂生はしかし恬《てん》として、話を続ける。

「ギターにはね、メジャーコードっていう明るい音色と、マイナーコードっていう暗い感じの音色があるんだよ。僕が最初に覚えたのは、メジャーのCコードでさ」

そう言って茂生は、三本の指で弦を押さえて音を鳴らし、「な、明るい音だろ」と笑う。

「この人差し指と中指はそのままに、薬指だけ五弦の3フレットから三弦の2フレットに移すと、Am《エーマイナー》ってマイナーコードになる」

鳴らしてみると確かに物悲しい音がした。

「すごく簡単なコードチェンジなんだけど、こんなに雰囲気が変わるんだよね。人生もそうだと思うよ。些細《ささい》なことで簡単にメジャーからマイナーにも行くし、マイナーからメジャーにも転じるっていうかさ」

「なに、わかったふうなこと言ってんのよ」

智栄が言って、茂生の頭を軽く叩《はた》く。

「清太は今までずっとCコードだったんだよ。Cコードって基本中の基本の割に、きれいな音を出すのが案外難しいんだ。僕みたいに指が短いと特に。マイナーコードのほうが押さえるのが楽なものが多い。だから、一度もマイナーに転じずに中二まで完璧なCコードで来た清太はすごいな、って思ってたんだ」

「そうだね。清太は、あたしや茂生みたいに、つまずきがなかったもんね」

智栄も、今度は素直にうなずいた。

「でもさ、メジャーコードだけだと曲としては薄っぺらいっていうか、つまんない曲になるんだよね。マイナーコードが入ってないと深みが出ないいんだ。だから今回のこと、清太にとってはつらいかもしれないけど、僕は必ずしも悪いこととは思わないよ」

茂生は小学生の頃から、深みにこだわっていたな、と思い出して、清太のお腹の奥は不思議と温かくなった。

「あんたの話は、もって回ってんのよ。そんなことじゃモテないわよ」

智栄がからかうと、

「姉ちゃんだって、さっきは肯定したろ」

と、茂生が口を尖《とが》らせた。

「ご飯できたよー、下りといで」

階下から朝子叔母さんの声がして、

「今日はご馳走《ちそう》だぞうー」

と、茂樹叔父さんの声が続けて聞こえた。

「きっとコロッケだよ」

智栄が浮かれ声を出し、

「あぁ、モテたいなー。もてはやされたい」

と、茂生がしみじみとつぶやいた。

清太はその晩から、茂生の部屋の居候《いそうろう》となった。

朝子叔母さんたちは、以前清太がここに暮らしていたときと同じように接してくれる。出生の話を持ち出したり、心配そうにこちらを窺ったりすることもなく、「ご飯だよ」「早くお風呂に行ってきな」「宿題やったの?」と、茂生に対するのと同じように、ちょっと乱暴に話し掛けてくれる。清太はそこに心安さを感じているけれど、父さんや母さんと血が繋がっていないということは、この人たちとも赤の他人なんだと思ったら、安全で安心だった自分の居場所が粉々に砕かれていくような気になった。

七月に入って、雨続きだった天候にようやく晴れ間が出るようになった。六時間目が終わるや、同じ学級の野球部員が、「清太、練習行こうぜ」と声を掛けてきた。

「先行ってて。ちょっとやることあるから」

清太は断り、教室に誰もいなくなったのを見計らい、取り出した帳面に定規をあてて一枚を裂いた。本当は便箋《びんせん》がよかったけれど、居候の分際で叔母さんや茂生にあれこれ無心するのははばかられたのだ。清太はまず、

〈退部届〉

と、大きくしたためる。まさか自分がこんなものを書く日がくるとは、夢にも思わなかった。主将をしている孝二郎には退部の意志を伝えたけれど、彼はいまだ受け入れてくれない。だから顧問の先生に、直接届を出すことにしたのだった。

こういう文書にはやめる理由も書くのかな、と清太は逡巡《しゅんじゅん》する。でも、なぜやめようとしているのか、清太自身も正確に表せる言葉を持たなかった。ただ、名投手だったという実の父親と同じ道を行くことは、今の父さんや母さんは自分とは繋がりがないのだと証《あか》す過程になりそうで、やり切

れなさが先に立ってしまうのである。

「おいっ、なに愚図愚図してるっ。練習はじまるぞっ！」

いきなり背後から大声で呼ばれて、清太は飛び上がった。振り向くと、孝二郎が立っている。もう練習着に着替えていたから、練習開始の挨拶をしたあとで抜けてきたのだろう。

清太はとっさに手元を隠そうとしたが、一瞬早く孝二郎が紙を取り上げた。彼は、「退部届」の文字を見るや顔色を変え、なにも言わずにそれを破った。

「あっ、なにすんだよっ」

伸ばした清太の手を払い、孝二郎は隣の席に腰掛けた。

「もうすぐ公式戦があるだろ。俺ら三年にとっては、それが引退試合になる。清太が登板するのは決まってるからな」

彼は厳しい顔で告げた。

「いや、とにかく僕は、野球をやめないといけないんだ」

「相変わらず理由は言わないんだな」

清太はうつむく。いかに孝二郎でも、家族のことを伝える気にはまだなれない。

「お前がなにを思い悩んでいるのかわからないけど、部をやめる理由はたいてい、部員とうまくいかないか、家族に野球をすることを反対されているかのどっちかだろ。でも部員とは仲がいいし、中津川先生も家では誰も反対してないって言ってたぜ」

「えっ、母さんに会ったの？」

思わず腰を浮かした。いつ母さんに会ったのだろう、母さんは孝二郎になにを話したのか――清太の背中を冷や汗が滑る。

「俺が小学校に訪ねていったんだ」

「母さん、なにも言ってなかったよ」

「うん。俺が、ここへ来たことは黙っててほしいってお願いしたからさ。清太がいきなり理由も言わずに退部するって言い出して、俺、悩んで、先生に相談したんだよ。うちの父ちゃんが余計なこと言ったのかな、って」

清太は、窓の外に目を逃した。健やかな晴天が、少しだけ清太の動揺を鎮めてくれた。

「先生も驚いててさ、でもうちの父ちゃんのせいじゃないし、清太は野球を続けたいはずだって言ってくれた。だから俺、絶対やめさせないから任せてください、って約束したんだよ。それで話が終わって、校門まで送ってもらったとき、先生、言ってたんだ」

清太が野球を好きなのは、家族だからはっきりわかる。だから納得いくまで続けてほしいと思っている。自分の子供が本当に好きなものを見付けて、夢中になってそれに打ち込んでいるのを見ることほどの幸せはないから——母さんは、そう語ったという。

「先生はさ、戦中、みんなが個性を押し殺して戦争に従事していたのを見たって。野球が得意な人も、芸術の才能がある人も、お洒落《しゃれ》が大好きな人も、みんな一色になってたって。戦中のことは俺たち小さかったから記憶にないけど、うちの父ちゃんもよく同じこと言ってるんだ。父ちゃんのいた部隊にもいろんな夢を持った人がいてさ、でもその人たちは一緒くたに犠牲になったって」

孝二郎は、ひとつ息をついた。

自分の実の父親も、野球を続けることを夢見ながら戦地で亡くなったのかな、と清太は想像した。

なぜだか、今の父さんの顔が浮かんで、敵に撃たれる様までありありと像を結んで、するとたまらなくつらくなった。

「先生言ってたよ。戦争が憎いのは、個人が生を享《う》けて、その人生で出会えるはずだった出来事に出会えなくなることだ、って。今は世の中が落ち着いてきたから、みんな存分に好きなことに打ち込んでほしい、って」

孝二郎の声を聞きながら、清太はふと、母さんがよく「一所懸命」という言葉を使ってきたことを思った。それは必ず、清太が好きなものに向かうときに限って用いられた。例えば苦手な勉強に対して、一所懸命勉強しなさい、と無理強いするように持ち出すことは一度もなかったのだ。

「俺の夢はさ、清太と甲子園に行くことだよ。中学生は、野球の全国大会が禁止されてるだろ。日本中にどのくらいすごい選手がいるのか、今はまだわからないけど、高校に行けば未知の相手と戦える。俺、それをとっても楽しみにしてるんだよ」

それは、清太の夢でもあった。自分の投球がどこまで通用するのか。全国の打者をどこまで封じ込められるか。それに、各地の名だたる投手たちと、真っ向勝負で投げ合ってみたかった。

「それにはどうしても清太の力が必要なんだ。なにがあったかわかんないけどさ、俺を助けると思って、野球を続けてくんないかな」

孝二郎は「たのんますっ」と、剽《ひょう》げた調子で言って、手を合わせた。

「……僕に投球の基本を教えてくれたの、母さんなんだ。昔、槍投げの選手だったから」

清太は、そっと言葉を置いた。

「父さんは、運動はあんまり得意じゃないけど、プロ野球の試合を観に連れて行ってくれたし、ルールブックも買ってくれたんだ」

野球のルールだけでなく、父さんは、清太が幼い頃から折々に問い掛けたいろんな疑問に、面倒くさがることなく、ひとつひとつ丁寧に答えてくれた。時には何冊も事典を調べて、それを読み聞かせてくれた。おかげで清太はたくさんの言葉を知って、世界が広がった。

「そうやって教えてもらったことも、受け継いだ、ってことになるのかな」

つぶやくと、孝二郎は眉をひそめて、

「なんのことかわからんが、先達の教えと自分の工夫で、名選手は作られてくんだぜ」

そう言って、力強く笑った。

＊

悌子は清太の気が済むまで、口出しせずに見守ることにした。権蔵と相談してそう決めたのだが、清太が自分たちから離れていってしまったらどうしようと不安に覆われて、食事も満足に喉《のど》を通らないありさまだった。

朝子は気を利かせて、こまめに清太の様子を知らせに来てくれる。智栄や茂生に相談に乗ってもらっているようで、

「こういうのはさ、下手に親があれこれ言うより、子供たちで話したほうがいいんだろうね。まだまだ手は掛かるけど、いつの間にか、みんな大人になってるんだよ」

と、彼女もまた子供たちに任せている。

権蔵が唐突に、

「お悌さ、暇な時でいいから、投球を教えてくれねぇか？」

と、茶の間から声を掛けてきたのは、梅雨の明けた頃だった。

「投球？　野球のですか？」

「そ。俺、ちゃんとした投げ方、知らねぇから、まず基礎から学ぼうと思ってさ」

「あの……どうしてまた投げ方を？」

台所で水仕事をしていた悌子は、前掛けで手を拭きながら権蔵に向き直る。夕食後のちゃぶ台を拭いていた富枝も手を止めた。

「いやぁ、どうしてってこともないんだが」

権蔵はこそばゆそうに額をかいていたが、ややあって、小声で打ち明けたのだ。

「清太と、キャッチボールしたいと思ってさ」

「キャッチボール、ですか」

「そ。清太が小さい頃に一度したことはあるんだけどさ、俺、すぐへばっちまってさ、まともな投げ方もできなかったしさ」

悌子は急いで茶の間に入り、権蔵と向かい合う位置に正座した。

「権蔵さんは確かに、清太に野球は教えていませんけど、他のたくさんのことを教えてきてますよ。言葉もそうだし、小さい頃から清太の疑問に答えてきたでしょ？」

権蔵は、引け目を感じているのではないか。清太が清一のもとで育てば、もっと野球を教えてやれたのに、と思い込んでいるのだ。悌子は、清太が雪代のもとで育ったほうがよかったかもしれない、と苛《さいな》んだことは一度もない。雪代を侮っているわけではなく、彼女への意地もあって、そんなふうに思わないよう必死に努めてきたのである。

「俺、清太が野球やめるって言い出したの、なんとなくわかる気がするんだ」

権蔵は、咳払いしてから続けた。

「清太はさ、自分が神代神に似ていくのが怖いんだよ。容姿だけじゃなく、目指すところまで同じってことに動じてるんだよ。それで、俺たちに申し訳なく思ってんのよ、たぶん」

清一の存在さえ知らなかったのだから、清太の動揺は悌子にも十二分に察せられる。ただ、自分たちに対して申し訳なさを感じる必要は、本来なにひとつないのだ。悌子はむしろ、今まで自分たちが嘘をついていたことに対して清太は憤っているのではないかと、そのことを恐れている。

「でも権蔵さん、俺なりの父親になるって言ってたでしょ。それで十分じゃないですか」

かたわらで、富枝も静かにうなずいた。

「そうなんだけどさ。ずっと前にお悌が言ったこと、思い出したんだよね。いい親じゃなくて、いい人間でいよう、って言っただろ、清太がまだ小さいときに。俺、忘れてたんだよ、それを。ずっと父親とはなんぞやって、考え続けてきた気がする」

親は、安易に模範になろうとする。清く、正しく、世間体もよろしく……そういう親の期待を背負って窮屈な思いをしている子供たちを、悌子は教員生活の中で何人も見てきた。子供は無条件に、親の期待に応えようとする。特に小さい頃は、親を喜ばせたいと願うし、落胆させたくないと必死になる。それが叶《かな》わないと、嘘をつく子もいる。悌子はだから、ただ自分が懸命に生きている姿を見せればいいと信じてきたのだ。

けれど、それが正しかったのかはわからない。親である以上、子供と自分の人生を切り離して、傍観者でいることは難しかった。

「俺はさ、清太に対して、教えてやろう、施してやろう、導いてやろう、って気が、いつの間にか強くなってたんだよね。自分の得意なものを押しつけてた気もする。清太が得意なもの、好きなものに、ちっとも歩み寄ってなかった気がしてさ。まぁ、野球は体力的に難しそうだけど、キャッチボールくらいはさ。清太の、野球と向き合う気持ちがちょっとくらいわかりゃあいいな、っていうかさ」

権蔵は、へへへっと照れ臭そうに笑った。

「お父さんが聞いたら、きっと感心するわね」

不意に富枝が言った。

「親父が？」

「そう。あの人、不器用だったでしょ。子供たちを抑えつけることしかできなくて。今の権蔵の言葉を聞いたら驚くはずよ。不思議ね、子供って。親が教えてないことも、自分で学び取っていくのよね」

富枝の言葉が、悌子の気持ちを軽くした。

「よしっ、やりましょう、キャッチボール」

悌子は勢いよく手を叩く。

「明日から毎日練習して、清太が帰ってくるまでに遠投までいけるようにしときましょう。清太、きっとびっくりしますよ」

「え……毎日？」

権蔵はたちまち及び腰になる。仕事で東京に出ないといけない日もあるし、片付けないとならない原稿が溜《た》まっている日もあるから、と先程までの意欲はどこへやら、逃げ口上を並べはじめた。

「練習っていうのは毎日やらないとダメなんです。体は正直で、一日休むと三日くらい後戻りしちゃいますから。勉強は一度覚えたらそうそう忘れないですよね。例えば九九は毎日唱えないと忘れていくってことはないですけど、体って積み重ねていかないと言うこと聞いてくれないんです」

槍投げ選手だった頃、悌子は幾度も、練習でできていたことが試合でできない、という理不尽に見舞われた。あんなに練習したのに、と地団駄踏んだことも少なくない。一度完璧な投擲《とうてき》ができれば完成、というわけにはいかないのだ。努力は必ずしも実を結ぶとはいえないが、それでも、毎日繰り返して技術を培っていくしかないのである。

「権蔵から言い出したことよ。悌子さんの指導に従いなさいな」

富枝が厳しい顔で命じる。

「朝の三十分でもいいんです。とにかく毎日続けることが大事です」

悌子も重ねて促すと、権蔵は眉を八の字にし、うなだれるようにうなずいた。

練習は早速翌朝からはじまった。里芋畑脇の農道で、清太が小学生時分に使っていた六助の軟式球を借り、まずは近距離から投げ合ってみたのだが、権蔵が右手で投げると同時に右足を踏み出したのを見て、震撼《しんかん》した。

——これは、どこからどう教えれば……。

悌子は動じながらも、手取り足取り、投げる動作を叩き込むしかなかった。時に、二人羽織のよ

うに後ろから権蔵の両腕をつかみ、

「もっと大きく足を踏み込むっ」

と、手が塞《ふさ》がっているので片足で権蔵の左足をぐいっと前に押し出すようなことまでした。近所の農家の人たちが、畑仕事をしながら物珍しげにこちらを見ている。

＊

体中が痛い。寝返りを打つのすら一苦労だ。そこまでの本格的な指導を、権蔵は望んでいなかった。清太と軽くキャッチボールができればな、という程度のことだったのだ。

「俺、プロになろうってんじゃないんだぜ」

思い余って悌子に言っても、

「もちろんです。これでプロに行けるはずなんかないですよ。そもそも、今教えていることは基本でしかないんですから」

そうののしられて終《しま》いだった。貝殻骨から右腕、腹筋、脇腹、左尻《しり》、腿《もも》の裏までひどく痛むのに耐えながら、

——清太は毎日、これ以上の練習を積み重ねてきたんだな。

と痛感し、何年もうんざりするほど練習してきて、なおも野球に夢中でいられる我が子の忍耐力にうなった。清太は途方もなく野球が好きなのだ。けっして、これを取り上げるようなことになってはならない。

悌子が学校に行っている間、茶の間で仕事をしていると、ひょっこり茂生が訪ねてきた。時計を見ると、一時過ぎだ。

「もう学校終わりか。早《はえ》ぇな」

「僕は部活に入ってないからね。それに、もうすぐ期末考査だから帰って勉強しないと」

茂生は中学三年だから来年早々に受験を控えている。成績は学年で一、二位を争っているとかで、

「茂生の成績なら、どこでも入れるよ」と、清太が以前うれしそうに言っていたのだ。

「伯父さんが伯母さんから虐待を受けてるって友達から聞いたけど、大丈夫？」

「え、俺が？　まさか」

と訝《いぶか》ったものの、あの投球練習を見れば、折檻《せっかん》でも受けていると勘違いされても仕方ない。後ろから羽交い締めにされ、足を思い切り蹴《け》られているのだ。

「僕の友達、そこの里芋農家の息子なんだよね。一応、くれぐれも内密にしといてくれって、お願いはしたけど」

「内密って……それじゃほんとに俺が虐待を受けてるみたいじゃねぇか」

抗弁したが、投球練習のことは清太に隠しておきたかったから、権蔵はそれ以上語るのをよした。

「清太はどうしてる？　居候させてもらって、すまねぇな」

「元気にしてるよ。野球もね、とりあえず三年生の引退試合までは続けるって。主将がやめさせてくれないみたいだよ」

野球部の主将は、一度一緒に街頭テレビの野球中継を観に行った熊田孝二郎だ。彼が引き留めてくれたのか、と権蔵は安堵《あんど》する。

「八月頭に、その引退試合っていうか公式戦があるみたいなんだよね。伯父さん、応援に行ったらどう？　いい機会だと思うよ」

小学校の頃まではたまに試合を観に行ったが、中学にもなって部活動に親がしゃしゃり出るのもどうか、と近頃は遠ざかっていた。悌子も入部時に顧問の先生に挨拶に行って以来、父母が口を出すと先生もやりにくいでしょうから、と遠慮している。

「そうだな。お悌と一緒に行こうかな」

茂生は台所に入り、勝手に麦茶をついで茶の間に戻ると、のんびりした口調で言った。

「うちの両親はさ、音楽に興味ないし、学生時代勉強熱心だったわけじゃないだろ。僕とは似てるとこがないんだよね。僕、拾われたのかなって疑ってた時期もあったんだ」

そういえば茂生は、小さい頃から出生の疑問をよく口にしていた。

「でもさ、長嶋茂雄が登場してさ、友達から、同じ『しげお』なのに野球が下手だ、って馬鹿にされて、そのたび『僕の字は茂に生きるの生だ』って返してたのね。生きる、生きるって何度も繰り返すうちにさ、親が僕に託したものを感じたんだよね。僕が生まれたのって、戦中、父さんが兵隊に行ってる間のことだろ？　ひどい世の中だけど生き抜いてほしいって、母さんは思ったんじゃないかな、って。そしたら、似てるとか似てないとか、どうでもよくなったんだよね。もうさ、その思いだけで十分っていうかさ」

あとは自分で責任を持って、ただ生きていけばいい、と茂生は悟ったという。

「清太もさ、きっとそのうちどうでもよくなるよ。誰から受け継いだとか、そういうのはさ。だいたい今のエースの座は、清太自身が努力してつかんだものだしさ」

そういや昔、悌子と「形は生めども心は生まぬ」なんて話をしたな、と権蔵は思い出す。清太は神代神に似ているのだろうが、今の清太は清太自身が作ってきたものなのだ。

「僕、長らくFコードに挑んでてさ、指の短さをカバーする方法を見付けたんだ。Fって一弦から六弦までの1フレットを全部押さえるんだけど、最初はうまく音が出なくて。でも一弦だけ押さえても近い音が出たんだ」

茂生が急にギターの話をはじめたから、権蔵は首を傾《かし》げる。

「そうやって騙《だま》し騙し弾いてるうちに、自然と1フレットを全部押さえられるようになってきたんだよね」

茂生は、左手の指でFを押さえる形を作って見せた。なんでもそうかもしれないな、と権蔵は思う。投球も、仕事も、家族も。はじめからきれいな形が作れるはずもないのだ。少しずつ慣れて積み上げて、ようやくそれなりの形になっていくのだろう。実子でも養子でも、それは変わりない。そもそも夫婦だって、もとは赤の他人なのだから。

「お前も大人になったね」

どういうつもりで茂生がFコードの話をしたのか測りかねたが、権蔵はそう言って、いっちょ前に前髪をプレスリー風に形作っている茂生の頭を軽く小突いた。

「僕はギターを手に入れられてよかったよ。今年さ、長嶋茂雄が巨人に入団して公式戦デビューを果たしたろ？　学校でも男子はみんなその話だよ。僕が母さんに言われるがまま無理して野球を続けてたら、どんな目に遭ったか……想像するだけでもゾッとするよ」

茂生は大きく身震いし、

「伯父さんがギターを融通してくれたおかげで、健やかな中学生活になったよ」

と、しみじみとうなずいた。

ちょうど母が買い物から帰り、ようかんがあるというので三人でおやつにし、茂生が「帰る」と立ち上がったから表まで送った。

「試合のこと、知らせてくれてありがとな。あと、清太にさ、いつでも帰ってこいって伝えてくれな」

権蔵が頼むと、

「『いつでも帰ってこい、お前の家はここだけなんだぞ』って伝えとく」

茂生は勝手に言葉を加えて、歯を見せた。

「母さんも行こうよ、清太の試合」

茶の間に戻って誘うと、母は顔をほころばせてうなずいた。

「きっと勝つよ。清太が投げるからな」

「勝たなくたっていいわよ。清太が野球をやってるっていうだけで十分」

「でも負けてほしくもないだろ？」

「そりゃそうよ。負けて清太が悲しむのを見るのはつらいもの。でも、勝とうが負けようが私の孫よ。どんな道を行こうが、あなたが私の息子ってことに変わりがないのと同じでね。そのくらいの構えでなきゃ、親なんてやってられないわよ」

母は、うふふっといたずらっぽく笑った。

五

孝二郎の引退試合までは部活を続けよう、そう決めたけれど、野球をやるのはやっぱり心苦しかった。でも厄介なことに、それ以上に喜びが大きいのだ。腕を振り抜く瞬間の、全身がぎゅっと絞られる気持ちよさ。狙った通りの制球ができたときの達成感。土の感触も照りつける陽も、仲間の掛け声も、野球をしているすべての瞬間が、清太はどうやっても大好きなままだった。

球は去年よりはるかに速くなり、カーブも少し投げられるようになった。まだ体ができていない年齢だから変化球はほどほどにな、と顧問の先生から言われていたが、父さんからもらったルールブックを眺めるうちに、どうしても試したくなったのだ。

「カーブで制球がうまくいくようになったら、俺たち怖いものなしだな」

と、孝二郎は嬉々《きき》として言う。

「公式戦に登録してる葛飾中《かつしかちゅう》は強打者揃いっていうから、試してもいいかもな」

清太は毎日日が暮れるまで、孝二郎相手に投球練習を続けた。おかげで練習着は真っ黒に汚れてしまい、さすがに朝子叔母《おば》さんに洗濯してもらうのは申し訳ないから、幾度も「自分でやるよ」と断ったのだけれど、

「洗濯機を買ったんだから、どんどん使わないと損よ。こちとら清水《きよみず》の舞台から飛び降りるつもりで大枚叩《はた》いたのよ。元とらなきゃ」

と、叔母さんは鼻息荒く返すだけだった。それでも泥だけは落として洗濯に出そうと、清太は夜

の内に盥《たらい》を持ち出し、表で水洗いする。泥水を捨てていたら、ケイ婆さんが団扇《うちわ》を手に出てきて、店の前の縁台に座った。

「毎日毎日ご苦労だね」

いかめしい顔をこちらに向ける。

「そろそろ帰っちゃどうだね。いつまでも臍《へそ》を曲げてないでさ」

「別に、臍を曲げてるわけじゃないよ」

ケイ婆さんにとっては、こんな一大事も、ちっぽけでくだらないことに見えているのだろうと、清太は思わずムッとなる。すると彼女は、縁台の隣を、その節くれ立った人差し指でトントンとついた。清太は仕方なく、濡《ぬ》れた手をズボンで拭《ふ》きながら隣に座る。ケイ婆さんは店の中を覗《のぞ》き込み、叔父《おじ》さんや叔母さんが奥の座敷に上がったのを確かめてから、声を潜めた。

「あたしはね、茂樹に嘘をついている」

それから清太を見やり、不敵に笑った。

茂樹叔父さんがケイ婆さんのお腹にいるときに、叔父さんの実の父親は突然いなくなってしまったのだという。

「しかも他所《よそ》の女と駆け落ちしたんだ」

いきなり大人の話になったから、清太は赤面してうつむいた。茂樹叔父さんは父親を知らずに育ったと聞いたことはあったけれど、確か仕事の都合かなにかで仕方なく離ればなれになったと言っていた気がする。

「考えてみれば、ろくでなしだよね。あれの父親は、茂樹を抱こうともしないで消えたんだから。

でも茂樹にはね、あんたの父親は理由《わけ》あって離れたけど、あんたを心底かわいがって大事に想ってたって伝えてきたんだ」

「……それが、嘘？」

「そう。そのほうが茂樹にはいいはずだからね。どうせ、あれの父親は戻ってこないだろうから、バレるはずもないしさ」

それで叔父さんは、あんなに明るくて楽しい大人になったのかな、と清太は思う。

「あんたの実の父親が戦死したのは、本当のことだ。実の母親が婚家に留《とど》まるために、あんたを手放すよりなかったのも本当のこと。あんたはそれを、今の両親が隠して、嘘をついてたことも嫌なんだろ」

他にもいろんな気持ちがあるけれど、自分と両親との間に嘘が挟まっていたのもつらかったのだと、清太はこのとき気付いた。

「だけどね、ひとつも嘘をついていない親なんて、この世にはいないよ。みんな、子供を守るための嘘をついてる。子供が健やかにいられるように、ってね。もっとも時にそれは、独りよがりだったり、見当違いだったりもするんだけどさ、でもそこにある心は、やっぱり子供を想ってのことなんだよ」

果てしなくやさしい声だった。ケイ婆さんのこんな声を聞いたのは初めてだった。けれどそれは一瞬のことで、すぐに、

「それにしてもあんたの育ての親は、まったく物好きだよ。目に入れても痛くないって様子で、ずっとあんたをかわいがって育てたさ。あたしなんざ、他所《よそ》の子にゃびた一文出したくないけどね」

と、いつもの毒舌を繰り出した。

「だから早くお帰りよ。あんたを一番大事に想ってんのは、世界広しといえども、あのふたりなんだからさ」

ケイ婆さんは放るように言ってから、

「今の話、茂樹には、それから智栄や茂生にも言うんじゃないよ」

と、鋭い目で釘《くぎ》を刺した。


ともかく今は試合のことだけ考えようと、清太は決めた。

ケイ婆さんの話は胸にすとんと落ちたけれど、だからといって、万事せいせいして家に帰れるほどに気持ちを切り替えるのは、すぐには難しかった。野球をしているときは、一球に集中しないと満足なプレーができないから、自然と悩みも霧散する。だから清太は、これまで以上に練習に打ち込んだのだ。

茂生に勉強を教えてもらったおかげで期末考査の結果も思いのほかよく、八月頭に行われる公立中学校東京大会に合わせて、投げ込みを重ねていった。

「今回の参加は三十二校。総当たりではなく勝ち抜きで試合を行う。球場は幸い、ここから歩いていける小金井緑地。日程は四日間で決勝までいけば五試合をこなすことになる」

夏休みに入ってすぐの練習終わりに、孝二郎が部員に告げた。

「今から、先発選手を守備位置ごとに伝えるから、呼ばれた者は心しておくように」

野球部員は総勢二十八人。顧問の先生もついてはいるが、野球にはさほど通じておらず、孝二郎が選手兼監督といった役目を担っている。次々と選手名が読み上げられ、捕手孝二郎に続き、投手清太の名が呼ばれた。

「今、名前がなかった者も、いつ出番があるかわからんから調整しておくように」

孝二郎の言葉に、

「清太頼みにならないように、打線も繋《つな》げていこうな」

と、他の三年生が呼び掛け、部員たちが一斉に「おう！」と頼もしい声をあげた。

清太の内に、今まで覚えたことのない、荒ぶるような闘志がどっと湧き出した。

――絶対に優勝したい。

このときはっきり、中津川清太として誰にも負けない投球をしたい、という猛烈な希求を覚えたのだ。野球に惹《ひ》かれて夢中になって、休まず取り組んできたのは、間違いなく清太の素直な心だった。自分の中に、かつての名投手だった「神代清一」の想いが棲《す》んでいて、そうさせたのかもしれないと思えば複雑だったけれど、心に嘘をつかなければ自分は自分でいられるはずだと信じた。

翌日には、大会主催者からの組み合わせ表が届いた。強豪校として知られるのは二校。葛飾中と杉並中《すぎなみちゅう》だ。梶野中は、順当に勝ち進めば、決勝でどちらかと当たる。

「連投になるが、頼むぞ」

孝二郎が力強く言った。

試合当日は晴天の上、朝から気温が高く、軽く肩慣らしのキャッチボールをした段階で、汗が噴き出すほどだった。

小金井緑地には球場が二面作られており、二試合同時に行う進行だ。梶野中は初日一試合、勝てば翌日一試合、三日目二試合をこなすこととなる。四日目は決勝戦だ。

試合前にマウンドに手で触れる。土に粘りはあるが、普段練習している校庭よりだいぶ足場は柔らかい。少し投げにくいかもな、と心配したが、試合がはじまってしまえば手こずることなく、清太の速球に合わせられる打者も現れなかった。一、二回戦を完封で勝利し、翌々日の三回戦は一失点したものの、四回戦は抑え、打線もうまく繋がったため、いずれもコールド勝ち。拍子抜けするほどあっさりと、決勝まで駒を進めたのである。

「杉並中、負けたって。決勝は葛飾中だな」

隣の球場の試合を偵察に行っていた部員が、口々に報告をはじめる。

「三番、四番、五番がやたら打つんだよ。毎試合大量得点で勝ってるってさ」

「なに食ってんだか、やたらでかいもんな。俺たちと同じ、戦中生まれの癖によ」

「大丈夫だよ。こっちには清太がいるさ」

そうだそうだと唱える部員たちを、孝二郎が制した。

「清太は、連投で疲れが溜《た》まってる。いいか、守備の失策を防ぐこと。無駄な点はやっちゃいかん。特に外野は抜かれんよう、打者によって守備位置を細かに変えろよ」

はい、と部員たちは顔を引き締めた。

この日は、翌日の決勝に備えて三時過ぎに解散となった。入道雲が盛り上がっている。綿あめだったらかなり嚙《か》み応《ごた》えがありそうだな、と見上げながら球場を出たところで、

「よっ、名投手!」

不意に声が掛かった。智栄である。

「観に来てくれたの？」

「うん。伯父《おじ》さんと伯母《おば》さんと、富枝お祖母《ばあ》ちゃんと一緒にね」

そう聞いて、清太は息を呑《の》んだ。急いであたりを見回す。

「一足先に帰ったわよ。清太は試合に集中したいだろうから、今日は話し掛けるのをやめておくってさ。昨日は伯父さんたち、仕事で来られないっていうから今日にしたのよ。明日ももちろん応援に来るって」

清太は、どんな顔をしたらいいか惑って、曖昧《あいまい》な笑みを浮かべる。

「茂生は来なかったの？」

動揺をごまかすために訊《き》いた。

「あいつったらさ、野球には苦い思い出しかないから試合を観るだけで動悸《どうき》がする、とかなんとか言って逃げたのよ。まったく」

清太は吹き出した。

「どうやっても苦手だったからな」

「伯母さんね、清太が投手としてよくここまで成長した、って感動してたよ。よっぽど工夫と研究と練習を重ねたんだろうって」

清太は応えあぐね、黙って歩を進める。部員たちと別れて、雑木林の小径《こみち》に入ると、

「あ、カタバミ。少し摘んでこうかな」

と、智栄が道端にしゃがみ込んだ。

「こう暑いとさ、さっぱりしたものが食べたくて。これ、酸っぱくておいしいのよ」

戦中によく食べていたせいか、いまだに好きなの、と彼女は付け足した。

「前に、花言葉の本を読んでたらね、カタバミも載ってて驚いちゃった。雑草なのに」

「へぇ。花言葉なんてあるんだ」

「カタバミの花言葉、なんだと思う？」

「……さぁ。花言葉自体よく知らないから」

智栄は両手に余るほど草を摘んで立ち上がると、いたずらっぽく笑った。

「『母の優しさ』『輝く心』なんだって」

清太は、カタバミの束に目を落とす。

「意外だよね、こんな小さな花なのに、そんな立派な意味があるなんてね」

智栄は歩き出し、ふと思いついたように、

「あたしね、自分の長所は自力で身につけたってことにしちゃってるの。それで短所は、まわりの大人たちに影響された、って言い訳に使ってんのよ。実際、乱暴なところなんて、母さんそっくりでしょ」

と、肩をすくめる。

「きっと一緒にいるから伝染《うつ》るのよ。生物的な話じゃないのよね。たまに鬱陶《うっとう》しいけど、今は似た人が近くにいて安心する。その欠点が、自分だけのものじゃないっていうかさ」

智栄は一緒に摘んだサルビアの花の蜜《みつ》を吸って、

「家族って、変な集合体よね」

そう言うと、大口を開けて笑った。

清太は下宿に帰ってすぐ銭湯へ行き、夕飯を食べるや、早々に寝支度をはじめた。背番号のついたユニフォームは一枚きりで、試合が連日になると洗濯する間がないから、埃《ほこり》だけ払って窓辺に吊《つる》しておく。汗が乾けばそれでよし、なのだ。

「しかし、ひどいにおいだね」

肘《ひじ》掛け窓に座って、茂生が顔をしかめる。

「すまない。あと一晩だから辛抱してくれ」

清太が詫《わ》びると、彼は鼻をつまんで、ユニフォームに語りかけるように言った。

「僕も明日は応援に行こうかな。清太の晴れ舞台だもんな。伯父さんたちと一緒なら、そこそこ楽しんで観戦できそうだしな」

「うん。必ず優勝するから来てくれよ」

清太は力強く返し、しばらく口ごもってから、思い切って言った。

「僕、明日の試合が終わったら、家に帰ろうと思う」

茂生は目を瞠《みは》り、

「そうか。その気になったか」

と、安心したふうにうなずいた。

「まだ、頭の中の整理はついてないんだけど、ずっとここにいるわけにもいかないし、茂生も受験勉強しないとならないだろ」

「別に僕に気を遣うことはないよ。けど、やっぱり伯父さんと伯母さんと一緒にいたほうがいいと思う。そのほうが、清太は自分の気持ちがはっきりわかってくると思うよ」

茂生にそう諭された途端、どんな顔をして帰ればいいんだろう、と不安がのしかかってきた。父さんや母さんのひどく戸惑った顔が想像できて、胸苦しくもなった。でもこれ以上、逃げ続けるわけにはいかない。

「明日優勝してさ、うちから凱旋《がいせん》帰宅すればいいよ。僕がギターで行進曲を弾いてやる」

「やめてよ、恥ずかしい」

「いや、こういうのは大袈裟《おおげさ》なくらいにやったほうがいいんだぜ。清太のテーマソング、考えとこうかな。ほら、清太と一緒にいるとさ、僕も注目されるから役得なんだよ」

冗談めかして茂生は言い、ギターを手にとって激しくかき鳴らした。

「うるさいよっ。明日決勝なんだから、早く寝なっ！」

階下から朝子叔母さんの怒鳴り声が聞こえた。「相変わらず乱暴だな」と、茂生がぼやく。清太は、昼間の智栄の言葉を思い出して、少し心がほぐれた。「おやすみ」と茂生に言うと、勢いよく夏掛けをかぶった。


大会四日目も朝から快晴だった。清太たちが小金井緑地に着いたときにはすでに、葛飾中は準備運動をはじめていた。

「遠くから来てるのに、気合い入ってんな」

孝二郎が肩に力を込めて言い、

「絶対負けんぞっ」

と、部員たちに活を入れる。一斉に「おうっ！」と雄叫《おたけ》びがあがる。ざっと見たところ、葛飾中は噂通り立派な体格の部員が多かった。

——当たったら飛びそうだな。

清太は危ぶみ、

——いや、絶対打ち取ってやる。

と、拳《こぶし》を握った。今朝、茂生の部屋を出るときまでは、観戦に来る父さんや母さんになんて声を掛けよう、と緊張もしたが、球場に入ってしまえば清太の頭にはもう、試合に勝つことしかなくなっていた。

「清太、あの木陰で投球練習しよう」

孝二郎は、葛飾中からは死角になりそうな緑地隅まで清太を誘《いざな》った。

「向こうは清太の投球練習に合わせて素振りをするだろうからさ。試合まで、なるべく見られないようにしとこう」

これまでは堂々と投球練習をしてきたが、葛飾中の打力があれば、清太の速球でも目を慣らしてタイミングを合わせてくるだろうと孝二郎は警戒しているのだ。

「カーブを試してみようかな」

今までの四試合は直球だけで簡単に打ち取れたが、毎試合大量得点で勝ち進んでいる葛飾中には、緩急つけた投球を組み立てていかないと、回が進んだ段階で捉えられないとも限らない。

「連投で疲れてるだろ。無理はするなよ」

「大丈夫。遠慮無くサインを出していいよ。難しそうなら首を振るから」

肩の調子は悪くなかった。球も走っているし、制球も申し分ない。

「わかった。俺たち、甲子園に行くんだから、こんなとこで負けてられないもんな」

孝二郎が念を押すように言った。「とりあえずこの公式戦までは野球を続けるけど、その先はわからない」と清太が伝えているからだろう。今の段階でも、まだなんの決心もついていなかったけれど、試合前に孝二郎の気持ちに靄《もや》を作りたくはなかったから、

「うん、そうだな。絶対勝とうな」

清太はできる限りの明るい顔で応えた。

拳でグラブを叩《たた》いて、革をならす。

体中に力が漲《みなぎ》っていく。

初回から清太の球は走っていた。葛飾中の主軸も、かすらせることさえなく打ち取っていった。

一方で、相手投手も速さこそないが、打たせて取る巧みな制球で、梶野中も得点にはなかなか繋げられない。

「芯《しん》に当てたはずなのに、凡打になる」

部員たちは一様に首を傾《かし》げたが、相手投手は変化球を投げているわけではなく、少々癖のあるフォームのせいで、投球におのずと微妙な変化がついているのだろうと清太は見た。なかなか内野を抜けないから、セーフティバントで揺さぶりも掛けてみたが、相手の守備は鉄壁で軽々とアウトにされる。

「とにかく外野まで飛ばさんと話にならん。思い切り振っていけ」

孝二郎は攻撃に移るたびに声をあげたが、打線はうまく繋がらず、五回までゼロの続く拮抗《きっこう》した試合になった。

回が進むにつれ、相手の三、四、五番は、少しずつ清太の直球に目が慣れはじめたようだった。六回裏、三番の打ったファウルが真後ろに飛んだのを見て、清太は孝二郎に向かってうなずいてみせたのだ。孝二郎がこちらの意を察してカーブのサインを出す。

清太はグラブの中で、ボールの握りを変えた。試合ではじめて投げる球だ。直球と違って、制球に今ひとつ自信がない。が、走者がいない今なら試せるだろう。

――甲子園に行きたい。

耳のずっと奥に、叫び声を聞いた。孝二郎の呼びかけでも、「神代清一」の願いでもない、自分の心の奥底から湧いた声だということが、このとき清太にははっきりわかった。

たんまり息を吸い込んで、振りかぶる。左足を大きく踏み込み、腕を思い切り振り抜く。球の軌道を目で追う。グゥンとうなりながら大きく左に落ちたのが清太には見えた。

バットが鋭く出た。が、それは球の軌道とは隔たったところで、空《くう》を切った。バスッと孝二郎のミットが鳴る。外に流れていく球に引っ張られるようにして、孝二郎は片膝《ひざ》をついた。バッターが、狐につままれたような顔で、ミットを見詰めている。

「ナイスピッチ！」

味方から一斉に声があがり、球場を埋めた観客からも、どよめきが起こった。

清太は表情を変えない。試合はまだ続くのだ。ただこれは、父さんがくれた本で学んで会得した変化球なんだ、という誇らしい気持ちでいっぱいになっていた。

直球にカーブを織り交ぜ、七回までは相手打線を沈黙させることができた。八回表に清太が単打で出塁し、続く孝二郎が左中間に大きな打球を放った。二塁を回ったところで、

「抜けたっ！　ホームまで来い！」

ベンチから部員たちが呼ぶのが見えた。清太は全力で走る。三塁ベースを蹴《け》ったとき、センターが追いつき、バックホームしようとしているのが目の端に映った。コーチャーは腕を回している。ギリギリだけど、きっといける。肩を守るために、足からホームにスライディングした。ワンバウンドしたボールが、捕手のミットに収まるのが見えた。腿《もも》のあたりを思うさまミットで叩かれる。土煙がもうもうと上がった。

清太は、自分の左足が相手捕手の股《また》の間を抜けて、かろうじてホームベースに届いているのを確かめた。が、タッチとどちらが早かったか、判断はつかない。主審を見上げる。球場は、水を打ったように静まっている。

刹那《せつな》、主審が大きく両腕を横に引いた。

「セーフ！」

ワァッと歓声があがる。一点先制だ。清太は安堵《あんど》と歓喜を飲み込んで、冷静に立ち上がった。その場に落ちていた相手捕手のマスクを拾い、土を払って手渡した。

そのときだ。左の股関節《こかんせつ》に鈍い痛みが走ったのだ。ひやり、と背筋が震えた。

ゆっくりベンチに戻りながら、足の感触を確かめる。今まで覚えたことのない、違和感があった。

「いい走塁だったぜ、清太」

ベンチの部員たちが拳を振り上げる。清太も笑顔でそれに応える。けれど内心は、激しく波打っていた。続投できるだろうか。控えの投手はふたり。ただ、どちらもどうにかストライクが入るという程度だ。葛飾中の強力打線は、とても抑えられないだろう。

軽く投げる動作をしてみる。痛みはさほどでもないが、やはり、左足が微妙に踏ん張れない気がした。三塁ベース上の孝二郎が、

「もう一点取るぞー」

と、バッターに向けて声を張っている。

——孝二郎の引退試合だ。優勝しなきゃいけない。

清太は、自分に言い聞かせる。

——父さんや母さんと笑って会うためにも、中津川清太として優勝するんだ。

神に祈るように拳で額を支え、清太は一心に念じた。

*

「足、やった」

試合を観ていた悌子が、うめいた。

「足？　やった、ってなにが？」

隣にいた権蔵は、意味がわからず訊く。

「たぶんですけど、膝か股関節を痛めたと思います。今のスライディングで」

午前中とはいえ、おそらく三十度近い炎天下だ。悌子のこめかみを汗が間断なく伝っている。長時間太陽の下で過ごすことなく生きてきた権蔵は、連日の観戦ですでにへとへとだったが、母も日傘をさして頑張って観ているし、智栄や茂生も付き合うと言ってくれたし、なにより清太が連投し

ていることもあって、たかが試合を観ただけで疲れたとは、口が裂けても言えなかった。

「俺には、どこも変わった様子はないように見えるけどな」

智栄も「普通に歩いてるじゃない、清太」と首を傾《かし》げ、茂生が「いや、伯母さんは槍投《やりな》げ選手だったから、僕らの見えないところまでわかるのかもしれないよ」と、神妙な面持ちで言い添えた。

「少しだけ歩き方に遠慮が出たんです。立ち上がってから少ししゃがんだとき、おかしいと気付いたみたい。左足だったら、投げるときに踏み込むほうの足ですから……」

悌子は手を強く揉《も》み合わせている。母が、不安げに伸び上がって清太を見詰める。

八回表は、孝二郎を三塁に置きながらも、その後の二者が凡退し、一点止まりになった。清太が交代することなく八回裏のマウンドに登ったのを見て、やはり悌子の見間違いだったのではないかと権蔵は胸をなで下ろしたのだが、その投球内容が、七回までと違ってどこか精彩を欠いているようなのは、野球に不案内な権蔵にも一目瞭然《りょうぜん》だった。

「もし故障だったら、このまま投げさせるのはよくないです。清太の夢は甲子園に出ることだから、今、無理をすると選手生命に関わるかもしれませんし」

悌子は言って、唇を嚙《か》んだ。彼女自身も故障で槍投げを諦《あきら》めているから、そのつらさは痛いほどわかるのだろう。

「僕が口出すことじゃないけど」

茂生が、遠慮がちにこちらを見上げた。

「清太は投げ切りたいと思う。今日勝って、家に帰るって言ってたからさ」

権蔵は「えっ」と喉《のど》を鳴らす。悌子もまた、息を詰めて茂生に向いた。

「清太がそう言ったの？」

悌子が訊き、茂生がうなずいた。

「ほんとは黙ってようかと思ったけど、伯父さんと伯母さんも心の準備が必要だろ？」

「またあんた、余計なこと言って」

智栄が軽く茂生を小突く。

「投げさせてやろう。清太の気の済むまでやらせようよ」

権蔵は、エースの風格を十二分に身につけている清太に目を戻してつぶやいた。

「この試合は、清太が自分の気持ちを確認するためのものかもしれないし」

悌子は不安の拭《ぬぐ》い切れない顔をしている。

「きっと投げることで、自分が本当はどうしたいか、あいつは知ろうとしてるんだよ」

その言葉を咀嚼《そしやく》するようにうなずいてから悌子は、球場の清太へと向き直った。

「……そうですね。きっとこれは、そういう試合なんでしょうね」

智栄が興味深げに権蔵たちを見やって、

「伯母さんも伯父さんも、清太のことなら、なんでもわかっちゃうのね」

と笑った。悌子が胸を張って、

「親だもの。当然よ」

そう応えた横顔を権蔵は誇らしく見守る。

清太は八回裏をそれでもなんとか零点に抑えた。九回表、追加点が欲しかったが、梶野中の打線は下位、三者凡退に終わった。

「九回裏だ。ここを抑えれば、優勝だ」

権蔵の身がおのずと硬くなる。智栄は、「お祖母ちゃん、日陰に行こう」と、さっきから幾度となく気遣っていたが、「大丈夫。日傘があるし、清太が頑張ってるんだから私も頑張るわ」と、母は頑としてその場を動かずにいる。

葛飾中の打順は一番からだ。

「ひとりでも塁に出すと、四番に回っちゃうから、清太抑えろよー」

茂生が唱えたあとは、もう誰も口を開かなかった。清太の怪我の具合は心配だが、悌子も母も権蔵も、ただただ清太が納得いく試合になるよう一心に念じるしかなかったのだ。

権蔵の脳裏に、なぜか小さかった頃の清太が浮かんだ。はじめて権蔵によちよち歩み寄って、ぺたりと体を預けてきた感触が甦《よみがえ》る。「おとちゃん、これなに?」と逐一訊いてくるときの真っ赤なほっぺたや、権蔵の土産に「おいしねー」と微笑む顔や——。

今の清太は、もうすぐ権蔵の背丈を超えそうなほど大きくなった。

「大丈夫だ」

権蔵はつぶやいて、奥歯を嚙んだ。

*

踏み込むたびに、股関節に痛みが走る。八回はなんとか抑えたが、この最終回、一人目を三塁ゴロに打ち取ったところで、腿にうまく力が込められないような妙な感覚に陥った。孝二郎が、タイムをかけてマウンドに来る。

「清太、大丈夫か？」

口元をミットで隠してささやいた。

「ん？　なにが？」

清太はとぼけた。ともかくあとふたり。ここを抑えれば優勝だ。孝二郎がジッとこちらを見澄ます。きっと足の踏ん張りが利かないことに気付いている。フォームも変わっているだろうし、球威も落ちているのだ。

「無理だけはするなよ。俺たちの野球人生はこれからも長く続くんだからな」

「そうだな。甲子園に行くんだもんな」

清太は明るく応えて、孝二郎の肩をグラブで軽く叩いた。彼はまだなにか言いたそうにしていたが、「頼むぜ」と、声を残して守備位置に戻った。

葛飾中の上位打線は直球に合わせてきつつあったから、今の球威では打ち取れないだろう。カーブを使うしかない。

清太は孝二郎に向け、右手首をキュッとひねって見せた。彼はそれで察して、外角へのカーブのサインを出した。

うなずいて、大きく振りかぶる。下半身の弱さを上半身で補うつもりだった。が、投げた球の曲がりが弱い。しまった、と思った刹那、カーンと甲高い音が響き、打球が三遊間を抜けた。葛飾中の応援がワッと沸く。はじめて清太から、ヒットらしいヒットを放てたのだ。

「続け、続けー！」

ベンチの全員が立ち上がり、声を張りあげている。それを遮るように、

「ワンアウトー!」

と、孝二郎が大声を出す。内野が続いて人差し指を高々と掲げ、「ワンアウトー」と外野に送る。

清太はグラブを拳で叩く。三番バッターへの初球は、直球のサインが出た。うなずいて、内角ギリギリに投げ込む。一球見送りでストライク。二球目も直球で外角高めのサインだ。足の付け根がジンジンうなる。唇を噛み、腕を振り抜いた。打者が引っかけ、三遊間に転がる。サードが追いつき、二塁で刺すという好プレーを見せた。これでツーアウト一塁。あとひとりだ。

葛飾中四番打者が、打席に向かって悠然と歩いてくる。その体は、これまでよりも一段と大きく見えた。いつもの清太なら平常心を保てたはずだが、あとひとりと思えば全身が硬くなる。内角低めに攻めた球が甘く入って、右中間に長打を許してしまった。結果、ツーアウト、二、三塁で、五番を迎えることになったのである。

「清太、あとひとりだぜ」

孝二郎が大きな笑顔をこちらに向ける。少しだけ体のこわばりが解かれる。清太は野手のほうへ向いて、

「ツーアウトッ!」

と、大声を放つ。「ツーアウト」と仲間の声がこだまする。深呼吸して気持ちを落ち着かせ、孝二郎へと向き直る。腰を屈《かが》め、サインを見る。カーブ、外角低め。清太はうなずいて、セットポジションの構えをとる。

——必ず、抑える。

渾身《こんしん》の力で腕を振り抜く。左足の痛みはもう感じなかった。バットが出る。カーブは勢いよく曲がって、バットの先に当たった。

——よしっ、打ち取った。

二塁手の正面に転がっていく打球を見て、清太は確信する。走者ふたりは、ツーアウトだからすでに全力疾走している。二塁手がグラブを前に差し出す。

刹那、打球がまるで意思を持ったように変則的に跳ねて、二塁手の横を抜けたのだ。

「あっ！」

清太は思わず声をあげ、球場全体がワッとうなりをあげた。転々と転がる球を外野が追っていく。

「バックホームッ！」

孝二郎が叫んでいる。その間に同点のランナーが還《かえ》った。もうひとりも三塁を蹴る。センターがボールを捕って、体を弓形《ゆみなり》にしてホームに投げる。好返球だ。

「カットするなっ。そのまま来いっ」

孝二郎の声に、内野は身をかわす。球はワンバウンドして、孝二郎のミットに吸い込まれる。ランナーが頭から滑り込んだ。

——どっちだ。

ベースカバーでホームの後ろに回り込んでいた清太は、土煙の向こうを見詰める。ランナーの手はベースに届いていた。孝二郎もタッチをしている。

早かったのは、どっちだ。

孝二郎が主審を見上げる。内野陣もホームに歩み寄る。清太は、その場に打ち込まれたように立ちすくみ、息を詰める。

だが主審の両腕は、無情にも大きく横に引かれたのだ。

「セーフッ！」

歓声が沸き起こる。「サヨナラだっ！」と葛飾中の部員たちが飛び跳ねながら、ベンチから駆け出してくる。まわりの歓声が、球場をなめ回すように渦巻いている。

清太は、空を仰いだ。太陽が容赦なく照りつけている。見詰めるうち、視界が白く霞《かす》んでいった。


孝二郎の号令に促され、ホームベース前に整列して礼をしたのち、ベンチに戻った。梶野中の部員はみな、腕で目を押さえている。だが、清太はなぜか実感が湧かない。二塁を守っていた先輩が、「俺がエラーしたからだ」と泣きながら詫びてきたが、黙ってかぶりを振った。この負けの原因が自分にあることは、痛いほどにわかっていた。

「足、平気か？　清太」

孝二郎は少しも責めず気遣ってくれた。そこでようやく悔しさが湧いたが、

「ごめんな。不甲斐《ふがい》ないピッチングだった」

清太は唇を噛んでこらえた。そうして三年生の先輩たちひとりひとりに、

「引退試合なのに、申し訳ありません」

と、頭を下げて回った。みな、「清太はよくやったよ」と慰めてくれたけれど、耳が分厚い雲に覆われたみたいで、その言葉は、かすかにしか清太には届かなかった。

顧問の先生の話を呆然《ぼうぜん》と聞き、用具を片付け、球場にトンボをかけた。帰り支度を済ませて顔を

上げたとき、父さんと母さんと富枝祖母ちゃんの姿が目に映った。それから、智栄と茂生の困ったような顔も。

——凱旋帰宅、できなかったな。

清太はうなだれる。中津川清太として、勝つことができなかったな、と。

このままみんなに背を向けて、ひとりになりたい気分だったけれど、意を決して、家族の待つほうへと足を向けた。近くまでたどり着き、応援にこたえられなくてすみません、と詫びようとしたそのとき、

「清太、病院、行くよ」

先に母さんが言った。

「え?」

「足。診てもらったほうがいい」

こんな遠くからで、痛めたのがわかったのだろうか。部員たちでも気付いたのは孝二郎だけだったのに。

戸惑っていると、母さんがくるりと背中を向けてしゃがんだ。

「おんぶするから、ほら、乗って」

「えっ、いいよ。恥ずかしい。僕、中二だよ」

すると父さんが言ったのだ。

「俺だと力が足りないけど、母さんなら平気だよ。そら、おんぶしてもらいな」

他の部員たちも見ている。清太は尻込《しりご》みした。孝二郎が寄ってきて、

「先生の言う通りにするんだ。大きな故障になったら事だ。甲子園に行けなくなるぞ」

清太の背を押し、他の部員たちに、

「先に学校に帰ってろ」

と号令を掛けて、清太が家族とだけ残れるよう計らってくれた。

「こういう凱旋帰宅も悪くないよ」

茂生が言い、智栄と富枝祖母ちゃんがうなずく。清太は顔から火が出そうに恥ずかしかったけれど、思い切って母さんの背におぶさった。母さんは清太の腿を抱えると、

「んぬぅやぁーっ！」

珍妙な気合いとともに立ち上がった。

「すげぇな、お悌。ほんとに怪力だな」

父さんが、声を震わせる。

「清太、荷物は俺が持ってくよ」

孝二郎が道具類を預かってくれて、

「あとでお宅にお持ちします」

と、丁寧な言葉で母さんに言った。ありがとう、と母さんはうなずいてから力強く歩き出す。かなり重いだろうに足取りは確かで、少しも揺らぐことはなかった。

——母さんにおんぶしてもらったの、何年ぶりだろう。

もう思い出せないくらい前のことだけれど、母さんの背中は相変わらず大きくて、あったかくて、懐かしいにおいがした。

「……僕、負けちゃったよ」

そっとつぶやいた。

「そうだね」

荒い息の下から母さんが応えた。

「ごめんなさい」

「謝ることじゃないよ。いい試合だったよ」

すると、横を歩いていた父さんが言った。

「清太はいい経験をしたな」

「いい経験？」

「そうだよ。若いうちに苦い思いをするのはいいもんだよ。これで清太は、勝つってことの、ほんとの喜びがわかると思うよ」

うしろからついてきている茂生が、

「伯父さんの言う通りだよ。負けを経験するとね、人生に深みが出るんだよ」

と、得意の持論で続いた。

「清太は俺の子だから、負けるってことの意味を、ちゃんと噛みしめられるはずだぜ」

父さんも大きくうなずいた。

——……清太は俺の子。

清太は母さんの肩に顔をうずめた。涙が勝手に溢《あふ》れてきて、止まらなくなったのだ。

病院では一応レントゲンもとったけれど、骨に異状はなし。たぶん筋を違えただけだからしばらくは安静に、と医者から言われ、湿布を数枚もらった。帰りも母さんがおぶおうとするから、清太はさすがに、

「もう大丈夫だよ」

と、それを断り、ゆっくり歩いていった。

「居候も終了だね。寂しいな」

茂生はさりげなく言って、清太が家に帰りやすいよう促してくれた。

久し振りに戻った家は、少しよそよそしいように清太の目には映った。富枝祖母ちゃんが、麦茶と大きなおにぎりを運んできて、

「お疲れ様。お昼、まだでしょ」

と、清太の前に置いた。

「祖母ちゃんも試合観てくれたんだね」

「そうよ。おかげで日に焼けちゃった。ヘチマ水を作らなきゃね」

祖母ちゃんは笑って台所に戻り、茶の間は、父さんと母さんと清太の三人になった。

「ほら、食べなさい。お腹すいたでしょ」

母さんに言われ、清太はおにぎりをひとつ手にしたが、改めて父さんたちに向いて、

「僕、ここにいていいのかな」

と、確かめた。全身が絞られるように痛くなった。母さんが大きく目を見開いてから、

「当たり前じゃないっ。清太の家はここしかないのよ」

怒ったような声でそう返した。

「でも……学費とか食費とか、野球するのにもお金がたくさんかかるし」

ケイ婆さんが「他所《よそ》の子にゃびた一文出したくない」と言っていたことが、急に気になり出したのだ。

「妙なことを心配するなぁ。そんなの、子供が気にすることじゃあないんだよ」

父さんが笑い飛ばした。

「そうよ、母さんも父さんも、清太のおかげでたくさん楽しい思いができてるんだから」

試合に負けたのに？　勝手に家出したのに？　本当の子じゃないのに？　清太の中にはいろんな疑問が一斉に湧いたけれど、

「うん」

と、それをねじ伏せるようにうなずいた。

「家族っつっても、父さんも母さんも好きなことしてるしさ。だから清太も、そのまま清太の道を行けばいいんだよ」

父さんは清太の頭をくしゃくしゃなでてから、毛がしっかりしてきたから五分刈りだと手の平が痛《いて》ぇな、と笑った。

＊

清太は三日ほどで歩くのに支障がなくなり、一週間が経った頃には屈伸も楽にできるようになっ

た。孝二郎はじめ部員たちが交替でお見舞いに来てくれて、そのたび清太は平謝りといった様子で詫びていたけれど、

「そもそも清太がいなけりゃ、決勝まで駒を進めることはできなかったよ」

と、この夏で引退する先輩たちに慰められて、ようやく落ち着きを取り戻しつつある。悌子はなにも言わずにそれを見守るだけにとどめていたが、

「僕、野球は続けようと思う。この屈辱を背負ったまま終わるのは嫌だから」

清太が自ら言い出したから心底安堵した。

「そうだね。悔いがあるなら続けたほうがいいよ。納得いくまでやんなさい」

それから悌子は、しばし逡巡《しゅんじゅん》したのちに思い切って告げた。

「もし、神代清一さんのことを訊きたければ、母さんの知る範囲のことなら、なんでも話します。それと実の母親に会いたければ、いつでも岐阜に連れて行きます」

清太が家を出たあと、頭から煙が出るほど考えに考えて出した結論だった。実の親に会いたいというのなら、それを自分の感情的な理由で阻むのは清太のためによくないと思えたのだ。

清太は少し戸惑ったような顔になって、恐る恐るといった様子で訊いた。

「僕、ここにいていいんだよね？」

「もちろんよ。清太は父さんと母さんの子だからね。それは変わらないから」

清太は安心したように大きく息を吐き、

「そっか。なら、もし会いたいっていう気持ちになったらお願いするかもしれない。でも、今はまだいいや。いつか、でいい」

そう言ってごろりと寝っ転がると、まるで電池が切れたようにすやすやと寝息を立てはじめた。小さい頃のままの寝顔を見て、悌子は笑みを漏らす。静かな夏の昼下がりだった。富枝はケイ婆さんと駅前に買い物に出掛け、権蔵は仕事でラジオ局に行っている。今度、鶏田と共同執筆でラジオドラマを書くことになったとかで張り切っているのだ。

「俺、番組にはテーマが大事と思っててさ、茂生にもさんざんそう教えたんだけど、ドラマってテーマが明確すぎるとつまらねぇんだよ。人の生きてる姿ってさ、もっと細かいとこにキラキラしてるもんがあるんだよね」

最近、よくそんなことを語っている。

終戦の日の朝早く、久し振りに時任加恵から電話がかかってきた。

「悌子先生、急なんですけど今日の午後、お宅に伺ってもよろしいかしら」

加恵の行動は常に急だから悌子は驚かず、軽食を支度して待った。お盆だから権蔵も休みをとっており、清太も富枝も家にいる。

一時過ぎにやって来た加恵は、やたら目張りの濃い化粧をしていて、悌子を驚かせた。けれどそれ以上に驚いたのは、加恵の後ろからひょっこりと青年が現れたことだった。大きな体で髪を短く刈り込んだその姿をひと目見て、悌子はそれが誰だかすぐにわかった。

「啓太？　豊島啓太君でしょ？」

すると青年は目を瞠り、

「先生、すごいな。よくわかりましたね。十三年ぶりなのに」

と、すっかり大人のものとなった声で答えた。東京大空襲のあと、父親の消息が知れるまで、しばらく悌子が預かった生徒だ。

「先日ね、私、空襲で記憶をなくした青年の取材をしたんですの。彼、印刷工場に勤めてて、その上司が豊島さんでしたの。私が小金井中央国民学校で教師をしてたって話をしたら、悌子先生のお名前が出て、会いたいっておっしゃるものだから今日お連れしましたのよ」

権蔵が茶の間から出てきて、

「俺と一緒に寝起きしてた奴だろ」

言うと、啓太は泣きそうな顔になり、

「その節は本当にお世話になりました。先生と結婚したって、時任さんから伺いました。今更ですけど、おめでとうございます」

と、うやうやしく頭を下げた。

啓太は青梅の農家に身を寄せたのち、再び父親とともに赤羽に戻り、縁あって今の印刷工場に勤めた。もう七年目になるという。

「本当は先生にもっと早くお礼の手紙を書いたりすればよかったんだけど、戦争が終わってからずっと、ただもう生きるのに必死で」

啓太が申し訳なさそうに言うと、

「そいつぁみんな一緒だよ。どうにかこうにか最近ようやく形になってきたもんな」

と、権蔵が慰めた。

悌子が送り出した卒業生はまだ三期だ。近所に住む子たちが時々学校を訪ねてくることはあっても、ほとんどは大きく変わる世の中についていくのに精一杯で、昔を懐かしむ余裕はないようだった。それに、国民学校時代の教育は、懐かしく振り返るようなものではないのだろう。

「僕、学校は小学校しか行けなかったけど」

茶の間に座ると、啓太は切り出した。

「明日生きてられるかどうかわからない中でも、勉強できたことは感謝してるんです。僕は父さんと離れて疎開してたから、学校に行ってる時間だけがくつろげたし」

啓太が、預けられた親戚《しんせき》の家でひどく冷遇されていたことを、悌子は思い出す。

「国民学校の教育は、けっしていいものとは言えなかったから、先生は後悔もあるのよ」

それに空襲で亡くなった松田賢治のこともある。きっと啓太の中でも傷になっているはずだから、悌子はあえて口にしなかった。

「そうかもしれないけど、先生の授業は面白かったです。軍人のいる前で、いきなり竹槍投げたりしてたし」

啓太が朗らかな笑い声をあげる。あれは女子の教練中だったけれど、悌子の蛮行はまたたく間に校内に広まったから、啓太も耳に挟んだのだろう。部屋の隅で聞いていた清太が、くすくすと笑い声を立てた。

「息子さんですか?」

「そう。清太っていうのよ」

清太は居住まいを正し、「はじめまして」と頭を下げた。

「大きいな。僕も大きいけど」

「野球をやってるの。エースなのよ。いずれ甲子園に出るのよ」

まだわかんないよ、と清太が照れくさそうに遮る。「すごいな。そしたら僕も応援に行くよ」と、
啓太はうれしそうに応えてから、

「先生にそっくりですね。瓜《うり》二つだ。背の高いとこは、旦那《だんな》さんと一緒かな。きっと、名選手になりますよ」

そう続けた。権蔵が誇らしげに顎を上げる。悌子はそっと清太を窺《うかが》った。富枝が目を細めているそのかたわらで、清太は少し神妙な顔をしていたが、やがてまっすぐ啓太に向くと、

「ありがとうございます」

と、一際大きく明るい声で応えた。

「豊島さんはね、写植の達人って言われてるんですのよ。原稿通りビシッと文字を並べてくださるの。うちの雑誌、特集は他の印刷所なので、豊島さんには広告関係だけお願いしてるんですけど、ミスがまったくないのよ」

加恵が褒めると、啓太は小学生の頃と同じ顔で照れながらも、

「僕、漢字があんまり得意じゃなかったから、働きながらだいぶ勉強させてもらったんです。おかげで文字を置くのが楽しくて楽しくて」

そう言って目尻《めじり》を下げた。戦中に子供時代を送った啓太の世代は、ともすればまわりから「かわいそうに」と同情されることが多いのだと彼は付言した。

「そう言われるのも癪《しゃく》で。だから、なんでもかんでも楽しむことに決めたんです。そしたらほんとに楽しくなってきたんです」

啓太はもう結婚もして、子供もいるのだと聞かされ、悌子は目を丸くした。二十五という年齢を思えば珍しくもないが、悌子の中で啓太は今も少年のままなのだ。

「俺と一緒に寝てたあのガキがねぇ……すっかり一人前だな」

権蔵が感慨深げに言うや、

「あら、ご主人、それは違うわ。結婚したからって一人前とは限りませんわ」

なぜか加恵が嚙みついてきた。こうなると面倒くさいから、「そうだよね」と悌子は受け流したが、啓太が気を遣って口を添えた。

「時任さんは女優みたいな美人だって、うちの印刷所でみんな言ってますよ」

けれど加恵はにこりともせず、

「私はね、『無法松の一生』の三船敏郎《みふねとしろう》みたいな男性が登場したら、結婚してもいいと思ってるのよ。ただし仕事は辞めないわよ」

と、権高に公言した。加恵にも理想の男性像があるのか、と悌子は意外に思う。

「加恵さん、三船のファンなのね」

「『無法松の一生』限定ですけどね。ああして陰から私を支えてくれる方がいいわ」

彼女は虫のいいことを言った。権蔵が、

「清太が甲子園に出るのと、どっちの夢が早く実現するかな」

と茶化し、啓太が小さく笑った。

「清太君はうまくすると再来年には夢を叶《かな》えてるかもしれないわね。私も、負けてられないわ。でもね、これだけは言っておくわよ。あくまでも仕事が第一なのよ」

権蔵が「いいね、その意気だ」と手を打ち、悌子も、自分の道を迷いなく闊歩《かっぽ》している加恵のたくましい姿に拍手を送りたくなった。

富枝が立ち上がり、

「みなさん、茶そばがあるんだけど召し上がらない？」

訊くと啓太は遠慮したが、加恵は、

「まぁ茶そば。大好きです。うれしいわ」

と、素直に喜んだ。他にもトマトや卵焼き、キュウリの酢の物が並んだ食卓をみなで囲む。

啓太と清太が野球の話をしている。それを見て悌子の胸は、光の粒でいっぱいになる。戦中のつらい日々を越えて、ようやく落ち着いて空を眺めたり、四季を感じたり、ご飯の支度や洗濯や掃除をしたり、仕事に集中したりできるようになったんだな、と改めて思う。清太に巡り会って、一所懸命育ててきた。学校で生徒たちと接する中でさまざまなことに気付かされるように、清太からもたくさんのことを教えられて、ここまでどうにかやってこられたんだな、と。

悌子は、槍投げ選手としては名を残せなかった。けれど、自分が歩んできた道は、きっと誰にも真似できない尊いものなのだという妙な自信が、このときはじめて湧いてきたのだった。

かたわらで加恵の話に茶々を入れては、体をくねらせて笑っている権蔵を見詰める。自然と笑みがこぼれた。

「先生、幸せそうですね」

啓太が不意に言った。こちらの様子を窺っていたらしい。恥ずかしくなって、「そう？」ととぼけると、

「よかった。会いに来てよかった」

彼は安堵したようにつぶやいた。


夕方までいろんな話をして、啓太と加恵が帰ったあと、清太が言った。

「僕、明日から練習再開しようかな」

足の痛みも違和感もすっかり消えたから、たぶん大丈夫だと言う。

「まだ早いんじゃない？　故障したときは長めに休んじゃったほうが、予後がいいのよ」

「そうね、無理して悪化してもね」

と、富枝も悌子に同意した。

「うーん。でもなんていうか、体がなまっちゃって。そっちのほうが気持ち悪いんだ」

毎日欠かさず練習してきただけに、十日も休んだら、それはそれで、体の感覚が鈍って落ち着かないのだろう。

「でも、いきなり練習だと……」

言い掛けて悌子は、横に倒した頭をハッと起こした。ちゃぶ台に肘を突いて、書き物をしている権蔵に目を向ける。視線に気付いた権蔵の顔が一瞬こわばり、やがて意を決したような引き締まった表情へと変じた。

「清太、そしたら父さんとキャッチボールしようか」

「えっ」

清太は声をはね上げる。「だって」と漏らして、口をつぐんだ。七、八年前に一度だけキャッチボールをし、筋肉痛で寝込んだ権蔵に誘われれば戸惑うのも当然だろう。

「明日の朝、俺と投げ合ってみて、調子が戻ってたら練習に行けばいいよ」

不安そうな顔をしている清太を、

「そうよ。父さんに相手してもらいな」

と、悌子は軽やかに促した。遠投までマスターするのは叶わなかったが、肩慣らしのキャッチボール程度なら、権蔵は普通にできる。清太が家に戻ったのちも、早朝に近くの空き地まで行って練習を続けたのである。

「うん……でも父さん無理しないでね」

清太の気遣いに権蔵は応えない。いきなり投げられるようになった姿を見せて、驚かせてやろうと目論《もくろ》んでいることは、鼻の穴を押し広げたその顔が物語っている。

翌朝四時、「キャッチボール前の調整に付き合ってくれ」と権蔵に叩き起こされ、悌子は寝ぼけながらも、グラブを手に空き地に向かった。権蔵は、いたずらに腕を回す奇妙な準備体操をしてから、

「いくぜ」

と、声を掛け、一球放った。山なりの球だが、ちゃんと悌子の胸元に届く。

「清太のおかげで、権蔵さんのできることがひとつ増えましたね」

清太の父親にならなければ、権蔵は一生、キャッチボールなんぞしなかっただろう。

「清太とお悌のおかげでな」

権蔵は言って、悌子の返した球を両手で受け取めた。はじめのうちは右手をグラブに添えて捕球

してください、という悌子の教えを律儀に守っているのだ。

「今度、鶏田さんと作るラジオドラマ、プロ野球の逸話も入れようかな、って思ってさ」

「そしたら、六助さんにアドバイスをいただかなくちゃならないですね」

「きっと興奮して話しまくるな」

権蔵の投球フォームはまだ歪《いびつ》だったが、球筋はまっすぐだから、きっと清太の相手も十分に務まるだろう。

「キャッチボール、朝子さんたちも呼びましょうか。清太の足、みんな心配してたから」

「うーん。そうだな……」

権蔵はしばらく考えるふうをしてから、

「それはまた今度にしよう。今日は、親子でしっかり投げ合いたい」

こそばゆそうにしながらも、そう返した。

「ここがきっと、新しいはじまりだからさ。これから清太とまた、ぶつかったり、喧嘩《けんか》したり、泣いたり笑ったりするための、最初の一歩だからさ」

悌子は受け取ったボールを右手で強く握りしめた。それから大きくうなずいた。

朝食を済ませてすぐに、権蔵が、

「よし、清太、やるぜ」

と、投げる仕草をしてみせた。清太はまだ少し心配そうな顔をしている。

「ほら、清太支度して。母さんも一緒に行くから」

悌子は追い立てる。後片付けは私がしとくから行っといで、と気遣ってくれた富枝に礼を言い、三人揃って空き地に向かった。

「父さん、無理しないでね」

清太は昨日と同じ台詞《せりふ》を繰り返す。

「お前こそ、まだ本調子じゃないんだから、無理するなよ。痛かったら、すぐにやめるんだぞ」

権蔵がこんなふうに自信たっぷりな姿は珍しいな、と悌子は目をたわめて夫を見詰める。

空き地に着くと、権蔵はまたやみくもに腕を回し、清太は肩甲骨と手首をゆっくりとほぐすような準備体操をした。両者、整った頃合いを見計らって、悌子は六助のボールを清太に渡す。

「懐かしいな、このボール」

清太は微笑んで、権蔵に向いた。

「行くよ、父さん」

「おう、思いっ切り投げていいぞー」

まずは近距離から、清太はゆるい球を投げた。権蔵が受けて投げ返す。それだけのことなのに、

「おお」と清太は驚きの声をあげた。

清太が少しずつ後ろに下がって投球距離を伸ばしていっても、権蔵は清太の胸元にきちんと返球することができた。

「すごいや、父さん。どうしちゃったの?」

清太がうれしそうに、ぴょんと跳ねる。権蔵は片眉《まゆ》を上げて、

「どうしたもなにも、元からこのくらい投げられたぜ」

と、虚勢を張る。清太は「えー、そうだっけ」と笑って、ちらとこちらを見た。悌子も笑って、肩をすくめてみせる。

「これはさ、父さんが清太から受け継いだものだ。まぁ技術はお悌から教わったけどさ、キャッチボールをしたいって気持ちは、清太からもらったもんだよ」

権蔵が大きな声で言った。清太はボールを受け取って、しばらくグラブの中をジッと見詰めていた。

「僕、足下が定まらない感じでいたんだけど」

故障のことを指しているのではないだろう。

「そんなこと、なかったんだな」

清太は勢いよくボールを投げた。バシッと権蔵のグラブが派手な音を立てる。

「痛《いて》ぇっ。よくこんな球投げられるな」

「きっと父さんももっと練習すれば、このくらい速い球が投げられるようになるよ。僕から受け継いでるんならさ」

清太は冗談めかして言って、ケラケラと甲高い笑い声を立てた。そう言われて権蔵は、ムキになったのだろう。やたら大きく振りかぶって投げ返す。フォームが整っていないから、力がボールにうまく伝わらず、叩き付けるようなワンバウンドになった。

――明日はきっと、ひどい筋肉痛になるだろうな。

悌子は夫の必死の形相を見詰めながら、笑みを漏らす。でも、少々おかしなフォームでも、きれいな軌道を描かなくても、球はちゃんと清太のもとに届いているのだ。そうして清太は、しっかり球を受け止めている。それで十分だという気が、悌子にはしていた。

――これが、うちの家族なんだから。

「清太、足の調子はどうだー」

権蔵が呼びかける。

「痛くないよ。変な感じも、もうない」

清太が元気に答える。

「もう大丈夫そうね。球筋もぶれてないし、フォームも怪我の前と変わらないから」

悌子は太鼓判を捺《お》した。

「そしたら、今日の昼からの練習、行ってもいい？」

「うん。でも軽い調整くらいにしとくのよ」

「わかってる」

「よかったな、また野球ができて」

権蔵が言うと、清太は勢いよくうなずき、

「あの日負けて、よけいに野球が好きになった気がする」

晴れ晴れとした顔で言った。

「じゃあ、そろそろ戻って支度する？」

悌子の声に、清太はかぶりを振った。

「もうちょっと、父さんとキャッチボールしたい。少し速い球投げるよ」

権蔵は一瞬ギョッとして体を引いたが、

「お……おう、ドンと来いだ」

と、胸を張った。

清太は笑って、ほんの少し球威を増した球を投げた。権蔵はへっぴり腰ながらも両手で受け取る。

パシンという心地いい音が濃い緑の中に響き渡る。

悌子は、もう怖いものが飛んでくることのない、青く抜ける夏空を見上げた。はるか彼方《かなた》に、入道雲がむくむくと湧きはじめている。

参考文献

『日本放送史 上・下』日本放送協会放送史編修室編／日本放送出版協会
『国民学校の研究 皇民化教育の実証的解明』長浜 功／明石書店
『日本教育史年表』伊ヶ崎暁生、松島栄一編／三省堂
『戦時下の武蔵野Ｉ 中島飛行機武蔵製作所への空襲を探る』牛田守彦／ぶんしん出版
『最後の早慶戦 学徒出陣 還らざる球友に捧げる』笠原和夫、松尾俊治／ベースボール・マガジン社
『小金井市誌Ｉ 地理編』小金井市誌編さん委員会編／小金井市
『小金井市史 通史編』小金井市史編さん委員会編／小金井市

初出
北海道新聞、東京新聞、中日新聞、西日本新聞、神戸新聞の各紙に二〇二一年八月から二〇二三年二月まで順次掲載。
※書籍化にあたり、加筆修正しました。

木内 昇（きうち　のぼり）
1967年、東京生まれ。出版社勤務を経て、2004年『新選組　幕末の青嵐』で小説家デビュー。2008年に刊行した『茗荷谷の猫』で話題となり、翌年、早稲田大学坪内逍遙大賞奨励賞を受賞。11年に『漂砂のうたう』で直木賞を、14年に『櫛挽道守』で中央公論文芸賞、柴田錬三郎賞、親鸞賞の３賞を受賞した。本書は、新聞連載時から話題沸騰となった家族小説である。他の作品に『笑い三年、泣き三月。』『ある男』『よこまち余話』『光炎の人』『球道恋々』『火影に咲く』『化物蠟燭』『万波を翔る』『占《うら》』『剛心』などがある。

かたばみ

2023年８月４日　初版発行
2023年９月10日　再版発行

著者／木内《きうち》 昇《のぼり》

発行者／山下直久

発行／株式会社KADOKAWA
〒102-8177　東京都千代田区富士見2-13-3
電話　0570-002-301(ナビダイヤル)

印刷所／旭印刷株式会社

製本所／本間製本株式会社

ISBN 978-4-04-112253-2　C0093
JASRAC 出 2302982-302